中国作家协会重点作品扶持项目

血地

李西岳◎著

河北出版传媒集团
花山文艺出版社

图书在版编目（CIP）数据

血地 / 李西岳著. —石家庄：花山文艺出版社，2012（2013.12 重印）
ISBN 978-7-5511-0652-8
Ⅰ. 血… Ⅱ. 李… Ⅲ. 长篇小说—中国—当代
Ⅳ. I247.5
中国版本图书馆CIP数据核字（2012）第237302号

书　　名：**血　地**
著　　者：李西岳

策　　划：张采鑫
责任编辑：张采鑫　刘红哲
责任校对：李　鸥
书名题签：李西岳
内文插图：韩正法
封面设计：景　轩
美术编辑：胡彤亮
出版发行：花山文艺出版社（邮政编码：050061）
（河北省石家庄市友谊北大街330号）
网　　址：http://www.hspul.com
销售热线：0311-88643226/32/24/28/29
传　　真：0311-88643225
印　　刷：大厂回族自治县正兴印务有限公司
开　　本：710×1020　1/16
字　　数：400千字
印　　张：26.5
印　　数：10000-30000册
版　　次：2013年1月第1版
2013年12月第2次印刷
书　　号：ISBN 978-7-5511-0652-8
定　　价：39.00元

目录

CONTENTS

第一章　红军团长回老家

1

李长生一路走得狼狈，但精神尚好。他心里装满了香梅。

香梅是他媳妇儿，具体地说是他离家前刚娶的，那个鲜鲜亮亮的媳妇儿，那个疼爱起自己的丈夫不要命的媳妇儿。

细算起来应该是五年前的事儿了。

那一年，当教书先生的李长生，在老家老井镇参加了一场暴动。他和爹带着几十个人缴了村里大地主郭老全家的枪，砸了他家的盐店，分了他家的粮食、衣裳。那场暴动可以说是风起云涌势如破竹，动静弄得挺大。可后来却失败了，政府的军队对他们实施了一场大搜捕。那天傍晚，郭老全、郭老财兄弟俩用大铡刀把爹的头铡下来，挂在村中央的大槐树上示众。他侥幸逃命，一路乞讨去了南方。

说来也算幸运，李长生后来参加了红军，还当上了团长。红军长征到达陕北之后，国民党不追了，红军也不跑了。日子刚刚消停些的时候，日本人就打进华北了。有一天，毛主席让警卫员把李长生叫到了窑洞，笑着对他说，李长生啊，你是冀中人，自古燕赵多慷慨悲歌之士啊。冀中在燕赵腹地，那地方人多，粮食也多，你就回老家发动群众打鬼子吧。

李长生清楚地记得，毛主席还轻轻地拍了一下他的肩膀，他觉得很温暖，很舒坦。他没向毛主席表决心，只回答了个“是”，敬了个军礼，转身走了。但他心里十分亮堂，因为走到哪儿，他都可以说是毛主席派来的。

老井镇属于冀中平原白洋县的一个古镇，有两千多户人家。村子很美，村前有一条河，河水很清，一年四季流水不断。村后有一座山，叫九莲山。说是山，实际上是一座古汉墓，也就三十多米高，跟他以前翻过的雪山一比，那简直就不算山，充其量就是个土圪垯。村中央有一口千年老井，井前矗着一座石碑，石碑上有碑文，上面介绍着老井镇的来历。

不知什么时候，老天下起了小雨，紧接着起了一层雾。天地间，一下子变得苍苍茫茫，混混沌沌，笼罩在烟雨中的老井镇，像李长生后来看到的江南小镇，更像一幅明清时代的山水画，幽雅恬静，虚实相间，浓淡相宜，令人遐思。

到河边了，马上就要见到离别五年的香梅了，李长生情绪相当高，甚至有些控制不住，他不得不蹲下来，把鞋带解开又系上，这样情绪就稳定了许多。

开始过独木桥了。这座独木桥承载了他童年的许多美好记忆。最刻骨铭心的是，当年，娶香梅的时候，也赶上下雨，二十岁刚出头的他背着新娘子，心潮澎湃地过了河。他清楚地记得，当时她的头紧紧靠着他的肩膀，头发搔着他的耳根儿。她的身体轻轻的，暖暖的，软软的，背在身上怪舒服。见对岸没人，香梅在他脖子上亲了一口。那个年代，没过门儿的新娘子能这样做，也算一种胆大妄为的壮举了。现在回想起来，也足以令人耳热心跳。

细雨中，李长生的脚步不由加快。

沿着独木桥慢慢地走，快到对岸的时候，他突然发现对面呼啦啦来了一群人，朦朦胧胧的，看不清面孔，但隐约看出，那些人手里像是有枪。其中一个人上了桥，对着李长生大声喊："回去！"

李长生把脚步停下来，仔细看那人，但因为雨雾天气，还因为那人戴着一个大墨镜，怎么也看不清他的脸。李长生对着那人喊道："对不起，你先回去吧。我都快上岸了。"

那人把手枪举起来："怎么？你敢阻挡抗日队伍前进，吃了豹子胆儿啦！"随后朝岸上的人喊道，"弟兄们，冲过去！"

一听说是抗日队伍，又见岸上的人要上独木桥，李长生双手一拱："好，好。我退回去。"说完，转身往回走。

李长生刚退回岸边，对面的人就一字排开上了独木桥。第一个上岸的就是那个戴大墨镜的人。那人仔细端详了一下李长生，忽然打了一个激灵，围着李长生转了一圈儿，又转了一圈儿，阴阳怪气地道："大白天，我他妈不是遇到鬼了吧？"

那人摘下了大墨镜，李长生终于认出来了，他就是大地主郭老全家的管家兼打手郭六串，外号小六子，比李长生大一两岁。当年暴动失败后，就是他带着官府的人到处搜捕参加暴动的人。爹就是被他五花大绑捆走的。

仇人相遇，分外眼红。但是当了红军团长的李长生还是保持了应有的克制："小六子，你没遇上鬼。我是活着的李长生。"

小六子又激灵了一下，说话有些磕巴起来："你……你，你真没死？"

李长生冷笑了一下："我知道，你们郭家人都盼着我死。可惜我活得挺结实。你可看仔细喽。"

那些扛枪的人都陆续过了独木桥。一见李长生，都愣了神，打起了寒战。有的人像见了鬼似的惊叫起来。

小六子镇静了一下，对那些人吼道："叫什么呀叫？日本鬼子咱都不怕。一个穷棒子，把你们吓成这个㞞德性。快走，练操课去吧。"

那些扛枪的人站好队，稀稀拉拉走开了。不时有人回过头来看看李长生，接着便嘀嘀咕咕。

小六子走了两步，回过头来对着李长生拱了一下手："活着好，活着好。李长生，往后，咱们可就骑着毛驴看唱本儿——走着瞧了。"

因为李长生心里装满了香梅，他没心思答理小六子。

2

一进院，李长生首先看到的是一个四五岁的小男孩儿，在枣树底下心无旁骛地玩儿尿泥。

他走近那小男孩儿，蹲下身子看着那张脏兮兮的脸，两只大眼睛忽闪忽闪的，还有那支支棱棱的两只大耳朵，很像自己。这是自己的儿子么？他清楚地记得，他临逃走的时候，香梅告诉他，她怀孕了。细算起来，岁数也就是这么大。对，这一定是自己的儿子。

李长生蹲下来，用手摸了一下男孩儿的脸，说："孩子，叫爹。"

谁知，小男孩儿气恼地把他的手扒拉下来，接着又把尿泥抹在他脸上，然后，站起来一边朝屋里跑一边喊："娘！娘！"

从屋里走出来一个年轻女子，中等个儿，腰细臀肥，浓黑的头发向上盘着，圆脸蛋儿，有酒窝儿，眉清目秀，很白净。上身穿着花条褂子，下身穿着深蓝色的裤子，脚上穿着一双方口布鞋。见到李长生，她的眼神很疑惑。

“香梅！香梅！我是长生啊。”李长生认出香梅后，大胆而急切地向香梅扑去。

香梅愣了好一会儿，然后摇摇头，睁大的眼睛眨巴了两下，接着把头低下，躲闪着转身向屋里走去。

李长生追上去，死死地拉住香梅的胳膊：“香梅，香梅！你看看我。我真的是长生啊。”

香梅停住了脚步，一边挣脱被死死抓住的胳膊，一边用胆怯而疑惑的眼神看着李长生，好大半天，才颤抖着嘴唇说：“你真是长生？”

李长生激动地点点头。

香梅眼里一下子涌出泪水：“你，你还活着？”

李长生又点点头：“活着。”

香梅突然大哭起来：“天哪！”说完，扭头进了屋。小男孩儿紧紧地扯着香梅的衣角，并用充满敌意的眼神盯着李长生。

李长生跟着冲进了屋。他忘记了小男孩儿的存在。五年没见，不管是从情感思念还是生理需要哪个方面来讲，他都控制不住自己了。他像疯了一样地抱住了香梅，不顾一切地把她扔在炕上，二话不说，就把她死死地压在身子底下，然后用厚厚的嘴唇去亲她的脸。

香梅躺在炕上拼命挣扎：“长生，长生，你……你别这样……”

李长生还是全然不顾地一边亲香梅的脸，一边解她的衣服，他说话的声音变得十分急促：“香梅，五年了，你知道，我有多想你吗，啊？”

香梅使出浑身的力气想坐起来，但面对李长生拼命的压迫，她怎么也做不到，她的脸变得通红：“长生，你听我说，你真的不能这样了……”

李长生的脸也憋得通红：“你是我媳妇儿。我们五年没见了……”

小男孩儿刚开始只是看着两个人在炕上撕扯，看着看着，他瞅了个机会，对准李长生的大腿狠狠地咬了下去。小男孩儿几乎把吃奶的力气都用上了，但李长生却似乎没觉得疼，他依然在香梅身上施展不可遏止的暴烈行动。

这工夫，门外有人说话：“铁锤儿他娘，饭做好了没？太阳都偏了西了，怎么烟囱还不见冒烟儿呢？”

李长生听出了是娘的声音。他不情愿又很不好意思地放开了躺在炕上的香梅，但已经晚了。说话间，李母进了屋，一块儿进屋的还有弟弟李长在。

香梅赶紧把被李长生弄乱的衣服和头发整理了一下，十分慌乱地指着李长生对李母说：“娘，娘，你看，你看看，谁回来了？”

李长生的脸一下子臊得通红：“娘，我是长生。”

李长生的话一落地，李母端着的半簸箕玉米都扣在了地上。她像傻了一样地张开了大嘴，死活合不上。

弟弟李长在也是惊愣地呆站在那里。

李长生上去抓住了李母的手：“娘，你怎么啦？我真是长生啊。我走了这些年，也没给家里来过信，让你老人家惦记了。”

李母很木讷地看着李长生，突然坐在地上哭了起来：“作孽呀！我真是作孽呀。”

李长生很莫名其妙：“娘，我回来，你应该高兴才是。你怎么说这样的话？”

李母一屁股坐在地上拍着大腿继续大哭：“我真是作孽呀。”

李长在见此情景把脸扭过去，也蹲在了地上，他的表情复杂到无法描述的地步。

香梅蹲下身子把李母扶起来，掏出身上的手巾帮她把眼泪擦干：“娘，不管怎么说，长生活着回来了，咱一家人应该高兴啊。是吧？娘。”

李母站起来坐在炕上，李长生紧挨着李母坐下。

李母用手托着李长生的下巴，仔细地端详着他的脸：“儿啊，娘这不是做梦吧？”

李长生笑着说：“娘，大白天的，做什么梦？是儿不好，这些年让你挂心了。”

李母也笑了：“儿啊，娘没成想这辈子还能看见你。可是娘对不起你呀。”

李长生不解地问：“娘，你说什么呢？”

李母把眼睛闭了一下，眼泪又下来了：“儿啊，娘真的对不起你呀……我那傻儿，娘真不知道你还能活着回来呀……”

李长生说：“娘，别这么说，好吗？”

李母伸出胳膊拍打着李长生的肩膀哭着说：“我那傻儿啊，娘真对不起你呀。我那傻儿啊……”

听娘反复说这句话，李长生傻愣着更加莫名其妙。他看看香梅，再看看长在，他们的脸上都很不自在，眼睛不知往哪儿看。

这是怎么啦？

3

李长生逃走后，一连几天不见音信。接下来，村里不断传来李长生死在白洋淀的消息。

郭老全、郭老财哥儿俩扬言一定要把李长生一家斩尽杀绝，不留后患。李母带着已经有了身孕的香梅和十九岁的李长在，连夜跑到一个远房亲戚家躲避。

那个亲戚家穷，养不起这么多人，话里话外还怕受牵连。没住几天，李母只好辞别亲戚，另求生路。

李母娘家的日子还算过得去，但她知道不能回，郭老全早已撒下人去等着捉拿。无家可归，有亲难投，李母只好带着香梅和长在沿街乞讨，四处流浪。

后来，他们在一个叫水牛店的小村子里遇到了老黑头。老黑头也是组织暴动的领导人之一。暴动失败后，他和李长生一起逃到了白洋淀，想搭条船去保定。可码头已经戒严了，他们正要转身往回走的时候，一个持枪的警察认出了李长生："抓共党暴乱分子！"老黑头一闪身钻进了刚下船的人群之中，李长生没来得及做出反应，就被几个警察扭住了胳膊。紧接着，李长生被押上了船。

老黑头亲眼看见，船没开多远，李长生跳进了白洋淀，几个警察一起开枪……不一会儿，水面上出现了一片血。

在见到老黑头之前，李母只是听到李长生死的消息。有人说死在了地沟里，有人说死在了芦苇荡，说得有鼻子有眼儿，但李母还是不完全相信。她心里有一线希望儿子还活着。可是听老黑头把亲眼所见这么一说，她心里仅存的那一丝希望一下子全破灭了。丈夫死了没几天，儿子又死了，自个儿的命怎么这么不济呢？李母欲哭无泪，香梅也痛不欲生，从小受哥哥呵护的李长在也哭得放开了嗓门儿。老黑头挨个儿地劝他们，直到每个人都停止了抽噎。

老黑头懂点儿医道，他靠行医在水牛店安下身来。因为他医道好，医德高，在村里很有威望。

老黑头劝李母一家暂时在村里住下来。李母寻思半天，也没什么好的出路，就答应了下来。就这样，一直听到郭老全得暴病死去的消息，李母这才带着一家人回了老井镇。

眼看着香梅的肚子一天天大起来，郭母既喜又忧。长生已死，香梅成了寡妇，孩子生下来就没爹。香梅才二十岁，总不能让人家守一辈子寡吧？既要保住李家的骨肉，又要让香梅找个好婆家，李母费尽了脑筋，愁坏了身子。从内心讲，香梅确实是个打着灯笼也难找的好媳妇儿，不光模样长得俊，也通情达理。过了门儿，敬老的，疼小的，里里外外，都拿得起放得下，婆媳俩从来没红过脸儿。跟长生成了亲，香梅一万个心满意足。小两口模样般配，脾气相投，十分恩爱。可万没成想，他们就这么没缘分，炕头儿刚睡热，就做了半路夫妻。

忽然有一天李母脑袋开窍，想出了一个主意：让长在娶香梅。这样既能保住李家的骨肉，也能保住香梅不离家，还能做自己的儿媳妇儿。听老辈儿人说，有姊妹易嫁的，也有小叔子娶嫂子的。这么做了，也算对得起死去的长生。

李母把事儿想透了以后，就把话儿给香梅婉转地露了。香梅一听，心怦怦直跳，脸着实红了一阵子，寻思了半天才说："娘，这，这合适吗？"

李母说："有什么不合适的？只要你愿意。"

香梅低下头看了看自己隆起的肚子，又寻思了一会儿，小声说："俺听娘的。"停了一下，又不无顾虑地说，"娘，外人会怎么看咱呢？"

李母说："这是咱老李家的事儿，管他外人干什么？"

香梅抬起头来看了一下李母，又低下了头："娘，长在比俺小一岁，又是个没成过亲的小伙子……"

李母笑了："他那个木头脑袋瓜子，娶了你，是他修来的福分……"

香梅不是嫁鸡随鸡、嫁狗随狗的女人。她嫁李长生是两心相悦，情投意合。但没想到，命运却把她推到了这样一个尴尬境地，她不得不静下心来反复寻思掂量自己的终身大事。在她眼里，李长在虽然没有李长生那么精神，那么灵气，但也是个实实在在、憨直能干的小伙子。嫁给他，这辈子也算踏实。更重要的是，她现在已经离不开这个家，离不开这个比亲娘还亲的婆婆了。她认为，这也是她的命。

香梅这儿想通了，李母又去跟李长在商量。李长在一听，脸就红了，闷了半天，才说，听娘的呗。他心里有数，要不是阴差阳错，他一辈子也娶不上香梅这样的媳妇儿。

两头儿都说好了，事儿也就这么定下来了。

在李母的张罗下，李家请本家族的人吃了顿饭。既没张灯，也没结彩；既没放鞭炮，也没拜天地。香梅挺着个大肚子，就把铺盖卷儿搬到小叔子李长在的房里。

事儿办完之后，李母抓着香梅的手说："孩子啊，让你受委屈了。"

抓着婆婆的手，香梅低着头腼腆地说："娘，能接着给你当儿媳妇儿，是俺的福分。这就是俺的命。"

没过多少天，香梅就临产了。万万没想到的是，香梅难产，孩子一落地，就没气儿了。

香梅难受，李母更难受。长生死了，根儿也没留住。老天怎么这么不长眼哪？！

4

白洋淀的风，穿过窗户直接吹到炕上，带来一股咸滋滋儿的清香。

李母看着对着窗户发呆的李长生叹了口气说："儿啊，这就是命啊。睡吧，啊？"

李长生站起来收拾自己带来的随身用品。就听香梅站在门帘底下说："娘，睡了没？俺把褥子和被单抱过来咧。"

李母应道："没呢。进来吧。"

香梅进门没敢看李长生一眼，顺手把褥子和被单放在了炕上，想转身就走，犹豫了一下，脱了鞋，上了炕，把褥子和被单铺上。

李长生在一边看得很清楚，那褥子和被单全是新的，至少是新洗过的，很干净。另外，香梅铺得很精心，一次次把褥子抻平，被单也是拿起来抖了又抖，生怕有什么东西带进去，把人硌着。香梅的每一个动作都很仔细，而在李长生眼里又是那么熟悉，那么温馨，那么勾人回忆。记得新婚那天晚上，香梅就是这样，有意不脱衣睡觉，一遍又一遍地把两铺两盖来回倒腾，以掩饰自己的羞怯和紧张。

忙活完了，香梅下了炕，低头小声道："便盆儿在炕根儿底下呢。"说完，一挑门帘，回了自己屋。

李母把油灯从柜上端到了窗台上，为的是睡觉前吹灯方便。她拨了一下灯花儿，灯就亮了许多。她看看李长生，叹了口气："咳。儿啊，上炕歇着吧。"

李长生打来水洗了脚，坐在炕上，却不想睡。

李母躺下睡了："儿啊，这就是命啊。人不能跟命争。"

李长生没说话。

李母翻了个身，叹了口气：“当年你和你兄弟的名儿都是我取的，一个长生，一个长在。你们长生长在，我这当娘的才有指望啊。”

李长生笑了一下说：“就是啊，娘。我这名字你算是取着了。这不，我活着回来了嘛！”

李母直起脖子像想起了什么似的问道：“你在外头跟了共产党，那你这次回来干什么？”

李长生说：“打日本鬼子！”

李母皱了一下眉头：“就你一个人，打日本子？”冀中一带的人，管日本人叫日本子。

李长生说：“我把大伙儿团结起来，人不就多了吗？”

李母摇了一下头：“儿啊，打不打日本子，娘不管，你爹的仇，你一定要报！”

李长生想了想说：“仇要报，日本鬼子也要打。”

李母听了有些不满意地说：“日本子杀不杀人，娘没看见。你爹可是死在了郭老全、郭老财那两个挨千刀的王八蛋手里。人家把你爹的人头挂在老槐树上示众啊，我那亲儿。听娘跟你说，这个仇不报，你就枉为世上人！”

李长生赶紧安慰娘：“那是，世界上最大的仇，不就是杀父之仇吗？”

李母这才放了心：“这才是你爹的儿。睡吧。天不早了。明儿一早起来到街坊邻居家转转，给人们个惊喜。”

李长生答应着：“哎，哎。”想了想又说，“娘，你先睡吧，我想这就出去转转。”

李母说：“傻儿啊，天这么晚了，人家都睡了，你上谁家去转呀？”

李长生说：“娘，你睡吧，我随便转转。”说着一挑门帘出了屋。就听李母嘱咐道：“要不，让长在跟你去吧？”

李长生说：“不用了，娘。”

李长生走到堂屋的时候下意识地向对面屋里望了一眼。

五年前，那是他和香梅的洞房，在那间小屋里，他很幸福地完成一个男孩儿到一个男人的蜕变，至今历历在目，刻骨铭心。而现在物是人非，小屋易主了。

屋里的主人显然还没睡，但听不到说话，只听到翻身和叹气声。他无奈地摇了摇头。

5

那是几年前的一次庙会，老井镇村边儿搭了一个大戏台，十里八乡的人都跑过来看戏，戏台底下人山人海，热闹非凡。当教书先生的李长生本来有课，当他听说演《西厢记》，心里就痒痒。他很喜欢戏里边张生和崔莺莺的故事，对里边的一些唱词，既能背，又能唱，但他从来没看过这出戏，何况是县里剧团的科班演员来演的，他心里像扎上草一样。向校长请假，未允，没办法，他只好来了个偷工减料。匆匆把课上完，给学生们布置了作业，就一溜儿小跑，去了庙会。

就在那次庙会上，他认识了香梅。

李长生大汗淋漓地跑到庙会的时候，戏早就开始了，他左挤右挤好容易钻到了人群里边。乡下的戏台，修建得很简陋，中间或靠前边的位置并排放着一些大木头。来得早的人就可以坐在木头上看戏，来得晚的人没地方坐，只好站在外围看。

那天李长生命好，当他挤到那些横躺着的大木头跟前时，正好一个人站起来走了。他也没客气，一屁股就坐下了，弄得身边好几个人扭过头看他。

到了张生与崔莺莺幽会的那场戏时，年轻的李长生一下子激动了，格外入戏了，他一激动，就忘了周围还有那么多人在看戏，他跟着张生说起戏里的台词。那是崔莺莺写给张生的诗，诗句很美，也很耐琢磨，是他在小学课本上难以见到的，至今还经常偷着背：

待月西厢下
迎风户半开
拂墙花影动
疑是玉人来

李长生的前排坐着几个姑娘，听到这几句诗，有的似懂非懂，一边看一边嗑瓜子儿；有的脸绯红，偷偷把头低下。一个扎长辫子的姑娘问旁边的姑娘：“拂墙花影动，是哪个拂字？”旁边的姑娘摇了摇头，接着又半开玩笑地道：“问那么精细干什么，你也会张生啊？”扎长辫子的姑娘推了一把那个姑娘：“去你的！”

尽管两个姑娘说话的声音不大，但还是引起了李长生的注意。他往前倾了一下身子，见那扎长辫子的姑娘正用一支红色蜡笔在雪白的手绢上写着什么。他仔细一看，手绢上歪歪扭扭地记着那首诗，只是“拂”字不会写，在上面空着，还有“墙”字也写错了，左边“土”字旁，写成了“木”字旁。出于老师的职业习惯，他凑过去说：“‘拂’字是拂晓的拂，左边一个提手，右边是大佛的佛，去了单立人儿。”

这一说不要紧，几个姑娘都回过头来看他。那个扎长辫子的姑娘回过头来正好对着他，她的脸先是一红，接着就是莞尔一笑。那一笑，让姑娘白里透红的脸显得格外灿烂，随着眉毛往上一翘，两个酒窝儿很生动地显现出来。她想了想，还是不知道“拂”字怎么写，就把手绢和蜡笔很大方地递到李长生手里：“那你给俺写不得了。”

李长生犹豫了一下，把手绢和蜡笔接了过来。停了一下，一笔一画地把“拂”字写上了，接着又把写错的“墙”字改了过来。然后，把手绢递给了她。

扎长辫子的姑娘接过来，又看了一下李长生的脸，笑道：“你写的字可真好看。”

旁边的姑娘说：“香梅，给俺看看。”

扎长辫子的姑娘机灵地把手绢装进口袋，道：“看什么看？看到眼里拔不出来了呀。”

身边的一个姑娘便开起了玩笑：“哟，可得装严实了，说不定哪天拿去会张生呢。”

扎长辫子的姑娘狠狠地掐了那姑娘一把，那姑娘便“哎哟哎哟”地叫起来。

戏散了，那几个姑娘先站了起来。扎长辫子的姑娘回头看了李长生一眼，又是莞尔一笑，腮上两个酒窝儿又生动地显现出来。李长生心里一股热浪陡然涌起，一种从未有过的冲动感觉，让他有些不知所措。他本想跟她说些什么，至少问问是哪个村儿的，多大年龄了。可他却什么也说不出来了。

姑娘们拉着手说说笑笑地走了，李长生忽然发现手里还捏着一支蜡笔。他追过去，要把那支蜡笔还给它的主人，却发现姑娘们挤进人流中，再也找不见了。

李长生拿着那支蜡笔在人群中逡巡着，他希望那个扎长辫子的姑娘能够回过头来找这支蜡笔。但一直到人们都走散了，也没见到她。他死死地记住了，她叫香梅。

之后的一些日子，李长生经常偷偷念起“香梅”这个名字，眼前经常出现起那条长辫子，那张白里透红格外灿烂妩媚的脸，还有那两个生动的酒窝儿。

男大当婚。李母张罗着给李长生找媳妇儿。李长生长得个头儿高大，相貌英俊，还有文化，找对象不犯难。媒人说了一个又一个，他的态度一直很消极，要么，不见；要么，挑三拣四。李母急了：“别不知天高地厚啦，你想找仙女儿呀？”

李长生笑笑不说话。他认为，那个香梅就是仙女儿。这个世界上，谁也没她俊，谁也没她可人儿。只可惜，当初为什么没问问她是哪村儿的。

事情过了一个多月，又一个媒婆给提亲了。李长生开始说不见，但李母揪着他耳朵让他去。他没办法，就去了。去是去了，但他没有一点儿心思，衣服也没换，还有意穿了一双露脚指头的破布鞋。

李长生那次相亲去的是五里铺，离老井镇仅五里地。在媒婆的带领下，他觉得那段路很长很长，他认为反正这次又是应付差事，见不见都是那么回事儿。但他怎么也没想到，媒婆介绍的那个姑娘竟是香梅。

一见面，李长生一下子愣在那儿了：世界上竟有这么凑巧的事儿。

香梅在五里铺也是出了名的俊闺女。一到出嫁的岁数，前来提亲的媒婆快把门槛给踢烂了，可她就是不愿意。有的把一大堆彩礼送到了炕头上，她眼睛眨都不眨。一家人都奇怪，不知道她把心思放在谁身上了。

李长生仅瞅了香梅一眼，就迫不及待地对媒婆说：“行了，别相了，就是她了。”

香梅脸红红的，低头摆弄着长长的辫梢儿，见李长生那个傻样儿，抿嘴笑了。

媒婆也一下子愣在那儿了：“你们认得？”

李长生还是那句话：“就是她了。”

媒婆说：“你看你那个傻样儿，你说就是她了，可人家闺女说愿意了吗？”

这工夫，香梅“扑哧”一声笑了：“别问了，俺愿意。”说着，一甩大辫子，站起来跑了出去。

婚事就这么订下来了。第二次见面，李长生穿得体体面面，一溜儿小跑到五里铺，一磨一泡就是大半天。那次见面，香梅把写着《西厢记》诗笺的手帕送给了他做定情物，他掏出一支钢笔送给了香梅。没见几回面儿，两人就拜了花堂。成了一家人以后，他越发感到，自己这辈子，真是上天修来的福，香梅这个媳妇儿算是娶着了。日子真是甜。

6

天上有月亮，地上有树影。天气还算好，空气真凉爽。

一声声狗叫传来，撕破满大街的宁静。李长生走着走着在一个大宅门前停了下来。大宅门门口有两个大石狮子，一公一母，张牙舞爪地把着门。大门上方两侧挂着两个大红灯笼，照亮整个大院，也照亮半条街。两扇大门高高的，黑黑的，大大的，厚厚的，两个大门环是两张金色的狮子脸，耀眼逼人。大门一侧，挂着写有“冀中抗日义勇军”的牌子。李长生认出，这就是郭老财家。

李长生仔细看着“冀中抗日义勇军”的牌子，联想起白天看到小六子带着那帮人过独木桥的情景，他心想：莫非郭家也拉队伍抗日了？他正看着，门口的哨兵过来撵他：“看什么看？走开！”

李长生死死地盯着那个哨兵看了一会儿，走开了。

李长生沿着大街走，基本上没看到什么熟人。家家大门紧闭，有的熄了灯，有的还亮着。不时听到上门闩的声音，有人隔着门缝偷偷看他，不知道是不是认出他来了。反正没人出来跟他主动打招呼。

李长生不知不觉走到了村中央的老井旁，停了下来，借着月光看着老井旁边的石碑。据老辈儿人传说，这口老井是当年王母娘娘用头上的簪子戳成的。那一年，天大旱，庄稼绝收，井水干涸了。老井镇人天天跪在村中央，向老天祷告求雨，一跪就是七七四十九天。后来，王母娘娘被感动了，下凡来，把头上的簪子往地上一戳，一口井就出现了。井水冬热夏凉，又清又甜，一年四季，源源不断。从此往后，不管天多旱，也不管人们怎么挑，井水始终是满的。后来，人们把老井称为王母井。

李长生记得，当年暴动就是在这里集合出发的。出发前，大家一起对着老井碑发了誓：“消灭剥削！惩治恶霸！打倒反动派！誓死革命到底！”他还记得，当年参加暴动的每个人脖子上都围一块红布，叫牺牲巾，意在为革命抛头颅，洒热血，在所不辞。

李长生在老井碑前凭吊了一会儿，忽见一家饭馆还掌着灯。他犹豫了一下，走了进去。

屋里冷清清的，只有一个人在独自饮酒。李长生看了一下，桌上只摆着一盘花生米，而且吃得只剩下五六个了，可那个人还是津津有味地喝着。

李长生从侧面认真地看着那个人的脸，没任何犹豫地脱口喊道："铁榔头儿！"

铁榔头是李长生舅家的表弟，两人基本上是光着屁股一起长大的。铁榔头七岁那年，家里失了一场大火，爹妈舍命不舍财，为往外捣鼓家里的那些破东西，被大火活活烧死了。铁榔头去姑妈家走亲戚，躲过一劫。爹妈没了，家也没了。身为姑妈的李母收养了铁榔头，在老井镇给他盖了房，买了地，立了门户，就是没娶上媳妇儿。当年暴动，铁榔头也是一个骨干分子。

铁榔头像没听见一样，继续有滋有味儿地喝着，碟子里的花生米眼看着就吃光了。

李长生坐在了铁榔头对面，静静地看了看他的脸，然后上去抓住了他手里的酒杯，很不客气地道："铁榔头儿，你别在这儿给我装蒜。就是十年、二十年不见，我也认得你。"

铁榔头撩起眼皮看了一眼李长生，脸上竟无任何惊讶之色。他从李长生手里夺过酒杯嘟嘟囔囔地道："表哥，全村儿的人都说你死了，我就不信。这不，你又由鬼变成人了嘛！"

李长生对铁榔头的表现感到意外："你怎么就知道我没死？"

铁榔头脱口而道："长生不老，你福大命大呗。"

李长生开玩笑道："你不以为我是鬼吧？"

铁榔头很不在乎地道："真鬼我铁榔头儿都见过，怕你干什么？"

李长生很实在地拍了一下铁榔头的肩膀："你小子，还是那个德性。"接着又对着里屋喊了一声，"掌柜的，再来一壶酒，炒俩热菜！"

屋里店小二应了一声。

铁榔头用陌生的眼神儿看着李长生："哎哟，表哥。这些年，在哪路上混了，发财了吧？敢狮子大张口。"

李长生微微地笑了一下："发财谈不上，可我现在当上了红军团长。"

不一会儿，店小二把酒和菜都端上来了。李长生赶紧把话收住，待店小二离开后又接着说："说实话吧，我这次回来，就是想组织大伙儿一道儿抗日的。"

铁榔头显得有些不以为然，笑了一下："一定带回来不少人马吧？"

李长生把两杯酒倒满，举起酒杯跟铁榔头碰了一下：“来吧，鬼敬人一杯。”

铁榔头一直脖儿把酒灌下去了，接着就去夹菜，一边吃一边问：“你到底带来了多少人，多少枪？”

李长生竖起一个手指头说：“一个人。一条枪也没有。”

铁榔头“扑哧”一声笑了，喷了李长生乱七八糟一脸：“你可真会卖关子。跟你说实话吧，暴动失败后，我去了东北，在东北军里待了半年。日本子一来，政府那么多军队都像兔子一样往南跑，你一个人还想抗日？这回我可是真见鬼了。”

李长生笑道：“团结大伙儿一起抗日啊。”

铁榔头端起酒杯道：“咱这一带，打着抗日救国的旗号拉杆子的人多了，但都是借机会鱼肉乡民发国难财，没见哪个是真抗日的。别人就不说了，就连郭家大少爷那个书呆子都拉了二百多号人，还他妈号称冀中抗日义勇军呢。”

李长生警惕地问：“郭文广？”他想起了郭老全的儿子叫郭文广，比自己小两三岁，人长得白净瘦巴。当年暴动的时候，这个人在北平念书。

铁榔头扭了一下头：“表哥，我问你，像郭文广这样的人，也能团结他抗日吗？”

李长生想了想说：“我不敢说这话，我还是先团结你吧。”

铁榔头很认真地看着李长生，叹了口气，慢条斯理地说：“表哥，一朝被蛇咬，十年怕井绳啊。当年暴动失败后那场大搜捕，我好不容易才保住性命。从此之后，我就看破红尘了。什么他妈国破山河碎，管他呢。一个人生下来只活这一回，一天仨饱儿一个倒儿，乐乐呵呵，混一辈子得了。操！”

李长生也很认真地道：“现在是国难当头，民不聊生，你能乐乐呵呵地混一辈子？”

铁榔头很不以为然地摆了摆手：“表哥，我把话说在前头，我绝对不拉你的后腿，更不会去当汉奸。你抗你的日吧，把日本子抗回老家，我请你喝酒。”说着，露出几分醉意。

李长生见铁榔头这个样子，在酒馆里也不好跟他继续辩论下去，想了想说：“好了，不跟你说这些了。你明天带我去找老黑头，怎么样？”

铁榔头打了个饱嗝，道：“这行……”

第二章　拉队伍打鬼子

1

当铁榔头带着李长生找到老黑头的时候，他怎么也不相信李长生还活着。铁榔头急了：“难道你真让他死一回给你看看？”老黑头这才相信站在他面前的就是李长生。

老黑头原名李青山。因为脸长得黑，褶子多，又长年累月留满脸胡楂子，打年轻，老井镇人就叫他老黑头。老黑头三十岁上成的亲，女人是从外地来老井镇要饭的小寡妇儿。老黑头看她可怜，就把她领到自己屋里去了，两人既没托媒，也没拜天地，就成一家人了。谁知，两人在一个炕上睡了两三年，也没睡出个一男半女。后来，那女人得了羊角风病，懂点儿医道的老黑头又是扎针，又是配药，终于把女人的病治好了，可女人却一个眼儿不见没人了。有情有义的老黑头，找了大半年也没找到，后来再没娶。

这会儿，说了好大半天话，老黑头才问起李长生：“你跟我说说，我亲眼看见几个警察向你开枪，你的尸体都漂到水面儿上来了，你怎么又活了？”

李长生笑了一下，说：“我能活下来，就仗着有个好水性。警察开枪确实打着了我的胳膊。我知道，如果他们见不着我的尸体，还要接着开枪，或者到岸上搜索。我在水里一边游一边脱衣裳，漂上来的是我的衣裳。我一口气游到了芦苇荡。”

老黑头“咚”地给了李长生一拳：“好，活着就好，还当了红军团长。好哇。”当李长生把回家来组织群众抗日的打算说给老黑头听时，老黑头高兴地说："我在这村儿里一边行医一边联络当年参加暴动的人，现在手头上已经有三十多个人了。大伙儿的抗日热情都很高，只是到现在还没个名分。你这一回来，我们就能成立一支抗日队伍了。"

李长生也很高兴："那好，你把人召集一下，咱们在一起开个会，我把上级的指示精神给大家传达一下。"

老黑头说："好。"然后又对铁榔头说，"你到村里筛筛锣，就说李长生回来了。让村里人参加抗日，有钱的出钱，有力的出力。"

铁榔头摇摇头："我说话算数，从今往后，我什么组织、什么活动也不参加了，好好过平安日子。"

老黑头满脸不高兴："铁榔头儿，你当年的二虎劲儿哪去了？"

铁榔头说："当年是当年，现在是现在。咱们这些鱼龙混杂的草莽之辈，能抗个屁日！"

李长生很认真地对铁榔头说："人各有志，不得勉强。但你不能说我们是鱼龙混杂的草莽队伍，我们是共产党领导的抗日武装！"

铁榔头还是不服气："在咱们冀中，可以说是司令遍天下，队长赛牛毛。可到现在为止，谁向日本子开一枪了？"

李长生还想说什么的时候，老黑头拦住了他。

老黑头收拾了一下东西，雇了一辆车，几个人一起回了老井镇。

2

李母见李长生和老黑头一起回了家，自然高兴。太阳还有一竿子高，她就张罗着让香梅做晚饭。

自打李长生回来，香梅心里一直有些慌张，见了他头都不敢抬，眼也不知道往哪瞅，更不敢说话。这会儿，一听李母张罗着做饭，又见家里一下子来了这么多人，就更慌张了。她一边往锅里添水，一边问李母："娘，做什么饭？"

李母坐在炕头上，一边跟老黑头说话一边应承香梅："烙大饼、擀面条儿呗。"

香梅又问："娘，葱花饼，还是糖饼？"

李母又吩咐道："葱花饼呗。你不最拿手吗？"

香梅又问："娘，添多少水？"

李母又吩咐道："八舀子，多半锅。"然后又对老黑头说，"你看看这媳妇儿，一来人，心里就没数儿了。"

老黑头接过来说："老嫂子，长生这一回来，你该高兴了吧？"

李母说："刚见面儿哪敢高兴，简直就像做梦。"

老黑头说："你给娃儿取的名儿就是吉利，长生，长在，福大命大，长生不老。"

李母笑出了眼泪，见李长生不在屋，压低嗓门对着老黑头说："只是那事儿给办砸了，真是怪对不住长生的……"

老黑头听明白了李母的意思，道："说起来，也不怪你。当时，也只能那么做。长生都当了团长了，以后再给他找一个不就完了吗？这事儿，我找人帮着张罗。"

一听这话，李母上了心："你可得当回事儿。"见李长在进了院，隔着窗户对着李长在喊道，"帮你媳妇儿烧火，让她和面。听见没？"

李长在"哎"了一声，一进屋就坐在灶火坑旁边烧火。

李长生进了屋，要替李长在烧火。李母喊道："你烧什么火？快进屋来跟老黑头儿说话。"

李长生进屋坐在炕上，李母道："这些年，多亏老黑头儿照顾啊。不然咱一家老少不会有这么平安，日子也过不到这个光景。"

老黑头一边吧嗒旱烟一边龇牙笑道："老嫂子，你说这话可就见外了。老哥活着的时候，我们是把兄弟，我跟长生又是忘年交，又都是在党的人，咱这两家打老辈儿就不分你我。对呗？"

说到这儿，李母把话题岔开了："这不说起他爹来了，当年，老头子死得那个惨。老话儿说，杀人不过头点地，可人家把他爹的人头挂在大槐树上，示众好几天哪。这世上，有这么没人性的吗？"

老黑头安慰李母："老嫂子，你放心吧，这仇咱一定要报。"

李母眨巴眨巴眼睛接着说："你说郭家拉起了二百多人，买了那么多条枪，名义上说是抗日，实际就是对着咱来的。人家心还是不死啊。"

李长生接过来说："娘，你说的也未必。我听说，为抗日，郭文广把自己家的地都卖了不少。"

李母说："我那傻儿啊，你是知人知面不知心啊。你知道人家葫芦里卖的什么药？那个郭家少爷看着还面善点儿。可那个郭老财，跟他哥是一个模子刻的，心又黑手又辣啊。"

老黑头说："老嫂子，是对着日本子来的，还是对着咱们来的，他早晚要露馅儿。这不，长生回来了，咱也把队伍拉起来。咱不怕他。"

李母咬咬牙说："自古杀人偿命，欠债还钱。他郭家，一定要拿出一条命来！"

正说着，香梅搬着吃饭桌子进来，随口问道："娘，今儿人多，是在炕上吃，还是地上吃？"

李母撩起衣襟来擦了擦眼睛，说："在炕上吃，挤在一块儿热闹。"

刚放上桌子，小铁锤就先上了炕，坐在了李母身边。李母对小铁锤说："去，去，到一边儿去。让你大伯坐在这儿。"

小铁锤抬起头来问李母："奶奶，谁是俺大伯呀？"

李母指着李长生说："他就是你大伯。"

小铁锤马上把小脸拉下来了："不。俺不跟他叫大伯。他是大坏蛋。"

香梅在外面说："铁锤儿，别瞎说啊。"

小铁锤反驳道："谁瞎说了？他让俺跟他叫爹。他，他还撕俺娘的褂子。"

香梅进来把小铁锤抱走了："你这孩子，人来疯。"

李长生满脸尴尬。

老黑头想笑，嘴咧了两次，还是憋回去了。

这话也让李长在听见了，他像傻了一样，猛然张了一下大嘴。

3

天黑了，人们刚推饭碗，街上传来老黑头清脆的筛锣声："乡亲们注意啦！老李家李长生回来啦！他现在当了红军团长啦！是毛主席派来的啊！他要带着大家伙儿抗日救国啊！愿意参加的，到老井碑前集合啦！"

筛锣声和高喊声一遍又一遍，响彻整个老井镇。

声音一遍又一遍传到家家户户，人们陆陆续续把大门敞开了，有的穿戴整齐出了门；有的把门打开一条缝儿，露出一双眼睛朝街上张望着。

李长生到底还是很有号召力，听到喊声，一开始还是稀稀拉拉，到后来有男，有女，有老，有少，仨一群俩一伙儿的，向老井碑奔来。不大工夫，老井碑前就聚集了几百人。

虽然天上有月亮，对面能看清脸，老黑头、李长在等人还是点着了火把，一是为了照明，二是为了壮威风。

看看人差不多了，老黑头把李长生推到众人中间，高声喊道：“这就是我们的红军团长李长生！”

李长生穿上了崭新的八路军军装，显得格外精神、气派。他朝众人招了一下手：“乡亲们好啊！”

人群里静了一下，忽然沸腾起来：

“真是长生啊！”

“长生，你还活着？”

“长生，你回来啦？”

“真是命大啊！”

“好人有好报啊！”

“行啦。这下，俺们可有主心骨儿了！”

“这下，郭老财再也不敢骑在咱脖子上拉屎了！”

“……”

李长生向大家挥了一下手：“乡亲们，静一静！静一静啊，乡亲们！我告诉大伙儿一个好消息，我们的工农红军长征胜利到达陕北之后，改编成了八路军，现在已经过了黄河，跟小日本儿干上了……”

人们一阵嚷嚷声，把李长生的讲话打断。

李长生又接着喊道：“静一静，乡亲们！乡亲们，静一静！我还告诉大家一个好消息，现在国共两党不打了，联合起来共同抗日了。毛主席派我回老家来，就是要把咱老百姓团结起来，拧成一股劲儿，跟小日本儿干！一直把它打回老家去！”

李长生异常激动地接着道：“乡亲们，现在我宣布，冀中抗日游击队成立了！”

人群里又沸腾了，有的呼口号，有的拍巴掌，有的瞎嚷嚷，听不清说的什么。

李长生在讲话中注意到了香梅，她的情绪极其热烈，关键时候还热泪盈眶。他还注意到了，香梅身边，是娘。

4

这一夜，郭家大院也没消停。

郭家在老井镇是大户。从村子的格局上看，以老井碑为界，村西大半个村子的人都姓郭。村东的小半个村子的人是杂姓，有姓张的，有姓王的，有姓杨的，其中李家是排在郭家之后的大户。郭家在老井镇不仅是大户，还是富户，打光绪年间郭家就经营着冀中地区最大的盐店。上通着官府，外连着盐商，再加上祖辈儿留下的上千亩好地，家里雇着长工、短工、家丁百十个。日子既活泛又富足，十里八乡，名声在外。

郭老财曾说过，在老井镇，我用拐棍戳一下地，土地爷就得嚷疼。那年，郭老全得暴病死后，郭文广与母亲相依为命，这时，已经分家多年的郭老财又提出来与嫂子和侄子合在一起过。郭老财对外人说："我要替我哥尽责任，不能让他们孤儿寡母受欺负。"郭母是个凡事没主意的人，当时郭文广年纪又轻，就听从了郭老财的安排。此时郭老财一个正房太太，一个姨太太。正房太太不会生养，后来就让郭老财休了。姨太太生了一儿一女，如今都长大成人了。儿子郭文武在北平做生意，女儿郭文秀在保定府念书，实际上家里人口并不多。

按多半辈子养成的生活规律，郭老财吃了晚饭，一屁股坐在太师椅上，先让用人把大烟枪点上，一边有滋有味儿地抽着一边让丫鬟捏后背。临睡觉前，招呼人打四圈儿麻将，再哼两声河北梆子，就上炕歇息了。

可今晚郭老财没那么省心，他听到了外面的筛锣声和叫喊声，还派人去了老井碑，听听那个仇人的李家小子说些什么。

实际上，自打那天听小六子说在独木桥上遇到李长生的事儿之后，郭老财就有些不省心了。

郭老财跟郭文广议论起李长生回老井镇的事儿。暴动那年，郭文广在北平念书，后来的事儿，他是听村里人说的，家里从来没人跟他说过细情，他一直想问个究竟。待了半天，他有些天真地问："叔，李长生他爹，真是你和我爹打死的？"

郭老财抬起头来看了郭文广一眼："暴动的时候，李长生和他爹闹得最欢，咱家的盐店就是他们爷儿俩带着人砸的。他爹落在我们手里，又有政府撑腰，不杀了他，还留着他呀？"

郭文广又问道："听说咱还把人家的头铡下来挂在树上示众？"

郭老财恶狠狠地道："穷棒子，就得杀杀他们的威风。"

郭文广有些书生气地道："杀人不过头点地，至于搞那么残酷吗？"

郭老财用十分严厉的眼神盯了郭文广一眼，接着又冷笑了一下："你呀，长多大也是个孩子，充其量也是个书呆子。那是你死我活呀。你要不对他们下手狠点儿，这些穷棒子，一旦翻了身，哼！什么事儿也能干得出来。”

郭文广低着头，用心揣摩叔叔的话。

郭老财接着道：“广儿啊，你爹死得早，我也六十多岁的人啦，土埋多半截啦。武儿又不在家，所以说，郭家的祖业就靠你继承了，郭家的门面往后也就靠你撑着了。记住了，穷棒子永远是穷棒子，永远是咱的死对头，到什么时候也不能让他们得志。对付他们，到什么时候也不能手软。”

这工夫，小六子回来了，一进门脚被门槛绊了个趔趄。

郭老财不高兴地道：“出门儿遇上鬼啦，看你慌里慌张的？”

小六子定了一下神，说：“老爷，不好了。李长生一下子纠集了好儿百人，穷棒子们又撒欢儿了。”

郭老财慢条斯理地说：“李长生说了些什么？”

小六子说：“他说，他是共产党派来的，是什么红军团长，要拉着老百姓抗日救国……”

郭老财抬起头来看了一下小六子：“他带来多少兵马？”

小六子说：“就他自个儿。”

郭老财问：“有多少条枪？”

小六子说：“长的短的，一条也没有。”

郭老财冷笑了一声，站了起来：“哼。一没人马，二没枪炮，还拉着老百姓抗日。这个李长生怕是吃错药了吧。”

小六子接过来说：“老爷，那个李长生还宣布成立了什么冀中抗日游击队，他当司令。”

郭老财抽了一口大烟，冷笑了一声：“哼，又他妈多了骗政府吃老百姓的一路军。”

郭文广想了想，接过来道：“叔，虽然李长生一没人马，二没枪支，但我看他是有来头儿的，咱得提防着点儿。”

郭老财眯了一下眼睛，很习惯地往空中举了举胳膊，随之打了个哈欠：“我看哪，他拉杆子抗日是假，报杀父之仇是真。”

郭文广点点头：“我也这么看。”

小六子插嘴道：“跟着起哄的，还是前几年造老爷家反的那些穷鬼刁民。”

郭老财扬了一下手："不管他是冲着谁来的，咱脑子里这根弦儿，要时刻绷紧点儿。传下去，从今儿起，晚上加双岗。谁敢聚众闹事儿，就开枪！"

小六子点点头："是。老爷。"说完，转身出去了。

郭老财在屋里转了两圈儿，叹了口气："冤家路窄啊。"

5

门外传来说话声，一个家丁跑进来向郭老财禀报："老爷，小姐回来了！"

说话间，十八岁的郭文秀带着一个学生打扮的年轻姑娘进了屋。

郭文秀进门向郭老财点了一下头："爹，还没睡呀？"

郭老财愣了一下，指着姑娘问："这是……"

郭文秀说："是我同学。她叫吴桂兰。"

吴桂兰很礼貌地对郭老财道："伯父好。"

郭文秀又把吴桂兰介绍给郭文广，当郭文秀说郭文广是冀中抗日义勇军总司令时，吴桂兰脸上露出惊喜与钦羡之情："向抗日英雄致敬。"

尽管郭文广很腼腆，但还是迎上去很仔细地端详起了吴桂兰，一眼看下去，他全身不由自主地紧张了一下。他的第一反应是，这姑娘太漂亮了，身材苗条，皮肤白皙，姿态优雅，尤其气质非常好，显得很洋气。尽管郭文广走过南，闯过北，又在北平读过书，但他还没见过这么漂亮可人的女子。

听说郭文秀回来了，郭母、郭姨太都出来迎接，见了吴桂兰，都上去拉着手夸说不休。

细心的郭姨太发现女儿带回了行李和日用品，便问道："秀儿，怎么带这么多东西回来？"

郭文秀一脸怒容地说："日本人占领了保定，到处杀人抢东西。中国人马上就要当亡国奴了，我们还上什么学？"

郭老财不高兴地说："小小年纪，你懂什么？我是晚清年间过来的人，什么没见过？英法联军打进来了，八国联军打进来了，我们当亡国奴了吗？不就是割点儿地，赔点儿款吗？老百姓不还是过自个儿的日子？"

郭文秀很认真地道："爹，这回日本人发动的可是全面战争。说不定哪一天就打到咱老井镇了。"

郭老财摆了一下手，咳嗽了两声：“我才不信呢。中国这么大地盘儿，他小日本儿能占得过来？”

郭文秀走到郭老财跟前，义正词严地说道：“爹，你这是明哲保身，麻木不仁。”

郭老财转过身来，胡子撅起，满脸愠怒：“你放肆！”

郭姨太一看气氛不对，赶紧过来对郭文秀说：“秀儿，你可是念过书上过学的人，怎么能这么对你爹说话呢？”

郭老财用力地拍了一下桌子，大声说道：“我明哲保身，麻木不仁？卢沟桥一打起来，国民党那么多正规军都往南跑了，政府的官员们也带着家眷，卷着细软跑光了。你让我一个老头子上前线抗日啊？”

郭文秀语气缓和下来，上前拽了一下郭老财的胳膊：“爹，我没说让你上前线啊。我们有钱的出钱，有力的出力嘛。”

郭老财把郭文秀的手轻轻拿开：“哦，合着你是回来跟我要钱来了？跟你说实话吧，我没那闲钱补笊篱！”

听到这儿，郭文秀站起身来愤愤地道：“自古燕赵多慷慨悲歌之士。可你真是个没血性的老顽固！”

郭老财气得山羊胡子乱颤：“慷慨悲歌之士？告诉你，我不是舍命刺秦王的荆轲！你爹我还没活腻歪呢！死丫头，我看你是长脸了！亏你还在大学里念书，识文断字儿，竟如此口出狂言，目无尊长！”他连着咳嗽了两声，缓和了一下口气，接着道，“既然兵荒马乱的，书念不下去了，那就回家来。早点儿嫁人，也算了了我这辈子的一桩心事儿。”

郭文秀也一下提高了嗓门儿：“你休想！”

郭老财大声道：“你放肆！”说着站起来，抄起拐杖就朝郭文秀打去。屋里的人纷纷拦着。

郭姨太趁机把郭文秀拉进了里屋：“你这丫头，轻易不回来一趟，回来就惹你爹生气。”郭母和吴桂兰也跟着进了屋，她们都跟着劝说郭文秀。

郭文秀委屈地说：“现在都国破山河碎了，你看看咱这个家，哪有抗日救国的样子，个顶个都想当亡国奴啊。”

郭姨太帮郭文秀把眼泪擦干：“得啦，得啦。闺女家家的，什么亡国奴不亡国奴的？简直是闲吃萝卜淡操心。”

郭老财粗声大气地在客厅里喊：“都是打小儿惯的你！还敢教训老子，简直是无法无天了！才喝了几口墨水儿，脚丫子就不想在鞋里了，还想翻天呀怎么着！”

郭文广过来劝郭老财：“叔，你别生那么大气。秀儿从保定来，比咱了解的情况多。她是个爱国青年，情绪激进点儿，是可以理解的。我在北平念书的时候，日本人刚占领了东三省，学生们上街游行，那真是排山倒海……”

郭老财把手一扬：“得了，你别听见风就是雨啦。你叔我这辈子走的路比你们过的桥还多，吃的盐比你们吃的面还多。日本子是外来的和尚，在中国念不成经。眼下，咱们最大的心腹之患是那些穷棒子。这个李长生尽管是单枪匹马，可他来头儿不对。我担心他会打着抗日的旗号，继续带着穷棒子们闹事儿。”

郭文广点点头：“我也看出来了。”

郭老财小声道：“那就把咱的兵马练结实了，等着对付他。另外，你再跟你娘要点儿钱，到保定买点儿像样的枪支。”他把身上的手枪掏出来掂了一下，“这年头儿，腰杆子，就靠它撑着……”

第三章　笼络仇人

1

冀中抗日游击队成立了，李长生为司令员，老黑头为副司令员，眼下不到三百人马。司令部就安在李长生家。为了工作方便，李母搬到了西屋，跟长在、香梅睡一条炕。老黑头有时开会晚了，也住在司令部，跟李长生做伴儿。

队伍拉起来了，可三百多号人却没一杆枪。打鬼子需要人，有人没有枪，就谈不上抗日，这是明摆着的事儿。

而郭文广的队伍每天扛着长枪短枪，喊着口号出出进进，看上去很威风，实际上也是在向李长生示威。这一点，李长生是感觉得到的，老百姓也是看得见的。

有一天，老黑头突然想起一件事：当年暴动失败后，在官府大搜捕前，暴动队员把一部分枪埋了起来。李长生听后很激动，当天晚上就带着人找到了埋枪的位置，可挖了大半夜，却没挖出一条枪。老黑头直嚷嚷见鬼了，见鬼了！

李长生让老黑头好好想想，是不是记错了地方。

老黑头皱着眉头想了半天，觉得没错。

埋枪的地点是老井镇村后的九莲山。那也是一个晚上，老黑头借着月光站在九莲山上朝老井碑眺望，下了山朝着老井碑方向走了五十步，正好旁边有一棵小槐树。枪就埋在了小槐树底下。

李长生：“难道有人把枪挖走了？”

老黑头说："不大可能。"

李长生问："当时埋枪的还有谁？"

老黑头想了想："活着的，除了我以外，还有铁榔头儿和小刺猬。"

李长生："小刺猬现在在哪儿？"

老黑头叹了口气："别提了，这小子骨头软，当年为了保命，把好多参加暴动的人都供出来了。现在听说在日本子那儿混饭吃，不知是真还是假。"

李长生有些吃惊："当了汉奸？"

老黑头又叹了口气："咳！要不是他，那场大搜捕也不至于死那么多人。"

李长生也叹了口气："真没想到，暴动的队伍里，还出了这么个败类。"

李长生带着人回了家，饭也没吃，就出了门，他在小酒馆里找到了铁榔头。铁榔头尽管喝得脸红脖子粗，但见了李长生第一句话就说："找枪去了吧？"

李长生看了看旁边没人，凑到铁榔头耳朵底下说："跟我说实话，是不是你小子把枪给转移了？"

铁榔头龇着牙笑了一下，毫不含糊地说："我挖出来了。"

李长生急切地问："那枪呢？"

铁榔头打了个饱嗝，瞪着红眼珠子说："我卖给郭文广了！"

李长生愤怒地站起来："你也是个败类！"

铁榔头又打了一个饱嗝："哎，表哥，这话就是你的不对了。人家是抗日义勇军，我支持抗日救国，怎么算是败类？"

李长生问："那钱呢？"

铁榔头仍然毫不含糊地说："这不，喝酒了。"

李长生瞪了铁榔头一眼，愣了一会儿神，突然把桌子给掀了："我让你喝！我让你喝！"

掌柜的听到动静马上出来了："哎，哎。有话好好说，怎么动不动就掀桌子？"

李长生看了掌柜的一眼，掏出两块钱放在桌上，愤愤地离开了。

铁榔头却不急不恼，打了个饱嗝，冲着李长生的背影说："还红军团长呢，还是那熊脾气，点火儿就着。狗改不了吃屎。"喝了一口酒又说，"想要那东西，明儿请我喝一壶儿。”

李长生在门口愣了一下，突然笑了：“你这个破榔头儿，三天不打，上房揭瓦。”

2

李长生没想到，这个看上去有些玩世不恭不可救药的表弟铁榔头，还真是个粗中有细的人。他告诉李长生：大搜捕之后，郭老全和郭老财想起了这批枪的事儿，因为枪都是从他们家缴走的，而暴动队员四处奔散，不可能带上枪。他们哥儿俩带着人到处挖，到处找，怎么也没找着。后来，他们就审问小刺猬。就在小刺猬被请到郭家喝酒的那天晚上，铁榔头连夜带着人把枪转移了。

八月十五云遮月。云彩厚厚的，浓浓的，天阴得严实，月亮压根儿就没出来，只有很远的地方，才看见云彩之间的一条条不规则的缝隙。

李长生认为这是挖枪的好机会，专门挑选了十几个精明强干的人，在铁榔头的带领下，悄悄溜出了村，奔向埋枪的地点。谁也没成想，铁榔头这小子竟把枪埋在了九莲山的石碑底下，周围伪装得很自然，看不出一点儿痕迹。每年到三月三，周围三乡五里的人都到石碑跟前点香烧纸，求神跪拜，但谁也没发现石碑底下藏着枪。

枪很快挖出来了，大家都很兴奋。李长生拿起一支驳壳枪，抠了一下扳击，还挺灵活。紧接着，他把一支支长枪、短枪都拉了一下枪栓，因为年久生锈，大多数没拉开。

就在这个时候，一场意外的事情发生了。

不知什么时候，郭文广带着自己的人马把九莲山团团包围。人们举着火把，拿着枪支或者棍棒上了九莲山。

老黑头向四周望了一下，对李长生说：“把枪背起来，赶紧撤吧？”

李长生看了一下眼下的局面，说：“来不及撤了，他们手里有枪。我们手里有枪又没子弹，真要撤，会有伤亡。”

不一会儿，郭文广就带着人马冲到石碑下，一支支枪口对准了挖枪的人。

在火把的照耀下，郭文广那张苍白的脸显得很得意，他拿着有些怪异的腔调对李长生说：“李长生，听说你也拉起了一支抗日队伍，我郭文广特意赶来祝贺。”

李长生说：“既然是来祝贺，用得着这么兴师动众吗？”

铁榔头接过来说：“小白脸儿，怕是黄鼠狼给鸡拜年，没安好心吧？”

郭文广说：“今儿咱发狠的话、客气的话，都不说了。把枪留下，你们走人。”

李长生说：“为什么？”

郭文广笑了一声：“我听说你还当了红军团长，可你不觉得这话问得幼稚吗？咱两家有杀父之仇，现在又都拉了杆子，我能眼看着让你们游击队武装起来，消灭我们义勇军吗？”

小六子抢过来道：“再说了，这枪本来就是我们郭家的，当年是你们这些穷棒子造反抢去的。”

郭文广打断了小六子的话：“关于枪的来历就不提了。李长生，我再重复一句，你要是明智的话，就把枪放下走人。”

老黑头很激动地说：“我们要是不放下呢？”

郭文广朝天放了一枪：“别忘了，你们的枪可都没子弹。”

李长生把老黑头拉到自己身后，很耐心地对郭文广说：“我先叫你一声郭总司令吧。我也告诉你，我们取出这些枪，不是对付你们义勇军的，是为了打鬼子的。”

小六子冷笑了一下，接过来说：“打鬼子？说得太好听了。打在独木桥上看见你那一天起，你在我面前露出的那股杀气，就已经告诉我，你不是什么打鬼子的，是回来给你爹报仇的！”

李长生没答理小六子，问郭文广：“那我问你，郭总司令，你拉起冀中抗日义勇军，是为了干什么？”

郭文广：“打鬼子！”

李长生：“那你到今天为止，打死了几个鬼子？”

郭文广：“养兵千日，用兵一时。”

李长生：“日本鬼子把华北地盘儿都快占光了，你还在这儿养兵千日？”

郭文广：“这……”

李长生：“既然你不打鬼子，为什么叫冀中抗日义勇军？”

郭文广：“李长生，这就不是你管的事儿了。国家兴亡，匹夫有责。鬼子，我们迟早要打的。现在，我要你把枪留下，赶紧走人。如果感兴趣的话，关于打鬼子的事儿，我们以后再讨论。”

小六子不耐烦地道：“快把枪留下走人，别他妈大闺女肿脸——找难看。”

老黑头：“就是不缴枪，莫非你们敢开枪杀人？”

小六子把手一挥：“弟兄们，子弹上膛，别走火儿啊。”

紧接着，响起“嘁哩喀嚓”一阵子弹上膛的声音。

李长生想了想，拿着手里的驳壳枪慢慢向郭文广走去：“好吧，我们把枪留下。郭总司令，你是义勇军里的最高长官，这支驳壳枪就归你了。不是冤家不聚头，这支枪就算我李长生送给你的礼物。”说着，把枪递给了郭文广。

郭文广犹豫着伸出手来接枪，就在郭文广接枪的那一刹那，李长生的手像老虎钳子一样攥住了郭文广的胳膊，顺势一拧。郭文广“哎哟”一声胳膊被拧到身后，自己的枪“喀嚓”一声掉在地上。李长生用脚一勾，枪拿在了自己手上，他把枪对准郭文广的脑袋：“就这小身子骨儿，还打鬼子？”接着又对众人说，“都给我往后撤，谁敢动，我就打死他！”

众人都被李长生麻利的动作吓坏了，只有小六子还在虚张声势：“李长生，你把我家少爷给放了，不然，我可对你不客气。”

李长生又使劲拧了一下郭文广的胳膊，郭文广又“哎哟”一声跪在地上，李长生又把他提了起来：“让你的人都把枪收起来，统统往后撤！”

郭文广忙道：“小六子，快，让大伙儿把枪收起来，往后撤！”

众人把枪收了起来，慢慢向后撤。

李长生低声问郭文广：“你告诉我，你拉起冀中抗日义勇军，是不是真的为了抗日？”

郭文广：“我告诉你李长生，我也是中国人。当强敌入侵、占我土地、杀我同胞、奸我姐妹、掳我财富的危难之时，为什么我不能挺身而出？”

李长生：“好，但愿你说的是实话。那我也顺便告诉你，我们冀中抗日游击队是共产党领导的抗日队伍。现在国共两党都合作抗日一致对外了，希望我们也能够不计前嫌，共同打鬼子。”说着，把郭文广的手松开了。

郭文广：“我们现在还不具备合作的基础。我看，我们还是先各抗各的吧。”

李长生：“好，我们不勉强。为了表示我们的诚意，今天我们挖出的武器，咱们来个二一添作五，怎么样？”

郭文广有些不相信：“真的？”

李长生：“见面儿分一半儿嘛！”

老黑头不高兴地道：“我不同意。”

铁榔头紧接着说：“我也不同意。”

李长生：“不同意回去再说，今天先这样做。”说着，让大家把挖出的武器分出一半放在了郭文广脚底下。

郭文广还是有些不相信：“你为什么这样做？”

李长生坦然一笑：“你慢慢会理解的。”又说，“你这支枪，我可能要借几天。我说话算数，七天以后一定还你。”

老黑头、铁榔头等人还想说什么，李长生说：“好了，天不早了，把枪捡起来，咱们回家睡觉。有郭总司令这支枪在我手上，你们还有什么不放心的？”

郭文广犹豫了一会儿，让小六子等人把枪捡了起来，走了两步，又回头看了一眼李长生。

李长生大声说道：“记住你说过的话，冀中抗日义勇军，是抗日的。”

郭文广带着人一溜小跑下了山。

老黑头满脸不高兴，铁榔头噘着嘴。回家的路上，谁也不说话。

3

李长生送枪给郭文广的事儿，闹得好多人不痛快。

先是老黑头，他一个劲儿地重复着一句话：当年我们从地主老财手里缴枪，是为了什么？再就是铁榔头，他认为李长生把他给卖了。本来还想参加游击队，跟着折腾折腾。这一弄，他又改变主意了。

接下来就是家里人满肚子意见，反应最强烈的是李母。

自打李长生进了家门，李母就一再给他灌输父仇不报、何以为人的道理。那天，李长生在老井碑前讲话，她也去了，还一个劲儿地跟着鼓掌。儿子出去这些年，出息了，成人了，那话讲得嘎嘣硬脆，掷地有声，又见大伙儿情绪那么高涨，口号那么洪亮，她这个当娘的，真感到自豪，真跟着提神。在最激动的时刻她幸福地闭一会儿眼睛，心里默默地说：“这下，老头子的仇有指望报了。”

当听到李长生把挖出的枪分给了仇人一半时，李母劈头就问儿子："你是不是昏了头，是不是犯了贱，是不是喝了迷魂药儿？"

李长生说："娘，你说的这些都不是。"

李母拉着脸子说："那你干吗把自个儿的枪给了仇人？你小子知道不知道，那些枪，可是你爹他们当年拿命换来的。你这么做，对得起你爹吗？啊？"

李长生知道跟娘讲抗日救国的大道理，不一定有什么效果，就把郭文广的手枪掏出来给郭母看：

"娘，你放心，你儿子不会做亏本儿的买卖。咱给他的枪没子弹，放在咱这儿也打不响。他这玩意儿可是一搂就响。"

李母轻蔑地一笑："你别糊弄我这老婆子。我听说，你给了人家十几条长枪呢。"

李长生说着把枪卸开放在地上一边擦一边说："娘，你放心。那些枪，我早晚会要回来。"

李母说："你大白天说梦话吧，仇人能把枪再还给你？除非是你才那么傻！"

李长生擦完枪，动作麻利地把枪重新组装好，说："娘，咱走着瞧，不光我给他的枪得让他送回来，他郭家的枪和人马早晚都得归了我。你信不信？"

李母说："咱要他的枪，不要仇人家的人。"

李长生哄李母："好，娘，那我就听你的，光要枪，不要人。"

李母强调说："还要郭老财的人头。"

李长生点点头："好，该要的时候，咱就要。"

李母这一关算是过去了，李长在心里也疙疙瘩瘩的，但不敢说什么，背后跟香梅嘀咕："你说咱哥唱的这是哪一出儿呀？"

香梅虽说是个妇道人家，看事儿却看得比男人远，张嘴道："你把心放在肚子里吧。长生这么做，自有他的理儿。"

李长在瞪了香梅一眼，纠正道："那是咱哥。"

香梅脸红了："是，咱哥。咱哥是在笼络郭家人。"

李长在不满意地道："笼络仇人？"

香梅很认真地道："仇人也不能世世代代都是仇人吧？"

李长在不理解地说："照你这么说，将来，咱哥还要把郭家联合起来抗日？"

香梅说："这很难说呀。哥是红军团长，还是中央派来的。咱就听他的吧，差不了。"

李长在没接这个话茬儿，闷着头想了一会儿，换了一个很敏感的话题："铁锤儿他娘，这不，咱哥回来了。这么多年了，谁也没成想他会活着回来。回来了，当然是好事儿。可是，有些话我又不好意思说了……"

见李长在把话停下了，香梅道："有什么不好意思说的？两口子，有话憋在肚子里干什么？"

李长在寻思了一会儿，很为难地说："往后跟咱哥这关系怎么处呢？"

香梅道："这有什么难的？该怎么着就怎么着呗。"

李长在叹了口气，看了香梅一眼："可，可你们毕竟做过夫妻，还挺恩爱的……"

香梅也叹了口气问："这就是命啊。"

李长在带着试探的口气："要不，这命再轮回一次……"

香梅用充满了警惕的口吻说："长在，你什么意思？"

李长在自知理屈，声音发软："说着玩儿呢，你急什么？"

香梅得理不饶人："长在，打咱哥回来，俺看你就不对劲儿。"

李长在说："你不觉得你也有些不对劲儿吗？"

香梅说："俺是俺，你是你。咱们现在是夫妻了，也有孩子了，日子就这么一天天地过下去了。可咱哥快三十的人了，整天个这么忙，身边也没个知冷知热的人。"

李长在说："就是。咱饱汉子该知饿汉子饥。"

香梅看了李长在一眼："长在，俺把话挑明了吧。咱哥在成家之前，俺对他吃的穿的冷的热的，有个关照，你不能有想法儿。"

李长在说："应该的。那是咱哥嘛。"

香梅点了李长在脑门一手指头："这还像个男人说的话。"

两口子刚把话说完，李母一挑门帘进来了，几个人又拉了两句家长里短，就吹灯睡了。

香梅来回翻身睡不着，李长在有些想法，过来扒拉香梅的身子。香梅见李母还没睡着，就用脚蹬了一下李长在。李长在自知没戏，往下窝了一下身子，翻过身去，睡了。

李母和李长在都打上呼噜了，小铁锤早就睡了个死去活来。香梅还是睡不着，她心里像翻倒了五味瓶，乱乱的。

4

大半晌，李母和李长在都下地了。香梅在家里洗衣裳，正在院子里晒衣裳的时候，李长生进了院，见家里就香梅一个人，觉得有些不自在，抽身想走，香梅叫了一声：“哥。”

李长生停住了脚步：“有事儿吗？”

香梅理了一下耳根儿的头发：“进屋吧。俺有话跟你说。”

李长生知道香梅要跟他说些什么，正因为有这样的判断，他才有意躲避。磨蹭了一会儿，还是跟着香梅进了屋。

两人走进里屋，李长生倚着柜站着，显得很不自在。香梅坐在炕上，很快又站起来。就这样，两个人僵持了一阵子，香梅长长地吸了一口气，平静了一下自己的心情，慢声细语地说：“长生。俺心里憋着好多话要跟你说，俺以为这辈子这些话只能烂在肚子里了，可长眼的老天爷又给了俺这个机会。虽然咱俩只做了一年零三个月的夫妻，但那和和美美的日子，足以让俺幸福地回味一辈子。做过你的女人，俺这辈子活得值。你知道吗？当听老黑头说你死在了白洋淀的时候，俺真想跑到白洋淀扎进水里找你去，到阴曹地府咱也做夫妻。可是，俺想来想去，没那样做。俺肚子里怀着你的孩子，俺要把咱们的孩子抚养成人，长大了，好让他为他爹、为他爷爷报仇……”

李长生听到这儿，眼窝儿里蓄满了泪水。他把眼睛往房顶上看，试图阻挡泪水流下，但他失败了，泪水像开闸的水……

香梅见李长生不说话，也看到了他泪雨滂沱的脸。她知道，她的话触到了他最敏感的感情深处。她真想扑到他怀里痛痛快快地大哭一场，把这些年的苦水一股脑儿地倒出来，也就此了断他们之间的情分，可她努力克制自己不能那样做。而越是不能那样做，她心里越加倍积压和沉淀以往的幸福光阴。因为，作为一个女人，她曾经被刻骨铭心的幸福浸泡过……

那一年，自打头一回在戏台底下见到李长生，她就把这个男人死死地印在心里了。晚上，她经常偷着拿出那个有他字迹的手绢，在被窝儿里细细地看。有时候是细细地摸；夜里做梦，有时会甜甜地笑醒。她心里放不下这个李长生，就四处打听。没有结果，她就利用赶庙会的机会，在那个戏台底下来回转，企图还会邂逅那个李长生。她相信人是有缘分的。她赶了几次庙会都没见着李长生，偶然一次机会，她去了一次老井镇的学校，突然见李长生正带着学生们上体育课。她多了个心眼儿，在看门儿老头儿那里，打听到了李长生的姓名，打听到了他家的情况。后来，她就大胆让爹娘托媒人去提亲，再后来就有了相亲、定亲和成亲。她相信自己的第一印象，更相信自己的眼力。果然，她们结婚之后，甜甜蜜蜜，恩恩爱爱，让人羡慕。她死也忘不了，他背着她在细雨中的独木桥上的幸福行走，惹来村里人既羡慕又嫉妒的目光。她死活也忘不了，新婚之夜的那个晚上，闹洞房的人走了，两人上了炕，你看看我，我看看你，脸都红得够戗。待了一会儿，李长生说："困了吗？睡吧？"香梅也羞涩地说："睡吧。"李长生愣了一会儿，脱了衣裳钻进了被窝儿。香梅脱了外衣，解内衣扣的时候，手有点儿抖，怎么也解不开。李长生过来帮她解，香梅不让。聪明的李长生看出来了，她是害羞，就趴到窗台上把灯吹了。香梅这才脱了衣裳睡了。一开始，两人各自钻了自己的被窝儿，谁也不好意思先侵犯谁。香梅听到李长生像牛一样的喘气声，心里就突突直跳。

又过了一会儿，李长生说话了："你睡着了吗？"

香梅："废话。"

李长生："你被窝儿里冷吗？"

香梅："不，不冷。"

李长生："我这被窝儿里可有点儿冷，想让你给暖和暖和。"

说着就顺理成章地钻进了香梅的被窝儿。就在这个关键时刻，两人忽听到门帘底下有人按捺不住地笑了一声。香梅听出了是李长在，嚷道："长在，你真坏……"这工夫，就听李母在对面屋里喊："长在，回来睡觉。听见没？"第二天，满大街的年轻人见了李长生或者香梅，都问："你那被窝儿里冷吗？"他们就满大街地追着打。

想起这一切，香梅心里既甜甜的，又苦苦的，酸酸的。谁也没成想，上天给他们开了这么大的玩笑，弄出这么世上少有的事体来。往后跟长生这关系该怎么处，日子该怎么过，她一点儿思想准备也没有，心里一点儿章法也没有。

香梅低头小声道："长生……既然已经这样了，咱就都认命吧。"

李长生："是。可以后，你，你不能叫我的名字。我是哥。"

香梅："俺没给你保住孩子，对不起你。"

李长生："事情都过去了。只要你好好的，就行了。"

香梅抬起头来望着李长生："你不怪俺吧？"

李长生摇摇头："不。当初，娘这么做，也对。咱们还是一家人。"

香梅眼里闪着泪光说：“你的衣裳脏了，就脱下来，俺给你洗；破了，俺给你缝。”

李长生：“不用。我在部队里这些事儿，都自己做。”

香梅很真诚地说：“你可别跟俺见外啊。”

李长生：“不是。你照顾老的，养着小的，也不容易。”

香梅擦了一下眼泪，换了一个话题：“那天你在老井碑前讲话，真提神儿，真带劲儿，比在家的时候，水平可高多了。”

李长生：“那天我也注意你了，你快把巴掌拍烂了。”

香梅把话题岔开了：“你是不是想联合郭家抗日？”

李长生一愣：“你怎么看出来了？”

香梅一笑：“你给了郭家枪啊。”

李长生用陌生的眼神看着香梅：“嗬，你看出来了，你认为有可能吗？”

香梅：“关键看郭文广那人。”

李长生：“你认为郭文广那人怎样？”

香梅：“说实话，在他们郭家，就郭文广还是个有良心、有正义感的人。他把家里的地卖了，拉起了队伍，买了枪，有点儿抗日的劲头儿。”

李长生：“那我真要跟他联合起来抗日，你会怎么认为？”

香梅：“我赞成。”

李长生：“为什么？”

香梅：“冤家宜解不宜结啊。就是把郭老财杀了抵了咱爹的命，又能怎么样？日本鬼子不是还占着咱们中国吗？”

李长生：“哟，真没看出来，你觉悟挺高啊。”

香梅低下头：“跟你学的呗。”

李长生兴奋地道：“那娘和长在的工作，就由你来做。”

香梅点点头：“行。”

李长生：“那，我谢谢你。”

香梅嗔怪道：“净说外道话……”

5

老井镇东面的两个大场院成了两个大操场。

一个大操场上戳着“冀中抗日游击队”的木牌子，一个大操场上戳着

“冀中抗日义勇军”的木牌子。

两个大操场同时进行军事训练。

游击队的人都剃了光头，上身都是白褂子，下身都穿黑裤子，圆口布鞋，看上去基本统一。

李长生穿一身崭新的八路军军装威风凛凛地站在队列前面，说话声音洪亮饱满，很有穿透力：“今天，我们进行队列训练。队列是军人的仪表，也是军人的标志。一个真正的军人，要做到站如松、坐如钟、走如风，从精神上压倒敌人，决不被敌人所屈服。”

队列里有人小声讲话。

李长生大声道：“训练时要严肃，不准讲话！”

队列里一下子安静下来。

李长生接着说：“现在我来讲一下立正的要领。听到立正的口令后，两腿迅速并拢，双脚打开与肩同宽，两手贴于双腿外侧，挺胸收腹，两眼平视前方……”

李长生一边讲一边做示范，做了几遍之后，大声道：“现在大家做一遍。听口令，立正！”

口令下达后，队伍一阵忙乱，动作五花八门儿。

李长生走到队列里，一个个地纠正每个人的动作。

排头兵是李长在，他有些罗圈腿，两条腿怎么也并不拢。李长生过去纠正，李长在心里有些别扭，小声嘟囔道：“打起仗来，用得着站这么直吗？”

李长生用力拍了拍他的两条腿：“队列走不好，你就没资格上战场！”

义勇军的人穿着打扮五花八门儿。正是秋天，有的穿短裤，有的穿长袍；有的光着头，有的戴毡帽；有的穿皮鞋，有的赤着脚。从外观上看，很难断定这是一支什么队伍。

指挥训练的是小六子。据说小六子前些年在东北当过绺子，钻过山，住过洞，摆弄过枪，在义勇军里号称“军事家”。

郭文广是学生出身，一点儿军事也不懂，见李长生组织游击队练队列，不解地问小六子：“李长生弄这玩意儿干什么？”

小六子把手里的烟掐掉，轻蔑地道：“操！花拳绣腿，管他妈蛋用？”

郭文广：“那咱练点儿什么？”

小六子：“玩点儿真的，让李长生看看，打起仗来，什么叫刺刀见红。练刺杀。”

郭文广看着游击队走过来的队列说：“从气势上一定要压倒他！”

小六子：“咱是寡妇生孩子——有老底儿。今儿让李长生开开眼。”

小六子大声喊道：“集合了！准备练刺杀！”

队伍稀稀拉拉集合齐了，每个人持一个木枪瞪着眼睛听候小六子发号施令。

小六子指着游击队的操场说：“看见了没有，那边在练走道儿。真他妈稀罕，只要有腿，谁他妈不会走道儿，还用练？咱还练刺杀，打起仗来，还要靠刺刀见红。别的，都是他妈扯淡！今儿喊声要大点儿，使出吃奶的劲儿喊。别像八顿没吃饭似的啊，震震他们。听见没有？”

队伍里齐声喊：“听见了！”

小六子大声下命令：“提枪！”

队员们动作不很整齐地把木枪提起来。

小六子：“刺杀！”

队员们猫腰撅腚把枪刺出去的同时，齐声喊：“杀！”

郭文广看看自己的义勇军，又看看对面的游击队，心里感觉很舒服。尤其那“杀”声一喊出来，他觉得很提神，很争气。

6

两个学生打扮的姑娘向操场走来。一个是郭文秀，一个是吴桂兰。

吴桂兰见到郭文广，首先打招呼：“郭少爷。”

郭文广有些腼腆地说：“吴姑娘，别这样，叫我郭文广吧。”

郭文秀接过话：“应该叫郭总司令。”

郭文广：“不敢。不敢。”

吴桂兰看看两个热火朝天的操场，感慨地道：“这里还真有些抗日救国的气氛。”

郭文广笑道：“那就请吴姑娘检阅一下我们的刺杀训练吧。”

义勇军的人们见两个打扮很洋气的漂亮姑娘向操场走来，一下子都走了神儿，个顶个眼睛都看直了。小六子本想冲进队伍里发顿火，显显威风，但他的眼睛也直了，他手里的木枪“当啷”一声掉在地上。

郭文广见状，脸上有些难堪："接着练。"

小六子捡起木枪，很不情愿地把眼神收回来，指挥大家继续操练。

郭文秀看了一会儿对吴桂兰说："咱去那边儿看看吧。"

吴桂兰说："好。"

刚走两步，郭文秀转过身来对郭文广说："哎？广儿哥，跟我们一块儿去吧。"

郭文广正犹豫，郭文秀拉起了他的胳膊。

等郭文秀和吴桂兰一走开，小六子一下子没了精神，队伍里也一下没了精神。

当郭文秀和吴桂兰走到操场时，游击队的人也一下把眼睛看直了，本来刚走整齐的步伐一下子乱了起来。

李长生早就看到了两位年轻漂亮的姑娘向这边走来，见队伍的步调一下子乱了起来，他大声喊着口令："一二一！一二一！错了的，把步子换过来！"他见有的人仍用发直的眼睛瞪着两位漂亮的姑娘，马上换了口令："立定！向后转！齐步走！"队伍里的步伐又慢慢协调起来。

这一细节，郭文秀和吴桂兰都看出来了。郭文秀悄悄问吴桂兰："你对这种现象怎么解释？"

吴桂兰不假思索地说："见了女的好奇呗，有什么好解释的？"

郭文广很有感慨地说："不只是好奇，是神奇的力量。爱美之心，人皆有之嘛。"

吴桂兰很认真地道："那到上前线的时候，我们就在一边观战，呐喊助威，给勇士们神奇的力量。"

郭文广："勇士们肯定个个都前仆后继，奋不顾身。"

吴桂兰大笑道："真那么神奇，小日本儿早就被打跑了。"

见两位姑娘来到操场，李长生命令部队原地休息。吴桂兰很大方地走向李长生："请问这位长官怎么称呼？"

李长生正色道："我叫李长生。"

郭文广过来介绍说："这位是冀中抗日游击队的李司令。"

吴桂兰很大方地把手伸过去："一看你就是一位标准的军人。来，我们认识一下，我叫吴桂兰，保定二师的学生。"

李长生也把手伸了过来，只是很简单地捏了一下就松开了，随口说了句："认识你很高兴。保定二师是有革命传统的学校，当年的爱国护校运动，在全国很有影响。”

吴桂兰兴奋地道：“没想到，你这么了解我们学校？”

李长生：“不用问，你也一定是个非常爱国的优秀青年。”

吴桂兰很谦虚地道：“爱国是对的，优秀谈不上。”她看了一眼操场一侧“冀中抗日游击队”的牌子，调转话题问道，“请教一下，贵军为什么叫游击队，而不像对面儿，叫义勇军，或者更响亮的名字。”

李长生笑了一下说：“我们是共产党、八路军领导的队伍。而八路军坚持的是敌后游击战争。所以，我们叫抗日游击队。”

郭文广很不搭调地说了一句：“游击战，就是逃跑呗。”

李长生很认真地纠正道：“不对。游击战是在敌强我弱的情况下，既能消灭敌人又能保存自己的战争方式。当年，红军战胜蒋介石几十万军队的围剿，最后长征胜利到达陕北，靠的就是灵活机动的游击战。将来，对付日本人，我们还要靠游击战。”

吴桂兰对这些话题很感兴趣：“我在学校听说，八路军首战平型关，一下子消灭了千余名鬼子，也是打的游击战吗？”

郭文秀捅了一下吴桂兰：“你还成军事理论家了？”

吴桂兰也捅了一下郭文秀：“不懂就问嘛。”

李长生接着道：“那场战役，客观地说，应该叫运动战。毛主席说过，我们以游击战为主，但也不放弃任何条件下的运动战。我们需要的是灵活机动的战略战术。”

吴桂兰听着李长生的话，眼睛里面充满了钦佩，她不住地点头，接着又调转话题：“那李司令，我再问你一个问题，日本军国主义这么强大，侵略我国如入无人之境。而我们的装备这么落后，你说，将来能打败日本人吗？”

李长生：“我肯定地告诉你，能。只要我们四万万中国人团结一心，一致对外，小日本儿早晚会被赶回老家。”他说着，有意看了一眼郭文广。

吴桂兰激动地又一次握住李长生的手：“李司令，听你这么一说，我就豁然开朗，茅塞顿开，对抗日救国，也充满信心了。”

不知什么时候小六子过来了，他手里拿着两支木枪，把其中一支在没任何准备的情况下，突然扔给李长生。李长生身体轻盈地往旁边一闪，伸出手来，干净利索地把木枪接住。

小六子很牛气地对李长生道：“我说李司令，你别狗掀门帘儿——都靠嘴上的功夫。来，咱对刺两下，拿出点儿真本事，让大伙儿看看。”

一看这阵势，吴桂兰和郭文秀都拍起了巴掌。

小六子把防护袋顺手扔给了李长生。李长生顺手扔在了地上，挽了一下袖子，说道："那就恭敬不如从命，我陪你练练。"

一听说搞对刺，打擂台，游击队和义勇军的人都围了过来。

小六子抖了抖精神，摆开架势，来了个先发制人，趁李长生还没准备好的时候，突然高喊了一声："杀！"便向李长生前胸刺去。李长生不慌不忙，轻轻用枪一挡，把小六子的枪拨到了一边。小六子脚底下垫了一步，收回枪又朝李长生的裆部用力刺去。李长生又不慌不忙地出枪防卫，小六子的枪再次被拨开，趁着惯性，李长生快速上前一步，用枪抵住了小六子的下颌。小六子身体失衡差点儿摔倒，李长生顺势把他抱住了。

郭文秀和吴桂兰率先叫着拍起了巴掌。

游击队的人也跟着拍起了巴掌。

只有郭文广脸上很不自然。

小六子丢了面子，自然不肯善罢甘休，他又拉开架势向李长生刺来，三两个回合，李长生就把小六子刺倒了。

小六子站起来的时候已是满脸通红，他朝人群里使了一个眼色，一个大个子杀气腾腾地拿着木枪从人群里走出来。小六子和那个大个子一前一后，对李长生形成前后夹击的态势。

游击队里的李长在不干了："你们要干什么？这是俩人比武吗？"说着也从人群里走了出来。

李长生朝李长在大声喊："你给我回去！"

李长生拉开架势，不到两分钟，几个漂亮动作把大个子和小六子同时刺倒了。

人群里爆发出潮水般的掌声和嚷嚷声。

输不起的小六子急了，把手一挥："弟兄们，给我上！"

义勇军的人都"呼啦"一下子围了过来，把李长生包围在中间。游击队的人一看这阵势，马上对义勇军形成了反包围。眼看着一场群斗就要发生。郭文广觉得脸上不好看，掏出枪来朝天开了一枪，大声嚷道："都给我散开！"

人们愣了一下，纷纷散开了。

郭文广走上去给了小六子一巴掌："丢人现眼的玩意儿！"

郭文秀也打抱不平："真是输不起！"

小六子指着李长生说：“你等着，咱走着瞧啊。”

郭文广拉了小六子一下：“快滚吧你！”

李长生笑着说：“比武嘛，胜败乃兵家常事。别伤了和气啊。”

郭文广也笑了一下说：“你别跟他一般见识。”接着又说，“从那天晚上挖枪到今天刺杀，我不得不承认，长生，你真了不起。但我更希望能在哪一天看到你在战场上的风采。”

李长生：“会有那一天的。不过，我还是要提醒你，义勇军这种军事素质，是上不了战场的。”

郭文广不屑一顾地说：“那就不用你操心了。”

吴桂兰插了一句嘴：“你们联合起来抗日不行吗？”

郭文广朝吴桂兰笑了一下：“吴姑娘，你太天真了。”

吴桂兰有些莫名其妙地看着郭文广。

郭文广让小六子把义勇军的人带回去，忽然又想起了一件事，回过头来对李长生说：“我的枪，你还没还我呢。”

李长生想了一下说：“我说过，七天以后还你。你放心，我绝不食言。”

吴桂兰也回过头来盯着李长生看了一会儿，说：“李司令，我还有问题想请教你，能给我一次机会吗？”

李长生坦然地道：“不客气，随时可以和你交流。”

郭文广拉了吴桂兰一下：“咱们走吧，该吃午饭了。”

吴桂兰走了两步，又回过头来看了李长生一眼。

第四章　又生是非

1

一连发生的几件事，让郭文广心里既疑惑又别扭。他仔细回忆了一下这几件事的细节，躺在床上不住地摇头。郭母来到他房间，见他脸色不好看，不安地坐在他身边问：“广儿，怎么啦？”

郭文广坐起来，把心里憋着的话跟郭母说了一遍。郭母听了，想了一会儿说：“广儿，娘是个妇道人家，打你爹在的时候，说话就不占地界儿。可我有些话还要提醒你。不管他李长生拉起杆子，抗日也好，不抗日也罢，跟你爹这个仇，人家是记着的。你得多长个心眼儿。”

郭文广说：“娘，我知道。可李长生人家是共产党，当过红军团长，度量比咱宽。”

郭母打断他的话：“共产党也是人，共产党都是穷棒子起家，打骨子里跟咱这富庶人家过不去。你没见，他家那老太太，自打他儿子回来以后，那个兴。每回在街上见了面儿，脑袋都是歪着的，脖子都是梗着的。”

郭文广道：“我看人家李长生不像跟咱过不去的样子。”

郭母道：“人心隔肚皮，外表看不清呀。娘只是提醒你，多长个心眼儿就是了。”

这工夫，小六子进来，先冲郭母点了个头：“太太在呀。”又转过脸去对郭文广说，“少爷，弟兄们这个月的饷钱，该发了。”

郭文广没在意地道：“那就发呗。”

小六子：“可这个月的饷钱还没进来。现在的钱，勉强够吃喝儿。”

郭文广有些不耐烦：“哎呀，再去弄点儿嘛。”

小六子为难地嘬了一下牙花子：“啧，这……这上哪儿去弄呀？”

郭文广想了想，转过脸来对郭母说：“娘，要不，咱把家里的东西再卖一部分。”

郭母一听，急了：“我那傻儿啊，亏你想得出。自打你拉杆子以后，咱卖了一百多亩地。你还想卖家里的东西，咱这个日子，还过不过呀？”

小六子接过来道：“少爷，太太说的也对。咱这么几百口子人的吃喝花销，靠这么维持，总不是个长法呀。”

郭文广在屋里来回踱了两步，回过头来道：“那就跟叔商量一下吧。”

郭文广来到了郭老财的房间，郭老财正坐在太师椅上抽大烟枪。郭姨太、管家、丫鬟几个人在身边伺候着。每抽一口，郭老财就神仙般地闭着眼睛幸福一会儿，然后就咳嗽几声。丫鬟在后面不轻不重地捶背。

郭老财睁开眼睛看了一下郭文广：“广儿，我正要找你呢。”

郭文广在离郭老财最近的椅子上坐下：“叔，有事儿啊？”

郭老财把大烟枪放下，捋了一下山羊胡子：“广儿，李长生把枪还给你了没？”

郭文广：“没有，他说一个礼拜后一定还我。”

郭老财欠了欠身子，送过来一个带白内障的白眼球：“你知道，那天李长生为什么把他们挖出来的那些枪，跟你二一添作五吗？那叫刘备摔孩子——收买人心啊。”

郭文广低头道：“这个，我没想到……”

郭老财咳嗽两声，接着道：“你用一支枪，换了他十多支，看上去是赚了。实际上，你上当了。他的枪没子弹，又在地下埋了这么多年，也就成了烧火棍了。我担心啊，你那支枪，可能会助纣为虐啊。”

郭母接过来道：“说不定，人家就会用那支枪来报杀父之仇呢。”

郭文广：“他，他说了，一个礼拜一定还我。”

郭老财：“广儿，你真是个书呆子啊。要给早给你了，为什么还要等一个礼拜？你以为你们是小孩儿一起过家家儿呀。走着瞧吧，那支枪，早晚会给咱郭家带来杀身之祸。”

郭文广吓得出了一头汗：“叔，那怎么办呀？”

郭老财瞪了郭文广一眼：“怎么办？你手里有二百多条枪，他手里只有一支枪。你说怎么办？”

郭文广想了想道："那个李长生可不是好对付的。昨天练刺杀，咱几个人都不是他的个儿。"

小六子接过来道："我在东北当绺子的时候，好多人刺杀都不是我的个儿。没成想……"

郭文广打断了小六子的话："快得了吧你，是你主动跟人家叫板，丢了咱整个义勇军的人。"

郭老财摆了摆手，示意他们别再说下去了："不管怎么说，李长生是初来乍到，翅膀还没长硬。趁着咱们人多枪多，先把他的威风杀下去！"

郭文广想了想道："咱是人多枪多，可我们拉杆子的目的，都是为了抗日。咱不能一点儿借口也没有，就把人家灭了吧？再说了，咱这么多人马也不好养啊。这不，小六子说，这个月的饷钱，又发不出来了……"

郭母忙接过来道："他叔，广儿要卖家里的东西给大伙儿发饷，我觉得这不是个办法儿呀。养这么多人，咱家里就是有几座金山银山，也经不住卖呀。他叔，你快想个办法儿吧。"

郭老财指了一下自己脑袋对郭文广道："常动动这儿，亏你喝了那么多年墨水儿。"

郭文广有些不大明白郭老财的话："哪有那么多办法想呀？"

郭老财有些不耐烦道："办法是人想出来的。我听说，好多地方都在抽抗日税嘛，我们为什么不可以抽呀？"

郭文广犹豫着道："老百姓会不会反对？"

郭老财用手敲了一下茶几："咱们是抗日义勇军，是为老百姓抗日。把日本子抗走了，大伙儿才能过平安日子。这个理儿，谁不懂？既然要抗日，既然想过平安日子，那就应该有钱的出钱，有力的出力。共产党不是也这么宣传的吗？"

郭文广咂摸了一会儿，点了点头。

郭母笑道："看了没，姜还是老的辣。"

小六子站起来说："好，我这就去办。"

郭老财叮嘱道："要一家一家地挨着收，别留情面。"

小六子应道："是。"

郭老财提醒道："先上李长生家。他不是积极抗日嘛，让他先带个头儿！"

郭文广有些担心地对小六子道："商量着来，别跟乡亲们伤了和气。"

郭老财把手一摆："你就别操那么多心了。你明儿一早带着人训练，这事儿就交给小六子吧。”

郭文广应了一声：“哎。”

2

吃过早饭，李长生和李长在都出去训练了，家里剩下李母、香梅。小铁锤和几个孩子在院子里的枣树底下玩尿泥，几个孩子的脸上、身上都像泥猴儿一样，玩得很开心。

香梅拾掇了一大堆脏衣裳，端到院子里，对着小铁锤喊：“铁锤儿，把衣裳脱下来洗洗。”

小铁锤只顾玩儿，不答理香梅。香梅生气了，走过去提着小铁锤的耳朵道：“你看看你，哪还有个人样儿？你的衣裳是偷来的啊？”

小铁锤一边捂着耳朵一边高声叫李母：“奶奶！奶奶！”

李母闻声出了屋，见香梅正打小铁锤的屁股，赶紧过来拦着：“哎呀！一个小孩子家，要那么干净干什么？屁眨眼儿的工夫，就又弄脏了。”

小铁锤在奶奶的呵护下，趁机逃了出去，冲香梅吐了一下舌头，又去玩尿泥。香梅叹了口气，抹了一把额头上的汗，进屋拿来水舀子准备往盆里添水，顺便又问道：“娘，你有该洗的衣裳吗？”

李母说：“没有。我不老不小的，自个儿也能洗。他们哥儿俩那一大堆，也够你洗的了。”

香梅正要往盆里倒水，忽然想起了什么，把水舀子放在地上，蹲下身子开始翻每件衣裳的口袋。当翻到李长生的上衣口袋时，她发现了一张照片，那是她和李长生订婚时照的合影。照片上的两个人笑得都很腼腆。照片有些发黄了，有几处起了皱褶，右上角残缺了。她忽然想起来了，这张照片当时一共洗了两张，一张放大了挂在他们新房里，一张放在了李长生的一个笔记本里。没成想，这么多年，李长生走南闯北，死里逃生，这张照片还一直带在身上。香梅仔细看着那张照片，全身立马涌起一股热浪，她感觉自己流泪了，怕被人看见，赶紧眨了一下眼睛，控制住了自己。她还清楚地记得，她跟李长在结婚以后，怕李长在心里不自在，就把挂在墙上的那张照片烧了。她是在一个漆黑的夜晚，跑到村边的一个路口烧的，当时她跪在地上流着泪说：“长生啊，你在那边儿等着俺吧，来世咱还做夫妻……”

香梅反复看过照片之后，忽然心里产生了一种后怕。事到如今，李长生还把这张照片装在口袋里，说明他心里还装着自己，这要让长在看见，他该怎么想？想到这儿，她迅速把照片放进了自己的口袋。

这工夫，忽然听到门外一阵吵嚷声，香梅抬起头来一看，小六子带着十几个人进了院。

香梅站起来迎上去："你们这是……"

小六子捋了一下袖子："你家当家的呢？"

李母听到外面的动静，赶紧放下手里的针线走了出来。见小六子一下子带来了这么多人，身上还带着枪，觉得来头不对，她走到小六子跟前，问道："你们这是要干什么？"

小六子歪着脑袋声音很冲地道："你们没看到街上的告示吗？"

李母整了一下自己的上衣，不紧不慢地问道："俺不认字，什么告示？"

小六子往前凑了一下，口气更横："穷棒子，别揣着明白装糊涂，赶紧交抗日税。这不，长生也回来了，按人头儿你们应该交五口人的。每人两块，二五一十，这账儿好算，你也就别客气了，掏十块票儿吧。"

香梅发问道："你们凭什么收抗日税？谁见你们抗日了？"

小六子嬉皮笑脸地道："嗬，小娘儿们儿嘴还这么溜乎。你现在可不是教书先生李长生的媳妇儿了，是庄稼汉李长在的老婆了。"

李母把香梅拉到一边："小六子，你这条郭家的癞皮狗，你给我滚出去！别说老李家没钱，就是有钱，我填了大坑，也不会给你一分一厘！"

一个家丁把枪掏了出来："怎么？想抵制抗日啊，怎么着？"

李母拍了一下前胸："怎么？想开枪啊，朝这儿打。你手指头要哆嗦一下，你就不是你爹揍的，不是你娘养活的！"

小六子把那个家丁扒拉到一边儿，两只胳膊抱在一起，笑了笑，对李母说："李老太太，你别以为你儿子当了团长回来，你腰杆儿就硬起来了。我告诉你，这老井镇，还是郭家的天下！你们穷棒子别想翻身！得了，什么废话也别说咧，痛快把钱交出来，我们走人。"

李母指着小六子的鼻子道："小六子，你做你娘的梦去吧！你们郭家拉了二百多口子人，扯破了嗓子喊抗日，今儿跟老百姓要吃的，明儿跟老百姓要花的。这都大半年了，你们见过日本子长得什么样儿吗？你们跟老百姓要了钱，还不是去吃喝嫖赌，拿穷人的血汗钱胡乱糟践。告诉你吧，我们老李家，没那闲钱补笊篱！"

听院里一嚷嚷，街坊邻居的人都进来看热闹。不一会儿，小院里就站满了人。

小六子一见人多，马上来了精神："怎么？红军家属抵制抗日，是吧？弟兄们，进去给我搜，有值钱的东西就搬！"

几个人一拥而上，就要进屋，李母堵住门口高声道："我看谁敢进去！"

小六子又卷了一下袖子："拉开这老婆子，进去！"

李母狠狠地瞪了小六子一眼："小六子，你个王八蛋，今儿我这条命就豁给你了！"说着，一头向小六子撞去。

小六子一闪身，顺势抓住了李母的头发，咬着牙说："我他妈打不过你儿子，还打不过你！"用力一使劲，把李母摔倒在地。

香梅见状奋力扑了过去："娘！娘！"她扶起李母对小六子道，"小六子，你敢打人？"

小六子朝李母身上踢了一脚："我打的就是她！我打的就是穷棒子！"说着，又踢一脚。

小铁锤见奶奶挨打，骂了一声："我操你娘，你欺负俺奶奶！"说着，抄起一块砖头朝小六子砸去。小六子一躲，砖头砸在脚面上。

小六子上去抓住了小铁锤的胳膊，香梅站起来向小六子扑去。看热闹的人被激怒了，一下子围上来，纷纷质问小六子：

"凭什么打人？"

"凭什么乱收税？"

"你们还让穷人活不活啦？啊？"

"你们简直就是喝老百姓的血！"

"你们吃人不吐骨头。"

"什么为了抗日，呸！还不是搜刮民财？"

"……"

一见这阵势要乱，小六子有些害怕，他掏出手枪来高喊道："穷棒子们，又要造反啊？"

人们还在往前拥，还在纷纷发出质问：

"有本事开枪呀！"

"老百姓养活你们，放着日本子不去打，却拿枪吓唬老百姓。"

"你们算什么东西？"

小六子急了，朝天开了两枪："反啦！反啦！"

枪响了，很清脆，一股火药味儿直冲鼻子，人们不敢往前拥了。

这工夫，铁榔头举着铁锨跑过来了，他拨开人群，走到小六子面前，厉声责问："你敢向抗日群众开枪，你他妈的是不是活腻歪了？我拍死你狗日的！"

小六子见状，心里有些慌乱："酒鬼，我不跟你一般见识。走，弟兄们，到别的家收税去！"

小六子带着人一溜烟儿地出了院，人们都围过来问李母怎么样。李母坐在地上捂着脑袋说："没事儿，就是脑袋有点儿疼。"

香梅要搀着李母进屋。铁榔头把香梅扒拉开："我来！"弯下身子背起了李母，香梅忙去开屋门，谁知铁榔头却背着李母出了院。

李母趴在铁榔头后背上问："榔头儿，你这是背我去哪儿？"

出了门，铁榔头一边跑一边问："姑，谁打的你？"

李母说："小六子啊。"

铁榔头："那就去郭家呗。"

铁榔头背着李母在大街上跑，街上一大堆人跟在后面看热闹。到了郭家大院门前，被家丁拦在门口："哎？干什么？干什么？"

铁榔头也不说话，直接背着李母向家丁身上撞去。家丁一见这阵势有些慌乱，赶紧跑进去禀报："老爷，老爷！不好了，不好了！"

铁榔头不管那一套，三步并作两步就闯进了大院，然后长驱直入进了屋，把李母直接放在了炕上。

郭老财慢悠悠地走进来，哼了一声，问道："这是怎么回事啊？反了你们了，郭家大院也是你们随便进的吗？穷棒子，滚出去！"

铁榔头盘腿坐在炕沿上，用身子护着李母，不紧不慢地道："你们家把老太太打了，不背到你家来，背到哪儿去？"

郭母、郭姨太、郭文秀、吴桂兰也闻讯赶了过来，见李母闭着眼睛躺在炕上，都有些吃惊。

郭母一脸不高兴："你看看，怎么连鞋也没脱就放在炕上了，别把床单弄脏了。"

铁榔头说："人都被打伤了，顾不上那么多啦！"

郭文秀问："谁打的？"

铁榔头说："你们家的人。"

郭文秀说："为什么打人？"

铁榔头说："你们家乱收抗日税，不缴就打人。还开枪了呢，差点儿出人命。”

郭文秀说：“怎么能这样？”

吴桂兰俯下身子问李母：“伯母，怎么样？”

李母闭着眼睛不说话。

郭老财对家丁说：“快，快去叫广儿来！”

家丁正要出屋，就听外面一片嘈杂声传来，郭文广带人慌慌张张地进了屋，小六子也跟着进了屋。

郭文广看了看躺在炕上的李母，问小六子：“这是怎么回事儿？”

小六子战战兢兢地说：“到他家收税的时候，这老太太不但不缴，还往我怀里撞头。”

郭文广说：“你就打了她？”

小六子说：“没怎么打，就……就是推了几下，踹了几脚。”

郭文广说：“你还开了枪？”

小六子说：“朝天开的。要不镇不住，穷棒子人很多。”

郭文广说：“你个蠢货！成事儿不足，败事儿有余！”

街上传来人们的嚷嚷声，声音越来越大，越来越近。

3

李长生气呼呼地来到郭家大门口，郭家大门紧闭，他举起拳头敲响了大门：“郭文广，你开门啊！这是冀中抗日义勇军司令部，大白天，你关什么门啊？”

过了一会儿，就听小六子在门楼上喊：“举起手来，看你有没有枪。”

李长生把手举了起来。

小六子：“你转一下身子给我看看。”

李长生转了一下身子。

小六子看完，面朝院里说：“少爷，他一个人要进来，身上没带枪。”

不一会儿，就听院里传来铁榔头的声音：“表哥，有我看着呢，你别担心，他们不敢动我姑一根毫毛儿！”

又过了一会儿，小六子对机枪手说：“撤吧。让他进来。”

大门“吱呀”一声被打开，李长生稳定了一下情绪，从容不迫地走了进去。

郭文广主动迎到门口，对李长生说："对不起，李司令。小六子他们做事儿不理智，我替他们向你赔礼道歉。"

李长生没看一眼郭文广，问道："我娘呢？"

这工夫，铁榔头出来说："在这屋呢。"

李长生随着铁榔头、郭文广进了里屋，李母正躺在炕上，一见李长生进来，便道："儿啊，你可来啦。你娘差点儿没命啦。"

李长生上前摸了摸李母的头："娘，没事儿吧？"

李母带着哭腔说："怎么没事儿，哪儿都疼！"

李长生对郭文广说："你回避一下。"

郭文广点点头："好。"说完，退了出去。

李长生回过头来对铁榔头说："你先把我娘背回家吧。"

铁榔头瞪大眼珠子说："什么？背回家？打了人就得让他给养着，住上半月十天再说。让他郭家老的小的好好伺候着。"

李长生又对李母说："娘，我看你没多大事儿。先回家吧，啊？"

李母"噌"一下坐起来："回家？那我这打就白挨啦？长生，你爹死在他家手里，我又让人家打成这样，你仇不报，冤不申，进门儿就让我回家。我问你，你到底是不是我亲儿啊？"

李长生耐住性子说："娘，你在这儿躺着，既不能报仇，也不能申冤，只能让人家说咱是得理不饶人，更看不起咱。你知道吗？"

铁榔头说："咱一走，就等于一了百了。没那么便宜！"

李长生小声对李母说："娘，你放心，你儿子不是傻子，我不会这样放过他们。可你躺在人家炕上，人家就好像不欠咱了，这样，我有些话就不好说了。"

李母想了想，说："可咱也不能这么走啊，不能太便宜了他们哪。"

铁榔头接过来说："对，得让他郭家来赔不是。"

李长生说："我一进门儿，人家就向我道过歉了。"

铁榔头说："那不行，他们必须向我姑亲自道歉。这不，咱进来好几个钟头儿了，郭家人连个好脸儿也没给。"

李长生想了想说："好吧，这个要求，我让他们满足。"

铁榔头说："表哥，我看，这事儿还是我来出头儿好。"

铁榔头大声喊道："郭文广，你和小六子进来一趟！"

郭文广答应着，又喊了小六子一起进了屋。

铁榔头想开口，李长生拦住了他。小六子梗着脖子，满不在乎地看着李长生。李长生问道："你们凭什么打人？"

小六子说："到你们家收税，你娘不给，还往我怀里撞。"

李母义愤填膺地指着小六子说："你个混账东西，红嘴白牙说瞎话儿，明明是你先动的手，还掏出枪来吓唬人。"

李长生朝李母摆摆手，向郭文广质问道："你们凭什么向老百姓收抗日税？"

郭文广一听，脸马上变了："这话你就问得不对了。我们为老百姓抗日，老百姓就得出钱出力。"

李长生厉色道："我看你们是打着抗日的旗号，搜刮百姓，发国难财。这样下去，等不到日本人打进来，老百姓就把你们给赶跑了！"

郭文广毫不示弱："我拉着几百人的抗日队伍，日本人才不敢来老井镇。这支队伍保护了老井镇两千多人的身家性命，老百姓凭什么不养着他们？"

李长生道："就你那队伍，还能提抗日俩字儿？我敢断定，一上战场，见不着鬼子的面儿，就跑得光剩下你这个光杆儿司令了。"

郭文广听到这儿，想起几次在操场上的较量，马上蔫了。

李长生缓和了一下口气说："文广，我看得出来，你算得上一个爱国热血青年，是有抗日决心的。但真正抗日，必须紧紧依靠老百姓。没有老百姓的支持，这日本鬼子是打不走的。你是读书人，应该懂得这个道理。"

郭文广慢慢点了点头，待了一会儿说："你也拉了队伍，那你说，这军饷由谁来发？钱打哪儿来？"

李长生说："军饷？为了抗日，为什么还要军饷？我跟你说实话吧，我在红军队伍里干了五六年，还当了团长。你猜我总共领了多少军饷？我一共领了九块大洋。你可能不信吧？可这是事实。虽然我们没有军饷，但打起仗来，个个不要命，不怕死。无论走到哪儿，老百姓都给我们送吃的喝的，亲亲热热，跟一家人一样。你知道吗，这就是共产党军队跟其他军队的根本区别。"

郭文广不说话了。李长生调转了话题："这些大道理，今天就不多说了。咱就说说今天的事儿，你们平白无故向老百姓收税是不对的，打人更是不对的。所以，你应该向我娘道歉。这是我们最起码的要求。"

郭文广看了小六子一眼："还不向大婶儿道歉？"

小六子满不在乎地歪着脖子道："给她道歉？太阳从西边儿出来的吧？"

郭文广踢了小六子一脚："让你道，你就道。快点儿！"

小六子见郭文广真的急了，也就低下了头，不一会儿，抬起头来声音不大不小地道："好。我倒霉，我小六子算栽在你们穷棒子手上了。我道歉。"说完，扭头气冲冲走了出去。

铁榔头愤愤地道："这也他妈叫道歉呀？"

李长生道："算啦，算啦。咱们走吧。"

郭文广道："小六子就这素质，又是个驴脾气。你们别跟他一般见识。啊？大婶儿，我代表他向你赔不是。"

李长生拉起李母："娘，咱们回家吧。"

李母站起来，感觉头有点儿晕，又坐在了炕上，抬起头来对李长生说了声："儿啊，咱就这么走啦？"

铁榔头接过来对郭文广说："郭家大少爷，在咱老井镇，你可是知书达理、识文断字的人，也是最讲仁义道德的人。今儿，你们家把我姑打成这样，你说，她该怎么回去？"

郭文广道："我这就打发人把老太太背回去。"

铁榔头胳膊在怀里一抱："谁也不用，就让小六子背过去。在大街上走一遭，平一平民愤，对你们郭家没坏处。"

李长生摆摆手："算啦，算啦，还是我把娘背回去吧。"

铁榔头马上拦着："不行。这个条件郭家必须答应。"

郭文广向窗外看了看，喊道："小六子！小六子！"见外面没人答应，郭文广犹豫了一下，说："那好，我背大婶儿回去吧。"

李长生摆摆手说："不用，不用。"

铁榔头冷笑了一下："我看也未尝不可。"

郭文广没再说什么，背起李母就往外走。李长生过去拦着，铁榔头不让。

刚走到屋门口，一个像从阴曹地府里发出的声音飘了过来："慢着！"郭老财从里屋慢悠悠地走了出来。

郭老财瞪着滚圆的眼睛指着郭文广说："广儿，你要是郭家的后生，就把这穷棒子老太太放下。"

郭文广用胆怯的目光看着郭老财，把李母放下了。

郭老财板着阴沉的脸问道：“请问，李家老太太，你是怎么进郭家大门儿的？”

铁榔头道：“是我背进来的。”

郭老财不紧不慢地指着门口道：“那你就应该把她再背回去。”

郭文广道：“叔，是咱打了人，是咱没理，咱应该把人背回去。”

郭老财以强硬的口气打断郭文广的话：“可笑！这是郭家大少爷说的话吗？咱在老井镇是有头有脸儿的大户人家，什么时候干过这种低三下四卑躬屈膝的事儿？你背着这个穷棒子老太太，在大街上走这么一遭，还不把老祖宗的脸都丢尽喽？”

这工夫，郭母、郭姨太、郭文秀、吴桂兰也跟着出来了。看着眼前的僵局，个个面面相觑。

郭母走上前去说：“广儿啊，退一万步说，就是背，也不该让你这大少爷背出去呀。你这么做，让我们老郭家在老井镇怎么见人？”

李母一听，急了：“你们怎么见人？当年你们把我家老头子的人头挂在大槐树上示众，你们想过我们怎么见人了吗？你们把我家大儿子逼得离家出走，生死不知，你们想过我们怎么见人了吗？你们把我们一家逼得家破人亡，背井离乡，过着人不人鬼不鬼的日子，你们想过我们怎么见人了吗？”

郭老财冷笑了一声，道：“当初，你们穷棒子不是闹暴动吗？不是造反吗？你丈夫和你儿子不是带着人缴了我们郭家的枪、砸了郭家的盐店吗？不是扬眉吐气了吗？不杀杀你们的威风，还不翻了天！”

李母听到这儿，气得嘴哆嗦起来，突然抄起地上一个扫帚向郭老财砸去：“郭老财，你这个杀人不眨眼的魔王，今儿我跟你拼了！”

李长生手疾眼快一把抓住了扫帚并把李母抱住。

郭老财把拐杖使劲往地上戳了两下，咳嗽着大声道：“来人！把这个穷棒子老太太给我轰出去！”

早就候在门口的几个家丁冲上来，就要架李母。李长生用力一推，几个家丁趔趄着向后退去，谁也不敢上前了。

郭老财又咳嗽了两声：“反啦！反啦！广儿，你的机关枪都当烧火棍使呀？”

郭文广怯生生地道：“叔，那是打鬼子用的。”

郭老财用颤抖的手指着郭文广道：“你这个不中用的东西，你这个废物点心。连家都保不住，还打什么日本子？”说着，举起拐杖向郭文广打去。

李长生上前抓住了郭老财的拐杖："郭老财，我郑重地告诉你，现在是全民抗战时期，我们共同的敌人是日本鬼子。正因为这样，我李长生才不计前嫌，不计家仇，联合大家共同抗日。如果你还不顾民族大义，仍然想骑在穷人头上作威作福，那么，我就会给你点儿颜色瞧瞧！"

郭老财冷笑了一声："哼！共同抗日？民族大义？你出去这些年，还真学了不少新词儿，可惜这些词儿，在我这儿，狗屁不是！你口口声声说，我们郭家拉杆子是为了扩大自己的势力。那么，你呢？我早看出来了，你拉杆子完全是冲着我们郭家来的，就是为了给你爹报仇！"

李长生也冷笑了一下，道："你完全错了。我们不叫拉杆子，我们组织的是共产党的抗日队伍，是让那些不愿当亡国奴的人们统一在一杆大旗下，共同抗日。"

郭老财："共产党的大旗？"

李长生："不！是抗日民族统一战线的大旗！"

郭老财："你别在这给我拉大旗作虎皮，说到底，还不是穷棒子造反。我告诉你，不管是日本子坐天下，还是国民党坐天下，到什么时候，你们共产党、穷棒子也成不了气候！"

听到这儿，郭文秀说话了："爹，回来这几天，我什么都看出来了。咱家打着抗日的旗号拉队伍，跟老百姓要这要那，就是想发国难财！养那么多人吃吃喝喝，耀武扬威，就是为了给郭家看家护院。这个家，到处充满着腐朽、铜臭、龌龊，根本就没有一点儿抗日救国的气息！"

郭老财气得山羊胡子直颤，咳嗽不止："你，你放肆！你到底是谁家的闺女？"

吴桂兰接过来说："刚才李司令说的话，我觉得句句在理，顺人心通大义。你们郭家再也不能麻木不仁、消极抗日了。"

郭老财指着吴桂兰说："你算干什么的？一个外姓人家的小丫头片子，也对我们郭家人指手画脚？"

郭文秀："爹，不准你这么侮辱我的同学！"

吴桂兰："我不是什么小丫头片子，我是一个爱国学生。你们郭家这么腐朽没落，封建专制，横行霸道，早就应该成为革命的对象！"

郭老财气得上气不接下气："你，你给我滚出去！"

吴桂兰："滚就滚！"说完，扭头跑了出去。

郭文秀追了出去："桂兰！桂兰！"

李长生对铁榔头说："我们也走！"说着，就去背李母。

郭文广说："别，还是我来吧。"背起郭母出了院。

郭老财见状咆哮起来："完啦！完啦！郭家完啦！"一屁股坐在地上大哭起来。

大门外面还站着很多人，人们见郭文广背着李母从院里走出来，都鼓起掌来。李长在和香梅赶紧迎了上来，问李母伤得怎样。

李长生走到郭文广前面，说："放下吧，哪能真让你背回家呀。你回去吧。"

郭文广放下李母，看看李长生，转身回院了。

4

郭家大少爷亲自背着穷棒子李母回家，一时间，在老井镇成为热门话题。人们感到这世道真的要变了。

回到家的李母精神好多了，一口气吃了两大碗面条。香梅一边忙活着一边说："娘，你去了郭家以后，俺看见人家机关枪都架上了，你知道俺这心里有多害怕吗？"

李母说："怕什么，难道他还敢把我杀了？"

李长在说："娘，以后你这脾气也改改，那郭家什么事儿干不出来。"

李母剜了李长在一眼："改了就不是你娘了！"

铁榔头接过来说："还别说，我挺欣赏我姑这脾气。爱憎分明，血性十足，没给咱老百姓丢脸。"

李母指了一下铁榔头的鼻子："你还挺会夸人的，这话姑爱听。"

一家人都笑了。

铁榔头转过脸来对李长生说："不管怎么说，这场斗争咱们算是胜利了。你说是吧？表哥。"

李母不满意地说："还胜利呢？我差点儿让人家打残废喽。"

铁榔头说："那也是咱胜利了，咱虽然受了点儿皮肉之苦吧，可他郭家人给咱赔礼道歉了。郭老财那老混账，让咱给教训了。郭家大少爷把你背出院门，大伙都看见了。这在以前，郭家能这样做吗？"

李长生一本正经地对铁榔头说："榔头，我说这话，你可能不大爱听。你就不应该把我娘背到郭家。"

铁榔头愣了一下说：“哎，表哥，你说这话，我还真是不爱听。我一进门儿，看见我姑让人家打了，还是被仇人打的，我能看着不管啊？”

李长生说：“你可以跟他们讲理，也可以到操场上叫人，但不能把娘背到郭家去。”

铁榔头来劲了：“表哥，这我就不明白了。背到他家去，怎么啦？他打了人，就得让他家给伺候着。”

李长生耐心地说：“你们看得还近哪。咱李家跟郭家是仇人，这在全村儿都知道。可我回来，是带着大伙儿抗日来的，不是报私仇来了。再说，要在老井镇坚持抗日，郭家还是我们依靠的力量。你这么把老太太往人家炕上一放，不就更加重了两家的仇怨吗？另外，你还非让人家把人给背回来……”

铁榔头晃了一下脑袋，打断了李长生的话：“哎，表哥。不，李司令，这我就更不明白了。照你这么说，为了团结郭家抗日，我姑被人家打了，我还得给人家跪在地上磕头作揖。”

李长生笑了一下：“那倒不是。比如说他们乱收税，我们可以组织群众跟他们讲理，跟他们斗争……”

李母听不下去了：“长生啊，人家带着枪来收税，你还跟人家讲理？你想团结人家抗日，我那傻儿啊，你简直是傻得没救了。你到郭家看见了吧？人家老的少的，男的女的，哪个不把咱当仇人看？那个郭老财咬着牙，一口一个穷棒子，恨不得要把人吃喽。那是你团结的对象吗？”

李长生说：“那也要团结……”

李母“噌”一下站起来：“团结？他欠你爹一条人命，跟他团结？我说你是不是出去当兵当傻了，当得一点儿血性都没有了，连恩人仇人也分不清了？”

铁榔头也火上浇油：“行了，什么也别说了，既然你连跟仇人搭伙的心思都有，那就别怪我不认你这个表哥！”说着，一甩袖子，出了屋。

5

铁榔头刚走到门口，就听院里有人喊：“李司令在家吗？”

李长生连忙迎了出去，抬头一看，愣住了，进来的竟是吴桂兰和郭文秀。铁榔头本来是带着气愤离开的，见两个美女飘然而至，又停住了脚步，犹豫了一会儿，跟着回了屋。

李长生既意外又高兴：“是你们俩呀。快进屋，进屋！”

两个姑娘大大方方地进了屋，屋里的人都愣住了。郭文秀是当村当地儿的，可人家是大户出身，又常年在保定念书，轻易见不着一面，更没登过李家的门儿。这个吴桂兰呢，长得既白净又洋气，一看就不是庄稼主儿的闺女，跟李家既不沾亲，又不带故，笑模笑样地进了这个家门儿，更让人意外。

吴桂兰一进门很礼貌地对着屋里的人点了个头：“你们好。”说着，就坐在炕上。香梅过来想扫扫炕沿儿，但已经晚了。

两个姑娘一进屋，李母原来蛮不高兴的一张脸，一下子变得喜笑颜开，她上去就抓住吴桂兰的手不放：“哎哟，你看这闺女，长得这个俊，跟七仙女儿似的，看了让人心里这个舒坦。”

吴桂兰被李母夸得不好意思起来：“伯母，您可真会说话。”

郭文秀没坐，直截了当地对李长生说：“李司令，我们俩想参加你们游击队，你们要不要？”

李长生高兴地道：“我们举双手欢迎！”

吴桂兰说：“好，那我们就不走了。”

李母抢过来说：“对，不走了，就住在这儿，跟大娘做伴儿。”

郭文秀说：“日本人占领了保定，我们学校都停课了。我们想参加八路军，到抗日战场上去。”

吴桂兰说：“李司令，收下我们吧。我们看出来了，在老井镇，只有你们这支队伍才有抗日救国的样子。”

郭文秀说：“听了你讲抗日民族统一战线的道理，我很受启发。看来，只有在你们这里，才能实现我们抗日救国的理想抱负。”

李长生说：“好，好。那我就批准了。但我得提醒你们，参加游击队，可要随时做好吃苦的准备。”

吴桂兰兴奋地说：“只要能参加抗日，别说是吃苦受罪，就是牺牲生命，也在所不辞！”

郭文秀说：“对，对。这是我们俩共同的心声。”

吴桂兰低头想了一下，问道：“李司令，我们俩既是女的，又是学生，在你们的队伍里能做哪些事情？”

李长生说：“作用可大了。你们可以跟大家一起训练，还可以给大家补习文化，教大家唱歌、跳舞什么的。我们的八路军，师里、旅里，甚至团里都有剧社，有好多女兵呢。其中，也有从北平、天津、上海一些大城市来的女学生。”

郭文秀高兴地拍起了巴掌：“那太好了。”

吴桂兰却说：“可我不想在部队里当花瓶儿。我想上前线，跟男兵一样杀鬼子。古时候，不是有花木兰、穆桂英吗？”

李长生说：“行，让你们成为巾帼英雄。”

郭文秀说：“那我们可就不走啦！”

李母用很不友好的眼神看了看郭文秀：“你跟你爹商量了吗？”

郭文秀说：“跟他商量不着。我有权利做出自己的选择。”

李母说：“我们老李家跟你们郭家是什么关系，你应该知道。”

郭文秀点点头，小声道：“知道。”

李母强调说：“我们两家是仇人！”

郭文秀说：“这跟我没关系。”

李母激动地说：“怎么会没关系？你叔、你娘能让你到仇人家的队伍里来当兵？”

郭文秀慢慢地说：“大婶儿，你别操心。我的事我自己能做主。”

李母还想说什么的时候，李长生朝她摆了摆手，说：“一个人的出身不能选择，但能选择自己走什么路。在延安，地主、资本家的阔小姐、大少爷，参加八路军的，也有不少人。共产党是团结广大民众共同抗日。”

吴桂兰拍起了巴掌：“那我们就更别无选择了。”

铁榔头仔细听了一会儿，感慨地说：“我看是好事儿。这下，游击队可红火了。”

李长在拍了一下铁榔头：“那你怎么还不参加呀？”

铁榔头偷偷看了一下李长生，说：“我刚说不认这个表哥了，现在又要参加，这，这多没面子呀。是吧？表哥。”

李长生说：“游击队也不是来者不拒啊。你身上的臭毛病得改一改。”

铁榔头挠了挠后脑勺儿：“我一边儿参加一边儿改呗。”

李母接过来道：“吴姑娘来了，你们哥儿俩瞎斗什么嘴？铁锤儿他娘，快去烙大饼，多烙点儿。啊？”

第五章　各有各的心事

1

得知郭文秀和吴桂兰参加了游击队，并且住在了李长生家，郭老财气得一下子蹦了老高，他用拐棍使劲戳着地号叫着：“作孽呀！这真是让亲者痛仇者快呀！”

紧接着郭老财就气病了，请了几个医生，抓了几服药都不见轻。那张小脸儿变得干瘦蜡黄，猛一看，盖上张烧纸，摆上供品，就可以让人们当死人哭了。

一天，郭老财把郭文广叫到身边，说：“你去把秀儿那死丫头给我叫回来。”

郭文广说：“打发人叫了好几遍，她都不回来。”

郭老财瞪着眼珠子说：“你去！”

郭文广说：“那也不一定能叫回来。叔，秀儿的脾气，我是知道的。”

郭老财连着咳嗽了两声说：“你就说我快不行了，见她最后一面儿。”

郭文广只好说：“哎。叔，我去。”

郭文广换了件衣裳准备出门的时候，郭母叫他到自己屋来一趟。

一进门，郭母就把门关严了，小声对郭文广说：“广儿，有句话，当娘的给你提个醒儿。”

郭文广说：“说吧，娘。”

郭母说：“这杆子要是拉不起，就趁早散伙得了。”

郭文广不解地问：“怎么啦？娘。”

郭母说："你说说，税又收不上来，这么多人咱不能白养着呀。"

郭文广说："慢慢想办法吧。咱拉杆子是打鬼子的。再说，也是我叔让拉的。"

郭母说："你叔？他让你拉杆子究竟为了什么，你还没看出来呀？"

郭文广天真地说："他也说是为了抗日啊。"

郭母皱了一下眉头："可前两次催的粮款，他给你了吗？"

郭文广摇了摇头。

郭母叹了口气说："娘提醒你，就是对你亲叔，你也要多长个心眼儿，这人心狠手辣呀。当初，你爹没打算把长生他爹的人头挂在大街上示众。可你叔说，为了以绝后患，就得这么干。五六年过去了，我想起来那一幕就后怕，经常做噩梦被吓醒。所以啊，娘劝你以后别结冤家了。"

郭文广说："娘，我知道。"

郭母接着说："你去了李家，跟人家好好说。毕竟是秀儿自个儿愿意参加人家队伍的。"

郭文广说："娘，我也是这么想的。"

郭母说："我虽然是个妇道人家，但也从来没看错过人。你叔这人，凡事儿都喜欢闹大，惟恐天下不乱。可现在杆子是你拉的，出了事儿，还得靠你去擦屁股。就说小六子打人吧，要没你叔撑着，他敢？可到头来，背着老太太回家的是你。我这脸真不知往哪搁呀？"

郭文广说："娘，你别说那么多了。事儿都过去了。"

郭母调转了话题："只是那个吴姑娘走了太可惜了，要是给你做媳妇儿，该多好啊。相貌俊，挺洋气，又知书达理，跟你挺般配的。"

郭文广说："你说什么呢？娘。"

郭母说："娘看出来了，你对她有意。你也老大不小了，该成个家了。"接着又说，"你去吧。"

自打吴桂兰和郭文秀参加了游击队，两人就住在了李长生家。李长在和香梅搬到了靠近门洞的两间小屋里。那两间小屋以前放些柴草和农具什么的，他们把东西挪到当院或者门洞里，两间小屋就腾了出来。简单收拾了一下，两口子就搬进去了。他们以前住的那间正房，就归李母、吴桂兰、郭文秀三个人合住了。另一间是司令部，还是李长生和一个警卫员住。有时老黑头等人，开会晚了，也就住下不走了。总之，李家这个小院一下子热闹了。

郭文广偷偷在街上买了两包点心、一只烧鸡，心事重重地去了李长生家。

家里只有李母和香梅，香梅把郭文广让进屋。郭文广把带来的礼品放在柜上，问李母：“大婶儿，怎么样，身子骨没事儿吧？”

李母没拿好眼看郭文广：“你们郭家是不是盼着我早点儿死？”

郭文广说：“大婶儿，看你说的，我是过来看看你。”

李母一针见血地道：“看我？你是来叫你妹子回家吧？”

郭文广说：“也算让你猜中了。”

李母说：“等她回来，你赶紧把她弄走吧。我们李家穷家破业的，养不起千金小姐。”

正说着，郭文秀、吴桂兰、李长生、李长在都回来了。郭文广迎上去对郭文秀说：“秀儿，跟我回家吧？”

郭文秀说：“我不回。我还要参加抗日呢。”

郭文广说：“在咱家不也照样抗日吗？”

郭文秀说：“我没看出来，我看到的是，你的队伍就会吃喝嫖赌，鱼肉乡民！”

郭文广说：“不许这么说，他们也是在抗日！”

郭文秀说：“那你抗你的，我抗我的。为什么要我回去？”

郭文广被噎住了，待了一会儿，说：“好，在哪儿抗日，是你的自由，我不干涉。可我叔病了，你总该回去吧？”

郭文秀一听，着急了：“我爹真的病了吗？”

郭文广说：“是，而且病得不轻。”

郭文秀想了想，问道：“我来的时候不还好好的吗？怎么说病就病了呢？”

李长生说：“既然你爹病了，你还是回去看看吧。”

郭文秀又想了想，对吴桂兰说：“你等着我，我回去看看就回来。”

郭文广说：“吴姑娘也一起回去看看吧，你们来回做个伴儿。再说，我娘也想她了。”

吴桂兰正犹豫着，李母站起来拦着说：“要走你们走吧，吴姑娘不能走。”

吴桂兰看了看郭文秀的眼神儿，说：“伯母，要不我跟她回去一趟。离这么近，说回来就回来了。”

李母坚持说：“吴姑娘，你听我的。你一回去，郭家就不让你回来了。”

郭文广忙说：“不会的。”

吴桂兰说："伯母，您放心，腿长在我身上，谁也拦不住。"

说到这份儿上，李母也不好说什么了。

李长生送他们到大门口，郭文广回过头来很严肃地对他说："你可没守信用。"

李长生愣住了："什么意思？"

郭文广说："你说要在七天内还我的枪，今天可是第八天了。"

李长生忽然想了起来，有些不好意思地说："你再宽限我两天好吗？"

郭文广正色道："你不给就不给，为什么老骗我？"

李长生说："你放心，我绝对守信用。只要这枪派上一次用场，我一定还给你。"

郭文广纳闷儿地看着李长生那张略显神秘的脸。

2

一进屋，郭老财就冲着郭文秀发起了脾气："你还知道回来呀？再回来晚了，就等着给你爹收尸了。"

郭文秀到底还是个孝女，坐在床前，摸了摸郭老财的头，又攥住了郭老财的手，然后问道："爹，你怎么啦？得的什么病？"

郭姨太接过来说："什么病？让你气的。"

吴桂兰也凑到郭老财跟前，说："伯父，你没事儿吧？"

郭老财撩了一下眼皮，又闭上了。

郭母进来说："没什么大病。见你们回来，病也就好了一半儿了。"

郭老财睁开眼睛，道："秀儿，你真给你爹长脸呀。亏你也识文断字，知道什么叫亲者痛仇者快吗？"

郭文秀说："知道。"

郭老财伸出手来指着郭文秀的鼻子说："万没成想，我养了一只狼。我的闺女，一个大家闺秀，保定府的大学生，跑到一个穷棒子仇人家去吃住。给我丢人现眼哪。"

郭文秀解释道："爹，那不叫丢人现眼，叫抗日。"

郭老财说："你给我闭嘴！看来真是没有家贼招不来外鬼呀。"

郭文秀一听不高兴了："爹，你说清楚，到底谁是家贼，谁是外鬼呀？"

郭老财一阵激烈地咳嗽："你，你简直要把我气死……"

用人赶紧过来为郭老财捶背。

郭姨太说："秀儿啊，不怪你爹生你的气，你这么做，真是丢咱郭家的人啊。那李家是咱的仇人，你哪根儿筋有毛病了，帮着仇人家做事儿？"

郭文秀说："可人家没把我当仇人看呀。这我就不明白了，咱欠人家一条人命，人家都捐弃前嫌，一心抗日了，咱倒跟人家没完没了。这世道到底是怎么啦？"

郭老财用力咳嗽了两声："你这个不争气的丫头，你到底姓郭还是姓李？你在帮着谁说话？"

郭文秀说："我谁也不帮，我帮真理和正义说话。"

郭老财坐了起来，指着郭文秀说："你放屁！"

郭文秀站了起来："爹，你到底有没有病啊？没病的话，我可回去了。"

郭老财大喝一声："来人！"

小六子听到喊声马上进了屋，毕恭毕敬地说："老爷，有什么吩咐？"

郭老财指着郭文秀和吴桂兰说："把这俩丫头给我看起来，不准出这个院儿！"

郭文秀跺了一下脚，声音高八度地道："爹，你凭什么要关我们？为什么不让我们抗日？"

郭老财挥了挥手，对小六子说："送小姐回她房间去。"

小六子冲郭文秀笑了一下，说："小姐，走吧？"

郭文秀走了两步回过头来对郭老财抗议道："我是你闺女，你可以管着我，可人家吴桂兰是我同学，你凭什么限制人家的自由？"

郭老财摆摆手："你少废话。走吧。"

郭姨太拉着郭文秀和吴桂兰的手，劝道："你爹就是让你们在家多待些日子呗。闺女家家的，又兵荒马乱的，别到处跑了。走吧。"

郭文秀很不情愿地回到了自己的房间。她往外一看，门口有人把着，窗户底下也有人来回走动。看来，真的出不了这个院了。

郭文秀很不好意思地对吴桂兰说："你看，把你也给捎上了。"

吴桂兰说："有福同享、有难同当吧。谁让咱是铁姐们儿了。"

郭文秀感激地说："谢谢你这么理解我。"

不一会儿，郭姨太进来了，身后跟着一个丫鬟，手里端着两碗鸡汤。刚放下，又回去端来了上好的点心。

郭姨太吩咐丫鬟退下，回过头来说："在李家待了这几天，你看看，你们俩都瘦了。何苦呢？来，来，趁热儿把鸡汤喝了，补一补。”

郭文秀闻着喷香喷香的鸡汤，又看看那些好看又好吃的点心，馋瘾一下子被勾上来了。她看了吴桂兰一眼，吴桂兰的表情却很平静。

郭姨太把鸡汤碗分别推给她们：“快喝吧，啊？”

郭文秀看了郭姨太一眼，撒娇地说：“你这么死盯着我们，怎么喝呀？”

郭姨太笑着说：“好，我出去。”说着，出了屋。

郭姨太一走，郭文秀朝吴桂兰使了个眼色：“吃！”

两个人对视了一下，动作一致地下手吃了起来。三下五除二，点心吃光了，鸡汤喝净了。两人相视一看，都笑了。

吴桂兰说：“吃就吃了，喝就喝了，但咱们绝对不能过这种日子，得想办法儿逃出去。这样下去，我们养尊处优，被关在笼子里，抗日意志就会慢慢消退。”

郭文秀说：“你放心，我会想办法的。”

不一会儿，郭母推门进来，见桌上的东西被两位姑娘吃得一干二净，笑道：“看来你们在李家一定受委屈了，饭都不管饱吧？”

郭文秀说：“咱这儿都是饱食终日，不思进取。人家可是忧国忧民，积极抗日。”

郭母笑道：“哎哟，到底是爱国青年啊。可在咱们家不也照样抗日吗？你广儿哥，不也拉了杆子吗？何必要跟仇人家搅在一起？”

郭文秀说：“大娘，说实话，广儿哥确实有抗日热情，可大权让我爹把持着。你说，我爹那是抗日的人吗？”

郭母说：“其实啊，照我说，抗日不抗日，那是政府和军队的事儿，是男人们的事儿。像你和吴姑娘这样有文化又有长相的女孩子，既然兵荒马乱的，书念不下去了，趁着年轻，找个好婆家嫁人得了。”

郭文秀说：“现在国将不国了，哪儿有心思嫁人？”

郭母听到这儿，冲吴桂兰笑了一下，顺手拉了一下郭文秀：“好，咱不说这个话题了。秀儿啊，到大娘那屋儿，我有话跟你说。”

郭文秀跟着进了郭母的房间。郭母显得很神秘，一进屋就把门关严了，跟郭文秀紧挨着坐下，还凑到她耳朵跟前说话：“秀儿啊，大娘想托你件事儿。”

郭文秀说：“你说吧。大娘。”

郭母说："你这个同学吴姑娘有婆家没？"

郭文秀说："正上着学呢，哪儿来的婆家？"

郭母兴奋地说："那就好。你说，给你广儿哥撮合撮合，怎么样？"

郭文秀摇摇头，直截了当地说："肯定不行，不是一路人。"

郭母说："她是大学生，你广儿哥也在北平念了一年多的大学。虽说没毕业吧，也算是文化人儿啊。怎么就不行呢，咱配不上她？"

郭文秀说："我跟吴桂兰同了三年学，又住一个宿舍，我最了解她了。她不喜欢广儿哥这样的人。再说了，人家说，赶不走日本鬼子，就永远不结婚。"

郭母说："你别把话说这么死。你给她透个话儿，摸摸她的底儿。人家不同意呢，就算咱白说。"

郭文秀说："大娘，听你的口气，是广儿哥看上人家了，让你来当说客？"

郭母笑道："就算是吧。你广儿哥相的对象，恐怕连咱这个院儿都快盛不下了。可一见了吴姑娘，他眼神儿就亮了。八成他们还真有缘分。"

郭文秀想了想说："我去试试吧。不过，我感觉没多大戏。"

郭母高兴了："去吧，去吧。说成了，让他好好谢谢你。"

郭文秀回屋把郭母托付的事儿跟吴桂兰说了。吴桂兰寻思了一阵儿说："我说呢，他怎么那么积极地劝我回来呢，原来打着这个算盘。"

郭文秀说："这些你就别想了，你说到底行不行吧？"

吴桂兰反问道："你说呢？"

郭文秀说："我当时就跟我大娘说了没戏。"

吴桂兰说："那你还来问我？"

郭文秀调皮地说："万一你们一见钟情呢。"

吴桂兰捅了捅郭文秀，不无担心地说："看来，你们家更不能待了，别哪天再来个逼婚记。"

郭文秀有意吓唬她："在我们这个家，这种可能性不是没有。"

吴桂兰当真地说："真是太可怕了。"

郭文秀见吴桂兰真的害怕了，就说："我逗你玩儿呢。"看了看吴桂兰，又说，"咱们出去走走吧，我都快憋死了。"

两人刚一出屋，一个家丁就过来说："小姐，你们去哪儿？"

郭文秀说："随便转转。"

家丁说："老爷吩咐过了，你们只能在院儿里转，不能出大门儿。"

郭文秀说："我们出去买点儿东西还不行吗？"

家丁说："老爷和太太都吩咐过了，你们要吃的、喝的、用的，都由我们去办，然后给你们送到房间去。"

吴桂兰说："真把我们当犯人看起来啦？"

这时，小六子过来了，嬉皮笑脸地道："吴姑娘，看你说的。这也是为了你们好。"又说，"吴姑娘，留在郭家是你的福分。李家穷得屁股让瓦盖着，能养得起你？"

吴桂兰扭过头去说："我干吗要让人家养着？"

小六子小声道："吴姑娘，我跟你说实话吧，李家那老婆子，没安什么好心，她想让你给他儿子当媳妇儿。穷棒子还不说，还是个二婚头。那不是一朵鲜花插在牛粪上吗？"

吴桂兰警觉地道："我怎么没看出来呀？"

郭文秀接过来说："小六子，你纯粹是造谣！"

小六子摆摆手："好，好，我造谣。走着瞧，他狐狸尾巴早晚要露出来。哎？二位小姐，到后花园转转吧。我，我陪着。"

郭文秀朝小六子甩了一下袖子："滚一边儿去！"

3

吴桂兰回了郭家之后，李母心里一下子变得空落落的。她经常站在门口张望，挪着小脚在街上来回走，回到家就自言自语地叨叨："多俊的闺女啊，跟仙女儿似的。"

香梅有意逗李母说："娘，你看上人家吴姑娘啦？"

李母说："看上了，怎么着？人长得俊，又知书达理，说话慢言细语的，谁不待见？"

香梅接着逗李母："那你还不托人给俺哥说说。"

李母瞪了香梅一眼："你以为我没那意思啊？可没等着露这话儿呢，就让郭家给叫走了。"

香梅半开玩笑半试探性地说："娘，你说实话，假如，吴姑娘真跟俺做了妯娌，你能一碗水端平吗？"

李母说："这我可说不准。"

香梅说："那俺就等着当受气包儿吧。"

李母叹了口气道："唉，怕是你没当受气包儿的命啊。"接着又说，"也不知你哥是怎么想的，有俩媒婆子给他说媳妇儿了，可他连见都不见。"

香梅嗔怪道："娘，你不会逼着他去相亲呀。"

李母说："你说，像咱这个家这种情况，他是该早成个家。要不，你们俩打头碰脸的，都不方便。"

香梅说："俺也是这么想的。"

李母像想起了什么似的边说边往外走："你在家看家，我上刘媒婆家去一趟。她上回提的那个，我看挺合适，让她催紧点儿。"

李母刚走，李长生进了屋，见家里只有香梅一个人在，就问："娘呢？"

香梅说："去刘媒婆家了。"

李长生说："去她家干什么？"

香梅说："还不是给你提亲的事儿。"

李长生说："咱娘真是瞎操心。"

香梅说："哪个当老人的不这样？再说，你也该找了，这么下去……"说到这儿，香梅把话停住了。

李长生忽然想起了一件事，问道："哎？香梅，你上次给我洗衣服，看到一张相片儿没有？"

香梅低着头说："看见了。"

李长生说："那你给我吧。"

香梅慢慢地说："俺撕了。"

李长生着急地说："那是我的相片儿，你为什么给撕了？"

香梅说："长生，你是聪明人。现在咱俩已经是这种情况了，你还放着那张相片儿，要是让长在看见，他会怎么想？"

李长生有些动感情地说："香梅，你不该把它撕了啊。你知道，那张相片儿是怎么保存下来的吗？当年，我跳进白洋淀的时候，警察的枪一响，我在水里脱了上衣。游到芦苇荡之后，我一摸裤子的口袋，还有那个小小的笔记本，笔记本用油纸包着，照片就藏在里边。上了岸，我拿出来一看，照片还好好的，真是高兴啊。长征途中，爬雪山的时候，冻得要死，我把它拿出来看，心里一下子就暖和了。我正看着看着，一阵风把它刮跑了，我就在雪地里拼命地追，差点儿掉在山涧里……"

香梅听着听着流泪了，她转身回到自己的屋里把相片儿拿了回来，喃喃地说：“俺是想撕，可终究是没舍得。但是，长生啊，你真不该留着它了。今儿当着你的面儿，俺就把它撕了吧。”

李长生低着头说：“你撕吧。可我心里的那张，你永远也撕不掉。”

香梅停住了撕相片儿的手，她明显感觉自己的手在抖，心也在抖，全身都在抖。她终于控制不住自己了，放声大哭起来：“长生啊，你这是在折磨俺，也是在折磨你自个儿啊……”说着，又从口袋里掏出一支钢笔，递给李长生，“这是你当年给俺的定情物，还给你吧……从今往后，咱俩之间，就什么念想儿也没了，各过各的日子……”

这时，两人都听到门口有动静。李长生动作敏捷地出了屋，跑到门口一看，是李长在。李长在发了疯地向大街上跑去。

李长生也发了疯地朝李长在追去，他一边追一边高喊：“长在！长在！”他好容易追上李长在，对着他吼道：“你给我回家！”

4

吃晚饭的时候，李长在一声不吭。新贴的玉米面儿饼子，往嘴里填了两口，就打住了。对着饭桌愣了一会儿，蔫蔫地站起来就要走。

李母见苗头不对，喊住了他：“长在，你在哪儿下馆子了，肚子里有油水儿啦？”

李长在像没听见一样，继续往外走。

李母嘟囔一声：“怎么啦这是？蔫土匪。”

小铁锤忽然说了一句：“奶奶，俺还看见爹哭了呢。”

李母声音提高了：“长在，你给我站住，你到底怎么了？你把话说清楚，为什么当着孩子哭天抹泪儿？老的少的，谁惹你了？”

李长在说：“娘，没，没事儿……”说完，回了自己的小屋。

香梅说：“没事儿，娘，你别跟他怄气。”

这工夫，铁榔头进了屋：“哟，真是来得早不如来得巧啊，正赶上饭食儿。”说着，坐在李长在的蒲团上，抄起筷子就吃了起来。

李母从箅子上拿了一个玉米面儿饼子递给铁榔头：“刚走了一个蔫土匪，又来了个饿死鬼。”

铁榔头边吃边问：“哎，姑，后晌儿我看见你从刘媒婆家里出来，是不是又给我提亲去了啦？”

李母抽了铁榔头一筷子：“你想好事儿吧你。整天游手好闲，不往人上走，谁肯嫁给你？”

铁榔头边嚼边说：“我现在可真往人上走了。你问问我表哥，我表现怎么样？”

李长生说：“怎么样？不怎么样呗。你在酒馆儿里赊那么多账，我看你将来拿命还吧。”

铁榔头满不在乎地说：“咳，虱子多了不咬，债多了不愁。车到山前必有路。”

正说着，小铁锤跑了进来，拽着香梅的衣角说：“娘，你快看看去吧。俺爹搬着被子走了。”

李母站起来就往外走：“搬着被子走了，他去哪儿了？”

李长生和铁榔头都站了起来，一起出了屋。

5

天已经黑透了，月亮被云彩遮住，透出一点点儿光亮，街上的人影影绰绰的。

铁榔头一边找一边问李长生：“他跟香梅吵架啦？”

李长生说：“我哪儿知道呀？”

铁榔头说：“长在没那么大脾气呀，怎么还搬着铺盖跑到外头睡觉？”

他们俩沿着大街走，又不好意思喊。两人一路找一路琢磨，李长在有什么可能去的地方。铁榔头说了几个地方，结果都没找到，最后他们跑到了村外。眼下正是秋天，满地的庄稼都长得严严实实，密不透风，看不到一个人影儿。

“长在！长在！”两个人对着庄稼地扯着嗓子喊了起来。

喊了半天，只听到庄稼叶子“哗哗啦啦”的声音，没人答应。

他们正要往回走的时候，发现了一个废弃的瓜棚。现在瓜早拉秧了，不知是谁家的瓜棚还没顾上拆。

“会不会在瓜棚里边儿？”李长生判断道。

“家里好好的热炕不睡，他跑到那里边干什么？”铁榔头说。

犹豫了一会儿，两个人还是决定进去看看。结果李长在还真在里边。

“起来，回家！”李长生说。

“表弟，你有什么事儿不能说，要这牛脾气干什么？”铁榔头埋怨道。

李长在不说话，拽也不动，躺在瓜棚里不动弹。

“你哑巴啦？心里有什么事儿说呀？”铁榔头着急地说。

“长在，我知道你心里是怎么回事儿。先回家吧，咱娘和香梅都着急呢。”李长生说。

李长在翻了个身，既不说话，也不回去。

“到底出什么事儿了，真让人纳闷儿。”铁榔头着急地道。

“长在，你是不是让咱娘来请你，你才回去？”李长生嚷道。

一听这话，李长在“噌”一下坐了起来：“回去，你必须当着咱娘把你心里的话都掏出来。要不，这日子没法儿过！”

李长生按着李长在的肩膀说：“你急什么呀，有什么大不了的，非要让咱娘跟着操心？”

李长在把李长生的手从自己肩上拿下来：“哥，你以为我是傻子呀？”

铁榔头有些丈二和尚摸不着头脑：“你们哥儿俩这是怎么啦？”

李长生不答铁榔头的话茬儿，接着对李长在说：“这么晚了，你先回家。有家有老婆的，跑到人家瓜棚里来睡觉，让外人知道了，这是怎么回事儿？”

李长在猛地朝自己脑袋上打了一拳：“我心里憋得慌！”

李长生耐心地说：“有什么话，咱回家里说去。你别来劲了。”

李长在想了想，说：“那你必须当着咱娘，还有铁锤儿他娘，把你肺窝子里的话都说出来。要不，我就不回去！”

李长生让了步：“好。就按你说的办。”

李长在愣了一会儿，把被子卷起来，走出了瓜棚。

6

一进门，李母就数落李长在：“你还长脸了你，动不动就卷铺盖卷儿，有本事你别回来呀？让别人派八抬大轿去抬你！”

李长生劝李母：“娘，你先别冲他发火，他心里有事儿。”

李母瞪着眼睛看着李长在说：“我看就是吃饱了撑的！”

李长生对铁榔头说：“天不早了，你回去睡觉吧。”

铁榔头有些不知趣地说："我又不是外人儿，听听呗。"

李母对李长在说："你说，到底为什么要搬出去睡觉？"

李长在低着头，不说话。

香梅从口袋里掏出那张相片说："这不，当着表哥也不是外人儿，也算不怕家丑儿外扬。就为这张相片儿。"

李母接过香梅递过的相片看了一下说："这张相片儿怎么啦？"

香梅解释说："俺给俺哥洗衣裳，在口袋里翻出了这张相片儿，想还给他，让长在看见了。他心里不舒坦，就跟俺怄气。"

铁榔头从李母手里接过相片咂了咂嘴说："这相片儿可有些年头儿了，得好好收着。"

李长生把相片抢了过来，对铁榔头说："你别捣乱啦。"

李母指着李长在说："你一个大老爷们儿家，心眼儿比针鼻儿还小。就为这么张相片儿，你就搬着被子往瓜棚里跑呀？那里边宽敞、凉快，睡着舒坦，是不是呀？"

李长在张了张嘴，想说什么，又咽了回去。

李长生拿着相片对李长在说："你不是在乎它吗，我当着你的面儿，把它撕了。"说着，把相片儿撕了扔在地上。

李长在愣了一会儿，瓮声瓮气地说："可你心里的那张呢，什么时候撕呀？"

铁榔头笑了："嗬，长在这话儿里有话儿呀。"

李母也笑了："杀人不过头点地呀，你还想让你哥怎么着？"

李长在理直气壮地说："这话是我哥说的……"

李长生低下了头。

香梅也低下了头。

听了李长在的话，李母引起了注意，她看了看被李长生撕碎的相片，突然哭了起来："你们这是嫌我这老婆子死得慢呀，你们这是变着法儿地折磨我呀。啊……"

香梅从兜儿里掏出手巾上去给李母擦泪："娘，你别哭了。"

李长生也过来劝李母："娘，没什么事儿，啊？"

李母一边哭一边数叨："我这是作孽呀……"

李长生说："娘，别这样好不好。事情都过去了。我们都理解你，孝敬你。"

香梅把李长在揪起来："都是你惹得咱娘生气，还不过来给娘赔个不是。"

李长在扭捏了一下，没动身。又过了一会儿，抬头看了李母一眼："娘，你快给我哥找个媳妇儿吧。这么下去，这日子没法儿过呀。娘。"

李母停止了哭泣，对李长生说："长生，你跟我说，你打算找个什么样儿的？"

李长生说："娘，我刚回到家，工作还没展开，还没向鬼子开一枪。我不打算结婚。"

铁榔头接过来说："打日本子和娶媳妇儿是两码事儿。"

李母说："你别扯到打日本子上。你给我说，刘媒婆说的这门亲，你到底应不应？"

李长在赶紧接过来说："哥，你就应了吧。我见过，长得挺好看的，又是个黄花大闺女。"

香梅也附和着说："哥，我看差不离儿就应了得了，省得老让咱娘跟着操心。"

铁榔头又饶上了一句："表哥，你要不应，我可应啦。啊？"

李长生说："娘，现在人家部队上都实行自由恋爱，我不喜欢媒人说的。互相不了解，没有共同理想，又没感情基础，我怕过不到一块儿。"

李母用手敲了一下炕沿儿，说："我那傻儿啊，你就别横挑竖拣啦，你想想你多大岁数了。还结过婚……"

李长生说："娘，那也不能胡乱凑合吧。反正这事儿，你就别管了。我现在没心思考虑这事儿。"

李母认真思考了一下李长生的话，说："你是在党的人，又当了这么多年兵，心气儿高了。这我知道。你娘虽然岁数大了，但脑筋还不老。婚姻是一辈子的大事儿，娘不能强迫你，更不能委屈你。真那么做了，你会恨我一辈子。这样吧，这不，你们几个都在，我就把话说开了，挑明了吧。你马上找不找媳妇，成不成家，你自个儿说了算。常言说，一日夫妻百日恩，我知道，你跟铁锤儿他娘感情不薄。但从现在起，就画一条线，哪儿说哪儿了吧。谁心里也别装着谁了。行不？"

李母说到这，停了下来，接着问李长生："你听见没？"

李长生说："听见了。"

李母又转过脸来问香梅："铁锤儿他娘，你听见没？"

香梅不好意思地说："听见了。娘。"

李母如释重负地对李长在说："长在啊，这不，你都听见了。往后你心里还有什么膈应的吗？"

李长在像个孩子一样地点了点头，说："没咧，娘。"

李母接着嗔怪李长在道："你是个大老爷们儿，也是有孩子的人咧，心眼儿长宽绰点儿。铁锤儿他娘是你媳妇儿，可还是你哥的弟媳妇儿呢。你哥现在又没成家，你媳妇儿缝缝补补、洗洗涮涮的，对你哥有个照应，你也别瞎寻思。听见没？"

李长在说："听见了，娘。"

屋里沉静了一会儿，李长生抬起头来对李长在说："长在啊，我这当哥的，也向你赔个不是。我希望，也别因为这件事儿，影响了咱哥儿俩的感情。常言说得好，世间最难得者兄弟。这不，游击队成立了，我希望你能助我一臂之力呢。"

李长在说："哥，你放心，近的远不了，远的近不了。我没你有文化，也没见过什么世面。但亲疏好歹，我还是分得清的。这队伍是你拉起来的，我这当兄弟的，肯定要带头跟着你干。"

李长生感慨地说："古人说得好，打仗亲兄弟，上阵父子兵。包括榔头儿在内，你们兄弟都得给我做样子，关键的时候，一定要冲上去。"

铁榔头说："放心吧，表哥，我不会给你丢人。"

李母听到这儿，显得异常高兴："真是灯不拨不亮，话不说不明。听你们哥几个这么一掏心窝子，我这心里，也就亮堂了。"

香梅也激动地说："俺心里也觉得亮堂。"

李长在憋了一会儿，调转了话题说："哥，有句话，我一直憋在心里。你对郭家太仁慈了，也太软弱了。那毕竟是咱家的仇人。可你，不但把挖出来的枪给了人家一半儿，还帮着人家训练队伍。我有些想不通。"

铁榔头说："我更想不通。"

还没等李长生说话，李母接过来说："打日本子，我支持。但到什么时候，你们也别忘了，郭家跟咱有杀父之仇。好了，你们商量别的事儿吧，我困了，想睡。"

香梅赶紧给李母铺炕。

李长生往窗外看了一下，让李长在把老黑头找来，说有重要的事儿商量。

第六章　庙会夺枪

1

一大早，还没吃早饭，郭母就来到郭文广的房间，进门把吴桂兰的话都跟郭文广说了。郭母叹气连声，郭文广十分沮丧。

待了一会儿，郭母又劝郭文广："儿啊，像咱这样的家主儿，还有你个人的条件，除了天上的七仙女儿咱找不着，人间的闺女，什么样的，不得上赶着咱。"

郭文广打断了郭母的话，痴迷地道："快别说了，娘。那吴姑娘就像《红楼梦》里的林妹妹一样，不是人间生的，天生就像水做的菩萨。"

郭母耐心地劝道："我那傻儿啊，林妹妹也好，宝姐姐也罢，要谈婚论嫁，得你有情我有意不？都说强拧的瓜不甜，咱何必呢？再说咧，前两次相的那俩闺女，论模样儿，论家主儿，不比这吴姑娘差呀。怎么就打动不了你的心呢？"

郭文广努着嘴埋怨道："你们总是讲究门当户对，根本就不考虑两个人的思想是不是一致，有没有共同语言。"

郭母辩解道："那你说人家吴姑娘跟你思想一致，有共同语言吗？"

郭文广被噎住了。他的确不敢说自己跟吴桂兰思想一致，有共同语言。但他又不得不承认，打吴桂兰一进这个家，他就被这个具有典型南方女子味道的姑娘给吸引了，打动了，迷住了。他在北平读过书，也曾经有漂亮的女孩儿追求过他，但没处几天，他就发现了人家身上的种种缺点，不等人家走近，他就不往前走了。有人说他是个唯美主义者，理想主义者，对女孩子过于挑剔，缺少包容，几乎不允许人家身上有一点点瑕疵。的确，郭文广不是乱来的人，心高气傲，尤其是在娶亲这件事上。他下定决心：找不到尽善尽美的如意女子，宁可打一辈子光棍儿。在他眼里，这个吴桂兰，从人品、相貌、性格、气质、感觉，都超过了他追求的标准。这就是他梦寐以求的“这一个”。这个吴姑娘让他在众里苦寻中蓦然回首，她在灯火阑珊中飘然而至，让他痴迷心醉，手足无措。但有一点，他心里明白，在跟吴桂兰的几次交谈中，他发现吴桂兰对他很不在意。越是这样，他就越感到她让自己揪心扯肺。

郭文广说：“我去跟她敞开谈一回，看看能不能改变她的态度。”

郭母叹口气说：“唉，你真是不撞南墙不回头啊，那你就试试吧。我看人家没给留活口儿。”

郭文广磨蹭了一会儿，做了几个深呼吸，稍稍平静了一下激动的心情，便去了吴桂兰和郭文秀的房间。

一进门，吴桂兰就对郭文广很冷淡，简单地欠了欠屁股，话都没说，找了一本书，随便翻起来。

郭文秀倒是先说话了：“广儿哥，是不是迂回不成，又来强攻啊？”

郭文广看了郭文秀一眼，说：“秀儿，你先出去一会儿，我想跟吴姑娘单独说会儿话儿。”

郭文秀站起来要走，吴桂兰拦住她：“你要走，那我也走了。”

郭文广见吴桂兰态度很坚决，也就不好再撵郭文秀了。他坐在椅子上，找了一个角度看着吴桂兰。那个角度非常好，他看到的是吴桂兰的半张脸，是她飘逸的刘海儿，长长的睫毛，还有饱满、圆润精致的耳廓。这个角度几乎把吴桂兰脸上独自具有的优点一网打尽。尤其她沉静中的姿态，充满了幽雅与自信，这是在任何人身上也找不到的。此时此刻，他庆幸自己有这样一个机会，能近距离地欣赏让自己心仪的姑娘。

郭文秀率先打破了沉默：“广儿哥，别看啦。看到眼里抠不出来了呀？有什么心里话就直说吧。”

郭文广思考了半天，没找到一个很好的开场白，犹豫再三，还是开了口：“按说，这应该是没有第三者在场说的话，但现在我也顾及不了那么多了。”

郭文秀抬头看了郭文广一眼：“赶紧直奔主题吧。”

郭文广的脸稍微有些羞红：“吴姑娘，咱们之间有很多共同的东西，难道你没发现吗？”

吴桂兰用左手托着下巴继续低着头看书，像没听见有人说话一样。

郭文广接着说：“我们都有抗日救国的远大理想。你投笔从戎，我揭竿而起。就文化水平来讲，你是保定二师的学生，我是北大的学生，又都没毕业。你爱好文学，可我从小就读过托尔斯泰、巴尔扎克、雨果、司汤达、高尔基的著作，对他们名篇名作的精彩片段，我还能倒背如流。在北大读书的时候，我还在校刊上发表过长诗……”

吴桂兰终于说话了：“你还有优越的家庭，良田万顷，金银如山。这么好的条件，你完全可以去找一个倾城倾国的千金小姐呀。”

郭文广很真诚地道：“可曾经沧海难为水，除却巫山不是云啊。众里寻他千百度，蓦然回首，那人却在灯火阑珊处。”

吴桂兰抿嘴笑了一下：“你这份真诚，着实令我感动。但有一个至关重要的问题你却忽略了，咱们俩本不是一路人。”

郭文广着急地说：“我说了这么多一致的地方，怎么还不是一路人？”

吴桂兰把书轻轻放下，很严肃地说道：“你出身剥削阶级，我出身工人阶级，怎么能是一路人呢？”

郭文广摊开双手，有些激动地说：“可我有一腔爱国热情，我选择的是抗日道路啊。”

吴桂兰又抿嘴一笑，随之，耸了一下鼻子：“可你并没有改变你的阶级本质，你身上根深蒂固地存在着剥削阶级的思想，已经深入到灵魂，这是永远也改变不了的。”

郭文广脸色通红地道：“你这话是太傲慢、也太偏激了。”

吴桂兰很轻松地道：“那你也太用心良苦，也太不知趣儿了。”说完，用手理了一下刘海儿，又低头看书。

郭文广站起来，在屋里来回踱了两步，想说什么，却没说出口。

郭文秀见状，接过来说：“行了，广儿哥，我看你就死了心吧。人家都说了，你们根本不是一路人，你还有什么好说的？”

郭文广辩解道：“难道你们是一路人吗？”

郭文秀说：“这不能相提并论。”又道，“广儿哥，你口口声声说抗日，可把我们两个抗日青年关在家里，不让出去，这做何解释啊？”

郭文广解释道：“这是我叔的主意。再说，他也是为了你俩好。我这有队伍不参加，你们两个大闺女跑到穷棒子仇人家去抗日，这不是让亲者痛，仇者快吗？”

郭文秀一下子把嗓门提高了：“仇人！穷棒子！天天都挂在嘴边儿上！亏你还觍着脸说自己选择了革命道路？呸！别说吴桂兰跟你不是一路人，我跟你也不是一路人！”

郭文广：“你急什么？有话不会好好说呀？”

郭文秀把门打开：“你给我出去！”

郭文广有些留恋地看了一下吴桂兰。吴桂兰仍在不动声色地看书，神态很安静，像什么事儿也没发生一样。

郭文广悻悻地出了屋。

2

郭文广关上门号啕大哭，泪雨滂沱，地动山摇。

郭母好容易敲开了门，进门就骂道：“你一个郭家大少爷，堂堂七尺男儿，就这点儿出息呀？”

郭文广止住了哭泣，翻过身去，屁股朝天，趴在床上。

郭母坐在郭文广身边，用手抚摩着他的头发说：“儿啊，你长这么大，还没见你这么哭过。你这一哭，娘这心里也不好受啊。你爹没了，娘就你这么一个儿子，你要有个三长两短，你还让娘活不活。啊？”

郭文广一动不动，一声不吭。

郭母接着说：“天底下好闺女多的是。娘给你找，找一个比那吴姑娘好一千倍的，好一万倍的，气死那个不知好歹的吴姑娘。”

郭文广还是不说话。

郭母捅了捅郭文广的肩膀：“你听见娘的话没？你倒是说话呀？”

郭文广像死人一样在床上趴着。

郭母态度又变了：“为一个女人弄成这样，你真是废物！我算看出来了，你一辈子也成不了什么气候！”

郭母“咣当”一声把门关上，出了屋。回到自己的房间，郭母对着丈夫的遗像愣了一会儿神，心里默默地道：“老头子啊，你在那边儿省心啦，自在啦。你那不争气的儿子，为了一个女人，走火入魔了，痴呆发傻了。你知道吗……”

郭母说着说着也哭了，刚开始是小哭，随便掉了几滴泪，说着说着就控制不住了。她索性也趴在床上肆无忌惮地大哭起来。

不一会儿，有人敲门，郭母坐起来，把眼泪擦干，整了整旗袍，又照了照镜子，才去开门。

进来的是郭姨太，她是寻着哭声进来的，进门见郭母哭得眼睛通红，问道："哟，嫂子，这是怎么啦？"

郭母本来不想把这事儿说给郭姨太听。在以前，公公婆婆在世的时候，妯娌俩关系不怎么好。郭姨太舌头长，没少在婆婆面前挑弄是非，婆婆偏听偏信，接二连三找郭母的茬儿。一来二去，天长日久，妯娌俩就生分了。闹得最厉害的时候，俩人一两个月都不说话。

这些年，郭母觉得自己身边也没什么贴己的人了，就把郭文广的事儿，和盘托出地跟郭姨太说了。

郭姨太一听，却笑了："嫂子，你可真是。就为这事儿，愁得你哭天抹泪儿啊。"

郭母说："你没见我那儿子有多没出息呀。一听人家吴姑娘说不同意，趴在炕上哭得像塌了天似的。我一劝不哭了，可又像傻了似的，两眼直直的，跟他说话，屁也不放一个，简直就像丢了魂儿似的。"

郭姨太说："在咱家，还有这事儿？说实话，嫂子，那吴姑娘，还真是才貌双全，百里挑一。在咱老井镇，从大闺女，到小媳妇儿，掺和到一块儿，也扒拉不出一个吴姑娘。你说说，人家那模样儿，到底是怎么长的？"

郭母说："你可别夸了。你越夸，我就越眼馋，心里就越别扭。"

郭姨太说："嫂子，你真是的。既然咱广儿看上了，还让她跑得了？她人不是还在咱家里吗？"

郭母说："可人家不愿意呀。"

郭姨太说："行啦，这事儿，我想办法。在老井镇，还有咱老郭家办不成的事儿？行啦，行啦，这事儿交给我吧。"

郭母带着怀疑和感激的眼神看着郭姨太说："你能有什么好法子？"

郭姨太说："这事儿先不说了。嫂子，我有事儿，还想求你呢。"

郭母说："你说吧，怎么还求？"

郭姨太说："我家老大来信说，他的店在北平让日本子给砸了，还把他和他媳妇儿打伤了。你说这日本子有多不是个东西，一点儿理也不讲。每天要这税那税，还抢东西、砸店、打人。真是一点儿人性也没有。"

郭母说："你就别说这些了，你到底求我什么？"

郭姨太说："嫂子，你说，店砸了，人伤了，得钱不？"

郭母说："哦，我明白了，你是想跟我要钱。"

郭姨太笑着说："嫂子，不是要，是借。"

郭母说："多少呀？"

郭姨太："你手头要宽绰的话，就先借我一千吧。"

郭母说："本来吧，家里有些积蓄，可广儿这一拉杆子，养着二三百口子人，税又征不上来……"

郭姨太有些不爱听了："嫂子，咱妯娌俩没外人，既然你手头儿上不宽绰，我就不张这个嘴了。只当我没说，啊。"说着，就往外走。

郭母赶紧拉住她："我没说不给嘛，你急什么呀？要不，你先拿走八百吧……"说着，就去找钥匙取钱。

郭姨太拿了钱，眉开眼笑地说："嫂子，那我就谢谢你了。"

郭母有苦难言地说："一家人，谢什么呀。"

郭姨太拉起郭母的手说："走，打两圈儿去。"

郭母说："我没心情，不去了。"

郭姨太说："至于吗？正好秀儿他爹这几天心情好些了，陪他打两圈儿。广儿的事儿，也正好跟他说说。"

一听这话，郭母就不好推辞了。

来到郭姨太的房间，郭老财正戴着老花镜看书。郭姨太一进门，就把郭老财手里的书夺了过来："这不，我嫂子过来了，三缺一。我再给你找一个人，一块儿打两圈儿。"

郭老财摘下花镜擦了擦说："打两圈儿，那就打两圈儿吧。"

郭姨太出去找人了，郭老财看着郭母说："嫂子，我怎么看着你的脸色，不怎么好看呀。"

郭母说："让广儿给愁的呗。"

郭老财说："广儿怎么啦？"

郭母把窝在心里的话跟郭老财一五一十地说了一遍。

郭老财听完，把桌子一拍："嫂子，就这事儿，还能把你愁成这样啊？"

郭母说："怎么不愁呀？你没见广儿那样儿，真是提不起来呀。"

郭老财说："我说，这两天，广儿怎么不到我这屋里来了。闹了半天，得了相思病了。"

郭母说："快成傻子了。"

郭老财又拍了一下桌子："行了，嫂子，你也别愁了，他也别傻了。这事儿，包给我了。"

郭母说："刚才秀儿她娘也这么说。人家不愿意，你们有什么高招儿？"

郭老财胸有成竹地说："你把心放在肚子里吧，嫂子。咱广儿看上的人，还能让她跑喽。真是的。"

郭母眨了眨眼睛，没再说什么。她心里还是不明白，郭老财到底想的什么主意。

3

农历八月十五，对于老井镇来说，基本上跟过年差不多。这一天，三乡五里的人们都到九莲山来赶庙会。

李长生在庙会前得到消息，日军一个叫左田的少佐要来赶庙会。

李长生在白洋县城大街上见过这个左田。那一次，他化装进城侦察，见一大堆人围在一起看热闹，他挤进去一看，是一个脸上有一块疤的日军少佐，在和几个孩子做击鼓传花的游戏。游戏很简单：一朵花在孩子们的手中传递，鼓声停止，花落在谁手里，谁就站起来唱歌。唱完歌，少佐就给那个孩子发一颗糖。孩子们很开心。旁边站着十几个鬼子一边嬉笑着，一边跟着拍巴掌。游戏快结束的时候，少佐抱着一个小女孩说："跟太君去个好地方吧？"小女孩说："好。"少佐抱着那小女孩就要回日本兵营。围观的人们一下子明白了，质问为什么要把孩子带走？那些拍巴掌的日本兵一个个都露出了狰狞面目，用枪托去砸围观的人们。人们愤怒地跟日本兵撕扯起来。少佐突然掏出手枪朝天开了几枪，人们这才静了下来。少佐笑了笑，把手枪装进枪套，紧接着就掏出了匕首。他慢条斯理地说："我是看上这个孩子了。既然你们不让把孩子带走，那就现场操作吧。"说完，很利索地剥去小女孩的上衣，把匕首插进了她的前胸。小女孩惨叫一声，鲜血喷了少佐满脸满身。他不急不慌地把孩子还在跳动的心脏掏了出来，一个日本兵把事先准备好的装满酒的瓶子拿了过来，少佐小心翼翼地把孩子的心脏放在了瓶子里，然后转过身来一躬跪下了："实在对不起，左田为了治病，不得已而为之……"众人愤怒了，骂着喊着一起往前拥。日军开枪了，人们又瞪着眼睛往后退……

李长生记住了那右脸上长疤的少佐叫左田。

李长生决定借左田赶庙会的机会锄掉他，并趁机夺随同人员的枪。游击队自成立以来，李长生手里只有从郭文广手里夺来的那支驳壳枪，还答应还给他。另外十几支从地里挖出来的长枪，至今还没配上子弹，跟烧火棍没什么区别。李长生一直等待着机会，从日军或者伪军手里夺枪。一来可以武装游击队，二来可以尽早打响冀中抗战第一枪，为那被挖去心脏的小女孩报仇，也给民众以鼓舞。

从可靠的情报中得知：为了不引人注意，这一天，左田少佐不穿军装，不带日本人，保护他的是白洋县保安队的人。李长生觉得这是夺枪的极好机会。在会上，他给大家作了详细部署，像当年组织暴动一样，统一了标识，规定了暗号，还明确了夺枪后的撤出路线和会合地点，要求大家必须首战告捷。准备参加夺枪的拢共有五十多个人，个顶个都是李长生亲自挑选的。之前，还偷偷做了演练。

4

一大早，九莲山就被赶庙会的人围得水泄不通。烧香的，拜神的，唱戏的，说书的，算卦的，耍猴儿的，摆摊儿的，闲逛的，要饭的，应有尽有。大路小道儿，人潮如织；货棚内外，摩肩接踵；锣声鼓声，不绝于耳；叫卖吆喝，声音悠长。

李长生那天穿着长袍，戴着礼帽，手里还提着一个不大不小的包，乍一看，就是一个教书先生的打扮。他进庙会的时候，左田还没来，戏台前排空着十几个人的位置，显然是为重要人物留的。戏台底下已经坐满了人，都眼巴眼望地盯着台上。台上正紧锣密鼓，叫做打通。一般情况下打到三通，就该开戏了。现在打到两通了，因为前排座的人还没到，戏不能开，通还得接着打。

李长生转过身来看了一下，游击队的人基本上到位了。那一天，大家的统一标记是每个人脖子上围一条白毛巾，手里持一根像铁锹把粗的棍子。大家分散开，有的假装摆摊儿，有的假装买货，有的在闲逛。

戏台上打完五通的时候，几架马车从远处驰来，大路上扬起一股尘烟。

人们一见马车很有来头，便自觉把路让开。

从几辆马车上下来几十个耀武扬威的人。他们都带着长枪短枪，簇拥着左田少佐向戏台走来。左田穿一身西服，手里拿着一本书，一边走一边用书拍打着另一只手，显得很惬意，很悠闲。

左田向人群招了一下手，坐在了早就空好的前排最中间的座位上。那些持长枪短枪的保安队员除几个坐在左田身边外，其他的几十个人便散开，有的坐下看戏，有的到摊儿上买东西。

戏台上，演出开始了。戏台底下很快静了下来。

那个左田果真是个戏迷，戏一开始就跟着唱，听到精彩的唱段，就使劲儿鼓掌。坐在他身边的人，又是给他送水，又是给他点烟，伺候得很周到。

李长生又往后看了一下，见游击队的人都按事先的演练接近了自己的夺枪目标，有的是一个对一个，有的两三个对一个，全都到位了。他朝身边的老黑头、李长在、铁榔头等人使了个眼色，大家便向自己的夺枪目标靠拢。

当台上演到秦香莲带着两个孩子来找陈世美的时候，左田流泪了，不住地掏出手绢来擦眼泪，甚至哭出了声。这个家伙看来是完全入戏了。李长生注意到了，左田掏手绢的时候，把腰里的枪露出来了，那是把王八盒子，还是新的。李长生觉得机会到了，突然掏出手枪，对准左田的脑袋“啪啪”连开两枪，顺手把左田腰里的手枪夺了过来。

枪声一响，人们大乱。游击队的人趁着混乱，举起木棍向目标打去，被打的人还没弄清是怎么回事，手里的枪就被夺走了。

戏台上的唱腔戛然而止，戏台底下哇哇乱叫。摆摊儿的人慌忙收摊儿，赶庙会的人作鸟兽散。

李长生吹了几声口哨，示意撤离。游击队的人背上夺得的武器，按事先定好的路线向村外的高粱地里撤离。

等李长生他们全部撤到高粱地的时候，也就快晌午了。好大半天，庙会那边才消停下来。

李长生点了一下人数，不但一个不少，还多了一个香梅，唯一的一位女队员。她没夺着枪，手里还拿着那根木棍。

李长生劈头问香梅：“谁让你来的？”

香梅脸一下子红了：“俺，俺自个儿愿意参加的。”

大伙儿哄笑起来。

李长生没笑，脸依然铁青：“部队是有组织、有纪律的，不能说你愿意参加就参加。要是因为你，影响了行动，会误大事的！”

香梅低下了头，小声嘟囔道：“打日本子，还不允许……”

李长在说：“你别嘟囔了，以后听哥的。”

李长生瞪了香梅一眼，开始清点夺来的武器。数来数去，共夺得长枪十八支，短枪六支。

李长生仔细回忆了一下，对大家说，整个夺枪战斗，大概只用了十五分钟。

这时，站在一旁的铁榔头插嘴道：“别忙，让我看看。”

说着，铁榔头从兜里掏出一块很精致的怀表说：“撤离庙会的时候，我看表了。”

李长生上去要夺铁榔头手里的怀表：“哪儿弄来的？”

铁榔头早有防备似的迅速把怀表揣进兜儿里，说：“从那个左田兜儿里掏出来的。”

李长生半信半疑地问：“人是我打死的，抢了枪，咱们就撤了，你什么时候在他身上翻的表？”

铁榔头诡谲地一笑：“表哥，你不知道我有三只手的毛病呀。那小子光顾瞪着两眼珠子看戏的时候，我就下手了。”

李长生点着铁榔头的脑袋说：“你可真是个孽大胆儿。”

众人听说铁榔头缴获了一块怀表，都围了上来，要求铁榔头把怀表掏出来，让大伙儿开开眼。铁榔头死死地摁住口袋，就是不让看。有几个人火了，七手八脚把铁榔头按在地下。铁榔头招架不住，怀表最后让李长在给掏走了。众人围上去，睁大眼睛看那怀表究竟是什么东西。没等人们看够，铁榔头趁机又把怀表抢了回去。他认为那是宝贝东西，比别人手里的枪宝贝多了。

李长生把手伸向铁榔头，很严肃地说：“把表给我！”

铁榔头用手把口袋捂得严严的，瞪着眼睛问道：“我弄来的，凭什么给你？”

李长生说：“我刚才说过，我们部队是有纪律的，其中有一条是，一切缴获要归公。”

铁榔头半开玩笑地说：“那我缴获个媳妇儿，也归公啊？”

众人又大笑。

李长生没笑：“别跟我瞎扯，让你拿过来就拿过来。”

铁榔头也把脸拉下来了："你要说心里喜欢，拿去玩儿两天，我可以给你。你要用什么纪律吓唬我，我就不给。你怎么着吧？"

老黑头上去踢了铁榔头一脚："榔头儿，你别在队伍里耍你的狗脾气，长生是游击队的司令，当过红军团长，比咱们懂得多。让你拿出来，就拿出来，啰嗦什么呀？"

铁榔头挪了一下身子，不服气地说："我谁的话也不听。要不，你们把我杀了吧。"

李长生想跟铁榔头来硬的，但又知道他的脾气，他是吃软不吃硬，有的时候软硬不吃。所以，当着这么多人，不能跟他较劲。

李长生低头想了想说："好，你先拿着玩儿几天吧。"

李长生把缴获来的枪支清点了一遍，说："大伙儿听着，我来点名。点到谁，谁就过来领枪。"

众人听说要发枪，脸上都露出抑制不住的兴奋。

李长生开始点名："老黑头儿、李长在、王老蔫儿、王二蛋、赵虎、李大仙、郭泥鳅、李三愣……"

被点到的人都兴高采烈地接过李长生递过的枪，有人拉了一下枪栓。李长生马上过去制止："小心别走了火！"

铁榔头瞪着眼睛看着人们都过去领枪，可始终没有点到他的名。他站起来拍拍屁股上的土，问道："表哥，怎么没我的？"

李长生："因为你违犯了纪律，暂时不发给你枪，等什么时候反省好了再说。"

铁榔头："看来你是真惦记上我这块表了？"

李长生："不是惦记，这是纪律。"

铁榔头掏出怀表仔细地看了看，又放在耳朵上听了听动静，爱不释手地放进口袋里，嘴上说："你爱怎么着就怎么着吧，反正我是死猪不怕开水烫。"

李长生不答理铁榔头，用手遮着眼睛朝天上看了看太阳，说："快后晌了。大伙儿都带干粮了吧？吃吧。我们必须坚持到天黑才能回村儿。鬼子死了人，又丢了枪，一定会来报复。"

铁榔头又把怀表拿出来，看了看，有些得意地说："现在是下午2点21分。"说完，把怀表小心翼翼地装进口袋。

人们掏出干粮啃了起来。

铁榔头摸了一下口袋，发现里面是空的，一块干粮也没带。他过的是一个人吃饱了全家不饿的日子。头一天通知带干粮的时候，他把干粮篮子摘下来看了看，只有半块玉米面饼子，用手掰开一看，里边长了毛儿，闻起来有一股发霉的味儿，他顺手把它扔了，一条狗很快跑过来，把干粮叼走了。他平时喜欢吃蹭饭，就没点火做。

人们狼吞虎咽地吃着，谁也不看铁榔头一眼。铁榔头刚开始还能忍得住，但肚子“咕咕”乱叫，还见有人故意馋着他，就有些忍不住了。他厚着脸皮跟人家要，但大伙儿都不给他。

铁榔头找到香梅，说：“弟妹，你一个女人家，饭量小，嗓子眼儿又细，吃得了那么多吗？”

香梅正要掰一块干粮给铁榔头的时候，李长在把干粮夺了过来：“哎，你吃表就行了。”

大伙儿都笑了。

香梅到底是女人，心软，把手里的另一块干粮偷偷塞给了铁榔头。铁榔头着实饿了，两口就吞了进去。吃完，又盯着别人手里的干粮。

老黑头带的是白面葱花饼，还有大葱。因为岁数大了，吃得很慢。铁榔头凑过去，说：“老黑头儿，你不能饱汉子不知饿汉子饥啊。当头儿的，葱花大饼一个人独吞，你咽得下去吗？”

老黑头说：“榔头儿，你拿表换我的饼吧？”

铁榔头摇摇头：“嗬，你倒不怕让便宜咬着？”

老黑头摆摆手：“好，好，那你就吃你的表吧。”

铁榔头来回溜达着，自言自语地说：“看来，我真是他妈的有点儿大闺女要饭——死心眼儿了。”一边说着一边把怀表从兜里掏出来，“哎！谁换呀？两张大饼，一块表！”

李长生把手里的干粮递给铁榔头说：“你先吃吧。”

铁榔头接过干粮把怀表递过去：“好吧，我认倒霉。”

李长生把怀表推过去：“你先收着。什么时候你觉悟了，再上缴。”

铁榔头说：“这可是你说的？”一只手把怀表放进兜儿里，一只手夺过大饼，风卷残云般地大吃起来。

第七章　小刺猬与小白鞋

1

一大早，老井碑旁边的大槐树身上贴出了一张喜帖：

老井镇的乡亲们：

郭文广少爷和吴桂兰小姐将于八月二十上午举行成亲仪式，欢迎届时光临。

李长在挑水的时候，看到了喜帖，他水都没挑，空着两只水筲回到家，进门就慌慌张张地喊：“娘，娘！不好了！不好了！”

李母听到喊声急忙出了屋，嗔怪道：“你看你，大白天像见了鬼似的。出什么事儿啦？”

李长在“咣当”一声放下水筲，说话竟一下子结巴起来：“娘，郭，郭……郭文广要，要和吴姑娘成亲啦！”

李母吃惊地问道：“你先把舌头捋直喽，哪个吴姑娘？”

李长在说：“还有谁？就是那个吴桂兰呗。”

李母紧张地皱了一下眉头：“真的？”

李长在说：“那还不是真的，喜帖都贴在大槐树上了。”

香梅也出了屋：“不会吧？那吴姑娘能看上郭文广？”

李长在说：“有钱能使鬼推磨呗。人家马上就成亲了，还有什么看上看不上的？”

李母愣了半天才回过味儿来："这吴姑娘不是嫌贫爱富的人。我觉得这事情有点儿不大对头。"

这工夫，李长生进了院，他也看到了喜帖，路过郭家门口的时候，看到的是人进人出，张灯结彩，一片大办喜事的景象。他还看到了郭文广，衣冠楚楚，神采奕奕，完全沉浸在准备当新郎的喜悦之中。

李长生说："对头不对头，咱不管人家。一个愿娶，一个愿嫁，人家又不犯法。"

香梅说："不会是逼婚记吧？"

李长在说："我看有可能。郭家什么事儿干不出来？"

李长生说："一会儿我过去看看，也随个喜钱。"

李母剜了李长生一眼："你给他家随份子？"

李长生笑了一下说："乡里乡亲的，怎么也得登门道个喜吧。"

李长在说："等郭老财死了，你再去登门道喜吧。"

李母说："你要敢去随份子，回来我就敢打折你的腿。不信你试试！"

李长生看了看李母，只好说："那就不去了。"

不一会儿，街上传来唢呐声，紧接着又传来鞭炮声。

2

李长生从家里溜出来，在街上转了两圈儿，还是去了郭家。

郭家大院张灯结彩，喜气盈门，送礼的，忙活事儿的，看热闹的，在门口挤了一堆人。戏班子的吹拉弹唱声，咚咚锵锵，呜呜啦啦，不绝于耳，煞是热闹。

李长生走到郭家大门口的时候，几个人一下子围了上来，戏班子也停止了演奏。不一会儿，小六子出来了，他神气地指着李长生问道："你干什么来了？"

李长生笑着说："我是来给郭少爷道喜的。"

小六子指了指李长生腰里的枪："道喜的，你腰里还别着枪？"

李长生说："这是最好的贺礼呀。别人送得起吗？"又道，"你别啰嗦了，把郭少爷给我叫出来！"

小六子盯着李长生看了几眼，回去喊人了。

不一会儿，郭文广穿着崭新的大马褂出来了。见是李长生，显得有些意外，但他还是双手抱拳道："你们游击队在九莲山庙会上夺枪，干得干净漂亮，令文广佩服。"

李长生也双手抱拳："不敢当。我在大槐树上看到了喜帖，特来登门道喜，也没带什么礼物，上次借你的枪，完璧归赵，姑且算作一份儿贺礼吧。"说着，把枪递给郭文广。

郭文广把枪接过来，感激地道："李司令真是个诚信之人哪。进屋坐坐吧。"

李长生笑道："那就客随主便，进去沾点儿喜庆。"

李长生跟随郭文广进了院。院里人来人往，都忙着操办喜事儿。

进了客厅，郭文广躬身让座，沏茶倒水，一阵热情应酬，显得周到而殷勤。

李长生半开玩笑地说："你们这速度够快的啊，一见钟情吧？"

郭文广低下头，脸色微微发红："也算是缘分吧。"

李长生说："用不用我过来帮忙啊。文的武的，可都能用得上。在部队上，我还当过婚礼主持人呢。"

郭文广说："我知道你文武全侠，是个出众的人才。不过，在咱们老家，专门有操持红白喜事儿的班子，什么都不用管，连我都插不上手。"

李长生说："你就等着当新郎官儿就行了，还干什么？"

郭文广低下头说："人生在世，国事为重啊。一结完婚，我就要赶紧忙活抗战的事。你们游击队已经打响冀中抗战第一枪了，我们义勇军也不能甘拜下风呀。"

李长生说："好，不愧是个有志之士。"

郭文广说："位卑未敢忘忧国嘛。"

李长生站起来："那就不打搅了。"

郭文广起身相送："待我完婚之后，我们共商抗战大计。"

两人很礼貌地握手告别。

李长生出了郭家大院，刚走没多远，一个家丁追了上来："李司令！李司令！"

李长生停住脚步回头道："什么事儿？"

那个家丁四周看了看，掏出一个纸条递给李长生，小声道："这是郭家大小姐给你的，她让你回家再看。"说完，转身走了。

李长生回到家，走到大门洞里就急忙打开了那张纸条：

李司令：

我家对吴桂兰用的是逼婚记。你务必在明天凌晨零点十分到我家大院东门接吴桂兰。请你把她送得越远越好。

郭文秀

看完纸条，李长生心里“咚”地响了一下。

3

傍晚，郭家来了一位不寻常的客人。

这人五短身材，模样清瘦，鼻子上边架着一副大墨镜，走起路来轻得像猫，速度又像兔子一样快。他手里提着一个很精致的匣子，轻车熟路地进了郭家大院。

当客人把大墨镜摘下来的时候，郭文广才认出来：“哎哟，这不是小刺猬吗？你这身打扮，可把我给弄蒙了。”

小刺猬把匣子放在桌上，入座之后，跷着二郎腿道：“听说明天是你的大喜日子，我特意过来看看，表示一点儿心意。”说着，把匣子打开，拿出一千块大洋。

郭文广看了一下，连忙摆了一下手：“不行，这么重的礼物我可不能收。”

小刺猬笑着说：“你这是笑话我呀。你们郭家在老井镇这么大的场面，这俩小钱儿算什么？”

正说着，郭母从卧室里出来了。小刺猬站起来，很礼貌地向郭母鞠了一个躬：“大婶儿，给您道喜了。”

郭母喜笑颜开地说：“哟，这不是小刺猬吗？同喜，同喜。多日不见，跑到哪儿发财去啦？”

小刺猬说：“大婶儿，我这两下子，到哪儿能发财？挣钱不挣钱，混个肚子圆呗。嘿嘿。”

郭母看了一下桌子上的现大洋：“嗬，没发财，哪儿送得起这么大的礼呀？我们郭家，可是承受不起呀。”

小刺猬凑到郭母耳朵跟前小声道："实话告诉你吧，这是大日本皇军藤藤大佐派我送来的。"

郭母说："郭家跟他既不沾亲又不带故的，连一面之交也没有，凭什么送这么大礼？"

郭文广接过来道："既然这是日本人的钱，那就更不能收了。"说着，把匣子盖上，推给了小刺猬。

这工夫，郭老财从里屋走了出来，慢条斯理地道："都说当官儿的不打送礼的，怎么就不能收啊？"

小刺猬赶紧迎上去，像孝子贤孙一样搀住了郭老财的胳膊，两眼笑成一条线："看见了没，还是郭老爷子开明。老爷子，多日不见，你老人家身子骨儿还是那么硬朗，还是那么红光满面。"

郭老财摆摆手，坐在太师椅上："你就别奉承我了，现如今，我是老太太过年，一年儿不如一年儿啦，天天听从阎王爷的召唤。"

郭母嗔怪道："他叔，咱大喜的日子，你看你，都说些什么呀？"

郭老财咳嗽了两声，对郭文广说："广儿啊，这小刺猬可是咱郭家的大恩人哪。当年闹完暴动大搜捕的时候，要不是他给咱报信儿，那些穷棒子早就跑光了。"

郭老财眯了一下眼睛，掉转了话题："刚才听说你在日本人那边儿混事儿，日本人那是倭寇啊，不那么好伺候吧？"

小刺猬压低嗓门说："老爷，你老人家算是说错了。人家日本人到中国来，是为了帮助咱们建立大东亚共荣圈儿。不是外面传的那样，见人就杀，见东西就抢，见妇女就奸。"

郭文广打断了小刺猬的话："这完全是信口雌黄，颠倒黑白，你见过用枪炮帮助别人的吗？"

郭老财把手一扬，说："咱不戗戗这个。到现在为止，我们不是还没看见日本子到老井镇来杀人吗？我倒是听说，人家来看戏，那个穷棒子李长生，一枪把人家给打死了。"

小刺猬很警惕地问道："那个李长生还真活着？"

郭老财用拐杖戳了一下地："何止是活着，还拉起了杆子！"

郭文广赶紧拦着郭老财："叔，你不要说了，好不好？"

小刺猬站起来要走："我明白了，明白了。"

郭文广说："小刺猬，有句话，我要提醒你，别忘了咱是中国人。帮日本人做事儿，那就是汉奸！”

小刺猬点点头：“那是，那是。”又说，“天不早了，我该回去了，明儿我再过来道喜。”

郭母说：“早点儿过来喝喜酒。哎，把你媳妇儿也叫来，一块儿热闹热闹。”

小刺猬答应着出了屋。

郭文广拎着装现大洋的匣子就要追出去：“小刺猬，这是日本人的礼，我们不能收。”

郭老财用拐杖使劲戳了一下地：“放下！”

郭文广转身看着郭老财发青的脸，站在那里不敢动了。

郭老财用拐杖指了一下对面的椅子：“你给我坐下！”

郭文广犹豫了一下，坐下了。

郭老财连着咳嗽了两声：“你真是念书念傻了。李长生那个穷棒子，如今有了队伍，又有了枪，就像在咱家门口埋了颗炸弹，不知哪会儿就爆炸。”

郭文广辩解道：“叔，我觉得你对李长生一直有误解。人家拉队伍可是真正为了抗日。你总说人家是为了报私仇，这么长时间了，你见人家找过咱什么麻烦吗？”

郭老财打断了他的话：“这说明，他的翅膀还没长硬，还不是咱的对手。你想想，要是他李家把你爹给杀了，你能不报仇吗？”

郭文广还想说什么，郭老财摆摆手制止了他：“好啦，好啦。休与仇人为仇，仇人自有对头。让日本人去对付咱的仇人吧。你呢，好好当你的新郎官儿，别的，就不用想啦。”说着，眯上了眼睛。

郭文广说：“叔，不管怎么说，这日本人，咱绝对不能跟他沾边儿……那个大和民族信奉武士道精神，从骨子里就是侵略，他们占领中国，根本不拿咱中国人当人看。”

郭老财很不耐烦地说：“你去忙吧。”

郭文广不再说话了。郭老财盯着那个精致的盒子说：“既然你怕沾日本人的边儿，那我就替你收着，省得坏了你的名声。”说着，拎起盒子进了里间屋。

郭母看到这一切，脸上流露出很不高兴的样子。这时郭老财又探出头对郭文广说：“这些钱将来有用得着的时候。你去忙吧，啊。”

4

小刺猬的家在村最东头，是一个独立的小院，旁边有个池塘，里边盛开着荷花。离老远，就能听到青蛙“哇哇”的鸣叫声，尤其到了晚上，声音就格外清脆。

小刺猬快走到家门口的时候，忽然看见有一个很苗条的人影，在他眼前闪了一下过去了。人影过后，留下一股女人的清香味儿。这股味道穿过小刺猬的鼻子直透五脏六腑，全身顿觉一阵清爽；随之，便燃起一股抑制不住的欲望。

小刺猬在老井镇号称飞毛腿，同时，也是一个嗅觉极其灵敏的人。闻到这股特殊的清香味儿之后，他马上断定这是村里有名的风流寡妇小白鞋。这小白鞋，刚过门儿没几天，丈夫就得了一种怪病死了。村里沸沸扬扬地传出来，说小白鞋下边没毛儿，是个“大白虎”，这样的女人克男人，十个沾了九个死。这么一传，小白鞋不好嫁人了。不嫁人归不嫁人，可小白鞋毕竟不是良家妇女，更不是省油的灯。据说在娘家做闺女的时候，就喜欢跟小伙子或者大老爷们儿眉来眼去，不甘寂寞。爹娘怕她一个大闺女家家的，弄出些不光彩的事体来，早早就打发她出了嫁。死了爷们儿之后，小白鞋在老井旁的大槐树底下，当着一大堆挑水的男人说：“谁不怕死，俺就给谁留着门儿。”

听了这话，男人们都蠢蠢欲动，因为小白鞋模样长得确实俊俏。雪白的脸蛋儿上长着一对狐狸眼儿，笑起来弯弯的，看人勾勾的，尤其走起道来，那滚圆滚圆的小屁股一拧一拧的，格外勾人魂儿，哪个男人见了也不会无动于衷。但男人们毕竟都惜命，明明知道小白鞋是“大白虎”，明明知道他克男人，谁还敢铤而走险呢。

在老井镇，第一个沾小白鞋的就是小刺猬。有一次，小刺猬在河里偷看了小白鞋洗澡，那雪白鲜嫩的肌肤，让小刺猬心潮澎湃，难以自持。他弯下身子，向着小白鞋投了一颗石子。那小白鞋本能地向水里潜下身子，转身发现了躲在芦苇丛中的小刺猬。小刺猬撒腿想跑，小白鞋却从水里站了起来，露出了多半个身子，并且嘻嘻地笑起来。等小刺猬转身回来的时候，小白鞋又把身子潜进水里。

小刺猬试探性地大声说道：“不害臊，一个小媳妇儿，大白天，跑到河里洗澡。”

小白鞋嘴也不饶人：“呸！偷看女人家光身子才不害臊呢。”

小刺猬一下子壮了胆儿：“有本事，你晚上给我留着门儿。”

小白鞋也不示弱：“有本事，你别怕俺克死你狗日的。”

就这么一唱一和，小刺猬心里有底了。

那天晚上，小刺猬真的去了小白鞋家。小白鞋果不食言，真的给他留着门儿了。屋里点着灯，小白鞋倚着被子半躺着，上身穿着鲜红的小短褂儿，大小跟布兜儿差不多，下身穿着大裤衩，宽宽松松，像葱皮那么薄，雪白的大腿有意劈开，顺到炕沿儿上，两个很好看的小脚丫儿，俏皮地舞动着。她嘴里嗑着瓜子，嗑一个，向地上吐一下皮儿，显得既骚浪又悠闲。

小刺猬一进门就上了炕。

小白鞋眼皮儿也没撩，问道：“小刺猬，你真不怕死啊？”

小刺猬把脚上的泥鞋往地上一甩，就往小白鞋身上扑：“这回，我就来个阎王爷干小鬼儿，舒坦一会儿算一会儿。”

小白鞋踹了小刺猬一脚：“滚下去！把门儿插上。”

小刺猬“咚”一声跳下炕，动作利索地把门儿插上了。等他回来的时候，小白鞋已经脱光了身子，用被单盖了多半截。

年轻力壮的小刺猬禁不住欲火中烧，血气上涌，不顾一切地扑了上去。

小白鞋“噗”一声把窗台上的灯吹灭了。

钻进被单里的小刺猬突然停止了急火攻心的行动，爬起来重新点上了灯：“不行，我得着实看看，你到底是不是白虎。”

小白鞋不高兴了：“狗日的，你要怕死，跑到老娘这儿来干什么？”

小刺猬把灯点着了，端着过来说：“人就活这一回，就是死，我也得开开眼，看个究竟。”

小白鞋却把双腿一并，翻身朝向墙，顺口骂道：“狗日的，回家看你娘去！”

小刺猬端着灯愣在那儿，他的手在抖，煤油灯的火苗在晃。他往下不知道该怎么做了。

小白鞋突然转过身来，双腿劈开，哭着说：“狗日的，小刺猬，让你看个够！你们这些不要脸的臭男人，又想占便宜，又怕丢性命。看见了吧？滚！”

小刺猬一看，哪里是什么白虎，简直是跟春天里的第一茬儿茴香一样密密匝匝，郁郁葱葱。他把煤油灯顺手放在了炕沿儿上，“噗”一声吹灭，如狼似虎地扑按住了活蹦乱跳的小白鞋……

自打那次之后，小刺猬就三天两头往小白鞋家跑。天长日久，村里人也都看出来了。小刺猬也不避讳，还在老井旁的大槐树底下，有板有眼有声有色地吹嘘自己的本事。有人问他，那小白鞋到底是不是“大白虎”。小刺猬很有心眼儿，怕别人跟他抢食儿吃，就说，确实是“大白虎”，根毛儿没有。有人说，那你怎么还没被“大白虎”克死呀？小刺猬就说，我比她命硬，克不死。你们命软的，就别惦记了。可后来，有些大胆儿的老光棍儿，见小刺猬没被克死，也跃跃欲试了。那个小白鞋基本上是来者不拒，肥瘦不挑。这下，她家的门槛差不多被踏破了。

天一黑，村里那些不安分的老光棍儿都往小白鞋家跑，日子长了，就难免撞车。后来，不知道谁定了个规矩，在门口上放块砖。砖戳着，就说明屋里有人，你自觉回避；砖躺着，就说明没人，你可长驱直入。不过，这些老光棍儿倒都有良心，不白沾小白鞋的身子，多了五块，少了两块，从不空手。给钱方式也不一样，有压在枕头边儿上的，有掖在炕席底下的，也有直接塞到小白鞋手里的。后来，村里就传出话儿来了，说小白鞋那只手可不是一般人的手，简直是神手，吹了灯，也能摸出钱是两块的，还是五块的，谁也蒙不了她。

5

小刺猬使出轻功很快追上了小白鞋，在小白鞋没有任何察觉的情况下，从身后抱住了她的腰。小白鞋吓得叫了一声：“娘呀！”小刺猬赶紧捂住了她的嘴。

小白鞋看清了是小刺猬，伸出手来在他屁股上狠拧了一把：“狗日的，这些日子，你死到哪儿去了？”

小刺猬嬉皮笑脸地说：“我可舍不得死，要死也死在你炕头儿上。”

小白鞋又拧了小刺猬一把：“谁稀罕？”

说着，两个人进了小白鞋家的小院。小刺猬转身插上院门。

谁知，小白鞋却不往前走了，对着小刺猬的脸说：“你这么长时间没回家了，不先钻你媳妇儿的被窝儿，倒跑到俺这儿来了。”

小刺猬嬉皮笑脸地说：“家花儿不如野花儿香嘛。”说着就动手动脚。

谁知，小白鞋却把小刺猬的手扒拉下来，一本正经地说：“告诉你，小刺猬，俺可从良了。你以后少上俺这儿来。”

小刺猬说：“我说怎么门口那块砖没了呢？不过，你也别跟我装假正经。你早就好上这一口儿了。狗还能改得了吃屎？”

小白鞋说：“俺说的是实话。你还是回去找你媳妇儿去吧。”

小刺猬说：“先进屋，说会儿话，我就走。”

小白鞋说：“就在这儿说吧。俺真的不干了。有人看上俺了，俺还准备嫁人呢。”

小刺猬转身把小白鞋抱在怀里：“我就不信，这世上还真有他妈改了吃屎的狗。”

小白鞋在小刺猬怀里捶打着被小刺猬抱进了屋。

小刺猬用脚踹开屋门，进屋把小白鞋放在炕上，顺手从自己兜儿里掏出来一把洋钱塞到小白鞋手里。小白鞋点上灯，一看这么多钱，上去搂住了小刺猬的脖子一阵狂亲：“该死的，哪儿来的这么多钱？”

小刺猬说：“你管呢？就是从当铺里抢来的，关你屁事儿。”

小白鞋眼角往上一挑，笑得很迷人，接着便很温顺地脱了衣裳躺在了炕上。小刺猬淫笑着说：“见钱眼开的骚娘们儿，你不是从良了吗？”说着，像猫一样敏捷地上了炕。

两人正在热火朝天地折腾着，突然，外面传来擂鼓般的砸门声：“小白鞋儿，你开门！快开门，我看见小刺猬进来了！”

小刺猬首先做出了反应：“不好了，是我老婆！”

小白鞋不慌不忙地说：“你看你吓得那熊样儿！”

小刺猬边穿衣裳边说：“你可不知道，我老婆能往我身上撞头。”好在小刺猬动作又轻又快，三下五除二，出了屋，沿着梯子上了房。

砸门声和叫喊声愈演愈烈。

小白鞋穿好衣裳出了屋，把院门打开，对着门外嚷道：“黑灯瞎火的，砸什么门哪？你们家小刺猬哪上俺家来啦？”

小刺猬媳妇儿外号叫大红袍，据说她娘家爹妈都是专做旗袍的裁缝，就给她取了这么个名字。大红袍长得人高马大，那身材几乎能把小刺猬装进去。在外人看来，小刺猬在家一定是个受气包，可小刺猬心眼灵活，又会哄又会骗，把大红袍弄得滴溜儿转。小刺猬跟小白鞋有猫腻，老井镇人都知道，大红袍也有耳闻，只是从没抓住过证据。

大红袍一进院就绷着脸说："不要脸的东西，我听见他说话了。"说着，就往屋里走。

大红袍进了屋炕上炕下都找了一遍，怎么也没找着人。

这下，小白鞋有理了："你大半夜的，跑到一个寡妇家来找你爷们儿，你好意思？你这不是存心败坏俺的名声吗？"

这工夫，房上的小刺猬趁着两个女人大吵大闹的时候，又像猫一样动作敏捷地沿着梯子从房上下来，一溜小跑回了家。

大红袍没找着人，底气就不足了，但嘴也不饶人："你的名声还用败坏呀，全村儿人谁不知道？"

小白鞋叉着腰说："你红嘴白牙说话可要有把门儿的。全村儿人都知道什么了？啊？你今儿给俺说清楚。说不清楚，就别想出这个门儿！"

大红袍看到了炕上的一大堆钱："这是哪个爷们儿留下的？还在这儿装正经？"

小白鞋毫不脸红："俺自个儿挣的。"

大红袍："你一个寡妇，拿什么挣的？"

小白鞋："你管不着！"

大红袍忍了一下，说："半夜三更的，我不跟你嚷。你做的好事儿，你心里明白就行。"说着，就往外走。

小白鞋追了出去："连自个儿的爷们儿都看不住，还好意思跑到这来撒野！"

大红袍回了一下头，想说什么，小白鞋推了她一把，"咣当"一声把大门插上了。

大红袍带着一肚子气回到家，却见小刺猬已经躺在炕上。她没好气地推了小刺猬一把："给我说实话，你是不是到小白鞋那儿去了？"

小刺猬理直气壮地说："你这老娘儿们儿，怎么血口喷人呢？"

大红袍半信半疑地说："我刚才好像看见是你进了她家的门儿。"

小刺猬嬉皮笑脸地说："进她家门儿的人多了，那就是我呀？你这人，净瞎疑心。"说着，从兜儿里掏出几个洋钱放在炕上，说，"媳妇儿，你看，咱有钱了。"

大红袍警惕地问："哪儿来的这么多钱？"

小刺猬说："挣的呗，我还能去偷呀？"

大红袍问："上哪儿去能挣这么多钱呀？哎？小刺猬，我在村里听人说，你给日本子做事儿，是真的吗？”

小刺猬说：“没有的事。你别听见风就是雨。”

大红袍说：“做人要有骨气。咱就是饿死，也不能干那种缺德事儿。”

小刺猬说：“那是，那是。”

大红袍想了想说：“哎，刚才我在小白鞋家也看到一大把洋钱，怎么会这么巧呢？你说实话，是不是你给她的？”

小刺猬脸一下子红了：“你净瞎琢磨，哪能呢？谁知道是哪个傻爷们儿给的。”说完，又赶紧把话头儿岔开，“明儿郭文广就要成亲了，娶的谁家的闺女？”

大红袍是个实心眼儿的人，经不住小刺猬两句好话，心就软了，气就消了。她说：“是郭文秀的同学，南方人，长得俊着呢。”

小刺猬说：“这小子够有福气的，娶个大学生。”

大红袍捅了小刺猬一下：“你眼气啦？”

小刺猬说：“我眼什么气？脸蛋儿那东西，咳，中看不中用。”想了想又试探性地问道，“前些天，听说在庙会上，一个日本人被打死了，枪也被夺了不少。你知道是谁干的吗？”

大红袍很警惕地看着小刺猬：“你一进家就打听这些干什么？我真怀疑你是在给日本子干事儿。”

小刺猬说：“那叫汉奸，咱怎么能干那种事儿。”

大红袍还是有些不放心：“那你告诉我，你现在究竟在外面干什么？”

小刺猬说：“我在县保安大队当差。”

大红袍说：“当个保安，就能挣这么多钱？”

小刺猬不耐烦地道：“你看你这个娘儿们儿，真是不识好歹。嫌钱多了，能扎你手呀？”他打了个哈欠，“天不早了，赶紧睡吧……”

第八章　偷梁换柱

1

为了防止郭文秀和吴桂兰俩人在一起发生什么节外生枝的事儿，郭家把她们俩分开，一个住正房西屋，一个住厢房东屋。两人相距甚远，各屋门口又分别有人看守，两人难以见面，更无法沟通信息。

白天，郭文秀见李长生来送贺礼，马上料到这是一个救吴桂兰的机会，于是，她就偷偷写了一张纸条，让一个家丁转给李长生。那个家丁是她花钱买通的，绝对可靠。同时，她又写了一张纸条，让那个家丁交给吴桂兰。明天一早就要拜堂成亲，今天晚上必须采取行动，让吴桂兰逃离郭家。

自打郭家强迫她与郭文广成亲之后，吴桂兰便以泪洗面。她想到了跑，可屋里屋外，一天到晚，都有人看着。她想到了死，又觉得不情愿。自己还年轻，家有爹娘，兄弟姐妹，再说，一个热血青年，在国难当头的时候，就是死，也要死在抗日战场上。

“吴姑娘，天不早了，睡吧。明儿一早，还要拜花堂呢。”门外传来郭母的声音。

吴桂兰把灯熄了，屋里变得一片漆黑，等不到天亮就要拜堂成亲，跟一个根本爱不起来的男人，一个在他身上看不到任何希望和光景的男人。可怕，简直太可怕了。想到这儿，吴桂兰禁不住浑身哆嗦起来。之前，郭母送来了绫罗绸缎，金银首饰，可以说是琳琅满目，应有尽有。她出生在江南一个小镇上，父亲在工厂里做工，母亲在大户人家帮佣，家里的日子也很拮据，从来没见过这么多值钱的东西。等郭母出去之后，她一件一件仔细看了一遍，说实话，真是太好看了。有好多衣裳的颜色和款式是她非常喜欢的。不管是在老家那座小镇上，还是在保定学府，她都算得上漂亮出众的女子，也是个爱美的女孩儿。看见有钱人家的女孩儿穿上鲜亮新潮的衣服，她也羡慕，甚至嫉妒；也曾发誓等有了钱之后，一定要把自己打扮得体体面面，漂漂亮亮。可现在，当这些漂亮的衣服、首饰摆在眼前的时候，又是那么令人心惊胆战。尽管是这样的心情，不知为什么她竟把红盖头盖在了自己的头上。这个动作，被在门外的郭母隔着窗户看见了。郭母心里乐了，马上告诉了郭文广。郭文广听了心里格外舒坦。

吴桂兰正六神无主地在床上躺着，有人敲了一下窗户，她吓了一跳。不一会儿，一张纸条从窗户缝里塞了进来。她点上灯，打开纸条一看，是郭文秀写的："桂兰，耐心等着，零点十分，有人接你。文秀。"看了纸条，吴桂兰心里怦怦直跳，她在激动之中又怀疑这纸条是不是真的。郭家防守这么严密，能不能逃得出去？同样身陷囹圄的郭文秀会有什么办法？她又一字一句地看了看纸条，又看了看墙上的挂钟，上面的时间是11点38分。她把灯吹灭，焦急而默默地等待着。

当墙上的时钟敲了十二下时，吴桂兰再也躺不住了，她坐起来穿好衣服，把灯点亮，想了想，又吹灭了。这工夫，外面有人敲门，她心里咚咚直跳，却没敢开。不一会儿，外面有人小声说："吴姑娘，快！小姐让我带你走。"

吴桂兰出了屋，发现是一个家丁，她正犹豫着，那家丁拉着她，蹑手蹑脚往东门走去。

吴桂兰一边小跑一边回过头来小声问："文秀呢？"

家丁什么也不说，只顾拉着她走。

他们顺着墙根儿摸黑奔了东门。打更的提着灯笼走过来，他们赶紧躲在一棵树后，待打更的走远，他们又向东门摸去。此时，东门的家丁轻轻把大门打开，月光下，李长生早就在门口迎候。吴桂兰正要说什么，李长生拉起她的胳膊出了大门。家丁赶紧把大门关上。

李长生拉着吴桂兰钻进一条小胡同，然后借着朦胧的月光出了村。

2

天刚放出一丝丝亮光的时候，郭家大院门口就响起了鞭炮声。有二踢脚，有麻雷子，有长鞭，有花炮，有“地老虎”，有“钻天猴”。噼噼啪啪，叮叮咣咣，响声连片，火树银花，纸屑飞舞，烟尘弥漫。整个老井镇都被折腾醒了。

郭家在老井镇是大户，在三乡五里又是出了名儿的富庶人家，再加上，郭文广在郭家是有学问的读书人，娶的又是品貌双全的大学生。这些条件就决定了这场婚礼的不同凡响。按郭老财在老井旁的大槐树底下当着众人说的话，叫结大婚。那口气，听起来，就像皇上，或者太子成亲差不多。

按照老井镇的习俗，新娘子的花轿要在新郎的陪伴下，沿着村子的大街小巷绕一圈儿，再回来举行拜堂仪式。

家家大门打开，凡是爱看热闹的人，都从被窝儿里爬出来，走上了街头。村里人婚丧嫁娶的事儿经常有，可结大婚的喜事儿，就不多见了。人们都好奇地出来看看，这大婚到底是个什么光景。没多大工夫，街上就站满了人。人们很有秩序，自觉地在马路中间闪开一条道，让新娘子的花轿通行。

唢呐声响起了，锣鼓声敲起了，八人抬的一顶大花轿从郭家大院无比威风地出来了。人们踮着脚尖张望着，用好奇的目光追随着，眼看着那顶大花轿向着街上走来。人们尽管知道此时此刻也不可能看到花轿里的新娘子穿的什么，戴的什么，模样儿怎样，但还是对花轿那大红色的门帘充满了期待。或者里边有人撩一下，或者被风刮一下，新娘子穿的戴的就能看清了。

好奇的人们跟着那顶八人抬着的大花轿围着村子转了一圈儿，人们看到的只是骑着高头大马穿着新婚礼服的新郎官儿郭文广不住地向人们招手，不住地笑，花轿里边什么也看不见。

到了老井碑前，花轿停了下来，人们也一下子围了上来。新娘子下了轿，新郎官儿下了马。一对新人站在花轿前，对着老井碑虔诚地三叩头，吹鼓手们吹得更加起劲儿。这是祖宗留下的规矩，无论娶媳妇儿，还是嫁闺女，新郎新娘都要在老井碑前跪拜，以求王母娘娘赐予幸福，保佑平安。

跪拜完，新郎扶新娘上了花轿，花轿继续前行。

花轿围着村子转完一圈儿，天就大亮了。花轿在吹鼓手的牵引下，回了郭家大院。好事儿的人们又跟着花轿进了郭家大院。尽管郭家大院大得出奇，当人们都拥进来的时候，还是显得拥挤起来。

新娘子被伴娘搀扶着下了花轿，新郎殷勤地过去拉住新娘的胳膊，两人很亲密地站在一起。坐在太师椅上的郭母、郭老财、郭姨太都穿着崭新的衣裳，笑模笑样地看着新娘新郎，看着满院子凑热闹的人们。

小六子等人不住地给看热闹的人递烟撒糖。郭家大院洋溢着浓浓喜庆。

司仪高声宣布："新郎新娘拜堂仪式现在开始！"

沸沸扬扬的人们一下子静了下来。

司仪高喊道："一拜天地！"

新郎新娘对着人群躬身行拜。

主持人高喊："二拜高堂！"

新郎新娘转过身来拜郭母。

郭母欠欠身子，笑逐颜开。

司仪高喊："夫妻对拜！"

新郎新娘转过身来，矜持了一下，互相对拜。

司仪高喊："共入洞房！"

婚礼进行到这儿，就到尾声了。新郎搀着新娘慢慢向新房走去。

这会儿，看热闹的人该陆续散了，只有那些好事儿的半大小子才跟进去闹洞房，老井镇人叫逗新媳妇儿。郭文广在村里是大辈儿，这些进洞房的孩子，按祖辈儿或者乡亲辈儿，有的跟他叫哥，有的叫叔，有的甚至叫爷，反正都有资格逗新媳妇儿。再加上还有三天没大小的说法，稀里糊涂地就进来了一堆人。逗新媳妇儿不讲规矩，说话没深没浅，动作也没大没小。可有一个规矩，老井镇的大人孩子都懂，那就是必须等新郎给新娘掀了红盖头再逗。

新郎郭文广把新娘搀进洞房，抱到了炕上。新娘一声不吭地坐在炕沿上，看热闹的人瞪着大眼儿小眼儿等着掀了红盖头逗新媳妇儿。

郭文广犹豫了一下，终于伸出手来，他明显感觉到自己的手有些颤抖。事到此时，他无法不激动，无法不颤抖。自己心仪已久的吴姑娘，让自己爱得刻骨铭心死去活来的吴姑娘，已经成了自己的新娘子。这红盖头一揭，那粉面桃花的脸就显露出来，从此之后，两个人就生活在一个屋檐下，过恩恩爱爱、白头到老，让老井镇人羡慕死的日子。我郭文广真是太幸福了，命太好了，这世界上没人能比。他慢慢闭上眼睛，想让这幸福的那一刻来得慢一些，缓一些，让自己有充分的思想准备去迎接，去享受，去揣摩，去品尝。

郭文广深吸了一口气，闭着眼睛，用颤抖的手轻轻地把新娘子的红盖头掀开了。他还是没急着睁开眼睛，直到屋里有人惊呼，他才舍得把眼睛睁开。睁开眼睛的同时，他整个人都傻了：新娘子竟是堂妹郭文秀！

郭文广瞪着大眼睛"啊"了一声，红盖头掉在了地上。

郭母听到洞房里动静不对，进去一看，坐在炕上的新娘竟是郭文秀，也“啊”地叫了一声。

这时，郭姨太、郭老财都进来了，见此情景，方寸大乱。郭姨太失声大哭，郭老财当场晕了过去……

哥哥和堂妹拜了花堂，看热闹的人都看傻了，看蒙了。别说在老井镇，就是在十里八乡，也没听说过有这种新鲜事儿。这可成了天大的笑话儿。郭家是大户人家，是在老井镇最要脸儿要面儿的人家，一下子出了这种有悖伦理的事儿，都傻了，都无地自容了。

郭老财醒过来，半睁着眼睛，哆嗦着青筋凸现的老手指着郭文秀说：“你个丢人现眼、败坏家门的东西。你，你给我滚出去！”

郭姨太哭成了泪人，数落道：“你个死丫头，我看你以后还怎么嫁人，你让我们郭家人怎么出门儿？”

郭文秀却站起来大笑道：“你们不是演逼婚记吗？这就是下场！”说着，把新婚衣服干净利索地脱下来，换上了自己的衣服，当着看热闹人的面儿，镇静自若地向外走去。

郭姨太急了：“死丫头，你还不够丢人现眼。你到哪儿去？”

郭文秀：“远走高飞，永远不登这个家门！”说着，大步流星出了家门。

郭老财大声道：“滚得远远儿的，一辈子也别回来！”

3

踏着浓浓的夜色，李长生和吴桂兰步履匆匆。

走了很远的路，穿过了几个村庄，天还黑着。吴桂兰有些累了，她提议找个地方歇一歇。

前边有一棵大树，正好下面有块大石头，两个人坐了下来。

吴桂兰好容易才把气喘匀，她问李长生：“你，你一点儿也不累吗？”

李长生笑了笑：“这点儿路算什么，长征途中，我们强渡大渡河的时候，一昼夜走了二百四十里地。”

吴桂兰说：“我们在学校听说过红军强渡大渡河的故事，当时为什么要走那么快？”

李长生说：“是为了跟敌人抢夺大渡河上的泸定桥，如果我们不占领泸定桥，红军就成了石达开第二了。”

吴桂兰很崇敬地望着李长生："红军真了不起，你也真了不起。这么年轻，就有了这么丰富的革命斗争经历。说真的，我很羡慕你，也很敬佩你。"

李长生说："我只是很普通的人，在红军队伍里，比我出色的大有人在。好吧，我们赶路吧。"

吴桂兰有些为难地说："你到底想把我送到哪儿去？"

李长生站起来说："送你去县城火车站。"

吴桂兰望着李长生："为什么去火车站？"

李长生说："你回学校去吧？"

吴桂兰摇摇头说："不，我的理想是投笔从戎，抗日救国。"

李长生说："只要有抗日热情，在哪里也可以实现这一理想。"

吴桂兰："你为什么不把我留在你们游击队？你们游击队已经打响了冀中抗战第一枪。我愿意加入你们的队伍。"

李长生说："你想想，你留在老井镇，郭家能放过你吗？"

吴桂兰骂了一句："郭家人太霸道了。"

李长生："所以，我劝你暂时还是先回学校，避一避再说。"

吴桂兰："可我真的想参加你们游击队。"

李长生："好吧。等我们游击队壮大了，我去接你。"

吴桂兰："那你可说话算数？"

李长生："好。说话算数。"

吴桂兰把手伸给李长生："拉我一把。"

李长生犹豫了一下，把吴桂兰用力拉了起来。

两个人又一前一后，继续赶路。

忽然，吴桂兰像想起了什么，问李长生："我走了，郭文秀怎么办？"

李长生说："她自导自演一出戏呗。"

吴桂兰天真地问："什么戏？"

李长生笑了一下："你这么聪明，还猜不出来呀？《姊妹易嫁》呗。"

吴桂兰大吃一惊："啊？妹妹嫁哥哥？"

李长生笑了一下说："当然那场戏演不到最后，等不到入洞房，郭文秀就会把谜底揭开的。"

吴桂兰感慨地说："郭文秀真要那么做，那就让我太感动了。她是用自己的牺牲，来救我于水火之中啊。"

李长生担心地说："她演了这一出儿，恐怕在家里也待不下去了。"

吴桂兰说："跟郭文秀同窗三年，我太了解她了。她是个敢作敢为、勇于承担的人，也是一个看重友情的人。我们俩的关系，比亲姐妹还亲。"

李长生点点头："看得出来。"

吴桂兰静了一会儿，掉转了话题："哎，李司令，有句话，我早就憋在心里。你爱人现在成了你的弟媳，你在家里跟她的关系怎么处？"

李长生说："怎么处？按现在的关系处呗。"

吴桂兰犹豫了一下，问道："你们做夫妻的时候，感情怎么样？"

李长生有些矜持："我非要回答你吗？"

吴桂兰："那当然。"

李长生："应该说，很好。"

吴桂兰："你现在还爱她吗？"

李长生："这话怎么说呢，她现在已经是我弟媳妇儿了。"

吴桂兰："那我认为，你就应该面对现实，做出自己的选择。"

李长生："怎么选择？"

吴桂兰："再找一个，改变眼下尴尬的局面。"

李长生："哪儿那么容易啊，况且现在是国难当头，我哪儿有这个心思啊。"

吴桂兰："抗战和爱情不应该矛盾。"

李长生："好吧，不说这个话题了。咱们抓紧赶路吧。"

吴桂兰抬头望着李长生，两个人都不说话了。

天大亮的时候，他们赶到了火车站。李长生掏钱买了车票，离开车还有半个小时。李长生请吴桂兰在一家小饭馆简单吃了点儿早点，就要检票上车了。快到检票口的时候，吴桂兰没有检票，跟检票员要了一张纸，写下了自己的地址，递给李长生，说："李司令，你收着。写不写信在你。我……我想知道你和游击队的消息。或许，我会找你的，还会参加你们游击队的。谢谢你……"她说着，有些激动，眼圈儿红了。

李长生接过纸条："好，再见。路上多保重。"

吴桂兰检了票，走了两步，回过头来向李长生招手。

李长生也向吴桂兰招了招手，转身离开了火车站。

吴桂兰走了几步，又回过头来，看到的是李长生的背影。她张开嘴想喊，又赶紧用手把嘴捂住了。也就在同时，她感到有泪水顺着脸颊流到了手上……

4

郭文秀一走，郭老财像塌了天似的吼了几声，就栽倒在院子里，呼啦上来一堆人，像叫魂儿似的喊叫：“老爷！老爷！”

郭姨太吓得浑身发抖：“老爷！老爷！你别这样儿啊。咱郭家老少还指望着你哪。啊？”

郭老财被人们从地上搀了起来，眯着眼睛不说话，嘴角乱动，脸上肌肉紧张地抽搐，像傻了，疯了，又像得了一种什么怪病。

郭姨太更害怕了：“老爷，你可是经过大风大浪的人哪。你要是有个好歹，郭家的门面就撑不住啦。”

郭老财终于睁开了眼睛，张了张嘴，想说什么，却没说出口。还没等人们明白过来是怎么回事儿的时候，他突然朝墙上撞去，人们傻看着，竟没人拦着。等他摔倒在墙根儿，人们才反应过来，七手八脚地把他架到了屋里。

郭老财头上流着血，郭姨太惊慌了，一面打发人去请医生，一面让下人端来一盆水，用毛巾给郭老财轻轻擦洗。

郭姨太带着哭腔说：“老爷，你怎么这样作践自个儿呢？你这一家之主都这么扛不住，我们这些做女人的，不就更六神无主了吗？啊？”

郭老财连着叹了两口气，摇了两下头：“咳，完啦！完啦！在老井镇，咱祖祖辈辈都是看人家笑话儿，这回可在全村儿人面前，把咱郭家祖宗八辈儿的人都丢尽啦。叔伯兄妹俩拜花堂，乱了伦理，败了家风啊。”

郭姨太安慰郭老财：“老爷，事到如今，你就别折磨你自个儿的身子骨儿了。天毕竟没塌下来呀。你这是何苦呢？”

小六子别看平时显得好吃好喝，少心没肺，关键时候，脑子比别人都转得快，或者多根弦儿。他琢磨了一会儿，凑到郭老财跟前说：“老爷，这会儿，我想起了您常给我们说的一句话：没有家贼，招不来外鬼。”

郭老财睁开了眼睛：“你什么意思？”

小六子分析道：“你想想看，咱看守这么严，吴姑娘是怎么逃走的？还有，吴姑娘她一个外乡人，人生地不熟，又黑灯瞎火的，她能跑到哪儿去？”郭老财一听，来了精神：“你的意思是，这是有人精心算计的。”

小六子更来劲了：“据我这没脑子的人琢磨，咱郭家，除了小姐以外，还有家贼。另外，肯定还会有外鬼接应，把吴姑娘送到了什么地方。这应该叫里应外合。”

郭老财点点头：“有道理。家贼，我们可以审出来。那你认为，这外鬼，又会是谁呢？”

小六子毫不犹豫地道：“李长生。”

郭老财眼珠子转了转：“李长生？”

小六子往郭老财跟前凑了凑：“对，肯定是那个李长生。因为吴姑娘是咱从他家弄回来的。老爷，你想想，他一个光棍儿汉，眼看着快到手的黄花大闺女，被人家娶走了，他心里能好受吗？”

郭老财叹了口气：“就真是那样，咱也没证据呀。再说，人也早不知道藏到哪儿去了。”

小六子说：“那先别管，咱先把家贼找出来再说。”

郭老财想了想说：“你去把广儿给我叫来。”

5

郭文广自打那个“偷梁换柱”的婚礼之后，一下子消沉起来。就像《红楼梦》里的故事一样，天上掉下来的林妹妹，入洞房的时候却一下子变成了宝姐姐，他是欲哭无泪，欲喊无声。他一个人躺在洞房里蒙上新被子发呆，实际上也睡不着，睁大眼睛看看屋顶，看看梳妆台，看看墙上的大喜字，看看新添置的大小摆设，又闭上眼睛胡思乱想。他感觉就像一场梦，一场很快就醒来的梦。在他眼里，这个吴桂兰就像天上掉下来的林妹妹，或者《聊斋》里边的美色女鬼，把他戏弄了一夜，天一亮，就消失了。对这个吴桂兰，他确实有些一见钟情，爱不释手，跟她结为百年之好，恩爱到老，是自己的一种强烈的愿望，是自己一生梦寐的追求。但他也明智地感觉到，这个吴姑娘不爱自己，这个充满理想主义色彩的清高女子，即便是给她金山银山，跪在地上给她磕头作揖，她也不会动摇决心。但他也怀着一丝侥幸，吴姑娘毕竟年纪尚轻，又身在他乡，远离父母，一旦生米煮成熟饭，也会委曲求全的。于是，郭文广对逼婚记充满了希望和幻想。但万万没想到，结果会是这么一出儿戏。

郭母见儿子闷闷不乐，郁郁寡欢，就过来相劝：“儿啊，人的命，天注定啊。再大的本事，也不能跟命较劲儿。天底下好闺女多的是，别为一个吴姑娘愁个好歹。想开点儿。啊？”

郭文广忽然“噌”地坐起来：“娘，你别说了，我这辈子不结婚了。”

郭母急了：“你就那点儿出息啊？一个吴姑娘，就把你的魂儿勾走啦？”

郭文广把被子往一边一撩：“我抗日！”

这工夫，有人进来说，老爷请少爷过去。

等郭文广来到郭老财房间的时候，郭老财、小六子正在审问一个家丁。

小六子问家丁：“说，你为什么放走吴姑娘？”

家丁战战兢兢地说：“是小姐让放走的。”

小六子上去给了家丁一鞭子：“你不知道少爷要跟吴姑娘成亲吗？”

家丁：“知道。可小姐给了我银子，又逼着我这么做。”

小六子举起鞭子朝着家丁身上抽起来：“说！是谁把吴姑娘接走的？”

家丁：“没，没人接……”

郭老财用手一指：“给我打！往死里打！”

小六子又举起鞭子左右开弓，噼噼啪啪，连续抽打，打得家丁喊爹叫娘，眼冒金星：“我说，我说……是……是李长生把吴姑娘接走的。”

小六子：“接到哪儿去了？”

家丁：“不……不知道。”

郭老财把手一挥：“算啦，算啦。他怎么会知道接到哪儿去了？”

小六子住了手。

郭老财对刚进来的郭文广说：“你都听见了吧。仇人又把你媳妇儿抢走了。”郭文广有些木讷地说：“叔，那不叫抢。吴姑娘本来就不是我的。”

郭老财指着郭文广说：“你个扶不上墙的东西！你看看你，哪一点儿像郭家的后代？文不文，武不武，整个一个熊包软蛋！”

小六子过来添油加醋：“少爷，这世上最大的仇，是杀父之仇；最大的恨，就是夺妻之恨。你的媳妇儿让一个穷棒子夺走了，你能咽得下这口气？”

郭文广说：“你们谁也不要管了。是我的，她早晚跑不了。不是我的，得到也没用。我认了，还不行吗？”

郭老财猛地拍了一下桌子：“废物点心！窝囊透顶！”

这时有人过来向郭老财禀报：“老爷，小姐出去一天了，到现在还没回来。我们撒下人去，找了半天，也没找着。”

郭老财把手一挥：“不管她，死在外头才好呢。伤风败俗的东西！”

郭姨太进来哭着说：“老爷，那毕竟是咱亲闺女呀，不找怎么行呀？一个闺女家家的，万一出点儿事儿，怎么办哪？”

郭母也唉声叹气地说："你说说，这是怎么了？一夜之间，媳妇儿跑了，闺女跑了。郭家什么时候这么倒霉过？"

郭老财猛地拍了一下桌子："行啦，你们别都在这哭天抹泪儿，给我添堵啦。嫌我死得慢，还是怎么着？都出去！给我出去！"

见郭老财勃然大怒，郭文广、郭姨太和郭母，你看看我，我看看你，谁也没言语，都悻悻地出去了。

小六子也想走，郭老财叫住了他："你别走！"

郭老财眯着眼睛慢慢地说："小六子，你跟着老郭家这么多年，我待你怎么样？"

小六子马上讨好地说："老爷，可以说是恩重如山。"

郭老财朝外面看了一下，又向小六子使了个眼色。小六子反应很快，马上跑过去把门关严。

郭老财动情地说："小六子，这些年，待你薄厚先不说，我可是真没拿你当过外人儿。平常有什么心窝子里的话，我不跟家里人说，也愿意跟你叨唠两句。你说说，咱老郭家祖祖辈辈，在老井镇，都是要头要脸儿的。可现如今，要过门儿的媳妇儿让人家给拐跑了，闺女离了家，咱能咽得下这口气吗？"

小六子说："是，老爷，咱必须治治李长生这小子，出出这口恶气。"

郭老财凑到小六子耳朵底下说："我倒有个主意，你看怎么样？"他把自己的主意小声跟小六子说了一遍。

小六子听着听着笑了，不住地点头。

郭老财叮嘱道："你去办吧。这回千万可别再冒冒失失啦，啊？"

小六子说："老爷，您就瞧好儿吧。"

第九章　一报还一报

1

快吃晌午饭的时候，李长生、李长在下地收庄稼还没回来。饭做好了，香梅出去张望了半天，也没看见人影儿，她又转身回了家。哨兵看看天上的太阳说，太阳都偏南了，快回来了。

李母说：“这哥儿俩，真就是紧活儿不紧饭啊。看来是把东洼那块儿地里的玉米收完，才回家。”

香梅说：“娘，你说，我哥也真行，出去当兵这么多年了，还当了团长，这庄稼活儿，一点儿也没撂下，样样拿得起放得下。”

李母一边给鸡撒粮食，一边说：“本来就是庄稼人出身，还能忘得了？他这一回来，咱娘儿俩就少受累了。”

这时，街上传来卖糖葫芦的叫卖声。小铁锤一蹦一蹦地回到家，牵起李母的手说：“奶奶，我要吃糖葫芦儿。”

香梅把小铁锤拉过来：“你就知道要嘴吃。”

小铁锤不高兴地说：“我又没让你给买。”

香梅举起巴掌吓唬道：“你再要，我打你屁股。”

李母拉过小铁锤，从兜里掏出钱，说：“走，奶奶给你买去。”

香梅说：“娘，你别净惯着他馋嘴吃。”

李母拉起小铁锤边走边说：“我就这么一个孙子，我还指望他大了孝顺我呢。不为他花钱，为谁花？”

小铁锤回过头来冲香梅做了个鬼脸，跟着李母出去了。

出了门，卖糖葫芦的不见了。哨兵说，往东边去了。这会儿，从东面传来卖糖葫芦的叫卖声，李母领着小铁锤顺着叫卖声走去。

李母带着小铁锤追上卖糖葫芦的时候，也就到了郭家大门口。一群孩子把卖糖葫芦的围得水泄不通，孩子们手里没钱，都瞪着眼睛盯着车上一串串的糖葫芦。一会儿，郭母出来了，对卖糖葫芦的说："还有多少，我都包圆儿了。"

卖糖葫芦的见来了有钱人，自然眉开眼笑："这位大姐，一看你就是个富贵相。"郭母看了一眼领着孩子过来的李母，有意提高嗓门儿说："好，那你就给我送进来吧。"

卖糖葫芦的高兴地点点头，推起独轮车就往郭家大院走去。

小铁锤见卖糖葫芦的走了，迎上前去说："不，我还要买糖葫芦儿呢。"

卖糖葫芦的说："人家包圆儿了，你下回再买吧，小孩儿。"

李母说："你这做买卖的，就不能让着点孩子呀？她包她的圆儿，我买我的，又不少给你钱？"

郭母马上接过来说："那也得有个先来后到啊，我可是包圆儿在先。"

李母也不示弱："我看你是欺行霸市。你包圆儿，就差我这一根儿啊？你没见孩子哭着喊着要啊？"

郭母听到这儿，话茬儿就岔开了："哼，欺行霸市？抢人家媳妇儿都能做得出来，我就是欺行霸市，又怎么了？我有钱，我想买，他愿卖，你管得着吗？"

两个女人这么一吵，一下子围上来一大堆看热闹的人，大多数是一些女人和孩子。

李母觉得郭母话里有话，拉下脸来质问道："你别红嘴白牙，顺口胡说。今儿你当着大伙儿的面儿，你把话说清楚，谁抢你家媳妇儿了？"

郭母把腰一叉："不做亏心事儿，不怕鬼叫门儿。谁抢人家媳妇儿，谁心里明白。我知道，你们家俩儿子守着一个媳妇儿，你这当娘的脸上不好看，心里不好受。可也不能抢人家的媳妇儿啊。"

李母冷静了一下，说："既然你把话说到这份儿上了，也没什么藏着掖着的了。退一步说，就算我家抢了你家的媳妇儿，那媳妇儿为什么心甘情愿地让抢呢？再说了，那你们老郭家，哥牵着妹子的手入洞房，又算唱的哪一出儿呢？"

郭母自认为出身高贵，当然受不下这样的委屈，她把嗓门儿拔得更高：

“我告诉你，李寡妇，别觉得你儿子活着回来了，你就腰杆子硬了，好像老井镇的天下，就是你李家的了。告诉你，穷棒子想翻天，想欺负人，欺负到郭家头上来，没门儿！那吴姑娘郭家娶不成，你李家也别做那梦！你眼睛也不瞎，也不照镜子看看，你配当吴姑娘的婆婆吗？”

李母毫不示弱：“你倒是配。门也当，户也对，可人家怎么跑了呢？你以为这老井镇还是你郭家的天下呀？呸！世道变了，你还想欺负谁就欺负谁，没门儿！”

卖糖葫芦的一听两个女人大吵不休，有点儿害怕了，说：“算啦，算啦，我谁也不卖了。”

郭母拉住卖糖葫芦的：“别走！我今儿非包圆儿不可！”

李母也拉住卖糖葫芦的：“别走！我今儿非买一根儿不行！”

卖糖葫芦的问郭母：“你真包圆儿啊？”

郭母把一沓钱摔给卖糖葫芦的：“怎么？你也狗眼看人低，看我买不起呀？”卖糖葫芦的接过钱，没顾上数，就装进了口袋，推起车就往郭家大院里走。

小铁锤扯着李母的衣角说：“奶奶，我要吃糖葫芦儿。”

李母追了上去：“我就不信这个邪，今儿我非买一根儿不行。”说着，跟进了郭家大院。门口站着两个家丁，竟没人拦着。

进了郭家大院，小六子像是早就在院里等候。他上去架住了李母，带有几丝奸笑地说：“嗬，这不是李司令的老娘啊。你真是不请自到啊。”他挥了一下手，马上过来几个人，围住了李母。

李母紧拽着小铁锤，问小六子：“你们要干什么？”

小六子说：“干什么？进屋再说吧。”说着，对一个家丁说，“把那小兔崽子弄出去！”

一个家丁不由分说，从李母手里抱过小铁锤，向外跑去。小铁锤在家丁怀里又哭又骂又踹。刚到门口，正赶上香梅过来找人，家丁把小铁锤交给了香梅，紧接着把大门关上了。香梅一边嚷一边敲门：“你们抓俺婆婆干什么？”两个家丁把她推走了。

李母被几个家丁架到了客厅。郭老财坐在太师椅上，像是早就等待着李母的到来：“李老太太，没想到，今儿你会不请自来。”

李母问道：“我犯了你们郭家什么王法，你们把我抓来？”

郭老财冷笑了一下，说：“你别在这儿给我装。敢抢郭家媳妇儿的胆儿都有，进郭家大门儿，有什么害怕的？”

李母道：“你凭什么说，吴姑娘是我们家抢走的？”

郭老财道：“你怎么不问问，全村这么多人，我怎么单把你请来呢？”

李母道：“你们郭家抓人、打人，甚至杀人，把人头挂在树上示众，还用得着理由啊？”

郭老财很轻松地喝了一口茶：“行啦，我不跟你多费话。咱今儿个做个交易，你儿子什么时候把吴姑娘送过来，我就什么时候把你放回去。”

李母很自在地坐下了：“那你可得好好伺候着。”

郭老财说：“你放心吧，有你吃的，也有你喝的。”又对小六子说，“灶房旁边不是有空屋吗，给李老太太收拾收拾。岁数大了，别硌坏了腰骨。”

李母站起来说：“我倒要看看你打的什么主意？”说着跟着小六子出了屋。迎面碰上郭母，郭母一边吃糖葫芦一边朝李母耸了一下鼻子，接着又有意很夸张地往地上吐了一个糖葫芦子儿。

2

小刺猬那天本来不想看热闹，但听说新娘子长得貌似天仙，等街上的喇叭一吹，他也跑了出去。但他知道自己现在干的什么差事，不敢或者不好意思多露面，刚跑到大街上就回来了。

没看到貌似天仙的新娘子不甘心，他不紧不慢地朝家走，走到小白鞋家，他不由自主地停下了脚步。想想昨天晚上发生的一幕，他既害怕又想笑。这工夫，就见小白鞋一边笑着一边走了过来。

看看周围没人，小刺猬迎上去：“哎，人浪笑，狗浪叫啊。你一大清早就熬不住啦？”

小白鞋笑得快不成人样了：“可出大笑话儿了。”

小刺猬漫不经心地说：“怎么啦？三天没大小儿的那帮坏小子，把新媳妇儿的裤子给脱啦？”

小白鞋还是笑得合不拢嘴：“你倒想过过眼瘾。哎，你猜那新娘子是谁？”

小刺猬说：“不是保定二师的吴姑娘吗？”

小白鞋很神秘地说：“不对，换啦。”

小刺猬一惊：“换了？”

小白鞋："换成郭文秀啦。"

小刺猬："你真是牛鼻子扯谎，说话满嘴喷粪。哥娶妹子？"

小白鞋："听着稀罕吧？"

小刺猬："那吴姑娘呢？"

小白鞋："跑啦。听说是让李长生给拐跑啦。"

小刺猬："那郭家还不乱了营？"

小白鞋："那可不。郭家老爷子气得头撞墙。"

小刺猬自言自语地说："那这两家可是仇上加仇了。"

小白鞋："就是啊，一个杀父之仇，一个夺妻之恨。一报还一报。"

小刺猬又问："你说的都是真的吧？"

小白鞋："我骗你能有什么光沾？不信你去郭家看看。"

小刺猬听着，暗自笑了一下，什么话也没说，回到家，骑上那辆除了铃铛不响哪儿都响的自行车，一溜儿歪斜地出了村。

3

小刺猬满面春风地回了县城。放下那辆破自行车，就直接去了藤藤大佐的大队部。

藤藤大佐是日军的一个大队长。七七事变后，他的大队由北平南下冀中，主要任务是负责白洋淀一带的驻防和社会治安。一个偶然的机会，小刺猬认识了藤藤，便毫不掩饰地要求到藤藤大队谋个差事，死心塌地为皇军效劳。藤藤开始对他不信任，问他为什么主动要求为日本人做事。小刺猬就把自己当年怎么为警察局搜捕暴动分子通风报信，警察局杀了多少暴动分子，因此，他就跟这一带的穷棒子结下仇的事说了一遍。并说，后来，他在县衙里谋了一个差事，现在，日军一来，县衙里的大小官员们都跑了，他觉得要想活下去，就得投靠日本人。

藤藤大佐听了小刺猬的诉说，漫不经心地说："你这人很识时务。按你们中国人的话，就是有奶就是娘。"

小刺猬点点头说："就是，就是。"

藤藤当时一边弹琵琶一边说："你跟我说说，你有什么本事？"

小刺猬说："我腿细，跑得快，比兔子跑得还快。"说着在屋里跑了几圈儿。藤藤继续弹自己的琵琶，没看小刺猬到底跑得快不快。一会儿，又漫不经心地问："你能为皇军做哪些事情？"

小刺猬殷勤地说："你们刚来到冀中，人生地不熟的，我可以给你们带路，各村转转。再有，我跑这么快，给皇军跑个腿儿送个信儿什么的，都行。"

藤藤放下琵琶说："要维护冀中的治安，确实离不开你这样的人。但是，仅你一个不行，你要多拉些人来，帮皇军做事。皇军不会亏待你的。"说着，打发人给小刺猬拿了一些钱。

小刺猬当场点了点，有些激动地装进了自己的口袋。从那之后，他就到各村去物色人，每拉一个人进来，他就得到一笔钱。有了钱，他就去逛窑子，或者去泡小白鞋。

小刺猬走进藤藤办公室，殷勤地说："太君，老井镇庙会夺枪的事儿，我探清楚了……那是李长生干的。"

藤藤大佐问道："李长生是什么人？"

小刺猬说："当年是组织暴动的穷棒子，这些年，人们都以为他死了。前些日子，他突然又回来了。听说他跑到共产党那边儿去了，还当上了红军的团长。"

藤藤警惕地道："共产党？八路军来冀中了？"

小刺猬说："就是。他拉起了上百人的队伍，听说叫冀中抗日游击队，有几十条枪。"

藤藤摆了一下手："你让我想想……八路军到冀中，这是个很危险的信号。冀中有上百种杂牌武装，舞刀弄棒，花拳绣腿，调子唱得再高，都不用理他。唯独共产党，不能小看。"

小刺猬说："那个李长生算得上文武双全。要说能闹出点儿事儿来，白洋淀一带，还真没人比得了他。"

藤藤背着手踱了两步，突然把手一扬："趁共产党在老井镇立足未稳，把他们，统统消灭！"

小刺猬一听，有些害怕了。他怕藤藤领着大队人马"呼啦"一下子包围了老井镇，把老的少的，杀个鸡犬不留，那自个儿的日子可就难过了，那可就不得了了。他想了想，凑到藤藤跟前说："太君，对付一个穷棒子，用不着大动干戈。我有个借刀杀人的主意，你看行不行？"接着，他把李家和郭家的关系从头到尾说了一遍，并添油加醋地说了李长生半夜抢走郭文广未过门儿的媳妇儿，两家由此仇上加仇、雪上加霜的事儿。

藤藤听了很高兴，他说："中国人就喜欢窝里斗，几千年都是这样。"

接着又说，“这就好办了，我有主意了。”

晌午，藤藤请小刺猬喝了一顿酒，桌上有烧鸡，还有炖鱼。小刺猬喝得满脸通红，吃得腮帮子流油儿。吃饱喝足，藤藤又给了小刺猬一些小钱。小刺猬趁着酒劲想去街上找个窑子把钱花了，路上想起了小白鞋，又回来了。他觉得窑子里的那些烂女人一个个涂脂抹粉，妖里妖气，不如小白鞋使着心里舒坦。

4

李长生回到家得知母亲被郭家抓走，却并不感到意外。李长在一下子火苗就蹿上来了，二话没说，就要去郭家要人，李长生拦住了他。不一会儿，铁榔头、老黑头都过来了，听到这个消息，都非常气愤，尤其铁榔头非要拽着李长在到郭家拼命。李长生再次喝住了他们。

老黑头说：“刚才我路过郭家大门口的时候，见门岗加了人，我就琢磨可能出事儿了。”

李长在闷了一会儿，突然冲李长生暴跳起来：“哥，你说，是不是你把吴姑娘放走了？”

李长生冷静地说：“是。”众人一听，个个面面相觑。

铁榔头突然像狮子一样从炕上跃起来，上去抓住了李长生的脖领子：“好哇，大表哥，合着你是真的偷着吃了独食儿，害得我姑被郭家抓去受罪。”

李长在也凑到李长生面前，冷着脸逼问道：“哥，你到底把吴姑娘藏到哪儿去了？嗯？”

李长生掰了一下铁榔头的手，铁榔头抓得很紧，丝毫没有放开的意思。

老黑头对铁榔头说：“榔头儿，你松开！有话好好说。”

铁榔头像人来疯似的咆哮道：“谁也别管我！他今儿要不说出吴姑娘的下落，我就不松开。”

李长在情绪更加激动：“哥，咱娘是不是你亲娘？她是因为你被郭家抓走的，可你还死活不让救。”

香梅上去把李长在推到一边，道：“不许你这么跟咱哥说话！你让咱哥把实情说一说嘛。”

李长生不急不忙地说：“吴姑娘回了保定，是我送她走的。”

香梅接过来说："可郭家提出的条件，是让吴姑娘回去换咱娘啊。"

李长生说："你们谁也别管，我会想办法的。"

铁榔头这才松开了李长生。

老黑头说："大伙儿都坐下，消消气儿。有事儿说事儿，我们窝儿里一斗，郭家更乐了。"

老黑头这么一说，几个人都不说话了，各找各的地儿坐下。

香梅到院里看看太阳偏西了，回屋说："你们商量事儿，俺做饭去。"

香梅出去抱柴火，刚坐下烧火，小铁锤像个泥猴儿一样跑回家，进门就嚷："娘，俺饿。娘，俺想吃干粮。"

香梅本来就有气，看见小铁锤满身泥土的样子，进门还要吃要喝，火一下子就蹿上来了，她把小铁锤一把揪过来，摁在怀里，对着屁股一阵猛打："就是你嘴馋闹的，你奶奶让人家抓去了。让你馋！让你馋！"

香梅着实下手狠了些，见小铁锤还不哭，就用烧火棍打。小铁锤终于承受不了，哇哇大哭起来。

李长生从屋里出来，从香梅怀里抱起了小铁锤，埋怨香梅打孩子太狠。小铁锤一看有人撑腰，哭得更欢了。

李长在从干粮篮子里掰了一块儿玉米饼子递给小铁锤，骂道："小祖宗，别号丧了！快，堵住你那张馋嘴！"

小铁锤不但不拿干粮，反而哭得变本加厉。

李长在瞪圆了眼睛吼道："长脸了你，是不？"

小铁锤没被吓住，还是大哭不止。

香梅站起来指着小铁锤说："小铁锤儿，你别当着这么多人逞能，看我一会儿不揍扁了你！"

小铁锤反抗道："揍扁了你！"

香梅气得满脸通红，举起烧火棍又要过去打的时候，被李长生拦住了。

这工夫，铁榔头从炕上下来，从兜里掏出怀表冲着小铁锤摇晃，小铁锤没见过这新鲜玩意儿，哭声戛然而止，动作利索地夺过怀表，用泥手擦了擦眼泪，笑了。香梅一边烧火一边责怪道："你们就都惯着他吧，将来非成个小土匪不行。"

铁榔头道："那可不一定，说不定能成一位抗日大英雄呢。"

这工夫，门岗送来一封信，说是郭家派人送来的。

李长生打开一看，上面写道："李长生，家母在郭家吃饭有猪食，睡觉有牛棚，渴了有马尿。要心疼你娘，就赶紧把吴姑娘送过来……小六子。”他看完，把信装进了口袋。

李长在要看看信，李长生不让。

李长生把手枪掏出来看了看，交给了李长在，然后大步流星地出了屋。

屋里的人都追了出去。走到大门口，李长生回过头来说：“你们都回去，安心等着我的消息。”

5

李长生走到郭家大门口，几个持枪的家丁把他围住，同时大门被关上。

李长生说：“我要见郭少爷。”

一个家丁说：“不行。”

李长生对着门口大声喊道：“郭文广，你听着！你也是有知识有文化的人，人家吴桂兰不爱你，你应该知道什么叫强拧的瓜不甜。你心里应该明白，她离开你，不是因为我把她送走，而是因为她不想嫁给你！你就是强娶了她，也不会有什么好结果。你们郭家抓我娘，是没一点儿道理的。大敌当前，我们应该联起手来共同抗日，而不是现在这样搞窝儿里斗。我劝你，把道理想明白，赶紧放我娘回家！”

不一会儿，大门打开了，小六子端着枪出来了，指着李长生道：“李司令，亏你还是共产党，抢了人家媳妇儿，还跑到人家大门口儿撒野。我告诉你，郭家老爷已经授命给我了，如果你再叫嚷，我可就不客气了！”说着，掂了一下手里的枪。

李长生不动声色地道：“怎么？你敢开枪？”

小六子道：“你敢撒野，我有什么不敢开枪的？”

这工夫，大门内传来李母的声音：“儿啊，回去吧，他郭家不敢把娘怎么样。他管吃管喝的，咱省口饭。回去吧！”

李长生大声道：“小六子，你若伤我娘一根儿毫毛，我饶不了你！”

小六子嬉皮笑脸地说：“放心吧，我们还等着让她换吴姑娘呢。”

李长生在门口愣了一会儿，转身回家了。

第十章　捉放小刺猬

1

藤藤一行三人是在一天晚上八点多钟化装来到郭家的。

那天，小刺猬没跟着来，他跟藤藤说，自己家是老井镇的，直接露面儿不好。不过，在这之前，他跑了趟郭家，专门为藤藤和郭家牵了线。

见了藤藤，郭老财绷着脸，镇定自若地坐在太师椅上，身后两个丫鬟轻轻地给他捏肩捶背。他嘴里含着大烟枪，一口一口地有滋有味儿有板有眼地抽着。

藤藤显得很懂中国礼节，一进门先摘下礼帽，向郭老财深深地鞠了一个躬，和颜悦色地问好，还送上了礼物。

藤藤坐定，开口道："郭老先生，你在老井镇德高望重，久负盛名。藤藤早就有意拜访，只因公务缠身，今日方有幸拜见。"

郭老财淡淡地一笑："藤藤先生不用这么客气。我侄儿结婚，你打发小刺猬送来贺礼，我还没来得及谢你呢。"

藤藤笑道："区区薄礼，何足挂齿？"

郭老财调转话题问："藤藤先生，恕我直言，你到我这来，有什么事儿？就尽管说吧。"

藤藤很有风度地把左腿压在右腿上，道："看来郭老先生跟我一样，也是爽快之人。这样，我们交流起来，就可以直来直去了。"他顿了一下，接着道，"大日本皇军到中国，是为了建立大东亚共荣圈，帮助中国走出贫困，走出愚昧，而不是你们中国人所说的什么侵略。这些道理，想必老先生会明白的吧？”说着，他把目光投向郭老财。

郭老财很不在意地道：“我老啦，朽木不可雕也。这些明白与不明白，无关紧要。我只是想知道，你来我这儿的目的。”

藤藤笑了一下，接着道：“皇军一到冀中，各级政府的大小官员都南撤了。现在，整个冀中基本上处于无政府状态，这就造成了社会混乱，人心惶恐。你们中国人有句话，国不可一日无君、家不可一日无主啊。老井镇是冀中地区的战略要地，粮食丰产，商业上也很活跃，皇军很看重，想在老井镇成立维持会，管辖周围的十来个村子。这个会长，就由你来出任，不知老先生肯不肯屈尊？”

郭老财听到这儿，赶紧摆摆手：“感谢藤藤先生的一片美意。我郭老财确实不敢担当此任。”

藤藤问道：“为什么呢？在老井镇，应该是非你莫属呀。”

郭老财喝了一口茶，捋着颔下的胡须说：“藤藤先生，不瞒你说，以往在老井镇，我郭老财放个屁，就没人敢说个臭字。可现如今不行了。一见你们来，这些穷棒子，都打着抗日的旗号拉起了杆子，手里有枪，腰杆子都粗了……”

藤藤打断了郭老财的话：“听说有个叫李长生的共产党，回了老井镇，最近还抢了你们郭家的媳妇……”

郭老财把拳头一挥：“那是不共戴天之仇。”

藤藤接过来问道：“那你们为什么不去报仇？”

郭老财：“还不是他手里有人、有枪吗？”

藤藤：“如果你当了这个会长，他手里的人和枪，都要收编到你这里统一指挥。到时候，怎么解决你跟李家的恩怨，还不是你说了算？”

郭老财摇摇头：“李长生那小子，可不是那么好对付的。”

藤藤又笑了，起身过去拍了拍郭老财的手：“郭老先生，这我知道，左田少佐，就是他打死的。可是，你想过没有，你对付不了，不是还有皇军吗？”

郭老财有些不解地问道：“藤藤先生，照你这么说，我这个会长归日本人领导？”

藤藤笑道：“话不应该这么说，应该是我们互相配合，共同维持好冀中地区的治安。”

郭老财正色道：“藤藤先生，恕我直言，我跟穷棒子之间的恩怨，说到底，是我们中国人之间的事儿。如果我给日本人做事儿，到头来，跟我结仇的人，可就不只是穷棒子了。”

藤藤一听，脸色变了：“照这么说，郭老先生不想当这个会长？不愿意为老井镇的老百姓做事？”

郭老财叹口气，接着又摇摇头：“不比从前啦。我这把年纪，又体弱多病，恐怕是力不从心啦。”

藤藤又笑了：“郭老先生，你放心，皇军不会勉强你做你不想做的事情。你不做这个会长，会有人来做。遗憾的是，李长生的力量越来越强大。我料定，你迟早会被他吃掉的。”

郭老财也笑了一下：“这就不用你操心了。他娘现在就在我手里。他要敢在我这儿奓刺儿，我随时就把这老太太收拾喽。”

藤藤想了一下，掉转话题问道：“哎？听说郭老先生的侄子郭文广能文能武，也拉起了一支队伍。能不能让我见识一下令侄？”

郭老财道：“什么能文能武？藤藤先生抬举他了。现在兵荒马乱的，他拉的队伍，充其量是为我们老郭家看家护院而已。”

藤藤觉得跟郭老财之间已是话不投机，再待下去，会很尴尬。他站起来，戴上礼帽，向郭老财告辞：“郭老先生，虽然我们就维护冀中治安问题，没有达成共识，但我今天觉得还是很有收获，认识你很高兴。我相信，我们以后会有合作机会的。”

郭老财也站起来送客，他握着藤藤的手说：“藤藤先生，老朽让你失望了。你主动光临寒舍，又这么客套，很抬举老朽啦。这跟有些人说的日本人如何暴力，丧失人性，完全是两码事儿。”

藤藤笑道：“这还希望郭老先生，在老井镇给皇军做些宣传，大东亚共存共荣嘛。”

郭老财说：“老朽虽不才，但也是明智之人。当今，冀中是日本人的天下，要跟这帮穷棒子斗争下去，还得仰仗你们啊。”

藤藤出了屋，忽然想起了什么，道：“刚才听郭老先生说，李长生的母亲关在你这里？”

郭老财说：“是关在我这儿。他不交出我那侄媳妇儿，我就不放他娘。”

藤藤眯了一下眼睛，道：“郭老先生想过没有，假如李长生不答应你的条件，你又能把他的母亲怎么样？”

郭老财咂了一下嘴：“这，我自有办法。”

藤藤摇晃了一下脑袋，计上心来："郭老先生，我倒有个主意，保证能达到你的目的。"

郭老财看着藤藤的脸："什么主意？"

藤藤道："把那老太太交给皇军，李长生马上就会就范，你们提什么条件，他都会答应。"

郭老财拍了拍自己的脑袋，茅塞顿开："我看这倒是个好主意。这老太太在我这儿，我不但不能怎么着她，还得养着她……"

藤藤拍了拍郭老财的肩膀："这不就是三十六计上的借刀杀人嘛。"

郭老财点了点头，对外喊了一声："小六子！小六子！"

小六子马上跑了过来："老爷，有什么吩咐？"

郭老财说："你把李家那老婆子，给我弄出来，给她把胳膊绑起来。"

小六子答应道："是。老爷。"说完，向灶房方向跑去。

郭老财回过头来对藤藤说："那咱们再回屋等会儿吧？"

藤藤摆了一下手："不用啦。就在这等吧。"

不一会儿，小六子慌慌张张地跑来："老爷，老爷，那老婆子不见啦！"

郭老财也惊慌道："啊？不见啦？"

小六子说："我找了半天也没找见。"

藤藤把脸一下子沉下来了："郭老先生，你很会演戏啊。"说着，朝随从人员招了一下手，阴沉着脸走人了。

2

李长生怎么也没想到，郭文广会把母亲送回来。包括李母在内，都怀疑郭文广有什么阴谋，有什么动机。当郭文广说出藤藤来郭家，并劝郭老财当会长时，李长生才相信了郭文广。郭文广没说两句话就走了，他劝李长生一定要注意安全，藤藤可能要来报复，因为被杀的左田是藤藤的外甥。

自夺枪打死左田之后，李长生就想到了鬼子要来报复，他曾到藤藤大队附近化装侦察，但并没发现任何可疑的迹象。李长生知道，一个日军少佐的命不是那么好得的，越是平静，他心里越有些紧张，他怕鬼子有一天会突然包围了老井镇，全村人都会遭殃。

一天，派出去的侦察员回来报告说，驻白洋县的鬼子增兵了，还在县城周围到处抓民夫，街上乱哄哄的。李长生认为，这肯定是鬼子要来报复的迹象。

但究竟什么时候来，来多少人，走什么路线，还是得不到真实可靠的情报。李长生和老黑头、铁榔头等人一起分析形势，研究对策，无意中提到了一个人——小刺猬。大家都怀疑小刺猬现在给鬼子做事儿，那天，郭文广也提到小刺猬去他们家送过礼，看样子混得有些人模狗样。小刺猬是不是已经当了铁杆儿汉奸，一点儿中国人的良心也没有了，大家都说不准，吃不透。

几个人商量了一阵子，没想出什么好主意。

不一会儿，铁榔头漫不经心地说：“不就小刺猬吗，你们别管了，我去探探虚实。”说着，就往外走。

李长生不放心地说：“你别冒失啊。现在可是在关键时刻。”

铁榔头掏出怀表来看了看，什么话也没说，就出了屋。

天刚黑严实，铁榔头去了小刺猬家。小刺猬不在，大红袍说，小刺猬刚走，说明天回来接她和孩子去县城。

铁榔头平时爱跟大红袍斗嘴，这会儿就更不放过：“到了快钻被窝儿的时候往外跑，你就不担心他外边儿有人了？”

大红袍不客气地说：“有人没人你还不知道啊？你们俩都不是什么好东西。”

铁榔头嬉皮笑脸地说：“那好，往后你也就别揣着明白装糊涂了。”

大红袍问道：“你找他有事儿啊？”

铁榔头诡谲地一笑：“你想想，我找他还有什么好事儿？”

大红袍抄起炕上的鸡毛掸子打了铁榔头一下：“快滚吧。这么大人了，还没个正经，怪不得连个媳妇儿也寻不上。”

铁榔头一边往外走一边说：“打光棍儿多好，一人吃饱了，全家不饿。也就是他妈晚上一个人钻那冰凉的被窝儿，真不是个滋味儿。”

铁榔头一出门，大红袍追出去，“咣当”一声，把大门插上了。

铁榔头对着大门愣了一会儿，朝小白鞋家走去。他完全可以断定，小刺猬根本没回县城，一定去了小白鞋家。这个色胆包天的小刺猬，轻易不回趟家，回来绝对要登小白鞋的门。

3

最早发现小刺猬和小白鞋有一腿的，是铁榔头。

平日里，铁榔头也抓着机会跟小白鞋打情骂俏，开一些不深不浅有颜有色的玩笑。火候到了，也动手动脚，但从来不动真的。铁榔头一来是怕让“白虎”给克死，二来做事留着底线，怕陷进去拔不出腿来，毕竟将来自己还得娶妻生子，安家过日子。有一天晚上，他喝了酒，不知不觉溜达到小白鞋家门口，他见大门虚掩着，大声咳嗽了两声推门进了院。这时，他听到屋里有些动静，便站在院里大声喊道：“小白鞋儿，骚狐狸精！在屋里养汉呐。”他见小白鞋屋里的灯亮着，小白鞋的半个身子映在窗户上。小白鞋冲着窗户浪声浪气地说：“铁榔头儿啊，俺以为是哪个驴骡子呢。这么晚了不回去搂着枕头睡觉，到俺这儿来干什么？”

铁榔头年轻的时候跟村里的一个卖艺的学过武术，眼神、知觉、嗅觉都比一般人灵敏。他一进院就感觉不对，再加上在大门口听到屋里窸窸窣窣的动静，觉得小白鞋屋里肯定不是一个人。还有，他刚才明显地听到了开门声。

“小白鞋儿，告诉我，谁在你屋里？”铁榔头在门口问道。

“铁榔头儿，你说话积点德行不行？半夜三更的，俺一个寡妇家，会有什么人？”小白鞋冲着窗户嚷道。

“小白鞋儿，你别提起裤子装好人。就你那点儿事儿，还能瞒过我铁榔头儿？”

“那你进屋来搜吧。你要找不着人，你就是大闺女养活的。狗日的！”小白鞋毫不示弱。

“梨下不整冠，瓜地不提鞋。我不惹那身臊。”铁榔头没进屋，借着月光，在院里转了起来，四角旮旯都看了一遍，没见着人。他朝房上瞅了一眼，发现有个人趴在房顶上，尽管形象模糊，他也猜出来大概是小刺猬。他嚷了一声：“我不进去了，借你家梯子使使，明儿一早送回来。”说着，扛起梯子就走。

房顶上的小刺猬立马站了起来，指着铁榔头哀求道：“铁榔头儿，你积点儿德吧，让我下去。”

这工夫，小白鞋见事情败露，再也装不下去了，衣服也没穿利索，就从屋里走出来，拦住铁榔头，眉开眼笑地说：“铁榔头儿，大兄弟，快把梯子放下，让他下来。有话，咱们进屋说。”

铁榔头转身把梯子戳在墙上，小刺猬很麻利地顺着梯子下了地。

小白鞋又道：“你们哥儿俩都进屋吧，我沏壶茶。”

铁榔头不进屋，转过脸来对小刺猬说：“腿脚儿够麻利的，黑灯瞎火的，说上房就上房。说说，几回了？”

小白鞋忙道："进屋说话儿去。"

铁榔头道："不进去了，反正也没什么好戏看了。"他把手伸给小刺猬，"撞上这种好事儿，你怎么也得破费点儿。我打壶酒喝，嘴就封死了。"

小刺猬犹豫了一会儿，从兜里掏出了两块钱，递给铁榔头。铁榔头毫不犹豫地接过来装进兜儿里，吹着口哨儿出去了。

打那以后，小白鞋家就有了砖作暗号。

4

铁榔头来到小白鞋家门口的时候，发现门口的那块砖是平躺着的，难道小刺猬真的没来？铁榔头猜测了一会儿，还是敲了一下门。

屋里很快传来小白鞋的声音："谁呀？门没插。"

铁榔头没说话，还是跟往常一样咳嗽了两声，进了屋。

屋里点着灯，小白鞋还是老姿势，上身穿一个鲜红颜色的短袖小褂儿，下身穿着很肥大很宽松的葱皮色短裤儿，坐在炕沿上，一个接一个地嗑瓜子。见铁榔头进来，她把一个瓜子皮朝铁榔头脸上扔去："哟，哪阵风儿把你给刮来了。你不是参加了抗日队伍了吗，还敢进我的门儿？"

铁榔头上去摸了一下小白鞋那张又白又嫩的脸，笑道："多日不见，小骚模样儿，更勾人魂儿啦。"

小白鞋娇柔地把他的手拿开："那也勾不了你的魂儿啊，大抗日英雄。"

铁榔头正色道："跟你说正经的。小刺猬来过没？"

小白鞋笑道："那个该死的，手里有俩糟钱儿啦，不知道跑哪儿花去了。"

铁榔头道："他今儿回来了，我相信他一会儿肯定来。我呀，就来个守株待兔。"

小白鞋问道："你找他有事儿啊？"

铁榔头点了点头："有大事儿。你得帮我个忙。"

正说着，门外有动静，铁榔头朝小白鞋使了个眼色，找了个地方藏了起来。

门帘被挑开，进来的果然是小刺猬。

小刺猬一进门四周顾不上看，就迫不及待地扑向小白鞋，嘴里的话既肉麻又烫人："哎哟，我那小心肝儿呀，想死我啦。"说着，一蹿上了炕，紧紧地抱住了小白鞋，动作敏捷轻盈，像只猫。

小白鞋不动声色地坐在炕上，用手一根儿一根儿地捋着垂在胸前的头发：“你看你，像八顿饭没吃的馋猫。吃奶也得等着老娘解开怀不？”

这工夫，铁榔头从暗处闪了出来：“就是啊，着急吃不了热豆腐。小刺猬，我告诉你啊，这回你腿脚儿再利索，也上不了房了。”

小刺猬吓了一跳，但一看是铁榔头，心里又有底了：“我当是谁呢，原来是你呀。都说吃肉不如喝汤，喝汤不如闻香。你这是想演哪一出儿呀？”

铁榔头上去抓住了小刺猬的胳膊，顺势一拧，小刺猬“扑通”一声跪在了炕上，接着他的另一只胳膊也被拧了过来。小刺猬急了：“铁榔头，你这是干什么？你要想吃独食儿，我可以让给你。”

铁榔头紧紧地抓住小刺猬的两只胳膊，严肃地道：“不好意思，你得跟我走一趟。有个人想见你。”

小刺猬挣扎了一下，没什么效果，两只胳膊像被绳子死捆着一样，一点儿也动弹不了。他知道铁榔头不是在跟他开玩笑，心里没底地问：“谁？”

铁榔头把小刺猬推下炕：“去了你就知道了。”

小刺猬见反抗已经没什么意义，顺从地跟着铁榔头出去了。

他们出了屋，就听小白鞋在屋里喊：“有话好好说。哥儿俩别伤了和气啊。”

铁榔头回了一句：“给我留着门儿啊。”

就听小白鞋说：“呸吧你，光说不练的玩意儿。”

5

李长生天亮前放走了小刺猬，大多数人都不理解。李长生说，不理解就不理解吧。我们现在重要的是做好反“扫荡”的准备。

根据小刺猬的交代，鬼子要在九月初三一大早就来“扫荡”，在天亮之前包围老井镇，一上午的工夫把村里所有的抗日武装全部消灭。

李长生给大伙儿分了工：李长在负责掩埋粮食，也就是坚壁清野。老黑头、铁榔头负责挨家挨户地动员人们转移。他自己带游击队掩护大伙儿转移。转移地点是十里以外的十里铺，那里也有共产党的抗日武装，可以派人接应，即使住上十天八天也没问题。

一切都安排妥当，李长生去找郭文广，他想让游击队和义勇军合作一次，共同掩护乡亲们转移，这样做把握就更大一些。

郭文广赞成李长生的意见，两人商量得刚有些眉目，郭老财拄着拐杖出来了，一见李长生，两个眼珠子几乎瞪出来了，他用拐杖使劲戳了几下地：“姓李的，你给我滚出去！”

李长生站起来，耐住性子说：“我可是找文广来商量咱全村的大事的。”

郭老财把气喘匀之后坐在太师椅上：“日本子的祸，是你惹的，你转你的移，这与郭家无关。”

李长生说：“日本人可是杀人不眨眼，一旦进了村儿，他可不管你郭家还是李家。”

郭老财说：“你少给我来这一套。冤有头，债有主，杀人偿命，欠债还钱，这是天经地义的，他日本子也得明事理。我郭家老小，一个不动，看他们能把我怎么着？”

李长生说：“那可不行，全村儿人都走了，你们郭家留下，会吃亏的。”

郭老财说：“这就用不着你操这份心了。你赶紧给我滚出去，我不愿意看见你们李家人！”

李长生站起来想走，停了一下，说：“我可把话说在前头了。走不走，你看着办吧。”说完，走了出去。

郭文广追到门口，李长生停住了脚步，说：“你好好劝劝你叔，千万不要感情用事，不要对日本人抱有任何幻想。”

郭文广说：“我了解日本人的本性，我一定劝我叔转移。”

李长生回来后，听老黑头说，村里也有人舍不得家，不想转移，认为自己没招没惹日本人，不会招来祸害。李长生要老黑头挨家挨户做工作，不许有一个人不转移。

两天的时间过去了，家家户户粮食都掩埋好了，值钱的东西也都拾掇清了，包括家里的猪羊、牲口等等，都赶到了十里铺。为防止鬼子提前“扫荡”，人们提前撤出了老井镇。

九月初二后晌，还不见郭家人撤出。李长生急了，他赶回老井镇，想再做做郭老财的思想工作，半路上碰上郭文广带着义勇军的人赶了过来。郭文广跟李长生说，他把嘴皮子都说破了，郭老财就是不肯转移，而且也不让家里人转移。李长生心里愈发着急，就和郭文广一起返回老井镇。

第十一章　郭家大院被烧了

1

天蒙蒙亮的时候，藤藤带着日伪军包围了老井镇。

藤藤选择这个时间出来“扫荡”，想到的是人们这会儿睡得正香，老的小的，都会被堵在被窝儿里。他命令部队不准开枪，悄悄地进村。

完成对村子的四面包围之后，藤藤命令日伪军破门而入，把被窝儿里的人一个不少地都抓起来，拉到场院里。结果，日伪军们挨家挨户都搜了一遍，家家大门大敞四开，屋里炕上，一个带活气儿的人也没有。在屋里院里搜来搜去，连粮食、牲口等等都不知哪儿去了。

不虚此行的是，郭家大院跟往常一样井然有序。门口有家丁把守，几个半大老头儿在扫院子。藤藤在门口愣了一会儿，命令他的人马进了院。门口的几个家丁想拦着，还没来得及动手，就被推搡到一边。一个家丁嚷着：“老爷！老爷！”转身往屋里跑，两声枪响之后，倒在了地上。

等日伪军拥进郭家大院的时候，藤藤看到了这样一幅景象。郭家大老爷郭老财身穿长袍，头戴礼帽，手拄拐杖，在太师椅上正襟危坐。郭家男男女女穿着整齐，很有次序地把郭老财围在中间。

藤藤见此景象，先是愣了一下，接着便笑了，他两只手互相搓揉了一下道：“郭家大老爷不愧是见过世面的人啊。没想到吧，咱们这么快又见面了。”

郭老财两只手紧握着拐杖，不苟言笑地道：“咱们可说过，井水河水两不犯。你一大早带着这么多人，荷枪实弹，到我家来干什么？”

藤藤把两只手慢慢摊开，脸上依然充满微笑："郭老先生，你是个城府很深的人，怎么今天竟然变得迂腐起来了？井水河水两不犯？那我们大日本皇军跑到中国来干什么？"

郭老财道："那就要问你自己了。"

藤藤猛然间收住了笑容："郭老先生，我今天没有兴致跟你讨论这个问题。我问你，村里人都跑到哪里去了？"

郭老财不紧不慢地道："村里的人，我哪儿管得着？"

藤藤走过去，举起一个手指头点着郭老财的脑门道："那你侄子哪里去了，义勇军的人，到哪里去了？"

郭老财用手拨了一下藤藤的手指头："请你放尊重点儿。在老井镇，没有一个人敢这样对我无理。"

藤藤双手抱成拳，说："好，恕我无理。那你回答我的问题，他们的，都到哪里去了？"

郭老财慢条斯理地说："儿大不由爹，别说侄儿了。昨天就带着人走了，去哪儿，人家没告诉我，我也拦不住。"

藤藤上去摘下了郭老财头上的礼帽，顺便理了一下郭老财头上稀疏的头发："郭老先生，看来你是不想说实话。"

郭老财把藤藤的手拿开："不是不说实话，是说了实话，你不信。"

藤藤把郭老财的礼帽扔在地上，又吐了口痰："郭老先生，说实话，我这次本来不是冲着你来的。可惜，你运气不大好哇。"

郭老财道："冤有头，债有主。你杀了李长生全家，正好也解了我们郭家的心头之恨。但你不应该到我们郭家来耍无理。"

藤藤说："那你带我们去找李长生。"

郭老财说："这不可能。一来我不知道他在哪儿，二来呢，我也没这个义务。"

藤藤耸了一下眉毛，脸色变得铁青，指着郭老财的鼻子逼问道："看来，你是不想跟皇军合作？"

郭老财很不屑地看了藤藤一眼："我没有跟人合作的习惯。"

藤藤上去抓住了郭老财的脖领子："老东西！你好顽固！"

郭老财用手去掰藤藤的手："放开我！告诉你，我是见过洋人的人，没什么了不起！你别忘了，这是在老井镇，这是在郭家大院！"

藤藤狞笑了一下，伸出手来在郭老财脸上左右开弓打了两巴掌，嘴里道："巴嘎！整个中国都是大日本帝国的了，你还在皇军这一口一个你的郭家大院？"

郭老财在没任何防备的情况下，挨了藤藤力气十足的两巴掌，他的鼻子里、嘴里一下都出了血。他马上感到满脸胀痛，眼冒金星。与此同时，他感到自尊心受到了前所未有的伤害。他猛地站起来，举起拐杖朝藤藤头上打去，但遗憾的是，拐杖刚举到半空中，就被藤藤很干脆利索地抓在手中，并顺势夺过来，用脚踹断。

郭老财抹了一把脸上的血，看了看，他像头狮子朝众家丁吼道："小子们，还等什么？跟小日本儿狗日的拼啦！"

众家丁听到命令，纷纷举起手里的棍棒向日伪军们打去。

小六子在东北当过绺子，腿脚上有点儿工夫，对郭家又忠心耿耿，他身上的枪已被缴了，便顺手抄起一根木棒向一个日军头上砸去，日军当场昏倒。他又用扫堂腿扫倒了两个伪军，但因寡不敌众，很快被制服了。

藤藤把手一挥："不要开枪，把他们都绑起来！"

日伪军们举起枪托向众家丁砸去，三下五除二，家丁们就停止了反抗，一个个被捆绑起来。郭母、郭姨太，还有郭家的丫鬟、用人们哭着喊着去护郭老财，也被捆了起来。

看看所有的人都被制服了，藤藤对众日伪军道："郭家是冀中地区最大的财主，进去搜一搜，把值钱的东西，统统地搬出来！"

日伪军们接到命令，一窝蜂似的进了屋。郭家院大屋多，日伪军翻箱倒柜，可劲儿折腾。一时间，郭家大院叮叮咣咣，一片狼藉。

郭老财惨叫了一声，极其痛苦地闭上了眼睛，随之，像一摊泥一样瘫在地上。

藤藤看着郭老财的样子，很得意地笑着，并密切关注着从各个屋里抬出来的物件。

让藤藤遗憾的是，满院子堆成了一座小山，竟没一件他相中的东西。

藤藤朝那些乱七八糟的东西随便踢了两脚，回过头来对郭老财说："郭老先生，看来你是舍命不舍财呀？你说，值钱的东西，都藏到哪里去了？"

郭老财瘫在地上，闭着眼睛，不说话。

藤藤走过去把郭老财拉了起来："我再给你一次机会。说，村里人都跑到哪里去了？说出来，你们郭家的人和东西，都会完好无损。如果不说，那这里的人可就没有机会说话了。"

郭老财慢慢睁开了眼睛，声音低沉而缓慢地说：“我真不知道……”

藤藤慢慢地站起来，看了看被绑着的郭家人，回过头来对一个日军军官说：“把他们请进屋里去。”

日伪军们推推搡搡，把被绑着的郭家人赶回了屋。藤藤又蹲下身子对郭老财说：“郭老先生，委屈一下，跟我们走一趟。”

郭老财瘫在地上一动不动，抬起头来问藤藤：“你要干什么？”

藤藤没说话，只是简单地挥了一下手，就走了。

几个日伪军上去绑了郭老财，推搡着他出了院。

郭老财大声嚷道：“藤藤，你把我家人放了！”

藤藤没说话，径直向院外走去。走到门口，藤藤回过头来向一个军官小声嘀咕了两句，那军官点了点头。

郭老财被几个日军推上了一辆汽车，紧接着，日伪军们都撤出了郭家大院。当汽车发动机响起的时候，郭老财猛听到大院里响起密集的枪声，紧接着是一片哭喊声，叫骂声，一股浓烟从房顶上冒了出来……

郭老财两眼紧紧地闭上，随之，两行眼泪流了下来。他高声骂道：“倭寇！倭寇！畜生！畜生！”接着又闭上了眼睛。当他再次睁开眼睛时，汽车已驶出了老井镇，村子里浓烟滚滚，一片火光……

2

李长生带着游击队员和部分村民赶回老井镇的时候，郭家大院的大火还没熄灭。看着自家大院里的大火熊熊燃烧，郭文广一下子瘫在了地上。

李长生指挥人们冲进院里，拽出了一具具尸体。那些尸体已被烧黑，一时分不清男女，分不清主仆。拽出来之后，身上还冒着烟，一股焦臭味儿，直呛人的鼻子。

村里的人一边救火，一边清理被烧焦的尸体。

李母本来对郭家充满了仇恨，见此情景，心里道：“真是报应，真是报应啊。”她弯下身子挨个看那些被烧焦的尸体，那些尸体虽然面目狰狞，形象模糊，但仔细辨认，还是能分得清谁是谁的。她在仔细找郭老财的尸体，她想看看这个杀人不眨眼没有人性的老东西，到底被烧成了什么模样。然而，她挨个儿找了半天，却没找到。一时间，她觉得有些失望。

郭文广醒过来之后，第一反应是找郭母，因为在这些被烧死的人中，跟他最亲的是他亲娘。他一遍又一遍地嘶喊着："娘！娘！"那声音撕肝裂胆，揪心扯肺。

在几十具尸体中，郭文广终于找到了郭母。在判断是不是自己的母亲之前，他也是费了好大的劲。刚开始，他找到了一具尸体，体貌特征很像郭母，他跪在尸体面前就大哭了起来，可哭了一阵，却发现旁边的尸体更像自己的母亲，最重要的特征是母亲的耳环。母亲的耳环是戴耳坠儿的，而且是长长的，一串一串的。真是真金不怕火炼，母亲已是面目全非了，可那两个耳环还完好无损。原来，刚才他看到的那具尸体是郭姨太。找到母亲之后，他又跪在地上放开嗓门儿大哭起来，他哭得像个孩子一样，没人顾得上拉他劝他，他就哭得一发不可收拾。

富丽堂皇的郭家大院变成了一片废墟，高人一等的郭家人变成了一具具尸体；往日红红火火，富贵殷实，令人高不可攀的郭氏家族，顷刻间，家毁人亡。

李长生拉起了郭文广，劝说道："你别光哭了。我们一起商量商量后事该怎么办吧。"

郭文广还在哭，李母看着看着，心里也忽然觉得难受起来。虽然郭家跟李家有仇，但眼看着仇人一家遭了这么大的难，还是非常让人同情的。尤其这个郭文广，现在还没成亲，爹没了，娘没了，家也没了，命也真够苦的。想着想着，她也掉起泪来。

李母走到郭文广跟前说："文广啊，你就是哭下大天来，你娘也活不了了。你就让他们尽早入土为安吧。"

在清理废墟和尸体的过程中，一个奇迹出现了。

人们竟发现一个人还活着，他就是小六子。小六子只是脸上胳膊上受了些伤，身上的衣服也基本完好。小六子很快醒来了，他向人们诉说了藤藤带人纵火焚烧郭家大院的经过。他说，枪声一响，他就马上趴在地上，然后拼命磨断了自己身上的绳子往外跑，快到门口的时候让烟给呛晕了。小六子还告诉人们，郭老财被藤藤抓走了。

尸体找全了，都摆放在了院子中间。可郭家现在是一片废墟，一无所有，怎么发送这些人呢？

李长生和老黑头商量来商量去，决定用门板和炕席发送，好歹也算没把尸体直接埋在土里。

郭文广守着郭母哭干了泪水之后，掏了掏口袋，拿出了几十块钱，他说：“别人我不管，我娘必须装棺材下葬。”

钱不够，大伙儿又凑了凑，买了口棺材。

送完葬，郭文广在郭母坟前长跪不起，谁劝也不听。义勇军的人也个个义愤填膺，叫嚷着一定要为死去的郭家人报仇。有的人提出，马上攻打鬼子的据点，救出郭老财。

郭家遭受如此惨重的劫难，让郭文广痛不欲生。他痛快淋漓地哭过之后，给郭母深深地叩完了头，猛地拔出手枪，对义勇军的士兵说：“想打鬼子的跟我来！”

义勇军的人马上站在了他身边，愤怒地叫喊着，要为郭家报仇。李长生走到郭文广跟前说：“你们去了，除了送死，什么仇也报不了。”

郭文广颤抖着说：“难道我们郭家这么多人就白死了，房子就白烧了吗？”

李长生扶着郭文广的肩膀：“仇一定要报，但不是现在。因为光凭你们义勇军，根本没有能力报这个仇。”

小六子上去把李长生的胳膊从郭文广身上拉下来，瞪着眼珠子对李长生说：“快得了吧你，你们这算什么抗日队伍，鬼子还没来，吓得比兔子跑得还快。”

李长生说：“如果我们不跑，老井镇死的人还要多。”

老黑头接过来说：“如果你们郭家和全村人一块儿转移，就不会有这样的惨祸。”

小六子指着李长生的鼻子说：“说到底，还不是你惹的祸。你在庙会上杀了日本人，抢了人家的枪，藤藤才来报复的。鬼子来了，你逃了活命，弄得我们郭家人跟着遭殃。”

小六子这么一煽火儿，义勇军的人都跟着叫嚷起来：

“都是你们游击队惹的祸。”

“你们游击队抗什么日？都是熊包、饭桶！”

“你们就知道逃跑。”

“老百姓跟着你们遭殃。”

“我们去报仇吧！”

“我们一定要把老爷救出来！”

“……”

郭文广脑子里乱哄哄的，成了一锅粥，他紧喘着粗气，咬着牙，说不出话来。

小六子还是紧瞪着大眼珠子，他使劲摇着郭文广说：“少爷，说到底，人家都是外姓人，都活得好好的，房子也没烧，站着说话不腰疼。少爷，这仇不报，咱对不起郭家祖宗啊！”

郭文广终于忍不住了，他又一次把枪举起来，朝天开了几枪：“走！”

义勇军的人“呼啦”一下子围了上来，个个跃跃欲试。

李长生对小六子说：“小六子，你是见过日本兵的人。你说，就你们义勇军的人，抛开武器差不说，你们硬碰硬能打过日本人吗？日本人要那么好打，能占了咱中国那么多地方吗？”

听到这儿，小六子低下了头，他眼前浮现出一个个凶悍残忍的日本兵。当时，日本兵捆他的时候，他也反抗了几下，结果两枪托就把他打蒙了。日本兵虽然个儿头不高，但训练有素，细想想还真不是人家的个儿。但小六子还是不服气：“照你这么说，这仇就不报了？”

李长生没答理小六子，对郭文广说：“你要冷静一些。藤藤把你叔抓走，就是引你上钩。就你现在的人马，这几杆枪，去了只能是白送死，那正是藤藤巴不得的事儿。”

郭文广摇了摇头说：“可这深仇大恨，我不能不报呀。”

李长生语重心长地说：“现在鬼子欠的不只是你们郭家的血债，是老井镇人共同的血债。”

郭文广毕竟是有文化的人，听了李长生的话，他脑子开窍了，他有些激动地看着李长生，点了点头，

李长生接着说：“仇肯定要报，但什么时候报，怎么个报法儿，我们一起商量商量。千万不能莽撞行事，铸成大错。”

郭文广想了想说：“李司令，我听你的。”

3

李长生接到一封信，字体很娟秀，寄信地址来自保定。是谁寄来的呢？他一边猜测着一边把信打开。那信一共三页，他没看信的内容，先看了一下落款，竟是吴桂兰。

这让李长生既激动又意外。他不由想起了临别时吴桂兰转身向他挥手的身影；他清楚记得临上火车前，吴桂兰给他留下了地址，那个纸条，到现在

还在身上装着。他没想到，吴桂兰会主动给自己写信。

李长生沉思了一会儿，展开信，细细地看起来：

李长生同志：

写不写这封信，我犹豫再三。关于怎么称呼你，我也想了很久，想称呼你李司令，又想称你为朋友，想来想去，还是称同志吧。不知道是否贴切和妥当。

首先感谢你帮我逃出“虎口”，奔向自己自由的前程。如果不是郭文秀的自我牺牲，如果不是你的挺身相救，我在郭家还不知道会是什么结果。想起来，真是后怕。我听文秀说过，你们李家和郭家，有着杀父之仇，这次郭家要是知道了是你把我救走，郭家对你们全家的怨恨会变本加厉，这就会给你和你的家人带来很多的麻烦。想起来，内心非常不安。事情虽然过去了这么长时间，但我一直在为你担心。

好了，下面说说我给你写这封信的真实目的吧。

自在练兵操场上见到你，我眼前就瞬间亮起了一颗星。你抗日救国的理想抱负，让我茅塞顿开；你文武兼备的本领，那么丰富的革命经历，让我从心里佩服。还有你英俊挺拔的身材，儒雅的风度，不俗的气质，干练的作风，让我产生一种从未有过的感觉，用一个词来形容，就是怦然心动吧。我是一个在校大学生，在学校也接触过一些优秀的男生，但从来没产生过这样的感觉，也是我平生从来没有体验过的感觉。这种感觉经常让我耳热心跳，难以自持。我原来想把这种感觉深深藏在心底，至少不能说给你听，怕你产生误会，但我还是按捺不住，说给你听了。请你原谅我。

我没有别的奢望，就是要把自己心里想说的话说出来。你不要见笑，我们毕竟只见过几次面，彼此没有敞开心扉交流过。在你心目中，我可能只是一个有一腔热血的大学生，一个不谙世事的黄毛丫头，但愿通过这封信，你会重新认识我，在你心目中要感觉我的存在，更希望你能及时回信，给我以指导和帮助。我最大的愿望，就是想到你身边战斗和生活，在你的教导关怀下，成长为一名真正的抗日战士，为抗日救国，贡献自己的一切。

我们学校还没复课，我暂住在姨妈家里。姨妈每天不让我出门，我心情很郁闷，殷切盼望你回信。我姨妈叫何翠，来信按信封地址请她代转即可。从今天起，我会天天等待。

顺致大安！

吴桂兰

看完来信，李长生心里突突直跳。没成想，跟吴桂兰只见过几面，她就给自己写这样敞开心扉的信。虽然信里没有直接表白什么，但字里行间已经透露出，她对自己有爱慕的意思了。

李长生把信折好小心地装进口袋。不大一会儿，忍不住又掏了出来，从头到尾又仔细看了一遍。看完之后，他铺上纸，拿起笔，准备写封回信。

李长生犹豫了一会儿，在信纸上写了“吴桂兰同志”几个字，就停下了。他站起身来，在屋里来回踱步。他在想，写什么呢，表一个什么样的态度呢？从字里行间看，吴桂兰可能对自己已经有那方面的意思，可自己能接受吗？能主动把话挑明吗？或者，从内心来讲，自己能接受这个吴桂兰吗？不错，吴桂兰既年轻漂亮，又有文化，活泼开朗，有理想有追求，是个难得的好姑娘。但不知为什么，不管见到任何一个女人，他就不自觉地跟香梅比。他眼睛一闭，就是第一次跟香梅见面的情景，她回眸一笑的两个生动的酒窝儿，那条用红头绳儿扎着的大辫子，那张每当说话先泛起红晕的脸……怎么也赶不走，挥不去。在延安的时候，也看到过不少漂亮的女红军战士，但都找不到香梅那种刻骨铭心的感觉，包括这个吴桂兰。他知道，眼下香梅已经是自己的弟媳妇儿了，他们这辈子再没有做夫妻的缘分了。但别人谁也取代不了他心目中的香梅，可能一辈子也取代不了。

李长生感到，这封信实在没法儿写，一时呆愣在那儿。

不知什么时候，香梅一挑门帘进来了，手里端着一碗水，轻轻地放在了桌上，轻声细语地道：“哥，听娘说你肚子疼，喝了这碗红糖水吧。肚子里暖和了，也就不疼了，比喝药还灵呢。”

李长生赶紧把桌上的信纸抓起来，装进口袋，随口道：“没事儿，已经好些了……好，我喝，我喝……”他端起碗来，一口气把水喝干了。

香梅拿起空碗要走，又转过身来，犹豫了一下问：“哥，给谁写信呢？”

李长生：“没，没给谁写……”

香梅：“俺看见了，你是给吴姑娘写呢。”

李长生见瞒不过香梅，就把吴桂兰的信掏了出来，递给香梅：“不瞒你，你看吧。”

香梅摇摇头：“人家写给你的，俺不看。”停了停，又道，“哥，吴姑娘给你写信，一定是看上你了。我看你跟吴姑娘挺般配的，娘也挺喜欢她。她要是有意，你就应了吧。”

李长生笑笑：“人家没那意思。”

香梅：“那她给你写信？”

李长生：“人家跟我谈抗日救国的事。”接着又掉转话题说，“哎，香梅，上次参加夺枪，我冲你发火，你没记在心上吧？”

香梅低下头：“俺又不傻。俺知道你那是为俺好。可既然你带着大伙儿打日本子，俺也不能给你丢脸呀。”

李长生：“我理解你。但你毕竟是个女人家，是李家的媳妇儿，是铁锤儿他娘。我必须要保证你的安全。”

香梅转过身来：“别说这个了，俺懂。哥，吴姑娘既然主动给你写信，就是有那心。哥，听俺的，赶紧给她回信，就说你看上她了，咱一大家子人都看上她了，让她做你媳妇儿。”

李长生觉得好笑。这工夫，李母进来了，接着话头儿问：“说谁哪，谁给谁当媳妇儿啊？”

一见李母进来，香梅顺嘴道：“娘，你快劝劝俺哥，娶了吴姑娘。”

李母怔了一下：“吴姑娘，那可真是天上掉下来的仙女儿，打着灯笼也找不着。可人家走了，连个音信儿也没有，咱上哪儿娶去呀？”

香梅说：“她给俺哥来信了。”

李母顿时笑得满脸开花：“是吗？让她赶紧回来。咱用大花轿把她迎进门儿！”

李长生笑道：“人家就是给我写了封信，又没说别的。”

李母认真地说道：“你别揣着明白装糊涂。人家不看上你，干吗给你写信？她怎么不给我写信哪？信呢，念给我听听。”

一听李母说这话，香梅赶紧拦着：“娘，你可真有意思。人家吴姑娘写给俺哥的信，能念给你听么？”

李母却不以为然：“既然怕人知道，就是有悄悄话儿。你赶紧回信跟她把话挑明喽。她一应，咱就娶，宜早不宜迟。动手慢了，人家就娶走了。”

这工夫，老黑头进来，找李长生有事情商量。李长生抽身便走，李母追出门外：“别忘了给吴姑娘回信啊！”

李长生答应着，出了门。

4

藤藤回到县城，急着要做的有两件事，一件是见小刺猬，一件是逼郭老财就范。

藤藤把小刺猬叫到办公室的时候，小刺猬无疑是无比紧张的。他知道藤藤“扫荡”老井镇，一无所获。但当他看见郭老财被抓来心里又是一惊，他没想到这个守财奴郭老财，还真是舍命不舍财，留在家里等着挨烧，等着挨抓。但他又闹不明白，藤藤为什么抓郭老财，这个老糟头子究竟有什么用？小刺猬是聪明人，藤藤“扫荡”回来马上就叫他，他就明白是为什么了。所以，他有意显得很镇静。

藤藤单刀直入：“是不是你走露了皇军‘扫荡’老井镇的消息？”

小刺猬早就想好了，回答起来就很流利：“太君，这你就冤枉我了。我根本不知道皇军‘扫荡’老井镇的准确时间。”那天晚上回老井镇，他来去无影无踪，又托了可靠的人给他打掩护。他相信，藤藤是不会知道的。

藤藤说：“我相信你对皇军的忠诚。但我不明白，如果事先不得到消息，村里人为什么都跑了？”

小刺猬说：“那我就不知道了。我现在吃的是皇军的饭，绝对不能吃里扒外。我要是给他们通风报信儿的话，天打五雷轰。”

藤藤说：“好了，你就不要发誓赌咒了。我问你，那村里人到底跑到哪里去了？”

小刺猬说：“这些日子我没回过老井镇，还真不知道。”

藤藤边想边说：“趁李长生和郭文广两股队伍还没合在一起，皇军想把他们吃掉。你的，有什么高见？”

小刺猬有些受宠若惊地说：“谢谢太君这么抬举我。我觉得你眼下利用好这个郭老财就行。”

藤藤顿时眉开眼笑：“说下去。”

小刺猬说：“郭文广没了爹，对郭老财像亲爹一样孝顺。眼下，他娘被烧死了，家也没了，他一定会急着来找皇军报仇。”

藤藤说：“郭李两家有杀父之仇。郭文广来报仇，李长生会帮他吗？”

小刺猬很得意地说：“太君，你不了解我们中国人。没事儿的时候，他们就窝儿里斗。一旦出了这样的事儿，他们就会一致对外。”

藤藤轻蔑地笑了一下：“一致对外？就那些庄稼汉，那几条破枪？”接着又说，“关于怎么利用这个郭老财，你的，就不用操心了。你去查一查，看看是谁走露了皇军‘扫荡’老井镇的消息。”

小刺猬答应了一声，出去了。

打发完了小刺猬，藤藤马上做第二件事。

工夫不大，郭老财被人带到了办公室。

藤藤站起来，笑容可掬地把事先泡好的茶递给郭老财说：“我知道，郭老先生很懂茶道，这是一个朋友前不久给我带来的普洱茶，我一直舍不得喝，来，今天我们分享一下。”

郭老财在椅子上坐下，看也不看藤藤递来的茶：“你们杀了我的家人，烧了我的房子，现如今，我已经成了孤家寡人，哪有什么心思喝你的茶？”

“郭老先生，我之所以那样做，是迫使你跟皇军合作。让你当会长你不答应，让你说出你侄子的下落，你闭口不谈。那你就要付出代价。”

见郭老财低着头不说话，藤藤停了一下接着道：“你们中国有句话，叫识时务者为俊杰。我问你，郭老先生，你想不想活命？”

郭老财无力地说：“我现在成了这般光景，又落到你们手里，活着还有什么意思？”

藤藤喝了一口茶，感慨地道：“到底是名茶，味道真香啊。郭老先生，人要是死了，可就永远也喝不上这么好的茶了。”

郭老财没好气地说：“你这个杀人不眨眼的魔王，别兜圈子了，你到底想把我怎么着吧？”

藤藤笑道：“魔王？你也不例外呀。听说你亲手杀了不少共产党。”

郭老财说：“这跟你无关。”

藤藤说：“怎么无关？共产党是我们共同的敌人。”

郭老财说：“这是两码事儿。”

藤藤说：“好，两码事就两码事。那我现在问你，你到底想活，还是想死？”

郭老财看着藤藤两只不太大的眼睛里面流露出来的凶光，自然心里有些胆怯。说实话，虽然一大把的年纪了，虽然现在已经是家破人亡，没了自由，但他还是不想死。杀那些穷棒子的时候，看见他们临死时痛苦的挣扎，他也动过恻隐之心，也想到过，假如哪一天别人杀自己，自己浑身抖不抖，出不出虚汗，尿不尿裤子。说到底，人都是怕死的。

想了一会儿，郭老财强打了一下精神问道："想死怎么样？不想死又怎么样？"

藤藤笑道："我看出来了，你想活着，而且特别想活着。这就好办嘛。你让你侄子把他的人马都带到皇军这边来，我就让你回去。事情就这么简单。"

郭老财皱了一下眉头："你让他们都过来当汉奸？"

藤藤说："郭老先生，最好别用汉奸这两个字。我们共同来维护冀中地区的治安而已。"

郭老财心里抖了一下，脱口道："这个，我恐怕做不到。"

听到这儿，藤藤站了起来，在屋里走了两步，转过身来说："真的做不到？"

郭老财说："做不到。"

藤藤说："那就是你不想跟皇军配合。好吧，我不为难你。不过，你可别后悔。"

郭老财听着这话心里有些发冷，他不知道藤藤说的别后悔到底是什么意思。

藤藤又走到郭老财跟前用手温柔地捏了一下他的肩膀，说："郭老先生，我会让你改变主意的。"说着，向站在旁边的一个士兵示意了一下，那个士兵过来把郭老财架走了。

郭老财被架到一个黑屋子里，他刚进去不一会儿，就进来两个膀大腰圆凶神恶煞般的彪形大汉。两个人热了热身，互相谦让了一下，其中一个满脸长毛的大汉挥起拳头向他打来，他本能地往旁边一闪，拳头落在了肩膀上。他还没做任何反应，又一拳从下方打来，正好打着他的下巴。他知道，那叫下勾拳，他的两颗门牙像爆米花一样飞出了老远。他"哎哟"一声栽倒在地。活了六十多岁，从来没受过这么剧烈而残忍的打击。他只觉得眼冒金花，脑袋发大，疼痛难忍。他高叫着："别打了，别打了。你们让我怎么着，我就怎么着。还不行吗？"

那个打手住了手，另一个还想试试身手。这工夫，藤藤进来了，见郭老财半跪半坐在地上的惨样儿，过去拍了拍他的肩膀："郭老先生，这么大岁数了，何苦呢？"

郭老财忍着剧烈的疼痛，紧皱着眉头抹了一把脸上的血，看着藤藤说：

“没，没见过……你们这么凶残的倭寇。”

藤藤笑笑，说：“你毕竟是个土财主，见过什么？怎么样？想明白了没有？”

郭老财低下头，看着手上的血，浑身酥软地道：“不管怎么样，让我活着就行。”

藤藤说：“还是那个条件，让你侄子把人马带过来。”

郭老财说：“你放我回去吧。”

藤藤说：“不用。只要你照我说的做，你的侄子，就会主动送上门来的。”

郭老财低下头，痛苦地闭上了眼睛。

5

当李长生提出，把游击队和义勇军整编在一起联合抗日时，郭文广有些犹豫不决。后来他考虑到，现在郭家风光不再，又急着为死去的家人报仇，也就答应了。但他说，先不举行收编仪式，等郭老财有了准确消息再说。

郭文广答应与李长生合作，其实内心很痛苦。李家和郭家是不共戴天的仇人，说是联合起来共同抗日，谁能保证，李长生不会趁机报杀父之仇？可眼下，自己的队伍势单力薄，素质又差，不能跟日本人单独较量，更达不到报仇的目的。想来想去，他决定先答应下来，通过和李长生联手，报了日本人的仇，恐怕也不是坏事儿。平时多提防一点儿李长生，多长点儿心眼儿也就是了。义勇军的人毕竟是自己拉起来的，关键的时候，还是能控制住的。他现在心里唯一惦记的是叔叔，不知日本人是把他杀了，还是关在哪儿。叔叔活这么大岁数没受过委屈，更没遭过罪。在老井镇，横着走路，都没人敢管，现在却落在了凶残的日本人手里。叔叔是郭家的主心骨儿，虽然他有些霸道、蛮横，但他在郭家压得住阵。正是因为他在郭家的说一不二，才酿成了郭家一夜之间的惨祸发生。

做通了郭文广的工作，李长生很高兴。当李长生把这一消息告诉老黑头等人时，大家都反对。

老黑头说：“那是杀咱们的仇人，怎么能联手？”

铁榔头说：“现在他们郭家让日本人给祸害了，这是想借用我们游击队为他们报仇。”

李长在质问李长生说：“哥，你是不是脑子出毛病了？郭家杀了咱爹，打了咱娘。你回来这么长时间，不但不报仇，挖了枪要分给人家，现在又跟人家联手。你到底打的什么主意？”

还有一些人跟着附和，李长生感到压力很大。李长生有些激动地说：“从大道理上讲，我们这叫实行抗日民族统一战线。从小道理上讲，和义勇军联手，对游击队也是有好处的。大伙儿不知道吗，这次藤藤‘扫荡’老井镇是冲着我们游击队来的，只是郭家当了替罪羊。”

大伙儿听李长生说到这儿，不再有人说什么了。

李长生接着说：“日本人烧了郭家大院，我们绝对不能无动于衷，更不能幸灾乐祸。要知道，日本人是杀人不眨眼的，是没有人性的。说不定，哪一天，就轮到谁的头上。所以说，我们应该借郭家急着救郭老财和为死去的亲人报仇这个机会，团结他们一起打鬼子！”

老黑头听完点了点头：“你这么一说，我心里亮堂多了。”

铁榔头左右看看，咂了咂嘴道：“我也听明白了。有日本子的时候，咱打日本子。把日本子打走了，咱再打地主老财。”

李长在还是有些转不过弯儿来：“那郭老财说不定已经当了汉奸。你看看，义勇军那一堆窝囊废，像抗日的样儿吗？”

李长生说：“我看郭文广还是有抗日决心的。我们先把他们争取过来，再训练他们，改造他们。”

李长在看看李长生，看样子还是不大服气，但不说话了。

好容易把大伙儿说服，李长生很有成就感。吃完了晌午饭，他一推饭碗就要往外走，李母很严肃地叫住了他：“你去哪儿？”

李长生用陌生的眼神看着母亲，小声道：“我去找郭文广。”

李母猛地把还没喝完的粥碗蹾在桌子上，筷子“啪”一声摔在碗上：“你先跟我去个地方！”

李长生怯生生地说：“娘，去哪儿？”

李母站起来说：“找你爹去！”说着，向屋外走去。

李长生一下子怔在那里。

李母回过头道：“走啊！”

李长生不敢怠慢，跟着李母出了屋。

小铁锤瞪着大眼睛问香梅：“娘，奶奶去哪儿？俺也去。”

香梅用筷子抽了一下小铁锤的胳膊：“吃你的饭!”

李长在有些得意地笑了。

6

李长生跟着母亲来到了李家坟地。

李长生回来后，拢共给父亲上过两次坟。一次是刚回来的时候，跟全家人一起去的，他默默地告诉父亲，自己当了红军团长，现在回到了老家，带领乡亲们打鬼子。当着母亲的面儿，他发誓，一定要向郭家讨还血债，报杀父之仇。第二次来给父亲上坟，是在一个很晚的夜里，他一个人悄悄来的。那天，他心里很别扭，有些乱糟糟的。从不抽烟的他对着父亲的坟头抽烟，嘴里只是磨叨着一句话："这就是命啊，这就是命啊。"他不知道父亲听明白没有，他是在向父亲诉说心里怎么也说不出的别扭：自己的媳妇儿成了弟媳妇儿。他一阵阵地唉声叹气，一遍又一遍地重复着那句话。最后，他一句话也不说了，只是默默地抽烟。他一向认为，一旦说出来的痛苦，不是真正意义上的痛苦。

刚刚来到父亲坟前，李母就指着李长生说："给你爹跪下！"

李长生很听话，扑通一声，双腿着地，实实在在地跪在了父亲的坟前。

李母厉声道："我问你，坟里躺着的，是不是你亲爹？"

李长生低着头，小声道："是。"

李母："你爹是怎么死的？"

李长生："让郭家杀死的。"

李母："你刚回来的时候，对着你爹是怎么发的誓？"

李长生："报杀父之仇。"

李母："那你为什么到现在不但不报仇，还要跟仇人家搭伙？"

李长生低着头，不再说话，他感到跪在地上的腿有些抖动。

李母朝李长生的屁股踢了一脚："你说话呀？"

李母："你心里有愧啦！"

李母："你不敢跟你爹说实话，是吧？"

李长生待了一会儿，小声说："娘，你听我慢慢跟你解释，行吗？"

李母火气冲天："我不听，你这个不孝之子！"

不知什么时候，李长在、香梅和小铁锤也来到坟地，他们不知不觉地也跪下了。

李母见状，大声道：“你们都起来，让他一个人跪着，看他怎么面对你爹？”

香梅小声道：“娘，你让俺哥起来，慢慢听他解释不行吗？他这样做，一定会有他的道理。”

李母说：“杀父之仇，非但不报，还要和仇人搭伙拉杆子，有什么道理？”

李长生说：“娘，其实道理不用讲，你慢慢也会明白的。我们现在最大的仇人是日本鬼子，而不是郭家。”

李母说：“这是另一码事。不管怎么说，你爹是死在郭家人手上。”

李长生说：“这么多年，国民党杀了多少共产党，现在不还是联起手来共同抗日吗？打不走日本鬼子，不管是李家，还是郭家，所有中国人都会当亡国奴。”

李母说：“你就不想一想，为什么郭家早不搭伙晚不搭伙，偏偏日本子毁了他家，他才跟你搭伙，还不是想借你的势力给他家报仇？”

李长在听到这，有一搭无一搭地说了一句：“就是啊，连咱娘都看出来了。”

香梅拧了李长在一把：“你别跟着添油加醋了。”

李长生挪动了一下姿势，想站起来说话，李母厉声道：“好好跪着，什么时候觉得对得起你爹了，再给我起来！”

李长生简单调整了一下姿势，又像模像样地跪下了。

李母拉起了小铁锤，然后又对香梅和李长在说：“你们都起来吧。”

李长在起来了，拍了拍身上的尘土，站在一边。

香梅没站起来，她看了看依然跪着的李长生，对李母说：“娘，你不让俺哥起来，俺也不起来。俺觉得俺哥说的有道理。娘，你也是开明人，打爹和哥他们闹暴动的时候，你就没拉过后腿儿。现在，俺哥回来带领大伙儿抗日，村里人都信服他，跟着他干。咱家里人更应该支持他，给他鼓劲儿。这样，外人都会高看咱李家人一眼。俺觉得跟郭家搭伙抗日，不一定是坏事儿。郭老财回不来了，郭文广是个弱书生，还不都听俺哥的？”

李长生接过话：“你们听听，香梅说的对不对。”

李母听了香梅的话，像是有些道理，但还是不松口：“不行，我告诉你，只要我还有一口气儿，就不能让你跟郭家搭伙。看见郭家人，我这气就不打一处来。”

李长生接着说："娘，你放心吧。君子报仇，十年不晚。那个郭老财，要是当了汉奸，我一定亲手杀了他！"

李母点了点头，说："这还像当儿子说的话。"

香梅说："娘，那就让俺哥起来吧。"

李母瞥了香梅一眼："不行，他还没答应我不跟郭家搭伙呢。"

李长生连忙说："好，我答应。"他知道，联合郭家抗日，娘这一关是必须要过的，也是很不好过的。他不得不先答应娘。

李母说："那你起来吧。"

李长生慢慢站了起来，香梅也站了起来。

几个人面面相觑地站着。

李母指着坟头说："这不，你们都在这儿，当着你爹的面儿，我把话再说一遍。打日本子我不拦着。可这杀父之仇，你们必须要报！"

几个人谁也没说话，坟头上的草在秋风中摇曳着，像猎猎飘动的白幡。

李母把话说完，领着小铁锤离开了坟地。李长在、香梅默默地在后面跟着。

李长生走了两步，又回过头来……

第十二章　引鱼上钩

1

郭文广病了，精神状态很不好。请来医生看了看，说没什么大病，只是因过度悲伤引起的身体虚弱，静心养一养就会好的。

郭家一夜之间家破人亡，郭文广精神上接受不了这个致命的打击。往日衣来伸手，饭来张口，穿的是绫罗绸缎，吃的是鸡鸭鱼肉，出门进家，都有人跟着伺候。可现在这一切，都被一场大火烧没了。好在郭家房子多，靠东门的两间厢房，也就是用人住的那两间房子没有被烧掉，屋里还有用人留下的东西。这两间屋子，郭文广压根儿就没进来过，现在却成了他住的地方。

郭文广在母亲的坟前哭干了眼泪，回到家还想哭。想起以前的日子，想想今后的光景，他不知不觉眼泪就下来了。一旦眼泪下来了，他就索性放纵自己，痛快淋漓地嚎个够。

这天，郭文广躺在床上想着想着又哭上了，刚开始掉泪，有人进来送给他一封信，他打开一看是叔叔写来的：

广儿：

当你回到家的时候，我们郭家是不是已经化成了一片废墟？你娘、你婶以及家人是不是都离开了人世？要记住，这都是倭寇造的孽，是他们毁灭了我们全家，我们一定要记住这血海深仇。日本人把我抓来逼迫我当汉奸，这简直是对我最大的侮辱。他们打我，对我进行灭绝人性的折磨，但我都没有就范。我们郭家人是有骨气的，就是死了也不当汉奸。藤藤拿我没办法，决定在九月二十三上午九时，在县城旁边的火神庙把我枪决。广儿，虽然我已年届七十，但我不能这样冤屈地死在日本人手中，你一定要带人来救我呀。义勇军人马少，恐怕打不过日本子，你最好能联合李长生的游击队一起来。李长生不是总讲要一致对外、共同抗日吗……

看完叔叔的信，他急忙把眼泪擦干，从床上坐了起来。不一会儿，小六子过来了，一进门就问道："少爷，谁的信？"

郭文广把信递给了小六子，小六子接过信看了一遍，说："咱们一定要救老爷呀！"

郭文广问小六子："今儿初几了？"

小六子掐着手指头算了算，说："二十一。"

郭文广自言自语道："那就是后天……"

小六子急切地道："少爷，一定要想办法救老爷呀！"

郭文广想了想说："就我们的人马，能救出老爷吗？"

小六子说："就是拼个你死我活，杀个天翻地覆，也要去救老爷！"

郭文广忽然感到一阵头晕目眩，他控制了一下自己，坐在了床上，面带难色地说："就怕我们救不出老爷，还要搭上弟兄们的命。"

小六子说："那也不能见死不救呀？"

郭文广试了试，又站了起来，他闭上眼睛想了想，转身要走。

小六子问道："少爷，你去哪儿？"

郭文广边走边说："去找李长生商量商量。"

小六子在门口拦住他："你找他商量，李家巴不得老爷被日本人早点儿弄死才好呢。"

郭文广在门口犹豫了一会儿，推开小六子，出了屋。

郭文广找到李长生，一进门，就把郭老财的信拿出来让李长生看。李长生看完，把信折起来，然后打开又看了一遍，问道："你能确认这信是你叔亲自写的吗？"

郭文广肯定地说："没问题，绝对是我叔写的。"

李长生边看信边思考，问道："这封信是谁送来的？"

郭文广说："是县城的一个人，我不认识。"

正在这时，铁榔头进来。他今天进县城化装侦察，一进门就说，在大街上看到了日本人枪毙郭老财的告示，时间和地点与信上写的完全一样。

郭文广激动地说：“我们要救我叔呀，我叔没当汉奸，他没丢中国人的脸啊！”

李长生把信递给铁榔头，铁榔头看完说：“看来郭老爷这条老命，真的难保喽。”

李长生咂了一下嘴，道：“你们仔细想一想，鬼子向来杀人不眨眼，为什么杀一个郭老财，又贴告示，又送信。这到底是为什么？”

郭文广一看李长生这个态度，一下子急了：“你的意思，是见死不救？”

李长生解释道：“不是这个意思。我说的是，要把情况分析透，判断准，然后再想救人的办法。”

郭文广根本不听李长生的解释，越发激动地说：“李长生，你口口声声要联合抗日，可到了关键时刻，却光打自个儿的算盘儿。你杀了日本人，我们郭家当替罪羊。鬼子要枪毙我叔叔，你又袖手旁观，见死不救。这就是你们共产党倡导的团结抗日？”

李长生打断了郭文广的话：“你听我把话说完好不好。我怀疑这是藤藤引鱼上钩之计，把游击队和义勇军一网打尽。”

郭文广把手一扬，气愤地说道：“好了，什么也别说了。咱们还是各干各的吧。为救我叔，就是拼个你死我活，义勇军的人也会心甘情愿。我也告诉你，义勇军不是吃素的！”说着，怒气冲冲地出了屋。

李长生追出了屋，拽住了郭文广的胳膊：“你可千万别贸然行动啊，会吃亏的……”

郭文广奋力挣脱了李长生的手，急匆匆地出了屋。

铁榔头也追了出来，看着郭文广的背影说：“别管他，让他自己去。”

不一会儿，老黑头进来了，他也听到了九月二十三鬼子要在火神庙枪毙郭老财的消息。他有些得意地说：“这回小日本儿替咱报仇了。”

李长生把郭老财来信的情况跟老黑头说了一遍。老黑头不假思索地说：“郭老财真他妈够黑的，临死还要拉个垫背的，让咱们游击队也去救他。”

铁榔头接过来说：“郭文广孝顺他叔，让他去救吧。”

李长生一边思考着一边说：“我怀疑这是藤藤用的计，他上次‘扫荡’老井镇没达到目的，这次要借处决郭老财为名，把我们一网打尽。”

老黑头想了想说：“我也觉得这里边儿有猫儿腻。郭老财一直与我们为敌，怎么又写信专门嘱咐郭文广与我们搞统一战线？”

铁榔头说：“想让咱们为他陪葬呗。”

李长生说：“我想那封信一定是藤藤授意让郭老财写的。不仅我们不能上这个当，也要说服郭文广，绝对不能冒这个险。”

铁榔头说：“人家救他亲叔，舍得以命抵命。现在咱又没跟他搭伙，管人家干什么？”

李长生摇摇头说：“不。我们不能眼看着义勇军去送死。”

2

郭文广没听李长生的劝告，他还是要铤而走险去火神庙救郭老财。

一开始，小六子见郭文广从李长生家回来，态度有些动摇，就忍不住了：“少爷，老爷可是郭家的一家之主啊。再说，杀母之仇你不能不报吧。”郭文广脑子有些乱，没说话。小六子又说：“少爷，你想过没有，假如错过了这次机会，老爷就没命了。郭家死了那么多人，不能再失去老爷呀。少爷，如果咱们见死不救，将来大少爷和小姐回来，你怎么向他们交代？”

郭文广振作了一下精神，咬了咬牙蹦出了一个字：“救！”

郭文广派小六子到火神庙侦察。小六子回来说，法场在一个场院里，地方不大，说明那天鬼子不会去多少人，也不会有多少人围观。另外，小六子仔细察看了地形，发现刑场附近有一个独立房，如果早一些在房顶上埋伏好，就可以对场院的人扫射。郭文广提出来，万一伤着老爷怎么办？小六子说，我会见机行事，绝对不能伤着老爷。听小六子这么一说，郭文广觉得救出叔叔并非难事。

九月二十三天亮前，小六子带着十来个人来到了火神庙，按着预先计划爬上了那座独立房。正好房上长满了半人深的蒿草，人往下一蹲，什么也看不见。小六子得意地笑了一声：“真是天助我也。”见天还没亮，场院里一个人还没有，他就命令大家先吃干粮，把肚子填饱，再把机枪架起来，等鬼子一出现，就准备开火。

可就在这时，天突然阴成了黑锅底，就像要塌下来一样。尤其站在房上，愈感到天随时有掉下来的危险。天开始发闷，闷得透不过气来，一丝风也没有。地上的树，房上的草，纹丝不动。一时间不知从哪儿飞来了数不清的蜻蜓，在人的头顶上盘旋着飞，伸手就能捉到。静了一会儿，飘来了一阵风，很清凉的一阵风，地上的树、房上的草和人们的头发开始微微飘动。忽然间，一道闪电弯弯曲曲地划破天空，天像裂开了一道缝，紧接着，“喀嚓！”一声霹雷，震得房子直摇晃，又静了一会儿，瓢泼大雨从天而降。给人的感觉，老天不是在下雨，而是直接往地上浇水。四周混沌一片，暴雨倾盆。

“二八月不打雷，打雷要招贼。”小六子抹了一把脸上的雨水说。

雨越下越大，雷越打越响，天还是黑得像锅底。没多大工夫，人们的衣服都浇透了，个顶个都成了落汤鸡。

“看来老爷真是冤，老天爷都替他哭。”小六子又抹了一把脸上的雨水说。话没说完，就打了一个响亮的喷嚏，他浑身哆嗦了一下，两只胳膊紧紧地抱在一起。

“小六子，雨下得这么大，鬼子不会枪毙老爷了吧？”一个人哆嗦着说。

“小六子，咱们撤吧？”又有一个人说。

“少废话。就是他妈下刀子也得在这儿等！”小六子说着，又打了一个响亮的喷嚏，喷嚏声落下，引来了一个响亮的炸雷。

3

按照计划，郭文广带着一些人去法场接应，可他们一出门就遇上了大雨，看不清路，脚底下又滑，他们只好折了回来。

郭文广想：雨下这么大，鬼子可能会改变计划，或者会推迟行刑的时间。日本人也是人，他就不怕雨浇？这时，郭文广格外惦记起小六子他们来。按时间计算，在下雨之前，他们应该赶到了火神庙，或者已经上了那座独立房。下这么大雨，他们在房上怎么待呢？他知道小六子对老爷是忠诚的，不管刮风下雨，还是下刀子，他都会坚持下来的。

等雨稍小一些的时候，郭文广又带着队伍出发了。因为道路泥泞，行军速度很慢，没走出多远，人们的衣服就淋湿了，鞋上沾满了泥，走不动路。郭文广干脆命令大家把鞋甩掉，光着脚行军，这样速度反倒快一些了。

快到县城的时候，雨基本上不下了，天也不那么黑了。路上铺了些石子，没那么多泥，自然好走多了。

郭文广看了看手表，已经九点多了。按叔叔信上说的是，九点钟行刑，现在已经过了一个钟头，是不是已经执行完了？可一路上没听到一声枪响，叔叔可能还活着。

郭文广觉得累得不行了，连着打了几个喷嚏之后，他感到浑身发冷，脑袋发涨。他知道自己感冒了，而且在发烧，走起路来直摇晃。可他还是咬着牙坚持着，他暗暗对自己说："不管怎么样都不能倒下。一定要为母亲报仇，一定要救出叔叔，一定要跟小日本儿干一仗。"

远处刮来了一阵风，天上的云雾被吹散了，云缝里露出一丝丝太阳光线。郭文广身上感觉不那么冷了，他带着疲惫不堪的队伍，穿过县城，向火神庙奔去。

从县城到火神庙之间，是一片高粱地。这个季节，高粱已经熟透了，高高细细的秸秆，像一杆杆笔直的红缨枪，饱满的红红的穗头儿，像一团团火炬，经过一阵秋雨淋过之后，更显得精神抖擞，英姿勃发。

郭文广正带着队伍在高粱地中间的泥泞路上穿行，突然前边出现了鬼子的一个马队。领头的军官对着队伍说了两句日本话，便向着郭文广的队伍横冲而来。

郭文广完全没有料到会在这里碰上鬼子的马队，他简单地认为是不期而遇。但狭路相逢，已无处退避，他高喊了一声："给我打！"但没等他开枪，骑在马上的日军已经开了火，而且火力相当密集。

没上过战场的义勇军被突如其来的打击吓晕了头，队伍一下子慌乱起来，一起举枪射击，枪却打不响。有的不瞄准就射击，乱打一气，有的则抱着头没目标地乱跑。

郭文广瞄准了一个日军军官，还没勾动扳机，一发子弹朝他打来，在耳边穿过，他的帽子被打飞。他料定自己完了，马上趴在地上，抹了一把脸，却没有一滴血。他睁开眼睛看看自己的队伍，已被马队冲散，不少人死伤在地。他高叫着："撤！撤！"但队伍已被冲散，没人听他的指挥。

日军们见碰上一支不堪一击的队伍，越发兴奋。他们"嗷嗷"地叫着，大声地笑着，像做游戏一样，骑在马上射击着一个又一个的目标。

就在这时，郭文广身后传来一个熟悉的声音："快钻高粱地！"

他回头一看，是李长生带着游击队从后面尾追过来。义勇军的人在李长生的指挥下，一边向日军射击一边向高粱地里隐蔽。游击队的人枪法很准，一个又一个日军从马上跌下来。

郭文广用感激的目光看着李长生，大声喊道：“快！快钻高粱地！”

义勇军的队伍已经死伤大半，活着的人听到命令，急忙向高粱地里钻去。

日军军官见来了一支训练有素的增援部队，不由得愣了一下神，等他们反应过来的时候，那支部队已消失在了高粱地里。

日军军官急了，在马背上抽出大刀指着高粱地大喝一声：“射击！”

日本兵端起枪一起向高粱地里射击，高粱地里传来一阵阵“哎哟！哎哟”的惨叫声。

高粱地内，李长生用驳壳枪瞄准了那个日军军官，子弹打出去，不偏不倚，正好打在日军军官的右眼上。日军军官高叫了一声：“吧嘎！”从马上跌了下来。马队也混乱起来。

李长生趁鬼子马队混乱，大声命令：“快撤！分开跑！”

郭文广听到命令，顺着高粱垄跑到李长生面前说：“我们应该跟鬼子干，为什么要跑？”

李长生揪住他的衣服：“你不撤，就在这儿送死吧！”说着，拽住郭文广的胳膊顺着高粱地一溜儿小跑。

又有一排排子弹向高粱地里打来，但显得有些遥远，再没听到有人中弹倒地的声音。

李长生还在高喊：“快跑！快跑！”

高粱地里一片“哗哗啦啦”的声音传出好远。

4

一阵阵枪声渐渐远去。

郭文广提着枪，顺着高粱垄踉踉跄跄地跑着。等枪声渐弱之后，他的腿就开始发软，浑身大汗，他感到往前跑一步都很难。他用手扶着高粱秆，闭上眼睛，大口大口地喘着粗气。他喊了两声：“小六子！小六子！”高粱地里只有“哗哗啦啦”的声音，没人答应，没人理他，也见不着一个人。他把几个高粱秆儿攥在手上，以它们为拐杖支撑着自己的身体，可他的气还是喘不匀，越喘越急，越喘越粗，像拉风箱一样。后来，他觉得身体再也支持不住了，两只手索性松开了高粱秆儿，像熟透的柿子一样，“扑哧”一声瘫在地上。再后来，他干脆躺在了地上，一棵棵钻天的高粱被他的身体压倒，发出“嘁哩喀嚓”的响声。他四脚朝天躺在被压倒的一大片高粱秆上，对着露出的一片蓝天大口大口地喘着粗气。渐渐地，他的气喘匀了，心跳也趋于平缓，但整个身子就像一团棉花，软得一塌糊涂，一点儿也不想动。他看了看天上飘浮的云彩，然后，慢慢地闭上眼睛，真想就这么静静地死去……

过了一会儿，他又慢慢睁开眼睛，感到口渴，他又在叫：“小六子，小六子……我，我要喝水……”他感到自己的声音很微弱，只有自己能听得到。这时候，他太需要人，太需要小六子了。可是没人听到他的声音，没人给他水喝。他想爬起来，自己找水喝，可试了试，怎么也爬不起来……

不知什么时候，高粱地里传来喊他的声音：“郭文广！郭文广！”他听出来了，是李长生的声音。他想答应，但是张了几次嘴却发不出一点儿声音。

又过了一会儿，他见李长生摸索着向他走来，他像见了救星一样，把手抬起来，用微弱的声音叫道：“我，我要喝水……快，快渴死我啦……”

李长生过来了，把他扶起来，但他坐不住，很快又倒下了。李长生摸了一下他的头：“你发烧了？”

郭文广努力睁大眼睛，还是用微弱的声音叫道：“我快渴死了……”

李长生放下郭文广，在一个洼坑里捧来了有些浑浊的雨水。郭文广把脖子伸过来，很快把李长生手里的水喝完了。

李长生又去捧了水来，郭文广又喝下去了。

喝完之后，郭文广喘着粗气对李长生说：“谢谢你救了我，救了义勇军……”

李长生说：“别说这些了，快起来走吧。”

郭文广打了个寒战：“我冷……”

李长生把自己的上衣脱下来，给郭文广穿在身上，并把扣子帮他系好，说：“快起来，咱们走吧。”

郭文广挣扎着起了几次，还是起不来，他很不好意思地看着李长生。

李长生一把将郭文广拽起来，把他的两只胳膊搭在自己的肩上，然后顺势把他背在身上，一步一步向前走去。

郭文广趴在李长生身上，感到一阵暖流传递给了自己。

第十三章　以德报怨

1

李长生把郭文广背回了自己家。

李长生把郭文广往炕上一放，李母就迫不及待地问道："长生，这是怎么回事儿？怎么把郭家大少爷背到咱家来了？"

李长生说："娘，他病了，发烧呢。"

李母用手摸了摸郭文广的头，感觉是有些烫手，嘴上说："可不，真是烧得不轻呀。"

郭文广慢慢睁开眼睛，有些歉意地对李母说："大婶儿，给你添麻烦啦。"李母嘴上不饶人地说："你救你叔有功。你家里又没人了，不给我们穷棒子添麻烦，给谁添麻烦呀？"嘴上虽这么说，还是让香梅去煮姜汤，还让加些红糖。

不一会儿，姜汤煮好了，香梅端了上来。李母接过来，发现太烫，就用勺子来回搅，还是太烫，她就又喊香梅，让她再拿一个碗来。碗拿来了，姜汤在两个碗里来回倒，倒了几个来回，就不那么热了。

李母叫郭文广起来喝。郭文广直了几次脖子怎么也坐不起来，又有气无力地躺下了。李母不高兴地道："郭家大少爷，怎么？还得让我这穷棒子喂你，不怕脏了你的嘴呀？"说着，把碗端到郭文广跟前，一勺一勺地喂到他嘴里。李母一边喂一边道："好好喝。养好了，再去救你叔。啊？"

香梅听了想笑，她手捂住嘴，憋回去了。

姜汤喂完了。李母放下碗，用毛巾擦了擦郭文广的嘴边，又叫香梅把毛巾用热水蘸湿，蒙在了郭文广的头上。她看见郭文广眼睛里有两行眼泪慢慢顺着脸颊流了下来。

李母用手把郭文广脸上的泪水擦干，顺嘴道：“哟，你看看，这郭家大少爷，眼窝儿还挺浅，存不住泪儿。”接着又对坐在身边的李长在说，“你去把老黑头儿找来吧，让他给把把脉。我看他病得不轻。”

李长在扭捏了一下，说：“娘，你可真是刀子嘴豆腐心。我病了，也没见你这么精心过。”

李母说：“我上辈子欠他家的，还不行吗？”

李长在出去找老黑头了。

李母不断地给郭文广更换头上的湿毛巾。郭文广的头还是很烫手，脖子、胸膛都是烫手的，嘴唇干裂，还起了一层皮。李母又找来棉花，撕成几团，又让李长生去找酒。李长生在家里找遍了，一滴酒也没找着。

这工夫，铁榔头进来了，他手里就提着酒瓶子。李长生一把夺了过来，倒在了碗里。李母把几个棉花球在酒里蘸了一下，分别放在了郭文广的胳肢窝和手心里。

铁榔头用嗔怪的口气对李母说：“大姑，那酒可是我的命根子，你怎么给他放在臭胳肢窝里？”

李母说：“郭家是大财主，等他好了，让他天天给你打酒喝。”

铁榔头怪声怪气地说：“落了毛儿的凤凰不如鸡呀。他现在跟我一样，光棍儿一条，穷光蛋一个。”

李母接过来说：“话你可别这么说，瘦死的骆驼比马大。别看人家的房子给烧了，说不定，人家在哪儿还藏着金山银山呢。”

郭文广听到李母这句话，睁了一下眼睛，很快又闭上了。这个细节被李母看到了，便道：“怎么？冤枉你了，大少爷？”

李长生见屋里没什么事儿，就到外屋去擦枪。警卫员要帮他擦，他不让，他嫌别人擦得不细。不一会儿，铁榔头凑了过来，捅了一下李长生的胳膊道：“表哥，这一仗，我表现怎么样？”

李长生一边擦枪一边说：“不怎么样。”

铁榔头说：“你这李大司令也太难伺候了。我打死两个鬼子，又没挂彩，怎么还不怎么样？”

李长生说：“你那个分队队形展开慢了，有些混乱，这是其一。其二呢，当我下达后撤的命令后，你应该把大家分散开，组织大家向东西两侧高粱地撤退。大家都往一片高粱地里挤，造成了人员伤亡。”

铁榔头纠正说：“有伤没亡啊？咱把话说清楚。”

李长生想了想说：“我把枪发给你了，你缴获的战利品还不交公啊？”

铁榔头故作糊涂状：“什么战利品呀？”

李长生用手在铁榔头脸上摸了一把，道：“你装什么独头蒜？”

因为李长生的手上沾满了油渍，铁榔头的脸上一下子布满了几个大手指头印。香梅在一边做饭先看见了，控制不住“扑哧”一声笑了出来。铁榔头感到不对劲儿，跑到香梅屋里拿来镜子一照，急了：“交公？交你个屌！我还等着拿它换媳妇儿呢。”他进了里屋，冷不丁把郭文广头上的毛巾拽下来，对着镜子把脸上的油渍擦干净，又把带着油渍的毛巾原封不动地盖在了郭文广的额头上。李母看见了，狠瞪了铁榔头一眼，把毛巾递给他：“给我洗干净！”铁榔头不敢怠慢，赶紧接过来拿去洗。

门开了，小六子冒冒失失地进来，见郭文广躺在李家炕头上，不知道是怎么回事儿，上去就摇郭文广的脑袋：“少爷，少爷！你怎么啦？你怎么躺在这儿？”

李母嗔怪道：“你闹腾什么？怎么啦？他躺在儿，委屈他啦？”

小六子站起来愤愤地说：“准是让你们李家人给打的。要不，你们能这么给伺候？”

李母指着小六子说：“你放屁！小六子，你也混了半辈子人咧，什么时候才会说句人话？”

郭文广慢慢睁开了眼睛，看着小六子说：“你，你不要瞎说。如果没有李长生，我早就没命了，咱义勇军也早全完了……”

小六子听了这话，才歉意地向李母点了点头，接着又凑到郭文广跟前说：“少爷，我们白白在火神庙等了一天，老爷根本就没押到那儿去。到现在，也不知老爷死活。咳。”

郭文广有气无力地说：“你先回去吧，带着人，把弟兄们的尸首收回来，好好埋了……”

小六子点点头：“哎。”

李长生说：“我已经安排了，但必须等天黑了以后再去收。”

郭文广点了点头，接着又对小六子说：“给弟兄们传话儿，义勇军活着的人马，还有枪支弹药，从今儿起，都归游击队……”

小六子一听急了：“少爷，千万不能啊！那是咱郭家卖地卖家产拉起来的队伍啊。这要是让老爷知道了，还不气死啊。”

郭文广说：“你回去吧。就这么定了……”

小六子叫着：“少爷！少爷！”

李母说话了：“慢着！真收不收啊，还得问问我这老婆子答不答应。李家和郭家可搭不上伙！”

李长生听到了李母的话，没说什么。

郭文广看了李母一眼，又慢慢闭上眼睛，再也不想说话了。

2

老黑头一连给郭文广下了几次药，剂量很大，吃下去，郭文广觉得好多了。李长生对郭文广说：“你现在最重要的是什么也别想，安心养病。”

李母接过来说：“人家他亲叔对他那么好，能放得下吗？”

这时，警卫员进来：“报告李司令，外面有两位穿八路军服装的人要见你。”

李长生有些惊讶地道：“穿八路军服装的？”

警卫员道：“对，一男一女。”

李长生一边往外走一边问：“一男一女？”

等李长生走到大门口时，发现两个骑在马上的八路军，确实是一男一女。两个人都很年轻，那男的不认识，那女的却有些面熟。

女八路军翻身下马，走上前去，给李长生敬了一个礼：“李司令，你不认识我了吗？我是吴桂兰啊。”

李长生仔细看了一下这位年轻漂亮的女战士，当真就是那个女大学生吴桂兰，他激动地握住她的手说：“真是你，穿上这身军装，真是不敢认了。”

吴桂兰把刚刚翻身下马的男八路军引见给李长生：“这位是八路军冀中军区的刘参谋。”

刘参谋给李长生行了一个标准的军礼：“我叫刘涛。”

李长生还礼，上去握住刘涛的手：“欢迎啊欢迎。”

吴桂兰半开玩笑地说：“怎么？李司令，就在这儿欢迎我们吗？”

李长生忙道：“快，进屋。进屋。”遂令警卫员牵马。

吴桂兰刚进院就碰上李母。吴桂兰上前握住李母的手说：“大娘，不认识我了吗？我是吴姑娘啊。”

李母笑得满脸都是皱纹："听见你在外头说话，就猜个差不离儿，果然是吴姑娘。你看看，穿上这身军装，就更俊了。"接着，又对着屋里喊道，"铁锤儿他娘，快，你看看谁来了！"

香梅闻声出了屋，见了吴桂兰，一下子愣在那儿了。

吴桂兰把帽子摘下来，笑着说："嫂子，这么快就把我给忘啦？"

香梅上去拉住了吴桂兰的手笑着说："哪能呢？吴姑娘。快，屋里请。"几个人说笑着进了屋，李长在、铁榔头见了吴桂兰，只顾上看，却顾不上说话。

吴桂兰首先发现了躺在炕上的郭文广，她脸先是红了一下，停了一会儿，上前说："这不是郭家大少爷吗？"李母上前说："他病了，家让日本子给烧了。这不，在穷棒子家养着呢。"

郭文广脸红了，他怎么也没想到，进来的竟是吴桂兰，而且是穿着一身八路军军装的吴桂兰。他认为，自从发生那次让自己丢尽脸面、让别人笑掉大牙的逼婚事件后，他们这辈子也不会再见面了。过去的那一幕，只能留做自己难堪的回忆。没成想，这个吴桂兰又出现了，而且是在自己卧病在床的状态下见面的，他越发难堪。他想仔细看一眼这个让自己一辈子也放不下的吴桂兰，看看她是不是比过去更漂亮，更光彩照人了。但他没有勇气，他干脆把眼睛闭上了。

吴桂兰见状，也不知道说些什么好，她低下头，愣了一会儿，岔开话题问道："小铁锤儿呢，我可想他了。"

香梅忙说："出去疯跑了，一会儿就回来。"

李母忙吩咐香梅："铁锤儿他娘，还不快去炒花生。"那年月，在老井镇，家里来客人，炒花生基本上是最高礼遇。虽然家家都种花生，也不少收成，但都舍不得吃，大部分都卖了，只留下一小部分，过年的时候炒着吃。

香梅答应着去炒花生了。

李母端详着吴桂兰，一直抓着她的手不放："道儿上累不？渴不？饿不？你看看脸上这些汗，快去洗洗吧。"

吴桂兰谢过李母，对刘涛说："刘参谋，快说正事儿吧？"

一听说有正事儿，李母很不情愿地松开了吴桂兰的手："你们说吧，我到外头给铁锤儿他娘打个下手。"

刘涛从口袋里掏出一封信递给李长生，说："李司令，给。这是冀中军区吕司令员给你的亲笔信。"

李长生接过信来展开，只见上面写道：

李长生司令员：

您按中央首长指示，由延安赴冀中发动群众，开展敌后抗日游击战争，不仅在群众中有很高威望，也使敌人闻风丧胆，令人振奋与欣慰。日前，接中央军委和八路军总部命令，八路军冀中军区成立，你所领导的冀中抗日游击队编入冀中军区第五支队，望接此命令后，速率主力到军区接受整训……

看完信件，李长生异常激动，他又把信从头到尾读了一遍，说道：“好哇，太好了！我们早就盼着有八路军正规部队到冀中啊。”接着又问刘涛，“我们什么时候出发？”

刘涛说：“你把工作安排一下，越快越好。”

李长生把信装进口袋，对警卫员说：“赶快把老黑头儿给我找来！”

警卫员立正、敬礼：“是！”然后跑步出去了。

刘涛感慨地说：“不愧是红军团长带的兵，很正规嘛。”

李长生说：“哪里呀？我们游击队就我一个是正规军人出身，其他人都是庄稼汉，非常需要接受整训。”

不一会儿，香梅把炒好的花生用簸箕端了上来，顺手放在炕上。李母跟进来，摸了一下，觉得有些烫手，但她还是抓了一把，轻轻吹了吹花生壳上的土，在两个手心里来回倒了倒，递给了吴桂兰：“吃吧，吴姑娘。铁锤儿他娘手艺好，香着呢。”

吴桂兰吃了一个，慢慢嚼着，果然是既不煳，又不生，火候正好，又脆又香，也就赞不绝口：“嫂子真是人又漂亮，手又巧。”

李母接过来说：“你快别夸了。你这一夸，她快找不着北啦。”

屋里的人都笑了起来。

李母又抓住吴桂兰的手说：“吴姑娘，他们走他们的。你留下来住一阵子，不行吗？”

吴桂兰说：“大娘，你放心吧，我还会回来的。再回来，就不走了。到时候，你可别撵我呀？”

李母笑着说：“看你说的，哪儿能呢。你说话可得算数？”

吴桂兰把手指头伸过来：“来，咱俩拉钩儿。”两个人真的像孩子一样地拉起了钩儿："拉钩儿上吊，一百年，不许变！"

屋里人笑得更欢了。

李母一直拉着吴桂兰的手，一会儿也舍不得松。吴桂兰也不好意思抽出来。香梅在一边说话了："娘，你老拉着吴姑娘的手，让人家咋吃花生呀。"李母这才慢慢松开。

3

晚上，李长生和郭文广睡在一条炕上。郭文广对李长生说："你选个日子，搞个收编仪式吧，义勇军归你了。"

李长生纠正道："不是归我了，是归共产党了。你能做出这样的选择，我很高兴。"

郭文广说："我现在看出来了，只有跟着共产党走，抗战才有希望。"

李长生上去握住郭文广的手："你先好好养病，搞不搞收编仪式并不重要。重要的是，我们能真正捐弃前嫌，团结一致，共同抗日。"

郭文广动情地说："真是路遥知马力，日久见人心啊。你深明大义，以德报怨，让我们郭家人自叹弗如，非常惭愧……"

李长生说："不说这些了。现在我们走在一条路上来了。日子还长着呢。"郭文广叹口气说："我这不争气的身体，要不，跟你们一起参加整训多好啊。"

李长生说："你先好好养着吧。在义勇军里挑一些骨干去就行了。"

4

天刚亮，李长生就带队伍出发了。

不知什么人走露了风声，李长生刚把队伍集合齐，村里人就从家里拥出来了，男女老少一下子把队伍围了个水泄不通。

李长生说："乡亲们，我们是去参加整训，很快就回来了。"

人们这才陆续闪开一条路，让队伍通过。

要上马了，李母还是拉着吴桂兰的手不放："吴姑娘，你说话可算数。大娘等着你。"

吴桂兰一边上马一边说："大娘，我说话肯定算数。再回来，就住你们家，你撵也不走了。”

一听这话，李母心里热乎乎的。心里一热，眼泪就掉下来了。赶紧眨巴了两下眼睛，可再也说不成话，只是很机械地向吴桂兰挥着手。不一会儿，她像是想起了什么，对吴桂兰说：“吴姑娘，你等等啊。”说完，转身回了家，不一会儿又折了回来，手里捧着炒熟的花生，不由分说，装进了吴桂兰的口袋。装完，又帮她把口袋盖弄好，这才停了手。

这时，村里的人们才看清，这个穿八路军服装的漂亮女子就是逃婚的那个吴桂兰，是郭家没娶到手的儿媳妇儿。人们端详着，议论着，说说笑笑，指指点点，又听不清说的什么，弄得吴桂兰很不好意思。

李长生他们再一次跟乡亲们挥手告别。

队伍刚走了几步，李母又追上去，拽住了吴桂兰，还是那话：“吴姑娘，你说话可要算话。大娘等你啊。”

吴桂兰回过头来说：“大娘，放心吧，我一定会回来的。回来就不走了。”

李母恋恋不舍地向着队伍招手，队伍里有他的两个儿子，还有那个好闺女吴桂兰。这些人一走，李母心里空落落的。她见香梅领着小铁锤也站在那儿，眼睛直直地望着渐渐远去的队伍。娘俩儿交流了一下眼神儿，这才领着小铁锤回了家。

刚坐在炕头上，李母一拍大腿道：“铁锤儿他娘，你瞧我这记性，怎么没问问吴姑娘，跟你哥把话挑明了没？”

香梅叹口气道：“俺问吴姑娘了，人家说，俺哥压根儿就没给人家回信。”

李母又拍了一下大腿：“这个该死的长生儿，真是犯浑！哎，你没问问人家吴姑娘，她给你哥写信，是不是看上你哥了？”

香梅道：“娘，你真是的。吴姑娘在的时候，你干什么去了？俺问了，人家说给俺哥写信是谈理想，谈抗战。没别的意思。”

李母叹口气，道：“多么好的吴姑娘啊。”接着又自言自语地道，“也许有门儿，她说她会回来的，回来就不走了。这话儿里是不是有话儿呢？”

香梅道：“娘，你快得相思病了。”

李母没答香梅的话，从炕上下地转了两圈儿，道：“我好好等着她。等她来了，我不托媒人，直接把话挑明。”

李母走到院子里，想找点儿活儿干，不然心里总是空落落的。她抓了一把米喂鸡，嘴里还是念叨着：“我好好等着她……”

第十四章　整　训

1

在刘涛的引见下，李长生去见军区吕司令员。让他没想到的是，这个吕司令员相当年轻，看上去跟自己岁数差不多，顶多大一两岁。一见面，李长生向吕司令行了一个标准的军礼，然后，两个人就紧紧地握手，但李长生的开场白却不是很得体，甚至有些唐突："首长，你是一方面军的吧？"

吕司令松开手的同时笑了，但似乎笑得有些不太自然。这个表情的变化，让李长生注意到了，但他不知道为什么。

吕司令很直率地说："我不是红军，我是国民党东北军的，跟你一样的级别，也是个团长。但我是共产党员。"

李长生没料到这个八路军的冀中军区司令员会是国民党出身，更为自己冒失的发问感到后悔，他忙道："吕司令，恕我不知情，问得太冒昧了。"

吕司令笑道："没什么。这不更能体现统一战线嘛。"

在一旁的刘涛接过来说："吕司令顺应民意，南撤途中，毅然决定断绝跟国民党的联系，率部北上抗日。梅花镇一仗，打死几百个鬼子。"

李长生情不自禁地上前握住了吕司令的手："太了不起了。太了不起了。"

吕司令很谦虚地说："李长生同志，你是红军团长出身。这次整训，你把红军的游击战术很好地给大家传授一下。"

李长生说："没问题。"

吕司令指了一下对面的房子说："好吧，你先休息一下，明天我们就开始训练！"

李长生又给吕司令敬了一个标准的军礼，转身向房间走去，迎面却碰上吴桂兰。吴桂兰指着身后的一个女兵问李长生：“你看，这是谁？”

李长生定睛一看，那个女兵竟是郭文秀。

郭文秀很大方地把手伸给李长生：“李司令，没想到吧？我们会在这儿见面。”

李长生用疑惑的眼神看着她们两个，一边把手伸向郭文秀，一边问道：“你们两个怎么都会在这儿？”

郭文秀有些俏皮地道：“守家抗战不成，出来转转何妨？我们俩互为影子，这辈子是不会分开的。”

看着天真烂漫精神抖擞的郭文秀，李长生想起了郭家的遭遇。他想把真实情况告诉她，但又觉得有些不忍心。尽管郭文秀对自己的家庭有叛逆行为，但那毕竟是她的亲生父母。一夜之间，母亲葬身火海，父亲身陷囹圄，一个殷实富足的家，变成了一片废墟，无论如何，她是无法承受的。从郭文秀的表情看出，这一切，吴桂兰还没来得及告诉她。

郭文秀没看出李长生的心思，却问道：“李司令，义勇军接受整编了吗？我爹还那么顽固吗？”

李长生只好敷衍道：“义勇军已经接受整编了，你爹他很支持。”

郭文秀说：“你别诓我啦。就我爹那老顽固，会支持你吞并他看家护院的队伍？”

李长生说：“方便的时候，你回家看看就知道了。”接着，又马上改口道，“祝贺你们都参加了八路军。”

吴桂兰把李长生手里的背包接过来，对郭文秀说：“咱们别在这儿傻站着了，快让李司令进屋休息吧。”

郭文秀顺手接过了李长生另一只手里的东西，两个人领着李长生进了屋。

一进门，李长在、铁椰头等人正躺在炕上聊天。见郭文秀进来，铁椰头惊讶地坐起来：“哟，这不是郭家大小姐吗？你也参加八路啦？”

李长在却没把见着郭文秀当回事儿，欠了欠屁股，仍旧保持原来姿势躺在炕上。

郭文秀嘴不饶人地道：“这八路军又不是你们家开的店，我怎么就不能参加？”

李长在听着不大顺耳，冷不丁甩出了一句：“哼，你还神气呢。你娘早被日本人烧成木炭了，你爹也被日本人抓去了……”

李长生马上制止了李长在：“长在，你瞎说什么？”

郭文秀一听，脑袋“嗡”的一声，惊愕地睁大了眼睛：“你，你说什么？”

吴桂兰见状，忙拉了一下郭文秀：“走，咱们出去吧。”

郭文秀挣脱了吴桂兰：“我爹我娘到底怎么了？你们是不是都瞒着我？”

李长生狠瞪了一眼李长在，拉了一下郭文秀：“咱们出去说吧。”

李长生、郭文秀、吴桂兰三人来到了村外边的小树林里。李长生把郭家的遭遇一五一十地跟郭文秀说了。郭文秀还没听完，就坐在地上嚎啕大哭起来。吴桂兰上去劝说，给她擦眼泪，她头也不抬，哭得一发不可收。李长生对吴桂兰说：“让她哭吧。”

郭文秀哭够了，站起来抽噎着对李长生说：“李司令，你帮我向吕司令请个假吧。我要回家看看，给我娘上上坟，也看看我爹是不是还活着。”

李长生说：“你现在是一个八路军战士了，不能太感情用事。这个仇，我们一定要报！”

郭文秀继续抽噎着说：“那个家，的确是太腐朽，太落后，太没希望了。可那毕竟是生我养我的父母，是我从小长大的家呀……可这些，说没就没了……”说着说着，她又俯在吴桂兰的肩上大哭起来。

吴桂兰也触景生情地跟着哭起来：“文秀，说实在的，我也反对郭家所做的事。但当看见郭家大院变成一片废墟时，我心里也很是伤心，很难过。我怕你承受不了，才没有告诉你……”

郭文秀哭得更厉害了：“这下，我就没有亲人了……”

李长生说：“别这么说，你爹和你哥毕竟还活着，我们还会设法儿救你爹。再说，你现在参加八路军了，大家不都是你的亲人吗？”

郭文秀猛然间停止了哭泣，问李长生：“李司令，你跟我说实话。你说我爹他现在是不是已经当了汉奸？”

李长生说：“现在还不能这么说，但我相信他现在还活着。”

郭文秀咬咬牙说：“我爹要是当了汉奸，我一定亲手杀死他！”

李长生劝郭文秀一定要理智地对待家里发生的不幸，不要过于悲伤，更不要感情用事。还嘱咐她，先不要告诉她在北平做生意的哥哥。郭文秀点点头。李长生还把郭文广的近况也说了一些，说他很愉快地接受了整编，抗日热情很高。郭文秀却说，那是永远也扶不上墙的料儿。

刘涛来找郭文秀，说是吕司令要找她谈话。

郭文秀走后，李长生见树林里只剩下了他和吴桂兰两个人，觉得有些不自在，也想回去。吴桂兰却有意把脚步放慢，看样子有话要跟李长生单独说。

吴桂兰首先向李长生发问："李司令，我的信，你收到了吧？"

李长生点点头："收到了。"

吴桂兰逼问道："那为什么不回信？"

李长生想了想说："有两个原因吧。一个是太忙，不是打仗，就是秋收。第二个原因，就是不知道该怎么回。"

吴桂兰很不满地看着李长生："不知道怎么回？难道一个教师出身的红军团长，连封信都不会写？"

李长生被问得脸红了："那倒不至于。说实话，我写过，但写了几次都止住了。"

吴桂兰急切地问："为什么？"

李长生冲吴桂兰尴尬地笑了笑："别逼我了。以后……有什么话慢慢说吧。天不早了，咱们回去吧。"他又调转话题说，"文秀家里遭受这么大的不幸，你要经常安慰她，开导她。"

吴桂兰仍然不依不饶地说："李司令，我感觉，你好像在逃避什么。"

李长生不想就这个话题再说下去："好吧，咱们回去吧。我刚来军区，让别人看见咱们单独在一起，会有人说闲话的。"说完，转身往回走去。

吴桂兰愣了一会儿，跟上了李长生的步伐。

李长生回头看了看，走得更快了。

2

小刺猬有些憋不住了，骑着那辆除了铃铛不响哪儿都响的自行车，摸着黑，回了趟老井镇。

像往常一样，他还是先进小白鞋家。

到了小白鞋家大门口，他轻轻地推了一下门，发现大门是插着的；再看看地上，那块砖是躺着的，这说明屋里没人。小白鞋是个夜猫子，这会儿也不会睡，一般情况下，她是脱光了衣裳，点着灯，虚掩着门，躺在被窝儿里等人。今儿天也不晚，怎么插上门了呢?

小刺猬轻轻地叩了两下门，尽管声音很轻，还是惊动了邻居家的狗“汪汪”地叫起来。紧接着，又引起四周一连串的狗叫声，叫得他里心里有些发毛。

仔细听了一会儿，小白鞋屋里还是没动静，他就开始用暗号。他跟小白鞋的暗号是拍巴掌，他有节奏地连拍三次巴掌，小白鞋就会麻利地起来给他开门。但他把暗号发出去后，屏住呼吸等了等，还是没有回应。他急了，手脚利索地爬上了墙头，像猫一样地跳进了院内，他轻轻地挪到小白鞋的窗台底下，小声道：“小骚狐狸精，快起来开门呀，你装什么大尾巴驴?”

过了一会儿，就听小白鞋在被窝儿里咳嗽了两声：“不舒坦，老娘睡了。”

小刺猬发贱地说：“正好，快让我进屋疼疼你。”

小白鞋说：“你别猫哭老鼠假慈悲了，回家疼你媳妇儿去吧。从今儿往后，俺这门儿，你就别登了。狗日的，找个日本娘们儿，好好开洋荤去吧。”

一听这话，小刺猬假装不解地道：“小骚娘儿们儿，你胡说什么呢?你以为你不开门，我就进不去呀。真是的。”说着，他又挪着猫步，来到屋门前，手很熟练地伸进了两个门缝之间，用手往一边拨了一下，竟没动静，又进去两个指头拨了几下，还是没动静。他知道小白鞋在门闩上做了手脚，加强了防范，他就来了个欲擒故纵。他说了声：“今儿我可带来了足够的银子，你要不开门儿，可别后悔啊。”说着在窗户底下故意夸张地做了一个跳动的动作，然后找了个地方蹲了下来。

就听小白鞋说：“拿回去孝敬你媳妇儿去吧。”不一会儿，小白鞋把窗户打开了，嘴里嘟囔道，“这个该死的。”

小刺猬冷不丁抓住了小白鞋开窗户的胳膊，然后，一个鹞子翻身，顺着窗户跳进了屋，顺手把窗户关上。

小白鞋吓了一跳：“快吓死人了，你个狗日的。”

小刺猬嬉皮笑脸地说：“我就知道你舍不得让我走。小骚娘儿们儿，跟我还要什么鬼花招儿。”说着，就把手伸进被窝儿，在小白鞋身上胡乱摸索。

小白鞋却没像以往那么温顺，冷冷地把他的手扔了出来：“你放规矩点儿啊，咱俩从今往后一刀两断。”

小刺猬觉得很没面子：“哎?你今儿怎么啦?哪根筋不对呀?”

小白鞋一本正经地问道：“你跟老娘说实话，你现在是不是在给日本子做事儿？”

小刺猬故意结巴地说：“谁，谁他妈说的，说我给日本人做事儿了？”

小白鞋说：“那上次铁榔头，为什么把你从这儿抓走？”

小刺猬假装满不在乎地说：“就那死光棍汉子，闲着没事儿，吃饱了撑的呗。”

小白鞋说：“人家铁榔头现在可是队伍上的人了，比你往人上走了。前些天跟着队伍走了，挎着枪，威风着呢。”

小刺猬听到这，警惕地问道：“队伍走了，去哪儿了？”

小白鞋：“李长生拉着队伍走了，不知道去哪儿了，说是很长时间才回来。”

小刺猬自言自语地道：“都走了。这么多人能去哪儿呢？”

小白鞋说：“郭家少爷病了，没走。在李家养病呢。”

小刺猬说：“在仇人家养病？”

小白鞋说：“日本子烧了郭家大院之后，两家就搭伙了。”

小刺猬说：“一个杀父之仇，一个夺妻之恨，现在竟然搭伙了。真跟小孩儿过家家似的。”

小白鞋说：“如果郭老财不被日本子抓走，肯定他们两家搭不成伙。”

小刺猬说：“郭老财，哼，那老东西，没他妈骨头，现在早当汉奸了。”

小白鞋警惕地问：“你怎么知道？村里人都说你当汉奸了。”

小刺猬笑嘻嘻地问：“你信吗？”

小白鞋说：“你这种人有奶就是娘，有钱就是爹，可真没准儿。不过，你要真当了汉奸，可别到俺这儿来了，俺可不能跟着你背那骂名儿。”

小刺猬从口袋里掏出了一个手镯在小白鞋面前显摆了一下，又放进了口袋。看来那真是上等的玉镯，就那么一晃，就闪出了一道光，翡翠绿色的光，很耀眼。

小白鞋是个绝对贪财的女人，这个绝顶好看的宝贝东西在她面前这么一闪，她就动心了。她毫不掩饰地对那件东西表现出无比喜爱，把手麻利地伸进小刺猬的口袋：“拿出来让老娘看看。”

小刺猬故意捂住口袋不让小白鞋掏出来，并半开玩笑地说：“这可是日本子的东西。”

小白鞋故作生气地噘着嘴说：“你要不给俺，拿到这儿来瞎显摆什么？”说着背过身去，掉给小刺猬一个大屁股。

小刺猬又把玉镯拿了出来，在她面前来回晃。小白鞋故作没看见，闭上眼睛表现得无动于衷。当小刺猬不太注意的时候，她猛地睁开眼睛，动作麻利地从小刺猬手里夺过了玉镯，顺手放在被窝儿里。

小刺猬趁机也把手伸进被窝，假装找玉镯，却在小白鞋身上胡乱摸起来。小白鞋一边藏玉镯，一边欣然接受小刺猬的挑衅。小刺猬不一会儿就欲火烧身，想趁小白鞋半推半就的状态，变本加厉地发泄自己的欲望，怎么也没想到，小白鞋却推开了他。小白鞋拿出玉镯严肃认真地对他说：“你告诉俺，这东西，你是不是从日本子那儿弄的？”

小刺猬并没因为小白鞋的严肃认真而影响自己的情绪，他一边继续动手动脚一边说：“小骚娘儿们儿，是又怎么样？谁的小棉袄儿不过冬？”

小白鞋抓住了他图谋不轨的手，又把玉镯扔给他：“你拿着，快滚回家吧。”

小刺猬见小白鞋一脸正经，没半点儿开玩笑的意思，也不好意思再按自己的计划行动了：“你怎么啦？说翻脸就翻脸！”

小白鞋说：“俺小白鞋儿，可以不要脸，但不能不要人格儿。日本子的东西，打死俺也不能要。你快走吧。”说着，用力往炕下推小刺猬。

小刺猬觉得脸上有些挂不住，又不情愿马上离开：“你看你，什么脸呀人格儿的。你那东西，快让男人磨出茧子来了，现在又穷讲究起来了。真是的。”

小白鞋猛地站起来，把窗户打开，指着窗户外面对小刺猬说：“你快滚出去！什么时候也别登俺的门儿！”

小刺猬把玉镯拿在手上，掂量了一下，死气白赖地说：“咱俩这么多年的情分了，就因为这东西是日本子给的，你就跟我翻脸，多不值啊。真是的。”

小白鞋拽了小刺猬一把说：“快走吧，别啰嗦了。”

小刺猬见小白鞋把话说到这个份儿上，知道再待下来也没什么意思了，给台阶就下吧。他收拾了一下自己的衣服，顺着窗户跳了出去。小白鞋顺手把窗户关上。

小刺猬觉得很没趣，从地上爬起来，动作麻利地爬上了墙头。尽管他的动作很轻，但身子着地的时候还是引起了狗叫声。他做贼心虚，在墙头底下猫了一会儿，才回家。

走到家门口，大门紧闭着，他举起拳头想敲一下，又犹豫了。他暗暗地问自己，这次回家的目的是什么。说到底还不是为了找小白鞋销销魂，泄泄火。可眼下让小白鞋给撵出来了，看样子以后再也不让进门了，这口吃惯了的野食儿恐怕再也吃不上了。他觉得很沮丧，很窝火，很没面子。这种情况见了老婆还有什么情绪。这会儿，他又想起了小白鞋说起李长生带部队离开老井镇，郭文广在李家养伤的事儿，想着想着，就不想进家了。

小刺猬对着天上的月亮笑了一下，骑上自行车跑了。

3

郭文广的身体本来基本上恢复了，可因为淋了一场雨，又感冒了，一天到晚不是咳嗽就是喘，流鼻涕，打喷嚏，一会儿也不消停。

李母叹口气，指着郭文广的脸对香梅说："你看看，这小脸儿蜡黄蜡黄的，狼见了都得哭。"

香梅暗笑了一下："娘，你可真会说。"

李母又叹口气："咳。你说咱哪辈子欠他的？见天这么当神仙伺候。"

说道归说道，埋怨归埋怨，牢骚归牢骚，李母还跟上次一样尽心尽力地伺候。香梅也跟着里里外外地忙活。好在庄稼都收完了，地里没活儿了，一家人就忙活这个冤家郭文广。因为李长生临走的时候撂下了话："你们的任务就是照顾好郭文广。"

因为年龄大了，老黑头没有去参加整训，他带着一部分民兵留了下来，负责村里的保卫工作。

老黑头又给郭文广把了脉，发现比上次还弱，看了看舌苔黄黄的，厚厚的，黏黏的。好在这次不烧，身上还出了一些虚汗。老黑头把完脉，看完舌苔，振振有辞地道："血为气之母，气为血之帅。现在他是脾虚胃弱，气血两亏，肝火上升，而虚不经补，弱不禁风。"叨念完，他拿起笔，又开了方子，这次用的都是温补的药，主要成分是当归、枸杞、黄芪、阿胶、莲子、干草、太子参、辛夷等，而且剂量很小。

药抓回来了，李母又开始煎药。香梅要煎，李母不让，她说："你年纪轻轻的，没伺候过病人，小心煎煳了。煎煳了，就要了郭家大少爷的命了。"

李母确实深谙民间煎药的学问。提前一个钟头先把药泡好，放水要适当，多了，最后剩药汤太多；少了，又怕煎煳了。煎药的时候用软柴火，也就是高粱穗儿、玉米核儿之类的。刚开始用大火，锅里药汤一开，就把锅底下的柴火抽出一部分，改为小火，慢慢熬。第一道煎完了，把药倒出来，加上水，再煎第二道，最后把两次煎好的药兑在一起喝。这样，药里的成分就全熬出来了。

李母守着药锅子，一会儿也不离开。香梅一边纳鞋底儿一边看着，偷偷学煎药的门道儿。李母抬起头来说："别学这玩意儿，咱家老的少的，身子骨儿都硬朗，不像这郭家大少爷，天生病秧子。"她有意把话说得声音大一些，好让郭文广听得一清二楚。

香梅听着偷偷地笑。

药煎好了，香梅站起来拿药碗。李母却没急着往碗里倒药，而是让香梅拿来干毛巾，细心地把药碗擦干，才开始倒药。

完了，香梅问："娘，为什么还要擦碗？"

李母站起身子来道："必须擦干。如果带着凉水往里倒，就会把寒气带到药里。"

香梅很佩服地道："煎药有这么多学问呀。"

李母自豪地道："学问大了。"

药端上来了，郭文广闻了一下，有些发怵地把脑袋扭到一边。

李母嗔怪道："怎么？喝腻啦？有本事别生病呀？你以为我愿意给你熬呀？"

郭文广知道李母话糙理儿不糙，直起脖子来，咧着嘴，很费劲儿地把药喝了下去。

李母接过药碗，用毛巾把郭文广嘴边和脖子上残存的药液擦掉，又把盛有温水的碗递给他："漱漱口。"

郭文广喝了两口温水，漱了两口，又把水吐回碗里。这一漱口不要紧，他感觉有些恶心，忍了忍，没忍住，喝下去的药一股脑地都吐了出来，被子上、褥子上、炕席上，净是发红的药汤子。

李母气得"啪"地一声把碗摔在地上，用眼睛狠狠地瞪着郭文广。

郭文广吓得连连说："大婶儿，对不起。我，我不是故意的。"

香梅听到动静进了屋，见状马上转身拿来毛巾把郭文广吐出的东西擦掉。她擦了半天，怎么也擦不干净，干脆把被子、褥子抱出去洗。郭文广满脸不好意思。

一连吃了几服药，郭文广的身体还是不见好，而且咳嗽得更厉害了。一大早起来，遇到一丝风，就连着打喷嚏，接着就大口大口地吐痰，浑身发抖。吃了东西就吐，身子骨儿越来越弱。

老黑头又给他把了一次脉，叹口气道："血虚怕冷，气虚怕饿。我看药补不行，就食补吧。”

李母问道：“食补？那得吃些什么好东西呢？”

老黑头半开玩笑地说：“那当然是山珍海味好啦。”

李母把手一扬：“得，得。你快把他弄走吧，我伺候不起。”

老黑头笑笑说：“我找两个人，后晌去白洋淀捞点儿鱼和虾。虾是补肾的。他现在怕冷，弱不禁风，归根到底，还是肾虚。”

李母指着郭文广说：“你呀，真是小姐身子丫鬟命。你们郭家那么大财主，从小吃的是鸡鸭鱼肉，山珍海味，怎么你落了这么个身子骨儿？”

郭文广连着咳嗽了几声，说：“我从小身体就不好，老闹病。”

老黑头带人去了白洋淀，没带网，几个人下水扎猛子，摸了一些鱼虾，还顺便采了一些莲子。上岸以后，老黑头还在泥里挖了一些泥鳅。雨季过后，白洋淀的水退了一些，岸边裂起了一道道很深的缝，用铁锨顺着泥缝挖，就会挖出很多泥鳅。

老黑头带着人准备往回返的时候，看见有一艘日本人的汽艇靠了岸。从汽艇上下来一大群日本兵，个个都全副武装，杀气腾腾。

老黑头他们赶紧隐蔽在芦苇丛中，眼看着那一大群日本兵齐刷刷地集合站队。一个军官哇哇啦啦地说了一大堆听不懂的日本话，不一会儿，一个汉奸模样的人在跟那个军官嘀咕什么，其中听那个汉奸说了一句：“情况绝对可靠，明天天一亮就进村……”

老黑头听到这话，脑子“嗡”地响了一下，他做出的第一反应是，明天一早，鬼子要进村“扫荡”。

4

李长生在冀中军区抗大分校当临时教官，他的战术动作把学员们镇住了。他每做一个动作，就赢得一片掌声。李长生发现，队伍中巴掌拍得最响的是吴桂兰，还有吕司令。

这天上投弹课，吕司令提出来要跟李长生比试一下。一听说两个司令比武，学员们情绪一下子高涨起来。李长生看见，吴桂兰不仅巴掌拍得最响，而且还不住地叫好。他想起了在老井镇操场上跟小六子比刺杀，吴桂兰也是这么兴高采烈。但小六子毕竟是小六子，一个草莽之人，李长生根本就没把他放在眼里，可眼下跟自己比武的对手是军区司令员，无论输赢，他心里都有障碍。

吕司令没顾及他在想什么，从警卫员手里接过手榴弹，简单跑了两步，一甩手，把手榴弹投了出去。

对面报来数字："45米！"

大家都热烈鼓掌祝贺。

李长生个头儿大胳膊长，投弹是他的强项。他拿起手榴弹，犹豫了一下，并没助跑，只往后撤了一步，手榴弹像飞一样地出了手。

对面报来数字："50米！"

大家又热烈鼓掌。吴桂兰竟在队伍中跳了起来。

其实，这不是李长生的最好成绩，他的最高记录是55米。

吕司令很佩服地道："到底是红军团长，厉害，厉害。"

接下来，两个人又进行了手枪射击比赛。一共打了六发子弹，吕司令打了57环，李长生打了55环。吕司令说："你手软了，让了。"李长生说："绝对没有。"李长生是个很要强的人，在延安的时候，他曾经跟朱老总比过枪法，仅输了一环，就后悔不迭，惭愧不已，发誓要重找机会再比试。但后来，他回了冀中老家，朱老总去了八路军总部，也就没有了再比试的机会。

当着这么多人的面，输给吕司令2环，李长生感到既不服气，又没面子，刚开始那种拘束和矜持都没了，争强好胜的心理一下子占了上风。他把手枪往腰里一别，抄起地上一杆步枪，声音很冲地说："来，咱们比这家伙！"

吕司令正笑着看李长生的时候，刘涛送来一封电报。吕司令看完电报皱了一下眉头，随手把电报装进口袋，朝李长生摆了一下手："好，下次咱们再比。"说完，跟刘涛一起回了军区司令部。

课间休息，吴桂兰走过来，邀李长生出去散散步，李长生有些犹豫。不一会儿，郭文秀过来了。吴桂兰对李长生说："集体散步，你别有心理负担。"郭文秀随口道："你们要单独，我可以回避。"吴桂兰挎起郭文秀的胳膊："你别制造紧张空气了啊。"

李长生不好推辞，只好跟两个姑娘向操场旁边的小树林走去。就在这时，他听到有人在后边咳嗽了一声，听声音明显是有意的。他回头一看是铁榔头，旁边还有李长在，两人都冲他一脸坏笑，李长生没理他们。

吴桂兰边走边说："李司令，我佩服你过硬的军事素质，更佩服你那种不服输的脾气。"

李长生说："不，叫永不言败。"

吴桂兰说：“那是美国哈佛大学的校训。”

郭文秀打断他们的话：“得啦，快说正事儿吧。”

李长生愣了一下，不知两个人把他邀出来，究竟要说什么正事儿。

吴桂兰说：“好，那就说正事儿。李司令，整训结束之后，我和文秀要跟你去到五支队工作。你欢迎吗？”

李长生马上说：“当然欢迎，我们那儿就是缺有文化的女兵。”

吴桂兰说：“我说过，我可不在八路军的队伍里当花瓶儿。”

郭文秀也说：“我们要真刀真枪地跟鬼子干。”

李长生说：“好，我批准了。”接着，又道，“可我们那儿缺少真正懂军事的干部。”

吴桂兰接过来说：“我们邀你出来散步，也是为你当伯乐的。”说着，用手拽了一下郭文秀，“这个伯乐还是你来当吧。”

郭文秀说：“我们向你推荐刘参谋。他是军区司令部的军事专家。”

李长生问：“哪个刘参谋？”

吴桂兰说：“就是跟我一起去老井镇的刘涛。”

李长生一听，乐了：“是他呀，看出来了，很精干，有才能。哎？你们是怎么跟他认识的？”

郭文秀说：“没有他，我们都参加不了八路军。还是跟你从头说起吧，吴桂兰从我家逃出之后，回了学校。我在家里演了那一出儿之后，也跑到保定与她汇合。后来，刘参谋到学校去招女兵，我们俩双双报名，就跟他一起到了军区司令部。”

李长生说：“我说你们俩怎么这么巧，说参军都参军了呢。”

吴桂兰说：“听说，吕司令特别喜欢刘涛，他不一定舍得割爱呢。”

郭文秀说：“李司令，你可得替我们保密啊。我们当这个伯乐可是有风险的。”

吴桂兰朝郭文秀努了一下嘴，说：“李司令，郭大小姐的良苦用心，你可得领会哟。”

郭文秀脸一下子红了，用手捅了一下吴桂兰：“说什么呢？死丫头！”

李长生偷偷笑了一下，说：“好，谢谢两位伯乐，我一定给你们保密。走吧，该训练了。”说着，迈开大步先走了。

吴桂兰在后面说：“哎，李司令，别忘了我们俩说的正事儿。”

第十五章　李母就义

1

病来如山倒，病去如抽丝。郭文广的病还没见好转，又添了心病。

那天，屋里没人，郭文广躺在炕上有些烦躁，一会儿起来，一会儿坐下，来回折腾。他无意中翻了一下上衣的口袋，从口袋里掏出一封信。看了那封信，他的心病就跟着来了。

那件上衣是李长生的。记得那天在高粱地里他喊冷，李长生就脱下外衣披在了他身上，就一直没脱下来。那封信是吴桂兰写给李长生的，字里行间充满着敬佩和爱意。每读一个字，他感觉就像被刀剜一下；每读一句话，他的心就揪一下。看完了，他觉得整个人也基本上被折磨碎了。

在这之前，他只知道吴桂兰不爱自己才逃离郭家。现在看来不只是这样，她心里装着李长生。这封信虽然没有直接谈情说爱，谈婚论嫁，但下意识地袒露了心迹。那朦胧的爱意表达，像春雨柔风一样沁人心脾，醉人情怀。那正是郭文广所追求和期盼的。看了这封信，他很嫉妒，很颓丧，很尴尬，很无奈。那场婚姻闹剧带来的创伤刚刚平息，看了这封信，他又在无形之中经历一次心灵折磨。他觉得全身像在抽筋儿，小身子骨儿缩成一团。直到李母和香梅进了屋，他才停止了折腾。

李母见郭文广脸色不大对劲儿，问道："我们出去这么一会儿，你又怎么啦？你看看你那小脸儿，像在酸菜缸里泡了似的。"

郭文广拉起被子盖上了自己的脸，一声不吭。

香梅说："渴不？俺给你倒杯水。"

郭文广的手稍抖动了一下，还是没说话。

这工夫，老黑头带着几个人进来了，一进门就说："鬼子又要'扫荡'了，我们得赶紧转移。"

李母说："是'扫荡'咱村儿吗？"

老黑头说："差不离儿，快准备吧。"接着又对香梅说，"你负责妇女和孩子，能走的都走。现在就去通知各家各户吧。"

香梅答应了一声，出去了。不一会儿，又折回来说："那俺娘，还有这个郭家大少爷怎么办？"

老黑头说："别管了，你先去吧。"

香梅还是有些不放心地对李母说："娘，你可要早点儿走啊。"

李母说："知道了。你快去吧。"

香梅拉着小铁锤急急忙忙地出了屋。

李母把郭文广的被子拉开："哎，郭家大少爷，快起来走吧。"

郭文广睁开眼睛看着老黑头说："我这个样子，走不了了。你们走吧。"

老黑头说："走不了也得走。别忘了你们郭家上次没转移的结果！"

郭文广慢慢腾腾地从被窝儿里爬起来，穿好衣服，准备下炕。他刚穿上鞋，忽觉得眼前一阵发黑，险些栽倒在地。老黑头眼疾手快，把他扶住了。

郭文广气喘吁吁地说："你看我这个样儿，能走吗？走了，也是你们的累赘。"

老黑头正要说什么，有人进来报信说，在村边听到了枪声，鬼子可能奔这边来了。老黑头拔出手枪，出了屋，回头对李母说，"赶紧走啊！"

李母看看躺在炕上的郭文广，没好气地道："你到底走不走？总不能让我也跟着你这冤家送死吧？"

郭文广说："大婶儿，你们赶快走吧，不要管我了。"

远处传来枪声，李母到街上看了看，村里人正慌慌张张地往外跑。有人边跑边对她说："还不跑，愣着干什么？鬼子离咱村不到三里地了。"

望着拉家带口，牵牲口背粮食逃难的人们，李母转身回了屋。她简单换了一下衣服，各屋转了一下，想找些值钱的东西带上，可翻箱倒柜，折腾了半天，也没找到什么东西。一来心里有些慌张，二来穷家破业的，也实在没什么值钱的东西。她回过头来，又看了一眼躺在炕上的郭文广，心里一下子矛盾起来。背他走，自己一个老太婆，显然背不动。扔下他，自己走，又觉得有些不落忍。这工夫，她想起了丈夫死在郭家的惨状，想起了丈夫挂在大槐树上血淋淋的人头，她咬咬牙，心里道："让冤家再遭一次报应吧。"

李母正要转身出门时，郭文广说话了："大婶儿，别管我，你赶快走吧。你们李家不计前嫌，以德报怨，我郭文广都看在眼里，记在心上了。你快走吧，不要因为我而连累你。快，快走吧……"他说着，就去枕头底下摸自己的枪，他把枪摸出来，慢慢对准了自己的脑袋。

李母猛地蹿上炕，把枪夺了过来："你，你不能这样……"她把手枪扔出了老远。

枪声越来越近，街上嘈杂的声音越来越小，越来越远。

李母把枪捡起来，慌张了一阵子，把枪藏在了灶膛里，然后，回过头来对郭文广说："你，你这个冤家呀。"听了郭文广说的话，又看见他要开枪自杀的举动，李母的心理又发生了变化。她觉得郭文广跟郭家人不一样，心眼儿没郭家人那么坏，那么黑，尤其当那个黑心的郭老财想把自己交给日本人的时候，郭文广偷偷把自己放了回来。那事儿确实让她对郭文广刮目相看。看来真是人和人一样，心不一样。路在人走，事在人为。总而言之，这个郭文广，算得上一个好人。

想到这儿，李母很从容地叹了口气，把自己要出门的衣裳换了下来，然后出了屋，在院子里来回转了一圈儿，把大门插上了。

李母回到屋里的时候，郭文广似乎看出了什么，他从炕上跳了下来，紧接着又"扑通"一声跪在地上："大婶儿，你快走吧。"

李母也没劝他，反而说："那你就给我磕个头吧。这样，我们两家的恩怨就了结了。"

郭文广犹豫了一下，给李母连着磕了三个响头。

李母没拦着，等郭文广把头磕完，她才把他拉起来说："跟我走吧。"

郭文广问道："去哪儿？"

李母扶着郭文广道："听我的。"说着，架着他出了屋。

李母把郭文广架到了院里，把墙角边上一口扣着的铁锅掀开，露出一个红薯窖的窖口，李母指了一下窖口，以命令的口气对郭文广道："下去！"

郭文广什么都明白了，犹豫着不肯下去。

街上传来枪声和嘈杂声，声音越来越近。

李母乘郭文广不备，一下子把他推了下去，并对着窖口大声说："不管上边儿出了什么事儿，你都不要动。"说完，把铁锅盖上，又抱来一些柴火，把铁锅盖严实。

街上嘈杂的声音已经传到了门外，紧接着就传来用枪托砸门的声音，外面有人大声叫着："开门！开门！"

李母把身上的柴火叶子和尘土慢慢打掉，一边答应着："来啦，来啦。"一边向大门口走去。

李母轻轻把门打开，一下子拥进来几个日伪军。其中一个伪军冲着李母吼道："老太婆，你聋啦？叫这么半天，才开门。"

李母不急不慌地说："人老啦，耳朵不好使，腿脚也笨啦。"

几个日伪军哗啦哗啦进了院，一个看似有些官相的伪军瞪了李母一眼，问道："郭文广是不是藏在你家？"

李母理了一下头发，平静地说："家里就我一个人。"

那个伪军说："给我搜！"

众日伪军又四处乱搜起来，有人上了房，有人进了茅房，有人进了柴火棚，有人进了猪圈。

日伪军没有搜到郭文广，七手八脚把李母推搡到大街上。李母想锁上大门，一个伪军给了她一枪托，另一个伪军高声喊道："走！到郭家大院集合！"

大街上空落落的，没有人走动，也没有什么声音。

2

李长生接到通知，吕司令叫他去办公室。

一进门，吕司令示意李长生坐下："李司令，关于你们第五支队的班子配备问题，我已经请示了晋察冀军区的首长，任命你为司令员兼政委。但副司令以下的人员，我们要商量一下，我想先听一下你的意见。"说着，吕司令从口袋里掏出一包香烟，递给李长生一支。李长生摆摆手，表示不抽。吕司令自己也没抽，把香烟重新放回口袋。

李长生想了想说："首长，我冒昧地问一下，我们这个五支队相当于什么级别？"

吕司令笑了一下，说："相当于旅级。你这个司令，就相当于旅长，下辖三个团。怎么样，官儿不小吧？"

李长生激动地说："当然不小啦。红军改编为八路军时，军团长才当师长，师长才当旅长，可我只是个团长……”

吕司令说：“好，说说你的想法儿吧。”

李长生说：“我们那儿有个老黑头，是当年暴动的老党员，在我们那一带很有威望。还有一个郭文广，他虽然是地主出身，但有很高的抗日救国热情，手下又拉了一帮人马，人也很年轻，又有文化，我建议让他们俩当副司令。关于参谋长和政治部主任，我建议军区给配备一下，我们那儿不好产生。”

吕司令很认真地听着李长生的话，不一会儿便说：“政治部主任，我这儿为你考虑了一位，不知道你是否满意？”

李长生说：“首长安排的，那还能错的了？”

吕司令很认真地说：“咱把话说好，你可不能打退堂鼓。”说完，对着门外喊道，“吴主任，进来吧！”

门开了，进来的竟是吴桂兰。

吴桂兰一进门先给吕司令敬礼，又给李长生敬礼，特意对着李长生笑了一下，坐在了李长生对面的椅子上。

李长生马上明白了什么，还没等说话，吕司令就指着吴桂兰对他说：“我给你配了一位年轻有为的女政治部主任，刚入党的新党员。你看怎么样？”

李长生只觉得脑子有些发蒙，他毫不掩饰地提高了嗓门：“她？”

吕司令站了起来，走到李长生面前说：“怎么？不行吗？”

李长生笑得有些尴尬：“女的，大学生，又没当过兵……”

吕司令说：“我就知道你会说这些。你怎么不说，人家身上的优势，年轻有为，朝气蓬勃，有思想，有文化，有激情……”

吴桂兰按捺不住地抢过来说：“有抗日救国的理想和抱负，有把日本鬼子赶出中国去的信心和决心。”

李长生眨了眨眼睛，对吕司令说：“真的就没再合适的人选啦？”

吕司令笑着说：“没了，吴桂兰同志就是合适的人选。你们彼此之间也了解，便于开展工作。至于没当过兵，我看也没什么，在战争中学习战争嘛。就像带新兵一样，你把他放在战场上，一仗打下来，就成老兵了。”

李长生的脸还是没有马上变得高兴起来。他听吴桂兰说要跟他去五支队，但绝对没想到去当政治部主任。到军区来这几天，他没少跟吴桂兰单独在一起谈话，但这么大的事儿，她只字没提，藏得很严实。在他眼里，吴桂兰充其量是个爱国青年学生，是个十足的理想主义者，又是女性，根本不能担当重要的军事领导职务。何况，支队政委由自己兼，这个政治部主任是唯一的专职政工干部，角色显得举足轻重。

李长生从来不说假话，更不会隐瞒自己的观点，他低头想了想，有些勉强地说：“好，好吧。既然定了，我，我同意组织的决定……”

听李长生这样表态，吴桂兰脸上稍有些不自在。

李长生忽然想起了吴桂兰和郭文秀当伯乐的事儿，对吕司令道：“首长，主任人选就这么定了，那参谋长的人选，我可在军区机关点将了。”

吕司令说：“你选吧。你看准了谁，我都放人。”

李长生说：“好。首长，把刘涛给我吧。我们五支队除了我之外，没有一个是正规军人出身的。这个参谋长的人选，非刘涛莫属。”

吕司令愣了一下，皱了一下眉头，又舒展开来：“嗬，你这个李长生好眼力呀。小刘跟了我六年了，要是别人要，我可舍不得。既然你张嘴了，我就不得不割爱啦。”

李长生激动地给吕司令行了个军礼：“谢谢首长！”

吴桂兰努了一下嘴，道：“李司令，我可嫉妒啦啊。我和刘参谋一起去的老井镇，可你现在，一个往外推，一个主动要。让我心里太不平衡了。”

李长生脸上不好意思起来。

吴桂兰接着道：“说轻了，你是厚此薄彼；说重了，你是重男轻女。”

吕司令半开玩笑地为李长生解围：“行啦，你就别得理不饶人啦。我看出来了，李司令内心是接受你的，只不过用的是欲擒故纵之计。”

一番话，把大家都逗乐了。

这工夫，刘涛报告进来。

吕司令爽朗地笑道：“真是说曹操，曹操就到啊。”

刘涛递给吕司令一封电报，吕司令看完对李长生说：“敌人的‘扫荡’更加残酷了。根据晋察冀首长的指示，你们的整训提前结束，部队回去组织反‘扫荡’。”

吕司令站起来，对着地图盯了一会儿，说：“哎？你们过来看一下。”李长生、吴桂兰、刘涛赶紧围了过去。

吕司令用红蓝铅笔指着地图说：“你们第五支队地处冀中腹地，公路、铁路四通八达，河流纵横交织，还有白洋淀，是平津门户，华北粮仓啊。正因为是块风水宝地，我们看重它，那敌人呢，也看重它。好地方，谁不喜欢呀？藤藤的独立大队将是你们直接的对手。我料定，将来，敌人对冀中的‘扫荡’、蚕食，会越来越频繁，越来越残酷。你们要做好充分的思想准备。”

李长生点点头，说：“这个藤藤，我们已经交过手，狡猾凶狠，机谋很深，还是个中国通，不好对付。”

吕司令笑着说：“不好对付也得对付。日本人没有什么了不起。”

李长生紧盯着地图，说：“只可惜，我们的武器太少，又太落后。说实话，真跟人家硬拼，确实打不过。”

吕司令说：“硬拼打不过，那就在战术上跟它较量。反正在我们的地盘儿上打仗，总还是有优势的。”他指了一下自己的脑袋接着说，“在这儿多动动脑筋。”

李长生说：“现在主要是武器、弹药问题。给养没问题，冀中有的是粮食，也有衣服穿。”

吕司令说：“那就依靠人民政府。”

李长生抬起头来惊奇地问：“人民政府？”

吕司令接着说：“你那里还处在无政府状态吧？回去之后，赶紧成立一个让老百姓当家作主的抗日人民政府。以后部队扩充、吃饭穿衣、伤员养伤、武器弹药供应等等一系列的事情，都由人民政府统一筹划，部队就有了生存的基础和胜利的保障。”

李长生顿时茅塞顿开，兴奋地道：“就像当年瑞金的苏维埃人民临时政府一样……”

吴桂兰很有信心地接过来道：“当年你们暴动的目的，不就是在北方建立一个苏维埃人民政府吗？这个理想，我们完全能在抗日民族统一战线的旗帜下得以实现。”

李长生用别样的眼神看着吴桂兰，觉得这个年轻的大学生，确实眼界开阔，充满了浪漫色彩，有一股澎湃的激情。也许，在自己的队伍里还真需要一个这样的人。

李长生觉得这次来军区整训，最大的收获，是思想上的解放和认识上的提高。刚回冀中，他想到的只是发动群众打鬼子，没想到依靠人民政府凝聚抗日力量的问题。如果没有抗日人民政府做依托，部队就没有生存的基础，更没有发展的条件，靠什么打鬼子？能打几个鬼子？

李长生激动地说：“吕司令，听了你的话，我心里亮堂多了。”

两人握了很长时间的手。沉静了一下，吕司令嘱咐道：“李长生同志，你在家门口抗战，一定要保护好家人的安全啊。”

李长生说：“首长，你放心吧。”

3

进了郭家大院，李母才发现这里还押着一些人。这些人大部分都是村里的老弱病残，大概有五六十口，一些日本兵把他们紧紧围住。一进院，几个老太太就把李母拽过去，李母扎到了人群里。

看来李母是来得晚了，她刚到了不大一会儿，藤藤就开始讲话了：“乡亲们，皇军把你们召集起来，没别的意思，只要你们说出谁是李长生的母亲，马上就把你们放了。”

李母听了藤藤的话，想站起来承认自己是李长生的母亲，但身边的几个人很快把她按住，不让她动。

藤藤说：“我希望李长生的母亲能主动站出来，别让大家跟着遭殃。”

一个翻译官看来是本地人，他操着浓重的本地腔调说：“大伙儿可想明白了，别跟着李长生他娘吃瓜落儿啊。”

李母再次想站出来说话，又被人们拉住了，有人小声劝说道：“长生他娘，你别动。他们不认得你，能把你怎么样？”

李母又不说话了，她不想就这么去送死，但又怕连累大伙儿。说实话，她心里很矛盾，也有些紧张。

藤藤大声命令道：“机枪准备！”

大伙儿往四周一看，好几挺机枪一下子都架起来了。那些日本兵有趴着的，有单腿跪着的，眼睛盯着人群，看来藤藤再一挥手，他们就要开始朝人群开枪了。

人群里开始骚乱了一下，又平静了。

一个老头儿被抓了出来。藤藤问他：“你说实话，就可活命。不说实话，就死路一条。我问你，李长生母亲在不在里边？”

老头儿没有任何犹豫地说：“没有。”

藤藤问道：“她哪里去了？”

老头儿说：“不知道。”

藤藤命令道：“把他绑起来！”

几个日伪军很利索地把那老头儿绑了起来。

老头儿破口大骂："小日本儿，我操你祖宗！凭什么绑我？"

老头儿很快挨了几枪托和两个耳光，鼻子里、嘴里都出了血。

藤藤说："我不想看着这么多人去送死，我会有办法查出谁是李长生的母亲的。"他朝屋里挥了一下手。

屋里走出了一个人，人们定睛一看，竟是郭老财。

藤藤对郭老财说："李长生的母亲不肯站出来。郭老先生，那就请你帮我认一认吧。"

藤藤让人们站成两排，他和郭老财一起在每个人面前走过仔细察看。一看这阵势，李母知道自己再也隐藏不下去了，就主动走了出来，平静地说："我就是李长生他娘！"

藤藤有些怀疑地看着李母，然后问郭老财："是她吗？"

郭老财先是怔了一下，接着微微点了点头。

藤藤笑了："你早站出来不得了，何必让这么多人跟着受牵连？"又指着郭老财问李母，"你认识他吗？"

李母看了一眼郭老财，扭过头去说："他要是大地主郭老财，我还认得。他要是大汉奸郭老财，我可就不认得了。"

正在这时，一个伪军拿着一支手枪跑了出来："太君，太君，你看……我从她家灶膛里搜出来的。"

藤藤接过手枪看了看，冷笑了一下，对李母说："说！这是谁的枪？"

李母冷冷地看了一眼那把枪说："不知道。"她没成想，藏在灶膛里面还会被搜出来。

藤藤把手枪递给郭老财："郭老先生，这把枪，你认识吗？"

郭老财把枪接过来反复看了看，点点头说："是广儿的。"

藤藤过去拽了一下李母："你还有什么说的吗？"

李母平静地道："你要我说什么？"

藤藤说："说明郭文广就在你家。"

李母说："你们不是搜了吗？"

藤藤说："一个人藏的东西，一万人也不容易找到。我不想跟你多啰嗦了。交出郭文广，我留你一条命……"他掂了一下手里的枪，不往下说了。

李母静静地站在那儿，不动声色。

藤藤静静地看着李母，显得有些无奈，他向郭老财使了个眼色。郭老财犹豫了一下，走到李母跟前说：“广儿是不是在你家？你把他藏在哪儿了？”

李母白了郭老财一眼，漫不经心地说：“我没那么好心眼儿，把仇人家的儿子弄到自个儿家来藏起来。”

郭老财用近乎哀求的口气说：“你要不把他交出来，我们俩可都活不了啊。”

李母说：“你不觉得你这么活着多余吗？”

郭老财发狠地道：“穷棒子，你别临死再拉个垫背的。”

李母冷冷地问道：“郭家大老爷，我真不知道，日本子要抓的是你侄儿，还是我侄儿？”

藤藤不耐烦地说：“好了，别啰嗦了。把她绑起来！”

两个伪军上来很利索地把李母绑了起来。

藤藤耐住性子说：“你儿子在庙会上杀了我外甥左田，这个账，我会找他算。只要你说出郭文广的下落，我就留你一条命。老太太，你一开始不敢招认自己是李长生的母亲，说明你是怕死的。”

李母坦然地笑了一下，说：“是的，我是怕死。但既然命保不住了，也就不怕了。”

藤藤说：“你现在还有活路。看样子你也是聪明人，我知道你们李家跟郭家有杀夫之仇。你想想看，你为一个仇人家的孩子去送死，何苦呢？”

李母说：“是你们要我的命，不是仇人要我去死。再说，我们李家和郭家仇也好，怨也罢，那是中国人之间的事儿。眼下，我们最大的仇人，是你们这些强盗日本子！”

藤藤狠狠地说：“看来你只有死路一条了。”他说着，手又扬了起来。

李母用眼睛狠狠地瞪着藤藤，然后，突然把头扬了起来：“宁当枪下鬼，不做亡国奴！”

藤藤举着手，竟慢慢地重复了一遍李母的话：“宁当枪下鬼，不做亡国奴……”他感觉自己的手明显在哆嗦。

人们知道，只要藤藤把手放下去，房上、地上的那些机关枪就该响了，这里就要血流成河了。人群里开始骚动起来，有人高呼“打倒日本鬼子”的口号，有人往前拥，人们试图把李母围起来，挡起来，让日本兵无法下手。

李母看出了人们的心思和用意，她大声道：“乡亲们！他们要抓的是我，你们谁也代替不了我死，谁也救不了我！你们都好好活着吧！”

李母走到藤藤跟前说："你们什么也不要问了，我现在只想死。但我不想当着这么多人死。你们押我到李家坟上，让我给自己选个地方。走吧！"

藤藤顿了一下，摸了摸手里的指挥刀说："好，那我成全你！"说着，命令日伪军押着李母就往外走，一同被押走的有那个被绑着胳膊的老头儿，还有郭老财。

人们又开始往前拥，企图挡住去路。日军开枪了，是朝天上开的，人们只好把路让开。日伪军们用枪拦住他们，不让他们再往前拥。

李母走到大门口的时候回了一下头，她见老太太们在哭，有的喊她的名字。她笑了一下，想朝众人挥一下手，但手被绑着，她的手扬不起来。

藤藤很守信用，果真把李母几个人押到了李家祖坟。

在丈夫的坟前，李母停下了脚步，她对着丈夫的坟跪了下来，背对着藤藤他们说："开枪吧。最好给我留一个囫囵尸首，别吓着收尸的人。"

藤藤阴险地笑了一下，道："好，那我就当一回最仁义的刽子手。不过，只要你说出你儿子在哪里，你把郭文广藏在了哪里，你的，还可以活，这可是最后的一次机会了。"

跪在一边的郭老财用哀求的眼神看了一下李母："李老太太，我求求你，你就说了吧。不然我们都得死。"

李母把脸转向郭老财，狠狠地瞪了他一眼，就慢慢把眼睛闭上了。

藤藤已经没有耐性了，他简单地整理了一下手里雪白的手套，然后朝持枪的人挥了一下手。紧接着，枪响了，李母一头栽倒在坟头上，血把坟头上的草喷红了。

第二枪又响了，那个被绑着的老头儿也应声倒地。

静了一会儿，藤藤又简单地整理了一下自己手里雪白的手套，然后，拉着吓得腿肚子发抖的郭老财去看两个肝脑涂地的尸体。郭老财的大腿哆嗦得更厉害了。

藤藤笑着对郭老财说："怎么样？还是活着好吧？"

郭老财低着头，大腿依然哆嗦着，吓得说不出话来。

藤藤接着说："你的侄子敢跟皇军作对，不会有什么好下场的。请你一定要转告他，他什么时候想跟皇军合作，我们都欢迎。你这当叔叔的，这么贪生怕死，想必他也会和你一样。"

郭老财连忙说："我一定劝他跟皇军合作。"

藤藤说："那你就留下来，等着劝劝他。"

郭老财说："那可不行。李长生他们回来，一定会跟我算账。"

藤藤说："那我就不管了，看你的本事吧。你在老井镇，不是很有威望吗？"说着，带着众人离开了坟地。

郭老财追上去说："你把我捎上吧。"

藤藤回过头来说："你对皇军大大的不忠，这次'扫荡'必定是你走露了消息，才让你的侄子跑掉。既然这样，我也只好把你交给共产党了。"说完，带着队伍一溜烟儿地离去。

郭老财眼巴巴地望着日军队伍远去，忍不住骂了一句："小日本儿，倭寇！畜牲！"

等日军的队伍走远了，郭老财站在坟头上鼓起勇气大骂起来："小日本儿，我操你八辈儿祖宗！"

4

香梅看到李母趴在坟上的尸体，一下子晕了过去。老黑头他们七手八脚费了好大劲才把香梅倒腾过来。香梅慢慢睁开眼睛，想哭，可就是哭不出声来，她见人们正在公公的坟边上打窝儿，准备让李母跟丈夫合葬在一起。

众人都停下了手里的活儿，看着躺在地上的李母，看着内心悲伤，却哭不出声来的香梅。人们都流泪了，都哭出了声。

子弹是从李母的后脑勺射进去的，又从鼻子上方的两个眼睛之间穿了过来，脑浆迸裂了，整个脑袋上不是血就是脑浆，模样惨不忍睹。看来这个刽子手枪法很准，那个老头儿也被射中在同样的位置上。

这时，忽然一个人趔趔趄趄疯疯癫癫地向坟上跑来，那人一见躺在地上的李母，趴下大哭："大婶儿啊，你是为掩护我死的啊。大婶儿啊……"

人们一看，那人是郭文广。

郭文广趴在李母尸体前哭得惊天动地。鼻涕和眼泪交织在一起，布满了他的脸，跟前些日子哭他的亲娘一模一样。

见郭文广哭得如此动情，如此真切，好多人又跟着抽噎起来。

老黑头想了想，李母是为保护全村人才被日本人杀害的，应该称为英雄，应该好好地给她出一场大殡。

李母被抬回家，放在了炕头上。香梅还是哭不出声来，她给李母洗脸、擦身子，梳头，换衣裳，慢慢地、细心地做着这一切。李母一生过的都是穷日子，娘家穷，婆家穷，打年轻就没穿过像样的衣裳。香梅掀开躺柜，找了半天，也没找出一件。最后，她还是把自个儿的一套新衣裳拿出来给婆婆穿上了。那套新衣裳是她过年的时候做的，只穿了一次，还没下过水。婆媳俩高矮胖瘦差不多，穿上很合体。

人们把李母轻轻地放在灵床上。

当老黑头把烧纸盖在李母的脸上时，从外面跑进屋的小铁锤却一把掀了下来，抬起头来问老黑头："奶奶怎么了？"

香梅把小铁锤搂在怀里，告诉他："你奶奶被日本子杀害了。长大了，你一定要给奶奶报仇。"

小铁锤摇着李母的肩膀，不住地叫着："奶奶，奶奶。"

听到孩子的叫声，香梅终于控制不住自己了，她趴到李母身上嚎啕大哭起来："俺那亲娘啊，你死得惨啊，儿媳妇儿没照顾好你呀，俺有罪啊，俺怎么向他们哥儿俩交代呀。俺那亲娘呀，你抛下俺这苦命的儿媳妇儿走啦。你让俺怎么活呀……"

几个老太太拿着手绢，带着哭腔你一句我一句地来劝香梅：

"铁锤儿他娘，别哭了，哭也哭不活咧。啊？"

"你婆婆是大好人啊，全村儿人都会记着她的大恩大德。"

"铁锤儿他娘，你这么没完没了地哭，俺们心里也不好受啊。"

"铁锤儿他娘，你婆婆活着的时候，你也疼了，你也孝了。这全村儿的人谁不知道？"

"铁锤儿他娘，人死不能复生，你就想开点儿吧。"

"铁锤儿他娘，你也得心疼你自个儿啊，往后的日子还长着呢。啊？"

"……"

郭文广到底是有良心的人，他不但自己主动穿了一身跟孝子一样的孝衣，还让郭家的后生们男的戴孝帽，女的戴孝箍，都跪在灵棚里给李母守灵。郭家、李家在家的人，还有些杂姓的，愿意加入孝男孝女行列的，都来了。院里跪不下，有的跪在街上，白压压的，到处都是人。全村留下的人几乎都来了。

在老井镇，小户人家，寿终正寝的老人一般是搭三天。大户人家出大殡的，也不超过五天。兵荒马乱的，不知鬼子什么时候就来"扫荡"，老黑头跟大伙儿商量决定搭三天。可到了第三天头上，李长生哥儿俩还没回来，他就决定按时出殡。香梅刚开始不同意，非要等李长生哥儿俩回来见李母一面。后来，老黑头再三劝说，香梅才同意。

出殡那天，村里人倾巢出动，甚至连周围三乡五里的人都过来了，人们都是自发来为李母送葬的。一时间，大街上，人头攒动，水泄不通。

按着丧葬礼仪，为长辈发丧，出殡那天，要由长子打幡儿，长媳兜罐儿。可李长生哥儿俩都不在，老黑头他们商量来商量去，只能让香梅一个人把这两个重要差事都顶了。

快出殡的时候，郭文广突然从香梅手里夺过了白幡儿，他什么也不说，只是死死地攥着那用高粱秆儿糊的白幡儿，趴在地上喊亲娘。

行完大礼，要起棺了，老黑头站在高处看了看，他试图在视野里发现李长生弟兄俩，让他们见自己的亲娘最后一面。

起棺了，人们自觉地闪出了一条宽敞的通道，让李母的棺材慢慢前行。

送殡的人从村头连到庄稼地，又由庄稼地连到坟地，排出了一里地那么长。

有史以来，老井镇从没出过这么隆重的殡。

第十六章　民　选

1

李母出殡后的第五天，李长生他们回到了老井镇。

兄弟俩几乎同时看到了大门上贴的白纸，内心同时有一种不祥之感。他们俩进了院，见院里站着一堆人。李长在发疯似的叫了起来："娘！娘！"一边喊一边径直往屋里跑。

老黑头在门口拦住了他："别喊了，人早入土了。"

李长在听罢，喊了一声："我那亲娘啊。"蹲在地上大哭起来。

李长生毕竟经历过生死考验，但听到这个消息，他还是有些像傻了一样地僵在了那儿。他只觉得脑袋里"轰"地响了一下，接着又觉得有一股阴冷气体在五脏六腑里串通，从头串到脚，浑身冰凉，四肢发软。他心里默默地道："完了，亲娘没了……"

紧跟在李长生后面的是吴桂兰和郭文秀，她们见状先是面面相觑，接着便一起问道："怎么啦？出什么事儿啦？"

香梅有些慌张地从屋里走了出来，只要认识她的人，都发现她憔悴得厉害，人几乎走了样儿。她没管理蹲在地上干嚎的李长在，而是径直走到李长生跟前，根本没敢看李长生的脸，扑通一声跪下了："哥，俺对不起你，俺没把咱娘保护好。"

李长生很快把自己的情绪调整过来，他蹲下身子把香梅扶了起来，说："香梅，快起来。"

老黑头出了屋，含着眼泪抱住李长生。接着，把李母牺牲和出殡的经过一五一十地说给了李长生哥儿俩听。最后又说："其实，那天我也有责任，当我发现转移的队伍里没有你娘的时候，鬼子已经进村儿了。"

铁榔头上去死死地抓住了老黑头的胳膊："为什么村里这么多人都没事儿，就我姑死了？"

铁榔头喘着粗气，那粗气直喷老黑头的脸。老黑头低着头，默默地承受着铁榔头的愤怒。

李长生走过去，使出力气把铁榔头的手掰开，却并不说话。他内心很难受，不知道说什么好。他尽最大努力克制自己的情绪，压抑自己的悲痛。他知道，他是这里的最高领导，尽管失去了亲娘，但他没理由放纵。他使劲捏着铁榔头的胳膊，把头扭过去，控制住了将要流下来的眼泪。

这时，郭文广进了院，见了李长生，也是不敢看，扑通一声跪下了："长生，大婶儿是为掩护我牺牲的。我郭文广这辈子一定会记住李家的大恩大德。"

一个当时在现场的老太太指着郭文广说："你们郭家还算人吗？人家舍出命来掩护你，你叔还出卖人家。"

又有一个人愤愤地说："那个郭老财，真是他妈一点儿人味儿也没有。"

一个老头儿接着说："七十岁的人了当汉奸，你看着吧，早晚要遭报应，死了连个囫囵尸首也落不下！"

李长在听到这些话，突然"噌"一下子站了起来，在任何人都没防备的情况下，走上前去抓住了郭文广的脖领子，"啪！"冲着脸上就是一拳："你他妈还活着干什么？为什么不去死？"

李长在还想打的时候，李长生扭住了他。

郭文广本来就弱不禁风，哪经得住李长在这很有爆发力的一拳。顿时，眼冒金花，鼻青脸肿。他索性对李长在说："你打死我吧，打死我吧。我不活了。"

郭文秀一直很纳闷儿，她先是在感觉上有些乱，当她基本上听明白了眼前发生的一切和发生这一切的来龙去脉时，便走近郭文广，压低嗓门控制住自己的情绪问道："广儿哥，你告诉我，李婶儿真是为掩护你牺牲的吗？我爹真的当了汉奸了吗？"

郭文广还是低着头，不说话。

这工夫，小六子过来了，对着李长在说："哎，说到底，你娘是让日本子给打死的，你就是有天大的怨恨，也不能撒在郭家人身上啊。有本事，找日本子报仇去呀。”

李长在正在气头上，二话没说，对准小六子的胸膛就是一拳。小六子腿脚灵便，迅速躲开了。李长在没出气，冲上去又要打。李长生死死地抱住了他。

李长在费了好大劲，挣脱了李长生，在院子里转了一圈儿，忽然冲进柴火棚子，拿出了大铡刀片，举得高高的舞了几下，骂道：“郭老财，你个老不死的，今儿我要不劈了你，我他妈就是大闺女养的！”他一边骂着一边举着铡刀片冲了出去。

李长生紧跟在后面喊道：“长在，你要干什么？”

香梅也追了出去：“长在，快回来！”

院里的人都追了出去。

李长在举着大铡刀像一个杀红了眼的斗士在大街上走着，他嘴里大骂着：“郭老财，我要不劈了你，我他妈是大闺女养活的！”

李长在举着大铡刀沿着大街走着，直奔郭家大院，一路上一直叫骂不停：“郭老财，你个狗汉奸，你还我亲娘！”

听到李长在的叫骂声，临街的人家都出了门，看着李长在气冲斗牛的架势，紧跟着他，进了郭家大院。

刚开始小六子还有些胆量，但一见李长在这个架势，也不敢招惹了，吓得直往后缩。

李长在举着大铡刀一路大骂着闯进了郭家大院，李长生也带着一帮人跟着进来了。他一路紧追着李长在，劝说着李长在，可李长在根本不听。

李长在走进郭家大院的时候，立刻被眼前的一幕惊呆了。

郭家大院正中央的大槐树上，吊着一个人。那个人看来刚吊上去不久，两只脚还在摇晃，鞋掉了一只，脑袋向下耷拉着，两只眼睛凸出来了，舌头也伸出来了。

李长在走近一看，那人是郭老财。

人们都看清了，那人确实是郭老财。之前，谁也没见着郭老财，更没看到他要上吊的迹象。尽管这个横行霸道了一辈子，老了又当了汉奸的郭老财死八回也应该了，但他在人们不经意间选择这样的死法，还是出乎人们的意料。

看着郭老财挂在半空中还有些摇晃的尸体，李长在举着的大铡刀慢慢地放了下来。愣了一会儿，他又举起了大铡刀，高叫着："郭老财，你个狗汉奸，你还我亲娘！"奋力向郭老财的尸体劈去。

李长生使出吃奶的力气死死地抓住了李长在的胳膊，那雪亮的大铡刀在空中抖动着，慢慢落下……

2

李长生和李长在去为李母烧"头七"。

跟随他们哥儿俩去坟地的还有吴桂兰、郭文秀、老黑头、郭文广、铁榔头、香梅，以及参加整训回来的一些人。

坟前，一大堆烧纸在燃烧，一片片纸钱在飘散。

跪在最前面的是李长生哥儿俩。

李长生本是想对着娘的坟说些什么的。打他记事起，就没见娘生过病，没见她吃过药。娘精神始终是饱满的，腿脚是利索的，性格是豁达的。娘虽然没什么文化，没什么见识，但遇事看得开，也想得开，有主心骨儿，说话算话，落地有声，不属于头发长见识短的那类女人。郭家杀死了父亲，以后又逼得自己走投无路，弄得一家人流离失所。因此，她才对郭家充满了刻骨铭心的仇恨。然而，娘在关键时刻，却为掩护仇人家的儿子而献身。这足以证明了娘的崇高，娘的伟大。自己应该为这样英雄伟大的娘而骄傲！

李长生想了这么多，还是没说出一句话。他知道，此时此刻，无论什么样的语言，也表达不尽自己对失去亲娘的痛苦和哀伤。那就干脆什么也不说，让泪水默默地流，放纵地流，淋漓尽致地流……

李长在趴在娘的坟头上哭得山摇地动，死去活来。

香梅的嗓子哭哑了，泪水哭干了，除了伤心之外，她还有一种内疚。虽然李长生哥儿俩，谁也没埋怨她，谁也没怪罪她，甚至没追问她，但这反倒加重了她的内疚。对于婆婆，她是真爱的，几乎超过了爱自己的亲娘。过门这些年，婆媳俩几乎没红过脸，说话没隔过心。婆婆的牺牲，给她内心留下了沉重的折磨。两个亲生儿子不在，她没有保护好婆婆，她认为是自己天大的罪过，不可饶恕的罪过。而这种罪过，泪水远不能赎回。

按照烧"头七"的风俗习惯，孝男孝女们要一边烧纸一边祷告，尤其女人要向死去的长者说一些"安慰"的话，可香梅却一句也说不出来。

谁也没想到，在烧"头七"的人们中，吴桂兰的祷告是那样的真情委婉，那样的催人泪下：

“伯母，我是吴桂兰啊，就是您叫的那个吴姑娘。我来看您来了，您说过让我说话算数，让我一定回老井镇，住在你们家，就再也不走了。我来了，可您却走了。这让我感到突然，也感到从没有过的悲伤。但我知道您是怎么走的，也知道您是为什么走的。您是我心目中最崇拜的母亲，也是最英雄的母亲。伯母，您放心吧，我会以你为楷模，为抗日救国贡献自己的全部力量，哪怕生命……伯母，您老人家安息吧，我会经常来看您的……”

吴桂兰说完，率先对着李母的坟头三叩头。

老黑头对李长生和李长在说：“你们哥儿俩别哭了。起来，给你娘磕头吧。”

李长生和李长在都慢慢站了起来，在他们身后的铁榔头也站了起来，他们并排站在一起，然后跪在地上，给李母三叩头。

人们都陆续给李母叩了头，然后站了起来。

紧接着，李长生站起来慢慢地把插在坟头上的白幡拔下来，折断放在坟前与纸钱一起烧掉。烧完，他又拿起带来的水壶，围着坟浇了一圈儿又一圈儿。坟上的新土慢慢湿润起来。

做完这一切之后，他还是有些怅然若失地对着坟头发愣。

人们陆续离开了坟地。

香梅说：“哥，走吧？”

李长生像没听见一样，还愣在坟前一动不动。

李长在回了一下头，想劝说一下李长生，但犹豫了一下，走了。

香梅见李长生这个样子，心里控制不住地难过起来：“哥，想哭你就哭，想说你就说，别这么憋着啊。你要是对俺有怨气，骂俺、打俺都行。”

见李长生不说话，香梅接着说：“哥，娘没了，你可是咱全家的主心骨儿啊。你要是总回不过神儿来，俺们更没主意啦。”

李长生抬眼看了一下香梅，挥了一下手，声音沉重地道：“你回去吧。”

香梅走了两步，又回过头来说：“哥，娘是咱李家的大英雄。听乡亲们说，娘临死的时候，对着日本子的刺刀说，宁当枪下鬼，不做亡国奴。”

李长生默默地重复着：“宁当枪下鬼，不做亡国奴。”

身边的吴桂兰也激动地重复着：“宁当枪下鬼，不做亡国奴。”

3

李长生回来了，吴桂兰、郭文秀也回来了。支队领导当中又多了一个外来人刘涛，住宿问题需要调整。

吴桂兰坚持住司令部，郭文秀说要跟吴桂兰住在一起。原先，李长生、老黑头，还有警卫员住一个房间，现在又来了一个刘涛，他是支队的参谋长，必须住在司令部。这样一来，李家这个小院可就拥挤了，也更热闹了。

李长生心里有些障碍，他婉转地对吴桂兰说，你跟郭文秀住邻居老蔡家，她家屋多宽敞，人少清净，家里有两个闺女，可以跟你们做伴儿，离司令部又近。吴桂兰不干，她说，他答应过李母，回来就住在家里不走了。虽说李母不在了，她也要履行自己的诺言。香梅当然也愿吴桂兰住在家里，就在李长生面前帮着吴桂兰说话。李长生无奈，只好先这么安排。

郭文广自李母为掩护自己牺牲后，心里总觉得亏欠李家。他把郭家的义勇军连人马带枪支都利索地交给游击队接受整编，与其说是顺乎潮流，不如说是他支持李长生抗战的一种态度，也是对李家的一种报答。郭家大院被烧后，只剩下几间用人住的小房，郭文广和小六子住了一阵子。后来，郭文广晚上总是做噩梦，醒来就是通身大汗，干脆就和小六子搬出来了，住的地方离李长生家不远。现在五支队成立了，义勇军接受整编了，领导们不能住得太分散。李长生让郭文广搬到司令部，他们几个人合住一条炕。郭文广犹豫了半天，还是摇了摇头。他说，几个人住一条炕太拥挤，有事儿，派人叫他就行了。李长生也就没再勉强。实际上，郭文广有心病，他怕见吴桂兰。当年因为上演逼婚记，弄得那么尴尬。何况，当年是李长生把吴桂兰接走，吴桂兰又给李长生写信表达过爱意。以后人家真要谈起恋爱，自己夹在中间，总觉得内心很别扭。

吴桂兰没考虑那么多，她认为自己作为五支队的政治部主任，住在司令部是天经地义的。另外，她心中的秘密只有她自己知道，这样，她可以离李长生，这个让她心仪的男人更近一些。她知道，自己现在在李长生心目中还没有多么重要的位置，但她相信，凭自己的努力，还有自己的执着追求，会让李长生接受她，爱上她。

郭文秀的情况就更特殊。当年在家当小姐的时候，住在宽敞富丽的郭家大院，自己占一间书房和卧室，大事小情有人张罗，衣食住行有人伺候，过着养尊处优的日子。如今，郭家大院变成一片废墟，自己已经无处安身。再说，现在自己已经参加八路军了，是队伍上的人了，住集体宿舍也是应该的。只是司令部安在李家，过去两家是仇人，虽然现在都是八路军的人了，但心里还是多多少少有些疙疙瘩瘩。李母在世的时候，她跟吴桂兰在李家住过几天，李母没少话里话外地挤对她。现在虽说李母不在了，但还有李长在，还有香梅，他们都是对郭家心怀仇恨的。不知道日子长了，好不好处。

就这样，司令部的住宿安排好了，冀中军区第五支队的牌子也挂起来了。

4

掌灯的时候，李长生让警卫员通知下去，召开支队领导会议。

不一会儿，吴桂兰、郭文广、老黑头、刘涛都到齐了。

李长生放下手里的笔，抬起头来扫了大家一眼，对吴桂兰说："你去把郭文秀找来。"

郭文广不解地问："领导开会，叫她干什么？"

李长生对吴桂兰说："去吧。"

郭文秀进来了。李长生示意她坐下，然后开口问大家："这么晚了，请大家来，我就是要问一句话。你们说，眼下，我们现在最要紧的，是应该做什么？"

老黑头首先表态："那还用问，打日本子，给你娘报仇呗。"

郭文广也附和着说："对，五支队成立了，我们的队伍壮大了，跟小日本儿打一仗吧！"

郭文秀也说："我是列席会议的，应该没有发言权。但既然参加了，我还是要说话。李婶儿是被我们郭家人出卖的，又是为掩护我们郭家人牺牲的。这仇不报，郭家人就没脸在老井镇做人。"

吴桂兰低着头，理了理耳边的头发，没表态。

李长生看了一下刘涛，问道："参谋长，你是军区机关下来的，听听你的意见。"

刘涛在每个人的脸上扫了一眼，然后道："大家着急报仇，心情可以理解。但我们眼下要做的，应该是赶紧成立人民政府。"

听刘涛这么一说，大家都一下子静了下来。

谁知道，李长在突然闯了进来，进门就指着刘涛的鼻子说：“你别在这儿胡咧咧了，我们兵强马壮了，不赶紧为我娘报仇，成立什么破政府？”

李长生对李长在说：“我们开会呢，你进来瞎搅和什么？”

老黑头也劝李长在：“你回去睡觉吧。啊？”

李长在又冲老黑头来了：“老黑头，你别忘了，我娘可是为掩护全村儿老百姓死的……”

李长生站起来，一拍桌子急了：“长在，你给我出去！”

香梅进来了，硬拉着李长在往外走。李长在猛地把门帘一甩，嘟嘟囔囔地跟着香梅出去了。

李长生坐下来，深吸一口气，接着说：“刘参谋长说得对，我们应该立即成立让老百姓当家作主的人民政府。现在冀中地区成了无政府状态。社会混乱，人心惶恐，老百姓没主心骨儿，跟着谁抗战？这是一方面。另一方面，我们的军队，没有枪弹，没有粮食，没有军装，没有药品，没有老百姓支持，靠什么抗战？”

吴桂兰见机接过话来说：“我们去过晋察冀边区。说实话，那里的条件比咱冀中差多了，可那里的军民抗日热情空前高涨。打起仗来，分不清军队和老百姓，除了正规军以外，还有地方武装，还有妇救会、儿童团。军民齐上阵，打鬼子保家乡，真是铜墙铁壁。”

郭文秀也很有兴致地说：“边区的文化生活也很丰富，部队打到哪儿，剧社就跟到哪儿演出，快板书、三句半、活报剧，可热闹啦。”

郭文广有些不高兴地拽了一下郭文秀的胳膊：“你瞎说什么？你以为是小孩子在一块儿过家家呐？打一仗下来，死那么多人，谁还乐得起来，唱得起来？”

李长生给郭文广打了一个手势：“今儿让文秀来，就是让她来说这些的。将来咱们支队也要成立剧社，文秀能歌善舞，让她好好发挥这方面的特长。”

老黑头没说话，一袋接一袋地抽旱烟，弄得满屋子烟雾弥漫。

李长生问老黑头：“老黑叔，关于成立人民政府的事儿，你有什么想法？”

老黑头紧吧嗒了两口，把烟袋锅在鞋边上磕了两下，慢条斯理地说：“打民国以来，老井镇都是郭家当镇长。那是上边儿任命的，老百姓乐意不乐意，心里舒坦不舒坦，都得听人家的。咳……”

李长生打断老黑头的话说：“我们要让老百姓选自己的人民政府，选自己信任的人当镇长。”

老黑头像听天书似的瞅着李长生：“自己选镇长，选政府？”

李长生点点头：“对。”

老黑头还是有些不大相信：“这可是开天辟地头一遭儿。”

吴桂兰说：“抗日民族统一战线，本来就是开天辟地的事儿。”

郭文广闷了一会儿，有些不解地道：“大敌当前，我们光搞民选，搞民主，那日本人的仇就不报啦？”

刘涛说：“我们建立新的民主政府，就是为了团结一切可以团结的力量抗战。”

吴桂兰笑着说：“你郭文广出身大地主剥削阶级，不已经成了我们团结的对象了吗？”

郭文秀搡了吴桂兰一把，有些不爱听地说：“我们早已和剥削阶级的家庭划清界限了啊。”

吴桂兰不好意思地吐了一下舌头：“你另当别论。”

郭文广还是有些不解地问：“不管怎么说，在中国，还是国民党执政。如果我们新成立的政府都是由共产党组成，那不跟中央政府有冲突吗？人家不会说我们破坏统一战线吗？”

刘涛解释道：“新政府不完全由共产党组成。按照晋察冀边区临时人民政府的成分，应该是这样的：共产党占三分之一，左派进步分子占三分之一，中间派占三分之一。这叫三三制。”

吴桂兰指着郭文广说：“像你这样的，也可以参政议政。”

郭文广不好意思地看了吴桂兰一眼，搔了搔脑袋，没说话。

郭文秀听了脸上也觉得不大自在。

接下来，大家情绪都高涨起来，你一言，我一语，对新政权说了一些向往的话。

再接下来，大家提了候选人名单，一致推选老黑头为第一候选人。老黑头在老井镇德高望重，经历丰富，能力强，办法多，情况熟，人缘好，做第一候选人应该是当之无愧。

老黑头觉得自己年龄偏大，又在支队担任职务，找借口推辞。李长生劝他不要有任何思想负担地参加竞选。眼下，政府的作用，镇长的作用，比什么都重要。

再提别的候选人的时候，大家有些七嘴八舌，众口不一。

刘涛让大家静一下，打开笔记本，郑重其事地给大家念了选举条令：“凡住在老井镇境内年满十八周岁的中华民国公民，无精神病，不是汉奸，也没有因犯罪而被剥夺公民权者，不分性别、职业、阶级，不分宗教、信仰，不分党派、文化程度，都有选举权和被选举权。”

听了条令的条款，大家又嚷嚷开了，尤其郭文秀一下子活跃起来，她说自己完全有条件参加竞选。别人没说话，只有郭文广在黑暗里偷偷捅了她的胳膊一下，意思是说，你爹是汉奸，你还往前凑什么热闹？郭文秀根本就没理会郭文广的意思。她之所以这样理直气壮，是她认为自己已经从实际上与剥削阶级划清界限了。一来她已经参加了八路军，二来她对当汉奸的爹表示了深恶痛绝。那天郭老财上吊的尸体被人们七手八脚放下来之后，她对着那张让人惨不忍睹的老脸，使劲吐了两口唾沫。这还不说，第二天，她用毛笔写了一张题为“与大汉奸郭老财彻底断绝关系”的告示，贴在了老井碑上，惹得一大早挑水的人围着看。

人们又讨论了一会儿，天已经晚了，也都有点儿困了。李长生也打了个哈欠，宣布散会，让大家把民主选举工作大张旗鼓地宣传出去。

送大家出来，李长生望着伸手几乎可摘的满天星斗，心情觉得舒展一些了。他把两只胳膊向着寂静的天空轻轻地举了一下，又一下。

5

民选告示一贴出去，老井镇的人就沸腾了。自己选自己的政府，选自己信任的人当镇长，这可是开天辟地从没有过的事儿，有的人高兴地一蹦老高，有的人奔走相告，也有的人不相信这是真的。

吴桂兰和郭文秀分头在大街上宣传民选的意义和条令规定，人们围得水泄不通。两人讲得有声有色，不时有人叫好，有人鼓掌，一帮孩子跟着起哄。

李长生看到了热闹场面，伸出大拇指为两位女宣传员加油。

李长生围着大街小巷转了一遭，一上午就过去了。看到街头上热闹非凡的景象，他心里一下子敞亮了许多，突然失去亲娘的痛苦和伤感就减轻了一些。

李长生返回司令部的路上遇到了香梅，看来香梅也是有意在追他，跑得气喘吁吁的，满脸通红，头发根儿都被汗水浸湿了。

香梅追上李长生第一句话就说："哥，长在的思想，俺替你做通了。他还要参加竞选哩。"

李长生回过头来低声说："哦，那我得谢谢你。其实，按着晋察冀边区颁布的民选条令，你也可以参加竞选。"

香梅一听脸更红了，连连摇头："俺？俺不行……不行。"

李长生问道："怎么不行？每个老井镇的成年人都行，只要他没当汉奸。"

香梅连连摆手："不行，不行。俺一个妇道人家，又没什么本事……"

李长生很认真地说："你这些年进步很大，你应该有自信心。你能为抗日做很多事儿。"

香梅理了一下头发，羞怯地笑道："你可别夸俺了。俺这么大人咧，还不知道自个儿有几斤几两？"

两人肩并肩地在大街上走着，迎面碰上熟人，不断地跟他俩打招呼，他俩也不住地向大家招手。走着走着，香梅似乎觉得跟李长生挨这么近，有些不合适，就假装提鞋，放慢了脚步。

李长生没明白香梅是什么意思，停下脚步等着她。

香梅故意磨蹭着说："哥，你先走吧。"

李长生说："我还有话要跟你说呢。"

香梅说："回家再说吧。"

6

经过反复酝酿，民选的机会成熟了。

地点原定在老井碑旁，那里是村中央，有几条路口汇集了一个小广场，能盛几百人。可老井镇在三村五邻是有名的繁华大镇，有两千多户，四五千口人，再加上周围小刘庄、五里铺、马虎营、十五级等几个自然村，历史上一直属于老井镇管辖，也有几千口人。这样，林林总总加起来，差不多有一万来人。后来，民选组委会就把地点设在了西场院，那个场院有五亩地那么大，多少人也能盛得下。

场院正中央临时搭了一个主席台，主席台正中央挂着毛主席和朱德总司令的画像。上方写着"老井镇民选大会"，左右两侧贴着"打倒日本帝国主义！”“中国共产党万岁！”“誓死不当亡国奴！”“把日本帝国主义赶出中国去！”等标语口号。场院四周插了彩旗，太阳刚一露脸就响起了锣鼓，咚锵咚锵，响声震天。细心的人还会发现，平时爱跳爱唱的人还化了装，换上了红红绿绿的服装。根据组委会安排，选举结果产生后，还要演出文艺节目。

选举时间定在上午八点。这天，人们早饭都吃得早，还不到七点，推了饭碗的人们就开始往西场院溜达。小刘庄、马虎营、十五级的村民来得更早。太阳刚一竿子高，路上、街上净是人了。有的还赶着马车，车上拉满了一车人；更多的人是步行。一家一家的，拉着扯着，说着笑着，格外有精神；尤其一些半大孩子们，一路打闹，欢天喜地。猛一看，人们不像是去开会，倒是像赶集上庙。

小白鞋一向不吃早饭，太阳晒不着腚就不起炕。这天，听说镇上要搞民选，也特意起了个大早，把衣服穿着利索，先一阵风似的跑到街上，看了看向西场院奔走的人群，接着，又一阵风似的回了屋，洗把脸，然后对着镜子很用心地打扮了一番。听到街上走动和说话的声音越来越大，她心里有些激动。她知道民选跟她基本上没什么关系，但她好热闹，这么大的热闹，说什么也不能错过了。她家里既不养鸡鸭，又不喂猪羊，两扇大门一锁，就急慌慌地上了街。

刚走到老井碑跟前，就觉得有人在她后背捏了一下，她回头一看，是铁榔头。

小白鞋假装生气，嗲声嗲气地说：“哎哟，该死的铁榔头，你都是队伍上的人了，还这么没个正形儿。”

铁榔头却说：“小白鞋，怎么，你打扮得这个妖精样儿，是不是也想参加竞选啊？”

小白鞋冲着他吐了一下：“呸，你才妖精呢！俺参加竞选怎么了？难道还得你批准？”

铁榔头笑道：“那可真是。我想你怎么也能混两票。”

小白鞋也笑道：“俺自个儿一票，你给俺一票。”

铁榔头：“不，是小刺猬一票。”

小白鞋假装嗔怒道：“俺就知道你没这份孝心。”

铁榔头不再跟小白鞋扯闲篇儿，把她拽到一个人少的地方，一本正经地问道："跟我说真格的，最近见着小刺猬没？"

小白鞋也很正经地说："别提他。他早就不登俺的门儿了。"

铁榔头想了想说："上次鬼子'扫荡'的头一天晚上，有人看见他从你屋里出来。是不是有这么回事儿？"

小白鞋脸一下子变了："瞎掰！"

铁榔头："你别上火，真的假不了，假的真不了。我告诉你，人民政府一成立，一是打鬼子，再就是锄汉奸。小刺猬绝对当汉奸了，谁能揭发他，谁就能立功。"

小白鞋白了铁榔头一眼："哼！他当不当汉奸，关俺屁事儿。"

小白鞋说完，甩开铁榔头，独自向会场走去。

铁榔头追上去说："你要是不检举，新政府将来把你当汉奸家属论处。"

小白鞋愣了一下，指着前面走着的一个人说："那才是汉奸家属呢，你论处去吧。"

铁榔头仔细一看，那人是大红袍。大红袍抱着孩子，正兴冲冲地往会场上赶。铁榔头看了大红袍两眼，回过头来对小白鞋说："我告诉你，你要想活命，就离小刺猬远点儿，别让他扎着你！"说着就去追赶大红袍。他问大红袍，小刺猬到底在哪儿混事儿，最近回来没。大红袍说，早就不见他回来了，也不知道死到哪儿去了。铁榔头说，你爷们儿在给日本人干事儿，是汉奸，你要揭发他。大红袍说，我爷们儿不走正道儿，是真的，但绝对没当汉奸。他对我发过誓。

7

那一天，可真是人山人海，比九莲山上的庙会人多多啦。

这么多的老百姓聚集到一起，开大会，搞选举，真是开天辟地头一遭。老井镇人，哪怕是七老八十，或者走过南闯过北，自以为见过大世面的人，见了这热闹非凡的场景，也觉得新奇吃惊。

因为人多，选举第一阶段先分成几个组，每个组都有一个召集人。这个召集人都是识文断字的，手里拿着一个本，一边召集本组的人按照事先划好的地界就坐，一边登记上每个人名字，哪个村的，姓氏名谁，然后再把选票发到每个人手里。

有人问，俺不会写字，怎么填？

召集人说，有人代写。

有人问，除了上级提的候选人，可不可以填别人的名儿？

召集人说，可以，只要够选举条件。

有人问，可不可以写自个儿的名儿？

召集人说，可以，这是你的权利。

召集人又嘱咐大伙儿，认真填啊，这一票，可神圣了。涂抹了，票就作废。

人们又是一阵嘻嘻哈哈。

组与组之间留了有两米宽的过道儿，便于人们通行。外村的人见一面不易，在过道儿里拉手说话，亲亲热热。召集人便过来维持会场秩序，清理过道儿。

会场上响起了锣鼓声，选举时间到了。

锣鼓声一停，主持人让大家各就各位，妇女看好自个儿孩子，不要乱跑，不要乱叫。

人们笑了一阵，好容易才静下来。

主持人宣布：

第一项，选举大会正式开始！

第二项，向人民领袖三鞠躬。人们站起来在主持人带领下，向着毛主席和朱德总司令的画像三鞠躬。人多，事先又没排练，躬鞠得很不整齐。

第三项，由老黑头宣读选举法。虽然事先已经张贴出去了，但还要照本宣科念一遍。

第四项，请参加竞选的人上台讲话。

老黑头愣了一会儿，第一个走上主席台，发表演讲："乡亲们，我老黑头今年五十七了，岁数大了，按说不应该参加竞选，但大家推选我，抬举我，我就上来试一试。如果我被选上老井镇的镇长，我一定带领全镇老百姓，积极抗战，把大家伙儿团结在一起，赶走日本鬼子……"

老黑头的演讲刚一结束，会场上一片掌声。

李长生的掌声一直坚持到最后。

接着是吴桂兰演讲："乡亲们，同胞们，革命和抗战不分男女老幼。为了夺取抗战的全面胜利，为了建立一个让劳动人民当家作主的新中国，我吴桂兰甘愿抛头颅，洒热血，一息尚存，战斗不止……"

又是一阵潮水般的掌声。

接下来上台的是李长在、黑驴子、郭大吹、朱铁栓、李红斗、郭墩子……

有些人根本就没准备演讲稿，有些人没当着这么多人说过话，吭吭哧哧，满头大汗。会场上不断地爆发出一阵阵笑声，而掌声也不像刚开始那么热烈和长久。

接下来，还没等主持人请竞选人上台，郭文秀就大大方方地走上了主席台。郭文广眼疾手快，紧跟着就上了台，拉着郭文秀的手小声说："快下去吧，别当着这么多人丢人现眼。"

郭文秀挣脱了郭文广，大声说："我是老井镇的公民，为什么不让我参加竞选？"

郭文广又迅速抓住了郭文秀的胳膊："你要想让咱老郭家不遭人恨，你就给我下去！"

这个时候，会场上一下子安静下来，人们瞪大眼睛看着郭家兄妹在台上拉拉扯扯。

主持人见此情景，也上台来劝郭文秀："你的家庭背景特殊，我看你就不要参加竞选了。"

郭文秀毫不理会地说："有什么特殊的，我爹是我爹，我是我。我早就跟他划清界限了。"

主持人抬高了嗓门对台下说："乡亲们，她是大汉奸郭老财的女儿。大伙儿说，她能不能参加竞选？"

台下很多人都激动地站了起来，一片呐喊：

"不能！不能！"

"下去！下去！"

"郭家是大地主，老井镇绝对不能让他们当家！"

"郭家是大汉奸，是日本子的走狗，是民族的败类！"

"绝对不让郭家人参加竞选！"

"打倒郭老财！"

"打倒大汉奸！"

"……"

呼喊声一浪高过一浪，大家情绪异常激烈。

待会场上稍安静后，郭文广对郭文秀说："你看看这形势，你能参加竞选吗，谁会投你的票？”

这时候，吴桂兰挺身而出，潇洒地走上主席台，高声道：“乡亲们，郭文秀是个进步青年，在学校积极参加了护校爱国运动，现在又参加了抗日队伍。她为什么不能参加竞选？”

人们一下子静了下来。

李长在在人们没有任何思想准备的情况下，冲上主席台：“我不同意。郭家统治老井镇十几年，老百姓遭殃受罪，不见天日，牛马不如。现在好不容易，我们有自己当家作主的机会了，还让郭家继续骑在我们头上作威作福。我们能答应吗？你们说，是不是呀，乡亲们？”

经李长在这么一煽动，台下又乱了：

“对！绝对不能让郭家人在老井镇坐天下！”

“绝对不让郭家人参加竞选！”

“让郭家丫头片子滚下去！”

“滚下去！”

“滚下去！”

李长在在人们的助威中，怒视着郭文秀。郭文秀毫不示弱地看着李长在。两人在台上，像两只斗架的公鸡，怒目相视，各不相让。

这工夫，李长生觉得自己该出来收场了，这种场面是他所没有想到的。尤其李长在像程咬金一样地杀出来。

李长生走上主席台，轻声对李长在说：“你先下去。”

李长在愣了一下，有些不情愿地下去了。

郭文秀也想跟着下去，李长生留住了她。

人们见李长生上了主席台，慢慢地又静了下来。

李长生向大家做了一个示意安静的手势：“乡亲们，同胞们！共产党的政策，是团结一切可以团结的人，调动一切积极因素，把广大民众聚集在抗日民族统一战线的旗帜之下。没错，郭家在老井镇掌权的那些年，让老百姓吃尽了苦头，郭老财后来又当了汉奸，成了我们的敌人，也给老井镇造成了灾难。我们永远也不会饶恕他！可现在郭家人在我们的教育和影响下，已经认清了形势，顺应了历史潮流。郭文广拉起的队伍接受了改编，现在已经是正规的八路军了，是我们抗日队伍中的一支力量啦。还有郭文秀，主动跟他父亲划清了界限，投笔从戎，积极抗战，在八路军队伍里的表现很优秀。我们的抗日民主政府很需要这些有文化有觉悟的青年人，我们应该鼓励他们参政议政。乡亲们，我们老井镇在冀中地区是一个大镇、名镇、富镇，既有大地主，又有经商的人，有钱的人很多。如果我们不吸收他们参政议政，将来我们队伍的枪支、弹药、服装、给养从哪里来？还有就是，如果我们不团结他们，说不定呀，就把他们推到日本人那边儿去了。我相信，我们的父老乡亲都不愿意看到那样的事发生！”

李长生的一席话，似乎把大家说服了，谁也不嚷嚷了。

不知道是谁带的头，大伙儿热烈鼓起掌来。

郭文秀用无比感激的眼神看着李长生，眼泪慢慢流下来了。

等人们彻底安静下来之后，李长生对郭文秀道：“你开始吧。”

郭文秀掏出手绢把眼泪擦干，镇定了一下情绪，激动地说：“乡亲们，同胞们，今天，大家给了我参加竞选的权利，我谢谢大家了。”说完，向着台下的人深深地鞠了一个躬，就下去了。

静了一下，吴桂兰带头鼓掌，人们跟着鼓了起来，尽管不如前面热烈。

竞选演讲结束，主持人宣布选举开始。

选举是分组进行的。按照选举程序，各组村民根据候选人的演讲，先选出政府委员会的代表，再在当选的代表中选出镇长、副镇长、委员会委员等人选。这样一来，程序多了，时间也就长了。

各组村民在召集人的主持下，开始投票。村民们听了动员和演讲，不仅参加选举的热情更高了，态度也更认真了。他们对手中的那张选票的分量看得很重，选自己信任的人做老井镇的当家人，选为老百姓做事的政府，一定要认真。那些不识字的人，托人代写了。自己不放心，再让另一个识字的人看看，是不是自己想选的人。有的妇女刚开始就想凑个人数，匆匆忙忙投上一票，赶紧回家看孩子做饭，见别人都那么认真，就不慌着回家了，不光要认认真真地投上一票，还要看看最终的结果。

有的人拿不定主意，问身边的人，选谁合适。有的人拿着票，皱着眉头，左思右想，舍不得往上填。会场上有点儿乱。各组召集人不断地维持着秩序。

太阳偏南了，到该吃晌午饭的时候了，选票才收齐。唱票员、记票员、监票员开始忙活。

太阳又往南走了一大截，选举结果才出来。

老黑头得票最多，被选举为镇长。李长在得票排列第二，被选举为副镇长。委员有五六个。香梅是其中的一个，也是唯一的女性代表。

郭文秀只得了十几票，不够当镇长或者委员的资格。她满脸通红，心情沮丧，差点儿想哭。郭文广劝她想开点儿，她扭了一下身子，真的哭了。香梅、吴桂兰都过来劝她，她才止住哭泣。

铁榔头虽然只得了三票，但他很乐观。他说他只想掺和掺和，等下次选举再跟对手争个高低。

选举结束了，结果出来了。当主持人把选举结果公布出去之后，会场上再次响起长久的掌声。

新当选的老井镇镇长老黑头发表了就职演讲。

李长生趁热打铁，鼓励大家拥护新产生的人民政府，鼓励人们为抗战有钱的出钱，有力的出力。

李长生刚讲完，就有地主或商户上台捐钱捐物。有的是提前准备好的，有的要回家去拿，会场一下子又热闹起来……

第十七章　九莲山伏击战

1

麦子熟了，整个冀中平原不经意间变成了一片金黄。夏风吹来，麦浪像黄色的绸缎在微风中翩翩起舞，麦芒在阳光下流金，麦花在摇动中飘散，一股钻鼻的麦香扑来，让人闻着有一股说不出来的舒服。

人们刚刚准备开镰的时候，小刺猬回了一趟老井镇。

跟往常一样，小刺猬还是天黑了以后，骑着自行车进了村。

自藤藤袭击老井镇之后，小刺猬再也没回来过，尤其得知郭家大院被烧、李母被杀的消息之后，心里就更害怕了。

在日本人手里混饭吃，虽然眼下有吃有喝有钱花有娘儿们泡，但这不是个有光景的日子。日本人是洋人，是外来人。外来的和尚念不了经，在中国坐不了天下，早晚要回老家，跟他们混不到头儿。还有，这小日本儿狗日的，杀一个中国人，就像踩只蚂蚁一样，还以此为乐，想起来太可怕。现在自己给他们当狗使唤，用得着，能有吃有喝。但说不定哪天没用了，或者做错了什么事儿，随时就会丢掉小命儿。这一点，他早就看出来了。虽然看出来了，但现在还不能离开小日本儿，眼下先这么支应着，看风使舵，随机应变。

小刺猬这次回老井镇，是想暗中给自己留条后路。

小刺猬通过铁榔头找到了李长生，详细汇报了鬼子要进村抢粮的时间、地点、路线和兵力。老黑头认为小刺猬这小子没骨头。当年闹暴动，宣誓的时候就他嗓门儿大。大搜捕的时候，为了自个儿保命把大伙儿都出卖了。老黑头一再强调，这种人靠不住。吴桂兰说小刺猬是藤藤专门派来送假情报的，要求把他绑起来。最后，小刺猬给大家跪下了，说如果自己送假情报，天打五雷轰，死了也落不了全尸。

李长生倒觉得小刺猬犯不上要冒死送假情报，因为完全可以把他扣下作人质。到那时候，他送假情报就任何目的也达不到了。

李长生问小刺猬："是不是藤藤亲口对你说的。"

小刺猬说："不，我是听一个中佐说的。我们俩喝酒的时候，他无意中说的。绝对假不了。"

李长生说："那你留下行不行？"

小刺猬说："那我就永远也别在那边儿混了……"

李长生想了想说："那你还是回去吧。你今天跑出来，能保证藤藤不怀疑你吗？"

小刺猬说："藤藤今天去师团司令部了。他不知道我出来。"

李长生说："那你今天就赶回去，千万不要暴露。"

小刺猬点了点头："那我现在就走吧。"

李长生说："你能主动给八路军送信，说明你还是一个有良心的中国人。但以后的道儿该怎么走，还靠你自己。"

小刺猬再次点点头："你放心吧，我绝对不当铁杆儿汉奸。"

李长生让小刺猬赶紧返回去。小刺猬推上他的自行车正要出大门，铁榔头抓住了自行车车把："来，我送送你。"

一出门，铁榔头问小刺猬："你他妈的到底是铁杆儿大汉奸，还是打入敌人内部的探子？"

小刺猬说："都不是。我是两边儿都支应着。说到底，也算一名抗日分子。"

铁榔头说："别他妈往自个儿脸上抹粉了。我告诉你，你要替日本人干一件缺德事儿，我先把你老婆孩子宰了。"

小刺猬说："我知道你干得出来。"说着，就要上自行车。谁知，铁榔头又把他拽了下来。

铁榔头小声问道："说实话，小白鞋那儿，去了没有？"

小刺猬一边骑上自行车一边说："那还用问？搂柴火打兔子嘛。好不容易回来一趟……"

铁榔头冲着小刺猬的背影骂道："这个色刺猬……"

铁榔头往回走的时候，碰到了李长生。李长生把手伸给他：“把怀表给我。”铁榔头说：“押在酒馆儿了。”李长生严肃地道：“我命令你跑步取回来。”铁榔头说：“你急着用啊？”李长生说：“要打仗了，你不知道啊？”铁榔头跑了两步又回来了，嬉皮笑脸地说：“表哥，给我两块钱。要不，人家酒馆儿不给表。”李长生无奈，只好掏出两块钱给了他。

2

老井镇人民政府成立之后，陆续接到一些捐助。有钱、有粮食、有牲口，还有一些杂七杂八的物品。老黑头托人在天津、保定买了一些枪支。后来又建了一个小型兵工厂，可以自制手榴弹、地雷、土炸药等等一些有杀伤力的武器。这样，五支队的装备就得到了一些改善。基于这些条件，李长生才觉得可以跟鬼子打一仗。

小刺猬的情报果然准确，第二天下午，人们正睡晌午觉的时候，日军来抢粮了。

日军来了有四百多人，加上三百多名伪军，再加上民夫，浩浩荡荡有千八百人。这是鬼子“扫荡”以来，最大规模的队伍，而且是藤藤大队长亲自带队出征，看来是蓄谋已久。

李长生决定跟藤藤打一场伏击战，设伏地点在九莲山下。九莲山虽然也就三四十米高，但毕竟是作战可以依托的有利地形。夏天，山上植被茂密，又有大小不同的几个洞穴，便于部队伪装和隐蔽。经过反复勘察地形，李长生认为，这里是设伏的最佳位置。

李长生提前在九莲山下排兵布阵：三个主力团两千多人全部投入战斗。一团打主攻，二团、三团打助攻。一个直属加强连作为预备队留在村子里，适时加入战斗。另外，李长生还给冀中军区首长发去电报，请求周边部队破袭鬼子的铁路、公路，给予策应。

部队提前进入伏击位置，一团隐蔽在麦地里，二团潜伏在九莲山的草丛里，三团埋伏在提前挖好的壕沟里。

五支队指挥所设在九莲山腰的山洞里，李长生举着望远镜可以居高临下，总览整个战场。

在战士们的焦急等待中，鬼子的“扫荡”队伍尘土飞扬地出现在马路上。

九莲山顶上放下了消息树。

李长生在望远镜里看到，藤藤大队的行军序列作了精心安排。走在最前面的是民夫，手里拿着镰刀，身上背着绳子，不用说，他们是被鬼子抓来割麦子的。民夫后面是伪军，再后面才是日军。

李长生还在望远镜里看到，藤藤身挎日本大刀坐在一辆摩托车上，手里举着望远镜不住地向老井镇方向瞭望着。

这仗怎么打？既要消灭敌人，又不能伤着民夫。李长生放下望远镜心里琢磨着。

“没我的命令，谁也不准开枪！”李长生向各级指挥员下达了第一道命令。

藤藤的大队人马进入伏击位置。眼看着鬼子走到眼皮底下，却没有接到作战命令，战士们心里觉着憋得慌。

二团的主力是郭家招募的义勇军，小六子是三连连长，他跟铁榔头有同样的毛病，没事好喝两口。因为天热，李长生要求部队要背上水壶，以免中暑。小六子的水壶里装满了酒，自部队进入伏击位置，他就开始喝，战斗还没打响，酒已经下去半壶了。在部队焦急等待的时候，他悄悄对大家说：“郭家大院就是让藤藤王八羔子烧的，老爷也是让小日本儿给逼死的。我们一定要打响第一枪，为郭家报仇。”

民夫走过来了，后面的日伪军也看清眉目了，可还是没有接到开火的命令。小六子心里骂道：“李长生这是打的他妈什么仗？等个狗屌呀？”

小六子透过草丛向马路上的“扫荡”队伍张望着。突然，他发现了坐在摩托车上的藤藤。没错，就是那小子，瓦刀脸，扫帚眉，留着一撮小黑胡儿，身上挎着日本大洋刀。看着看着，小六子觉得眼里直冒火，他端起枪向着藤藤的脑袋瞄准，因为距离远，再加上摩托车在路上颠，怎么也瞄不准。他心里不住地“突突”直跳。

指挥所里，郭文广也心急火燎，眼看着鬼子已进入伏击位置，便请示李长生：“打吧？”

李长生向郭文广打了一个手势：“再等等。等民夫过去再打。”站在李长生旁边的吴桂兰和郭文秀也显得很着急。刘涛示意她们安静，听从李长生的统一指挥。

天很闷热，没风，树梢不动，草不摇，山上很静，只有知了和远处的青蛙在叫，让人听了烦躁。

小六子认为已经瞄准那个在摩托车上拿着望远镜的藤藤了，便高喊一声：“弟兄们，打！给郭家报仇的时候到了！”

小六子喊完便扣动了扳机，子弹打出去之后，他见藤藤倒在了车上，便兴奋地高呼道：“打死藤藤啦！打死藤藤啦！”

小六子提前开火，暴露了目标。李长生见状，高喊一声：“打！”

埋伏在麦田里、地沟里和九莲山上的八路军一起向日伪军开火。

“叭！叭！”

“嘎勾！嘎勾！”

“嗖！嗖！”

在雨点般密集的子弹中，几十名日伪军以不同姿势倒下。走在最前面的民夫见状都傻了眼，慌了神。

李长生大声喊道：“乡亲们快跑！”

民夫们听到喊声，这才镇静下来，纷纷向不同方向跑去。

3

小六子那一枪是在藤藤耳边飞过的，藤藤根本没伤着皮毛。他有意倒在车上，然后就很快下了车，躲在车身后面，抽出大刀，很镇静地向四周观察了一下，朝着周围的日军军官说了一嘟噜日本话。

看得出，日军虽然未料到遭遇伏击，但并没有任何慌乱。他们很快展开队形，集中火力向山上、麦田里射击。日军的火力很猛，很快把五支队的火力压了下来。

李长生知道硬拼火力不是鬼子的对手，没有急于下达全面冲锋的命令。因为五支队是在公路两侧利用地形分三层防线设伏，日军虽然火力猛烈，但却找不到准确的射击目标。李长生命令部队从不同方向交替向鬼子开火。这样一来，鬼子的机枪阵地一会儿向西打，一会儿向东打，像无头苍蝇一样乱射。

这样僵持了一阵子，小六子忍不住了，他猛地从草丛里站了起来，挥了一下手，高声喊道：“弟兄们，不怕死的给我上！为老爷报仇的时候到啦！”

几百名战士“呼啦”一声都从麦田里站了起来，他们端着枪一边喊着一边向公路上的日军冲去。

李长生见状，高喊：“快趴下！注意隐蔽！”

小六子他们根本不听那一套，大声叫喊着往前冲。

藤藤转身大刀一挥："射击！"

日伪军马上集中火力朝小六子他们射击，冲在前面的像被砍倒的庄稼一样齐刷刷倒下。

冲在最前面的小六子首先倒下，但他很快又站了起来，他使出吃奶的劲高叫着："藤藤王八蛋！还我郭家大院！还我郭老爷！"

藤藤举起手枪向小六子连开两枪，小六子再也爬不起来了。

郭文广被小六子的壮举感动，他流着泪高喊着："小六子！小六子！"

李长生见目标已完全暴露，马上调整作战方案，命令一团向日伪军的结合部发起冲击，把日军分割开来。

一团主力前身是冀中游击队，军事素质明显过硬，他们还没等日军做出任何反应，就杀进了机枪阵地，机枪手来不及调转枪口，他们就冲到日军跟前了。

李长生又命令三团封堵通往老井镇的路口，二团和一个直属连断敌退路。

部队接到命令，迅速从壕沟里、麦田里、山坡上一跃而起，发起冲击。

李长生从望远镜里看着自己的队伍勇猛地冲向敌阵，心里一阵兴奋。在他的指挥下，一团穿插、前堵、后截、拦腰各种游击手段都用上了。他的作战意图都实现了。下一步，就是近战了。近战日军的先进装备就发挥不了作用。

日军丢下机枪与八路军展开肉搏。别看小日本儿个头矮，但个顶个都训练有素，一个对一个，根本不是敌人的对手，那就两个、甚至三个打一个，敌我双方厮杀纠缠在一起，场面相当惨烈。

铁榔头会点儿武术，一到近战，他就乐了。一个日军像饿狼扑食向他扑来，他敏捷地一闪，那日军跌了个前趴。他蹿过去，给那日军来了个大锁喉，日军咧着嘴嗷嗷叫着，不一会儿，就翻了白眼儿。他刚从地上站起来，见一个日军抱住了李长在的腰，另一个日军端着刺刀向李长在刺来，铁榔头飞起一脚踢掉了日军手里的枪，顺手抄起地上的长枪向日军的前胸刺去。那日军用手死死地攥着刺刀，直到手被刺刀绞烂才松手。铁榔头回过头来的时候，见李长在已被日军摔倒，那个日军正掏出匕首向李长在前胸刺去。铁榔头一个下勾拳击中日军的下巴颏，那日军虽然血流满面，但手里的匕首并没放下，躺在地上的李长在趁机掏住了日军的裆部，死死地攥住了日军的命根子，日军翻着白眼倒在地上。铁榔头对准日军的脑袋就是一枪托，一下，两下，三下，直到那个日军一点儿也不能动弹了才住手。

一时间，枪声、喊杀声、叫骂声连成一片。被分割开来的日军大概没见过这样的作战样式，他们顾此失彼，东挡西躲，陷入被动与混乱。

4

久经沙场的藤藤脸上也变得煞白，他利用汽车做掩体，愣了一会神儿，突然像一个困顿的怪兽一样咆哮起来："炮！开炮！"

日军炮兵接到命令，训练有素有条不紊地装炮弹、测距离、瞄准、发射。一发发炮弹在八路军人群里开花，不少人纷纷倒下。

李长生没料到，日军进村"扫荡"还带着大炮，看来藤藤事先已料到会遭八路军埋伏。可见五支队的成立和存在，藤藤不是没有耳闻。李长生恨只恨五支队连一挺重机枪也没有，更别说大炮。一遇到重型武器，就傻眼了。

看着战士们在日军炮弹下倒下，李长生心跳加速。但战场上却出现了另一幕，已杀进鬼子阵地的一团的一名战士，在日军炮手装炮弹的工夫，向几个炮手甩了一颗手榴弹，几个炮手一个不少地都被炸飞了。那个战士站在一边咯咯直乐，但一发子弹打来，他趔趄了几下，栽到了地上。

鬼子的大炮哑了。李长生抓住这个机会，下达了全面出击的命令。下达完命令，他让郭文广、刘涛留在指挥所，自己带司令部直属手枪连冲下山去。刘涛不干，坚持自己带队冲锋。李长生没等刘涛把话说完，就冲出指挥所。随着冲锋号声响起，隐蔽在麦田、壕沟、草丛里的八路军，灰压压地扑向公路上的日伪军。

自战斗打响，吴桂兰的情绪就十分高涨，这是她第一次近距离地观望激烈的战斗，她对李长生镇定自若的指挥佩服得五体投地。她几次提出来，要到一线去。李长生命令她："你的位置是在指挥所。"接着又强调一句，"是在我身边！"

见李长生冲下山，吴桂兰理所当然紧随其后。李长生命令她："你留下！"

吴桂兰："你不说我在你身边吗？"

李长生大声喊道："注意隐蔽！"

然而吴桂兰怎么也控制不住自己内心的激动，一边冲一边高喊："打倒日本帝国主义！小日本儿滚出中国去！”

吴桂兰像疯了一样猛跑，不一会儿竟超过了李长生，跑在了队伍的最前面。这时，李长生见一个日军向吴桂兰瞄准，他紧跑两步，把吴桂兰推向一边。但已经晚了，日军的枪响了，正好打在吴桂兰的右肩上，吴桂兰“啊”地叫了一声，倒在麦田里。

李长生大声喊道：“卫生员！卫生员！”

卫生员赶到，赶紧给吴桂兰包扎。李长生见吴桂兰伤得不重，带着手枪队一边射击，一边冲锋。

李长生枪法准，他很快瞄准那个向吴桂兰开枪的日军，日军被一枪毙命。藤藤见这场面真的慌了神，这样下去，马上就被八路军包饺子了。这是从没遭遇过的态势，他一边组织还击，一边下达了撤退的命令。

接到命令的日伪军都争着往汽车上爬，他们很讲究战法，登车的登车，掩护的掩护。上了车的日军马上又开枪掩护车下的日军登车。负责断后的二团团长带部队封锁敌人的退路，日军用重机枪在车上疯狂扫射，部队伤亡很重。

李长生命令二团团长，给日军让开退路。

二团长骂骂咧咧，眼睁睁地看着小日本儿逃跑，他心里窝着火。被一团拦腰截断的有一百多名日伪军，早已死伤大半。李长生又调整部署，集中优势兵力打歼灭战，把这股敌人层层包围。被包围的日军失去了指挥系统和抵抗能力。李长生派人向他们喊话，让他们缴械投降。

伪军们都交出了武器，举起了双手。而日军一个也不投降，他们端着没有子弹的长枪短枪，或者握着大洋刀，瞪着滚圆的眼睛，咬着牙，怒视着四周的八路军。待伪军双手举着枪走出来之后，李长生向日军再次发出缴械投降的命令。

静了一会儿，一个日军军官突然高叫了一声，几十名日军举起手里的刺刀，向自己的肚子扎去……

一个个日军面目狰狞地死去。

周围又静了下来，静得极其瘆人。突然，铁榔头咆哮起来：“不能他妈的这么便宜了小日本儿！”举枪冲着日军的尸体连开三枪。紧接着，几个战士扑向日军的尸体，被李长生拦住了。

李长生命令部队打扫战场，他强调，虽然小日本儿是我们的敌人，但对待他们的尸体还是要掩埋下葬。他说，这就是中国人的大德。

5

麦垄里突然站出来一个小个子日军，把人们吓了一跳。趁人们还没回过神来的时候，他顺着麦垄没命地跑去。

“站住！”铁榔头朝天开了一枪。

那个日本兵头也不回，接着往前跑。

“他娘的！”铁榔头把枪往地上一扔，顺着麦垄拼命追去。

铁榔头一边跑一边喊：“站住！站住！”

日本兵跑得飞快，铁榔头撒了丫子跑了一二百米，才渐渐追上了那个日军。

日军很狡猾，等铁榔头快追上的时候，突然蹲下了。铁榔头没料到小日本会来这一手，被绊了个前趴虎。

那日军迅速站起来扑向铁榔头。铁榔头激灵一下翻过身来，伸出双腿向空中踹去，不偏不倚，正踹在日军的裆部。那日军“哎哟”一声趴在地上。铁榔头一个鲤鱼打挺站起来，骑在日军身上，挥起拳头一边骂一边打：“小兔崽子，我让你跑！我让你跟老子玩儿阴的！”铁榔头下手着实够狠，那日本兵顿时鼻青脸肿，眼冒金花，嘴里、鼻子里都往外流血。见日本兵闭着眼睛一动不动了，铁榔头这才抹了一下自己脸上的汗汤子，不情愿地住了手。

李长生在后面喊道：“铁榔头，别打死他，捉活的！”

大家都顺着麦垄跑过去，近距离观看铁榔头与日本兵的单打独斗。

铁榔头见那日本兵一动不动了，以为他死了，就把耳朵俯在他的鼻子上，看他是不是还会喘气。谁成想，那个日本兵突然直起脖子咬住了铁榔头的耳朵，“咯吱”一声，把铁榔头的耳朵咬下了一半。铁榔头急了眼，双手死死地卡住了那日本兵的脖子，直到那日本兵白眼珠儿翻出，脑袋歪向一边……

等人们围过来的时候，铁榔头还死死地卡着那日本兵的脖子，那日本兵歪着脑袋，嘴里死死地叼着铁榔头的半个耳朵……

李长生拉起了铁榔头，铁榔头用手捂着被咬伤的耳朵，又热又红的血顺着他的手往下流。铁榔头歪着脖子骂道：“这日本王八羔子，真他妈狠。”

几个人在日军尸体上一阵乱踹。

李长生蹲下身子摸了摸日军的鼻子，发现他确实死了，回头批评铁榔头："你干吗要把他掐死？我告诉你要抓活的。"

铁榔头捂着被咬伤的耳朵委屈地道："操！我不弄死他，他就咬死我了！"

这工夫，村里的乡亲们都赶过来打扫战场。一直到天黑，战场才打扫完。经过反复清点，共找到二百多具敌人的尸体，其中日军八十三具，其余都是伪军。而五支队却牺牲五百多人，是敌人的两倍，其中大部分是二团的人。

这次战斗缴获了一门大炮，一部电台，二十挺重机枪，五十支短枪，一百多支长枪，还有一些日本大洋刀、弹药、食品等等，还有两块怀表。

清点完，战士们冲上九莲山嗷嗷大叫，几个战士把铁榔头抬起来一次一次地向空中抛。铁榔头高叫着："慢着慢着，我耳朵还疼呢。"

李长生笑着看了一下怀表，让刘涛马上拟一封电报，向冀中军区首长报告战况。

第十八章　铁榔头与小白鞋

1

打一仗，进一步。李长生在九莲山伏击战总结大会上，举着冀中军区首长发来的贺电，慷慨激昂地说：“同志们，五支队首战告捷，九莲山伏击战是成功的。”

接下来，有人小声说，这就相当于平型关战役，也有人说相当于阳明堡战役。总之，大家欢欣鼓舞，情绪高涨。

李长生马上示意大家安静，接下来话锋一转，表情严肃地说：“但是，我们没有丁点儿理由骄傲自满，更不能好大喜功。我们应该看到，这次战斗暴露出来的问题多，尤其是在服从命令，听从指挥上，没有做到步调一致。比如，二团三连连长小六子，在没有接到命令的情况下，擅自开火，暴露了目标，搅乱了整个作战计划，造成部队重大伤亡。教训是非常惨痛的……”

还没等李长生把话说完，郭文广“噌”地站了起来：“李司令，我有话要说。”

李长生看了郭文广一眼：“你说。”

郭文广一张口，情绪就激动起来：“你不能这样评价小六子。他作战勇敢，不怕牺牲，应该是我们五支队值得骄傲的抗日英雄。大家都看见了，他冒着敌人的枪林弹雨向前冲，他身上被打穿了十几个窟窿……”

李长生情绪也一下子激动起来：“什么抗日英雄，依我看纯粹是江湖草莽！你们听到没有，他当时喊的口号是‘为郭家报仇的时候到了’。这充分说明，他还是狭隘的复仇思想，极端的个人英雄主义。在我们革命的队伍里，不能提倡这样的英雄。我们需要的是以民族利益为重，一切行动听指挥，步调一致得胜利。”

郭文广毫不示弱：“你这样评价一位抗日战士，有失公允。小六子把命都搭进去了，你还说他是江湖草莽？不管他嘴里喊什么口号，但他毕竟是冲着日本鬼子发起冲锋，怎么能说是狭隘的复仇思想、极端的个人英雄主义呢？我认为，对小六子，必须有一个公道的评价。不然，我对不起他的在天之灵。”

李长生平静了一下情绪：“关于对小六子的评价问题，我们再开会研究，现在不急于下结论。但郭副司令，我提醒你，从你刚才的话里，也透露出对小六子的评价，带有个人感情色彩。什么叫你对不起他的在天之灵？在你眼里，小六子不是八路军的成员，还是你郭家的打手。”

郭文广说：“不管怎么说，小六子为国捐躯，他永远是我们义勇军的骄傲。”

李长生说：“从现在起，我们再也别提义勇军、游击队了。我们是共产党领导的八路军。”他看了郭文广一眼，缓和了一下口气说道，“郭副司令，今天是总结大会，我们不再争论了。如果有什么不同意见，我们私下再交换。你看可以吗？”

郭文广毕竟也是文化人，听李长生这么说，也就不好再说什么了。在李长生和郭文广争论期间，会场极其安静。支队首长一正一副，在会上争论到白热化的地步，这还是第一次。作为部属们，谁也不好意思插言，更不好妄加评判。接下来，李长生又批评了各团之间的作战协同有问题，没有严格按照作战前的部署要求抓落实，战斗一打响，就有点乱，到最后还是乱。弄得没办法，乱仗只好乱打。但这样的教训今后决不能再发生。

郭文广不太服气，还要争辩。坐在他身边的郭文秀捏了他一下。

李长生还批评了铁榔头，我军的政策是宽待俘虏，不能把那小鬼子活活掐死，那样做，太不人道了。

李长生说：“我建议，给铁榔头记过处分一次。”

李长生问大家还有什么事。刘涛说：“我有事要说几句。”

李长生说：“说。”

刘涛说：“司令员，我给你提个意见。”

李长生说：“提。”

刘涛说：“作为支队的最高指挥官，你的位置应该在指挥所，而不应该亲自带手枪连直接冲锋陷阵。”

李长生很认真地问：“怎么讲？”

刘涛说：“你的安全不是属于你自己，而是属于整个五支队。”

李长生点点头：“有道理。”他笑着挠了挠头皮，接着说，“以前我当团长，都是冲锋在前的。”

刘涛说：“李司令，你指挥全局，可比冲锋陷阵重要多了。”

李长生不好意思地说：“好。我下次改。”

2

李长生开完会去看吴桂兰。

吴桂兰伤的是右肩，子弹从皮肉里穿过去，还好，没伤着筋骨。

李长生进屋的时候，吴桂兰在炕上躺着，陪着她的有香梅和郭文秀。他一进来，香梅和郭文秀都站了起来，吴桂兰把脸扭过来，看着他。

李长生一进屋就问吴桂兰：“怎么？好点儿了吗？吴主任。”

吴桂兰紧蹙了一下眉头，痛苦地道：“还是疼……”

李长生半开玩笑地说：“你现在是八路军冀中军区第五支队的政治部主任，而不是保定二师的大学生了，别那么娇气啊。”

香梅听了嗔怪道：“哥，有你这么劝病人的吗？”

郭文秀却道：“东边日出西边雨，道是无晴却有晴啊。”

香梅插嘴道：“你这一来呀，吴姑娘哪儿都不疼了。”

郭文秀又顺嘴道：“就是喊疼，也是撒娇。”

李长生没理会郭文秀和香梅的话题，坐在炕沿上，对着吴桂兰说：“我是看你来了，也是来批评你来了。”

吴桂兰一听这话，马上把眼睛睁大：“怎么？小女子冒犯司令大人啦？”

李长生向香梅和郭文秀使了个眼色，她们俩很知趣地出去了。

李长生直奔主题地说：“我认为，你在战场上，不是在杀敌，而是在表演。有在那个时候呼口号的吗？”

吴桂兰辩解道：“我在学校的时候，就和同学们一起呼口号，打倒日本帝国主义！把日本鬼子赶出中国去！可哪个日本人听得到？好不容易有和小日本儿面对面的机会，我为什么不可以振臂高呼？为什么不让小日本儿知道，每一个中国人都恨他们，要把他们赶出中国？”

李长生笑了一下道：“你很幼稚。要赶走小日本儿，得靠这个，而不是呼口号。”说着，他有意摸了摸自己身上的枪。接着，又说，“当然啦，该呼口号的时候还得呼……”

吴桂兰抢过话题来说：“李司令，你说我呼口号的时机不恰当可以，但你不应该说我在表演。你还不了解我吴桂兰，我是世界上最真实的人。言为心声，我的所作所为都是真心使然。”

李长生见吴桂兰情绪有些激动，像个大哥哥似的拍了一下她的肩膀：“我理解。说到底，我还不是为你的安全着想。你那一喊，不明摆着是吸引敌人的子弹吗？”

吴桂兰听了这话，心里暖和了一些，抿了一下嘴，道：“你一进门儿，就说是来批评我的。人家负了伤，你一句安慰的话也没有。真是的……”

李长生笑道：“你没听文秀说，道是无晴却有晴吗？”

吴桂兰心里又注入一丝暖流，她的脸略微红了一下，闭了一下眼睛，又睁开，有些撒娇地嗔怪道：“你的脸终于晴了，一进门儿就阴着，感觉不是来看病人，倒是像来审犯人。弄得人家心里冰凉冰凉的。”

李长生解释道：“我在总结会上发了一顿火，情绪还没转换过来。实在对不起。但我还是要提醒你，要消灭敌人，首先要学会保存自己……”

吴桂兰接过来道：“你身为司令，不是也冲锋陷阵，舍生忘死吗？”

李长生不好意思地道：“快别说了，会上已经有人批评我了。我也做过检讨了。”

吴桂兰也笑了：“看来不光我关心你的安全。”停了一下，瞪大眼睛看着李长生，充满感激地道，“要不是你推我那一把，说不定我就没命了。我还没来得及感谢你呢。”

李长生默默地听着，随手拿起扫炕的小笤帚有一搭无一搭地摆弄着。

静了一会儿，吴桂兰转了话题：“李司令，我来五支队这么长时间了，咱们还没时间谈谈工作以外的事情……”

李长生随口道：“谈吧，哪方面的都行。”

吴桂兰很不客气地说：“我这人心直口快，你要有心理准备。”

李长生点点头：“说吧。”

吴桂兰开门见山：“当初，你不欢迎我来五支队，不是因为我是个女的，而是不喜欢我这个人。对吧？”

李长生马上把话接过来："不是。是我觉得你太年轻……但现在看来，你很优秀。"

吴桂兰接着问道："那你还记得，我当年给你写的信吗？"

李长生说："当然记得。信在这儿呢，我一直装着。"说着，从口袋里掏出了那封信，小心翼翼地放在炕上。

吴桂兰拿起来看了一眼那封信，又放下了，随口道："谢谢你还收着它。"叹口气接着道，"你不回信的原因我就不问了。但你不能从信中感受到什么吗？"

李长生笑笑，问道："感受到什么？"

吴桂兰低下头，脸颊绯红："如果你真的没感受到，那我就把话跟你挑明了吧。我爱上你了，你接受吗？"

李长生赶紧摇摇头，用手比画着说："不，不。你是大学生，风华正茂，可考虑问题很不现实……别忘了，我是结过婚的人，年龄也比你大很多……"

吴桂兰："你这是搪塞、推辞。"

李长生："现在是国破山河碎，我们哪顾得上谈情说爱。"

吴桂兰："我觉得，恋爱跟抗战根本不矛盾。"

李长生既像自言自语，又像在反问："是吗？"

吴桂兰又逼问道："我配不上你。你一表人才，文武兼备。你当过红军团长，现在又是支队司令。"

李长生看了吴桂兰一眼，不说话了，也不知道该说什么了。说心里话，眼下这个才貌双全的吴桂兰，简直无可挑剔。可不知为什么，他的心里始终走不出香梅，他觉得任何人都不能代替香梅在自己心中的位置，包括这个主动向他表露心迹的吴桂兰。他不知道这是为什么。

李长生想来想去，不知道该怎么回答吴桂兰提出的这个简单的不能再简单的问题。他一只手托着下巴，像是在思考问题，又像是怅然若失。

见李长生待在那不说话，吴桂兰一下子委屈地哭了："打在游击队的操场上见了你第一面，我就被你征服了。你的抗日救国理想，你的军事本领，你的聪明才智，你的果敢坚强，都深深地打动了我，让我从心里放不下你。后来，你从郭家大院救了我，又连夜送我到火车站。那段路很长很长，又很短很短，那是我人生中最幸福，也是最难忘的一段路。现在想起来，我还是按捺不住地心跳。我犹豫再三写了那封信，可我等啊盼啊……现在想起来，我真是太幼稚了，太天真了……”

李长生见状，忙说：“你别这样，让人看见不好……”

就在这时，两人同时发现窗户外面有人偷听。紧接着，就听到门外有人说话。他们还没来得及判断来人是谁的时候，郭文广就进了屋。

郭文广手里提着两只螃蟹，还有鱼虾，真是领导慰问伤员的样子。他见李长生在，又见炕上那封信，心里就明白了在他进屋之前，两人在讨论什么话题。那封信他是见过的，内容也熟悉，也是最刺痛他内心的。他感觉自己进来的太不是时候了。

吴桂兰见来人是郭文广，用手拽了一下被子，把脸遮起来了。

李长生忙说：“吴主任，郭副司令来看你了。”

吴桂兰并没把脸露出来，说：“谢谢。”

李长生趁机收起了那封信。

郭文广很尴尬，坐也不是，站也不是，提着手里的东西发愣。待了一会儿，说：“吴主任，我来看看你，你还好吧。我派人到白洋淀摸了些鱼虾，你补补身子……”

吴桂兰还是没把脸露出来，十分机械地说了声：“谢谢。”

这工夫，香梅进来了，郭文广把手里的东西赶紧递给她。香梅接过来，有意提高嗓门说：“哟，还都活着，真够新鲜的。吴姑娘，你快看看。”吴桂兰还是没把脸露出来。

郭文广见状，不好再待下去了，转身想走，回过头来很无奈地道：“吴主任，你好好养伤吧。祝你早日康复。”

李长生说：“郭副司令，别慌着走。咱们谈一谈。”

郭文广浅笑了一下，说：“改天吧。”然后闷闷不乐地出了屋。

3

李长生精心细致地擦着自己的手枪，这支手枪是这次缴获的德国造，还是新的，他爱不释手，擦了一遍又一遍，亮得几乎能照见人，像得了一个大宝贝。

铁榔头进来，耳朵上还裹着纱布，但并不耽误他喝酒。他从日本人的尸体里搜出了十几块钱，趁人不注意就装进兜儿里了，当天就还了酒馆一部分钱，剩下的又打了酒。他的小酒壶又满当了。

香梅跟铁榔头开玩笑："本来就寻不上媳妇儿，耳朵又少了一块儿，更不好找了。"

铁榔头喝了一口酒："那我就再降价处理，缺心眼儿的也要。"

李长在接过来说："这回表哥可是救了我。不然，我这一肚子下水早让小鬼子的刺刀搅和烂了。"

铁榔头叹了口气："咳，拢共死了八十三个鬼子，四个是我弄死的，结果还挨个处分。这上哪儿说理去呀？"说着，看了一眼正在欣赏手枪的李长生。

李长在向着铁榔头说话："哥，你说打仗亲兄弟，上阵父子兵。关键时刻，我们哥儿俩可是把命都豁出去了。我倒没什么，表哥杀了那么多鬼子，耳朵还给弄残了，你怎么还处分他？"

李长生说："功是功，过是过。他杀俘虏，本身就该处分他。还有，他在敌人尸体上翻东西，把应该缴获归公的东西自己私自留下来，你以为没人向我反映啊？"

铁榔头说："不就十几块钱吗？烧了也是烧了。换酒喝多好啊。"

李长生正色道："三大纪律八项注意，你们都学了，不能光会背，还要认真执行。"

铁榔头又喝了一口酒："有一条，我保证能做到。"

李长在问："哪条？"

铁榔头说："不调戏妇女。"

李长生、香梅都笑了。李长在却说："这一条，表哥恐怕你更做不到。"

铁榔头怕李长在揭他跟小白鞋之间的短，赶紧用胳膊捅了他一下。这工夫，小铁锤跑进来了，一进门，看着铁榔头的耳朵说："表大伯的耳朵怎么啦？"

铁榔头说："刚忘了这个茬儿，这小祖宗又提起来了。"

香梅对小铁锤道："铁锤儿，你表大伯的耳朵让小日本儿咬了一块儿下去。你耳垂儿厚，借你一块儿，安在你表大伯的耳朵上相媳妇儿用。行不？"

小铁锤天真地道："行。相完媳妇儿，再还给俺。"

全家人都让小铁锤给逗乐了。

铁榔头把小铁锤搂在怀里亲了一下："难得表侄有这份孝心，来！表大伯奖励你。"说着，从口袋里掏出几颗糖果塞给小铁锤。小铁锤高兴地蹦起来。

李长生说："也是搜腰包儿搜来的吧？"

铁榔头说：“搂柴火打兔子——捎带脚儿。”说完，拉着小铁锤的手，“走，表大伯带你逮蝈蝈去。”

小铁锤又拉起李长在的手：“爹，你也去吧？”

李长在看了看水瓮里没水了，对小铁锤说：“你跟你表大伯去吧，我挑水去。”

李长在、铁榔头、小铁锤都走了。

李长生见屋里光剩下他和香梅了，把枪别在腰里也要走，香梅叫住了他：“哥，等一下，俺有话跟你说。”

李长生犹豫了一下，站住了。香梅劈头就问：“你为什么不答应人家吴姑娘？”

李长生有些揣着明白装糊涂地反问道：“什么答应吴姑娘？”

香梅拉下脸来说：“你装什么糊涂？人家吴姑娘都把话直说了，你还支支吾吾的……”

李长生又问道：“她跟你直说啦？”

香梅：“什么她跟俺说了？那天，俺和文秀都在窗户底下听见了，吴姑娘也跟俺说了。”

李长生接着问道：“说什么了？”

香梅说：“她让俺套套你的实话，问问人家哪一点儿配不上你？人家一个大闺女家的，把话都挑明了，你连个痛快话儿都不给，不伤人家心吗？”

李长生咂了一下嘴：“抗战这么紧，任务这么重，我确实顾不上考虑这个问题。再说，刚当上支队司令，就忙着谈情说爱，谈婚论嫁，别人会怎么看？”

香梅毫不客气地说：“你这话纯粹是托词。咱们做过夫妻，你能糊弄别人，还能糊弄得了俺？要说，以前娘托媒人介绍的那几个确实配不上你，俺也看不过眼去。可这个吴姑娘论长相、论才华、论品行、论性格，没有配不上你的地方。娘在的时候，就一直惦记着人家吴姑娘。娘曾对俺说过，你哥要是娶了吴姑娘，那可是一辈子修来的福儿。哥，为了咱娘的在天之灵，你就答应了人家吴姑娘吧。啊？”

李长生正要说什么，李长在挑着水进了屋，他一进院，就从窗户里看到李长生和香梅在屋里说话，看样子好像还是说一些悄悄话，他心里一下子就不自在起来。依他的身体，平时挑一挑水，肩上就像没什么东西似的，可一见媳妇儿跟哥单独说话，浑身就发沉，心里就别扭。他有意把脚步放轻，想听听俩人在说什么。他隐约听到了李长生说了一句最要他命的话："可我心里还是一直放不下你……"这句话一灌进他的耳朵，脑袋就"嗡"地响了一下，心里就发凉。联想起来那次看到香梅撕相片时，李长生说的那句话："我心里那张你怎么也撕不碎。"再想想，香梅对李长生吃的穿的洗的涮的，照顾得那么周到。再就是娘在世的时候，一再托媒人给哥介绍对象，可他既不相又不看，甚至像仙女似的吴姑娘，他也不动心思，就是因为放不下香梅，这可要人命了。现在小铁锤都这么大了，你这当哥的还想怎么着。他听着想着，又气又闷，三步并作两步进了屋，水也不往瓮里倒，"咣当"一声把两只筲蹾在地上，筲里的水一下子溢得满地都是。

李长生听到声响出了里屋，李长在"吭哧"一下跪在了他面前："哥，你兄弟求你了，娶了吴姑娘吧。你让我跟香梅过一辈子安生日子吧。啊？"李长在正好跪在水洼里，两个膝盖很快泡湿了。

李长生一下子蒙了："长在，长在，你快起来。让人看见笑话……"

李长在跪在地上低着头说："你不答应娶吴姑娘，我就是不起来……"

进来几个泥孩子，要找小铁锤玩儿，见李长在跪在地上，一下子乱叫起来："嗷！嗷！铁锤儿他爹下跪喽！"

香梅赶紧跑出来，拿起烧火棍撵那些泥孩子。

4

铁榔头虽然经常挨李长生的批评，但还是改不了喝酒的毛病。他说他要是不喝酒了，除非要他的命。

这天，太阳偏西的时候，铁榔头化装侦察回来路过酒馆，摸了摸兜里一分钱没有，但转悠了一会儿，还是进去了。他只点了一盘花生米，喝了半碗酒，他还要赊账，店小二说做不了主。他就说，让你们老板来。店小二说，老板不在。他知道，老板就在柜上，只是不让再赊账而已。留也不是，走也不是，正尴尬的时候，有人却替他把账结了。抬头一看，竟是小白鞋。

小白鞋什么话也没说，结了账就往外走，走到门口却又停下了。

铁榔头打了个饱嗝，抠着牙花子出了酒馆，见小白鞋还站在门口，他也愣在那了。小白鞋看了一下天，这会儿天似黑不黑，大部分人家都在吃晚饭，街上没什么人。小白鞋又挪动脚步往前走，走到一个柴火垛跟前停下了。铁榔头觉得小白鞋不是专门来给自己结账的，肯定有什么话要说，犹豫了一下，跟了上去。

小白鞋回过头来："有空没？"

铁榔头："这不闲着呢吗？"

小白鞋："到俺家去呗。"

铁榔头："有事儿么？"

小白鞋："有。掌灯以后去吧，俺给你留着门儿。"说完拧着屁股走了。

铁榔头看着小白鞋的背影，心想：小刺猬这阵子没回来，这小寡妇儿八成是熬不住了吧？去还是不去呢？这些日子光挨批了，又是为掐死小日本儿，又是为喝酒。要是再为小白鞋挨批，可就没法儿在队伍上混了。参加了八路军，人家个个遵守纪律，可自己就是管不住自己。转念又想，去了又能怎么着。反正没人看见，天知地知呗。

铁榔头在街上溜达了一会儿，天就黑透了，家家掌起了灯。他掏出怀表看了看，快八点钟了，四下看看没人，就朝小白鞋家走去。

小白鞋家的大门虚掩着，铁榔头有意看了看，门槛旁边的那块砖没了。看样子，小白鞋真的从良了。

铁榔头走进院子里的时候，有意使劲儿咳嗽了一声。见没动静，又咳嗽了一声，就听小白鞋在屋里说："来就来呗，还装什么痨病咳嗽？"

铁榔头进了屋，屋里亮着灯，小白鞋还跟以前一样，在炕上半躺半坐，有一搭无一搭地嗑着瓜子儿，显得悠闲自在。

铁榔头没像以前那样见了小白鞋就动手动脚，他坐在离她较远的炕边上，也没说一些半荤半素的话。

小白鞋见他这个样子，调整了一下姿势，把腿往回收了收："哟，到底是当了八路军的侦察员了，到了俺这儿，跟头一回相亲似的。"

铁榔头："你别逗我啦，我压根儿就没相过亲。"

小白鞋："这么说，你还是个童男子呢呗？"

铁榔头："哪像你，都让人给磨出茧子来了。"

小白鞋："提俺干什么？各有各的活法儿。你现在是抗日大英雄了，说不定，哪天会有一大堆俊闺女在屁股后边追呢。"

铁榔头："得了吧。我又不是三岁的孩子，你就别拿我寻开心了。"

小白鞋没再斗嘴，瞪着眼睛看着铁榔头，半天才道："过来，让俺看看你。"

铁榔头犹豫着，身子没动。

小白鞋挪过身子把铁榔头拽了过来：“你以为俺稀罕你呀？俺是看看你耳朵上的伤。”她仔细抚摩着铁榔头被咬伤的耳朵，心疼地道，“这小日本儿，王八羔子，真是太狠了。还疼不？”

铁榔头把身子转过来，不再接受她的抚摩：“早没事儿了。”

小白鞋不高兴了：“铁榔头，你别把俺看低了。俺是看着你受了伤，家里炕上的，也没个人说说贴己的话儿，俺心疼你，可怜你。还有，你打仗那么不怕死，那么勇敢，俺佩服你是条汉子。不像小刺猬那软骨头，去出卖良心当汉奸。你以为俺想沾你，想坏你的名声呀？”

铁榔头一听小白鞋说这些话，心里猛地一热，他上去用手摸了一下她的脸，嬉笑道：“你一生气，就特别好看……”

小白鞋把铁榔头的手打掉：“去你的，不知好歹的东西！”

铁榔头发贱地道：“我真是不知好歹。要不，到现在还寻不上媳妇儿呢。”

小白鞋笑了，说：“你等着，俺给你看件东西。”说着下了炕，从柜上拿来一个罐头瓶子。她把盖子打开，一股酒味儿冒了出来。

酒鬼铁榔头端过来就要喝。小白鞋照他脑门儿打了一下：“你看看，这里边儿是什么？”

铁榔头仔细一看，瓶子里有一块儿肉乎乎的东西，一摇晃，那东西慢慢漂浮上来。他耸了一下鼻子：“这是什么东西？”

小白鞋拧了一下他的耳朵：“你问问它，是哪个小狗儿身上的？”

铁榔头再仔细看的时候，马上判断出是自己被小日本儿咬掉的半个耳朵。他怎么也没成想，这个就知道跟男人睡觉的小白鞋，会做出这样有情有义的事。平生他不知道受感动是什么滋味儿，这会儿，他实实在在地体会到了。他感到鼻子有些发酸。

小白鞋说：“老辈儿人说，人身上的大小物件都缺不得。掉了，虽然安不上，但一定要好好收着。死了，要葬进棺材。这样，下辈子就不会残疾。”

铁榔头眨巴了几下眼睛，眼泪还是掉下来了。他把脸扭向一边，不让小白鞋看出来。

小白鞋心也挺软，见不得男人流泪，她也哭了。

铁榔头很快把脸转过来，笑了一下，说：“把这东西送给我吧？”

小白鞋说：“留在这吧。俺怕你把酒喝了。”

铁榔头把小白鞋的手抓在手上，小白鞋想往回抽，但没抽动。铁榔头抓得更紧了。

第十九章　挖　宝

1

小刺猬打着口哨，骑着自行车在街上慢慢地走，迎面来了一个骑自行车的人。那人也吹着口哨，自行车骑得东倒西歪，摇摇晃晃，像是喝醉了，又像是没正形儿。小刺猬赶紧躲，谁知，他往哪儿躲，那人就往哪儿追。拐来拐去，“咔嚓”一声，两辆自行车撞在了一起，两人都弄了个人仰车翻。

天黑，看不清那个人的面孔，小刺猬从地上爬起来，骂道：“你他妈会不会骑车子？不会骑，让你亲爹我教会了你再出门儿。丧门星的玩意儿！”

那人一个鲤鱼打挺从地上跃起来，走到小刺猬跟前，说话瓮声瓮气：“小刺猬，睁开你那刺猬眼，看看你祖宗我是谁？”

那声音很熟，很刺耳。小刺猬稍愣了一下神儿，然后仔细地回忆了一下，哦，听出来了，那人叫刘万臣，因为人长得瘦，脸像驴，外号瘦驴脸。县城北边小郭庄的，也是个穷光棍儿。

当年那场暴动失败后，参加暴动的人四处逃散。小刺猬一路乞讨来到一个破庙里。天黑，小刺猬摸索着走进庙内，找了个旮旯躺下正准备睡觉，忽然有人用棍子敲了他一下：“哎，哎？你是哪个大哥屋里的，竟敢抢占老子的地盘儿？”

那声音瓮声瓮气，把小刺猬吓了一跳。他正要爬起来往外跑，那人拽住了他。那人点着一根火柴在他眼前晃了一下，道：“看面相不像坏人，凑合着跟老子做个伴儿吧。”就这样，两个人在破庙了里住了下来。那人自我介绍自己外号瘦驴脸，打小没了爹娘，是吃百家奶长大的，养成了好吃懒做的习惯。种庄稼受不了苦，学手艺又没耐心，一年到头就在外边瞎混。

瘦驴脸拿出一个玉米面饼子给小刺猬吃。饿急了的小刺猬，三下五除二就把饼子啃下去了。他一天也没讨着东西吃，那个玉米面饼子把咕咕叫的肚子填了个半饱。

瘦驴脸又划了一根火柴照了一下小刺猬的脸，摇了摇头说："你长得细皮嫩肉的，不是苦命相，怎么也拉着棍子要饭哪？"小刺猬见瘦驴脸挺仗义，就把自己参加暴动，并被追杀的经过一五一十地说了一遍。

瘦驴脸听了很不屑地道："真是吃饱了撑的，放着好日子不过，暴什么动呀？"用脚丫子捅了他一下又说，"现在后悔了吧？"

小刺猬又累又困，没说两句话就睡着了。

第二天，瘦驴脸拉着小刺猬去要饭。瘦驴脸人熟，走到谁家都没空过手，晚上，两个人就回破庙里睡觉。

在一起混了几天之后，小刺猬受不了了，他想家，想刚过门儿不久的新媳妇儿大红袍。瘦驴脸就劝他道："你这样下去，哪天是个头儿？我看啊，你不如回去跟老郭家低个头儿，认个罪，然后再把跟你们一起暴动的人供出来，肯定有你的饭吃。"

刚开始，小刺猬听不进去，觉得那么做太不仗义了。瘦驴脸说："那你就这么躲着吧，到头来不是饿死，就是冻死，再不就让官府抓去杀头。"

有一天，小刺猬去一家要饭，在大街上碰上了一个熟人。他正转身往回跑的时候，那人认出了他，告诉他一个消息，他媳妇大红袍让郭家抓去了。郭老财传出话来，如果小刺猬不回来自首，就把他媳妇儿活活扒了皮。

小刺猬一听，出了一身冷汗。他没来得及跟瘦驴脸打声招呼，就跑回了老井镇，向郭家告了密，领走了大红袍，还得了一些赏钱。

2

小刺猬爬起来，拍了拍身上的土，又把自行车扶起来。这工夫，瘦驴脸也站起来了，两只胳膊抱在一起，有些自命不凡地道："没想到吧，小刺猬，在这儿撞上我了。当年，我好歹也算接济过你，可你连个屁也不放，就溜走了。现如今日子过滋润了，就把我忘得死死的啦。"

本来小刺猬的情绪好好的，让自行车这一撞，火气一下子就上来了，后来发现撞他的是瘦驴脸，火又下去一大截儿。他划了根火柴凑近瘦驴脸照了一下，扔掉火柴笑了：“咱俩真是有缘，这么多年没见，没想到，黑灯瞎火的撞在一块儿了。”

瘦驴脸也把自行车扶起来了，他朝小刺猬挥了一下手：“小刺猬，你是聪明人，难道你没看出来，我是有意撞的你吗？”

小刺猬笑道：“你是我的恩人，撞我也是应该的。不过，黑灯瞎火的，你是怎么认出我来的？”

瘦驴脸道：“不怕贼偷，就怕贼惦记。只要让我惦记的人，我都会找得着。再说，你现在在白洋县也是大名人……”

小刺猬上去捂住瘦驴脸的嘴：“你嘴上把住门儿啊，别胡说八道的。”

瘦驴脸把小刺猬的手拿开：“别给我装大尾巴驴。给你说正经的吧。我现在混不下去了，想通过你的面子，帮我讨口饭吃。能赏这个脸吗？”

小刺猬道：“我自个儿的脑袋还掖在裤裆里呢，还能给你找饭吃？”

瘦驴脸道：“这你就不仗义了。明朝年间，朱元璋当了皇帝，还把在庙里救过他的两个要饭花子招到宫里去，专门给他们做珍珠翡翠白玉汤呢。你刚混出个人模狗样儿来，就忘恩负义啦？”

小刺猬看了一眼瘦驴脸的自行车，道：“你都有自行车骑了，还跟我哭穷？”

瘦驴脸哭丧着脸说：“跟你说实话吧，这自行车，是我偷的。偷了这辆自行车，我连村儿也不敢回了。小刺猬，村儿里人都喊着要打断我的腿，你不能见死不救啊。”

听到这儿，小刺猬暗自笑了一下，这些日子，藤藤一直让他拉人，弄来几个，他都不满意。眼下这个瘦驴脸穷光棍儿一个，一个人吃饱了全家不饿，在日本人这边儿吃香的喝辣的，他一定会感恩戴德，死心塌地。想到这儿，他把手一挥：“跟我走吧。”

瘦驴脸笑着点了点头，上了自行车。

小刺猬回过头来小声道：“记住，既然跟我干，就不要怕人家骂你是汉奸。”

瘦驴脸接过来道：“爱他妈谁骂谁骂。谁管饭，咱就给谁卖命。”

小刺猬：“有钱就是爹，有奶就是娘。”

瘦驴脸：“就是他妈那么回事儿。”

小刺猬：“日本人可不那么好伺候，说翻脸就翻脸。”

瘦驴脸："不管那个，混一天算一天。"

小刺猬又回头看了一下瘦驴脸，偷偷地笑了。

3

小刺猬进了藤藤的办公室，藤藤坐在太师椅上，像是在寻思什么事儿。

小刺猬走近藤藤，低下头，指着瘦驴脸道："太君，今天我给你找了一个得力干将。"

藤藤撩了一下眼皮，不屑地扫了瘦驴脸一眼："你有什么本事啊？"

瘦驴脸第一次近距离地看日本人，心里有点儿害怕，把眼神转向小刺猬。

小刺猬毕竟跟藤藤打交道一两年了，了解他的心思和脾气，冲瘦驴脸努了一下嘴，对藤藤道："他可是身怀绝技，来，给皇军露两手儿。"

瘦驴脸犹豫着，不敢瞎逞能。

小刺猬鼓励道："这么大人了，有什么不好意思的？快露两手儿。"

瘦驴脸小的时候确实跟村里的一个老头儿学过三招五式，不过，有些年没比画了。小刺猬这么一鼓励，他在屋里走了两步，活动活动腿脚，热热身子，高喊了一声，翻了两个跟头，动作尽管不那么利索，但还是完成了。接着又在地上劈了一个叉。这是他拿手的动作，他动作做下去的时候，小刺猬弯下身子对藤藤说："太君，你看看，底下一条缝儿都没有。"

藤藤没显出多高的兴趣："在你们中国，会这些花拳绣腿的人多了。有什么用吗？当年的义和团不是号称刀枪不入吗？哪个挡得住子弹？"

小刺猬上前道："枪里要是没子弹了呢，那就靠功夫了。他做你的贴身保镖没问题。"

藤藤的脸上还是阴着的，他的眼睛狠狠地盯着小刺猬，突然站起来："你们中国人真是太可恨了。吃着皇军，喝着皇军，然后再背叛皇军。"

小刺猬马上接过来道："这种人天打五雷轰。"

藤藤指着小刺猬道："你就是！"

小刺猬哆嗦了一下，马上镇静下来："这可是天大的冤枉。我对皇军可是忠心耿耿，天日可鉴。"

藤藤还是用凶狠的眼睛紧盯着小刺猬，小胡子颤动了两下："我问你，为什么我们几次'扫荡'老井镇都扑空？为什么这次收粮，在九莲山遭埋伏？我身边就你一个是老井镇人，这又如何解释？嗯？”

小刺猬听到这儿反倒镇静下来：“太君，这你就更冤枉我了。这几次行动，你都没告诉我。尤其这次行动，我正好跟伙夫出去买粮，一天都没在家。我既不知道情况，也没机会出去送信啊。”

藤藤猛地抓住小刺猬的脖领子：“你还给我狡辩？”

小刺猬做出很镇定的样子：“不是狡辩，是实话。你不能冤枉我呀。”

藤藤突然咆哮起来：“我藤藤的脑袋不是糊涂糨糊，我会让你乖乖承认的。来人！”

门被推开，进来两个穿白上衣的日本士兵，站在藤藤身边。

藤藤：“给我带下去，把他的嘴撬开。”

两个日本兵上去驾住了小刺猬，小刺猬面不改色：“我真是冤枉的啊！”

瘦驴脸见此情此景，浑身哆嗦起来，转身想离开。藤藤叫住了他：“你刚来，跟着长长见识去吧。”

两个日本兵把小刺猬带到了黑乎乎阴森森的一间小屋，瘦驴脸也跟着进去了。

小刺猬在这地方见过日军打人，下手狠得要命。但他还是装作满不在乎的样子，他提醒自己必须挺住。这不是当年暴动时郭家小六子那帮人，知根打底儿，能把你家祖坟掘出来。日本人毕竟是日本人，拿不到证据，他不能把你怎么样。何况，藤藤还用自己呢。他心里有底。

瘦驴脸进了屋，见屋里摆着一些刑具。再看看那两个日本兵，长得凶神恶煞，一脸横肉，不由倒吸了一口凉气。本来是投靠小刺猬弄碗饭吃的，没成想，日本人根本就不信任小刺猬。但一想，既然进来了，怕也没用，说不定跟着过了这一关，以后就能吃香的喝辣的呢，因为他见小刺猬很镇静。

一进屋，小刺猬就被绑起来了，小刺猬眼睛都没眨。

两个日本兵热了一下身，都抄起了鞭子，互相使了个眼神，就你一下我一下地对着小刺猬抽打起来。

那鞭子声很脆，一下一下或落在小刺猬的上身，或落在他的下身，但没人往脸上抽。这说明，藤藤是有暗示的。

小刺猬咬着牙，闭着眼睛，一声不吭，任鞭子一声声抽在自己身上。

站在一边的瘦驴脸吓得浑身打起激灵，刚开始眼睛都不敢睁。但见小刺猬从容镇定，一声不吭，慢慢又把眼睛睁开了。他暗自佩服小刺猬骨头硬，有两下子，要是自己早扛不住了。

又抽了一阵子，小刺猬开始大喊冤枉，一声高过一声。

那两个日本兵还是按部就班地抽下去。小刺猬的喊声，他们根本不当回事儿。

不一会儿，大门被推开了，一道强烈的阳光射进来，慢慢照在小刺猬的脸上。小刺猬还是高喊冤枉。

走进来的是藤藤，他倒背着手，在门口站了一会儿，才慢慢地进来。

一见藤藤进来，小刺猬的喊声更高了："我冤枉啊！我是效忠皇军的啊！"

藤藤静静地看着小刺猬，见他身上抽出了一道道血迹，小刺猬还是不招，而且一声高过一声地喊冤枉，他不得不重新认识这个小刺猬。他的确比那个地主郭老财骨头硬多了，看来这个小刺猬还能用，况且怀疑他给八路军报信，也没有足够的证据，再打下去没什么实际意义。

藤藤轻轻地挥了一下手，那两个日本兵就住手了。

藤藤上前亲自给小刺猬松了绑，脸上僵硬地笑了一下，说道："看来你对皇军还是真心的。"

小刺猬皱了一下眉头，委屈地道："你再不来，他们就把我打死了。打死我，谁给皇军效力？"

藤藤笑笑："让你受委屈了。不过，我不得不这样做啊。"

瘦驴脸这会儿也不那么害怕了，他上前给小刺猬整了整衣服，问他疼不疼，小刺猬没说话。

藤藤拉住了小刺猬的手："走吧，这苦头，我不会让你白吃的，中午我犒劳你。"

小刺猬像儿子挨了爹揍，又受到恩宠一样，对着藤藤感激地点了点头。

4

藤藤把小刺猬和瘦驴脸带回自己的办公室。不一会儿，他拍了一下巴掌，进来一个日本女人。藤藤用日语对着女人说了些什么，那女人下去了。又过了一会儿，那女人端了一些酒菜进来，把桌子摆满。伺候完，那女人就退下去了。

藤藤招呼两个人坐下，小刺猬很快就坐下了。瘦驴脸长这么大没见过这么多好吃的，何况又在日本人这里。他又嘴馋心里又不踏实，正犹豫着，小刺猬拉了他一把。

面对一桌子好酒好菜，流出哈喇子的瘦驴脸显得有些紧张，他虽然坐下了，但不敢马上抄筷子。

藤藤去接电话，瘦驴脸小声问小刺猬：“藤藤是不是下了毒？”

小刺猬趁机拿起筷子夹了一块鸡肉放在嘴里，边嚼边说：“你要怕死就别吃。”

见小刺猬吃下去没事儿，瘦驴脸用手抓了一个鸡腿，三下五除二就啃完了。他觉得好舒坦，好解馋。

藤藤回来了，两个人马上站起来。藤藤见他们开始吃喝，自然不大高兴，但却没说什么，示意他们坐下。

藤藤把每个人的酒杯倒满，举起酒杯道：“来！喝一杯，压压惊。”说着，自己先干了。

小刺猬也马上干了。瘦驴脸这辈子只见过别人喝酒，自己从来没喝过。他哆哆嗦嗦地喝下去，辣得直咧嘴，咽下去还是觉得很舒坦，喝完就赶紧吃肉，动作有点儿大。

虽然大块儿吃肉，大口喝酒，很快活，很过瘾，但小刺猬心里也有些不踏实。藤藤每次请他喝酒，都是让他出去做事，比如带路抓人，到哪个村刺探情报什么的。这回是怀疑自己给八路军报了信儿。为什么抽了几鞭子，就管酒喝，管肉吃？

这个藤藤的酒不是那么好喝的，肉也没那么好吃的，喝完吃完，就得让你做事儿。

果然，藤藤说话了：“小刺猬，你的，帮我分析一下。皇军这几次行动，是谁给八路军报了信？”

小刺猬拍着胸脯说：“那我不知道，反正不是我。我对皇军是赤胆忠心的。我拿良心担保。”

瘦驴脸打了一个饱嗝，接过来道：“我证明他的良心大大的好。”

小刺猬接着道：“我绝对不干吃里扒外的事儿。吃皇军的饭，就死心塌地为皇军做事儿。”

藤藤半阴半阳地说：“不好好做，就不是你还能不能做的问题了。嗯？”说完，用凶狠的眼神看了一下小刺猬。

小刺猬赶紧点头道：“那是，那是。”

瘦驴脸也接过来道：“我能不能留下来为皇军效劳？我绝对更死心塌地。”

藤藤笑着，把杯举起来对着瘦驴脸道：“我能看得出来，但皇军要你们不是当什么保镖，是要你们死心塌地为皇军做事。明白吗？”

瘦驴脸点点头：“明白。”

藤藤把酒喝干，指着瘦驴脸道：“那就喝了吧。”

一杯酒下肚，瘦驴脸抹了一下嘴边的酒，激动地道：“这么说，皇军要收留我了？”

藤藤笑道：“那就看你是不是真正的死心塌地了。”

瘦驴脸突然跪下了：“太君，你收下我吧，我一定死心塌地。”

藤藤点了点头：“我收下你了，你起来吧。”

瘦驴脸双手一拜，然后站起来了，接着很硬气地喝酒吃肉。

小刺猬见瘦驴脸的举动，觉得有点儿过了。当年，投靠藤藤的时候，他也是上赶着的，毛遂自荐的，但没这么奴才相十足。看来，这个瘦驴脸不光会要饭，还是挺有心计的，不可小看。

藤藤给瘦驴脸和小刺猬各夹了一块肉，一边看他们大口大口地吃一边道：“要维护冀中的治安，仅靠皇军是不行的，需要支那人通力合作，也就是你们这些人。往大里说，皇军需要你们为中日亲善、东亚共荣做贡献。”

瘦驴脸激动地道：“皇军需要我们做什么吧？”

小刺猬见瘦驴脸态度这么积极，自己也不甘落后：“我们去帮皇军搞情报，把李长生那些土八路连窝端了，为皇军报仇。”

藤藤笑笑：“要说私仇嘛，李长生杀了我外甥，我杀了他母亲，算是一报还一报。在皇军眼里，他现在在冀中还成不了什么气候。皇军想收拾他，随时都可以下手。”

小刺猬接过来道：“收拾他，那就是张飞吃豆芽——小菜一碟儿。”

藤藤冷笑了一下，话题转了：“你们俩今天这酒可不能白喝啊。”

小刺猬激灵了一下，站了起来：“太君吩咐吧。”

瘦驴脸也站了起来：“太君吩咐吧。”

藤藤想了想，突然把脸阴了下来：“有个特殊的任务交给你们俩，要是完不成，今天你们下到肚子里的酒肉，恐怕都得倒出来……”

小刺猬和瘦驴脸听完藤藤的话，都出了一身冷汗。

5

天刚发黑的时候，小刺猬和瘦驴脸骑上自行车就上路了。眼下是六月天，冀中正是酷暑难挨的季节，一般男人都光着脊梁，穿大裤衩子，光着大脚丫子。他们俩还算讲究，上身都穿着小褂儿，头顶上还戴着半新不旧的草帽。

一路上，两个人一边蹬自行车一边说话。瘦驴脸有些担心，怕完不成藤藤交给的任务，会遭大殃。他不明白，藤藤说的把下在肚子里的酒肉倒出来，究竟是怎样的一种刑法。日本人的酒好喝，肉好吃，但看样子饭碗也不那么好端。他分明看出，藤藤那眼睛里经常冒出凶光，那是从中国人的眼神里不曾看到的。他还看见了那两个日本兵是怎么举着鞭子抽人，一下一下，让人心颤。

小刺猬一路打着口哨儿，似乎没什么压力。瘦驴脸问什么，他就说什么，话不多，但兴致还是很高。看样子完成藤藤交给的任务，他心里有把握。

来到老井镇村边，两个人下了自行车，摘下草帽，各自擦了擦头上和身上的汗。瘦驴脸小声问小刺猬："哎？郭老财家真有宝贝吗？"

小刺猬伸出腿来踹了瘦驴脸一脚，示意不让他说话。

瘦驴脸还是停不住嘴："我怕完不成任务，藤藤要咱俩的命。"

小刺猬又踹了瘦驴脸一脚，瘦驴脸才老实了。

两个人四处张望了一下，又骑上自行车往村里走，这时，从大槐树上伸出来一支枪挡住了他们的去路。

一个民兵从大槐树底下走了出来："站住，干什么的？"

小刺猬先下了车："哪位兄弟，我是小刺猬呀，老井镇的。你不认识我呀？"

民兵认出了小刺猬，又问瘦驴脸："你是干什么的？"

小刺猬上前说："他是我表弟，来我家走亲戚。"

民兵警惕地围着瘦驴脸转了一圈儿："怎么看着你不像好人啊。"

小刺猬笑道："兄弟，你放心吧。这年头儿，兵荒马乱的，不是好人我也不敢往村儿里带呀。我表弟是木匠，我家里有点儿活儿，让他帮着做做。"

民兵上前搜身，两个人都举着手，什么也没搜出来，便放他们进了村。

那个民兵还是不放心，盯着他们两个人进村以后往哪儿走。小刺猬回了一下头，带着瘦驴脸直奔自己家。

村里人都睡了，家家都黑着灯，偶尔听到狗叫声，还有老牛嚼草的声音。

小刺猬回了一下头，见身后的民兵不再监视他们了，猛地拽了瘦驴脸一把，四下瞅瞅没人，便朝郭家大院走去。

天上飘着薄云，半个月亮在薄云中时隐时现，地上的物件若明若暗。

整个郭家大院只有两间厢房还算是站着的，但已经没人居住。院子里空空荡荡，静得瘆人，基本上跟坟场差不多。自从郭家大院被烧之后，除了郭家人过来看看，村里其他人都不敢来了，尤其是晚上。村里人说，经常听到有夜猫子叫，或者悲悲切切的哭声，胆儿小的人一走到这儿，头发就奓起来。

小刺猬是老井镇人，当然听说了这些吓人的事儿。他也不是胆子多大的人，但执行这次特殊任务，他不得不把胆子撑到最大。

进了院，两个人把自行车放好，就开始围着院子转悠。对于这个院子，小刺猬是很熟悉的。尽管烧得面目全非，又是晚上，看起来模模糊糊，但小刺猬毕竟以前各院各屋都转过。尤其暴动失败后，他向郭家告密有功，郭家留下他享了些日子清福。小刺猬记得当年听郭老财说过家里有一个国宝，是一尊金马驹，纯金的，底座上印有篆书“飞黄腾达”四个字。那些年，郭老财把小刺猬当成了自己的亲信贴心人，什么话都跟他说。郭老财说那宝贝是祖传下来的，郭家在道光年间给宫里送过丫鬟，那丫鬟因相貌出众又能说会道，得到了道光皇帝的宠爱，道光皇帝一时高兴，就把那尊金马赏给她了。后来那丫鬟失宠被驱逐出宫，她就抱着那尊金马回了老井镇。从皇宫回到乡下，那丫鬟郁郁寡欢，整天搂着金马念念有词，不思茶饭，没多久，便离开人世。老井镇的人都知道郭家从宫里得到了一个宝贝，是一尊金光耀眼的金马驹。但谁也没见过。小刺猬是在陪郭老财喝酒的时候，听郭老财几次眉飞色舞地提过金马驹。每当小刺猬提出来要饱饱眼福的时候，郭老财就笑笑，再没下文了。

来前藤藤给了小刺猬一张图，说是郭老财生前给他的。看来郭老财为了活下来，把什么都豁出去了。但小刺猬不明白，藤藤为什么不亲自派兵来挖宝，而把这么重要的任务交给自己。小刺猬顾不上考虑那么多了，眼下的任务就是挖宝，快点儿挖出来，既能一饱眼福，又能孝敬藤藤，取得他的信任，往后的日子就更好过。

小刺猬找来两把铁锹，一把洋镐，对着那张图来回找位置，转悠了几个来回，终于点点头，自言自语地道：“就是这儿。就是这儿。”

瘦驴脸听了莫名其妙：“你瞎嘟囔什么呢？”

小刺猬头也不抬地道：“干吧。”

两个人很快嘁哩喀嚓地干起来，挖了一米多深还没见着有任何东西，瘦驴脸不耐烦了：“这破地方到底有什么宝贝，让咱黑灯瞎火地穷他妈折腾？”

小刺猬不说话，又照着那张图看，看了一会儿，又开始挖。挖着挖着，突然碰到了一块大石砖，小刺猬在黑暗中笑了一下，便跳了下去。他让瘦驴脸拿手电筒给他照着，小刺猬按捺着内心的激动，终于把那块石砖挪开了，里边是个洞。小刺猬夺下瘦驴脸手里的手电筒，猫着腰钻了进去。洞中央有一块石板凳，石板凳上放着一个十分精致的盒子，小刺猬摸到了那个盒子，他没有急着打开，闭上眼睛控制了一下心跳，然后，双手在一起搓了搓，慢慢打开了那个精致的盒子。他用手电筒一照，果然有一尊金灿灿的小马驹躺在里面。那一刻，他的心感觉马上就要跳出来了，等心慢慢平静下来的时候，他慢慢把盒子盖上，爬出了洞口。

在上边等得有些不耐烦的瘦驴脸急了：“狗日的小刺猬，你死在里边儿啦？”

小刺猬抱着精致的盒子朝着瘦驴脸显摆了一下：“行了，往后咱俩的日子好过了。吃香的，喝辣的，睡女人。小日本儿得好生生地伺候着。”

瘦驴脸上去夺小刺猬手里的盒子：“什么宝贝？让我开开眼。”

小刺猬把盒子抱得紧紧的：“哎，别动。回去再看。”

正在这时，忽听背后传来阴森森酷似郭老财的声音：“把宝给我留下……”

小刺猬吓得全身汗毛都奓了起来。那声音太像郭老财了。难道那老糟头子没死，或者人死了，魂儿没散。他哆嗦着一回头，见是铁榔头，身边还有两个民兵。

铁榔头一把把小刺猬手里的盒子夺了过来，随手把盒子打开，他被金灿灿的小马驹惊呆了：“吆喝，郭家还真他妈的有宝贝。”回过头来对小刺猬道，“咱哥儿俩不错，见面分一半儿。跟我走一趟吧。”

铁榔头死死地攥住了小刺猬的胳膊，瘦驴脸见情况不对，说了声：“这儿没我的事儿啊。”说完就要跑，两个民兵很利索地把他绑了起来。

6

铁榔头一只手端着那个精致的木盒子，一只手紧紧地抓着小刺猬的手，借着月光，深一脚浅一脚地赶到了支队司令部。屋里亮着灯，李长生、郭文广、刘涛、吴桂兰、老黑头都坐在炕上等着。

当铁榔头把那个精致的木盒子轻轻放在桌上时，首先表现出十分激动的是郭文广。他按捺不住地上去打开盒子，金马驹显现出来，大家不约而同地围了上去，眼睛同时放出异样的光芒。

郭文广把金马驹取了出来，轻轻地拿在手上反复地看，当他看到底座上“飞黄腾达”四个字时，几乎是用哭腔道：“我家真有宝贝！我家真有宝贝！”

铁榔头：“你是郭家人，也没见过？”

郭文广摇摇头：“没见过。”

吴桂兰从郭文广手里把金马驹接过来，仔细地看了看，对郭文广道：“这不是什么你郭家的宝贝，这是国宝。”

老黑头看了一眼，满脸惊讶：“扔下这么大的国宝上吊，这郭老财也能闭上眼？”

李长生对小刺猬道：“你要把国宝交给日本人？”

吴桂兰愤怒地道：“那你就是卖国贼！”

小刺猬道：“不是我要交给日本人，是藤藤让我来挖的。郭老财被藤藤抓去，被折磨得死去活来，就说自己家有宝贝，要交给藤藤保自己的命。”说着，小刺猬把口袋里的图掏出来递给李长生，“你看这是郭老财交给藤藤的。”

李长生接过图来看了看，道：“你知道你挖出来的是什么东西吗？”

小刺猬犹豫了一下，摇摇头：“不知道。”

老黑头朝小刺猬吐了口唾沫：“呸！老井镇人谁不知道郭家有宝贝？”

小刺猬狡辩道：“可我不知道是这么值钱的宝贝，藤藤也没说……”

吴桂兰接过来道：“不管你知道不知道这宝贝的价值，只要你把他交给日本人，你就是卖国贼！”

小刺猬继续狡辩：“这不，我把它交给八路军了吗？”

铁榔头上前揪了一下小刺猬的脖领子：“别他妈装洋蒜啦，要不是老子逮你个正着，你早跑到藤藤那儿邀功去啦。”

小刺猬一听这话，蔫儿了。

李长生想了想，道："小刺猬，你说你应该怎么办？"

郭文广也怒不可遏："以往郭家对你不薄，现在八路也对你宽容。可你还做这种勾当，你死有余辜！"

铁榔头又使劲抓了小刺猬一把："李司令，你下命令吧，我把他就地料理了得了。"

小刺猬吓得直哆嗦，紧紧地抓着铁榔头的衣服："榔头儿，榔头儿，别，别呀……"

李长生不作声，微闭着眼睛，好像思考着什么问题。

小刺猬用哀求的目光看着李长生："李司令，别让我死啊。我这么死了，藤藤肯定会来找你们的麻烦……"

老黑头急了："别动不动就用藤藤吓唬我们，先要你的命再说。"

李长生终于开口了："你来老井镇前，藤藤怎么跟你交代的？"

小刺猬道："他说要把宝贝拿回日本效忠天皇……"

吴桂兰更加怒不可遏："让他做梦去吧！"

铁榔头接过来道："什么狗屁天皇，他想得倒美。"

小刺猬道："如果我取不回宝贝，人再被你们扣下，藤藤马上就会来报复。"

老黑头道："狼要吃羊，总能找到借口。他要想报复，哪会儿都能来，别怕他！"

李长生摇摇头，坚定地摆了一下手，道："放他走，而且马上就放。"

吴桂兰道："放他走？他拿不回宝贝，藤藤不更得报复吗？"

小刺猬四下瞅了瞅，不阴不阳地道："你们好好合计合计，摸摸哪头儿炕热。"

铁榔头在小刺猬的胳膊上拧了一把："你别蹬着鼻子上脸啊？"

老黑头也感到事情复杂，看着李长生，不好轻易表态了。

郭文广思忖了一下，也道："看来不放他回去，还真是个麻烦。"

小刺猬见这么多人的态度都动摇了，精神头儿明显比刚才大多了："宝物再值钱，也不如命值钱。你们说，对吧？"

李长生问小刺猬："你回去能保证不把宝物交给藤藤吗？"

小刺猬道："除非我说没挖出来。可他不会相信，再说还有那个瘦驴脸儿……"

铁榔头接过来道：“不就是跟你一块儿来的那小子吗？我这就去崩了他。”

李长生拦住铁榔头：“大伙儿再想想，看有没有一个两全其美的办法儿。”

刘涛一直没说话，他把金马驹拿在手上反复地看着，然后把郭文广拉到一边，小声道：“这是你家的宝贝，你想不出办法吗？”郭文广一听，脑子突然开窍了，他转身把李长生拉到外屋，说出了自己心中的主意。李长生点了点头，转身回里屋对小刺猬道：“我把这金马驹拿去让新闻干事拍张照片。趁天还没亮，你赶紧回去。”

吴桂兰着急地说：“李司令，怎么，你真让这个卖国贼把国宝交给日本人啊？”

李长生说了句：“舍不得孩子套不着狼。”转身拿着那个木盒走了。

大家茫然地看着李长生和郭文广。

7

小刺猬和瘦驴脸回到县城的时候，天就大亮了。藤藤一夜没睡，他一直在办公室等着，虽然有些疲惫，但见了金马驹，眼睛一下子就放光了。他把所有的人都轰出去，然后把窗帘拉严，把门插死，在屋里转了几个来回。才拿出放大镜，在台灯下一个人仔仔细细认认真真地端详起那个宝物来。不知端详了多长时间，才抬起头。他懂些中文，那“飞黄腾达”四个字，虽然是篆书，不好辨认，但他还是认出来了。这是郭老财告诉他的。那金马驹的造型、神态、色泽、质地等等，都跟郭老财说的一模一样。藤藤后悔当时不该把郭老财丢弃。留着他，或许还有用。郭家是冀中一带有名的大财主，说不定家里还有更值钱的宝贝。

藤藤看着想着，暗自发笑了，刚开始没出声，后来终于控制不住了。他干脆非常放纵地大笑狂笑起来。

藤藤笑完，背着手在屋里来回踱步。

望着桌上金光闪耀的金马驹，藤藤觉得自己一下子成了世界上最富有的人。眼下这场旷日持久的战争，尽管天皇决心很大，尽管武士们士气很高，尽管那些战争狂们求胜心切，但到底能不能打胜，什么时候能够打胜，看来值得明白人认真思考了。

而藤藤就是明白人之一。九莲山之战损兵折将之后，他没有选择报复。因为他看到了土八路和中国老百姓那股杀气，看到了支那的战争潜力。识时务的他开始考虑这场战争中的个人命运。在屋里自己把自己关了两天，他突然想起了郭老财给他留下的那张图。为了得到这张图，他费尽了脑筋和周折。刚开始，郭老财还弄出舍命不舍财的样子，但老胳膊老腿，到底是不经折腾，三敲两诈，那糟老头子就招了。

自得到郭家有国宝的信息后，藤藤就打定了一个大主意，把宝物找到，献给天皇陛下。这种效忠方式，比杀死几个支那人更重要。有了这个大主意之后，他先是喝了一顿小酒，然后就耐心地等待时机……

吃完喝完，就到后半夜了。小刺猬、瘦驴脸打着饱嗝，晃晃悠悠地回了住处。他们的住处离藤藤的办公室不远，走上几分钟就到了。以前小刺猬一人住一间，现在两人住在一起。

昨天挖宝挖了一宿没睡觉，今天又喝酒喝了大半夜，瘦驴脸往炕上一倒就呼呼大睡。小刺猬却怎么也睡不着，他翻来覆去地想回老井镇挖宝的前前后后。尽管很累，但觉得心里还是有事堵得慌，死活睡不着。看看身边的瘦驴脸四仰八叉地躺成一个“大”字，睡得死去活来，还不住地吧唧嘴。看来不是酒喝多了嘴发干，就是肉吃多了没嚼烂。

小刺猬连续踹了瘦驴脸三四脚，瘦驴脸才醒了，吧唧吧唧嘴，眼睛也没睁：“我都困死了，你还折腾他妈什么呢？”

小刺猬拧了瘦驴脸的胳膊一下：“打死你也别承认咱们被八路逮住过。藤藤要知道了，咱俩就没命了。”

瘦驴脸又吧唧吧唧嘴：“知道了。”

小刺猬：“我跟你说过，日本人的饭碗不好端，弄不好就丢命。”

瘦驴脸把眼睛慢慢睁开：“那我问你，八路把你抓去，都问了你些什么？为什么痛痛快快把你放了，宝物也没留下？”

小刺猬正色道：“这你就别问了。记着，跟着我干，从今往后，你只长耳朵不长嘴。”

瘦驴脸抬起脑袋来问：“什么意思？”

小刺猬：“没这点儿悟性，还在这儿混？睡吧。”

瘦驴脸翻了个身，又吧唧了一下嘴：“哦，就是说话嘴要有把门儿的。”

第二十章　看戏风波

1

吴桂兰的伤不重，很快就养好了。香梅让她再躺几天，她不干，刚起炕就往外跑。她说，照这么躺下去，就要把人憋死了。

这些天，两人在一起说了很多贴己的话。吴桂兰直言不讳地说她非常爱李长生，但又叹口气说，只可惜命里没有。香梅想，人家到底是读过书的人，敢爱敢恨，不掖不藏。她跟李长生真是天生的一对儿，要是过到一块儿，天底下的人都得羡慕死。可这个李长生为什么就那么固执，那么不知趣，那么想不明白。她答应吴桂兰一定好好劝劝李长生。她还跟吴桂兰说起，婆婆在世的时候，多么多么待见吴姑娘，多么多么想让吴姑娘成为李家的儿媳妇儿。她这么一说，吴桂兰更叹气了。

吴桂兰跟郭文秀是最要好的朋友，这些日子，她也把自己的心事毫无保留地向郭文秀袒露过。其实，从吴桂兰的言谈话语当中，郭文秀早就看出眉眼儿来了。那年她让李长生把吴桂兰从自己家里接走，一方面使郭家的逼婚计破产，一方面是借此机会成全吴桂兰和李长生。那天，她和香梅偷听了李长生和吴桂兰的对话，让她很失望，也很不理解。这个李长生怎么了，哪根筋出毛病了，这么好的姑娘还往外推？她答应吴桂兰，哪天找机会和李长生理论理论，看看他到底在想什么？

吴桂兰下炕的第一天，被郭文秀捉走了，说是带她去看戏。香梅嘱咐郭文秀，吴姑娘伤刚好，元气还没恢复，别让她累着。郭文秀让香梅一起去看戏。香梅说自己还有活儿做，推辞了。

剧社成立之后，招了一些女兵，郭文秀就搬出了司令部，与女兵们住在一起。吴桂兰没想到，在她养伤的这些日子里，郭文秀带着新成立的火线剧社排了一场大戏，那场大戏是曹禺创作的话剧《日出》选幕，郭文秀在剧中扮演女一号陈白露。政治部主任是抓政治工作的，文艺是政治工作的一个组成部分，到剧社看演出是吴桂兰的本职工作。何况，她在学校里就是文艺骨干，既懂乐器，又会表演，学校每次组织文艺节目，她和郭文秀都担纲主角。剧社成立之后，自编自导自演了一些小节目，下部队演出很受欢迎。现在五支队打了胜仗，李长生要求剧社创作一台晚会，庆贺庆贺。社长郭文秀闻令而动，她找来《日出》剧本，仅用两个礼拜的时间，就把节目立起来了。因为《日出》是大戏，而且是与妓女有关的戏，所以，彩排是封闭进行的，包括支队领导谁都没看过。

郭文秀组织演员给吴桂兰演了第四幕，吴桂兰看得很投入，很动情，当“陈白露”最后眺望着远方，低声道：“太阳升起来了，黑暗留在后面。但是太阳，不是我们的，我们要睡了。”吴桂兰再也控制不住地哭了，没等戏演完，她就冲上舞台，抱着郭文秀哭起来，没从戏里走出来的郭文秀也哭了。

哭完，两个人互相捶打，破涕为笑。吴桂兰抹了一把脸上的泪：“该死的，你演得太像了，活脱脱的一个陈白露。”

郭文秀半开玩笑地说：“你要不是受伤，就让你演陈白露，说不定比我演得还像。”

哭了，笑了，打了，闹了。吴桂兰很好奇地欣赏起舞台上的一件件道具。那些道具有沙发、高跟鞋、落地灯、绣花旗袍等等。支队没给经费，老百姓家又没这些东西，这些东西到底从哪儿来的呢？

郭文秀拍了一下胸脯，自豪地说：“这都是我的发明创造。”接着，她把一件件道具介绍给吴桂兰：绣花旗袍是用彩笔一笔笔画出来的；高跟鞋是村里铁匠给打出来的；沙发是用几把椅子架上几个背包，在上面再蒙上层毯子，在远处看就像沙发了。

听了郭文秀的介绍，吴桂兰“啧啧”称赞：“真是有什么条件打什么仗。佩服，佩服。”

郭文秀听了吴桂兰的夸奖，随口道：“吴主任，你可得给我记上一功。制作道具是一方面，为演这出戏，我把嘴皮子都快磨破了。”

郭文秀告诉吴桂兰，剧社的演员大部分是农民出身，没有几个是从学校里来的，都不了解资产阶级和城里的生活。一说演大戏，大家都很高兴，都抢角色。但一看剧本，一了解剧情，又都傻眼了，都往外推。这不是妓女生活吗？这让八路军战士怎么演？尤其那个演翠喜的小演员，虚岁才十四岁，听说戏里说的是窑子里的事儿，就问窑子是干什么的，窑姐是干什么的？有人告诉了她，她死活不演了。后来，郭文秀给大家上课，告诉演员们，这个戏就是为了揭露腐朽没落的生活，演什么角色，都是革命需要。做了好多工作，角色才分配下去。

吴桂兰听了更加佩服郭文秀了，最后，她问郭文秀："什么时候让支队领导们来看一看。"

郭文秀说："你安排时间吧。"想了想，不无担心地问吴桂兰，"你说，李司令能喜欢这出戏吗？"

吴桂兰笑了一下道："这是名著，又是咱们自己人演的，他怎么会不喜欢？"

郭文秀也笑了一下："但愿。"

2

这天，李长生正一个人坐在屋里对着地图瞎琢磨，吴桂兰一掀门帘进来了："李司令，我给你派个任务吧？"

李长生的视线慢悠悠地从地图上挪开，看了一眼吴桂兰，又接着看地图，心不在焉地问道："什么任务？"

吴桂兰很有兴致地说："晚上召集支队领导和机关干部去看演出吧？"

李长生的视线仍然没离开地图："到哪儿看演出？"

吴桂兰嗔怪道："哟，真是贵人多忘事儿。你不是吩咐火线剧社要排一台节目，庆祝首战告捷吗？"

李长生把地图收起来，很认真地道："对，对。节目排完了吗？"

吴桂兰说："排完了，我看过了，这回郭文秀可立大功了。这台戏，纯粹的阳春白雪。"

李长生很认真地问道："什么戏？还阳春白雪。"

吴桂兰卖起了关子："暂时保密。不过，我保证你会大开眼界。"

李长生高兴地道："好，好。如果又好看又有教育意义的话，你带着剧社到各团巡回演出。部队刚打了胜仗，看了节目，情绪会更加高涨。"

李长生晚饭胡乱扒拉了两口，放下饭碗，就要去剧社。吴桂兰说："还早着呢，着什么急嘛！"端起他的饭碗，又给他盛了一碗面条汤，放在他跟前。刚下来的麦子，做出什么来都好吃。李长生饭量大，新出锅的馒头，一口气能吃七八个，连口水都不用喝，也不需要菜。

李长生很快把那碗面条汤喝下去了，几个人扯了一会儿闲篇儿，开戏的时间就到了，他把人召集齐，大步流星去了剧社。

虽然是接受领导审查，但从服装、道具、化装等等，完全像正式演出一样。因为场地条件有限，观众席上只有前排放了几个小凳子供支队首长就坐，后边横放着几根木头，再后边干脆什么也没有。看戏的人，或者蹲着，或者站着，或者随便找个什么坐下。

李长生很不客气地坐在了正中间的小凳子上，他左边是郭文广，右边是吴桂兰，吴桂兰另一边是刘涛。老黑头不喜欢看戏，怎么叫也不来。后边几排是机关干部和几位团长。因为是审查节目，又是大戏，所以是小范围观看。

大约七点来钟的时候，演出正式开始。

报幕员出来报幕："首长和同志们，四幕话剧《日出》汇报演出现在开始！"

听了报幕，李长生吃了一惊：话剧？还四幕。

演出开始了，郭文秀身穿旗袍，头发上插着一朵红花，脚穿高跟鞋，扭着腰肢，右手掩着嘴，迈着疲倦的步子出场。她一边走一边打着哈欠，一副百无聊赖玩世不恭的样子。

李长生见郭文秀这副打扮，这般神态，马上皱起了眉头：这是什么戏？郭文秀要搞什么名堂？

在座的人大部分没看过话剧，郭文秀一出场，也都有些吃惊，不知道她扮演的是什么角色。

郭文秀刚说了几句台词，吴桂兰就按捺不住地给她鼓掌。但在座的几十个人，只有她一个人兴高采烈地鼓掌，掌声显得很孤单。

李长生看了吴桂兰一眼，吴桂兰才停住掌声。

随着剧情的展开，李长生看明白了，这戏说的是窑子里的事儿。他的脸慢慢变得难看起来，紧接着就铁青起来，但他还是耐着性子看下去，看看这戏到底要把窑子里的那些花花事说成什么样儿。但看着听着，他觉得有些控制不住了，尤其听了扮演翠喜的演员说的那段台词："妈那个×，四面叫人家搂着三面，人家愿这样，就得叫人家这样，这他妈上哪里讲理去！”他猛地拍了一下大腿，站了起来，大声向台上喊道：“什么乱七八糟的，别演了！”

台上的演员一见司令站起来发火了，怔了一下，吓得赶紧下去了。

李长生转过身来对大家说：“都回去吧。谁也别对外说今天看的什么戏。走吧！还愣着干什么？”

大家见司令发这么大火，谁也不敢吭气，蔫蔫儿地都走了。

台下只剩下了李长生、吴桂兰、郭文广和刘涛。隐约听得见演员们的议论声。

李长生狠狠地喘了口粗气，大声道：“郭文秀，你下来一下。”

还没卸装的郭文秀很镇定地从台上走了下来，没说话，很恭敬地站在李长生面前，听候发落。

李长生强按住自己的火气，问道：“谁让你们排的这个戏？”

郭文秀说：“这是著名剧作家曹禺先生的代表作《日出》。”

李长生说：“我不管谁的代表作，它写的是窑子里的事儿。我们的部队是要打仗的。看了这些乌七八糟的东西，部队还有什么战斗力？”

郭文秀解释道：“司令员，你没看明白，这出戏不是专门写窑子里的事儿，它是深刻揭露半封建半殖民地社会的黑暗糜烂，是有积极的教育意义的。”

李长生打断了郭文秀的话：“我们的战士，包括我这个司令，都是农民出身，没那么高的欣赏水平。我们的文艺是要打击敌人，鼓舞民众，而不是表现什么黑暗糜烂，倒腾窑子里那些见不得人的事儿。我要求，你们演的节目，让战士看了要嗷嗷叫，义无反顾、舍生忘死地去杀鬼子！你懂吗？”

郭文秀也一下激动起来：“打击敌人，鼓舞民众，不能光靠喊口号，也要潜移默化。杀鬼子也不能光靠义无反顾、舍生忘死，也要有文化素质。”

李长生把手一挥，厉声斥责郭文秀：“我一万个不相信那些窑姐的糜烂生活，能潜移默化地教育战士去跟鬼子拼刺刀。郭文秀，说到底，你还是怀念你们郭家地主阶级的糜烂生活。所以，你才选择演这出戏。”

郭文秀的脸气得铁青，她喘着粗气，胸脯激烈地起伏着，她猛地把自己身上的“旗袍”脱下来摔在地上：“说到底，你还是对我们这些出身不好的人有偏见。好吧，李司令，我不当这个剧社社长了。给我一杆枪，我到前线去杀鬼子。我一定要用我的英勇牺牲，来证明我是不是怀念地主资产阶级的糜烂生活。”说完，拂袖而去。

郭文广马上去追郭文秀：“文秀，你怎么能跟李司令耍脾气？”

郭文秀奋力甩掉郭文广的胳膊，头也不回地走了。

台上的演员们看着拂袖而去的郭文秀，看着怒发冲冠的李长生，个个面面相觑，不知如何是好。

吴桂兰平静了一下，对演员们说：“大家赶紧卸装吧。这个戏先不演了。回头排练咱们自编自演的小节目。”

演员们散去了，李长生默默地离开了剧场，他心里还有些窝火，想说的、该说的最有力度的话还没说出来。他一边走一边叹气，满脸通红。

吴桂兰想跟李长生做些解释，见他余怒未消，也不敢贸然说什么了。

走了一段路，见李长生情绪好一些了，吴桂兰上前走了两步，说：“司令员，这事儿怪我，提前也没跟你商量。我原想给你一个惊喜。没成想，会惹你生这么大气，发这么大火儿。”

李长生说：“你一定感觉我们这些农民出身的军人太土气，太没文化。是吧？”

吴桂兰笑了一下说：“不是，起码在我眼里，你不是这样。”

李长生说：“那就是我太没涵养，太武断。”

吴桂兰又笑了一下：“也不是。不过，我倒认为，你应该把戏看完，再作评判。”

李长生说：“这样的戏，我怎么能看得下去？那些下流的台词，我怎么能听得进去？何况，下边坐着那么多干部，受了这些毒害，他们还怎么带兵打仗？”

吴桂兰说：“司令员，恕我直言，你对这个戏，还真没看懂。这个戏是在控诉腐朽没落的黑暗社会。有人醉生梦死，有人受尽屈辱，两者形成强烈对比……”

李长生打断了吴桂兰的话：“好啦，我不听你在这儿给我说戏了。这样的戏，只能让帝王将相、才子佳人们看。而我们的战士需要教育，需要鼓舞，需要精神力量，而且是直接的，一目了然的，不是什么潜移默化的。”

吴桂兰点了点头：“你说的确实在理。”停了一下，又说，“不过，你今天的态度，大大出乎我的意料。你一下子发那么大火儿，把我都吓坏了。”

李长生笑了一下，有些不好意思地说：“说明你对我还不太了解。我直性子，脾气大，一根筋。”

吴桂兰接过来说：“一个大司令，没点儿脾气怎么行？”想了想，又说，“不过，你今天应该就事儿论事儿，不该把问题扯到出身上去。”

李长生点点头：“这一点，我接受。”

吴桂兰说：“你没看出来吗？因为出身问题，郭文广兄妹在大家面前，一直有自卑心理。你这样一说，对她打击更大了。”

李长生诚恳地说：“我可以当面跟郭文秀道歉。”

吴桂兰笑着说：“那你这司令，可就是大将风度了。”

李长生说：“谈不上。”但话锋一转道，“不过，在他们身上，还有剥削阶级的烙印，应该好好地接受改造。”

吴桂兰有些不解地望着李长生。望了一会儿，什么话也没说，独自走了。

刘涛一直跟在李长生后面没说话，待吴桂兰走了之后，李长生问他：“参谋长，你看过这出戏吗？”

刘涛说：“没有。但司令员，恕我直言，你不该发这么大的火儿。这样吧，我陪你再来看一场，等把戏看完了，你再发表见解。”

李长生摆了一下手：“算了吧，你嫌我气得还不够呀？”

刘涛说：“要不，就跟文秀谈谈。”

李长生说：“要谈你去谈吧。你看看她那态度，我惹得起吗？”

刘涛咂了一下嘴，再也不说话了。

3

一波未平，一波又起。看戏事件刚刚告一段落，又发生了入党事件。这件事情的发生，让郭文秀近乎崩溃。

其实，在入党事件发生之前，还有评功评奖事件。事后联想起来，这几个事件都有内在的联系。

九莲山伏击战之后，部队就进行评功评奖。开始进行得很顺利，后来因为小六子的问题，在支队领导之间产生了严重分歧。郭文广提出要给小六子记一等功，老黑头第一个提出来反对。李长生也认为小六子不服从命令，提前打响战斗，打乱了整个作战计划，给部队造成了重大伤亡，不追究他的责任就不错了。

郭文广一再坚持自己的意见：不管怎么说，小六子杀鬼子是勇敢的，不怕死的。他身上的十几个弹孔，是最好的证明。虽然他违反了纪律，但毕竟最终为国捐躯，是当之无愧的抗日英雄。

关于小六子是否立功的问题，带着争议上了支队党委会，因为郭文广不是党员，没有机会在会上发表自己的意见。吴桂兰客观地发表了自己的意见，认为不管怎样，应该给小六子的勇敢牺牲精神给予肯定。这既是个政策问题，也是感情问题。如果不对小六子做出客观公正的评价，对从义勇军改编过来的人，将有很大的影响。

讨论来讨论去，作为党委书记的李长生最后拍板：不立功，不表彰，只追认为烈士。

这个决议，郭文广相当不满意，但他只有把这种不满意咽在肚子里。

接下来就是发展党员的事儿。郭文秀和郭文广都写了入党申请书，郭文广在小组会上经过一番争论获得了通过，而郭文秀却被否决了。包括李长生在内的一些党员，都认为郭文秀身上还存在着地主资产阶级的习气，比如，爱好打扮，说话傲慢，瞧不起人等等。总之，在感情上跟农民出身的官兵明显有距离。也就是说，还需要接受考验。

郭文秀想不开，就找吴桂兰诉说内心的积怨，她说着说着就哭了。

吴桂兰安慰她道："别这么伤心。要相信党组织，总有一天会接纳你的。"

郭文秀抹了一把眼泪说："我看透了，在李司令眼里，我们郭家人永远是革命的对象。"

吴桂兰说："不能这么说，他是积极贯彻统一战线的。你忘了，民选的时候，他公开替你说话。"

郭文秀说："怎么不记得？但我们郭家和李家毕竟有杀父之仇，他母亲又是被我父亲出卖后，被日本人杀死的。李长生就是再有胸怀，他也会记恨着。"

吴桂兰摇摇头说："可他把国仇超越了家恨，他不计前嫌把郭家人团结在一起，共同抗日，这一点，我很佩服。"

郭文秀不留情面地说："你爱他，所以，你才替他辩解。"

吴桂兰理了一下耳边的头发，说："我承认，我是爱他。但我认为，这不证明我就没有了客观看问题的立场。"

郭文秀用眼睛盯着吴桂兰，半天才说："你认为他能把一碗水端平吗？”

吴桂兰说：“应该能。”

郭文秀说：“那为什么郭文广入党了，我就给卡住了？”

吴桂兰想了想，拉起郭文秀的手，亲近地说，“文秀，你也应该看到，你身上还是有些缺点，需要改正……”

郭文秀猛地甩掉了吴桂兰的手，没好气地说：“这些天，因为一连串的事儿，我心里很郁闷，本来想让你帮我解解闷儿，没成想，你的话，简直就是李司令的翻版。看来，你也变了，嫌弃我了。我的同窗好友，情同手足的好姐妹，从感情上也把我抛弃了！”

吴桂兰又上前抓住郭文秀的手，说：“文秀，你想多了，我们永远是好姐妹。那天我还专门替你向李司令作了解释，他也承认自己的态度不对。他还说，找时间向你道歉呢。”

郭文秀再次挣脱了吴桂兰的手：“你别安慰我啦，我一辈子也不信！”说着，发了疯似的向着田地里跑去。

4

这些天，郭文秀郁闷到家了，她想找李长生谈谈，当然不是认错。她长这么大从来没向谁低过头，认过错，包括自己的爹娘。她想把自己与封建家庭决裂的来龙去脉，把自己投笔从戎的真正动机，以及对共产党的追求与向往，细细地向李长生作一次汇报，以求得他对自己的理解。但她思来想去，还是没有这个勇气。她觉得虽然李长生很早参加了共产党，参加了红军，还当上了红军团长，有很高的政治觉悟，但他骨子里还是把农民阶级和地主阶级，搞得泾渭分明，势不两立。他话里话外，始终带着自己的主观立场。

吴桂兰又找郭文秀谈过，并对她说，你就是再对李司令有成见，也不能丢下工作不管。既然《日出》不能演，赶紧排别的戏，组织演员为部队演出。郭文秀表面上答应着，可就是不见动静。没办法，吴桂兰只好自己亲自抓剧社，又搞创作，又当导演，很快一台节目立起来了，有小活报剧，有表演唱，有舞蹈，有曲艺。内容丰富，形式多样。李长生看了大加赞赏。

郭文秀看了那些节目，觉得太直白，太概念，手法太俗套。她认为这样演下去，剧社就不叫剧社了，应该叫口号队。在这样的队伍里，自己的艺术追求和人生价值根本不能实现。想起来太痛苦了，太郁闷了。

正在郭文秀百般郁闷、万般痛苦的时候，她意外地接到了哥哥的来信。

七七事变爆发前，哥哥就去了北平。后来来信说是做服装生意，收益还不错。保定失陷后，学校停了课，哥哥来信让她去北平一起做生意。她马上回信拒绝了。她认为哥哥算是逃兵，国难当头之际，不参加到抗日队伍中来，却跑到外边做什么生意？何况，北平已经被日本人占领了，还有什么生意可做？哥哥越说生意做得好，她心里越别扭，甚至怀疑哥哥是在给日本人做事儿，在当汉奸，至少是亡国奴。那样的事儿，打死也不能做。不过，有一点，她还是很佩服哥哥。当年共产党暴动失败，他没参加镇压，他没有与共产党为敌。还有，当年爹留下他继承郭家的祖业，他却不屑一顾。最终，在家人极力反对下，去了北平。在这一点上，她们兄妹俩有相似之处，都是郭家的叛逆者。后来，郭家大院被鬼子焚烧，母亲丧命，父亲上吊，哥哥都没回来。

哥哥这次来信又是劝她去北平，帮他去打理生意。哥哥在信中讲了一个道理：近百年来，中国为什么屡遭外来侵略，战乱频仍，就是太贫穷，太落后，太封建，太腐朽。要想改变这种状况，必须靠实业救国。没有经济实力，没有工业文明，再有泱泱历史，再地广人多，也成不了强国。落后就要挨打，挨打之后就更落后。哥哥在信里说这些道理的目的，就是告诉她，他并没有在国难当头的时候当逃兵，他在寻找实业救国之路。哥哥在信中还说，等有了一定经济实力之后，他将来还要出国，到西方国家去学习人家的先进技术，将来回报祖国。

也许是自己受了一些挫折，或者是打击，郭文秀对哥哥的来信发生了兴趣。她不再认为哥哥是逃兵了，而且对哥哥讲的道理，有了某些认同。的确是这样，日本那么强大，中国这么落后，光靠土枪土炮，什么时候能把他们赶走？看来，实业救国和抗日救国，都是崇高而远大的爱国理想，自己有选择的权利。

虽然对哥哥的想法和做法，有了某些认同，但郭文秀并没有做出马上走的决定。因为自己现在已经参加了八路军。八路军是有纪律的，是不允许随便开小差的。这不像小孩子过家家，想散伙就散伙。

反复想过之后，郭文秀把信拿给郭文广看，并向他诉说了心中的积怨。郭文广劝她说："你可别听你哥的。北平已经是日本人的了，到那儿去干什么？"

郭文秀说："实业救国呀。"

郭文广说：“你别太天真了，现在人家已经把刺刀架在你脖子上了，还实业救国？人各有志，不可勉强。你哥在外边干什么，咱管不了。咱们已经参加了八路军，好好打鬼子吧。”

郭文秀轻蔑地看了郭文广一眼：“参加八路军，投身抗战，是我的理想。可你看出来没有，那个李长生从骨子里边儿一直排斥我们。一口一个地主阶级，一口一个剥削阶级。我们排了戏，他不让演。我申请入党，他反对。还有小六子的牺牲……”

郭文广有些不耐烦地打断了郭文秀的话：“行啦，行啦。这些我都知道。八路军就是八路军，共产党就是共产党。慢慢适应吧。”

郭文秀很激动地道：“你不觉得共产党，或者那个李长生，太霸道，太专制，太没民主意识，也太没文化修养了吗？”

郭文广严肃地道：“文秀，你这话说得可太严重了啊。我们应该从自己身上多找找原因，别动不动就挑剔共产党，挑剔李司令。”

郭文秀也一下把脸拉下来了：“看来你当上了一个听人摆布的副司令，就十分知足了，就乐得蹦高儿了。从今往后，你就可以逆来顺受，活得没有你自己了。你真是十足的可怜虫！”

郭文广也急了：“你瞎说些什么？”

郭文秀走了两步，猛地回过头来，瞪着眼睛狠狠地道：“我看不起你！”说完，把门使劲摔了一下，扭身子走了。

郭文秀感到自己绝望了。情同手足的姐妹不同情自己，血缘兄长不理解自己。而且没有一个人对自己说句安慰的话，哪怕是假的，言不由衷的。看来，吴桂兰也好，郭文广也好，都被共产党给的那个官帽子给诱惑住了，一点儿自己的人格力量也没有了。看来，在这个世界上，只有我郭文秀理解和欣赏自己了。她关上门，趴在桌子上哭了起来，哭得很伤心。

直到天黑，郭文秀才站起身来。这时，窗外有人敲门，有人在喊：“文秀，你怎么不吃饭呀？”

郭文秀听出来了，是吴桂兰的声音。以往两个人总是形影不离，连进饭堂都是手牵着手，或者肩并着肩。一天不见，就赶紧往一起找。可这会儿，她不想答理吴桂兰。等吴桂兰又敲了一遍门，她才说：“我不舒服，不吃了。”

吴桂兰说：“那我请军医给你看看吧。”

郭文秀说：“老毛病，不用看。”

吴桂兰知道郭文秀说的老毛病是指什么，也就不再敲门了，说了句：“谁没老毛病，也不至于不吃饭呀。”就走了。

5

郭文秀看看天黑透了，她把自己认真打扮了一番，换上便衣，向着郭家大院走去。这里已经是残垣断壁，一片废墟。郭文秀摸索着找到了自己住过的房间，找到了后花园，又找到了父亲上吊的地方。在这些跟自己成长，跟自己感情有关的地方，停了一下，闭上眼睛追忆了一番，深深地鞠了一躬，便匆匆走了。

郭文秀本来想给人写封信，说说自己的想法，自己的去向。后来，又觉得写给谁也不合适，干脆就不写了。

没走多远，郭文秀忽然想起一个人，那个人是刘涛。想起这个人的时候，她停下了脚步。

那一年，在保定师范，她见到了来学校招兵的刘涛。那天，刘涛身穿崭新的八路军军装，高高的个头儿，宽宽的肩膀，笔直的身材，尤其脸上浓浓的眉毛和刮得铁青的胡子楂儿，让她记忆深刻。巧的是，刘涛一进学校大门就碰上了她，跟她打听学生处在哪儿。她领他找到了学生处的领导，并很快把吴桂兰找来。听刘涛说明了来意，两个人迅速报了名。报完名，吴桂兰拉着她回宿舍收拾东西，她却不愿意马上离开。不知为什么，她想多看这个有着铁青胡子楂儿的男人两眼。

到了部队以后，郭文秀跟刘涛有些单独的接触。一是教她打枪，她一摸枪，心跳就加速，一瞄准，就眨眼。他手把手地教她，反复给她讲要领，后来，她心不那么慌了。虽然射击成绩不算很好，但起码不脱靶了。再就是教她骑马。那天，军区机关的女兵集体学骑马。虽然都是学生出身，那个看起来也挺娇贵的吴桂兰，一上马就牵着缰绳跑起来，显得威风凛凛，可她连马也上不去。好不容易上去了，没跑两步，就从马上掉下来了。正赶上刘涛在跟前，他轻轻把她扶起来。有一个细节，她记得很清楚，她头发上扎进去几棵草，他一棵一棵地帮她摘出来，然后扶她上马，并告诉她，缰绳要抓住，两腿要夹紧，身体要往前倾。掌握了要领，她再也没从马上掉下来。

再后来，他们有过几次交谈。她知道他原来是国民党东北军的，家是山东人，跟着吕司令在南撤途中留在了冀中，后来就成了八路军。她几次想鼓起勇气问问他，结婚没有，谈恋爱没有，但没敢问。她怕人家问自己的动机。后来，就再也没有机会了。

想起这些，郭文秀转身往回走，她想找刘涛说说话，看看他有没有理解自己的地方，或者干脆就问他是不是喜欢自己。如果他能给自己一些希望和温暖，也许会改变自己离开的决心。

郭文秀往司令部走的时候，脚步很慢。她想见刘涛，又怕见李长生，她心里就这么矛盾着走进了司令部大院。院里很冷清，正房两个屋里的灯都亮着。看样子李长生、吴桂兰和其他人都不在，屋里是刘涛和香梅两个人在说话。因为门是敞开的，虽然声音不大，但在院里能听得一清二楚。

油灯底下，香梅拿着一双新鞋一边看一边问刘涛："参谋长，谁给你寄来的？活儿做得真好。"

刘涛说："我未婚妻寄来的。"

香梅说："哟，手这么巧。人也一定长得挺俊吧？"

刘涛说："谈不上俊，但人很好。"

听到这儿，郭文秀觉得自己的头像是被什么东西突然撞击了一下，接着便觉得手心冰凉。她猛一转身，一溜儿小跑地离开了……

第二十一章　大“扫荡”开始了

1

郭文秀的出走，在五支队的领导们中引起很大震动。

吴桂兰后悔自己那天为什么不把郭文秀的门强行敲开，天还没黑，她就把门插上，一个人闷在屋里，这本身就很不正常。她说是“老毛病”犯了，自己就轻信了。正好赶上那天晚上剧社排节目，也就再没去看她。

郭文广觉得自己也有责任。那天，她拿那封信来给他看，又说了她的一些想法，而自己不但没安慰她，还批评了她。她摔门走了，自己也没往心里去，过后再也没去找她。自郭家大院被烧掠后，郭家家破人亡，他们堂兄妹应该算是劫后余生的两个幸存儿，后来又都参加了八路军。自己应该好好照顾她，疼爱她。可自己并没尽到责任。

老黑头认为，郭文秀参加八路军本身就是一时头脑发热。她一个大地主家的阔小姐，从小衣来伸手，饭来张口，娇生惯养，怎么能受得了八路军之苦？离开队伍，是早一天晚一天的事儿。

李长生当天晚上派人四处去找，结果却没找到。第二天还要派人去找的时候，郭文广拦住了他。他告诉李长生，郭文秀可能去北平找她哥去了。接着，他把郭文秀拿着信找他的事儿，跟李长生说了一遍。

老黑头等人得知郭文秀去了北平，非常愤怒，向李长生建议，向支队全体官兵宣布，郭文秀是叛徒。

李长生经过再三考虑，说，人各有志，不可勉强。只要她不做对祖国、对人民有害的事情，就不能算做叛徒。但此风不可长，部队不是大车店，想住就住，想走就走。八路军是有严明纪律的，随便开小差是要受处分的。一个大活人，说不见就不见了，何况，还是一个剧社的社长，在支队中影响很大，没个说法是不行的。最后，李长生在大会上宣布，郭文秀是逃兵，一旦回来，要严肃处理，决不姑息。

在这件事上，吴桂兰有些意见。她跟李长生说，郭文秀的出走，跟组织也有一定的关系。不管怎么说，郭文秀是个热情很高的爱国青年学生，她主动同剥削阶级家庭划清界限，在国难当头之际，又投笔从戎，参加八路军，她积极要求加入共产党，应该鼓励她，保护好她的积极性。郭文秀脾气倔强，不辞而别，离开革命队伍，当然一万个不应该。但她毕竟是有文化、有专长的女青年，我们八路军很需要这样的人才。她的出走，对支队也是一种损失。

李长生不那样认为。他说，受了点儿挫折，就开小差，这算什么八路军战士？五支队的干部战士，要都像她一样，不早就散伙了。还能打鬼子？

在支队领导中，除了吴桂兰对郭文秀的出走持不同意见外，还有一个人始终不表态，这个人就是刘涛。他对郭文秀印象很好，尤其喜欢她的爽朗与率真。他也后悔，在她郁闷的这些日子，为什么不跟她谈谈？

2

藤藤心情很好，因为他刚刚了却了一个心愿。前些日子，他的一个老同学从日本东京来中国慰问部队，在北平待了一些日子，然后驱车到冀中来看他，还带来几个漂亮歌伎。藤藤万分感激。一番开怀畅饮之后，他拿出金马驹给老同学看，并把自己想效忠天皇陛下的想法，向老同学和盘托出。老同学在天皇身边工作，答应把宝物替他奉上。他知道自己一个大队长人微言轻，在天皇那里挂不上号，就写了一封长信，让老同学一并呈交。老同学反复看了宝物不住地点头，并说，这回藤老弟真要“飞黄腾达”了。

藤藤在与老同学的交谈中谈到，太平洋战争爆发后，大日本帝国陷入两线作战的境地，他对前景表示担忧；又说，在支那，华北的治安形势，更不容乐观。八路军猝不及防地搞了一个百团大战，弄得皇军很被动。这一切的一切，都让他很苦恼。他认为，仅靠武力讨伐，想彻底征服支那人看来很难很难。

谁知，他的这番苦水刚倒出来，就让老同学给洗了一遍脑子。老同学告诉他，天皇陛下的战争意志非常坚决，国人的战争情绪也非常高涨，大日本帝国必将在太平洋战场上大获全胜，彻底征服支那指日可待。在这种形势下，作为一名军人，绝对不能有任何理由散布悲观论调。藤藤感到老同学不了解战争的真实情况，又见他态度如此坚决，就不好说什么了，只是一再要求一定要把宝物和信件呈奉天皇。

老同学临走时透露了一个消息：驻华北方面军司令要换人，此人是个狠角。再像以前那样混日子，恐怕不行了。

藤藤听了浑身激灵了一下。他既害怕又不明白，整天这么讨伐，怎么还叫混日子？

果然，老同学走了不久，师团长就召集各大队长去开会。师团长板着面孔宣布：新上任的华北方面军冈村宁次大将要烧三把火，对华北的八路军和老百姓实行“三光政策”，也就是杀光、烧光、抢光。

藤藤大队的任务是：把八路军五支队主力彻底消灭，或者赶出冀中。

藤藤坐着自己的摩托车心情沉重地回到白洋县，第一件事就是召集部下们开会，传达师团长的命令，介绍了“三光政策”。部下们精神十足，信心百倍，都认为把五支队彻底干净消灭的日子终于到来了。藤藤却没有表现出如何的激动。他知道，这个任务不那么容易完成，就像当初说要三个月灭亡中国一样。

藤藤躺在床上翻了一宿《孙子兵法》，他用笔在“不战以屈人之兵”下面画了两道横线，接着又闭上了眼睛。他眼前慢慢浮现出了春秋战国时期的孙武的形象，他最佩服这个人了，上知天文，下知地理，远知古，近知今，神机妙算，无所不通。中国人不好对付，就因为历史上有这些绝顶的有智慧的人。说人家是支那猪，那叫扯淡。谁这么认为，谁这么叫，谁就是天底下最大的蠢猪。自己身边要真有个孙武就好了，不战以屈人之兵，根本用不着什么“三光政策”。

睡不着觉，藤藤让卫兵把小刺猬和瘦驴脸找来。以战养战，以华治华，用中国人对付中国人，也是“不战以屈人之兵”的策略之一。自上次讨来中国皇宫里的金马驹，藤藤对这两个人更信任，更依赖了。

小刺猬和瘦驴脸进来了，深更半夜的，知道肯定有重要的事要交待，两个人都有些紧张。

藤藤从床上坐起来，首先问他们，知不知道中国有个孙武。瘦驴脸先摇了一下头，说不认识这个人，不知道是哪个村儿的。小刺猬说，知道这个人，是中国古代的一个大军事家。

藤藤向小刺猬点了点头，又问：“你明白什么叫不战以屈人之兵吗？”

小刺猬想了想，说：“就是不用打仗流血，就让别人屈服的意思。”

藤藤又点点头，接着道：“那你就更应该知道，什么叫知己知彼，百战不殆了。”

小刺猬想了想，说：“就是知道自己，也了解敌人，就能够百战百胜。”

藤藤又道：“那你知道什么叫知天知地，胜者乃全吗？”

小刺猬闭上眼睛想了想，摇摇头，表示不知道。

藤藤接着道：“那就是既知天象，又知地理，那就可以完全取得胜利了。”

小刺猬点点头：“太君真有学问。”

藤藤很自豪地笑笑，然后，像老师一样给两个无知的孩子上课：“当年，诸葛亮草船借箭，靠的是知天象。岳飞成功收复襄阳，靠的是善于利用地形。中国，真是高人辈出，博大精深啊。”

小刺猬和瘦驴脸瞪着眼睛认真看着藤藤，他不知道藤藤这会儿这么夸中国祖宗，葫芦里卖的是什么药。

琢磨了一会儿，小刺猬悟出了藤藤的言外之意：“太君是让我们打探八路军的情况。”

瘦驴脸接过来说：“有什么好打探的？他们就在老井镇一带待着呢。老实得跟小猫儿似的。”

藤藤冲小刺猬点点头，他走到地图跟前说：“你们过来看。”

小刺猬和瘦驴脸赶紧凑了过去。

藤藤笑笑，说：“你们看看日历，快到五月了。皇军有令，要在五月份，把老井镇的八路全部消灭，或者赶出冀中。你们说，他们会选择哪条路逃跑？”

瘦驴脸说：“跑什么呀跑？皇军的密令，他们怎么会知道？”

藤藤说：“不，我估计他们早就得到了情报。李长生狡猾狡猾的，绝对不会坐以待毙。”

藤藤指着地图说：“老井镇地处冀中平原腹地，东、西、南三个方向都是平原，他只有往北跑才能进入冀西山区……”

小刺猬接过来说：“现在麦子才半人高，大平原上光秃秃，没遮没挡的，他们往哪儿跑，能经得住皇军的机关枪扫射？”

藤藤摇摇头：“我跟李长生打了几年交道，太了解他了，没那么简单。我找你们俩来，就是让你们去老井镇打探一下李长生的情况，搞到八路军近期动向的情报。摸准了，就把他们一网打尽。

瘦驴脸首先表态：“我们一起去吧。小刺猬是老井镇的，路熟人熟。”

藤藤又摇摇头：“正因为他人熟路熟，才容易暴露目标。”说着把目光转向瘦驴脸，“你去。”

瘦驴脸有些战战兢兢：“我一个人？”

藤藤说：“对，你现在就出发。一定要把情况摸清楚。”

见藤藤的眼神很厉害，瘦驴脸赶紧说：“好，我去。我去。”不一会儿，又指了一下小刺猬，“那，那他……”

藤藤说：“他另有任务。”

小刺猬对瘦驴脸道：“还不动身，磨蹭什么呢？”

瘦驴脸冲藤藤鞠了一个躬，出了屋。

3

冀中军区首长来电，令五支队主力迅速转移。手里捏着军区首长的电报，李长生心里不住地折腾：两千多人马，在这没遮没挡的大平原，往哪儿转移？还有，冈村宁次实行“三光”政策，部队走了，老百姓怎么办？

打了这么多年仗，有大有小，有胜有败。打了就打了，跑了就跑了，但从来没这么为难过。

马灯下，土炕上，支队的几位领导围桌而坐，有人抽烟，有人喝水，小屋里弥漫着很浓的烟雾气。

李长生说：“来吧，我们研究一下部队转移的路线和计划。”说着，把地图摊在饭桌上，又把马灯灯捻拧大，灯光渐渐把地图照亮。

大家沉闷，谁也不先发言。

待了一会儿，郭文广耸了耸鼻子说：“鬼子还没来，我们就急着转移，这向老百姓怎么交代？”

老黑头接过来说：“这些年，我们在冀中坚持下来不容易，我们和老百姓是鱼水情深，鱼要离开了水，还怎么活？还有……”

还没等老黑头说完，郭文广又接过来说：“再说，大田上的庄稼还没长起来，没有青纱帐掩护，部队行军的目标很大。”

沉默了一会儿，李长生问：“大家还有什么意见？”

大家你看看我，我看看你，没人再说什么。

李长生说：“你们说的这些问题，我都考虑过了，但转移是没有商量余地的。鬼子这次是要把整个冀中的八路军全部消灭，如果我们的主力，在这次‘扫荡’中遭受严重损失，我们更没法儿向军区首长和老百姓交代。大家考虑过这个问题吗？”

李长生接着说：“不错，我们跟老百姓的关系是鱼水关系，而冈村宁次这次大‘扫荡’的手段之一是竭泽而渔。顾名思义，就是把水淘干，把鱼捞净，把我们的鱼水关系彻底瓦解。”

吴桂兰听着李长生的话，禁不住吸了口凉气：“这个老鬼子，还真是诡计多端，用心狠毒。”

李长生拿着军区首长的电报一边看一边说：“冈村宁次就是利用青纱帐还没长起来的机会‘扫荡’冀中的。我们这儿没山，可我们毕竟比鬼子熟悉地形，还是能跟他们周旋的。”

郭文广闷了一会儿，说：“鬼子这次可是实行‘三光’政策。我们一抬屁股走了，老百姓可就遭殃了。”

李长生说：“军区首长不是在电报上说了吗，部队和党政机关可以适当分散，增强机动性。一部分人可以留下来，带领群众同敌人进行斗争。”

吴桂兰说：“那谁留下来呢？”

李长生说：“老黑头是镇长，熟悉地方的情况，你留下来，发挥人民政府在对敌斗争的领导作用。还有吴主任，你带领民兵、妇女和敌人坚持斗争。我和郭副司令、刘参谋长带支队主力转移。你们看怎么样？”

吴桂兰马上接过来说：“李司令，我有个请求，我要跟主力一起转移。”

李长生说：“不行，女同志行军作战不方便，你必须留下。”

吴桂兰有点儿使性子地噘着嘴说：“你总是一个人说了算。怪不得郭文秀说你专断霸道。”

李长生愣了一下，笑着说：“说专断就专断吧。这事儿就这么定了。转移的呢，叫外转干部；留下的呢，叫留守干部。”

吴桂兰说：“留守不好听，我不愿当留守干部。”

李长生说：“好，好，叫什么干部就别再争了。反正，外转干部，留守干部，担子都不轻。现在我们该商量一下，第一步先向哪个方向转移？”接着，又对刘涛道，“刘参谋长，你提一个方案。”

刘涛把马灯提到地图跟前，思考了一下，说：“司令员，我们应该转移到外线。”

郭文广凑到地图跟前不解地问：“外线？”

李长生对刘涛道：“你给大家解释一下。”

刘涛指着地图说：“鬼子要合击我们，我们肯定要先往外跳。只有跳出去，它的网才捕不住咱们。”

郭文广眨了眨眼睛，指着地图问道：“那就是先到献州一带。”

李长生向窗外看了一眼，指着地图说：“对，今天后半夜出发，明天上午赶到献州张庄教堂。”

这时，就听门外突然有人喊：“房顶上有人！”

铁榔头第一个冲了出去，他问门口的哨兵：“人在哪儿？”

哨兵说：“刚才房顶上好像有个人影晃了一下。”

铁榔头二话没说，顺着梯子上了房，他打着手电筒到处照，也没见着人影。他举着手电筒朝大街上照了一下，发现有一个人影在慌慌张张地跑。等他从房顶上下来，沿着大街追过去的时候，人影早就不见了。他回来的时候碰上流动哨，哨兵说没看见。

铁榔头回屋对李长生说：“我确实看到一个可疑的人影儿。看来这小子有点儿功夫，眨眼就不见了。”

李长生脸上变得严肃起来，接着又轻轻地笑了：“好，大家都先回去睡觉吧。”

大家看着李长生，都有所不解。刘涛说：“司令员让回去睡觉，放心大胆地睡就是了。”

散了会，大家陆续回去休息，铁榔头转了两圈儿回来对李长生说：“房顶上那小子可能是小刺猬。”

李长生想了想说：“你留下来，盯着那个小刺猬。”

铁榔头说：“我是侦察员，应该跟大部队走啊。”

李长生说：“留下有留下的用处。”

铁榔头刚走两步，李长生突然想起了一个很重要的事儿，他让铁榔头把郭文广找来。

郭文广进屋的时候，显得很疲惫，打了个哈欠，问李长生：“刚开完会，还有事儿？”

不一会儿，刘涛也进了屋。李长生分别看了两个人一眼，道：“有一件重要东西，今晚必须转移。”

郭文广没听懂李长生说的什么意思，刘涛马上判断出来了：“金马驹。”

郭文广这才明白过来。那次，小刺猬挖出金马驹，在刘涛的启发下，他来了个偷梁换柱，保住了宝物，蒙蔽了藤藤。那个假金马驹是郭老全传下来的。当年郭老全和郭老财哥儿俩分家的时候，郭老财从自己的柜子里拿出金马驹对郭老全说：“哥，这是祖宗留下的宝贝，就一件，你说怎么分吧？”郭老全说：“抓阄。”郭老财说：“哥俩分家，抓阄不就生分了吗？你是老大，长兄为父。父母不在了，就归你吧。”郭老全说：“那多不好意思啊？”郭老财说：“你要觉得不好意思，就折个价，给我点儿钱。”郭老全既没寻思，也没跟家里人商量，就给了郭老财一千两银子。郭老全死后，郭文广把金马驹拿给一个懂文物的朋友看，人家说是假的。郭文广告诉给了郭老财，郭老财说：“祖宗留下来的，不可能是假的。人家那是蒙你呐。”他半信半疑。等见了小刺猬挖出的真宝时，他暗暗骂郭老财这个当叔的可真够黑的。

李长生说：“那是国宝，绝对不能让鬼子搜去。可带在身上又不安全。你们想想办法，看怎么处理好。”

郭文广说：“最安全的办法，就是等全国解放了，交给人民政府。”

刘涛说：“现在是说眼下该怎么办？”

李长生皱着眉头，一时想不出好办法。

刘涛想了想说：“这件事就咱们仨知道。我看，还是在九莲山上，找一个隐蔽的地方埋起来。等咱们回来，再想办法转移出去。”

郭文广说：“那这次转移，咱仨要都死了，宝物不就找不着啦。”

刘涛说：“你这不是抬杠吗？”

李长生说：“事到如今，也只能先这样了。哎？把老黑头也叫上。他留守，一旦遇到意外情况，他还可以转移。”

几个人又商量了一会儿，也没想出更好的办法，便马上行动起来。

4

那天晚上在房顶上偷听的不是小刺猬，而是瘦驴脸。瘦驴脸去过一次老井镇，了解老井镇的地形，但并不知道五支队司令部住在哪一家。小刺猬给他画了一张图，瘦驴脸按图索骥，趁着天黑进了村。按照那张图找到了司令部住址，四周看了看没人注意，就顺着墙头上了房。他的动作相当轻便敏捷。

瘦驴脸跑得很快，一直到出了村，也不敢回头看一眼。他把自行车放在了村边儿的麦地里，骑上之后，撒了欢儿地猛跑。他出了一身大汗，一直到县城，也没碰上一个人。他心想，八路军也都是他妈饭桶，还说全民皆兵呢，狗屁吧。我把他们的核心秘密都探来了，他们还蒙在鼓里呢。

瘦驴脸把侦察到的情况向藤藤做了汇报，当时小刺猬也在场。藤藤马上走到挂图跟前，很快找到了献州张庄教堂的位置。藤藤转过脸来问瘦驴脸："你的情报确实可靠吗？"

瘦驴脸很殷勤地说："我亲耳听他们一个大官儿说的。大伙儿都叫他李司令，可能就是那个李长生。"

小刺猬接过来说："是不是大高个儿，阔脸盘儿？"

瘦驴脸说："我趴在房檐上边儿。只听得见说话，看不见人脸儿。"

小刺猬断定说："那就是李长生。"

藤藤问："他们有人发现你没有？"

瘦驴脸隐瞒了被哨兵发现的事实，兴奋地道："我是在房顶上偷听到的。一直到他们开完会，也没人发现我。"

藤藤笑着，向瘦驴脸伸出了大拇指："你的，功劳大大的。"

然后恶狠狠地说道："这下，我跟李长生的国仇和家恨，就彻底了断了。"

小刺猬听了身上又冒出了冷汗。他料定，如果明天上午藤藤与李长生在张庄教堂遭遇，必然是一场血淋淋的恶战。

藤藤仔细看着地图，自言自语地道："老井镇离张庄天主教堂七十五公里，他们就是走得再快也得走六七个小时。"转过脸来又问瘦驴脸，"你听到的情况，他们是今天夜里出发吗？"

瘦驴脸说："没错。闹不好，我一离开，他们就开拔了。"

小刺猬笑了笑，接过来对藤藤道："瘦驴脸在张庄教堂住过，让他给皇军带路吧？"

瘦驴脸觉得这是一个立功出头的机会，马上接过来说："有些年头没去了。但带路，没问题。"

小刺猬怕带路的事落到自己头上，又道：“张庄教堂的师父就认这张驴脸。”

瘦驴脸听了很不高兴，白了小刺猬一眼。

藤藤突然把脸转向小刺猬，干笑了一下，瞬间又变得严肃起来：“张庄教堂已经不是老井镇的地盘了，你给皇军带路。”

小刺猬犹豫了一下，低了一下头：“好，我愿为皇军效劳。”

藤藤看了一下手表：“天亮之前赶到张庄教堂。”回过头来又对瘦驴脸道，“你继续监视老井村。”

瘦驴脸马上一低头：“是。”

5

李长生从九莲山回来的时候，警卫员给他铺好了被子，放了一盆洗脚水在炕跟前。

不一会儿，外面有人小声道：“司令员，睡了吗？”李长生听出了是吴桂兰的声音，他犹豫了一下道：“马上睡。这么晚了，有事儿吗？”

吴桂兰闪身进了屋，警卫员匆忙收拾了一下东西，出了屋。

郭文秀出走后，吴桂兰兼任剧社社长，排戏来回跑，李长生就让她搬到剧社去住。吴桂兰不怎么情愿，香梅也不愿意她搬走。一来她崇拜吴桂兰，一天不见就想得慌；二来也想让李长生他们俩在一起多培养培养感情。可李长生下了命令，吴桂兰只好搬家。

吴桂兰进屋坐在了炕边上，刚开始与李长生的距离较近，后来又挪了一下身子。她看了李长生一眼，不无担心地问道：“今天真的哪儿也不走了？”

李长生说：“哪儿也不走了。放心大胆地睡个好觉。”

吴桂兰说：“你就那么自信，鬼子明天一早去张庄教堂？”

李长生说：“打仗有的时候跟赌博一样，事到如今，也只能这么赌了。哎，军事上的事儿，你就别操心了，好好做你的留守干部吧。主力部队一走，鬼子见不到我们的人影儿，就会疯狂‘扫荡’根据地，你们的日子会很艰苦，你一定要有思想准备。”

吴桂兰说：“鬼子‘扫荡’的重点对象，是主力部队，何况又是拉网式的层层围剿，反复合击。相比之下，你们的危险就更大。”

李长生点了点头。

吴桂兰说："在这种情况下，作为支队政治部主任，我应该跟主力在一起，跟你在一起。"

李长生说："刚才会上已经定了……"

吴桂兰打断了李长生的话："定了？那还不是你一句话？你现在改还来得及。我最担心的是你的安全，你知道吗？"

李长生说："谢谢……"

吴桂兰有些动情地道："斗争越残酷，环境越艰苦，我们越应该在一起。要活就活在一起，要死也死在一块儿。司令员，难道你不明白我的心吗？"

李长生不敢看吴桂兰说这番话的表情，他心里有些滚烫，也很忐忑，甚至方寸有些乱。他把怯怯的目光投向墙壁。

吴桂兰大胆看着李长生。李长生的面部表情和内心的变化，她都洞察到了。她又大胆地朝李长生跟前坐了坐。李长生很在意她眼下这个亲近的举动，想往后挪一下身子，但又怕伤了吴桂兰的自尊。

吴桂兰内心一下子充满了温暖，浑身也充满了力量。她的声音也更加充满了感情："司令员，你还不明白吗？我这种担心和惦记，远远超过了上下级，或者战友之间的情感。你是个聪明人，为什么对我所流露出来的感情，也就是我通过各种方式表达的爱情，就那么不屑一顾。在你眼里，我真的就不值得你爱吗？"

李长生没想到，开完会，大家都各自回去睡觉了，吴桂兰折回来，就是为了说这些话。好像这些话眼下不说，以后就没机会说了，就一辈子烂在肚子里了。看着吴桂兰多情的表情和期待的目光，他身上也产生了一股暖流，一种不可回避和抗拒的暖流。这种暖流让他有些紧张和躁动，但他很快遏制住了这种久违的情绪，使自己在短时间内恢复常态。他轻轻地说："吴主任，谢谢你的关心。"

吴桂兰打断他的话，眼下，她的话很烫人："叫我桂兰，或者叫桂兰妹，好吗？长生哥。"说着，把手伸向李长生。她希望自己的手，会被另一只厚厚的大手攥住。然而，那只手却没如期而至，如愿相随。她没有因此而失望和胆怯，她大胆地上前抓住了那只厚厚的大手。顿时，一股暖流从心头穿过，让她瞬间感到好幸福。

李长生没来得及躲避，或者没打算躲避。当自己的手被吴桂兰的纤纤玉手攥住之后，他无疑也是激动的，幸福的，甚至是难以自持的。说实话，这是继香梅的小手之后，他接触和亲近过的第二只异性之手。这只手，比香梅的那只手，更柔软细腻，更撩人情怀。但他不知为什么，却不希望这只手来得这么迅猛突然，让他猝不及防。他的心一下子大乱。停了一会儿，随着激烈的心跳慢慢恢复平静，他慢慢地把手从吴桂兰的手里抽了回来。他说话有些语无伦次："桂兰……吴主任，你，你很值得我爱。但……但现在不是表达的感情时候。我需要静下来思考转移的事情，你先回去睡觉。"

吴桂兰对李长生的表达一下子充满了感激："这么说，你心里到底还是有我？"

李长生点了点头。

吴桂兰满含热泪地望着李长生："那你就应该让我跟你一起走。不然，你走了，我这心，永远也放不下。我这些日子不知道该怎么过。"

李长生帮吴桂兰擦干了眼泪。说："留下来也是为了抗战。你肩上的担子也不轻，我们都各自珍重吧。"

吴桂兰很在意李长生帮她擦眼泪的举动，她希望自己的眼泪就这样无休无止地流下去。这样的话，他的手就会有理由长时间地停留在自己的脸上。她知道自己的脸很白净，很漂亮，但长这么大，还没有被一只异性的手如此精心触摸过，而且是自己深爱的人，她感到他是在用心触摸自己。她的心怦怦直跳，耳根儿悄悄发热，紧接着全身都滚烫地烧起来。她顺势把头慢慢地靠在了他的肩上。他没有躲。她希望他也顺势搂住自己，哪怕接下来吻一下自己的脸颊或者嘴唇，她都会欣然接受。她闭上眼睛默默地等待着，想让暴风雨来得更猛烈些。但这些动作都没有如期而至，甚至连给自己擦眼泪的那只手，也悄悄移开了。她很失望。

李长生轻轻拍了拍吴桂兰的肩膀："回去睡觉吧。啊？"

吴桂兰抬起头来静静地看着李长生，她不知道他是在撵自己，还是在拒绝自己的爱。她不明白，自己如此真诚的表白，就不能打动他的心？就不能唤起他的激情？她眼泪汪汪地说："长生，你，难道就不能给我一个准确的答复吗？"

李长生看着吴桂兰的眼睛道："等我回来，一定给你一个准确的答复。"

吴桂兰还想说什么的时候，门外传来一阵脚步声，紧接着就传来香梅的声音："哥，睡了吗？"

李长生赶紧站起来说：“这么晚了，有事儿吗？”

香梅说：“俺给你送换洗衣裳来了。”

李长生说：“那就交给警卫员吧。”

香梅答应着：“哎。”却又进了屋，见吴桂兰也在，脸上变得更加高兴，“你看，俺来的多不是时候，吴姑娘也在。你们慢慢说话儿吧，俺走咧。”放下衣服，就往外走。

李长生对香梅说：“你送送吴主任吧。”

香梅摆摆手：“不，不，你们说话儿吧。”

吴桂兰见李长生执意撵自己走，心里很不是个滋味儿。又见李长生看香梅的眼神，心里更是有些不大舒服。想了一会儿，对香梅说：“嫂子，你跟李司令说会儿话吧。我先走。”说着站起身来就要走。

香梅拦住吴桂兰：“小铁锤儿等着俺呢。你坐吧，天还早。”

香梅走到门口又回过头来说：“哥，在外头行军打仗，里边的衣裳要勤换着点儿。时间长了，会长虱子。”

李长生没说话。

香梅又说：“子弹不长眼，要小心点儿。”

香梅转身走了。见李长生还不说话，吴桂兰也跟着香梅出了屋。

第二十二章　转移到外线去

1

李长生真是踏踏实实地睡了一宿好觉，天不亮，就带着部队出发了。

为了不惊动村里的老百姓，没吹集合号，没吹哨。按照头天晚上的通知，部队在老井碑前集合。

尽管是秘密行动，还是把老百姓惊醒了。部队刚要出村，就听到一些大门“吱咛”一声打开了，接着就是“汪汪”的狗叫声和说话的声音。人们走出家门，先是往老井碑方向走，然后又追着队伍走。老太太们手里拿着鸡蛋、红枣、粽子、鱼片一些吃的东西，挪着小脚儿去追队伍。乡亲们已经得到了鬼子大“扫荡”的消息，他们已经预料到，这些队伍上的孩子们，不知道要转移到哪里去，也不知道什么时候才能回来，或者还能不能回来。队伍走得太匆忙了。那些小脚儿老太太们都没有追上，只看到黑压压的一群队伍出了村。

吴桂兰拉着香梅的手跑着去送队伍。她们共同的愿望是看一眼李长生，或许能跟他说上几句话，但她们还是来晚了。她们紧跑慢跑追上了队伍，因为李长生骑着马走在队伍的最前面，谁也没看到他。

两人站在村口，朝着队伍眺望着，慢慢地，队伍在她们的视野里消失了。她们心里都有些惆怅……

队伍走得看不见人影儿了，人们才陆续各自回家。吴桂兰踮着脚尖，还在向远处张望着，香梅轻轻拽了一下她的衣角：“吴姑娘，回去吧。”

吴桂兰这才回过头来：“哎。”

2

李长生骑在马上，脑子里在想着事情。这上千人的队伍究竟要往哪里带，他没有明确的目标。能不能安全跳出鬼子的合击圈儿，他心里也没底。他想起了红军长征，他们是从福建长汀上的路，但要往哪里去，能不能躲过国民党的围追堵截，谁心里也没底。可那时自己是个小团长，上边有师长、军长、军团长，自己不用操更多的心；命令来了，跟着走就行。可现在不行，自己是五支队的最高指挥官，能不能把部队带出去。这个沉重的担子，一下子全压在了自己肩上了。

李长生在想，现在只是走一步看一步，想方设法儿别跟鬼子撞上，来回跟他转。他料到藤藤到张庄天主教堂扑空后，马上会带着人马杀到老井镇。所以在天亮之前一定要离开老井镇，等藤藤从张庄赶到老井镇，也就折腾得人困马乏了。不管怎么说，第一步算是把鬼子甩开了。从这一点上看，还真得感谢那个上房刺探情报的人。

太阳偏西的时候，部队来到一个叫东北旺的村子。按照计划，部队要在这个村子宿营。李长生翻身下马，掏出地图看了看，命令部队停止前进，就地宿营。

东北旺是跟老井镇一样的抗战堡垒村。李长生带部队去冀中军区整训时，曾在这个村住过。后来，他去军区开会，或执行其他任务，也在这个村住过。这个村，临着公路，交通便利，也是通往冀西山区的必经之路。

李长生站在地埝上朝村里眺望着，他感到有些陌生。以往进村的时候，老百姓都跑到村口迎接，争着抢着把战士们接到自己家中。但现在却冷冷清清的，没人来接，村里也不见有人走动。还有，村子里很多房子没了顶子，墙壁是黑的，树也像被人砍过。不用说，村里已经被鬼子“扫荡”过了。李长生感到浑身有些发紧。

李长生命令部队在村边隐蔽待命，自己带上警卫员朝村子里走去。郭文广要跟着去，他没让。

李长生带着警卫员穿街走巷来到了村西头村长孙宝太家，一路上一个人也没碰见，大多数人家的门是紧紧闭着的。

孙宝太家的大门是虚掩着的，李长生推开门进了屋，家里一个人也没有。李长生正要往外走时，孙宝太急急忙忙地回来了，见了李长生，脸色有些慌张：“李……李司令来啦。”

李长生上前握住孙宝太的手：“老孙，乡亲们呢？村里怎么一个人也不见？”

孙宝太让李长生坐下，叹了口气：“咳，别提了，鬼子刚刚‘扫荡’走了。你没见，房子也烧了不少，乡亲们都躲到外边儿去了。”

李长生说：“按照上级首长的指示，我们的主力要转移到冀西去。今晚想在这儿宿营，你看行吗？”

看样子孙宝太有些为难，眼睛看着别处，停了半天才说：“按说没什么不行的。可前些天，也有队伍来过，结果刚开拔，鬼子就来‘扫荡’了，一杀就是几十口儿……”

听到这儿，李长生深深同情老乡们遭受的劫难，于是便说：“好，那就不麻烦了。”说完，站起来就走。

这工夫，警卫员小声道：“司令员，部队走了一天一夜了，哪里还走得动？”

李长生没答理警卫员的话，向孙宝太道谢完，转身出了屋。

孙宝太在门口站了一会儿，又追上李长生道：“首长，我可不是拒绝队伍留宿啊，我就说说这个情况。只是村里人都走了，冷屋冷炕还不算，也没东西吃啊。老百姓的粮食都被鬼子抢光了，新麦子还没下来。”

李长生明白，再往前走，下一个村子更是情况不明，有没有汉奸告密，他也拿不准。再说，部队也需要休息调整。他想了想，说：“粮食，我们自己解决。就是不知会不会给乡亲们带来麻烦。”

孙宝太说：“这样吧，我挑一些人家，通知他们回来。这些人家都是抗战堡垒户，不会出什么意外。”

李长生说：“老孙，那太谢谢你了。”

3

太阳刚一竿子高的时候，藤藤带着大队人马包围了张庄天主教堂。

教堂大门紧紧地关闭着，四周不见一人。

藤藤看了一下手表，然后对小刺猬道：“如果没什么意外的话，这个时间，李长生的人马该在里面睡大觉吧？”

小刺猬笑笑：“他们走了一夜的路，应该是。”

藤藤也笑笑："那这教堂里今天可就热闹了。"说完，向身边的一个军官使了一个眼色。

几个伪军冲上前去，一边砸门一边高声叫着："开门！快开门！"

不一会儿，大门打开。一位师父迎在门外，向藤藤施礼："请问，贵军突然包围教堂，为了何事？"

藤藤笑着走上前去，礼貌地道："皇军是无事不登三宝殿。只要你把李长生和他的部队请出来，我们彼此相安无事。"

师父低声道："对不起，这里根本就没有什么李长生。"

小刺猬往四周看了一眼，走到师父跟前，小声说："哎，我们都是中国人，这年头儿，混碗饭吃不容易。老话儿说得好，识时务者为俊杰。你把李长生他们交出来，你我都好交差，免得教堂遭受血光之灾。"

师父抬头看了小刺猬一眼："恕我直言，既然都是中国人，那你就没理由把外国军队带到教堂来。"

藤藤收起笑容，眼睛一瞪，抽出战刀，对着师父咆哮道："你的，不交出八路军，死了死了的！"

师父不惊不慌地道："这里是教堂，是真主保佑的圣地，与这路军那路军，毫不相干。"

藤藤大刀一指："进去，给我搜！"

众日伪军一窝蜂似的进了教堂，搜遍了每个角落，没有见到一个八路军。藤藤瞪着眼睛对小刺猬吼道："怎么搞的？"

小刺猬也很沮丧："情报是瘦驴脸刺探到的，也许是八路军听到了风声，说不定在太君来之前就跑了。"

藤藤走到门口对着师父低了一下头："对不起，打搅了。"

经过搜查，天主教堂确实没有部队进驻过的痕迹。何况，按照李长生徒步行军的速度来计算，这个时间，他不可能听到风声，又从教堂转移。藤藤想，可能问题出在瘦驴脸的情报上。

藤藤问小刺猬："你认为瘦驴脸的情报可靠吗？"

小刺猬想了想说："应该没问题。"

藤藤点点头说："我估计瘦驴脸刺探情报时暴露了目标，李长生改变了计划。"

小刺猬说："不至于吧？瘦驴脸说没暴露目标呀。"

藤藤摇摇头："我是了解李长生的，这个对手很狡猾。他这次逃跑，至少要有两套方案。他发现有人偷听，就执行了另一套方案。”

小刺猬觉得藤藤分析得有道理。这小子，还真他妈的有两下子，当年暴动的时候，也就是个毛头小子，这些年翅膀长硬了，心眼儿长全了。难怪郭老财、郭文广，包括这个手持日本军刀的藤藤大佐，都斗不过他。

藤藤放下望远镜问身边的小刺猬：“你现在认为，李长生会在哪里？”

小刺猬觉得李长生这个家伙深不可测，他昨天晚上可能就在老井镇没动窝儿。但他绝对不敢出这个主意，他虽然给日本人做事儿，但绝对不想看着鬼子在老井镇杀人。尤其自己的老婆孩子都在老井镇，他几次劝老婆搬到白洋县城，可她就是不干。他也拿她没办法。

小刺猬皱着眉头想了想，说：“我认为他们怕皇军追杀，根本就没敢在张庄教堂宿营，连夜往大安方向跑了。”

藤藤微笑着摇摇头：“不对，李长生用的是调虎离山计，他昨天根本就没离开老井镇。”

小刺猬吓了一跳：“不可能，太君。李长生那么傻，他能在家里坐以待毙？”

藤藤嘿嘿笑了两声，把小刺猬扒拉到一边，对身边的军官命令道：“讨伐老井镇！”

小刺猬吓得浑身哆嗦了一下。

4

李长生他们一离开老井镇，老黑头、吴桂兰就动员乡亲们坚壁清野，向八里庄转移。

可这工作不好做，好多人都不想走。人们七嘴八舌。有人说，鬼子抓的是八路军，现在八路军都走了，鬼子还来干什么？有人说，谁知道鬼子哪会儿来？转移到哪儿？什么时候回来？有人说，家里又是老人，又是孩子，又是牲口，又是鸡鸭，怎么弄得过来？有人说，麦子快熟了，今年收成这么好，不得收拾收拾，准备开镰呀。

吴桂兰和香梅挨家挨户做工作，但还是有些人的工作做不通。老黑头也急得要命，他说，看来必须来硬的了，把干部们分下去，不管是磕头作揖，还是生拉硬扯，在晌午之前，必须把乡亲们都转移出去。

香梅回到家，进院就喊：“长在！长在！”却不见有人答应。

不一会儿，小铁锤蹦跳着进了屋，扯着香梅的衣服说：“娘，俺饿，俺要吃干粮。”

香梅把挂在空中的干粮篮子摘了下来，拿了一个玉米面饼子掰了一半给小铁锤，问道：“你爹呢？”

小铁锤说：“跟俺表大伯出去了。”

香梅又问道：“你看见他们去哪儿了吗？”

小铁锤摇摇头说：“不知道。”说完蹦跳着往外走。

香梅拉住小铁锤：“别瞎跑啊，一会儿走亲戚去。”

小铁锤问：“娘，去哪儿走亲戚。”

香梅不耐烦地道：“小孩子家，别问那么多。走，咱找你爹去。”

5

铁榔头一个人朝酒馆里走，一转身，碰上了迎面走来的李长在。铁榔头招呼他：“哎，表弟，进去喝两盅儿。”

李长在刚从老黑头那儿出来，老黑头交给他一大堆要办的事儿，他朝铁榔头摆了一下手：“都什么时候了，还有心思喝酒？”

铁榔头上去抓住李长在的胳膊：“你哥不在，好不容易有个自由。又不用你掏钱，看你。”

李长在和铁榔头打小一块儿玩得挺好，铁榔头到他家来走亲戚，一住就是好几天。家里穷，没那么多被子，到了晚上，他俩和李长生三个人挤一个被窝儿。灯一吹，哥仨就乱滚乱打，弄得整个屋里都不消停。到了，三个光屁股一块儿挨揍。

李长在经不住铁榔头连拉带拽，半推半就地进了酒馆。

酒馆大门关着，他们把门叫开，掌柜的见是他们俩，就说：“鬼子说不定哪会儿就来‘扫荡’了，谁还敢开门儿？”

铁榔头说：“我们是八路军，小日本儿不敢来。你快给我们哥俩行个方便吧。”

掌柜的犹豫了一会儿，把他们让了进去，接着又问铁榔头：“兄弟，你的账可该结了。”

铁榔头拍着胸脯说：“八路军是红军，不拿群众一针一线，还能欠你这俩钱儿？”

掌柜的一边吩咐店小二上菜上酒，一边对铁榔头说：“八路军是八路军，铁榔头儿是铁榔头儿。”

铁榔头说：“你把心放在肚子里吧，一分也少不了你的。”说着，从口袋里掏出那只宝贝怀表亮了一下，又装进去了。

掌柜的皱皱眉头，接着又摇摇头。不一会儿，小二端着一壶酒送上来，接着又端上来一盘花生米，一盘拍黄瓜，两头腌蒜。铁榔头喜笑颜开：“老三样儿，好。好。”

铁榔头先把自己的酒杯倒满，接着又给李长在倒满，说：“表弟，咱俩可是有些日子没在一块儿喝酒了。今儿咱俩紧酒快菜。来！干！”

李长在端起酒杯，心不在焉地说：“咱们喝完赶紧走，还有很多事要干呢。老黑头要是看见我们在这儿，非活吃了咱俩不行。”

铁榔头一直脖儿把酒干了下去：“我知道。我知道。不就是反‘扫荡’吗？没事儿，没事儿，喝酒不耽误抗日。你放心吧。”

李长在犹豫一会儿，把酒干了。他好久没喝酒了，酒下到肚子里有些发烧，接着就是好受。好受之后，又觉得心里不踏实：“我哥他们不知道现在怎么样了，我们还有心思在这儿喝酒。”

铁榔头又给李长在倒满了酒：“咳，你着急上火也没用。该怎么着，还怎么着。”随手夹了一个花生米放在嘴里，问道，“哎？听说，表哥走的那天晚上，跟吴姑娘俩人在一个屋里谈了大半宿，估计俩人连嘴儿都亲了。这回你该放心了吧？”

李长在有些不放心地说：“谁知道谈的工作，还是别的。这么些年了，他们要好的话，早该结婚了。真不知道，我哥到底想什么？”说完，夹了一口菜，慢慢嚼起来。

铁榔头又把酒喝下去了，劝李长在道：“你不用担心。表哥是聪明人，你们孩子都这么大了，他和香梅感情再好，生米早煮成熟饭了，他还能怎么着？再说咧，有这么鲜嫩的吴姑娘等着，他早晚得动心……”

李长在冒冒失失地来了一句：“是不是你也惦记人家吴姑娘？”

铁榔头咂了一下嘴：“那么白净，那么鲜嫩的黄花大闺女，谁不惦记，谁他妈是傻蛋。可咱这德性的，惦记不惦记，有什么用呢？”

李长在说：“既然惦记不上，你也就省点儿心吧。仔细数一数，看看老井镇还有可惦记的人不？”

铁榔头厚脸皮的劲儿又上来了：“在老井镇，凡是女人，我都惦记过。

可谁他妈惦记过我呀。”说着把酒碗端给李长在。

李长在把半碗酒喝下去了，喝下去后，浑身烧得慌，说话也发冲。他用袖子抹了一下嘴角：“表哥，我问你一句话，你跟那小白鞋，到底有没有那事儿？”

铁榔头也一直脖儿把半杯酒喝下去了，用很神秘的眼神看着李长在道：“表弟，你想听实话，还是听瞎话？”

李长在说：“当然听实话。”

铁榔头说：“也有也没有。”

李长在不解地问：“你这是什么话？”

铁狼头得意地说：“你自个儿琢磨去吧。”

李长在认真地说：“表哥，不是我说你，你一个大小伙子，见天跟一个小寡妇儿黏黏糊糊，不清不白的，有什么劲？这样下去，你一辈子也寻不上媳妇儿。赶紧躲她远点儿吧。”

铁榔头龇牙笑了一下：“你别把小白鞋说得那么可恶，那小娘们儿，骚是骚点儿，可也有情有义的。哎？她还挺有骨气的，听说小刺猬跟日本人有交情，就再也不让他沾边儿了。”

李长在凑到铁榔头耳朵跟前小声问：“小刺猬不沾边儿了，你不会娶她当我表嫂吧？”

铁榔头正要说什么的时候，香梅领着小铁锤进来了。李长在吓得赶紧往桌子底下钻。

小铁锤见桌子上有好吃的东西，伸出小手就去抓。香梅上去打了小铁锤一下：“你几辈子没吃过东西！”小铁锤不管那一套，伸出另一只手，抓了几个花生米，赶紧往嘴里塞。

香梅不再管小铁锤，上去把李长在从桌子底下揪了出来：“你们俩可真行。队伍刚走，鬼子说不定哪会儿就来‘扫荡’，大伙儿都着急忙慌的，你们还有心思在这儿喝酒？”

李长在一边“哎哟，哎哟”地叫着一边道：“不是我要喝，是表哥……”

铁榔头一边站起来要走，一边趁机倒打一耙：“长在平时胆儿小，表哥他们这一走，就馋上酒了，一个劲儿地撺掇我。”

香梅松开李长在，瞪了铁榔头一眼：“行啦，你俩别狗咬狗啦，等着回去挨训吧。”

6

老黑头、吴桂兰一起把李长在、铁榔头狠狠地训了一顿，又命令他们赶紧组织乡亲们转移。

坚壁清野不是头一次，转移到八里庄避难也不是头一次。只是这一次不知道要在外边待多久，不知道家里的东西，该带什么，留什么。老黑头说，吃的穿的都带走，猪啊羊啊鸡啊狗啊，凡是带活气儿的东西都带走，不给鬼子留下。

这么一宣传，老井镇人就动起来了。一时间，满大街都是人。青壮年人推着独轮车，车上载着被褥铺盖锅碗瓢盆儿，老太太们抱着鸡鸭，老头儿们牵着牲口，妇女们抱着或领着孩子。人们拉拉扯扯，乱乱哄哄，沿着滹沱河大堤向八里庄走去。

走到半路上，老黑头突然发现转移的队伍里没有小白鞋，就问李长在：“不是你去的小白鞋家吗，她怎么没来？”

李长在说：“她答应走了，我也见她收拾东西了。谁知道是怎么回事儿？”说着，他四处张望，确实没见着小白鞋。

老黑头着急地说：“哎呀，别找了。快回去叫她去！”

李长在正犹豫着，发现了走在前面的铁榔头，马上喊道：“表哥，你回去叫小白鞋吧，你腿脚比我快。”

铁榔头也发现了队伍里没小白鞋，对老黑头说了句：“老黑头，这可是组织上派我去的啊，你可得替我证明。”说着，便一溜儿小跑回了老井镇。

铁榔头以最快速度跑到小白鞋家，发现小白鞋家的大门是插着的。大白天，人们都急急慌慌转移，小白鞋却插上门躲在家里。真是奇了怪了。

铁榔头敲了几下门，屋里一点动静也没有。他跟小刺猬一样，翻墙进了院。

小白鞋的屋门没插，铁榔头推门进去了，发现小白鞋大白天竟躺在炕上睡大觉。因为天热，小白鞋上身穿一个很小的花布兜儿，白白的胳膊和茸茸的腋毛都露在外面，就连鼓鼓的乳房也露着一大半儿。下身穿一个很肥大的花裤衩，除此之外，身上再没东西了。小白鞋其实根本没睡着，她侧着身子闭目养神。铁榔头敲门，翻墙入院，推门进屋，这一系列的声音她都听见了，却丝毫不动声色。

铁榔头上前捏了小白鞋的胳膊一下："鬼子就要进村儿了，你还在炕上挺尸？"

小白鞋眼睛也不睁，道："难得你有这份孝心，尽管俺没疼过你。"

铁榔头一本正经地说："全村儿人都走了，快起来走吧。"

小白鞋慢条斯理地说："鬼子'扫荡'是抓八路的，俺是老百姓。"

铁榔头说："鬼子进村儿还要抢粮食呢。"

小白鞋说："你替鬼子搜一搜，俺家多余的粮食在哪儿？"

铁榔头看着小白鞋说："鬼子还抢花姑娘呢。"

小白鞋说："那你就告诉那些小鬼子，老娘早就是残花败柳了，让他们另摘鲜枝儿去吧。"

这时，远处传来清脆的枪声。铁榔头什么也不顾了，上去抱住小白鞋，说了声："走吧，小姑奶奶。"噌，噌，噌，像兔子一样跑了出去。

到了大街上，铁榔头判断了一下，枪声是从村西传来的，他马上向村东跑去。小白鞋在铁榔头怀里又蹬又踹，并不住地喊着："该死的，俺还没穿衣裳呢。"铁榔头不管那一套，只顾撒了丫子疯跑。

刚出了村不远，枪声临近了，接着又听到汽车的马达声，铁榔头跑得更快了。

铁榔头刚开始是顺着滹沱河大堤跑，大堤上、田野里，一个人也没有，满世界空荡荡的，只有麦花的清香扑面而来。铁榔头怕在大堤上疯跑太显眼，就下了堤，沿着大堤下面的小路跑。他忘了累，忘了怀里还抱着个大活人，就是一股劲疯跑。

一出村，听到枪声，小白鞋渐渐变得老实了，乖顺了。她一只胳膊紧紧勾着铁榔头的脖子，一只手死死地抓住铁榔头的衣服，生怕一不小心从铁榔头怀里掉下来。就这样，她很配合地把身子依在铁榔头怀里，十分默契地配合着他疯跑。

7

不知不觉，铁榔头抱着小白鞋跑出了十几里路，过了小刘庄，又过了马虎营，一路上也没碰上一个人，看来村里人都躲起来了。刚开始小白鞋在怀里乱蹬乱踹，随着她的慢慢变乖变顺，尤其是她的小手使劲勾住他的脖子之后，他猛一下子觉得浑身特别清爽，特别陶醉。他觉得，还从来没这么舒坦过。说实话，长这么大，还没亲近过哪个女人的身子，虽然他没少往小白鞋家跑，但他没真正沾过她的身子。不是不想，只是怕被“白虎”给克死，他像只嘴又馋胆儿又小的猫，既想吃鱼闻腥，又怕让鱼刺卡着。尤其当了八路军之后，天天受教育，又得顾及名声。

跑出来十几里路，铁榔头这才觉得着实累了。头发基本上湿透了，满脸满身的汗水，滴滴答答，不住地往下流，凉飕飕儿的，像好多蚯蚓在身上爬。他看看怀里的小白鞋，把脑袋深深地埋在自己怀里，身子软软的，像个睡着了的孩子。铁榔头不再跑了，把小白鞋轻轻放下，可小白鞋眼睛还是闭着的。他腾出手来擦了一把汗：“姑奶奶，你倒挺舒坦，是吧？”

小白鞋两条腿着了地，这才慢慢睁开眼睛，四下看了看：“榔头儿，咱这是到哪儿了？”

铁榔头喘着粗气说：“再有三里地，就到八里庄的小树林儿了。”

小白鞋浅浅地笑了一下：“这回你可真是尽了孝心了。”

铁榔头趁机挑逗道：“那你怎么报答我呀？”

小白鞋道：“你别狗掀门帘儿，全靠嘴上的功夫。原先你惜命，怕克死。现在俺从良了吧，你又说这不咸不淡的话。什么意思？”

铁榔头道：“你真的过干净日子了？”

小白鞋道：“骗你是王八。”

铁榔头道：“狗还真能改得了吃屎？”

小白鞋在铁榔头的胳膊上拧了一下：“你能不能说句人话？”

铁榔头夸张地叫了一声：“哎哟！你个没良心的，早知道这样，还不如让小鬼子把你咪西了呢。不过，你帮我把那半个耳朵收起来，还是让我心里挺热乎的。真要是让鬼子给咪西了，我还真舍不得。”

小白鞋说：“你就是说句人话，也让人听了不舒坦。该死的你。”

走着走着，小白鞋突然发现了自己这身打扮，臊得把脸捂住了：“这让俺怎么见村儿里人？”

铁榔头笑了笑，道：“反正你也不是什么正经人，怕什么呀？”

小白鞋骂了句：“该死的。”接着又问道，“哎，榔头儿，你也三十来岁的人了，村儿里像你这么大的男人，孩子都打酱油了。你怎么还打着光棍儿？”

铁榔头笑了一下说：“那你就给介绍一个呗。”

小白鞋说：“咱村儿里的闺女，你看上哪一个了？”

铁榔头想了想，说：“咱村儿里的，我倒没什么动心的。队伍上倒是有一个，可咱也惦记不上呀？”

小白鞋马上戳穿他：“你说的是吴桂兰吧？你也不撒泡尿照照，你哪儿配？像你这个长相儿，你这个岁数，你这个德性，只能在寡妇堆儿里找。”

铁榔头憨笑着说：“那就是你呗。”

小白鞋脸一下子红了：“俺知道你是拿老娘开心呢。”

铁榔头正经地说：“你要真从良了，说不定，咱俩还真能凑合。”

小白鞋用手指头狠狠地点了一下他的鼻子：“去你的吧，咱俩过到一块儿。一个好喝，一个懒做，还不都喝西北风儿去。”

铁榔头嬉皮笑脸地说：“要喝一块儿喝呗。只要晚上有人焐被窝儿就行。”

小白鞋用滚热的眼神看了铁榔头一眼，没说话。她不知道这个铁榔头是真心的，还是拿她寻开心。不知道是早就对她有意，还是一时动了心。不管怎么说，这个愣头愣脑的家伙，虽然总是没个正形儿，但总归是个好人。不像村里那些又臊又臭的男人，就知道占她身子的便宜。一到用得着他们的时候，都躲得远远的。包括那个小刺猬，跟她也只是做交易。说到底，铁榔头还算个有情有义的男人。尤其今天的表现，让她很受感动。

两个人沉默地走了一阵子，就到目的地了，可乡亲们都在河对岸的树林里，那里还长了很密很深的草，不仔细看，发现不了里面有人。铁榔头卷了一下裤管准备趟水过河，小白鞋试了一下水，叫了一声：“凉！”

铁榔头回过头来道：“还等着我背你呀？”

小白鞋站在岸上就是不动弹。

铁榔头嘟囔了一句：“我真是倒了八辈子霉了。”便返回河岸。小白鞋又是很乖顺地趴在了铁榔头的后背上，两只胳膊死死地搂着他的脖子。

铁榔头背着小白鞋慢慢向对岸走去，走着走着，河对岸已经有人发现了他们，小孩子们开始叫了起来。小白鞋把头埋在铁榔头的肩膀上，并轻轻地咬了他一下。

第二十三章　突　围

1

李长生带着人马在东北旺住了下来，吃了一顿热饭。他们身上带着些粮食，要卸下来做饭的时候被村长孙宝太拦住了。等到天黑的时候，从外边回来一些乡亲，他们在村边的地窖里扒出一些粮食分给了部队。大家集中在村东几户人家里一起做的饭，有干有稀，但没有什么菜。现在正是青黄不接的季节，家家都没菜吃，何况正是反“扫荡”时期。孙宝太觉得过意不去，没点儿咸东西就着吃，饭不好下，人也没劲儿。他就把自己家的咸菜坛子搬了出来，里面有腌萝卜、辣白菜、鬼子姜、糖蒜，大家分着吃了一点儿。一顿饭就过去了。

吃完饭之后，部队休息。李长生、郭文广、刘涛和其他干部一起研究下一步的去向。

自离开老井镇，第一步算是把鬼子甩开了。藤藤肯定带着人马扑向了张庄教堂。教堂扑了空，藤藤下一个目标会是哪儿呢？虽然现在把鬼子甩在身后了，但他们的机动能力很强，遭遇上，交上火都是极有可能的。所以，现在一点儿也不敢放松。李长生眼睛死死地盯着地图，眉头皱得紧紧的。

沉闷了一会儿，刘涛指着地图说：“司令员，咱们再往前走就是大安地区了，这是个敏感地区，也是个危险地段。”

李长生紧盯着地图没说话。

郭文广着急地看着李长生，说：“李司令，你下决心吧。我们该往哪走？”

李长生想了半天说："跳出敌人的包围圈儿，最重要的是掌握时机，根据情况做出准确判断。跳得早了，会暴露目标。晚了，跳不出去。我们现在主要是跟藤藤斗智。斗勇，我们肯定是要吃亏的。经过多次交手，藤藤已经了解了我们的游击战术。这次，我们就利用这一点，给他来个声东击东。"

郭文广不解地问："三十六计上有声东击西，你怎么声东击东？"

李长生说："我们在天亮之前就要到达大安县的梅花镇。东北旺离梅花镇大约七十公里，如果我们按每小时十公里的行军速度计算，我们在天亮之前，就能到达。过了梅花镇，离山区不远了，到那时，白天就可以行军了。"

郭文广一听，摇摇头道："不对，梅花镇是冀中有名的抗战堡垒村，那里一定有鬼子。就是没有，藤藤也一定会向那儿扑。因为冀中人都知道，到冀西必经梅花镇，咱到那儿去，不等于自投罗网吗？"

李长生摆了摆手，道："跟敌人斗智，必须打破正常思维模式。就说咱小的时候，玩的锤子、剪刀、布吧。正常的思维判断是，声东击西，说锤子出剪子，说剪子出布。这回我就来个实话实说，说出锤子出锤子，说出剪子就出剪子。对方就会上当。"

郭文广很认真地道："现在是打仗，可不是玩游戏。"

李长生轻松地笑了一下："说形象点儿，打游击，就跟玩游戏差不多。"

郭文广"噌"地站起来，严肃地道："李司令，这可能有让五支队全军覆没的危险！"

李长生说："往别的方向走，恰恰更危险。"

李长生抬起头来问刘涛："你也发表发表意见呀。"

沉默了一会儿，刘涛道："往别处走，路不熟，人也不熟，一旦遭遇鬼子，或被汉奸出卖，我们跑都跑不了。去梅花镇，我认为这个险可以冒。梅花镇，我们在那儿打过仗，地形熟，一旦遭遇鬼子，也能组织突围。"

李长生也站起来，坚定地说："好了，不要争了，就这么定了。我们不但要去梅花镇，而且要通过一切手段宣传出去，迷惑敌人。"

刘涛点点头："真正的声东击东。"

李长生说："对，和藤藤赌一把。"

郭文广还是不乐观："我虽然没什么战争智慧，也谈不上作战经验，但这既不是空城计，也不是草船借箭，我看不出是哪一出儿。"

李长生看了郭文广一眼：“就这一出儿了。集合队伍出发吧。”说着打了一个哈欠。

2

藤藤大队赶到老井镇，没找到一个人。

藤藤显然很生气，到张庄教堂扑了空，到老井镇又扑了空。李长生的部队究竟转移到哪儿去了呢？

藤藤把小刺猬和瘦驴脸都叫到跟前，先是用瞪得滚圆的眼睛盯着他们不放，然后狠狠地扇了每个人一个耳光。两个人眼睛直冒金星，都打了一个趔趄。

小刺猬醒过神来之后，问瘦驴脸：“你的情报是怎么来的？”

瘦驴脸捂着被打疼的脸说：“我亲自在房顶上听见的，谁知道他们又变卦儿了。”

藤藤又把眼珠子瞪得滚圆，对瘦驴脸道：“你说实话，你当时是不是暴露了目标？”

瘦驴脸害怕了，两条腿像筛糠一样直哆嗦。刚才藤藤那一巴掌，虽然疼得眼睛直冒金星，但他认为，挨了打，事儿也就了结了。可现在藤藤又来逼问了，看来没算完。

但他知道，誓死不承认自己暴露了目标，那就没事儿。镇静了一下，他尴尬地笑道：“太君，你消消气，去去火。我瘦驴脸拿命担保。那天，我确实是神不知鬼不觉，一直到我出了村儿，也没人发现我。谁知道李长生这小子他耍心眼儿，他指狗打鸡，指东打西。”

小刺猬倒没怎么害怕，因为藤藤现在的面孔他见多了。喝酒的时候称兄道弟，推杯换盏，翻了脸就不认人，笑着笑着就杀人。这中间，他的表情一点儿过渡也没有，你一辈子也看不准他是什么人，是什么性格。到这个时候，就得哄他，给他和稀泥。

想到这儿，他说：“太君，你听我说，瘦驴脸听到的情报肯定是真的，他也不一定暴露目标。就是李长生这小子忒贼，鬼点子多。可太君，你想想，李长生的腿再快，也跑不过你的汽车轮子呀。太君您消消火儿，我们下一步该怎么办？”

藤藤把瞪得滚圆的眼珠子收了起来：“那你们说李长生现在去哪里

了？”

小刺猬想了想，说：“根据我的判断，李长生当天晚上在老井镇没动窝儿，第二天往东北旺方向跑了。那个村儿是他们八路的窝点儿。按他们的说法儿，叫抗战堡垒村儿。”

瘦驴脸一听来劲了：“小刺猬分析得对，太君，赶紧向东北旺开拔吧。”

藤藤干笑了一下：“你们都是事后诸葛亮，等皇军到了东北旺，他早就跑了。”

藤藤挥了一下手，一个日本军官赶紧把地图摊在了地上，几个人蹲下来，仔细看着地图。瘦驴脸不会看地图，但也假装往前凑。

藤藤看着地图问：“李长生的下一个目标应该是大安地区，这是他向冀西逃跑的唯一途径。可大安地区这么大，他会在哪里宿营呢？”

一个日本军官指着地图上的梅花镇说：“这个村子离铁路近，会不会在这儿？”

藤藤抬起头来问小刺猬：“你是本地通，你说说？”

小刺猬说：“那边儿我没去过，说不好。”

藤藤又问瘦驴脸：“你呢？”

瘦驴脸赶紧说：“我一个讨饭的，更去不了那么远。”

这时，一个日军跑来把一张告示递给藤藤。

藤藤展开告示，见上面写着：“李长生的主力已经到达大安地区。”

藤藤拿着告示疑惑地道：“土八路的一向是来无影去无踪，行动诡秘。为何这次要贴出告示？”说着把告示递给小刺猬。

小刺猬边看边笑道：“这是李长生用的计。”

藤藤不解地问：“什么计？”

小刺猬自信地说：“李长生这家伙很狡猾，他以为这样迷惑一下，太君就不会进攻大安地区了。”

藤藤犹豫地问：“你敢肯定，李长生就在大安地区？”

小刺猬说：“错不了，我跟他打了那么长时间交道，还不知道他？”

藤藤闭上眼睛想了想，笑了：“你的，带皇军到张庄教堂扑了空，现在又带皇军到大安，如果再扑了空……”藤藤依然笑着，却从腰里抽出了大洋刀，抽到一半，他停住了，眼睛紧盯着小刺猬。

小刺猬这次没害怕。他知道藤藤杀人面带微笑，但藤藤现在绝对不会杀他，他眼下还有用。另外，他认为，这次八路军肯定完了，日本人派了这么多兵，下了这么大决心，进行拉网式围剿，李长生就是能在一夜间长出翅膀也飞不出冀中。八路军一完，这冀中就完全是日本人的天下了。既然是这样的趋势，自己还得过“有奶就是娘”的日子。想到这儿，他也笑了一下，说：“太君，如果到了大安，我们再追不上李长生，你随时砍我的头。”

3

太阳很毒，晒得人浑身疼，汗水顺着脖子往下流，衣服都湿透了。卫兵把身上的水壶递给藤藤。藤藤接过来，“咕咚咕咚”把水壶喝了个底朝天，才算真正解了渴，可接下来肚子又“咕噜咕噜”地叫。饿了，的确饿了，连续行军十几个小时，只吃过一顿饭，自己饿了，士兵们也应该饿了。

小刺猬也饿得受不了，嘴唇发干，嗓子眼儿里直冒烟。这些年，跟着日本人吃香的喝辣的，基本上没受过多大罪，可今天又累又热又饿，实在是难以坚持。这时，他见藤藤很疲惫地回过头来看他，知道这位太君大队长也八成饿得受不了了，便说：“太君，到各家找点儿吃的吧？”

藤藤少气无力说了声：“吆希。”

日军们分头到各家各户翻箱倒柜，砸缸摔罐，折腾了半天，谁也没找到吃的。有的实在饿急了，连猪圈里的剩猪食也挖出来吃，有的弄到半个发了霉的玉米面饼子，几个士兵争抢起来。看到这种情景，藤藤心里很不是个滋味儿。看来以战养战真是难啊，这样下去，圣战真是难以维持。

小刺猬有自己觅食的办法，当那些日本兵挨家乱窜，东砸西抢，胡乱折腾，而又一无所获的时候，他一个人跑到了麦田。今年又是好收成，麦子有半人多高。小刺猬个子小，稍向下一弯腰，麦子们就把他整个人淹没了。他找了些半青半黄的麦穗儿掐下来，放在手上像推磨似的来回搓。不一会儿，一些鼓鼓鲜嫩的麦粒儿便与麦芒和麦壳剥离。他用嘴对着手心一吹，麦芒和麦壳便漫天飞舞，手里只剩下那鼓鼓的鲜嫩的麦粒儿。他便把麦粒儿放在嘴里嚼了起来，咽下去很舒服，也解饿。就这样，他一连搓了几把，吃下去以后，肚子里就不那么闹腾了。

小刺猬听到有人叫他的名字，他有意把身子蹲下去，装听不见，接着搓麦粒儿吃，直到吃饱了，才站起来答应。叫他的是瘦驴脸。瘦驴脸问他蹲在麦田里干什么，他说，拉屎。瘦驴脸说，人都饿成这样了，你还有屎拉？

瘦驴脸走进麦田，才见小刺猬在搓麦粒儿吃，说了声，真是大闺女要饭——死心眼儿，我怎么就没想到呢？也就蹲在麦田里搓起麦粒儿来。两人吃得很开心，也很投入。瘦驴脸站起来边吃边看着那些饿得已经没有力气折腾的日本兵，对小刺猬说，这些小日本儿，到底还是笨，怎么就不知道搓麦粒儿吃呢？

小刺猬想想藤藤待自己不薄，又想想他那么厉害，就搓了满满的一大把麦粒儿，献给了他。当时，藤藤很讲究，不想吃，他做了示范，藤藤才吃。吃下去，就连着说，好，好，真是美食。他这一喊不要紧，日本兵们都围过来。藤藤大刀一挥，日本兵们都呼啦啦地进了麦田。小刺猬给日本兵们做示范。日本兵求食心切，不得要领，吃下去，有的卡了嗓子眼儿，有的不会搓，就去抢别人的，闹来闹去。总的来说，日本兵们还是补进了一些食物。不少士兵便冲着小刺猬伸大拇指。

肚子里有了点儿食，而且这种觅食的方法又很特殊，很好玩儿，日本兵们显得精神多了，瘦驴脸也精神了许多。当藤藤带着队伍要离开老井镇的时候，他试探性地问："太君，既然到了老井镇，怎么也不能白跑一趟吧？"

藤藤笑道："你说说，皇军该做些什么？"

瘦驴脸说："把这些房子都点了得了。"

藤藤摆了摆手："不，我相信，不管哪一天，皇军会在这里有更大的作为。"说完，哈哈大笑起来。

藤藤这一笑，小刺猬心里格外发毛起来。

4

藤藤的混合大队一路摩托化行军，在小刺猬的带路下，借着月色，一路颠簸，到达梅花镇的时候，天还是黑黑的。藤藤看了一下手表，是凌晨两点十分。

此时，梅花镇还在沉睡中，没有狗咬，没有鸡叫，没有人走动，没有任何声音。

在离村子大约还有一里多路的时候，藤藤命令部队停了下来，他把在摩托车上打瞌睡的小刺猬推醒，指着前面黑压压的村子说："这就是梅花镇吧？"

小刺猬激灵了一下睁开了眼睛，四周看了看："是，是吧。我没来过。”

藤藤站在车上举着望远镜看了看四周的地形，见村东边是滹沱河长堤，村北是一片很大的树林，村西就是津浦铁路。这里确实是个打仗的好地方，能打能藏又能跑。李长生完全可以选择在这里宿营。

小刺猬见藤藤站在车上望来望去，问道：“哎，太君，怎么不往前开了？”

藤藤：“村子里怎么这么静？”

小刺猬说：“八路军不扰民，说不定就睡在大街上呢。”

藤藤举起望远镜又对着村子望了望，回过头对小刺猬道：“这回要是再扑空，你可要小心了。”

小刺猬又激灵了一下，下意识地摸了一下自己的脑袋。

藤藤下了车，对身边的一位军官用日语道：“统统下车，悄悄进村！”

军官嘿了一声，传达了藤藤的命令。

藤藤朝小刺猬使了个眼色：“走吧？”

小刺猬犹豫了一下，走在了藤藤前面。

夜色中，藤藤的大队人马悄悄向梅花镇靠近。

5

李长生睡得正香，刘涛提着枪突然跑来报告：“司令员，侦察员报告，鬼子把村子包围了。”

李长生一骨碌爬起来，抽出枕头底下的枪，把子弹顶上膛：“命令部队准备战斗！”

刘涛接到命令，转身出了屋，李长生又对警卫员道：“你去把郭副司令员给我找来。”

警卫员刚走到门口，正好碰上郭文广急慌慌地进来。

郭文广一进屋就嚷嚷道：“这是预料之中的。什么声东击东？此地无银三百两。怎么样？跟鬼子撞上了吧？”

李长生没答理郭文广，转身出了屋，迅速爬上梯子上了房。郭文广等人也迅速跟着上了房。李长生举起望远镜朝村外瞭望，天上有月亮，稍有些薄云，能见度还可以。他在望远镜里看到，鬼子正在对村子实施包围，黑压压的，看不清有多少人。

郭文广说："趁鬼子还没形成包围圈，我们应该打出村去。"

李长生挥了一下手："下去吧。"

几个人刚从房上下来，还没进屋，就听"轰"一声响，一发炮弹落在了院子外面，紧接着，四周响起了接连不断的炮声，寂静的村子一下子晃动起来。炮声把熟睡的人们惊醒，鸡鸭猫狗和牲畜们也跟着叫起来。

郭文广跟在李长生后面，急切地道："我看鬼子不超过几百人马，我们是他们的几倍，为什么不能打出村去？"

李长生还是不说话，拉着郭文广进了屋。

窗外不断传来炮声，炮声响过，房顶上落下一片灰尘杂物。

郭文广极不耐烦地道："李司令，你倒是说话呀。"

李长生瞪了郭文广一眼，没理他，转过脸对刚进门的刘涛道："通知部队，敌人打上来，我们只用步枪、手榴弹还击，迷惑敌人，重武器等突围的时候再用。"

一发炮弹落在窗外，墙头在炮弹声中轰然倒下，一股浓烟通过门和窗户向屋内散发。

李长生拉了警卫员一把："来！把门板卸下来。"几个人七手八脚把门板卸了下来，在李长生的指挥下，几个人一起把门板一头搭在墙上，一头放在炕上，形成一个三角空间。

李长生对大家道："这就是我们的指挥所。"

大家一起钻到了门板底下，李长生紧握着手枪，密切关注着外面的动静。

郭文广急得满头大汗："李司令，我看不明白，难道我们要在这里跟鬼子打阵地战吗？"

李长生回过头来道："打不打阵地战，现在都不能突围。"

郭文广很不理解："我们也有炮，快命令炮兵还击呀。"

李长生镇定自若："不，咱们的炮弹没那么多，等突围的时候再用。"

又一发炮弹从屋顶上呼啸而来，在另一座房子附近爆炸。郭文广急得在屋里团团转："真窝囊！这打的什么仗？"

李长生："窝囊，那也比全军覆没要强！现在我们指挥员分散指挥。郭副司令，你去二团。刘参谋长，你去三团。没有我的命令，谁也不能组织突围！"

郭文广没说话，愤愤地走了。

李长生对着郭文广的背影大声喊道："你听见没有，没有我的命令，绝对不能突围！"

一声炮弹淹没了李长生的声音。

6

小刺猬像个小孩子一样看着一发发炮弹在村庄上空落下炸响。天空被炮弹的火光映红，一间间房屋在浓烟中坍塌，整个村子变得通明透亮，夜同白昼。他长这么大还没见过这样的场面，没见过这么猛烈的炮火，他回头看了一下指挥若定的藤藤。藤藤的脸上挂着一丝狞笑，虽然天黑，隐约也能看得清。每一发炮弹在村庄上空爆炸，他似乎都有一种成就感。

炮弹震得小刺猬捂着耳朵，除了爆炸声，别的什么声音也听不见。他的耳朵"嗡嗡"直响。刚开始他觉得挺刺激，挺好玩儿，后来他又害怕了，假如这些炮弹都落在老井镇，整个村子会是什么样？自己的老婆孩子会不会被炸死？小白鞋会不会炸死？村里人要知道他站在这儿看着鬼子一炮接一炮地轰自己的村子，炸自己的乡亲，会有多少人要扒自己的皮，抽自己的筋？想到这儿，他后怕了，慢慢闭上了眼睛。

小刺猬慢慢睁开眼睛，回头看了一眼戴着白手套拿着指挥刀的藤藤，他正大声嚷嚷着什么，声音被炮声湮没了。

突然炮声停止了。

藤藤猛地把头扭向身边的一个军官："怎么回事？"

那个军官正犹豫着，一个军官跑过来报告："报告大佐，炮弹打光了。"

藤藤听罢，脸上露出不悦之色。夜色中，藤藤看了一下手腕上的夜光表，然后把小刺猬叫到了跟前。

藤藤问小刺猬："你认为八路军有多少人在村子里？"

小刺猬怔了一下，道："怎么也有一两千人吧。"

藤藤望着村子疑问道："那为什么炮轰这么长时间，不见他们突围？"

小刺猬随口道："那就是都被皇军的炮弹炸死了，吓破胆儿了。"

藤藤静了一下，嘿嘿笑了两声，猛地抽出指挥刀："出击！"

接到命令的日军一边开枪一边向村子包抄。

炮弹爆炸声停止之后，仅仅静了几分钟的时间，密集的枪声又开始了，村子里又一片浓烟翻腾。

7

听到炮声骤然消失。李长生看看天还黑着，不由兴奋地道："好，敌人的炮弹打完了，做好突围的准备！"

炮声停下来之后，是一阵莫名其妙的寂静，寂静之后是激烈的枪声和鬼子咿咿呀呀的喊叫声。

率先冲进村的是一批伪军，他们一边开枪一边高喊着："活捉李长生！""李长生快投降！"

李长生早就做好了部署，一团坚守村东北，二团坚守村西南，三团作为预备队掩护支队机关。日军激烈打炮时，部队利用自己搭建的掩体待命。待炮声一停，部队马上按序列到达指定位置，等待日军的进攻。

攻进村内的第一批日伪军，无论从哪个方向进来的，都遭到了猛烈的还击。一片"哇哇"的惨叫声，街上倒下一大片。

藤藤没想到大炮轰了这么长时间，八路军还有这么强的火力。他皱了一下眉头，马上改变了进攻策略。集中火力从东北方向进攻。因为火力猛烈，很快从村东北角撕开了一个口子。李长生见状，马上把两个加强连调往村东北支援一团，很快又把鬼子的火力压了下去。双方经过几个回合的争夺，日军被迫退了出去。

藤藤见攻进村东北方向的人马又被击退，他没有暴躁，没有马上组织新一轮的进攻，而是暂取守势。他知道，就李长生的火力，他不敢贸然攻出村庄。

藤藤把小刺猬叫到跟前，笑了笑："这次你提供的情报非常准确，李长生的主力确实在村子里。"

小刺猬有些骄傲地道："我知道李长生在跟太君玩把戏，怎么样，没错吧？"

藤藤看看天还没亮，自言自语地道："看来，李长生在兵力方面确实占了优势，皇军的增援部队起码要有半个小时才能到达，但决不能让李长生利用这个空当突围。"

藤藤把一个军官叫到跟前，发布了新的命令。

8

把日军打退之后，再没见组织新的一轮进攻。李长生认为这是组织突围的极好机会，他忙做出新的部署：一团坚守阵地，掩护二团、三团和支队机关分两个方向突围。他命令机要员给军区吕司令发报，然后把密码本烧掉。

部队正要组织突围，突然天空飘来一层层雾气，随着雾气飘来，一股呛人的味道直钻鼻孔。刚开始，战士们不知道这是什么东西，觉得有些奇怪。很快有人咳嗽起来，有人晕倒在地，有人呛得打转悠。

李长生马上判断出来是鬼子放的毒气，命令战士们回屋子里躲避。

毒气通过门口、窗户漫延进屋子里，李长生让大家把毛巾用水蘸湿捂在鼻子上。这样就好一些了。

因为毒气在村子里漫延，李长生没再组织部队突围，部队原地待命。

在二团指挥所，郭文广不住地咳嗽。他把毛巾从嘴上扯下来，抱怨道："这打得什么仗？打不能打，又不能突围，生不如死。"

二团长劝阻道："郭副司令，你可不能随便发牢骚，这样会影响大家的情绪，削减官兵的斗志。"

郭文广没好气地看了二团长一眼："怎么？你在教训我？"

二团长忙做解释："我不是这个意思。但现在我们必须坚持。"

郭文广在屋里来回转了几圈儿，突然大声喊道："突围吧！不然，我们都憋死在这儿啦！"

二团长拉住郭文广："不行，没有李司令的命令，不能突围！"

郭文广把手枪一举："就是突不出去，也不能在这儿等死！"他说完，往外跑去。

二团长拦住郭文广："必须等李司令的命令！"

郭文广一把推开二团长："谁打过这么窝囊的仗！"说完，跑了出去。

郭文广冲到大街上喊："同志们，不想憋死的，跟我来！"

一些战士甩掉嘴上的毛巾跟着郭文广往村外冲。郭文广停下来，看了一下大约几十个人跟了上来。村内村外都没有枪声，四周静悄悄的，只有毒气在漫延。他大声命令道："快冲，往村西！"

郭文广带着人一口气冲到村口，日军发现了他们，集中火力向他们射击。郭文广一边指挥还击一边继续往外冲。

村西被撕开了一条口子，鬼子的毒气再次袭来。郭文广带人隐蔽在壕沟内，一边顺着壕沟向村外迂回，一边向敌人射击。由于中毒，郭文广感到四肢无力，头脑发晕，浑身哆嗦。几个战士把他扶住。

藤藤发现村西有八路军突围，立即组织火力封锁村西的路口，村西响起激烈的枪声。郭文广带的人死伤大半。

李长生听到村西响起激烈的枪声，正要派人打探情况，二团长跑过来，报告了郭文广不听劝阻，带几十个人强行从村西突围的情况。李长生大为恼火。情急之中，他做出新的部署，命令炮兵向村西猛烈开炮，这回真来个声东击西。他认为，藤藤听到村西响起炮声，肯定判断八路军会从村西突围。趁鬼子调整兵力的空当，命令部队分两股分别向村东北和东南两个方向突围，而郭文广也可以在炮声的掩护下组织突围。

满打满算，五支队只有两门山炮，炮弹也不多，打起来不是很连贯，但还是把村东的藤藤给打蒙了。一来他没料想土八路会有山炮，二来不知道李长生朝村西打炮，究竟是想从村东突围，还是从村西突围？他一时有点儿不知所措。

藤藤问小刺猬："你说李长生这次是打的什么主意？"

小刺猬摸着后脑勺想了想，说："我看是向西突围。他明明知道皇军的主力在村东，怎么会从村东突围呢？"

藤藤仰头看了看天，发现天快发亮了，他也做出了跟小刺猬一样的判断。他认为，在皇军的炮火和毒气的逼迫下，李长生部肯定受到了很大伤亡，而余部一定会在天亮前组织突围。做出这个判断之后，他便命令主力向村西机动，集中兵力把突围的李长生主力全部消灭。

外面的毒气慢慢消散，李长生又上了房。他举起望远镜，看到日军的主力正向村西移动，山炮的炮弹还在一发发向村西发射。鬼子们为躲炮弹，机动速度很慢。

李长生沿着梯子下了房，迅速组织部队突围。

不知什么时候，天阴了，紧接着就下起了小雨，刷刷刷，在寂静的黑夜里，雨声显得格外清晰，漆黑的夜显得混沌一片。李长生抓住这个时机按计划突围，他们的动作很利索，零星的枪炮声不断从身后传来。没等藤藤做出反应，他们已经在夜幕和细雨的掩护下出了村，分散进了麦田，顺着麦垄向预定地点摸索前进。

第二十四章　刀尖上的日子

1

铁榔头背着小白鞋跑进树林里的时候，人们眼睛都看傻了。

小白鞋是老井镇有名的风流寡妇，沾过他的男人不少，但出名挂号的有两个，一个是小刺猬，一个是铁榔头。小刺猬喜欢逮住便宜卖乖，他没少在老井碑前当着众人大肆宣传他跟小白鞋风流韵事的细枝末节，别人听了也不知是真还是假。但人们都认同他跟小白鞋确实有一腿。铁榔头呢，虽然没少往小白鞋屋里钻，但实际上按小白鞋的话说，就是光说不练的玩意儿，关键时候掉链子的东西。这些，只有小白鞋和铁榔头知道。

以往人们说道归说道，但谁也没逮住过现场。这回，大白天，铁榔头背着小白鞋向着全村人跑来了，尤其小白鞋上身穿着红布兜儿，下身穿着葱绿色而且很薄的大裤衩儿，光着脚丫子，太不雅观了。不是钻一个被窝儿的两口子，谁见过年轻女人这身打扮？老黑头等一些上了年纪的人基本上不敢睁眼。一些孩子们则拍着手叫着，觉得很刺激，很好玩儿。一些大姑娘小媳妇儿们都羞涩地低下了头，年轻小伙子们都把眼睛看直了。

钻到人群里面，小白鞋也觉得害羞了。人家都是一家一家地聚在一起，地上铺着凉席，或者苇箔什么的。小白鞋是单身，在村里没有亲戚，现在又穿这么点儿衣裳，她不知往哪儿凑，干脆自己找了个空地蹲下了。小白鞋平时放荡，女人们都不大答理她，这会儿更没人主动拉她入伙。她可怜巴巴地蹲在地上，东看看，西看看，想求人可怜可怜她，但没人那样做。铁榔头把自己的上衣脱下来披在了她身上。小白鞋个子小，一件上衣基本上把她裹起来了。她蹲在那里看了他一眼，觉得心里踏实一些了。

吴桂兰向小白鞋走过来，香梅紧跟在后头。吴桂兰对小白鞋批评道："全村儿的人都转移了，就你年纪轻轻的拖了后腿。"小白鞋平时嘴不饶人，没吃过亏，但今天自己这个样子，也就没说话。香梅拉起小白鞋道："走吧，到俺那儿去。"

香梅是个细致的女人，出来的时候带了一个包袱，里边大人孩子的衣裳都有。她打开包袱，拿出了一身衣裳给了小白鞋。小白鞋赶紧穿上了，虽然不太合身，但总比光着强。

香梅把小白鞋留在了自己搭的简易窝棚里，用几个竹竿撑起一块油布，地上铺着一领席，再加上被褥什么的，就像一个小家了。小白鞋坐在炕席上，窝成一只大虾状。

铁榔头半开玩笑地对香梅道："哎，弟妹，你把她留在你这儿，就不怕长在有想法儿呀？"

香梅很不客气地道："怕是你有想法儿吧？"

李长在接过来道："表哥，要不我给你俩找个僻静地界儿，当洞房用。"

一句话，把大伙儿都逗乐了，也把铁榔头说臊了，他上去揪住了李长在的耳朵。李长在嗷嗷直叫："哎哟，表哥，你别没良心啊。不是我让给你这个机会，你能来个猪八戒背媳妇儿啊？"

大伙儿都笑起来。

出来躲"扫荡"，一路上人们还没这么开心过。

小白鞋脸皮厚，不管别人说什么，她都不搭话，好像说的内容与她无关。

这工夫，远处传来枪声，人们一下子止住了说话声和笑声。老黑头命令大伙儿趴在地上，谁也别出声。

不一会儿，滹沱河大堤上传来清脆的马蹄声，一股尘烟也迅速漫延过来。日军的马队沿着大堤从东向西跑了过来，马队追赶着十几个年轻人，那十几个年轻人拼命地跑着，日军咿呀地叫着，一边开枪一边追。有几个年轻人倒下了，日军们笑着继续追，随着枪声不断响起，那十几个年轻人都倒下了。日军的马蹄在年轻人的身体上踏过，日军们笑得很开心。有一个年轻人从地上爬起来向河里跑去，一个日军不慌不忙地举起了长枪，那个年轻人刚跑到水里的时候，枪响了。那年轻人一头栽到水里，鲜血很快把河水染红了。

那一刻，河对岸的老井镇人都把心提到了嗓子眼儿。如果哪个日军朝着树林里扫上几枪，那可惨了。

日军们没有停下来，哈哈笑着，嗷嗷叫着，骑着他们的马向西跑了。

滹沱河大堤上又恢复了平静。

老井镇人都倒吸了一口凉气。日军走远之后，人们这才站起身来向着大堤张望，看看是个什么景况。铁榔头要趟河过去看看，老黑头不让。

2

天说黑就黑了。

吃过干粮之后，人们又开始不安分了，很多人提出来回村去。他们认为，鬼子白天“扫荡”过了，晚上肯定不会再来了。老黑头说，不行，既然出来了，就安心在这儿待着。有人说，躲到哪天是个头儿呢，谁知道鬼子哪会儿来，反正不能在这安家过日子呀？不管人们怎么说，老黑头就是不松口。吴桂兰的态度也很坚决。

人们各自为家，倒在树林里睡觉。没有灯，没有月亮，没有风，偶尔有光亮闪过，那是小萤火虫。萤火虫在树林里穿行，刚飞走一只，又从地上起来一只。树上的知了不知疲倦地叫，河里的青蛙也在叫，偶尔有大鱼或者小鱼在河水里蹦起来，掀起一层浪花，夜间里，显得格外响亮。地上小草开始有了露水，人们的脚或者手碰到它，就会感到湿漉漉的凉意。

孩子们觉得这样的日子很好玩儿，一会儿问大人这，一会儿问那。弄得大人们心烦，就劝他们睡觉。折腾一天，人们都累了，有的已经睡着了，不断有各种各样的呼噜声传来，此起彼伏。有的人则睡不着，来回翻身叹气。

老黑头既是支队领导，又是镇长，全村男女老少都集中在这片树林里，他一万个不放心。虽然派了流动哨，他还是拿着手电筒来回转。

吴桂兰、香梅、小白鞋、小铁锤挤在一起睡。没多大工夫，小白鞋就打上呼噜了，声音还挺高。

香梅翻了个身，嘟哝道：“人家心真大。”

吴桂兰也翻了个身：“就是。哎，嫂子，你咋不睡呀？”

香梅说：“俺这人，走着道儿，也能睡。可一换地界儿，就死活睡不着，脑子里清清亮亮的。”

吴桂兰说：“那你想什么呢？”

香梅说：“没寻思什么事儿，就是睡不着。哎，吴主任，你寻思什么呢？是不是在想一个人？”

吴桂兰不好意思起来：“嫂子，你可真会揣摩人的心思。”她叹口气，接着道，“咳，也不知道部队现在到哪儿了？撞上鬼子没有？真是担心哪。”

香梅说：“你更担心你们李司令吧？”

吴桂兰说：“可就是不知道，人家心里有没有我。”

香梅说：“哎，你们那天晚上谈得不是挺好吗？把话挑明没？”

吴桂兰进一步把声音压低：“挑明了。他说回来给我一个答复。”

香梅说：“俺早就看出来了，他又不傻不呆的，心里怎么会没你？”

吴桂兰说：“到底还是你了解他。”

香梅说：“耐心等着吧。一回来，俺就张罗着给你们成亲。俺婆婆活着的时候说了，到时候，一定让大花轿把你抬进门儿。”

吴桂兰摇了摇头，寻思了一会儿，叹了一口气：“不知人家心里是怎么想的。不说了，睡吧。”

香梅闭上眼睛不说话了。她不知道，吴桂兰为什么叹气。她也隐隐感觉到李长生心里还是有什么事，不那么敞亮。

离她们不太远的地方，睡着铁榔头和李长在。李长在有岗，站完回来准备睡觉的时候，他发现铁榔头还没睡，来回翻身瞎折腾。他顺嘴道：“表哥，是不是惦记着小白鞋。要不，我给你叫过来？”

铁榔头捅了李长在一下：“小声点儿，大伙儿都听见了。”

李长在说：“当着全村儿人的面儿，你都演猪八戒背媳妇儿了，还怕谁听见？”

铁榔头把话题岔开：“长在啊，这回你把心放在肚子里吧。刚才我听见你媳妇儿跟吴姑娘说悄悄话了。吴姑娘说，你哥心里有她。”

李长在说：“正好，你也别瞎惦记了。”

铁榔头又捅了一下李长在：“说什么呢？谁惦记谁？”

李长在闭上眼睛说：“睡吧。我困了。”

天阴得更重了，不一会儿，就下起了小雨，这下，遭殃了。大部分人家都没带防雨的东西，雨一下，被子、衣裳就湿了。雨虽然不大，但看样子一时半会儿停不下来。

雨一下，人们都醒了，有的找地方避雨，有的就嘟囔开了，嚷嚷着要回村。

老黑头看看天色，再看看烦躁不安的人们，找吴桂兰商量，该怎么办。

这会儿，人们都起来了，孩子们也被大人们弄醒了，树林里秩序乱了。人们都嚷嚷着回村，不能在这儿等着挨淋。

老黑头和吴桂兰商量来商量去，觉得可以让乡亲们先回村，等天亮了，或者雨停了，再出来躲。

3

郭文广也不是孬种，他带着几十个人冲到村边的时候，日军的火力压下来，回头一看，自己带的人已经死去了一大半，也不再往前冲了，他们在壕沟里隐蔽下来。那时毒气还在扩散，他头昏脑涨，四肢无力。一个连长递给他毛巾，他顺便扯下来扔了。接下来，他觉得右胳膊出奇地疼，顺手一摸，弄了满手血，他知道自己挂彩了。看样子没伤着骨头，因为胳膊还能晃动。一个战士把自己的衬衣撕开给他包扎，他忍着不动。

郭文广骂了两句，指挥突围的人就地趴下，等待战机。这时，村西大炮响了，是山炮的声音，郭文广听出是自己人的山炮，他嘴里埋怨道："有炮不打，早干什么去了？"心里却是亮堂了许多。李长生终于有动作了，不被动挨打了，终于让大炮说话了。

炮声一响，日军的火力弱了下来。在战壕里，明显听得见日军中弹倒下的惨叫声。郭文广很开心，他站起来向四周看了看，发现大炮是向村西打的。为什么日军的主力在村东，李长生偏要朝村西开炮。他开始捉摸，李长生这次如何指挥突围?

日军的火力彻底停了，村西的路口让开了。这工夫，郭文广看出来了，李长生是打算率主力从村东突围，而这个空当，正是自己突围的极好机会，不能再犹豫了。他挥了一下手，战士们很快明白了他的用意。大家从战壕里腾身跃起，贴着墙根儿向村外冲。一路上只遭遇几次零星的枪声，一直到村外，一个日军也没碰着。等他们跑出几里路之后，才听到村里枪声激烈地响起来，他们怕日军追来，赶紧藏进了麦田里。

这工夫，天已经大亮了，麦秆儿、麦芒、麦穗、麦叶，都看得很清楚。麦叶上满是露水，碰到脸上很清凉。战士们懒洋洋地躺在麦垄里，闭着眼睛，享受着奔波之后的宁静。

不远处传来马蹄声。

郭文广顺着麦垄看见，日军的马队沿着小路走来。

一个日军下马撒尿，其他日军也停了下来。其中一个日军发现了地上有人趟过的痕迹，嚷道：“八路的干活！”撒完尿的日军端着枪向麦地走去。

郭文广屏住呼吸紧握着枪盯着那个进了麦田的日军。

站在路边的日军问道：“八路的，有没有？”

进了麦田的日军没说话，胡乱向麦田里开了一枪。这一枪正好打在郭文广的受伤的右臂上，他紧捂着伤口，咬紧牙，没出声。

日军们骑上马，又朝天开了几枪，扬长而去。

郭文广见日军的马队走远，才“哎呀”叫了一声。战士们都围了过去，叫道：“郭副司令！郭副司令！”

郭文广站了两次才站起来，他看了一下伤口，还好，又没伤着筋骨，但疼得厉害。一个战士忙给他包扎，血止住了，但还是疼。他皱着眉头，一声不吭。

过了一会儿，郭文广睁开眼睛，对身边的一连长说：“清点一下人数。”

一连长站起来，沿着麦垄挨个儿把人数了一下，回来向郭文广报告说，一共二十八个人，其中有九人负伤。除了一连长以外，其他都是战士。

听了报告，郭文广心里很不是个滋味儿。整个支队两千多人马，跟自己一起突围的只有几十个人，这充分证明自己在战士们心目中就这么点儿分量。到了这会儿，他不得不承认，自己擅自突围是错误的。不仅违抗了命令，打乱了部署，也给部队造成了损失，自己还负了伤。自己作为支队的副司令，离开了主力，离开了部队，成了一只孤雁。

一连长问：“郭副司令，我们去哪儿？”

郭文广很烦地道：“到处都是鬼子，咱们能去哪儿？”

郭文广朝四周看了看，战士们都在搓麦粒儿吃。细想起来，已经有一天一夜没吃东西了。一个战士把搓好的麦粒儿给了郭文广，郭文广嚼在嘴里，觉得很香，很解馋，好像从来没吃过这么好吃的东西。吃完，他心想，有李长生在，真省心啊。天塌下来，有他顶着。这一离开，自己确实没主心骨儿了。

一连长说：“郭副司令，咱们找主力部队去吧？”

郭文广摇摇头说：“谁知道现在主力在哪儿？”

一连长说：“那我们去哪儿？”

郭文广想了想，说：“返回大本营。”

一连长疑问地道："回老井镇？"

郭文广很自信地道："对。你想想看，藤藤一门心思地追我们的主力部队，顾不上老井镇。"

一连长说："万一藤藤要杀个回马枪呢？"

郭文广瞪了一连长一眼："没什么万一。走吧。"

4

郭文广他们走到离老井镇不到十里地的八里庄时，碰到了吴桂兰。吴桂兰见了郭文广先是吃了一惊，接着第一句话就问："你们怎么回来了，李司令他们呢？"

郭文广把在梅花镇突围的经过说了一遍，还没等郭文广说完，吴桂兰就火了："你就是个逃兵！"

郭文广说："哪儿都是鬼子，能逃出来就不错了。"

吴桂兰不想听郭文广说这些悲观丧气的话，不无担心地问道："李司令他们有危险吗？"

郭文广说："藤藤的主力追赶他们去了，不知道会怎么样。"

吴桂兰没好气地说："那你还回来干什么？"

郭文广有气无力地说："赶快带我们回村儿吧，我们两天没吃饭了。"

吴桂兰指着前面不远的一大片树林说："回村儿干什么？乡亲们都在那儿呢。"

郭文广往前边看了看，说："走，过去看看去。"

吴桂兰带着郭文广他们趟过河，进了那片林子。

郭文广他们一到，乡亲们都从自己的小"家"里跑了出来，他们"呼啦"一下围上去问，主力部队到哪儿去了，李司令到哪儿去了，有没有危险？

郭文广只能说，主力已经转移了，李司令很安全。其实他内心很忐忑，他知道自己是个逃兵。

在这些人们中，最揪心的应该是香梅。见郭文广回来了，身上还带着伤，她惦记的是李长生。她迎上去了，但却不敢问。乡亲们都问了，郭文广也回答了，但她心里还是不踏实。

这工夫，李长在和铁榔头也过来了。李长在第一句话就说："姓郭的，大部队呢？我哥呢？”

铁榔头也跟着挤对他：“嗬，挂彩了。不是逃兵吧？”

郭文广听了脸上很不自在。

吴桂兰过来替郭文广解释：“是李司令让郭副司令回老井镇的。大家都不要问了。”

郭文广感激地看着吴桂兰。吴桂兰拉了一下郭文广：“走，先弄点儿吃的吧。”郭文广确实饿了，跟着吴桂兰进了一个窝棚里。

香梅提着一个篮子进来，里面是玉米面饼子，她拿出来分给战士们吃。郭文广三下五除二就把一个饼子吃完了，战士们也吃得狼吞虎咽，风卷残云。一篮子饼子很快吃完了，香梅看看空空的篮子，不知如何是好。一些乡亲过来了，送来了一些吃的，战士们总算吃饱了，精神也好些了。

吃饱肚子的郭文广看了一下天，天上聚集着乌云，乌黑乌黑的，远处刮来一阵风，给闷热的天带来一阵凉爽，麦浪在风中翻滚、摇荡，麦花飘来一阵清香。

“天要下雨了。”老黑头站在郭文广身边，仰望着天空说。

雨点儿掉下来了，不大也不太急。郭文广看了一下四周避难的乡亲们，问老黑头：“下雨怎么办？”

“没办法。”老黑头说。

雨下得密集起来，很多人家的被褥很快淋湿了。

人们嚷嚷着回村。

“咱回村儿吧。”郭文广抹了一把脸上的雨水说。

“不行，大白天，万一鬼子进村儿‘扫荡’呢。”老黑头说。

“不能回村儿。”吴桂兰也说。

“藤藤追赶主力去了，他顾不上老井镇。别让乡亲们受罪了。”郭文广说。

雨越下越大了，人们在叫喊。

老黑头看着天，不说话。

“不能回去，躲了这么多天了，受点儿罪就受呗。主力又不在，总比遇到鬼子好。”吴桂兰说。

“你放心，鬼子绝对来不了。天晴了，再出来。”郭文广说。

老黑头望着天，犹豫起来。

“走吧，出了问题我负责。”郭文广拉了一下老黑头的胳膊道。

“要不，咱们走？”老黑头说。

“我们当初怎么跟乡亲们动员的，现在下这么点儿雨就走？李司令不在，我们可得替乡亲们的安全负责。”吴桂兰很认真地道。

“李司令不在，我负责。走吧。”郭文广说。

“走就走呗，哪儿那么巧，就会遇上鬼子。”铁榔头说。

“走就走吧。要不这一宿可怎么熬？”老黑头试探性地问吴桂兰。

“你们两个都比我官儿大，你们说了算吧。我可要保留意见。”吴桂兰说。

“乡亲们，走，回村儿吧！”郭文广招呼道。

一听说回村，乡亲们都高兴起来。卷起铺盖，拿起随身带的东西，乱哄哄地，冒着雨往老井镇赶。

5

乡亲们回到老井镇的时候天就黑了下来，雨变小了。

经过郭家坟地的时候，郭文广走着走着停了下来。他让别人先走，自己要到坟地里看看。坟地里更是瘆人，几十座黑黝黝的坟像一群死牛静卧着，但走进去就唯恐把哪头死牛惊活。坟上的草在黑暗中摇曳着，像对坟里的主人诉说着什么。

雨还是不大不小地下着，给初热的夏天增添了许多凉爽，甚至寒意。郭文广在黑暗和细雨中控制不住地打了一个响亮的喷嚏，突然，一只兔子在坟地里蹿了出来，向麦田里跑去。郭文广禁不住又打了一个寒战，但他还是一个人向坟茔腹地走去。刚刚从死亡中逃脱出来，他要在黑暗和细雨中，与亲娘说说话。就在他走到郭母的坟前时，一个人突然从坟地里站了起来。这回郭文广可是吓坏了，真是活见了鬼，他的头发和全身的汗毛一下子都竖了起来。他不由尖叫了一声，同时掏出手枪，哆哆嗦嗦地道：“你……你是人，还是鬼？”

那人慢慢走向郭文广，却不说话。

郭文广把子弹顶上膛，声音更是打颤：“你站住，我可要开枪了！”

那人站住了，也说话了，是个女的声音：“真没想到你们共产党、八路军也怕鬼。”

郭文广举着枪往前走了两步又站住：“你到底是谁？为什么黑更半夜地

在坟地里待着？”

那人把头上的毛巾拽下来，露出一头秀发：“我是你妹妹郭文秀。”

郭文广愣了好大半天，才慢慢镇静下来，全身被吓出的冷汗收了回去，浑身也不那么发紧了。他听出了果真是郭文秀的声音，就把枪收了起来，他上去抱住了郭文秀，又惊又喜地道：“你真是文秀？你怎么回来了？”

郭文秀在郭文广怀里哭泣起来：“日本人让我哥当北平宣武区药行的会长，他不干，鬼子就把他杀了，铺面也让鬼子给砸了。我在北平无处安身，就回家来了。”

郭文广安慰郭文秀：“你哥是好样的，没给咱郭家丢脸。你回来就好。”

郭文秀哭着说：“当初我不该耍小孩子脾气，说走就走。在北平待了这两年，我活得很憋屈，那是中国的地盘儿，却不是中国人待的地方，活得一点儿尊严也没有。我真想家，真想你们哪。”

郭文广说：“好在你现在已经回来了，一切都可以从头开始。”

郭文秀抬起头来望着郭文广的脸：“我当了逃兵，八路军还要我吗？”

郭文广说：“只要抗日，八路军不会拒绝你的，这一点，你放心。天不早了，咱们回家吧。”

走了两步，郭文秀才看到郭文广胳膊上的伤：“广儿哥，你，你负伤啦？”

郭文广说：“没事儿。都怪我，没听李司令的话，带着小部队强行突围。让鬼子给打散了。”

郭文秀要看郭文广身上的伤，他不让：“没事儿，没事儿，快回家吧。吴桂兰她们早到家了。”

郭文秀说：“真不好意思见大伙儿。”

郭文广说：“你走了这些年，大伙儿一直念叨你。见了你，说不定有多高兴呢。”

郭文秀搀着郭文广借着淡淡的月光朝家走。郭文广一路上说起了这些年冀中反“扫荡”的情况，说起了李长生，说起了吴桂兰，说起了老井镇的乡亲们。郭文秀听得很认真，但她向郭文广透露，自己最担心的，是李长生对自己的态度。当初嫌他阶级立场太分明，太专制，一赌气不辞而别。现在当了两年逃兵又回来了，李长生会怎么看自己？

第二十五章　最后一顿饺子

1

藤藤着实有些沮丧，自五一大“扫荡”以来，他的大队人马几乎是让李长生牵着鼻子走。先是到张庄教堂扑空，到了老井镇又扑了空，马不停蹄地追到梅花镇，虽然撞了个正着，却又让他在眼皮底下跑掉了。

回到大本营，藤藤蒙着被子睡了一大觉。醒来之后，他慢慢睁开眼睛，坐在炕上，仔细摸了摸光秃秃的后脑勺，然后竟笑了。他觉得自己不应该沮丧，一来上峰没有怪罪下来，二来毕竟把李长生的主力赶出了冀中，这就是五一大“扫荡”的目的之一。另外，他睡了一大觉以后感觉特别清醒，他想起了那天八路军在梅花镇突围的情况，他清楚地看到李长生的部队是分两个方向在不同时间突围的。那么，提前突围的那一股人马现在去哪儿了呢？根据当时的情形，这股残余部队不可能有机会与主力会合。想到这儿，他突然一下子兴奋起来，既然是拉网式“扫荡”，捕不着大鱼，捕些小的，也不亏本啊。

藤藤穿好衣服下了炕，对着窗外的太阳扩了扩胸，伸了伸腰，然后让卫兵把小刺猬和瘦驴脸叫了进来。

小刺猬和瘦驴脸进屋的时候，藤藤的脸已经变得严肃起来，他把身子背过去，不说话。

瘦驴脸一进门，笑笑：“太君有什么吩咐？”

小刺猬没睡透，打了个夸张的哈欠。

藤藤慢慢转过脸来，看着小刺猬和瘦驴脸，看了好一会儿，突然问道：

“你们说，现在老井镇，还有没有八路？”

还没等小刺猬说话，瘦驴脸就抢过来道：“没有了，都转移走了。村里连鸡呀狗呀都跑光了。”

藤藤狠狠地瞪了瘦驴脸一眼，瘦驴脸把话收住了。

藤藤把目光转向小刺猬：“我问你，从梅花镇村西提前突围的小股八路会去哪里？”

小刺猬一听，全身猛地紧了一下。他认为，藤藤把李长生的主力赶出冀中，就应该喘口气，歇歇脚了。没成想，还没睡个囫囵觉，就又开始折腾了。想了想，他道：“我估摸着他们都开小差了。”

藤藤的目光突然变得十分凶狠起来，他慢慢向着小刺猬走了两步，用手指着小刺猬的鼻子说：“你没有说实话。他们没能与主力部队会合，有可能回了老井镇。”

小刺猬摇摇头：“他们不敢。那等于自投罗网……”

藤藤打断小刺猬的话：“你今天晚上就回一趟老井镇。”

小刺猬指着瘦驴脸说：“刚才他不说了吗，一听说皇军大‘扫荡’，村里人都跑光了。”

藤藤把手一挥：“不要啰嗦了，马上行动吧。”

瘦驴脸接过来说：“皇军让你去，还不赶紧走？”

小刺猬只好冲藤藤笑了笑，道：“好，我马上动身。”

2

小刺猬在小白鞋家的门口停了下来，他推了一下门，门插着，隐约见屋里亮着灯。好久没见小白鞋了，心里怪想，想得挺厉害。他真想翻墙进去，跟小白鞋温存一番再回家。但想想，上次小白鞋对自己的态度，心里就凉了。再说，全镇的人都在躲避“扫荡”，过着人不人鬼不鬼的日子，就自己在外边逍遥，谁会承认自己没给日本人做事儿？小白鞋，虽然不算正经人，但还是恨日本鬼子的。这一点，比自己强。他已经领教过几次了。想到这儿，他觉得还是先回家吧，别自讨没趣儿了。

小刺猬回到家的时候，大红袍刚把孩子哄着睡了觉。听到有人敲门，她吓了一跳，后来听出是小刺猬说话的声音时，才慌张着下炕穿鞋，跑去开门。

一见面，大红袍就劈头盖脸地问："这些日子，你都死到哪儿去了，连个音信儿也没有。"

小刺猬累得够戗，一进屋，就瘫在炕上："你先给我弄点儿吃的，我快饿死了。"

大红袍说："不行，你先给我说清楚，你是不是给鬼子做事儿去了？"

小刺猬装出受冤枉的样子："哎哟，小日本儿那么没人性，我怎么会给他们做事儿？"

就在这时，细心的大红袍发现了小刺猬腰里的枪，便质问道："枪是哪儿来的？"

小刺猬不慌不忙地说："假的，用来吓唬人的。你看看，根本就搂不响。"

大红袍也没看那枪到底是真还是假的，但对他说的这些话还是不放心："老井镇人都东躲西藏地反'扫荡'，怎么不见你的影儿？"

小刺猬嘴好使，编瞎话来得也快："我本来在城里忙生意。鬼子一'扫荡'，生意做不成了。我就跟哥儿几个去了白洋淀，在芦苇荡里躲到现在。"

大红袍说："那你怎么不回家？我们娘儿俩死活，你都不知道。"

小刺猬说："老井镇是鬼子'扫荡'的重点，谁敢回来？"

听小刺猬这么一说，大红袍信了，看看小刺猬饿得可怜相，就做饭去了。不一会儿，两个玉米面饼子、半碗咸菜、一碗菜汤端上来了。小刺猬没急着吃，对着这些饭菜打量着。

大红袍把筷子递给他："怎么？嫌饭食儿不济，咽不下去？"

小刺猬看了大红袍一眼，马上抓起一个玉米面饼子塞进嘴里，咬了一大口，边吃边说："哪儿呀，我饿蒙了。"有意吃得狼吞虎咽。

大红袍看着小刺猬吃饭的样子，说："兵荒马乱的，你还是回来吧。日子穷过富过，咱一家子在一块儿，互相有个照应。你在外边儿，我真不放心。人家都说你当了汉奸，只有我一个人让你蒙着。"

不一会儿，小刺猬把一个玉米面饼子吃完了，喝了一口汤，就把饭碗推了。说实话，有些日子没吃这些东西了，要不是饿得要命，真是咽不下去。吃完了，他打了一个饱嗝，故意说："还是老婆做的饭好吃。"

大红袍一边收拾桌子一边说："你答应我，这次不走了。人家身边都有个男人，我们孤儿寡母的，见天东躲西藏的。这是过日子吗？"

小刺猬说："好，好。这回不走了。"

大红袍到外屋刷锅洗碗了。小刺猬身子累，想躺在炕上眯一下，一眼看见了熟睡中的儿子。再有两个月，儿子就该过五岁生日了。这些年，他跟着日本人跑东跑西，很少回家，很少认认真真地看看儿子。在外边，没事儿的时候，也经常想起儿子，有时做梦也梦见。看见鬼子杀老百姓的孩子，就像杀小猫小狗一样，一边杀一边笑，当时也联想起自己的儿子。假如哪一天，也让日本人给杀了，自己该怎么承受。想到这儿，他把灯端过来，仔仔细细地端详儿子，看着看着，他流泪了。怕大红袍看见，赶紧用袖子擦干。

大红袍刷完锅，洗完碗，收拾停当，回到里屋，刚一挨炕边儿，小刺猬急火攻心地把大红袍搂在怀里，接着便迫不及待地把她压在身子底下。大红袍见小刺猬这副德性，嗔怪道："该死的，刚吃饱，想不正经。"说着，一口气把灯吹灭。

这时，街上传来一群人走路的声音和说话的声音，小刺猬立马中止了动作，侧着耳朵仔细地听着。李长生残部真的回来了？他再也没心思跟老婆亲热下去了，坐起来，凑到窗台跟前，往街上一看，果然见吴桂兰等几十个人走过去了。这些人中，有穿八路军服装的，有穿便服的，有背枪的，也有挂彩的。

躺在炕上的大红袍，见刚才还欲火中烧的小刺猬，突然分心走神趴在窗台上张望，她也听见了街上说话和有人走路的声音，她警觉地坐起来："你看什么？"

小刺猬麻利地跳下炕，什么也没说，穿上鞋，出了屋。大红袍追问："你干什么去？"

小刺猬还是没顾上说话，他把大门悄悄打开一条缝，看着街上走过的人。

小刺猬正要出门，大红袍突然跑过来拦住他："你去哪儿？"

小刺猬把大红袍甩到一边："去！去！一个娘儿们儿家，别管那么多。一边儿待着去！"

大红袍又拽了他一把："你要干出缺德丧良心的事儿，我就抱着孩子跳井！"

小刺猬说："你瞎叫唤什么？我有紧急情报，要向八路军汇报。"说着，便出了门，慌慌张张上了自行车。

小刺猬蹬上自行车一口气到了村口，他回了一下头，见没人跟来，便加快了速度。就在这时，从路边的壕沟里闪出一个人影，一个饿狼扑食把他和自行车一起扑倒。

小刺猬站起来骂了一声："妈了个巴子，谁呀？"他去摸身上的手枪，手枪却被扑他的人牢牢攥住，紧接着，他脸上挨了重重的一拳。他用手一摸，有血。

扑他和打他的人是铁榔头。

铁榔头死死地攥住小刺猬的胳膊，说："小刺猬，你让老子等得你好苦啊。"

小刺猬胆怯地睁开眼睛见是铁榔头，便苦笑着说："哦，榔头儿呀。操！你下手轻点儿行不行？"

铁榔头二话没说，对着小刺猬的脸又是要命的两巴掌："再下手晚了，你就他妈跑到藤藤那儿邀功去了。"

小刺猬抹了一把嘴角上被打出的血，假装听不懂地问："邀功？邀什么功？"

铁榔头掏出身上带的绳子很利索地把小刺猬绑了起来："起来，跟我走！"

3

郭文广把郭文秀带到司令部，屋里的人都愣住了。

最吃惊的是吴桂兰，郭文秀进来的时候，她正香喷喷地啃着窝头。郭文广把郭文秀推到吴桂兰跟前："吴主任，你看看这是谁？"油灯下，吴桂兰嘴张得很大，半天合不上。郭文秀上前推了吴桂兰一把："吴大主任，快咽下去，别噎着。"

吴桂兰这才把那口窝头咽下去，一下子从炕上蹦到地下，狠狠地捶了郭文秀两拳："该死的，你还回来呀？快想死我了。"

郭文秀紧紧地抱住吴桂兰，哭了："我当了逃兵，真是该死。"

吴桂兰也哭了："也怪我，那天应该跟你好好谈谈。可我没做到，该死的，你这一走，就是两年多。"

郭文秀满脸泪水，声音哽咽："桂兰，你说实话，八路军还要我这个逃兵吗？"

吴桂兰声音也有些变调："要，一定要。你放心吧。快说说，这些年，你到哪儿去了，都干了些什么？"

郭文秀说：“一言难尽。但我绝对没做一件对不起国家，对不起自己良心的事儿。桂兰，你一万个放心。”

吴桂兰激动地说：“你终于回来了，我们姐妹又在一起了。我太高兴了，真是太高兴了。”

这工夫，外面传来狗叫声，紧接着又传来急促的脚步声，吴桂兰和郭文秀松开了。吴桂兰警惕地拿起了放在炕上的手枪。随着脚步声临近，铁榔头押着小刺猬进了屋，郭文广和吴桂兰吃惊地问：“这是怎么回事儿？”

铁榔头说：“怎么回事儿？我要晚下一会儿手，这小子早就把鬼子给招来了。”回头见郭文秀站在屋里，不阴不阳地道，“哟，这不是郭家大小姐吗，怎么这时候回老井镇了？”

郭文秀低着头，并不看铁榔头一眼。铁榔头没趣地吐了一下舌头。

郭文广从炕上坐起来，问小刺猬：“是不是藤藤派你来的？”

事到如今，小刺猬也不好再抵赖了，说：“是。”

铁榔头说：“部队转移的头一天，咱们在司令部开会，在房檐上偷听的就是他。”

小刺猬赶紧说：“那不是我，真的不是我。”

铁榔头揪了小刺猬一下：“你小子还敢抵赖，别人谁有你那三脚猫功夫？”

小刺猬说：“可能，可能是瘦驴脸。”

铁榔头说：“你们他妈有一个好东西没有？又是小刺猬，又是瘦驴脸的。”

吴桂兰愤愤地说：“我这辈子最恨的就是汉奸，日本鬼子五六年打不走，就是这些汉奸闹的。”

郭文广问小刺猬：“你是不是打算去给日本人报信儿？”

小刺猬想了想说：“是。”

吴桂兰听不下去了，上去给了小刺猬两个大嘴巴子：“我让你是！我让你是！”

郭文广拦住吴桂兰：“别打了，说不定，他会对我们有用。”

吴桂兰说：“是有用。他最大的用处，就是当汉奸。”

小刺猬突然跪下了：“你，你就饶我这条命吧。跟你们说实话吧，藤藤猜出你们会回老井镇的。”

郭文广又问道：“你回去一报信，鬼子就来‘扫荡’，把全村人都杀了？”

小刺猬：“是。可我不会跟他们说实话，毕竟我是老井镇人，老婆孩子都在村儿里。”

郭文广说：“你上次就说重新做人了。现在不是还在帮着日本人杀中国人吗？”

小刺猬装出一副很可怜的样子，说：“你们想想，我这人，也不是一点儿好事儿也不做。上次鬼子‘扫荡’，就是我提前来报的信儿，要不……”

郭文广说：“你少为自个儿评功摆好。我们有人看见，鬼子在梅花镇包围我们的时候，你就站在藤藤身边儿。”

一听这话，小刺猬赶紧又朝郭文广这边跪着，哭丧着脸说：“大少爷，我有罪，我该死。可当年暴动的时候，我还给郭老爷报过信儿。后来，我跟郭家走得也挺近的……”

郭文广把手往桌子上猛地一拍：“你少来这一套，我现在参加了革命，早就是共产党的人了，你少叫我大少爷！再说，我恨的就是你这种出卖自己灵魂的人！”

小刺猬赶紧改口：“郭副司令，你说吧，你让我做什么，我就做什么。要我怎么做，我就怎么做。”

郭文广耸了一下眉毛：“真的吗？”

小刺猬说：“再怎么说，我也是个中国人，我也恨日本鬼子。”

不知道什么时候，铁榔头出去了。不一会儿，又回来了，身后跟着大红袍。

大红袍一进门，扑到小刺猬身上又撕又咬：“你个该死的，我就知道你当汉奸了，你还糊弄我？我今儿掐死你，挠死你！”小刺猬把头扎进裤裆里，一声不吭。

铁榔头拉住了大红袍：“得啦，得啦。别演戏啦。你当汉奸媳妇儿也不是一天两天了，得了不少实惠吧？”

大红袍一听铁榔头说了这些刺耳扎心的话，眼泪“刷”就下来了：“郭司令，吴主任，这不，你们逮住他了，你把他碎尸万段，我也不疼得慌。让你们看看，我是不是愿意当汉奸家属。”说完，跺了一下脚，就要走。铁榔头一把拽住了她。

郭文广对大红袍说：“要是不让他死，你必须规劝他戴罪立功。”

大红袍说：“他能立什么功？你们该怎么处置他，就怎么处置他吧。”

小刺猬说：“我一定回头。你们别杀我，我对你们还有用。”

大红袍用手指了一下小刺猬的鼻子：“你个该死的，你要回了头儿，我和孩子还能在街上走路。你要再这么缺德下去，我就抱着孩子跳井！”

小刺猬又给大红袍跪下了：“媳妇儿，可别呀。我这不是回头儿了吗。”

郭文广想了想，说：“好，那我们就再给你一次机会，你要是敢骗我们，嗯？”说着，他用手枪顶了一下小刺猬的脑袋。

小刺猬说：“不敢。不敢。”

铁榔头说：“谅你也不敢，别忘了，你老婆孩子还在我们手里。”

小刺猬点点头：“那是。那是。”

郭文广说：“那你今天晚上就赶回去，用一切办法阻止藤藤来老井镇‘扫荡’。”

小刺猬站起来说：“我也想到这儿了。这事儿，我能办成。我就说你们都离开冀中，进山了。”

吴桂兰说：“藤藤就那么信任你？”

说到这儿，小刺猬精神好一些了，站起身来，拍打了一下裤子上的土，说：“没问题。‘扫荡’以来，藤藤到哪儿，都是听我的。”

吴桂兰说：“你还好意思说？”

郭文广说：“好，我们相信你。但你要用中国人的良心让我们相信你。”

小刺猬说：“你们这么对待我，我还能干缺德丧良心的事儿吗？”

郭文广看了看表，说：“那你赶快回去吧。”

大红袍出了屋，走到大街上回过头来说：“你要再干丧良心的事儿，我可真抱着孩子跳井。”

小刺猬说：“媳妇儿，你一万个放心吧。”说着，就甩开飞毛腿跑了。

4

太阳挂得高高的，远远的，把麦子照得金黄，把村子照得透亮。

眼看着麦子就要熟了，麦花的香味儿飘进村子，飘进街巷，飘进各家各户。大人们开始忙起来，在家里磨镰霍霍，准备收麦。孩子们在地里掐了麦穗儿拿在手上，在街上叫着乱跑。

平静了好些天的老井镇又恢复了以往的热闹。

李长在蹲在地上磨镰刀，一边磨一边用手试试快不快。磨好一把挂在墙上，又磨另一把，这一把是为香梅准备的。等麦子一熟，两口子就会一头扎进地里苦干。麦收不比秋收，必须争分夺秒地收，不然麦粒儿成熟之后，就会落在地里。那就让人心疼死了。庄稼人一年就指望这么一个麦收，糟蹋不得。还有，鬼子也会来抢粮，一会儿也耽误不得。

快晌午了，香梅出去抱柴火准备做饭，问李长在："长在，同志们都回来了，晌午让郭副司令、吴姑娘他们在咱家吃饭吧？"

李长在一边继续磨镰一边说："吃呗。"

香梅用脚踩了一下李长在的脚指头："做什么饭？"

李长在"哎哟"叫了一声，站起来说："舒服不过躺着，好吃不过饺子。那就包饺子呗。"

香梅说："谁也知道饺子好吃。可现在麦子还没下来，哪儿来的白面呀？"

李长在说："白面不够，就吃杂面的。反正有皮儿有馅儿，就是饺子呗。"

香梅说："这么多人，你可不能光等着吃现成的。"

正说着，吴桂兰一掀门帘进来："包饺子吧？就是，都得动手。"

李长在说："吃了半辈子现成饭了，还能改得了？"

吴桂兰上去揪住李长在的耳朵："毛病还不是人惯的？这回，我要给你改改！"

李长在叫着："哎哟！快疼死我了。松手，我不吃现成的，还不行吗？"

香梅笑道："就得这么治治他。要不，总是爷们汉子脾气。"

吴桂兰和香梅进屋准备包饺子去了，一个和面，一个剁馅儿，配合得很默契，而且一边干活儿，一边说笑，两不耽误。李长在坐在灶膛跟前，准备烧火，嘴里嘟囔道："你们这妇女真要翻身啊？"

香梅说："怎么？老让你们男人骑在头上作威作福啊？"

吴桂兰接过来道："我们闹革命的目的，不就是为了翻身得解放吗？打日本鬼子有妇女的份儿，做饭洗衣裳同样也要有男人的份儿。"

李长在调皮地说："那生孩子有没有我们男人的份儿？"

香梅过来踢了李长在一脚，嘴里嗔怪道："你说话把着点门儿啊。"

小铁锤跑着进了屋，很利索地把话茬儿接过来说：“没男人的份儿，俺就是俺娘一个人生的。”

吴桂兰和香梅都笑出了眼泪。

李长在用烧火棍捅了小铁锤一下：“你懂个屁！滚一边儿去！”

小铁锤跳起来跑到院子里：“嗷嗷，俺爹烧火喽。嗷嗷，俺爹烧火喽。”

香梅动作麻利，不一会儿，面就和好了。杂面，就是玉米面、高粱面和白面，各占三分之一，颜色偏黄，又偏红，叫不上什么色儿。馅儿是韭菜炒鸡蛋的。反“扫荡”反的，人心惶惶，过不成正常日子。那些鸡蛋，是香梅藏起来的，先是藏在了柜底下的瓦罐里，觉得不放心，又埋进了灶膛里。家里一共养着三只鸡。转移的时候，她就抱着，人回来再抱回来。那鸡倒是挺有良心，跟着人过着颠沛流离的日子，到了家，居然还下蛋。香梅下手做饭之前，还下了一个，还热乎着呢，就让她打到碗里了。不过年，不过节，又没过麦收，能吃上这样的饺子，就相当不错了。香梅忙着擀面皮，吴桂兰熟练地包饺子。

吴桂兰见香梅干活麻利，道：“嫂子，你擀慢点儿，皮儿攒得太多了。”

香梅说：“没事儿，一会儿，俺再帮你包。”

吴桂兰说：“嫂子，你真是个大能人，干什么都是行家里手。我这人就笨，干啥啥不行。”

香梅笑道：“可是你有文化，又能打仗，这俺一辈子也学不会呀。”

正忙着，郭文广进来了，后边跟着郭文秀。郭文秀站在门口却不进来：“嫂子，我能进来吗？”

香梅一边忙手里的活儿一边道：“脚长在你腿上，又不听俺使唤。”

郭文秀还是没进来：“听嫂子的口气还是不欢迎我？”

吴桂兰走上去拉了郭文秀一把：“别拿捏啦，快进来包饺子吧。”

郭文秀这才进了屋，没成想，坐在灶膛前烧火的李长在又不阴不阳地来了一句：“大小姐，看着脚底下点儿，小心别绊着。”

吴桂兰很不客气地回敬李长在：“知道你在干活儿，没人把你当哑巴卖喽。”

说完又对郭文秀道：“快去洗手，包饺子。今天不论谁都不能吃现成的。”

郭文秀去洗手了，香梅在一边等着，等郭文秀洗完忙把毛巾递了过去。

郭文秀看了看那条分不清什么颜色的手巾，摇摇头，从自己口袋里掏出雪白带花的手绢，把手仔细擦干，又装进口袋。香梅白了郭文秀一眼，把手巾搭在铁丝上。

吴桂兰把这些细节都看到眼里了，却没说什么，她把饺子皮递到郭文秀手里：“包吧。”

郭文秀接过饺子皮放在手心里，然后用筷子去夹饺子馅儿，一会儿少了，一会儿多了，反复试了好几次，才把饺子包住。但包出来的饺子很难看，郭文秀脸上很不自在。

香梅见状道：“大小姐出身，哪儿干过这个？”说着，把郭文秀包的饺子拿起来重新捏了一下，再看起来，那饺子的模样才和别的差不多了。

这时，李长在在外屋喊了声：“水开了，你们别扯闲篇儿了，赶紧下饺子吧。”

香梅一边把包好的饺子端出来一边答应着：“哎！这就来啦。”

没多大工夫，热腾腾的饺子上了桌。小铁锤下手到碗里去抓饺子，香梅打了他的手一下：“去！拿筷子去！”

小铁锤问香梅：“娘，拿几双？”

香梅：“你数数几个人。”

小铁锤数道：“一、二、三、四……六双。”

“再加一双！”随着说话声，铁榔头一挑门帘进来了，手里提着一个酒瓶子，一看桌上有饺子，顿时乐了，“哎哟，真是傻人有傻命啊。饺子就酒，饺子就酒，来了就吃，吃完就走。”

吴桂兰：“好在嫂子包得多。要不，哪经得住这么多人吃白食？”

香梅一边往铁榔头碗里夹饺子一边笑道：“没事儿，凡是来蹭吃蹭喝儿的，都是看得起俺的，都是来给俺长脸的。吃得越多，俺心里就越高兴。”

大家都围上了桌子，小铁锤又是先下手为强。吴桂兰抓住了他的小手：“铁锤儿，我给你猜两个谜语。猜对了，吃饺子。猜错了，就喝汤。”

铁榔头把怀表拿出来在小铁锤面前晃了一下，说：“如果猜对了，我也奖励你。”说完，又装进了口袋。

小铁锤把手伸出来：“来，拉钩儿。”

铁榔头伸出手来跟小铁锤拉钩：“拉钩儿上吊，一百年不许变。”

吴桂兰说：“小铁锤儿，听着啊。远看像座窑，谁也不能刨。”

铁锤嘻嘻一笑：“俺娘给俺出过这个谜语。是坟。”

郭文秀摸了一下铁锤的脑袋："这小子真聪明。"

铁榔头接过来说："那是啊，像他爹……不，他娘多聪明啊。"

李长在不好意思地抓了抓头皮。

小铁锤把手伸给铁榔头："表大伯，咱是拉过钩儿的，快把表给我。"

吴桂兰却拦住了他："不对，是地雷。"

小铁锤叫了一声："啊？"

铁榔头说："你再猜第二个。听着，远看像杆枪，谁也不敢趟。"

小铁锤摸了摸后脑勺儿，眯起眼睛，想了想，说："是……是蛇。没错吧？"说着就去夹饺子。

铁榔头摆摆手："又不对，是地雷的导火索。"

小铁锤把脸转向香梅："娘，这都是你教俺的，咋就不对了呢？"

郭文秀笑着对吴桂兰说："你们这谜底都是自个儿琢磨的吧？其实，人家铁锤儿都猜对了。榔头儿，你应该把表给铁锤儿。"

铁榔头不愿意把表掏出来，说："吃饭吧。吃饭吧。"

谁知，小铁锤一下子急了，冲着铁榔头嚷道："你骗人！"

香梅把饺子夹给小铁锤，道："快吃饭吧，别人来疯啊。"

小铁锤把碗朝一边一推，哭了："俺就不吃，大骗子！"

吴桂兰向铁榔头努了一下嘴："你以为铁锤儿那么好糊弄呀。快拿出来吧。"

铁榔头很不情愿地把怀表拿出来放在桌上："惹不起，惹不起。表大伯认输。"说着，一筷子夹了两个饺子同时放在嘴里。

李长在逗铁榔头："表哥，又不是最后一顿，别噎个好歹。"

小铁锤迅速把怀表装进口袋，然后赶紧吃饺子。

大家都笑了起来。笑完，开始一起吃饺子。

铁榔头一口气吃了三碗，中间，还喝了几口酒。他也不让别人，只管喝自己的。

李长在又挖苦铁榔头："饺子是别人的，肚子可是自个儿的。撑出毛病来，可没人管。"

众人又笑，吴桂兰道："铁榔头昨天抓汉奸有功，就算犒劳犒劳他吧。"

李长在放下筷子，像想起了什么："那个小刺猬，能让我们完全相信他吗？"

郭文广自信地说："我觉得应该没问题。"

吴桂兰说："看样子他真的悔过自新了。"

铁榔头打了个饱嗝，说："他媳妇儿说了，小刺猬再做缺德事儿，她就抱着孩子跳井。"

郭文广沉思了一会儿，说："我们还是要加些小心。村边儿的各路口都放上岗哨，不管什么人，不准进也不准出！"

李长在拿起枪就往外走："好吧。"

小铁锤溜下炕拿起红缨枪："我去放哨了。"

李长在摸着铁锤的脑袋："走，咱们一块儿去。"

铁榔头又嘱咐小铁锤一句："可别把表弄丢了，啊。"

小铁锤一边蹦跳一边回答道："哎。"

5

小刺猬回到日本兵营的时候，瘦驴脸还赖在炕上没起，他打了个哈欠，问小刺猬，李长生残部是不是回了老井镇？小刺猬说，这次又失算了，弄得我白跑一趟。瘦驴脸半信半疑。

晚上，藤藤请小刺猬、瘦驴脸喝酒。

刚入座，藤藤就盯着小刺猬的脸问："你这脸上的伤是谁打的？"

小刺猬用手摸了一下很坦然地说："我媳妇儿。太君，我媳妇儿是驴脾气。我回去晚了，又喝了点儿酒，想钻她的被窝儿，她不让，两人就打起来了。我媳妇儿人高马大的，打起架来逮什么抄什么。这不，两笤帚疙瘩，就把我脸打青了。"

瘦驴脸听了小刺猬的一番表白，半信半疑地说："你一宿的工夫，又钻你媳妇儿被窝儿，又挨打，又来回跑四五十里地，腿脚儿够麻利的啊？"

小刺猬也感觉出瘦驴脸在怀疑他的话，顺嘴道："别看我那破自行车，除了铃铛不响哪儿都响，我骑起来噌噌的，像飞一样。再说咧，我道儿熟啊，来回都是抄近道儿。"

藤藤举起杯，咧嘴笑了一下，说："好，不说这些了，为你在梅花镇围剿八路军有功，干一杯。"说着，自己先干了。

见藤藤下酒这么利索，小刺猬和瘦驴脸也毫不含糊地干了。

藤藤放下酒杯，问小刺猬："你看清楚了老井镇当真没有八路？"

小刺猬说："没有，街上连一个走动的人也没有，鸡呀狗的，都见不着。跟那天咱们去的时候一样。”

瘦驴脸听出了小刺猬的破绽：“老百姓都不知道躲到哪儿去了，那你怎么钻的你媳妇儿的被窝儿？”

小刺猬脑袋“嗡”地响了一下，心想，瘦驴脸这王八蛋真他妈不是东西，有意为难我。但小刺猬毕竟是小刺猬，脑子反应快，马上接过来道：“就是老弱病残、孤儿寡母的没走，年轻人都转移了。咱们这一路上，各村不都一样吗，连粮食、牲口都藏起来了。八路军说，这叫坚壁清野。”

瘦驴脸狐疑地看了小刺猬一眼，不说话了，低头啃鸡腿。

藤藤皱着眉头问道：“那你们认为八路的残余躲到哪里去了？”

小刺猬打了一个饱嗝，抢着说：“这一趟我回老井镇，也没白跑。我从一个知情人嘴里得到了情况，郭文广在梅花镇突围之后，带着几十个残兵败将去了献州一带。那儿有个后方医院没撤，他们要把伤员送到那儿治疗。”

藤藤很兴奋地：“那你能带路去冀中军区的后方医院吗？”

小刺猬说：“当然能。那一带的路我熟着呢。我爹做小买卖，我跟他到那儿去趸过鸭梨。”

瘦驴脸讥笑道：“这都猴儿年马月的事了吧？你爹都死了好几年了。”

小刺猬说：“是的。可我记得路。”

藤藤举起杯来：“好，你们两个对皇军大大的忠诚，来！我敬你们一杯。今天好好睡一觉，天一亮就向献州出发！”

小刺猬受宠若惊：“谢太君，我一定死心塌地为您效劳。”

瘦驴脸看了小刺猬一眼，接着又向藤藤使了个眼色，笑了一下，把杯里的酒喝了。

小刺猬放下酒杯说：“我困了，先睡去了。”说着就要离席。

瘦驴脸按住小刺猬：“哎，天还早，急什么？你今天刺探情报有功。我得敬你两杯。”

小刺猬连连摆手说：“以后再喝吧。我昨儿个跑了一宿的路，确实困了。”

瘦驴脸说：“没事儿，喝了再睡。来，我敬你。”说着把两个人的酒杯都倒满。

藤藤也来了兴致：“给我也倒满，我陪一下。”

三个人相视一笑，一饮而尽。

藤藤放下酒杯躺在炕上：“你们就睡这儿吧。我也困了。”

小刺猬说："不敢，不敢。太君先睡吧，我们俩回去了。"

藤藤喝多了，酒劲儿一上来，把头一歪躺在了炕上，不出声了。

小刺猬和瘦驴脸蹑手蹑脚地出了屋。瘦驴脸先走了，小刺猬又回了屋，把桌上的灯吹了。吹完，他在当屋里怔了一会儿。借着月光看着打起呼噜的藤藤。他真想上炕，掐死这个杀人不眨眼的魔鬼。天一亮，他一觉醒来，又不知道要杀多少人。想到这儿，他真的上了炕，两只手哆嗦着拿出要掐人的姿势，一点儿一点儿逼近藤藤的脖子。他知道自己的手在抖，心在颤，每根汗毛都竖着。但只要把藤藤掐死，自己就是抗日大英雄了。那个遭万人骂的汉奸罪名就一笔勾销了，大红袍也不会抱着孩子跳井了。就在这时，就听到瘦驴脸在外面喊自己，他那掐人的姿势马上改变了。也就在这个时候，藤藤翻了个身，顺便睁了一下眼睛，嘴里嘟哝道："你还没睡呀？"小刺猬灵机一动说："我给太君盖盖被子，别着凉喽。"他给藤藤拉上了被子，就下了炕。他发现自己出了一身汗，头发都湿了。他很快害怕起来。他想起了秦朝年间，荆轲刺秦王的故事。荆轲亮剑，一失手，不但没刺着秦始皇，结果把自己的命也搭上了。何苦呢？荆轲也是燕赵人，确实是条汉子，可那又怎么样，不就留下一段"壮士一去不复还"的故事讲给后人听吗？命都没了，再壮士又有屁用？再说了，藤藤腰里有枪，又有大洋刀，根本不那么好杀。就是杀了，自己也跑不了。算了吧，自己还没到舍身抗日的份儿上。瘦驴脸又在门外叫他，他回了回头，看了一眼睡得像死猪一样的藤藤，转身走了。

6

小刺猬回屋的时候，瘦驴脸已经给他铺好了被子。

瘦驴脸没点灯，黑暗中，他问小刺猬："你在太君屋里磨蹭什么呢，这么长时间不出来？"

小刺猬说："给太君盖盖被子，怕他感冒喽。"

瘦驴脸暗地里笑了一下，又问："你脸上的伤真是你老婆打的？"

小刺猬往炕上一躺，钻进了被窝儿："这年头儿，除了我老婆，谁还敢打我？"

瘦驴脸却说："不是让八路军给打的吧？"

"说什么呢？快睡吧。"小刺猬说完，打了个哈欠，睡了。

瘦驴脸知道小刺猬根本没睡着，就说："小刺猬，你糊弄小日本儿行，我你可糊弄不了。这里边儿，肯定有猫腻儿。”

小刺猬真的困了：“有什么猫腻儿？天不早了，睡吧。”

不一会儿，小刺猬就呼噜上了。瘦驴脸坐起来看了看小刺猬真的睡着了，也翻了个身，假装睡去。

小刺猬咬了一下牙，开始说梦话，而且声音很大：“我说过，我再做丧良心的事儿，就天打五雷轰……”

瘦驴脸警惕地坐了起来，侧着耳朵听小刺猬说梦话。

小刺猬继续说梦话：“吴主任、郭副司令，你们饶了我吧。我一定悔过自新，重新做人……”

黑暗中，瘦驴脸偷偷地笑了。

小刺猬吧唧了几下嘴，翻了个身，接着说：“你们放心地在老井镇待着吧，我一定把鬼子引开……”

听到这儿，瘦驴脸坐起来，动作麻利地穿上衣服，下了炕，激动地向藤藤房间跑去。

小刺猬睡觉轻，尽管累得筋疲力尽，他还是听到了动静。他翻身坐起来，发现瘦驴脸不见了，便把枪别在腰里，悄悄爬起来，打开窗户跳了出去。

瘦驴脸跑到藤藤屋门口时，卫兵拦住了他。他说有重要情况向太君报告，卫兵还是不让进。这工夫，就听藤藤对卫兵说：“让他进来。”

藤藤让瘦驴脸把门关好，他正要报告情况，藤藤却突然问他：“我问你，你还记得，那次我让你跟小刺猬回老井镇郭家大院挖什么东西的事吗？”

瘦驴脸想了想，说：“记得。记得。”

藤藤说：“那我再问你，你们挖的时候被人发现没有？”

瘦驴脸想了一会儿，突然伸出巴掌狠狠地打了一下自己的脸：“我想起来了。那天，我们俩把那东西挖出来的时候，就被村里的民兵发现了。他们把我绑起来，把那东西和小刺猬一块儿带走了。”

藤藤一下子蹦了起来，上前揪住瘦驴脸的脖领子，眉毛动了几下，牙也夸张地龇开了：“什么？混蛋！那你为什么不报告？”

瘦驴脸腾出手来又连着扇了自己几巴掌：“太君，我是混蛋。是小刺猬那小子不让我说。”

藤藤把牙咬了一下：“那东西是假的！”说着，他把一封信摔到瘦驴脸面前。瘦驴脸想拿过信来看看，但伸出去的手很快又缩了回来，他不认字，何况是日本字。但他明白，那肯定不是一般的信。

瘦驴脸眯了一下眼睛，道："那就是小刺猬他们捣鬼了。哎？太君，我这么晚是来报告情况的。小刺猬那小子，这次回老井镇八成是让八路给逮住了。他说梦话，让我给听见了。"

藤藤松开瘦驴脸，拿起指挥刀："巴嘎！"

瘦驴脸跟着藤藤出了屋，身后马上跟过来几个日本兵。

瘦驴脸率先进了屋，发现小刺猬不见了。便高声喊道："不好了，太君，小刺猬跑了！"

藤藤声嘶力竭地大叫："快去把他抓回来！"

几十个日军追出院子，没见到小刺猬的人影儿。

小刺猬甩开飞毛腿顺着大街一溜小跑，听到后面传来枪声，他拐进了一个小胡同。这时，街上已经大乱，几十个日军在大街上四处搜捕。

小刺猬快跑到胡同口的时候，见前面两个日军向胡同内走来。他转身往回跑，又有几个日军挡住了去路，他感到已经无法脱身了，举起枪对着迎面的日军射击，两个日军应声倒下。

身后的日军高叫着："八路！"一起向他射击。

小刺猬把身体贴在墙上还击，又打死了一名日军。这时身后几个日军向他包抄过来。小刺猬再次举枪射击，没子弹了。

小刺猬把枪扔掉，在黑暗中大笑起来："媳妇儿，我没做缺德事儿，我没做缺德事儿啊。"

几个日军一起向小刺猬开枪，小刺猬摇晃着身子慢慢倒下……

第二十六章　大 屠 杀

1

李长生带五支队主力到达冀西边界，那里有吕司令派的部队接应。虽然在途中也几次与小股日军遭遇，但因为是山地地形，便于隐蔽，没造成多大伤亡。在梅花镇突围的第三天下午，他们便到达晋察冀军区司令部。

没想到，冀中军区吕司令也在这里，他在大门口迎接李长生。两人见面，四只手紧紧地握在一起，然后又紧紧拥抱。

吕司令说："长生同志，你受苦啦。"

李长生激动地说："首长，感谢你派部队接应。"

两人终于把双臂松开，吕司令带李长生去见晋察冀军区聂荣臻司令员。

那是一间很普通但很整洁的小屋，墙上挂着一张大地图，靠北墙有一张床，床上是洁白的床单和绿色的军被，叠得方方正正，整整齐齐。屋中间有一张办公桌，两把椅子。桌子上有一盏马灯，一部电话机，还有一些书籍。进门的时候，聂司令员正在打电话，待电话打完，吕司令才带李长生进屋。

吕司令指着李长生给聂司令员介绍道："司令员，这是五支队司令员李长生。"

李长生正了正衣服，上前敬了一个标准的军礼。聂司令员握着他的手高兴地说道："李长生同志，你带五支队胜利突围，功劳不小啊。祝贺你。"

李长生眼泪下来了："可，可我们牺牲了不少同志。还有，我们离开中心区，老百姓又要遭殃了。根据地也丢了。"

聂司令员平静地道："不要激动，李长生同志。保存主力是第一位的。

一旦情况好转，我们马上返回中心区。根据地也会收回来的。”

听了聂司令员的话，李长生心里稍宽慰了一些。

聂司令员让吕司令和李长生坐下。警卫员端上了开水，又端来了核桃、大枣之类的食品。聂司令员招呼他们吃。

聂司令员仔细瞅了瞅李长生，想了想道：“我们好像见过面。”

李长生也想了一下说：“我在延安的时候见过首长。”

聂司令员笑道：“你李长生了不起呀，到冀中去，是毛主席亲自点的将。在冀中，除了吕司令，恐怕就是你李长生的名气大了。不仅在老百姓中名气大，在小日本儿那儿，名气也很大呀。”

吕司令接过来道：“九莲山伏击战打得漂亮，把藤藤大队打疼了。”

李长生：“那是我们五支队的首战。那时候，部队刚整编，缺少实战经验，打得不理想。”

聂司令员调转了话题：“你母亲牺牲的事，吕司令向我报告了。我为你有一位英雄的母亲而骄傲。你们母子俩，是我们八路军的骄傲，是我们中国人的骄傲！”

李长生激动地说：“谢谢首长鼓励。”

吕司令接过来说：“他母亲牺牲前说了一句话，宁当刀下鬼，不做亡国奴。可以说是铁骨铮铮啊。”

聂司令员站起身来，来回踱了几步，默默地重复着：“宁当刀下鬼，不做亡国奴。好哇，这应该是中国老百姓的抗日誓言。”

警卫员进来，报告开饭时间到了。

聂司令员挥了一下手，说道：“好，先吃饭。吃完饭，我请你们看戏。你们从前线来，辛苦了，好好犒劳犒劳你们。请吧。”

聂司令员领着李长生、吕司令来到食堂，那里的饭菜已经摆好了。桌上摆着四个菜，一个炒土豆丝，一个熬酸白菜，还有两个小咸菜。中间放着一坛酒。主食是玉米面窝头。

聂司令员先坐下，道：“我们这儿比不了你们冀中，一年也吃不上几顿细粮。现在又是青黄不接，也只能凑合了。”

李长生刚坐下，军区其他首长也来了。李长生赶紧站起来与首长们一一握手。看来军区机关食堂的伙食确实不怎么好，首长们却吃得津津有味儿。桌上的几个菜，不一会儿就吃光了。李长生饿得要命，聂司令员不断地给他夹菜，但头一轮没怎么好下筷子。不一会儿，炊事员又端上了一大盆白菜豆腐，李长生这才敞开胃口大吃。

晚上有戏，李长生说，自己不喜欢看戏，想早点儿睡觉。聂司令员幽默地道：“不会看戏，就等于不会当领导嘛。”

李长生听到这儿，脸一下子红了。他没成想，首长把看戏强调到这般高度。

离开戏还有一段儿时间，吕司令拉着李长生散步。围着村子转了一圈儿。吕司令问李长生个人的事儿解决没有。李长生摇摇头。吕司令问起了吴桂兰的情况。李长生说，吴桂兰是个很合格的政治部主任，在支队干得很出色，威信很高。吕司令说，我感觉吴桂兰对你有意思。这么长时间，恐怕你早就感觉到了。李长生笑笑，轻描淡写地说，我配不上人家。吕司令很认真地道，谈恋爱，也跟打仗一样，时机成熟，就发起进攻，千万不能贻误战机。李长生暗里发笑，看来首长很有经验。

2

晚上的戏是在露天演出的。离军区司令部不远的地方，搭着一个简朴的戏台。天刚黑，部队就集合了，不一会儿，老百姓也从四面八方赶来了。部队在中间，老百姓在外围，有坐着的，有蹲着的，有站着的，还有趴在墙头上的、树杈上的，黑压压的一大片。

李长生没想到，这出戏的名字是《日出》。

李长生清楚记得，当年郭文秀就是排了《日出》叫他去审查。他看了一半，见戏里说的是妓女的事，鼻子不是鼻子、脸不是脸地朝郭文秀发了一顿脾气，然后拂袖而去，致使郭文秀离队出走，至今不知音信。这件事儿，细算起来，已经过去两年多的时间了，但他从来没忘记。他认为当时的态度稍微有些过，其他没任何错。部队就是不该演这些低级下流不堪入目的东西。

可眼下，聂司令员、吕司令，还有军区的领导和机关的同志，都在全神贯注地看戏，大家一边看戏一边鼓掌，有时候还有人叫好。李长生见此情景，觉得有些不好意思。他调整了一下情绪，让自己尽量去用欣赏的心态和眼光去看戏。他当兵前当过小学教师，虽然只有初小文化，但在老井镇的同龄人中，也算得上有文化的人。到了红军队伍里面，他还当过文化教员，帮着不识字的同志识字，曾觉得自己有一定的优越感。可在首长们面前，在真正的文化人面前，看来自己的艺术眼光和欣赏能力，还差得很远。他一边看戏，一边自责。

戏演完了，在一片掌声中，聂司令员上台接见演员，并发表了精彩的讲话，对演员们给予了很高的评价。

看完戏，吕司令问李长生：“怎么样？很开眼吧？”

李长生点点头：“不错。只是太阳春白雪了，看不太懂。”

吕司令说：“这可是大剧作家曹禺的名著，完全可以跟莎士比亚的经典戏剧作品相媲美；就是跟王实甫的《西厢记》、汤显祖的《牡丹亭》相比，也毫不逊色。”

李长生没听说过这些作品，更不知道这些陌生的名字。在老井镇，虽然也看过《西厢记》，但他不知道作者是谁，也不知道故事究竟发生在哪个朝代。他感觉自己的脸在发烫。

回到宿舍，吕司令邀李长生去下象棋。李长生以身体困乏为由婉拒。过后，他让刘涛向剧社领导借来《日出》剧本，一个人躺在炕上认真看起来。

看着看着，李长生觉得开了一些窍。他把剧本上有意思的台词，都抄在自己笔记本上再细细揣摩，然后再闭上眼睛回忆当年看完戏，郭文秀、吴桂兰对《日出》剧情的概括解释。想着想着，他不住地摇头，逐步认识到了自己的无知、偏见和霸道。

已经后半夜了，李长生还毫无倦意，他一会儿闭上眼睛想事情，一会儿对着剧本发呆。想着想着，他突然决定要写封信。写给谁呢，写给吴桂兰。为什么要写给她呢？写什么呢？他想起转移前，吴桂兰跟他说的那些话，想起吴桂兰表达爱情时的激动与真诚，想起自己当时的局促与无措。在一起工作的时候，可能并不把她挂在心上，一旦离开，却突然格外牵挂起来。主力撤走了，鬼子“扫荡”了，她会怎么样？留下来的战友们安全吗？

李长生把信纸展开之后，写了“桂兰”两个字又停住了。他记得，自己曾答应她，回去后给她一个答复。那么，自己将给她一个怎样的答复呢？接受她的爱，娶她为妻？不，没到那份儿上。目前，在她身上，还没找到第一次与香梅见面的那种感觉，远远没达到要死要活放不下的那种程度。如果不是两心相悦，两情似火，根本就不算爱。那么，拒绝或者婉拒她？不，那样对她打击太大，会伤她自尊。但现在这封信还是要写，表达一下自己对她的牵挂，探讨一下《日出》，让她看出自己艺术欣赏方面的进步，同时也借此机会表达自己的歉意。想到这些，信写起来就长了，一共写了满满的六页纸。天快亮了，他打了个哈欠，睡了。

3

吃过饺子的小铁锤一路打着饱嗝上了九莲山。路上，他一边走，一边从口袋里掏出怀表看一看，又放进口袋。他觉得那东西太好玩儿了。家里穷，从生下来，也没玩儿过任何像样的玩具。现在说有就有了，而且是这么好的东西，能走字儿，听起来“嗒嗒嗒”地响。最好玩儿的是，在黑暗里还发光。真是个大宝贝，太好玩儿了。虽然，那个好喝酒的铁榔头表大伯，只是奖励给他玩玩儿，并不会给他，但这就足够了。玩儿一天算一天，玩儿一会儿是一会儿。他一边走路一边用手摸着口袋里那个大宝贝，生怕它不小心蹦出来，跑得很远。铁榔头给他的时候，就告诉他，那个宝贝会跑，千万要看好。再就是不能拿出来当着别人显摆，别让人偷了去，骗了去。这些，小铁锤都一一记下了。

等小铁锤爬到山顶的时候，山上已经有了几个跟他年龄差不多的半大孩子。大热天，他们光着背，穿着短裤衩，头顶上戴着用柳条编织的伪装帽，有的手里拿着木头枪，有的拿着红缨枪，看上去很威风。

山上有棵消息树，是用来向村里人传递消息的。没有情况的时候竖着，有了情况就放倒。孩子们一上山，就围着消息树做起了游戏。

几个小家伙儿互相扯着衣服一边跑一边背诵儿歌：

锅盆锅碗锅大缸啊
腰里掖着盒子枪啊
盒子枪啊，真有准儿啊
一打就打死个小日本儿啊
小日本儿啊闹得欢啊
架不住八路军打半天啊
……

孩子们边追边跑，边打边闹，小铁锤不小心弄了仰八叉，他口袋里的怀表顺势滚了出来。一个比他大点儿的孩子眼疾手快地把怀表捡了起来。孩子们一下子围了上去，争着看那东西，抢那东西。小铁锤爬起来，奋不顾身地冲上去，一下子把怀表抢了过来，死死地攥在手上。接着，又把双手背在身后。孩子们问小铁锤那到底是个什么东西，为什么能“嗒嗒嗒”地响，为什么能走字儿？小铁锤倒背着手，就是不说话。有个孩子从口袋里掏出一个小拨浪鼓儿，要跟小铁锤换。小铁锤摇摇头，不答应。孩子们急了，把小铁锤包围起来。一个孩子突然上去抱住了小铁锤，小铁锤的两只手动不了了，另一个孩子去抢小铁锤手里的怀表。小铁锤哭了。这时，就听一个孩子大声喊道：“你们看，鬼子来啦！”

孩子们不再打闹了，一起向山下望去。果然，鬼子的大队人马沿着公路向老井镇赶来。

小铁锤喊了一声：“快！快放消息树！”

几个小伙伴动作麻利地放倒了消息树。

孩子们一边喊着一边向山下跑去：“鬼子来啦！鬼子来啦！”

在村口，孩子们看到了正在放哨的李长在。小铁锤喘着粗气说：“爹，鬼子来啦！”李长在问道：“你们看清了吗？有多少？”小铁锤说：“多的是，数不清。”李长在一听，也慌了，赶紧带着孩子们往村里跑。半路上碰上赶着马车要出村的老黑头，他喘着粗气说：“不好了，鬼子快进村儿了！”

老黑头把马鞭交给李长在：“这是兵工厂的机器设备，你赶紧送到十里铺去，那里有人接应。”

李长在接过马鞭上了马车：“那乡亲们呢？”

老黑头说：“你别管了。”马车刚走没多远，老黑头又追上去，把一个包扔给李长在：“这里边儿是上级的文件，这些东西比命还重要，千万别丢了。”

李长在赶着马车走了，就听小铁锤在背后喊了一声：“爹！”他回了一下头，鼻子酸了一下，猛地朝马屁股抽了一鞭子，马蹄飞奔起来。

4

郭文广站在一个土丘上，举起望远镜向村东方向望去，果然见鬼子的大队人马耀武扬威地向镇上赶来。这时，哨兵过来报告，村西也发现了鬼子。郭文广低头思考了一下，便下达命令：“吴主任，你组织县游击大队的人把村西，我带五支队的人把村东。榔头儿，你组织民兵上房。”

吴桂兰也在望远镜里看到了快要进村的鬼子，转过脸来问郭文广：“郭副司令员，你的意思是，我们要在老井镇跟鬼子打巷战？”

郭文广说：“事到如今也只能是这样了。”

吴桂兰说：“依我们的实力，根本不是鬼子的对手。硬拼，最终就是全军覆没。”

郭文广说：“那你有何高见？”

吴桂兰说：“趁鬼子还没对村子形成包围，我们应该带着乡亲们突出去。”

郭文广说：“四面都是鬼子，已经来不及了。赶快执行命令吧。”

吴桂兰说：“李司令员要在的话，绝对不会同鬼子硬拼。”

郭文广说：“现在是李司令员不在，我是这里的最高指挥官。”他把身上两把手枪同时举起来，顶上子弹，“快！快执行吧！”

铁榔头说：“事到如今，也只能这样了。撤已经来不及了。”

郭文秀跑过来，把手伸给郭文广：“哥，给我一把枪。”

郭文广：“你？”

郭文秀：“快把枪给我！”

吴桂兰拉住郭文秀的胳膊：“你两年多都没摸过枪了，凑什么热闹？快回屋里去吧。”

郭文秀猛地从郭文广手里夺过一把手枪：“走吧！”

这时，村外枪响了。郭文广他们顺着大街回司令部的路上，迎面碰上大红袍。大红袍用手领着孩子，一边走嘴里一边嘟哝着：“我说话算话。我说话算话。”

郭文广对大红袍说：“赶快回家里去，鬼子进村儿啦！”

铁榔头指着大红袍愤愤地说：“就是你爷们儿把鬼子引进来的。你个不要脸的汉奸娘儿们儿！”

大红袍像没碰上人，没听到人说话一样，领着孩子一边走一边嘟哝着：“我说话算话。我说话算话。”径直向着老井走去。她越走越快。到了井边，她头也没回，也没犹豫和停顿，和孩子一起“扑通”一声跳进井里……

5

藤藤指挥他的大队人马，从东西两个方向并进，很快形成了对老井镇的包围。他要吸取在梅花镇的教训，不管镇上有多少八路军，一个也不让跑掉。再就是速战速决，绝对不能拖到夜战。白天是日军的，晚上是八路军的。在冀中，谁都会说这句话。藤藤更明白。

完成包围之后，藤藤很有耐心地笑着，并捋了一下胡子，对身边的瘦驴脸说："小刺猬死了，这次就看你的了。"

瘦驴脸说："太君，你放心吧。我不是这个村儿的，我怕谁？"

藤藤又问道："你估计有多少八路军在村子里？"

瘦驴脸不假思索地说："至少有一二百个吧？"

藤藤自言自语地说："那就让老井镇再变成一个大坟场吧。"说这话的时候，他发了发狠，但依然是笑着的。

笑过之后的藤藤终于挥起了大洋刀，下达了向老井镇进攻的命令。

村东，日军端着刺刀如入无人之境向村里走来，刚一进村，郭文广下达命令："打！"步枪、手枪响了，手榴弹响了，走在前面的日伪军一个个倒下。

铁榔头带着民兵们趴到房上，利用房上临时搭的障碍物做掩护，从不同方向向日军射击。火力不算猛，但居高临下，杀伤准确率高。日军进攻受阻，退到村外，暂取守势。

藤藤一手拄着大洋刀，一手举着望远镜望着村西："那边的，兵力薄弱。"他用指挥刀一指，"从西边杀进村！"

接到命令的日军扛着枪一阵风似的向村西跑去。

坚守村西的吴桂兰率部迎战，但火力很快被压了下去，一个个战士中弹倒下。她只好带着人向村内退却。

郭文广见状，命令部队集中火力增援村西。铁榔头带着民兵沿着梯子从房上下来，跟着郭文广一起向村西跑去。到了村西，他们很快又上了房，接着向日军瞄准开火。

郭文广很快与吴桂兰汇合，两股兵力集中向日军射击，占了一些优势，但自己的人已伤亡大半。这时，村东又响起激烈的枪声，他们回头看时，日军已经沿着街巷冲进村内，他们处于腹背受敌的不利态势。

吴桂兰两眼惊恐："郭副司令，怎么办？"

郭文广杀红了眼："同志们！跟小日本儿拼了！"他夺过战士手里的机枪，利用一棵大槐树做掩护发了疯地朝日军扫射。

日军集中火力向郭文广扫射，郭文广的枪里没了子弹，几个日军向他扑去。站在高处的铁榔头甩出几枚手榴弹，把冲上来的日军炸飞。

趁着日军还没冲到跟前，吴桂兰跑到郭文广跟前说：“郭副司令，仗再也不能这么打了。”

郭文广狠狠地瞪着吴桂兰：“你说怎么打，向鬼子投降？”

吴桂兰：“我们应该分散突围。”

郭文广：“那就是逃跑。”

郭文秀站在郭文广一边：“是临阵脱逃。”

吴桂兰：“不是逃跑，是突围。”

郭文广：“到处都是鬼子，能突得出去吗？就是部队突出去，乡亲们怎么办？”

日军高叫着冲上来了。

郭文广高喊着：“谁也不准突围，我们跟小日本儿拼啦！”

一颗子弹打来，郭文广中弹倒下，但没伤着要害。吴桂兰跑过去，把他扶起来。又一发子弹射来，击中了吴桂兰的右胳膊，但她还是死死地抓着郭文广的胳膊。

郭文广用力甩掉吴桂兰，站起来继续还击。一个日军向吴桂兰瞄准，就在子弹打来的一刹那，郭文广一把将吴桂兰推倒，子弹打中郭文广的左肩，他倒在血泊中。

郭文秀见状，夺过郭文广手里的手枪向日军射击，但由于慌乱，手抖得竟扣不动扳机。一个日军向她瞄准，香梅跑过来，飞快地向郭文秀扑去，两个人同时倒地，日军的子弹在她们的头顶上飞过。还好，两个人都没受伤。待枪声一停，香梅和郭文秀同时从地上爬了起来，见郭文广和吴桂兰都躺在地上流血，香梅喊道：“快，背他们回家！”说完，把吴桂兰背在肩上。

郭文秀去背郭文广，背了两次都没背起来。香梅喊了声：“笨。”便放下吴桂兰，去背郭文广。郭文秀背起吴桂兰，一溜儿小跑进了香梅家。

6

枪声渐渐稀疏。

铁榔头沿着房顶回到司令部，香梅、郭文秀正给郭文广包扎伤口。郭文广疼得直皱眉头，嘴咧得快到耳朵根上了。吴桂兰伤着胳膊了，不太重，简单包扎了一下，血就止住了。她不住地挤对郭文广：“你现在是我们支队的最高领导，你一定要挺住，别那么金贵。”郭文秀却心疼地说：“你看他伤成什么样了，还挤对他？”

香梅对铁榔头说：“表哥，快来帮帮忙。”

铁榔头一边帮着包扎一边说：“赶快把他们藏起来吧。一会儿鬼子就得挨门挨户地搜查。”

香梅急得乱转：“可藏在哪儿呢？”

铁榔头往外边一指：“还有哪儿？地窖呗。”

郭文广睁开眼睛摇摇头：“不用藏了，鬼子抓不到我们，是不会死心的。”

吴桂兰咬了一下牙：“鬼子找不到我们，就会滥杀无辜，还是让他们把我们抓走吧。事到如今，横竖是个死。”

街上传来筛锣声，接着是瘦驴脸的高喊声：“各家各户都听着啊，皇军有令，无论男女还是老幼，凡是能喘气儿的，都到麦场上集合。留在家里的，被搜出来按八路军论处啊！”

铁榔头踢了小铁锤一脚：“铁锤儿！快把大门插上！”

小铁锤答应着：“哎！”赶紧去插大门。

郭文秀搀着郭文广，香梅搀着吴桂兰进了地窖，小铁锤也过来帮忙。藏好后，他们用玉米秸堵住窖口。忙完后，铁榔头围着窖口来回转悠，转身把一个破门板放在了上面。看了看，觉得有些伪装的样子，又把门板搬开了。

香梅着急地对铁榔头说：“还不快走，你发什么神经？”

小铁锤叫道：“娘，俺要拉屎。”

铁榔头把铁锤拉到地窖口跟前：“来，到这来拉。”

不一会儿，外面传来砸门声：“开门！快开门！”

铁榔头赶紧把门打开，进来了几个日伪军。其中一个伪军问：“家里有八路吗？”

铁榔头不慌不忙地说：“哪儿还有，不都被皇军打死了吗？”

一个日军瞪了铁榔头一眼：“搜！”

几个日伪军在院里屋内挨个搜了一遍，没找到人。一个伪军在院里看了看向地窖口走去。香梅把心提到了嗓子眼儿，小铁锤差点叫了出来，香梅捂住了他的嘴。

那个伪军不小心踩了小铁锤拉的屎，耸着鼻子骂了一声：“他娘的。”抬了抬脚，走开了。

一个日军回来用枪托砸了一下铁榔头的屁股：“快快的，走！”

7

铁榔头、香梅、郭文秀和小铁锤出了门的时候，街上有好多人都在日军的驱赶下向麦场走去。他们身后不断传来瘦驴脸的叫喊声。

小铁锤相当害怕，又不敢说话，只是不住地抬头看天，他死死地拉着香梅的手不放，他不知道这些人要去哪儿，去干什么。

等铁榔头他们跟着人们来到麦场时，藤藤的人马已经列队排开，伪军站一排，日军站一排。一排排整齐的刺刀，在阳光下闪着刺眼的光，让人看了心里发冷、发毛。再往四周看，麦场两边的土堆上架起了机枪。

人们用惊恐的目光看着杀气腾腾的日军，孩子们扯着大人的衣服，把自己的身体本能地藏在大人的身后。

小铁锤仰起头来问香梅："娘，咱们是不是要死啊？"

小铁锤又说："娘，俺爹赶着大马车走了，他不要俺了。"

香梅用力抓了一下小铁锤的手，没说话，她不知道要跟孩子说什么。

人们看见，藤藤手上戴着雪白的手套，拄着大洋刀，脸上带着瘆人的笑模样。那笑模样跟周围的环境和气氛很不协调。他身边站着几个穿着半土半洋服装的汉奸，靠藤藤最近的就是那个瘦驴脸。瘦驴脸看来今天要唱主角，他让人们男女分开，青年人跟老年人分开。开始秩序有些乱，他就很有耐性地维持着。瘦驴脸认为折腾得差不多了，就开始说话了："乡亲们，如果叫外号的话，就叫我瘦驴脸吧。嘻嘻，都不是外人啊。嘻嘻……皇军说了，只杀八路军，不杀老百姓，只要你们供出这里边谁是共产党、八路军，就把你们都放了。嘻嘻……这不，麦子熟了，也该收了，把共产党、八路军抓干净，你们就该开镰了，农时不等人呀。啊？下面请藤藤大队长讲话！大家欢迎！"

瘦驴脸带头鼓掌，几个日伪军跟着鼓掌，可人群里无人响应。

藤藤向众人招了一下手，又笑了一下，说："老井镇的乡亲们，在这之前发生的战斗，纯粹是八路军挑起的事端。听说八路军跟你们是鱼水关系，听起来很好听啊。可皇军对他们讨伐的时候，他们跑哪儿去了？不是丢下你们这些水，独自跑到山里去了吗？你们供着他们吃的喝的穿的，到了生死关头，他们不还是溜之大吉吗？丢下你们这些手无寸铁的老百姓不管吗？"

藤藤停了一下接着说："我不多说了，我们大日本帝国说话是算数的。

只杀八路军和共产党，不杀老百姓。是共产党、八路军的，请你主动站出来。”

人群里没有动静。

瘦驴脸挥了一下手，扯着驴一样的嗓子喊道：“有段顺口溜儿，我背给大伙儿听听。岗楼钻了天，八路钻了山，游击队全完蛋，实现大东亚共荣圈。这顺口溜儿，你们都听说过吧？你们谁是八路军、共产党，那就赶紧站出来吧，别给老百姓添麻烦。老百姓供给你们吃，供给你们喝，别再让他们为你们送死，是吧？”

不一会儿，队伍里的人们开始有人说话了：

“我们这里没有共产党，也没有八路军。”

“八路军都转移进山了。”

“我们都是老百姓。”

“我们都是庄稼人。”

瘦驴脸摆了一下手，表示不相信：“老井镇是冀中有名的抗日堡垒村。李长生、郭文广都是这个村儿的，你们能说你们里边儿没有八路军、共产党？谁信啊？没有八路军、共产党，刚才那仗是跟谁打的？”

人群里又没人说话了。

瘦驴脸往前走了两步，又道：“你们真不说实话的话，大伙儿可就都跟着遭殃啦。”

藤藤有些不耐烦了，把手一挥：“那就让机枪说话吧！”

瘦驴脸笑笑：“太君，心急吃不了热豆腐。你放心，我有办法让他们招出这里边谁是八路军，谁是共产党。”

瘦驴脸眯着眼睛迈着方步向人群走来。他的眼神像行云留在地上的阴影一样，在每个人的脸上掠过。人们有的低下头，有的用鄙视的眼神看着他。

瘦驴脸慢慢走到香梅面前，愣了一下，把小铁锤拽了出来。

香梅又把小铁锤拉回怀里：“你拽一个孩子干什么？”

瘦驴脸笑道：“你别担心，我不会伤害他。我看这孩子挺机灵的。”

香梅对小铁锤小声道：“孩子啊，听话，别瞎说啊。”

小铁锤抬起头来看了一下香梅，点了一下头，然后自己走了出去。

瘦驴脸弯下身子正要跟小铁锤说些什么，藤藤把小铁锤领过来，从口袋里掏出几粒糖放在了小铁锤手里。小铁锤很不客气地收下了。

藤藤弯下身子问：“小孩，你叫什么名字啊？”

小铁锤："铁锤儿。"

藤藤："几岁啦？"

小铁锤："八岁。"

小铁锤把一粒糖放在了嘴里。

藤藤："这糖甜吗？"

小铁锤："甜！"

藤藤："是不是吃了还想吃？"

小铁锤点点头。

藤藤："那我问你，你知道这里边谁是八路吗？"

小铁锤瞪大眼睛向人群里看了看，摇了摇头。

藤藤："那八路军哪去了？"

小铁锤："打了一大仗，满当街躺着都是死人，没了。"

藤藤："你要说了实话，我这糖大大的有。"

小铁锤："没了就是没了。"

藤藤："这个孩子是受了赤化的。"

一个日军军官把战刀放在铁锤脖子上凶狠地说："小孩，不说实话，死了死了的！"小铁锤吓得尿了裤子，尿液顺着裤腿流到地上。

藤藤朝那个军官瞪了一眼，又从口袋里掏出几粒糖要替小铁锤装进口袋。可小铁锤死死地捂着口袋，就是不让装。藤藤觉得跷蹊，把小铁锤的手拿开，强行伸进口袋，掏出了一只怀表。小铁锤哭了，一蹿一蹦地上去夺，嘴里还不住地骂街。藤藤没答理小铁锤，却对那只怀表发生了兴趣。他忽然感觉这东西像是在哪儿见过。后来，他终于想起来，那是他外甥左田少佐的怀表。没错，那是他来中国之前，给外甥买的，背面还有他刻的一句话："为圣战玉碎光荣。"虽然字迹有些模糊了，但还依稀可见。看着看着，他脸上的笑模样骤然消失，眼前浮现出左田的脸，随之，他的手也抖了两下。

藤藤弯下身子问小铁锤："小孩儿，这表哪里来的？"

小铁锤本来想说是铁榔头给的，但一想，这样就等于出卖了表大伯，就不是抗日大英雄了，便说："在庙会上拾的。"

藤藤用刺刀对着小铁锤的脑袋："死了死了的！"

突然，香梅在人群里大声喊："孩子，不能说呀，咱可不落那骂名。咱中国人活得有骨气啊！孩子！"

瘦驴脸指着香梅大声道："那你给我站出来！"

香梅昂首挺胸地走到瘦驴脸和日军军官面前，把小铁锤揽在怀里："你们找八路军，问一个孩子干什么？"

瘦驴脸："那你是知道了？"

香梅："我知道。"

瘦驴脸："那你说，这里边谁是八路军？"

香梅耸了一下鼻子："你也是中国人，怎么比小日本儿还傻。俺连孩子都不让说，俺能说吗？俺要说，这里边儿没有八路军，都是老百姓。"

藤藤走近香梅："这是你儿子？"

香梅点点头。

藤藤又问道："你是李长生的什么人？"

香梅说："什么人也不是。"

藤藤说："你可知道，我外甥左田少佐就死在他手上？这只怀表，就是左田的。"

香梅说："俺不知道。俺只知道，老井镇很多人死在你们手上。"

藤藤把手一挥："把她绑起来！"

几个日伪军过去把香梅绑了起来。

小铁锤吓得叫起来："娘！娘！"

香梅用手摸小铁锤的脑袋："孩子，不要怕啊。"

藤藤扭着香梅的胳膊："你不说出怀表是从哪里来的，我把你们母子俩统统杀掉！"

香梅："俺儿子说了，是从庙会上拾的。"

藤藤高举战刀放在香梅脖子上："八格牙路！"

小铁锤紧紧抓住香梅的裤子，声音颤巍巍地："娘，娘……"

人群中，铁榔头提着酒瓶子晃晃悠悠走了出来："哎，哎，慢着，怀表是我给孩子的。"

瘦驴脸迎上来，满脸狐疑地看着走路晃晃悠悠的铁榔头，下意识地嘬了一下牙花："你是干什么的？"

铁榔头走到藤藤面前，喝了一口酒，慢悠悠地道："我从头儿说起吧，李长生在庙会上杀你外甥那天，我也在戏台底下看戏。你外甥命都没了，怀表还有什么用？我就拾起来了。后来这孩子喜欢这玩意儿，我就送给了他。"

藤藤狞笑了一下："你也是八路？"

铁榔头："你太抬举我了。我这吊儿郎当的样子，八路会收我？"说着又喝了一口酒。

藤藤上去揪住铁榔头的脖领子，紧接着又猛地把他推到香梅跟前：“格杀勿论！”

铁榔头摆了一下手：“哎，哎。冤有头，债有主，既然怀表是我拾的，就跟她们娘儿俩没关系。你红口白牙说话得算数，快把她们娘俩放了。”

藤藤又高喊一声：“格杀勿论！”

瘦驴脸上前拦住藤藤，又凑过去看了看铁榔头，突然笑了起来，接着把脸阴下来，小声问道：“这位兄弟，你不觉得咱俩面熟吗？”

铁榔头又喝了一口酒，看也不看瘦驴脸：“怎么，你觉得我这张脸不是中国人吗？”

瘦驴脸没答理铁榔头，走到藤藤跟前小声说：“这小子是八路。对了，上次我跟小刺猬挖宝，就是他把小刺猬和宝物一起带走的。”

听到这儿，藤藤的眼睛里像是冒出一团火，他上前猛地给了铁榔头一拳。铁榔头本能地往后一闪，藤藤打空了，身体失衡差点儿摔倒。一个日军军官马上扶住了他。

上来几个日伪军要绑铁榔头，铁榔头挥动拳脚，打倒两个，但最终寡不敌众，还是被绑了起来。他嘴里不住地骂，藤藤又给了他两巴掌。他嘴角上、鼻子里流了血，但还是大骂不止。

藤藤恼羞成怒：“死了死了的！”

瘦驴脸又上前拦住了藤藤：“太君，现在还不到格杀勿论的时候。我们要的是八路军和共产党。你放心，我会有办法对付他们的。”

瘦驴脸在群众当中逡巡着，突然下达口令：“立正！”

大家都没动。

郭文秀不自觉地双脚并拢，成立正姿势。

瘦驴脸又喊了一声：“稍息！”

郭文秀又很自然做了一个稍息的动作。后来她发现上当了，马上调整了一个双脚叉开的姿势，但已经晚了。

瘦驴脸笑着向郭文秀走来：“哈哈，姑娘，动作挺利索嘛。”

瘦驴脸高喊一声：“出来！”

郭文秀从容地从人群中走了出来。人们都瞪大眼睛看着她。

瘦驴脸笑笑：“我不用审问你了，一看你就是一个受过训练的女八路。告诉我，这里边儿，谁是你的同党？”

郭文秀镇定地道："就我一个，没有了。把乡亲们放了吧。"

瘦驴脸又笑笑："姑娘，恐怕没那么容易吧。"

藤藤也笑了，慢悠悠地走过来冲着瘦驴脸竖起大拇指："你的，佩服。"又走近郭文秀，一边点头一边淫笑，"吆希，花姑娘，小美人啊。"

郭文秀厌恶地把脸扭向一边，不答理藤藤。

瘦驴脸把脸凑近郭文秀："你告诉我，姑娘，你到底是干什么的？"

郭文秀"叭"朝瘦驴脸脸上吐了一口痰："起码不是汉奸。"

瘦驴脸急了，抹了一把脸，对身后的伪军挥了一下手："把她绑起来！"

两个伪军过来用绳子绑郭文秀，藤藤上前拦着："我这个人还真有点儿怜香惜玉。这么漂亮的花姑娘，慢着点儿，别伤着皮肉。"

瘦驴脸在一边自豪地道："太君，我说过，对付中国人，还得靠我们中国人。"

藤藤："吆希。"

两个人同时哈哈大笑起来。

8

香梅家在村中间，远离麦场，郭文广和吴桂兰在地窖里听不到麦场上的声音。刚开始，街上很乱，汉奸的筛锣声、叫喊声，日本人的吼叫声，孩子们的啼哭声，还有星星点点的枪声，不断传来。地窖有三四米深，口上盖上一个旧锅，还有一堆玉米秸，根本看不到一点儿光亮。还好，地窖右侧有一个洞，这是冬天用来放山药的。地窖里什么东西也没有，只有一股潮气味儿。

郭文广伤口恶化发起高烧，他平躺在地上，闭着眼睛，一口一口地喘着粗气。吴桂兰掏出手绢不住地给他擦脸上和身上的血，看着他痛苦的样子，她埋怨道："谁让你不听我的劝告，谁让你跟鬼子打巷战？要是李司令在，绝对落不到这个地步。"见他不说话，她接着埋怨，"你说你是最高指挥官，你说了算，可你根本就不懂军事。在部队干了这么多年，打了这么多年仗，还是给你们老郭家看家护院的那套本事。"埋怨归埋怨，她还是不住地给他擦脸上和身上的血。看样子他伤得不轻，他本来身体就差，再加上两次受伤，可以说是雪上加霜。她埋怨他的那些话他都听到了，只是身上的伤口疼得厉害，再加上发烧，口干舌燥，四肢无力，想说话说不出来。于是，他就默默地听着她的埋怨，同时也默默地享受着她的精心擦拭。此时此刻，他后悔起初就不该带乡亲们回村儿，也不该那么相信那个小刺猬。因为这一系列的不应该，给部队和乡亲们造成了不可挽回的损失。他心里很内疚，伤痛心更痛。待了一会儿，他使出浑身仅有的力气揪住她："你放我出去，反正是个死，我为什么不用我的死，来救乡亲们?"

吴桂兰死死地按住他："咱俩这个样子，能出得去吗？"

郭文广一边挣脱一边说："藤藤认识我。我出去，他会把乡亲们放了的。"

吴桂兰用力按住郭文广喘着粗气说："你简直就是一个书生。不，是个书呆子！"

郭文广使尽浑身的力气挣扎着："你，你放我出去！"

吴桂兰使劲推搡了郭文广一下，郭文广昏了过去。

吴桂兰害怕了，用力摇着郭文广的身子："郭副司令员！郭副司令员！"

郭文广闭着眼睛，说不出话来。

过了一会儿，郭文广慢慢苏醒过来，他努力睁了睁眼睛，还是睁不开："水，水……"

吴桂兰摸了摸自己身上，又看看周围，哪里会有水？她急得头上冒汗，手心和脚心都有些发凉。

郭文广继续叫着："水，水呀……"

吴桂兰站起身来，爬到洞口又转身回来，已经摸到洞口的黑锅了，又停了下来，她自言自语道："我不能出去，我不能出去，说不定门口就有敌人……"

郭文广还在嘟念："快去，快去给我找水来……"

吴桂兰回来了，小声对郭文广说："大少爷，你还是忍一忍吧。我不能出去，我一出去就暴露了。"

郭文广睁开了眼睛，看了一眼吴桂兰，又闭上了。

吴桂兰又一次爬到洞口，那口黑锅破了有拳头那么大的一个洞。透过那个洞和玉米秸的缝隙往外看，只见大门开着，两个背着盒子枪的汉奸在门口晃来晃去。她犹豫了一下，又回来了。

吴桂兰找不到水，望着郭文广干裂的嘴唇和发白的面孔，她的脸忽然红了一下，蹲下身子，把自己的嘴对在他的嘴上，慢慢地把唾沫吐在了他的嘴里。他很享受地把唾沫咽了下去，接着又是一口。他慢慢把眼睛睁开了，见到眼前的情景，又很不好意思地把眼睛闭上了……

吴桂兰的脸变得绯红。

大概是精神方面的因素，郭文广忽然觉得身上不那么疼了，好像也有些力气了，甚至还产生了某些冲动。他用手摸了一下吴桂兰的脸，声音柔弱地道："桂兰，还记得当年你逃婚吗？"

吴桂兰低着头不说话。她不想说。

郭文广接着道："那时候，我……我太痴情，也太天真了。我让你迷得像丢了魂儿一样。"

吴桂兰把脸扭过去："你现在这个样子，说这些干什么？"

郭文广没在意吴桂兰的感觉："你，你当年逃得对，我配不上你……真要嫁了我，那就毁了你。你，你刚才的举动，让我很感动，也很幸福。我这辈子没白活……"

吴桂兰掐了一下郭文广的胳膊："快把嘴给我闭上。"

郭文广的嘴还是闭不上："就让我这么死吧，就这么死……"

9

藤藤把瘦驴脸拉到一边儿，小声叽咕了几句什么，瘦驴脸心领神会地点了点头。

瘦驴脸转过身来对着群众队伍里边喊："谁是镇长，站出来！"

老黑头愣了一下，但没马上站出来。

瘦驴脸说："不站出来，皇军可要开杀戒了！"

老黑头上前拍了一下胸脯，走了出来："我是镇长。"

藤藤指着瘦驴脸道："谁证明你是镇长？"

老黑头指着人群道："这些人都证明啊。"

藤藤："谁站出来证明他是镇长，不然我就把他杀掉。"

老黑头看着人群里每个人的脸，哀求道："乡亲们，我给你们当了这么多年的镇长，没有功劳，也得有苦劳吧。怎么关键的时候，都把我往绝路上逼呀？"

小白鞋突然在人群里举起了手："俺证明他是镇长。"

瘦驴脸指着人群中的小白鞋高声道："你出来！"

小白鞋犹豫了一会儿，屁股一扭一扭地从人群里走了出来，而且大胆地站在了铁榔头身边。铁榔头感激地看了小白鞋一眼。

瘦驴脸问小白鞋："你是干什么的？"

小白鞋坦荡地说："俺是老井镇的村民。"

瘦驴脸正要说什么，藤藤走到小白鞋身边："嗬，老井镇怎么这么多漂亮的花姑娘。"

瘦驴脸淫笑道："这小娘们儿还挺骚。"

藤藤点点头："待会儿，花姑娘们都有用处。"转过身来对身边的日军小声嘟囔了几句。

几个日军冲到人群中，又抓出了二三十个年轻漂亮的女人，绑上她们的双手，把她们推到墙角边。

藤藤满意地笑笑，然后到老黑头跟前问道："你的，真是老井镇的镇长？"

老黑头傲慢地摸了一下自己的胡子楂儿："那还用问？"

藤藤："你对你的村民讲过大东亚共荣圈的道理吗？"

老黑头说："太君，你没看满大街上都有'东亚共荣，王道乐土'的标语吗？"

藤藤回头朝村里看了一眼，墙上确实有"东亚共荣，王道乐土"的标语，回过头来道："那你到底是共产党的镇长，还是皇军的镇长？"

老黑头坦然地说："太君，这年头儿，镇长不好当，两边支应着呗。"

藤藤愣了一下："什么叫两边支应着？"

老黑头说："太君来了要吃要喝，我就到大街上筛锣。共产党来了，要吃要喝，我也到大街上筛锣。"

藤藤揪住老黑头的脖领子："你给共产党干事，我杀了你！"

老黑头笑了一下："你杀了我吧。换了别人，还不如我呢。"

瘦驴脸说："他说得对。留着他，对皇军有用处。"

藤藤抬头看了看天，终于不耐烦了，他把指挥刀逼到老黑头的脖子上道："你是一镇之长，说！你到底是保你的村民，还是保共产党、土八路！"

老黑头挣脱了一下，道："我说过了，这里边儿确实都是老百姓……"

藤藤放下指挥刀，举起戴白手套的手："你的，可要想明白。只要我的手落下来，这里的人可就都要上西天了。"

老黑头抓住藤藤的手："别，太君，不能啊，他们都是良民，都是老实巴交的庄稼人哪。你把他们都杀了，谁还供着皇军粮食吃呀？"

瘦驴脸笑着说："镇长，你把人群中的八路军和共产党都交出来，不就让乡亲们免遭杀身之祸了吗？干吗要让全村的人为几个八路军遭殃呢？镇长，全村人的命可就都攥在你手上了啦。"

老黑头一下子僵在那儿了。

瘦驴脸又笑了一下："别着急，你再算算这笔账。"

老黑头犹豫了一会儿，慢慢向人群走去。

人们用惊异的眼神看着老黑头，好多人手里都捏着一把汗，不知道这个往日厚道的老黑头，现在要做什么。

老黑头走到一个老年人跟前，凑到他耳朵跟前嘀咕了几句。老年人犹豫了一下，把手慢慢伸进口袋，掏出一把钱偷偷塞给了老黑头。

老黑头转身向瘦驴脸使了个眼色："来，我告诉你谁是八路军、共产党。"

瘦驴脸摸了摸腰里的枪，向老黑头走去。

老黑头趁人不注意把钱向瘦驴脸亮了一下，并动作麻利地塞进了瘦驴脸的口袋，小声道："都是中国人，别把事儿做绝了。这点儿意思，你收着吧。积点儿德，老井镇人不会忘了你。"

瘦驴脸捏了一下口袋，觉得挺厚实，暗自乐了。接着，便心领神会地高声道："你说什么？八路军都藏到麦田里去了？"

老黑头说："没错，他们打不过你们，就都藏到麦田里去了。"

瘦驴脸走到藤藤跟前说："太君，镇长说，八路军都跑到麦田里去了。"

藤藤望着一望无际的麦田，皱了皱眉头。

瘦驴脸眯了一下眼睛，道："我倒有个主意，让他们自己走出来。"

藤藤问道："什么主意？"

瘦驴脸说："烧！"

藤藤嘿嘿笑笑，点点头。

听到这儿，老黑头着急地说："太君，不能烧啊，麦子好容易长熟了，这是庄稼人一年的收成啊。再说，把麦子都烧了，我们拿什么慰劳太君啊。"

藤藤发狠地道："那也不能让一个八路活着。烧！"

人们都拥上来喊着："不能烧！不能烧啊！"几十个年轻人挥舞着拳头

冲在最前面。

藤藤："把他们绑了！"

日伪军一拥而上绑了百十个青年人，青年人高喊着："强盗，你们不能烧麦子！"

日伪军把绑起来的年轻人和香梅他们赶在一起。

藤藤把手举起来，正要往下放的时候，瘦驴脸凑过来说："太君，还是先烧麦子吧。把八路军赶出来再说，这些人反正又跑不了。"

藤藤把手轻轻地落下来："吆希！"

瘦驴脸小声道："太君，我倒有个主意。这么多麦子，皇军人手不够，怎么也烧不过来。我看干脆让他们自己烧。"

藤藤笑笑，说："你这主意高。"

瘦驴脸得意地道："我说过嘛，对付中国人，还得靠我们中国人。"

藤藤把指挥刀拄在手上哈哈大笑起来。

老黑头凑到瘦驴脸耳朵跟前说："你可比日本人狠多了。"

瘦驴脸小声道："不去烧麦子，等着杀头啊。"

老黑头心领神会地大叫道："乡亲们，走，咱们去烧麦子吧。"

人群里有人在喊："不去！我们自己种的麦子，好不容易长熟了，让我们自己去烧，这不是割我们的肉吗？"

"我们不去！"

"打死也不去！"

"……"

瘦驴脸急了："谁敢不去？不去，我毙了他！"

藤藤："不去，统统的死了死了的！"

10

众日伪军把枪端起来对准了乡亲们。人们瞪着愤怒的眼睛，就是不去烧麦子。

看到这阵势，老黑头"扑通"一声跪在了众人面前："乡亲们啊，我求你们了，烧麦子总比杀头好呀。乡亲们，我求求你们了，赶快去烧麦子吧！"

人群里鸦雀无声。

突然，一个上了年纪的老人站出来说："走！乡亲们，我先带头，烧麦子去！"

众乡亲看着长跪不起的老黑头，看着带头走向麦田的老人，纷纷离开麦场，低着头进了麦地。

瘦驴脸向日伪军使了一个眼色，日伪军们举着火把跟进了麦地。

眨眼间，一望无际的麦田火光冲天，烈焰腾腾，浓烟滚滚，噼里啪啦的响声传向四方。

麦田里的老百姓跪在地上嚎啕大哭，呜咽一片。

望着映红天际的大火和滚滚浓烟，藤藤得意地微笑着，他脸上的小黑胡子乱颤。

瘦驴脸笑着对藤藤道："太君，去麦田看看吧，八路军骨头再硬也经不住火烧啊。"

藤藤对着瘦驴脸淫笑道："哈哈哈……你以为我就那么天真吗？土八路、共产党会老老实实在麦田里等着烧？"

瘦驴脸用惊恐和陌生的眼神看着藤藤："太君……"

藤藤的脸猛然间阴了下来："别忘了，冈村司令官下达的是'三光'政策的命令。"回过头来指着身后被绑着的几十个人说，"八路，不是在这里吗？"

瘦驴脸摸了摸口袋里的钱，急了："太君？"

藤藤狞笑了一声，把戴着白手套的手高高地举了起来，大笑一阵过后，他的手猛地放了下去。

机枪响了，被绑的人们"呀呀"叫着，倒在地上，尸横遍野，血流成河……

藤藤把手一举，枪声停了，他对身边的军官道："把花姑娘们带到庙里去，好好犒赏一下武士们。"

军官心领神会地点点头，押着被绑的十几个妇女向庙会方向走去。郭文秀发现苗头不对，开口骂道："畜生，你们要干什么？"

一个日军砸了郭文秀一枪托。

老黑头听到枪声带着几个人从麦田里跑了回来，他一边跑一边大骂："小日本儿，我操你八辈儿祖宗！"

藤藤带着人马停了下来。

老黑头骂声更高："狗娘养的小日本儿，你把老井镇的女人给老子放了！”

藤藤迅速给了老黑头一枪，老黑头没躲避。子弹穿过他的胳膊，他觉得一阵剧烈的疼痛，一股很热的血猛地涌了出来。他用手捂着伤口仍然大骂：“日本鬼子，我操你八辈儿祖宗……”

藤藤不理会老黑头，带着妇女们继续向庙会方向走。

妇女们乱了，郭文秀高喊一声：“姐妹们，跟小鬼子拼了！”无奈，她们身上绑着绳子，没跑几步，被日军用枪托砸了回来。

藤藤挥了一下手：“想活命的，跟我们走。不想活的，统统枪毙！”

妇女们不跑了。

正发愣的小白鞋走着走着回头一看，忽然见铁榔头在死人堆里慢慢地站起来，她叫了一声：“铁榔头！”便生死不顾地向铁榔头跑去。

一个日军高喊：“站住！”

小白鞋索性跑了起来。

铁榔头见小白鞋向自己跑来，他笑了。小白鞋很快跑到了铁榔头身边，用自己的身子紧紧地靠着铁榔头的前胸，然后，抬起头来静静地看着铁榔头。这时，背后枪声响了，小白鞋的身子晃了晃倒了下去。

刚站起来的铁榔头趔趄了一下，又趔趄了一下，他跪下身子去抱小白鞋。小白鞋幸福地躺在了铁榔头怀里，想说句话，枪又响了。铁榔头趴在了小白鞋身上，脸上还带着笑模样儿。

妇女们见状，先是愣着，不一会儿，便有人往回跑。刚跑两步，就在枪声中栽倒了。

老黑头慢慢从地上爬起来，看着惊恐无措的妇女们，突然跪在地上带着哭腔大喊：“大闺女、小媳妇儿们，走吧，算老黑头儿求你们啦，你们一定要活下来。走吧。啊？”

日军推搡着妇女们，妇女们一步一回头地走了。

老黑头一个人跪在麦场上，先是使劲扇自己的脸，接着便嚎啕大哭。从麦田里跑来的乡亲们看着日军押着妇女们走去，也跟着大哭起来……

第二十七章　盼着八路早下山

1

李长生来晋察冀军区机关这些天，渐渐熟悉了这里的生活。部队每天训练，或者学习，有的时候帮着老百姓做农活儿。这里一年只产一季粮食，不种小麦。五、六月份，在冀中正是麦收的紧张日子，在这里却没太多的活儿干。再有，这里连续几年干旱，庄稼减产，有的薄地，几乎是颗粒不收，老百姓没粮食吃，部队供应也很困难。所以，部队的人均口粮一减再减，就连军区机关首长的饭桌上，每顿也只有一个小菜，一个窝头了。这在冀中是从来没有过的。

部队每天训练、打仗，劳动强度大，吃不饱饭怎么行？可眼下正是青黄不接的季节，敌人的封锁又很严密，上哪里去搞粮食？聂司令员把司务长找来，一笔一笔地算账。算来算去，觉得光靠节流不是个办法，还要靠开源，发动部队到山上找东西吃。

靠山吃山，靠水吃水，可这里的山穷得很，唯一可吃的，就是树叶。有一天，李长生跟随军区机关的同志到山上捋树叶，那天聂司令员也一同上了山。走到半山腰上，他们碰到了很多上山捋树叶的老百姓，那些人都饿得面黄肌瘦，连说话的力气都没有。不一会儿，一个中年人背着一个老人从山上下来，聂司令员一问，才知道那位老人因为到悬崖上捋树叶摔下来了。从那中年人嘴里得知，周围的老百姓为了把路边的树叶留给部队，他们都到山顶上去捋。听到这儿，聂司令员流泪了，李长生也跟着流泪了。

回来之后，聂司令员下了一道训令：部队不准到驻地附近捋树叶。

李长生见到了这道训令，他很受感动。同时也感到很不安，他带着一千多人留在这里，吃喝都靠军区机关供应，这是很大的一个负担。再加上眼下这里没有战事，不应该再留下来了。

李长生想了一阵子，去找聂司令员，当时，吕司令也在，他把要返回冀中的要求提了出来。

聂司令员马上打断了他的话：“冀中主力撤出冀中是中央的决定，返回中心区也要听中央的。”停了一会儿，接着道，“冈村宁次撒下的网还没收。没有捞着你和吕司令这些大鱼，现在回去正好中了他的计。”

李长生看了一下吕司令。吕司令说，什么时候返回冀中，要听中央的。

李长生说：“我们这么多部队留在这里，造成这么大的供应负担，我心里实在有些不安。再说，我们走了，鬼子还不知道怎么糟蹋老百姓呢。我这心一直揪着，每天晚上都睡不好觉。”

聂司令员笑笑说：“放心吧，有我吃的，就有你吃的。咱们在一起，共渡难关吧。至于什么时间回冀中，我们还要请示中央。”

李长生静了一会儿，说：“好，我听从命令。”接着又向聂司令员表态，“等冀中形势好转了，我一定派部队给首长们送好多好多小米白面来。这里的日子太苦了。”

聂司令员笑道：“那好哇，我们等着那一天。”

晚上，李长生睡不着觉，又打开《日出》剧本看了起来。他不想把剧本还给剧团了，就在上边标了一些字，那是他读剧本的一些体会。时间一长，那个剧本上几乎每页都有他的标记，密密麻麻的，只有他自己才能看清。

合上剧本，李长生看了一下手表，已经夜里十一点多了，他还是没有困意，就把刘涛叫过来聊天。

刘涛一进门就说：“司令员，这么晚了，还没睡呀？”见桌上摆着的《日出》剧本被勾勾画画，便道，“这回把剧情吃透了吧？”

李长生说：“睡不着，叫你过来聊聊天。看了戏，又看了剧本，我就自然想起郭文秀来了。当初，我没把戏看完，不该发那么大火儿，也听不进你们的劝说。”

刘涛坐在李长生对面的椅子上说：“司令员，事情过去两年多了，你能做出这样的反思，文秀要是知道了，肯定会很感动。”

李长生说：“你对郭文秀印象如何？”

刘涛说：“我接的兵，我了解她。有朝气，有才气，人很直爽、率真。”

李长生说：“那你认为，她还会回来吗？”

刘涛说：“我有一种感觉，她会回来的。”

李长生说：“如果她回来，我一定主动向她道歉。”

刘涛说：“司令员，那你太伟大了。”

李长生说：“伟大谈不上，人都在成长嘛。我李长生也不例外。你回去早点儿休息吧，我也困了。”说着，打了一个哈欠。

2

一百多具尸体堆成了横七竖八的人垛。

人们嘶叫着涌向那堆尸体，挨个扒拉着辨认自己的亲人，没有人顾上哭。

李长在跑在最前面，他像疯了一样地号叫着：“香梅！铁锤儿！铁锤儿！”他用力在尸体中乱扒，先找到了小铁锤。小铁锤身中数弹，血肉模糊，早已气绝。

李长在使劲摇晃着小铁锤：“铁锤儿！铁锤儿！”

人们过来帮忙，好不容易把他们爷儿俩分开。

在人们的帮助下，李长在又找到了香梅。李长在抱起了香梅，竟发现她还在喘气，在场的人也发现了香梅还活着。人们不住地叫着：“香梅！香梅！”

香梅慢慢地睁开了眼睛：“铁锤儿，铁锤儿呢？”她一眼发现了躺在身边的小铁锤，一下子又昏了过去。

在场的人忙着给香梅掐人中，香梅又慢慢苏醒了过来，她扑到李长在怀里哭泣道：“俺那儿子啊！老天哪，为什么，为什么不让俺死呀……”

李长在安慰香梅：“铁锤儿他娘，别说了。你活着就好，活着就好啊。”

人们把香梅扶起来，香梅走到小铁锤跟前，俯下身子把小铁锤紧紧地搂在怀里：“孩子，你是好样儿的，你没给你爹娘丢脸。孩子，你是好样儿的，啊……”

不一会儿，吴桂兰搀着郭文广来到麦场上，见到躺在地上的小铁锤，吴桂兰俯下身子：“铁锤儿！铁锤儿！”

香梅、吴桂兰紧紧地抱在一起嚎啕大哭。

哭过之后，吴桂兰慢慢拽起了香梅："嫂子，放心吧，这个仇，我们一定要报！"

郭文广像傻了一样，四处张望着，突然跪下了："对不住啊，乡亲们！对不住啊！"然后四肢无力地瘫在地上。

老黑头慢慢走过来扶起了郭文广，然后向大家招呼道："快起来吧，准备给乡亲们下葬。"

刚站起来的郭文广又颤颤巍巍地跪下了。

再没人扶他。

尸体堆前面，有两具尸体是单独在一起的，那就是铁榔头和小白鞋。两个人都身中数弹，血肉模糊，但他们紧紧地抱在一起，脸上也没什么伤，而且还都带着笑容。因为他们两个单独躺在一边，所以人们谁也没顾上他们。还有，收尸的人们中，没有他们的亲人。等把成堆的尸体认完了，人们才顾上他俩。在老黑头的操持下，人们把他们俩的尸体分开，把身上擦洗干净，再去下葬。

这么多人，买不起棺材，人们就回家拿东西，有门板，有苇箔，有炕席。把尸体用白布裹起来，就下葬了。

3

天上积压着黑成疙瘩的乌云，像大火燃烧过后的浓烟，带着几分怒气，由西向东翻滚着，一浪高过一浪，一会儿也不歇息。

浓云滚过之后，一阵风悠然吹来，地上麦叶、灰尘、纸屑以及散落的东西，像一张张纸钱，打着旋儿向天空慢慢升腾、飘散。

风渐渐把云层驱散开来，月亮从云缝中露出半圆的脸，把天下万物照得惨白。

残月下的老井镇静得像一个偌大的停尸场，听不到狗咬，听不到鸡叫，听不到牲口嚼草，听不到孩子哭闹，听不到人世间任何有生命的东西。家家大门紧闭，户户窗前漆黑，静得瘆人。

静夜中，忽然从九莲山山顶上飘来一个男人苍凉的声音：

五一"扫荡"闹浑了天

鬼子到处把岗楼安
奸淫枪杀抓青年
杀人消息天天传
白天无人街上走
晚上谁敢把灯点
这样的苦日子哪天完
白天盼，黑夜盼
盼着八路早下山
拨开云雾见晴天
……

吴桂兰提着马灯出了屋，她听到了山上的声音，也猜不出那是谁的声音，更判断不出那是谁编的词儿。但她停下了脚步，听了一遍又一遍，直到那苍凉的声音没有了，她才向司令部走去。

吴桂兰叩了两下门，里面没有任何声音。她轻声喊道："嫂子，是我。"

又等了一会儿，李长在出来开门了，见了吴桂兰，话也没有，扭过头先回了屋。

吴桂兰进屋的时候，屋里还没点灯，她把马灯放在柜上的时候，才见香梅身子半躺半坐倚在被子上，脸朝着墙。见吴桂兰进来，香梅把身子直起来，强笑了一下，道："吴姑娘啊，坐吧。"

吴桂兰紧挨着香梅坐下，发现没几天的时间，香梅已经瘦得脱了人形儿，头发白了许多，人也老了许多。吴桂兰禁不住心里一酸，她使劲儿控制了一下，泪水终于没有掉下来。她抬头看了一眼站在柜边的李长在，问道："吃饭了没？"

李长在低着头，没搭话。

香梅接过来说："吃咧。吃咧。"接着又埋怨李长在，"吴姑娘问你话呢，你聋啦？"

吴桂兰抓着香梅的手说："嫂子，你可得注意身体啊。你看看你都瘦成什么样儿了？"

香梅也抓紧了吴桂兰的手，道："放心吧，吴姑娘。小日本儿没要俺的命，就说明俺命大，俺一定好好活着。"接着又问，"你伤好了吗？"

吴桂兰说："没事儿，我也是命大，两次负伤都没伤着筋骨。"

香梅紧抓着吴桂兰的手说："咱姐儿俩都好好活着，看着小日本儿灭亡。"

吴桂兰又看了一眼站在地上一声不吭的李长在，道："长在哥，你也得打起精神来活，你可是家里的顶梁柱啊。"

李长在低着头像是看着地上的什么东西，什么话也不说。

香梅埋怨道："你一个大老爷们儿，打起点儿精神来，行不行？俺还指望你宽慰俺两句呢。你看看你，天天把脸吊丧着，像咸菜缸里捞出来蔫萝卜！你还让别人活不活啦，啊？"

尽管香梅这样一句接一句地数落，李长在死活不说话。

香梅道："别答理他，蔫土匪。一辈子也顶不起家来！"

吴桂兰转过脸来对香梅道："嫂子，那天，要不是你们把我和郭副司令藏在地窖里，恐怕我们也都没命了。我的命是小铁锤儿他们的命换来的，我一辈子都会记着。"

香梅接过来道："吴姑娘，可别这么说，俺那么做，是应该的。在老井镇，逮谁也会那么做。你们的命比俺的命值钱。老井镇人还指望你们带着大伙儿打鬼子呢。"

听到这话，吴桂兰再也控制不住自己了，泪水扑簌簌地掉了下来，声音一下子哽咽了："嫂子，你真是天底下最好的好人，最好的好嫂子。"说着，揽过香梅抱在怀里，痛痛快快地哭起来了。

李长在一见这场面，也控制不住了，转身出了屋，让两个女人哭个酣畅。

香梅很快就把泪水止住了，她一边帮吴桂兰擦眼泪一边道："俺这辈子最服俺婆婆，眼睛就是硬。当年俺公公死得那么惨，人头挂在大街上，她就是没掉一滴泪儿。她常说，她这辈子没别的能耐，就是眼窝儿深，藏得住泪。"

吴桂兰眨巴着泪眼说："大娘，是了不起的英雄，小铁锤儿也是了不起的英雄。你们一家，都是抗日大英雄。嫂子，我要是将来当了作家，一定把你们一家都写进去，让后人都记着你们。"

香梅说："要写俺一家呀，也应该把你写进去。俺婆婆在世的时候，就着了迷似的喜欢你，说你跟天上的仙女儿一样。俺跟她开玩笑说，如果俺哥娶了吴姑娘，一块儿过日子，有个大事儿小情的，你能把俺们妯娌俩一碗水端平吗？你猜俺婆婆怎么说？她说，那可没准儿……吴姑娘，俺哥回来，俺一定好好劝劝他，早点儿娶了你。咱一辈子做妯娌，一辈子不分家。那该多好哇。”

吴桂兰却叹了口气，道：“咳，就是不知道，我命里有没有……”

香梅说：“你们不是已经把话挑明了吗？”

吴桂兰说：“是挑明了，他也没拒绝，但我总感到他有些心思不说出来。”

香梅说：“你别想那么多。像你这么好的媳妇儿，天底下上哪儿找去？他又不傻。”

吴桂兰说：“但两人在一起，关键是缘分……”

香梅正要说什么的时候，街上传来了老黑头筛锣的声音：“老井镇的妇女们听着，你们一定要想得开啊。你们千万不能寻短见啊。一定要好好活着啊！乡亲们也都听着，大伙儿谁也不能嫌弃她们，她们是让小日本儿给逼的呀！”

听到这儿，吴桂兰松开香梅，道：“嫂子，你好好的，我就放心了。我去看看郭文秀。”

香梅说：“去看看吧，她也挺可怜的。要不，俺跟你一块儿去？”

吴桂兰转身下炕，说：“不用了，你好好休息吧。”

香梅要下炕送，吴桂兰拦住了她。

吴桂兰开了门，走在大街上，街上还是静静的，老黑头筛锣的声音清晰地传来。

第二十八章　死了的和活着的

1

李长生带五支队一部分人马回到老井镇的时候，天已经黑透了。

刚进村，就听到有人筛着锣在大街上高喊："老井镇的妇女们听着，你们一定要想得开啊。你们千万不能寻短见啊。一定要好好活着啊！乡亲们也都听着，大伙儿谁也不能嫌弃她们，她们是让小日本儿给逼的呀！"

李长生听出是老黑头的声音，那声音很苍凉，他头上像是猛地被什么东西重重地击了一下。他不由收住脚步，再仔细听听大街上传来的锣声和喊声，他觉得脑门儿上渗出了汗水。那汗水凉凉的，像蚯蚓或蚂蚁在脑门儿上爬。他顿觉浑身冷飕飕的，直冷到心里。

李长生回到家的时候，大门虚掩着。他推门进去，院里静悄悄的，屋里的灯是亮着的，证明屋里的人还没睡，但听不到说话声。有两个头影印在窗户上。

李长生撩开门帘进屋的时候，见炕上坐着李长在和香梅，两人脸上木木的，冷冷的，几乎没什么表情。尤其是香梅，正是大热天，她身上却盖着被子。李长在欠了欠屁股，又把脸扭到一边，没跟李长生说话。

香梅把被子撩开从炕上坐起来："哥呀，回来啦，战士们都回来啦？"

李长生在屋里看了看，又跑到原来自己住的屋看了看，转身回到西屋，感觉不对："铁锤儿呢？"

两个人都没回答。

李长生又问："铁锤儿呢？"

李长在突然趴在炕上呜呜地哭起来。

香梅指着李长在道："你哭什么呀哭，你是不是也让俺去死！"

李长在这才不哭了。

香梅坐在炕上慢慢地对李长生道："小鬼子杀人不眨眼，一口气杀了一百多口儿。有咱铁锤儿，有榔头儿，有小白鞋，还糟蹋了好多女人……"

李长生又觉得全身一阵阵发冷，愣了好大半天，他摘掉帽子在手里来回搓揉着，牙在不住地打架。接着，他的手又对着空中使劲儿抓了几下，然后，无奈地坐在炕上。

香梅接着道："哥，咱小铁锤儿，还有牺牲的那些乡亲们，他们都是好样儿的，都没给咱老井镇人丢脸，没给你丢脸。"

香梅抬起头来看着李长生："哥，你还好吧？同志们都还好吧？这些日子，大伙儿都为你们担惊受怕呀。"

李长生没回答香梅的话，待了一会儿，突然站起来："我去看看小铁锤儿。"

香梅拦着李长生："人都埋了，还看什么？要看，你就去看看郭文广吧。他受了重伤，在家养着，他妹妹也让鬼子糟蹋了。"

李长生看着香梅，问道："郭文秀回来了？"

香梅道："那闺女也怪可怜的，刚回来没几天就被鬼子糟蹋了。"

李长生站起来往外走，走到屋门口又停下了，回过头来道："长在，香梅，你们都要想开点儿。这仇，咱迟早要报。"说完，扭过头来出了屋。

刚走到外屋，就听香梅道："长在，还不跟咱哥一块儿去？"

没听到李长在的声音，也没见他人出来。

2

李长生只身一人走在大街上，街上死一般的静，以往热闹的老井镇主街变成了一条长长的棺材。

老黑头迎面走来，他一边筛锣一边喊："老井镇的妇女们听着，你们一定要想得开啊。你们千万不能寻短见啊。一定要好好活着啊！乡亲们也都听着，大伙儿谁也不能嫌弃她们，她们是让小日本儿给逼的呀！"

黑暗中，李长生独自站在大街正中央，默默地看着对面走来的老黑头。

老黑头看到了李长生，李长生迎上去。老黑头怔了一会儿，把手里的锣突然扔掉，上前抱住了李长生，李长生也紧紧地抱住了老黑头。两个人在黑暗中紧紧地拥抱着谁也不说话，都默默地流泪。泪水在两个男人的脸上流淌，一直滴到对方的肩膀上。

良久，两个人松开。

李长生说："走，去看看郭文广吧。"

老黑头在黑暗中点了点头。

李长生、老黑头进屋的时候，郭文广躺在炕上，吴桂兰、郭文秀坐在炕边上，静静地围着郭文广。

见李长生进来，吴桂兰从炕上下来，意外而兴奋地道："司令员回来啦！"

郭文广想坐起来，试了一下，没坐起来。他脸上带着愧疚之意，见李长生突然到来，不知道第一句话该说什么好。

郭文秀本来是坐在郭文广身边的，见李长生进来，她身子往墙根儿前靠了靠，低下了头。

李长生凑到郭文广跟前，上前抓住他的手："郭副司令，伤得怎么样？好些了吗？"

郭文广眼睛里一下子涌出了眼泪："吴主任帮我在城里请了大夫做了手术，现在好多了。司令员，是我没执行你的命令，强行突围，给部队造成了严重损失。回来后，我没听大家的劝告，擅自带乡亲们回老井镇，结果吃了这么大亏。造成这种局面，都是我的责任，我有罪。请求支队处分我。"

李长生摆摆手："郭副司令，我们现在不说这些。你最要紧的是好好养伤。"

郭文广哭出了声："铁榔头、小铁锤儿，那么多人都死在鬼子手里。我有罪啊……"

李长生紧紧地抓住郭文广的手："我都知道了。你安心养伤吧。"

吴桂兰埋怨道："要是李司令在，绝对不会吃这么大亏。"

李长生朝吴桂兰摆摆手："不说了。不说了。"

李长生见郭文秀一直低着头不说话，便主动跟她说话："文秀同志，欢迎你回来。"接着把手伸向郭文秀。

郭文秀抬起头来看了李长生一眼，又把头低下，也没接李长生的手，小声道："司令员，我，我是一个逃兵……"

李长生慢慢把手放下来："作为一名八路军战士，你当初私自离队，确实不应该。可当时我也有责任，没好好跟你沟通思想。这件事儿，我会慢慢找你谈。”

听到这话，郭文秀又抬起了头，眼睛里有泪水在打转转：“谢谢你，司令员。”

吴桂兰接过来说：“文秀在鬼子面前可没丧失气节，老井镇的乡亲们都看到了。”

郭文秀又低下了头。

李长生接过来道：“我都听说了。文秀同志，你虽然是受害者，可你是八路军战士。你现在既然回到队伍中来了，那我就交给你一个任务，你一定要带头做好受害妇女的工作，鼓励大家好好活下去。留得青山在，不怕没柴烧。”

郭文秀感激地点点头。

李长生接着说：“这不，我们几位领导都在，这么长时间没见面了，也算开个碰头会吧。”

郭文秀听到这儿，站起身来道：“那我走了。”

李长生留住郭文秀：“不，你可以列席。”

郭文秀感激地点点头，又坐下了。

李长生接着道：“这次鬼子五一大‘扫荡’，我们离开中心区转移到外线，跟敌人周旋，是迫不得已的行动。现在冀中抗战斗争正是低潮的时候，我们一定要当好老百姓的主心骨儿。”

老黑头、吴桂兰、郭文广、郭文秀纷纷点头。

李长生接着说：“鬼子的‘扫荡’还没结束，根据军区首长的指示，我先带一部分人回来了。支队主力要根据鬼子‘扫荡’的情况，陆续返回冀中。战争在继续，生活也要继续……”

老黑头接过来说：“这回鬼子五一大‘扫荡’，是最惨无人道的，反复剿，来回杀，真是推了碾子又上磨，过了筛子又过罗，简直就是不让你活。”

李长生说：“越是不让我们活，我们越是要活下去。吴主任、郭文秀，你们编些节目，到大街上宣传，鼓励乡亲们好好活下去。这个仇，我们一定要报。”

吴桂兰接过来说：“好，我们一定做好宣传工作。”

李长生站起来道：“现在天还不晚，我要到几户人家去看看。告诉他们，八路军打回来了。”

吴桂兰站起来送李长生，郭文秀也想去送，走到门口又停下了。

李长生回头对吴桂兰说：“你也回去吧。”

吴桂兰却说：“有什么不方便吗？”

李长生说：“那倒没有。只是天太晚了，路上太黑了，一会儿你还得回来。”

吴桂兰抢先出了门：“没事儿，我经常走夜路。”

两人一前一后上了大街，刚开始吴桂兰在前边走。走了一段儿，她发现李长生不说话，就放慢了脚步，打算与李长生并排走，这样说话还方便些。李长生追上来了，但还是没开口说话。吴桂兰心里有些沉闷。想了半天，吴桂兰终于开口了：“那次突围，你没受伤吗？”

李长生说：“我这人命大，枪子儿总躲着我。”

吴桂兰：“你倒没心没肺，人家不知道要为你操多大心呢。”

李长生问道：“人家？人家是谁？”

吴桂兰撒娇地嗔怪道：“一个有心的人呗。”

李长生明白了，同时脸也红了：“哦，我知道了。哎，听说你也受伤了，怎么样？养好了吗？”

吴桂兰埋怨道：“等着你关心，人家早就死啦。”

李长生笑道：“不，你也命大，你不会死。”

吴桂兰也笑了：“那就是有你保佑呗。”想了想又道，“哎，李司令，我问你一句话，分开这么长时间，想过我没？”

李长生：“想过，经常想。一直惦记你的安全。到达晋察冀军区司令部的当天晚上，我就给你写了信……”

吴桂兰一听说李长生给自己写过信，马上变得激动起来：“你给我写过信？我怎么没有收到啊？”

李长生说：“那可能是五一大‘扫荡’的原因。包括我给长在写的信，都退回来了。”

吴桂兰把手伸给李长生：“信呢？给我吧。”

李长生说：“我，我撕了……”

吴桂兰：“那现在你把信的内容给我复述一遍吧。别忘了，我还从来没接到过你的信，看看你对我说些什么。”

李长生说：“也没什么，就是向你汇报一下思想，问问你和大伙儿的安全。哎，还有，我们到达晋察冀军区的当天晚上就看了一场话剧。你猜叫什么名字？”

吴桂兰猜了一下说：“不会是《日出》吧？”

李长生说：“你真聪明。就是《日出》。”

吴桂兰说：“你又怒发冲冠了吧？”

李长生说：“哪能呢，这次我有些看懂了。那是一部很有名的话剧，是揭露和批判旧制度的。”

吴桂兰高兴地道：“我真对你刮目相看啊。”

李长生说：“聂司令员说得好啊，不会看戏，就等于不会当领导。”

吴桂兰说：“哦，原来是有高人指点。我说你对郭文秀的态度怎么会那么温和呢。”

李长生说：“我也在不断地成长嘛。”

吴桂兰动情地说：“李司令，我真为你的成长感到高兴。文秀知道了，也会高兴的。说实话，离开你，我心里就没着没落儿的。每次遇到紧急情况，我就想，要是李司令在该有多好啊。看来，我们都离不开你。”

李长生想了想，说了一句：“谢谢你对我的信任。”

吴桂兰对他的回答显然不满意：“李司令，今天我们还能谈点儿私人的话题吗？”

李长生知道吴桂兰要谈什么样的话题，他马上拦住：“现在斗争这么残酷，老百姓情绪这么低落。我心情很沉重，也很乱。剩下的话，咱们找机会再说吧……”话没说完，甩开吴桂兰，大步流星地朝前走了。

吴桂兰望着李长生的背影渐渐消失在夜幕中，深深地叹了口气。

3

这天是小铁锤的“三七”。一大早，香梅怀里揣着烧纸，端着供品来到坟地。供品是刚煮熟的饺子。小铁锤活着的时候最爱吃饺子，不管是高粱面儿、玉米面儿，还是山药面儿的；也不管是白菜馅儿、胡萝卜馅儿，还是韭菜馅儿，只要有皮儿有馅儿包成饺子，他就爱吃。为了吵着要饺子吃，香梅没少下狠手打他。打完了，该包还包。香梅就这脾气，该打还打，该惯还惯。没办法，全家就这么一个孩子。可现在孩子说没就没了，打也打不成了，惯也惯不了了。儿是娘的心头肉，命根子。可没把他养成人就让小日本儿给杀了。

香梅来到小铁锤的坟前，先把烧纸点着，再把供品摆好，然后开始念叨："儿啊，今儿是你的'三七'，娘看你来了，娘想你，可娘不哭。你才活了八岁，可你死得值，有你这样一个好儿子，娘一辈子都能挺着腰板儿在村里走道儿……"

不知什么时候，香梅感觉身边多了一只烧纸的手，扭头一看，是李长生。

李长生一边烧纸也一边说："铁锤儿，你和你奶奶都是李家的英雄，我们都为你们骄傲。"

烧纸烧完了，一阵风吹来，把地上的灰烬吹散，飘向远处。香梅理了一下被风吹乱的头发，回过头来用泪汪汪的眼睛看着李长生。

李长生把香梅扶起来："香梅，你说得对，咱们不哭。"

香梅仍然站在坟前不动，半晌才说："俺早就狠下这个心了，不哭。咱一个个都哭瞎了眼，只有小日本儿更高兴。咱一个个都寻了短见，他就省得杀了。不，俺偏要好好活着，亲眼看着小日本儿灭亡。"

李长生说："你放心，这一天，不会太远了。走，咱们再看看咱爹咱娘，看看铁榔头吧。"两个人刚刚离开小铁锤的坟，李长在过来了，他低着头，阴沉着脸，什么话也不说。

李长生拉了一下李长在的胳膊："走，给咱爹咱娘和榔头儿烧烧纸去。"

李长在还是没说话，默默跟着李长生和香梅来到爹娘坟前。

三个人在爹娘坟前烧了纸，叩了头，又向铁榔头的坟前走去。

铁榔头牺牲那天，为葬在哪儿的事儿，李长在和香梅还发生了争执。李长在要把铁榔头葬回老家，跟他爹妈在一起。香梅则要求把铁榔头葬入李家祖坟。争来争去，最后依了香梅。可快下葬的时候，香梅又提出了一个想法：把铁榔头和小白鞋葬在一起，给他们结"阴亲"。这下李长在死活不干了。李长在认为，小白鞋是老井镇出了名的风流寡妇，人们都私下里传，铁榔头跟小白鞋不清不白，把他们葬在一起，不就更让人家嚼舌头根子啦。

香梅认为，不管小白鞋名声怎样，在开枪杀人的时候，她扑向铁榔头，说明他们是有情有义的，也是有缘分的。他们一个孤男，一个寡女，在阴间成全了他们，也算是一件积德的事儿。

争执不下的时候，吴桂兰出来做主。她认为，铁榔头和小白鞋，生前的确有情有义。转移那天，铁榔头背着小白鞋过河，就是一个很好的例子。最重要的是，他们在鬼子面前，都表现出了应有的民族气节。这一点，老井镇人都亲眼见证了。

起初，老黑头也不怎么同意。这些年，他跟铁椰头的关系处得不赖。一起参加暴动，一起参加八路军打鬼子，但脾气性格却差距很大。铁榔头吊儿郎当，好吃好喝，说话口无遮拦，尤其跟小白鞋黏黏糊糊，不清不白的，在村子里影响不好。为这儿，老黑头以老大哥的身份，没少敲打他。有时说得很严肃，很难听。但铁榔头就是嬉皮笑脸，满不在乎。可话又说回来了，铁榔头参加抗日是积极的，打鬼子是有功的，关键时刻是能站得出来豁得出去的。而在搞侦察、抓汉奸等方面，也算是很有本事的。再说，人都死了，还计较那么清楚干什么？再好看的苍蝇也是苍蝇，再有污点儿的英雄也是英雄。老黑头一点头，别人就不好说什么了。

就这样，铁榔头跟小白鞋葬在了一起。因为没有棺材，用两个门板钉在一起，把他们并排放好，用一块大白布把两个人盖住。正要入殓的时候，李长在来了，他在小白鞋家找到了那个酒瓶子，把铁榔头被鬼子咬下的半个耳朵拿了出来。这是铁榔头私下跟他说的秘密，关键时刻，他想起来了。在场的人都流泪了……

李长生和香梅给铁榔头、小白鞋烧了纸，回过头来时，却发现李长在不知什么时候不见了。

香梅说："长在越来越任性了，谁也说不了。"

李长生没顺着香梅的话茬儿说："走吧，回家吧。"

香梅站起来，打掉身上的土，又帮李长生拍了拍，两人转身一前一后往村里走。

走了一会儿，李长生说："香梅，你能从死人堆儿里站起来，说明你命大，老天爷待见你。你一定要好好活着。"

香梅回过头来说："快别说这些了，哥，俺就是你们老李家的罪人哪。当年，鬼子'扫荡'，娘死了，俺活着。这回呢，娘儿俩一块儿埋在死人堆里，儿死了，俺又活着。你说说，俺活得脸上有光吗？"

李长生安慰道："香梅，你不能这么想，没人会怪你。咱老井镇人，不管活着，还是死了的，都是英雄。你更是英雄。"

香梅叹口气："咳，不说这些了。既然阎王爷不收，俺就好好活着呗。"

4

李长生和香梅回到家的时候，正碰上李长在挑水进院。李长生跑步上前帮他把大门打开，李长在眼皮也不撩一下，挑着水径直往院里走，把水倒在水缸里，默不作声地又去挑。

李长生上前抓住李长在肩上的扁担：“你歇歇，我来吧。”

李长在不说话，死死地抓住肩上的扁担不放，两人夺来夺去。李长在突然一松手，两只筲“咣”一声蹾在地上。

已经走进屋的香梅感觉不对，从屋里走了出来，站在门口问道：“长在，你要什么蔫土匪？”

李长在蹲在地上一声不吭。

李长生本想拿起扁担去挑水，见李长在这个样子，觉得不好马上走开，也蹲下来对李长在道：“长在，不是我说你，你不能老是这个样子。”

李长在急了：“什么样子？我死了儿子，你让我笑，让我唱，让我满大街跳大绳？”

李长生叹口气，耐心地道：“你不唱，不笑，不跳大绳，也不能总哭丧着个脸吧？你是八路军，不能让老百姓看着你的脸，就像天要塌下来一样。”

李长在“噌”地站起来，鼻子不是鼻子脸不是脸地来了一句：“铁锤儿是我儿子，敢情不是你儿子！”

李长生也急了：“长在，你混蛋！你以为铁锤儿没了，我这当大伯的，心里能比你好受啊？”

李长在猛地跺了一下脚，吼着嗓子道：“李长生，我不跟你干了！我跟着你抗日，死了娘，死了儿子，再死就是我了。照这样抗下去，李家人跟着你早晚都得死光！”说完，朝水筲狠狠地踢了一脚。

香梅追了出来：“长在，你犯浑，你满嘴喷粪。你胡说什么呀你！”

李长生也急了：“李长在！你不光是我兄弟，你还是八路军战士，不能说这样没有觉悟的话。”

李长在猛地跺了一下脚：“什么八路军、九路军的。老子不干了！”说着，把帽子往地上一摔，解开扣子就脱军装。

香梅赶紧拦着李长在：“长在！你干什么？”

李长生大声道：“别拦着他，让他脱！”

李长在把香梅推开，把军装上衣脱掉摔到地上，接着又去解腰带。这工夫，老黑头进来了。

老黑头用眼睛瞪着李长在：“你再脱一件儿我看看！”

李长在不敢脱了。

老黑头指着地上的衣服对李长在道：“捡起来，穿上！”

李长在磨蹭了一会儿，把衣服和帽子捡了起来，不过他没穿，也没戴，拿在手上，走了出去。

老黑头看着李长在的背影，回过头来对李长生道：“干吗用得着发那么大脾气？”

李长生长长地出了一口气，没说话。

老黑头接着道：“长生，你是队伍的最高领导，又是全村人的主心骨儿，可不能随便发火耍脾气呀！”

李长生也感到自己脾气有点儿过了。他朝老黑头轻轻地点了点头，又用歉意的目光看了看香梅，把头低下了。

5

李长生他们回来没几天，刘涛又带着一些人回来了。李长生交给刘涛一个任务，帮助郭文秀做心理疏导。

刘涛回到老井镇的当天晚上就去找郭文秀，当时郭文秀正在洗头，她的头发很长，洗得又很仔细。刘涛只好在门外等着，等她洗完头蓬散着头发出来泼水，他才进去。

刘涛的到来，让郭文秀很吃惊。她记得当年离开老井镇的时候，她走到半路上回去找他，想从他那里获得留下来的希望，但因为一双鞋，她的最后希望又破灭了。在北平两年多的时间，她也无数次想起这个刘涛，也想给他写封信，问问他心里有没有自己。可这个念头后来又打消了。人家家里有了未婚妻，还问这些干什么？再说，自己既然逃离了部队，就再也不想回去了。她不想让任何人知道自己在哪儿，在干什么。

刘涛坐在了郭文秀对面的椅子上，郭文秀用手抚摩着湿漉漉的头发，不时有水珠儿掉在脸上或者手上。她把手埋在精湿的头发里面，把眼睛微微闭上，不说话。

刘涛说：“文秀同志，我今天刚回来，司令员让我来看看你。不，是我想来看看你。你的情况，司令员都跟我说了，你一定想开些。”

郭文秀把手从精湿的头发里拿出来，头也没抬地说：“谢谢你。参谋长。”

刘涛接着说：“是我把你带到部队的，所以，我一直关心着你的成长进步。你走了这两年多，我们都很惦记你。我相信有一天，你一定会回来。这不，你回来了嘛。”

听到这儿，郭文秀慢慢把脸转过来：“你们是不是都骂我是个逃兵？”

刘涛说：“你私自离队，确实不应该。可后来，李司令也后悔了。在晋察冀军区，我们一起看了《日出》，他还看了剧本，对你当年排《日出》渐渐理解了。他说，你一旦回来，他会当面向你道歉。”

郭文秀眼圈儿一下子红了，情绪也一下子激动起来：“你知道吗，我走的那天晚上，我去找过你……”

刘涛吃惊地道：“找过我？”

郭文秀道：“要不是你来找我，我也就不说这些话了，一辈子就烂在肚子里了。可现在，我再说这些，也没有意义了。我也没这个资格了。”

刘涛有些不解地道：“你当时要跟我说什么……”

郭文秀摇摇头：“不说了。”

刘涛有些着急：“你说出来吧。我想知道。”

郭文秀看着刘涛的脸：“你非逼我说，我也就说了。那时候，我很无助，我想找你，是想问问你，你心里有没有我，或者喜欢不喜欢我。可我到你屋子跟前的时候，正好，你未婚妻给你寄来了一双鞋，你正拿出来给香梅嫂子看。我心里一下子就凉了半截……我的命怎么这么苦哇。”说着，她哭了起来。

刘涛把自己的手绢掏出来递给郭文秀。她没接，继续哭着。

刘涛一下子心里很乱，他没想到她早就对自己有这样的想法。说实话，他打第一次见面就对她有好感。后来，这种好感也在偷偷地演变，他发现自己心里有这个苗头之后，就赶紧收敛，想法儿压住，不往那处想。因为他有难言之隐。

刘涛把自己的情绪稳定下来之后，说：“文秀，事到如今，我也跟你说说我个人的事儿吧。我十三岁的时候，爹娘给我找了一个童养媳。我爹被日本人抓去当劳工，腿摔坏了，靠拄拐杖走路。我娘有痨病，一到春天就起不来炕。我弟原来跟我一起在东北军当兵，南撤时去了山东，后来，在台儿庄战役中牺牲了。这些年，家里就靠我那童养媳支撑着……”

郭文秀扭过脸来说："你对她有感情吗？"

刘涛说："她比我大三岁。在家那么多年，我没碰过她……"

郭文秀说："那你打算娶她过一辈子吗？"

刘涛说："父母之命，不可违背。我现在就想打仗，想队伍上的事。不给自己空下工夫来想这些事儿。"

郭文秀："你是在麻痹自己，也是在作践自己。"

刘涛不说话了。

郭文秀站起身来，在屋里走了几步，回过头来，竟笑了一下："参谋长，谢谢你来看我，也谢谢你，跟我说了这些。对不起，我不该问你的个人生活。但你终于给我机会，让我说出了自己想说的话。好吧，你走吧。我说完了，心里好受了。"

刘涛说："文秀，你别这样。我能不能接受你是另外一回事儿。你千万要珍重。要记住，你不仅是个女人，你还是个战士。你必须珍惜自己。"

郭文秀把手指向门外："你放心吧，我会的。你走吧。"

吴桂兰进来了，她似乎感觉到了什么，想退出去，郭文秀一把拽住了她，说有话要跟她说。

刘涛不好再待下去了，转身走了。

刘涛走后，郭文秀又趴在炕上哭了。吴桂兰劝了半天，她才止住。等平静下来，她把与刘涛说的话跟吴桂兰说了。

吴桂兰叹了口气，道："咱俩的命怎么都这么苦哇。"

6

李长生来看郭文广，进屋的时候，郭文广、吴桂兰正在研究一篇稿子。郭文广的伤养得差不多了，只是身子弱，还有点儿发虚，说话底气不足，走路还有点儿摇晃。

见李长生进来，郭文广马上站起来："李司令。"

吴桂兰还为那天晚上的谈话不愉快，只欠了一下屁股，没说话。

李长生问吴桂兰："郭文秀最近情绪怎么样？"

吴桂兰头也没抬，慢条斯理地道："还可以吧。"

李长生："你去把她找来。"

吴桂兰犹豫了一下，出去了。

李长生问郭文广："看什么呢？"

郭文广把手里的稿子递给李长生："你看，吴主任写的。"

李长生接过来一看，见是一篇演讲稿，他简单看了一眼，问道："写这稿子准备做什么？"

郭文广说："这次鬼子五一大'扫荡'，杀了我们那么多同胞，我们一定要尽快报这个仇。现在老百姓的情绪很低落，我们想找一个机会召开一次村民大会，给大家做一次抗战再动员。"

李长生听完没表态。

不一会儿，吴桂兰和郭文秀也进来了。李长生说："你们坐下，我有话要跟你们说。"待两个人坐下之后，接着道，"我们主力返回冀中以后，战士们报仇的情绪很高，这一点是可以理解的。但我们现在要做的第一件事情，绝对不是报仇。"说着，他看了看几个人的表情。

郭文广说："鬼子杀了我们那么多战友和乡亲，为什么不报仇？"

李长生说："我看了一下地图，这次五一大'扫荡'，我们的根据地缩小了几倍；我们那么多的战友、乡亲，死在了鬼子的屠刀下，那么多姐妹被糟蹋，别说老百姓情绪低落，我也很悲愤。但我们要冷静地想一想，我们打鬼子靠的是根据地做依托，靠的是老百姓的支援。可现在，我们的根据地缩小了，老百姓人被杀了，房子被烧了，东西被抢了，人心也慌乱了，他们怎么支援我们？"

郭文广、吴桂兰似懂非懂地听着。

李长生接着说："应该说，鬼子这次五一大'扫荡'，也遭受了很大损失。最起码，他想消灭冀中八路军主力的目的没达到。太平洋战争爆发之后，日军从华北撤走了不少部队，他们暂时组织不起来大的'扫荡'了。趁这个机会，我们应该加紧恢复根据地的建设，尽快让老百姓从'三光'政策的阴影里走出来，等青纱帐起来，再寻找报仇的机会。"

郭文广想了想说："李司令，虽然我一时还想不通，但我还是执行你的命令。因为不执行你的命令，我们就会吃大亏。"

吴桂兰接过来说："别说不执行李司令的命令吃大亏，当初我就主张带领乡亲们转移，你非要跟鬼子拼，还说你是最高指挥官，你说了算。"

郭文广摆摆手："快别说了，我已经彻底认错了。"

李长生对郭文秀道："文秀啊，现在该发挥你的作用了。"

郭文秀抬起头来，用疑惑的眼神看着李长生。

李长生拿出在晋察冀军区带回来的《日出》剧本递给郭文秀，笑道：“你看看这个，就知道我也成长进步了。”

郭文秀接过剧本来一看，剧本早就被翻烂了，上面做着密密麻麻的各种标记，禁不住激动地叫了一声：“啊？”

吴桂兰见郭文秀如此惊讶，马上把剧本从郭文秀手里夺了过来，顺手翻了一下，别有一番感慨地道：“哦，这可是李司令成长的证明。不过，这个成长来得似乎晚了些。”

李长生接着说：“文秀同志，那天我向你做了检讨，现在我再做一次。当年，你组织剧社演《日出》，我提出过反对，也对你们的创作演出进行了粗暴干涉。现在想起来，那样做，只能证明我不懂装懂，也说明我这个司令当得太官僚，太霸道，不称职。”

郭文秀听了心里很温暖，也很感激，她接过来道：“听李司令的话，我很感激，同时也很内疚。当时我不该那么任性地私自离队，其实我身上也存在很多的缺点……”

郭文广接过来说：“光认识上去不行，要彻底地接受改造。”

吴桂兰打断郭文广的话：“得啦，你别跟着凑热闹啦。你身上的毛病比文秀少吗？”

郭文秀接过来道：“现在看来，八路军真是一所大学校，我回来是对的。李司令，你说，让我做什么吧？”

李长生爽朗地笑道：“从现在开始，正式恢复你剧社社长的职务。创作演出的内容和形式都由你说了算，顶多让吴主任把把关。不过，当前要紧的是，编一些短小精悍的节目，把老百姓的抗战热情和生活勇气重新鼓动起来。”

郭文秀激动地道：“好，我这就去准备，一定把任务完成好。”

第二十九章　身与心的摧残

1

李长生几乎挨家挨户走了一趟。确实，好多人看他的眼神变了，尤其是老人。那些目睹鬼子在麦场上杀人，又到麦田里烧麦子的老人，他们的目光呆呆的，痴痴的。无论怎么安慰，他们都很少说话。还有那些被鬼子糟蹋的妇女，有大姑娘，有小媳妇儿，跟她们说话，头都不抬，眼神儿也不跟他交流，像怕见人似的。李长生心里很难受，很不是个滋味儿。他从吕司令那里带了一些钱，不多，一家平均一块，他就一家一家地发。人们把钱收下了，但却没什么话说。李长生把钱放下，说声，让乡亲们受难了，就走了。

回到司令部的时候，天就黑了。他没吃上饭，警卫员给他端来两个窝头，一个大咸菜疙瘩。他饿急了，拿起来就吃。不一会儿，警卫员不知从哪儿找了一棵大葱，这下更有胃口了。吃得正带劲儿，郭文秀走了进来，李长生把一口窝头咽下去，问道："有事儿吗？"

郭文秀把手里的一张纸递给李长生："司令员，这是我写的歌，想请你看看。"

李长生放下窝头，接过来一边看一边念："小日本儿你杀人，咱冀中人也不好惹。死了的已经死了，活着的咱还得活。哭瞎了眼，只有小日本儿乐呵。该吃咱还吃，该喝咱还喝；该唱咱就唱，该乐咱就乐。这就是战争，这就是生活……"

李长生把稿子放下，用拳头敲了一下桌子："好，写得好，我们现在就需要这样的歌曲。"

郭文秀说："是不是太大白话了？我可从来没写过这样的诗歌，是日本鬼子逼出来的。"

李长生说："让老百姓唱，就得大白话。哎？最后我再加两句，气死小日本儿，解放全中国。"

郭文秀说："这两句加得好，调子一下就扬上去了。"

李长生站起来说："在创作方面，我是外行。通知郭副司令集合部队，你先教大家唱起来，然后再叫全村儿的老百姓唱，要让战士们和老百姓都会唱这首歌。"

郭文秀正要走，李长生叫住她："别忙，我把歌词抄一遍。"念了两遍，又道，"你拿走吧，我背过了。"

郭文秀走后，李长生把歌词在纸上背着写了一遍，写完，他匆匆装进口袋。

李长生走到院里，见香梅正洗衣服，便问道："长在呢？"

香梅抬起头来道："躺在炕上装神呢。"接着又问道，"哥，你身上有该洗的衣裳吗？"

李长生说："没有，警卫员都洗了。"说着，径直朝李长在屋里走去。

李长在四仰八叉躺在炕上闭目养神，他听见有人进来了，但装作什么也没听见。这些天，李长在一直耍脾气。李长生每次回到家，他就有意躲出去。他既不下地劳动，也不参加训练。每天吃完饭，不是拿起小铁锤玩过的东西流泪，就是躺在炕上叹气。晚上睡觉也翻来覆去睡不着，睡着了，就做噩梦。人也瘦了许多。

李长生坐在李长在身边，道："长在，那天，我脾气不好，不该逼你脱军装。我向你道歉。你起来，听我给你念歌词儿。"

李长在身子不动，也不说话。

李长生念道："小日本儿你杀人，咱冀中人也不好惹。死了的已经死了，活着的咱还得活。该吃咱还吃，该喝咱还喝；该唱咱就唱，该乐咱就乐。这就是战争，这就是生活。气死小日本儿，解放全中国。"

李长在半睁了一下眼睛，又闭上了。

香梅也进了屋："刚才的歌词我都听到了，写得真好。人家文秀是大家闺秀，什么时候受过这么大委屈，可人家想开了，你怎么就走不出来呢？你每天要这么装蔫土匪，能把铁锤儿给救活了，能把日本子赶跑了，俺也躺在炕上跟你装。"

李长生接着道：“你是个男人，家里的顶梁柱。家里出了事儿，你应该顶得起来。你每天这种态度，香梅心里会是什么滋味儿？”

香梅说：“嫁给你，俺这辈子算是倒了八辈子霉了。什么事儿也撑不起来，出了事儿，还得让俺宽慰你。”

李长在眯着眼睛还是不说话。

香梅急了，揪住李长在的耳朵：“起来！俺前世不欠你，凭什么养你这个像肉蛆一样的汉子？”

李长在捂着耳朵像杀猪一样地叫起来。

李长生顺便拉了李长在一把：“走吧，跟大伙儿学唱歌去。”

2

李长生、李长在和香梅沿着大街走到老井碑跟前的时候，这里已经聚满了人。有八路军战士，有三乡五里的老百姓，男男女女，老老少少，有上千人。人们有站着的，有坐着的，有蹲着的，各种姿势都有。人们的脸是茫然的，木讷的。

高台上站着几排八路军战士，郭文秀打着节拍组织大家学唱歌：

小日本儿你杀人，
咱冀中人也不好惹。
死了的已经死了，
活着的咱还得活。
该吃咱还吃，
该喝咱还喝。
该唱咱就唱，
该乐咱就乐。
这就是战争，
这就是生活。
气死小日本儿，
解放全中国。

李长生拉着李长在插进唱歌的队伍，而且站在了队列前面。一见司令员来了，大家的情绪一下子高涨起来，嗓门更大了。

香梅也站在人群里边，跟大家一起唱。学了两遍就会唱了，她唱得声音很大，被郭文秀注意到了，她走过去拉了香梅一把："嫂子，上来唱吧。"

香梅摇摇头："就俺一个女的。"说着，她左右看了看，见有些年轻姑娘站在一边，就说，"姐妹们，咱们也上去一块儿唱吧。"

这些姑娘有些是那次被鬼子糟蹋过的，这些日子都不敢出门。有的不吃不喝，不洗脸不打扮，有的整天在家哭鼻子抹泪，有的还寻过短见。今天是吴桂兰动员她们出来的。听香梅这么一说，她们都低着头扭着身子往后退。

香梅走到姑娘们中间，大声道："姐妹们，你们没听歌里唱的嘛，死了的已经死了，活着的咱还得活。既然活下来了，就活出个人样儿来，让小日本儿看咱们的命有多硬！"

香梅说得姐妹们眼睛里有些精神了，但还是没人敢上台。

这工夫，郭文秀走到了姐妹们中间："姐妹们，我知道你们怕什么，不就是怕别人笑话吗？我跟你们一样受过鬼子的糟蹋，我不是还站出来指挥唱歌吗？谁笑话我们，他就跟日本鬼子汉奸卖国贼差不了多少！"

姐妹们都扬起了头，看着郭文秀。

郭文秀充满激情地道："姐妹们，上来吧。唱吧，乐吧。把身体养好，精神头养足了，才能找小日本儿报仇。"

在郭文秀的感召下，一个爱唱歌的姑娘带头上了台，紧接着姑娘们都上了台。李长生、吴桂兰、香梅带头为姑娘们鼓掌，战士们都跟着鼓起掌来。

郭文秀让姐妹们站在最前排，她又开始指挥唱歌。

台上的人齐声高唱着，台下的人们渐渐也加入进来，歌声高亢、嘹亮，响彻大街小巷。

歌声唤醒了沉寂的老井镇，人们从四面八方赶来……

3

老井镇人终于从大屠杀的阴影中走了出来，他们又过上了正常人的日子。该下地的下地，该赶集的赶集。男人又聚在树底下斗嘴，女人也带着孩子们在街上玩耍。庙会恢复了以往的热闹，猪啊狗啊鸡啊，都恢复了以往的欢实。

老井镇周围的麦子虽然让鬼子烧了一大片，但相比往年来说，还是丰收的。家家都能收上几百斤。吃上了白面大饼的老井镇人，赶紧种秋作物，玉米呀高粱呀大豆的。李长生号召大家多种高粱，尤其公路两边。一来高粱高产，二来为了起青纱帐，好打鬼子。

这些日子，李长生除了忙部队上的事儿，也经常抽空帮家里干点儿活，有时跟香梅两口子吃顿饭，唠唠家长里短。自小铁锤牺牲后，家里没个孩子，明显清静多了。跟小铁锤整天一起疯跑的半大小子，不定哪会儿呼呼啦啦跑来了，一起喊着小铁锤的名字，进院没人答应，又蔫不唧地跑了。孩子们明白过来，跑了就跑了，可大人受不了啊，揪心一阵子才缓过劲儿来。香梅是这样，李长在更是这样。有时李长在提着鞋底子骂着把孩子们一直追到看不见人影儿。

日子一长，李长在也转变了。他眼里有活儿了，跟香梅的话也多了些，冷不丁也有个笑脸儿了。按香梅的话说，俺上辈子欠你的债可算还清了。

这天，香梅坐在灶前拉风箱做饭，李长在挑水进来，不小心溅了香梅一身水。香梅用烧火棍打了李长在一下，嗔怪道："你眼长哪儿去了？"

李长在一边往缸里倒水一边说："我怎么看你这两天不对劲儿呀，动不动火就上房。"

香梅也觉得这些日子心口堵得慌，烦躁，动不动就想找人发火，也不想吃东西，还经常吐酸水。

香梅觉得有些不好意思了："就是呢，老看着你不顺眼。"说着，突然觉得一阵恶心，她放下烧火棍站起来，跑到院里扶着树吐了起来。李长在放下水桶，高兴地跑过来给香梅捶背："香梅，你是不是有喜了？"

香梅停止了呕吐，蹲在地上，低着头道："八成是有了。俺那个俩多月没来了。长在，跟俺说实话，这回，你想要小子，还是闺女？"

李长在想了想道："铁锤儿在的时候，俺想要个闺女。现在没铁锤儿了，小子、闺女，俺都想要。最好是龙凤胎。"

香梅撒娇地打了李长在一拳："美的你！你前世修下那福气了吗？"

香梅吐完把李长在扒拉到一边，扯过毛巾擦了擦嘴，又坐在灶膛前烧火了。

李长在把水桶倒在水缸里站在香梅跟前发愣，像是想什么事儿。香梅用烧火棍捅了他一下："还不挑水去，在这愣什么神？"

李长在这才醒过神来，挑着水桶出了屋，临出院的时候丢下一句："小心点儿啊，别把孩子烧着了。"

香梅“扑哧”一下笑出了声，心里倒是甜甜的。这个李长在在她眼里，简直就是总也长不大的孩子，孙猴子脸，说变就变。高兴的时候，多么犯傻的话都说；不高兴的时候，头一闷，脸一沉，嘴一噘，谁也劝说不了。人就这么憨直，一点儿也不会装。

4

郭文秀这些日子心情刚好一些，却又添了一件心病，她发现自己怀孕了。身子有了反应之后，她又想到了死。

这是小日本儿的种。那天，老井镇二三十个像模像样的大闺女小媳妇儿，被日本人押到九莲山的庙里，在妇女们一片大哭大骂中，少佐以上的几十个日军军官，像从笼子里放出的野兽，凶猛地扑向自己的发泄目标，发泄完就放声大笑，稍作休息，又扑向另一个目标。在那些妇女们中间，郭文秀是长相最漂亮的，第一个扑上来的就是藤藤，她在撕肝裂胆的疼痛中晕去。刚刚醒来，又一个少佐向她扑来……

吴桂兰进屋的时候，郭文秀正趴在炕上呕吐，问她怎么了，她不说话，就是放声哭。吴桂兰急得要命，一会儿摸摸她的脑袋，一会儿摸摸她的肚子，判断不清她是为什么哭，为什么吐。这工夫，香梅进来了，看了看郭文秀吐出来的一些黏糊糊的东西，联想起两个多月前她被鬼子糟蹋的事儿，便把吴桂兰叫到一边儿说：“她八成是怀孕了。”吴桂兰一听，惊叫一声，又把嘴捂住。

香梅过来扶起趴在炕上的郭文秀，安慰道：“你别哭了，这怪不得你。都是该杀的小日本儿作孽，咱一定要报这个仇。嫂子想办法儿，帮你把孩子打掉。”

郭文秀突然从炕上坐起来，近似咆哮地道：“不！我要把这个小孽种生下来，再亲手掐死他！”

吴桂兰用胳膊捅了一下郭文秀：“你真傻得没救了，那不是作践自己吗？”

香梅也劝道：“要报仇也不能跟自己过不去呀，听嫂子的话，啊？”

郭文秀又趴在炕上哭起来。

吴桂兰让香梅陪一会儿郭文秀，她去找李长生，把郭文秀怀孕的情况说了。李长生听完，长长地叹了一口气，半天没说话。正好老黑头也在，他没说话，在屋里乱转，牙咬得咯咯直响。

待了一会儿，李长生对吴桂兰说："你去找军医，想办法尽快把孩子打下来。另外，还要注意保密，绝对不要让任何人知道。"

吴桂兰正要走，老黑头拦住她："不用找军医了，我那保胎的、打胎的药都有，祖传的，效果好，也很安全。"

吴桂兰叹口气道："郭文秀的命真苦，这以后怎么嫁人哪。"

老黑头拉起吴桂兰："走，跟我去拿药吧。"

老黑头和吴桂兰刚出屋，迎面碰上刘涛。本来人已经走过去了，吴桂兰又把他叫住了。她让老黑头先走，然后把刘涛叫到一边儿，把郭文秀怀孕的事儿说了。刘涛大骂一声："狗日的，小日本儿！真他妈作孽到家了！"

吴桂兰说："现在郭文秀是最痛苦的时候，你应该过去安慰安慰她，因为她是爱你的。不管你能不能接受，你都是她心灵的依靠。"

刘涛点点头，说："我知道了。"

吴桂兰走后，刘涛进屋见只有李长生一个人，犹豫了一阵子，对李长生说："司令员，我想向你汇报一下我个人的一些情况。"

李长生猜到了一半："是你跟郭文秀的情况吧？"

刘涛看着李长生问道："司令员，你怎么会知道？"

李长生笑了笑，说："我早就看出来了，机关里也有人向我反映过。正当谈恋爱嘛，有什么不好意思的？不过，我可提醒你，她现在这种情况，你可不能嫌弃。哎？我怎么听说，你在老家已经定了亲。有这事儿吗？"

刘涛说："是，家里是有一个……"

李长生说："那你还跟人家郭文秀谈什么恋爱？你是共产党、八路军，可不能脚踩两只船。"

刘涛说："那是爹妈做主给我找的童养媳……"他把童养媳的来龙去脉一五一十地说了一遍。他说他根本不爱那个姑娘，也从来没碰过她，只是同情她，感激她，因为她为照顾自己的父母付出了辛苦，做出了牺牲。

李长生一边听一边在屋里来回踱步，待刘涛说完，他严肃地道："这个问题你可得处理好，不然，会影响八路军的形象。"

正说着，吴桂兰一掀门帘进来了："一没登记，二没成亲，影响什么形象？没有爱情的婚姻是不道德的。给她讲清道理，劝她解除婚约不就行了吗？"

李长生说："中国有几千年的封建历史，很多封建残余的东西根深蒂固，尤其是在农村。这种事儿，处理起来没那么简单。”

吴桂兰说：“现在不是提倡婚姻自主，恋爱自由吗？总不能让刘参谋长委曲求全一辈子吧？”

李长生说：“好了，我们不在这儿争论这个问题了，让参谋长自己处理吧。”

吴桂兰说：“好吧。我希望有情人终成眷属。”说着，看了一眼李长生。

李长生听出了吴桂兰的弦外之音，赶紧把话题岔开，嘱咐吴桂兰一定要好好照顾郭文秀，并说这是一项政治任务。

5

郭文秀服了老黑头配的药，很顺利地把胎打下来了。吴桂兰、香梅忙前忙后地尽心伺候。郭文秀的身体恢复得挺快，第二天就要下地，香梅不让，她说，小月子要当大月子养，不然就会落下毛病。吴桂兰也劝她躺在炕上养着，要吃要喝，你吩咐就行了。郭文秀不好意思地说，我又没什么功劳，还劳你们大驾。吴桂兰说，这是李司令交给的政治任务。

说是保密，其实这密根本就保不了。没几天，村里就有好多人知道了。这些天，不断有人来看郭文秀，大都是上了些年纪的老太太。有人送鸡蛋，有人送红糖，也有人送来老母鸡。老太太们送来东西，坐在炕头上还要跟她聊会儿天，劝她想开些，再就是嘱咐她好好养着，身子别落下毛病。郭文秀很感动。郭家以往风光透顶，日子富足，用不着外人接济。这下，她真正体会到了乡亲们送来的温暖，是那样的让人感动。

郭文秀不是遇事走不出来的人。她写那首歌，又在大街上带着大伙儿唱，本身就证明了她是第一个从屈辱中走出来的受害姑娘。但意外怀孕这件事，确实又让她雪上加霜，心如刀绞。毕竟自己还是个黄花大闺女，而且是大家闺秀。在老井镇，大闺女怀孕的，从未有过。更要命的是，自己是被日本鬼子糟蹋的，怀的是日本人的孽种。尽管人们都很同情，但这摧毁人尊严与肉体的屈辱，足以让她记一辈子。

郭文秀身体虽然恢复了，但精神还是打不起来。吴桂兰知道她的另一种心病，是在刘涛那儿。她想安慰一下郭文秀，可自己恰恰也有同样的心病。她叹口气，对郭文秀说：“我知道你心里在想什么，可咱们俩同病相怜啊。”

郭文秀理解吴桂兰说的什么意思，便道：“我怎么能跟你相比。不管怎么说，你还有希望，可我还有什么资格？你没见，人家连个面儿都不露了。”

吴桂兰摇了一下郭文秀的胳膊：“你可不能冤枉人家啊。”她告诉郭文秀，李司令给了刘参谋长三天假，让他回山东老家专门处理童养媳的事儿。

郭文秀一听，眼睛不由一亮：“真的？”可很快又把小嘴噘了起来，“我现在这个样子，人家还看得上呀？”

吴桂兰说：“你放心吧，刘参谋长不是那种人。何况，他回去处理这件事儿，本身就跟你有关系。”

郭文秀摇摇头：“我知道他心里有我，可我觉得现在这个样子，已经配不上他了。”

吴桂兰抓着郭文秀说：“你别想那么多。说不定人家回来之后，会给你一个天大的惊喜呢。”

郭文秀眼睛亮了一下，调转话题道：“我这回回来，真对李司令刮目相看了。一是他对我的态度，实在出乎我的预料。再就是这次，反‘扫荡’这么紧，他竟能给刘参谋长三天假，让他回老家专门处理童养媳的事儿。共产党真是太开明了。”

吴桂兰说：“人家自己都说自己在不断成长嘛。”

郭文秀说：“这个李长生真是越来越可爱了。”

吴桂兰半认真半开玩笑地道：“怎么？你看上啦？”

郭文秀打了吴桂兰一下：“死丫头，你个没良心的！当初，我让他从我家把你接走，不就是有意为你创造机会吗？”

吴桂兰叹口气：“我知道你的良苦用心。他这个人可以说是世上少有，心里装着一个人，别人就再也装不进去了。”

郭文秀说：“说明他对爱情太专一，这恰恰是男人最优秀的本质。你可不能轻易放弃啊。”

吴桂兰再次摇头：“我觉得我们很难有结果。我再努力吧。”又道，“你也不能放弃。”

郭文秀说：“那就让我们互相祝福吧。”

6

三天之后，刘涛回来了，他想先向李长生汇报一下回去的处理结果，但想想，还是先去看郭文秀。走的时候，他想把自己回老家的目的告诉她，但他不敢料定回来是个什么结果，就悄悄走了。

刘涛进屋的时候，郭文秀正在灯下写日记。刘涛进来，她赶紧把日记本合起来，放进挎包里，然后让刘涛坐。她没敢看刘涛脸上的表情，更不敢主动问他回老家的结果。

刘涛坐在了郭文秀的对面，他有些局促，不知道该如何开口。

见刘涛这个样子，郭文秀就基本上知道了结果。她手里拿着那支钢笔反复摆弄着，以平静自己复杂的心情。

沉默了一会儿，刘涛问道："身体怎么样？还好吗？"

郭文秀继续摆弄着手里的钢笔说："还好。谢谢你的关心。"

刘涛道："你已经知道了吧，李司令给了我三天假，让我回了趟老家，处理我的童养媳的事儿。可这事儿，我没办好。我爹、我娘都不干，说我丧天地良心，要没她，他们都活不到今天。我那童养媳也说，她生是我家人，死是我家鬼。我……我实在没办法儿，下不了这个狠心……"

郭文秀听到这儿，把手里的钢笔放下了："你一进门儿，我就已经知道这个结果了。我同情你，也可怜她。"

刘涛说："我，我让你失望了。文秀同志，在我们老家山东，尽不尽孝道，讲不讲良心，乡亲们看得很重。我顶不住那么大压力。其实，我内心是很矛盾的，也是很痛苦的……"

郭文秀打断刘涛的话："别说了，我理解。我现在问你两句话。"

刘涛说："问吧。"

郭文秀说："你喜欢不喜欢我？"

刘涛说："喜欢。"

郭文秀说："你这次回家，跟我上次向你表白，有没有关系？"

刘涛说："有，当然有。要不是你，我这辈子就认命了。"

郭文秀说："好吧，我知足了。你可以走了。"

刘涛站起来欲走还留的样子，磨蹭了一会儿，道："文秀同志，但愿我们还是好战友，好朋友。"

郭文秀说："好的。"

刘涛看着郭文秀的脸，好久才道："你保重吧。"说着，便往外走。

郭文秀低着头小声道："刘涛，你，你能抱我一下吗？"

刘涛慢慢转过身来，却不敢走向郭文秀。他僵在那儿，心情慌乱，不知所措。

郭文秀抬起头来，大胆地望着刘涛。

刘涛慢慢走过来，很机械地把双臂伸出来，郭文秀主动投进他的怀抱。

刘涛直觉得血流加速，全身战栗，两脚站不稳。郭文秀俯在他肩上，泪水奔流，哽咽难忍……

7

吴桂兰再来看郭文秀的时候，郭文秀把刘涛的事跟她说了。吴桂兰直摇头，她说再劝劝刘涛，为什么不可以大胆追求婚姻自由？郭文秀说，你别添乱了，事情已经这样了。

吴桂兰不断地叹气。她真不明白，刘涛做什么事情都那么干脆利索，为什么单单在婚姻大事上，却把握不住自己的命运。她更不明白，她和郭文秀两个无论走到哪儿都算得上优秀的女人，为什么在追求个人幸福方面，都这么磕磕绊绊，事与愿违，前景黯淡。她想来想去，觉得李长生也好，刘涛也罢，虽然参加革命这么多年，但骨子里还是很传统的。

郭文秀突然问吴桂兰："你今年多大了？"

吴桂兰瞪了郭文秀一眼："你什么意思？"

郭文秀低下头，数了一下手指头："哦，比我小仨月，也二十六了。你说，我们是不是都成老姑娘了，没人要了？"

吴桂兰："你说，咱俩这是什么命呀？"

郭文秀："你不能跟我比。你还可以继续进攻，追求你所要的结果。"

吴桂兰想了一下："我向他最后一次摊牌。如果他再对我支支吾吾，说些冠冕堂皇的话，我会做出一个让所有的人都大吃一惊的决定。"

郭文秀："什么决定？"

吴桂兰："保密。"

郭文秀："对我还保密？"

吴桂兰："我没说嘛，让所有的人都吃一惊，当然包括你。"

郭文秀用陌生的眼神看着吴桂兰。吴桂兰站起来说："好了，我去摊牌了。你就等着大吃一惊吧。"

吴桂兰从郭文秀那里出来，直接去了司令部，正好李长生一个人正在看地图，像在想什么。她一进门便单刀直入："李司令，主力转移的那天晚上，你对我说过一句话，你还记得吗？”

李长生被吴桂兰一下子问愣了，他慢慢放下地图，回忆了半天，说：“那天我们说了很多话，但我不知道你问的是哪句。”

吴桂兰说：“你说你回来，要给我一个答复。还记得吗？”

李长生愣了一下，点点头：“我是说过这话。”

吴桂兰坦率地说：“那我今天就要这个答复。”

李长生被吴桂兰的咄咄逼人弄得很被动，甚至很尴尬。他站起来，朝窗外看了一眼，稳定了一下自己的情绪，然后道：“桂兰同志，你是个优秀的女青年，我很尊重你，也很喜欢你，我更理解你对我的感情。但我们真正做夫妻，我认为还是不合适……我们可以做兄妹……”

吴桂兰打断他的话：“这就是你对我的答复吗？”

李长生说：“就算是吧。依你的条件，你完全可以找一个比我好千倍的，不要因为我而耽误了你……”

吴桂兰打断李长生的话：“李司令，现在我问你一句话。假如我马上跟别人结婚，你是什么态度？”

李长生抬起头来看着吴桂兰，接着又把头低下：“只要你们真心相爱，那……那我祝福你。”

吴桂兰听到这话，眼泪一下子就涌上来了。她看了李长生一眼，扭头跑开了。

第三十章　成眷属的未必是有情人

1

五支队司令部搬到了村中央原来一个闲置的院子。这个院子原来是一个地主家的，这个地主家是绝户，老两口死后，就没人住了，这些年一直闲着。这个院子挺大，一共三间正房，两间厢房，还有一个气派的门脸儿。司令部搬家之后，郭文广也搬过来了。李长生住一间，老黑头住一间，郭文广和刘涛住一间，几个警卫员住厢房。

这样，支队领导除吴桂兰之外，就都搬到一起住了。开会商量事儿都方便，再加上院子大，支队机关学习开会也能放得下。

这是李长生的主意。这样做，除了工作方便外，还能跟家庭分开，让李长在和香梅过清净些的日子。

搬家的第二天，吴桂兰来到郭文广的房间，郭文广正和郭文秀谈着什么。一进门，吴桂兰就对郭文广道：“郭副司令，你出来一下，我有话跟你说。”

郭文秀敏感地道：“有秘密呀，那我回避一下不就得了。”说着，很利索地站起来走了出去。

郭文秀感觉吴桂兰的表情，不像是要跟郭文广谈工作，走到门口又多了个心眼儿，躲在窗台底下侧耳细听里边的动静。

郭文秀一走，吴桂兰就开始打开窗户说亮话：“郭副司令，你对我印象如何？”

郭文广觉得这话问得有些突然，一时不知道该怎么回答才好：“印象？当然很……很好啦。”

吴桂兰单刀直入："那咱们结婚吧？"

屋内的郭文广和屋外的郭文秀都一下子怔住了，郭文广几乎是惊慌失措："结婚？你开玩笑吧？谁都知道，你爱的是李司令……怎么会跟我结婚？"

吴桂兰说："你绕弯子，你直说行不行吧？"

郭文广向周围看了看："这你知道，打第一次见面，我就喜欢上你了，不，是爱上你了。我被你迷得神魂颠倒……"

吴桂兰打断郭文广的话："别说这些陈芝麻烂谷子了。我现在就要你一句话，咱俩结婚，你同不同意？"

郭文广像打量陌生人一样地打量着吴桂兰，像做梦又觉得不像。他一下子又找到了当年第一次见到吴桂兰的感觉，心惊肉跳，方寸大乱，痴醉神迷，欲罢不能，全身的骨头就像一下子都酥透了一样。但他很快又回过味儿来了，他知道，她打骨子里就看不起自己，更谈不上爱。那么是什么原因，让她突然提出来要跟自己结婚呢？他揣摩不透。他既希望她突然提出这样的要求是真心的，又怕这里边隐藏着什么秘密；抑或出于什么目的和动机。

郭文广心里乱了好大一阵，才说："结婚，我当然一万个同意。但，我心里还是有些不踏实。你能告诉我这是为什么，你心里到底是怎么想的？"

吴桂兰站起来就要往外走："好了。我们马上打报告，越快越好。"

郭文广激动地拉了一下吴桂兰的手："吴主任，这是真的……"

吴桂兰很利索地把郭文广的手甩开："好了，我这就去打报告。"

吴桂兰走到门口的时候，郭文秀急忙朝一边躲。

吴桂兰一把拽住了郭文秀："你都听到了，是吧？"

郭文秀不解地问："你为什么要做出这样一个出人意料的决定？"

吴桂兰道："你大吃一惊了吧？"

郭文秀道："我怎么一下子不认识你了？"

吴桂兰一边朝外走一边道："怎么？我要当你嫂子了，你不欢迎吗？"

郭文秀边思索边道："当年演了一出'逼婚记'，我帮你逃出虎口。怎么你现在又自导自演了一出'拉郎配'。这里边到底是怎么回事儿啊？"

吴桂兰道："别那么多废话了。到时候，你可得帮着张罗着点儿啊。好了，不跟你啰嗦了，我要赶紧打报告去了。"

吴桂兰甩开郭文秀的手，独自走了。走了两步又回过头来说："从现在开始，你要为我作宣传，就说，我要跟郭文广结婚了。"望着吴桂兰的背影，郭文秀傻瞪着眼睛，接着又不住地摇头。

2

李长在听说吴桂兰要和郭文广结婚后，先是不住地拍大腿，把两条大腿拍得通红之后，接着便顺着梯子“噌噌噌”地上了房。在房顶上像戏台上跑龙套的似的跑了一圈儿，然后坐在房檐上喘大气。

香梅出来喊李长在吃饭，李长在两条腿在房檐上耷拉着，死活不吭声。

香梅指着房顶上的李长在高声喊道：“你抽的哪股风？人家结婚碍你什么事儿了？你这么要死要活的。”

李长在还是不说话，也不下房。

李长生走进院，见香梅一个人在当院站着，就问：“长在呢？”

香梅向房顶上一指：“那不，抽羊角风呢。”

李长生高声道：“长在，快下来！”

李长在这才开口：“哥，你不能批准他们结婚。”

李长生知道他指的是郭文广和吴桂兰，一下子笑了：“恋爱结婚是人家的自由，凭什么不批？”

李长在认真地说：“咱娘在世的时候，就让你娶吴姑娘，吴姑娘又喜欢你，你为什么眼睁睁地让郭家娶走？”

李长生说：“人家吴桂兰主动要跟郭文广结婚，咱们谁也管不着。”

李长在说：“哥，你别糊弄八顿不吃饭的了。要嫁郭文广，她当时为什么要逃婚？肯定是你不要吴姑娘，她才赌气这么干的。”

李长生说：“人家想嫁谁，是人家的自由。我就不明白了，你干吗气得上房？”

李长在问道：“那我问你，你为什么不娶她？”

李长生随口道：“我们不合适……”

李长在激动地站了起来：“那你说谁合适？这个世界上，谁配得上你？”

李长生不回答李长在的话：“你快下来吧，让人家看着笑话。”

李长在说：“你答应我别批准他们结婚，我就下来。”

香梅接过来道：“你这不是孩子气吗？你不下来，好，那你就在上边儿待着吧，吃饭睡觉都别下来。”说着进了屋。

李长生也跟着进了屋，香梅嗔怪道：“哥，不是俺埋怨你，你是不该不娶吴姑娘。长在说的有理，吴姑娘嫁郭文广绝对不是真心的。”

李长生说：“报告已经打到军区了。现在不说这些了。”

香梅用手拍了一下吃饭桌子：“长在为什么这么在意？因为你不结婚，他就不踏实。”

李长生说：“我知道。”

香梅说：“哥，你跟我说实话，一旦吴姑娘真的和郭文广结婚入洞房，你心里是什么滋味儿？”

李长生低着头不说话。香梅接着道：“多么好的吴姑娘啊，按娘的话说，真像天上掉下来的仙女儿一样。人家又是那么真心喜欢你，你就这么眼睁睁地看着让人家给娶走了？”

李长生沉思了一会儿，抬起头来，叹口气道：“人这辈子靠的是缘分，缘分不到，命里就没有。再说了，现在战争局势这么紧张，我顾不上考虑个人问题……”

这时，门外传来一堆孩子的说笑声。李长生和香梅往外面一看，一堆孩子都挤进院子，像看耍猴儿的一样，指着房顶上的李长在说说笑笑。

香梅急匆匆地从屋里走了出来，对着李长在道：“求求你快下来吧，别在上边丢人现眼了。”

李长在见院子里围得人越来越多，指着孩子们骂道：“看什么呀看，滚！”一边骂着一边顺着梯子下了房。

香梅转身要进屋的时候，吴桂兰进了院，见院里一堆人，便道：“哟，怎么这么多人哪，看什么热闹呢？”

香梅接过来道：“俺家灶囱眼儿堵了，俺让长在上房看看。吴主任，快进屋吧。”

吴桂兰跟着香梅进了屋，见李长生也在，随口道：“李司令也在啊。嫂子，我过来看看你有空儿没，帮我布置一下新房。嫂子心灵手巧，剪的喜字、窗花都好看。嫂子，到那天，你可得帮忙啊。”

香梅一笑，道：“你的大喜事儿，你不用说，俺也得帮忙。只要你不嫌俺手脚笨。”

李长在没好气地看了吴桂兰一眼：“这么着急啊，上级不是还没批呢吗？”

吴桂兰浅浅地笑了一下：“听李司令说，马上就批回来了。”接着，又转过脸去对香梅道，“嫂子，你是我的知心人。我父母不在身边，我还想让你给我主婚呢。”

香梅不好意思地道：“吴主任太抬举俺了。”

李长在没头没脑地道：“吴主任，我问你，你为什么要嫁那个地主家的少爷？你真心喜欢他吗？”

香梅嗔怪道：“长在，什么地主家的少爷，那是郭副司令，怎么说话呢这是？”

吴桂兰低头笑笑：“没事儿，没事儿。好，那我回去了。嫂子，回头我再来请你。”说着，出了屋。

香梅把吴桂兰送出了屋，屋里只剩下李长生和李长在。

待吴桂兰走出了院，李长在瓮声瓮气地道：“什么狗屁统一战线？自打统一到一块儿，咱李家总是吃亏。挺好的媳妇儿，又让仇人给娶走了。”

李长生瞪了李长在一眼：“长在，直到现在你觉悟还这么低。一起打了这么多年鬼子，还什么亲人仇人的？”

李长在眼泪都下来了：“咱娘要是在，绝对不会让他娶走！”

这工夫，香梅送走吴桂兰回了屋，进门见哥俩都红着脸，叹口气道：“算了，事到如今，咱都成人之美吧，什么话也别说了。”

李长生站起来要走，对李长在道：“长在，我告诉你啊，这样的话，以后再也不要说了。好好过你的日子。别人的事儿，别瞎操心。”

3

在这世上，郭文秀最了解吴桂兰。当年唱的那一出儿接一出儿她最清楚。所以，她对这件事一直持怀疑态度，她一再追问吴桂兰，吴桂兰却始终不跟她说实话。

郭文秀又去问郭文广，劈头盖脸地对他说：“我劝你不要着急跟吴桂兰结婚。你们没有感情基础，肯定过不到头儿。”

郭文广觉得吴桂兰转变得也确实快了点儿，但毕竟是她亲口提出来的要嫁他，吴桂兰是有思想有觉悟的知识女性，婚姻大事能当儿戏吗？他后来想，这里边可能有几个原因。一是她追求李长生没有结果，明智地转移目标。二是自己参加革命以后，在她眼里形象发生了变化，慢慢爱上自己了。还有，鬼子“扫荡”老井镇的时候，自己替她挡过子弹，她有感恩之心。那次藏在地窨里，她嘴对嘴地用唾沫润自己的嗓子，本身就是爱的表示。没有爱，是做不出那种举动的。后来，他把地窨里的那个动人心魄的细节跟郭文秀讲了。郭文秀摇摇头，说那根本说明不了什么问题。可他却不那么认为。

郭文广对郭文秀说："吴桂兰是个大明白人，她不会拿自己的终身大事当儿戏。"

郭文秀一本正经地说："你记住，没有爱情的婚姻是不道德的。"

郭文广既没底气又有些不耐烦地道："你不要闲吃萝卜淡操心了。你岁数也不小了，人家刘参谋长家里的童养媳退不掉，你赶紧找个主儿嫁了吧。"

郭文秀傲慢地道："我宁缺毋滥。如果不是让我刻骨铭心的人，我绝对不委曲求全。"

兄妹俩的谈话不欢而散。

人们议论归议论，猜忌归猜忌，日子照常一天天推进。一晃郭文广和吴桂兰结婚的日子到了。

新房设在司令部，也就是郭文广刚搬进的宿舍。刘涛搬到老黑头的房间。郭文秀带着剧社的姑娘们，把新房进行了精心的布置，房顶上扎了一大束纸花，花花绿绿垂了下来，既鲜艳又别致。一进门的正面墙上贴上很大的双喜字，再下面就是新郎新娘的新婚照片，两人都穿着军装，新郎英俊，新娘漂亮，看上去很般配。炕上是两铺两盖的新被褥，叠得整整齐齐，炕席上铺了一个大花床单，既新鲜又好看。这么一收拾，新房就显得亮亮堂堂了。

4

这天，香梅大老早就起了炕，饭也没顾上做，就对着镜子精心打扮起来。以往她的头发是自然披散着的，跟村里的年轻媳妇儿差不多，她今儿特意把头发扎起来了，还扎了一个蝴蝶结。她对着镜子笑了笑，觉得自己这么一打扮，还挺年轻，还挺漂亮，心里就产生了自信。她把李长在推醒："你看看，俺这头发好看不？"

李长在睡眼蒙眬地道："瞎打扮什么，又不是咱家办喜事儿！"

香梅说："吴姑娘就是咱家人，娘把她当干闺女看。她的喜事，咱都得帮着张罗。快起来，快起来！"李长在这才磨蹭着坐起来穿衣服。

吃完饭，太阳就一竿子高了，香梅把家收拾利索，正要往司令部走的时候，却怎么也不见了李长在。她屋里屋外来回找，来回喊，却怎么也没见着人。她想他大概已经去了结婚现场，可等她到了司令部的时候，屋里屋外一堆人都跟着忙活，唯独不见李长在。她问了一下李长生，他也说没见着。这下，香梅来气了，二话没说，跑了出来。

香梅在大街上气鼓鼓地走着，人们看到她，都跟她打招呼，她顾不上说话，一溜儿小跑地奔了庄稼地。她知道李长在的脾气，心里一窝火，就往庄稼地里跑。当年为吃她和长生的醋，还夹着铺盖跑到庄稼地里睡觉，他就这么大能耐。

走到半路上，果然见李长在扛着锄头一个人低着头往庄稼地里走。因为今天有喜事儿，村里人没下地的，有的跟着忙活事儿，有的凑过去看热闹。村外的大田里空空旷旷，一个人也没有。

香梅紧跑几步追上李长在，从后面抓住了他肩上的锄把："长在，你干什么去？"

李长在回过头来："扛着锄，你说干什么去？"

香梅说："你平时懒得屁股生蛆，人家办喜事儿了，你倒去耪地？"

李长在心不在焉地说："他娶他的媳妇儿，我耪我的地，谁碍着谁了？"

香梅急了："你，你什么觉悟啊？就你那点儿小心眼儿，你一撅屁股，俺就知道你拉什么屎。快给俺回去！"说着上前揪住了李长在的耳朵。

李长在"哎哟哎哟"叫着，跟香梅一起回了村。快进村的时候，香梅帮着李长在整了整头发，顺了顺衣服，李长在这才像个人样儿。

等李长在和香梅赶到司令部的时候，院子里已经挤满了人。院子里盛不下，有人上了房，有人蹿上了墙头，实在没地方站的，就站在大门口，站在大街上，能看就看，不能看就在外面听。

香梅拉着李长在死乞白赖地挤了进去。这工夫，婚礼就要开始了。

当新郎新娘穿着新军装戴着大红花站在人们面前的时候，主持人刘涛高声宣布："郭文广、吴桂兰结婚典礼仪式现在开始！"

一阵鞭炮响过之后，刘涛宣布："下面请证婚人李司令讲话。"

人群中响起一片掌声。

李长生也换了一套新军装，还特意把胡子刮得干干净净，人显得很精神。他朝大家摆了一下手，道："同志们，老乡们，今天是郭副司令和吴主任结婚的大喜之日，也是我们五支队全体官兵大喜的日子。所以呢，我心里特别地高兴，首先我代表大家向他们表示祝福。祝福他们恩恩爱爱，幸福美满，白头到老。同时，也祝他们早生贵子，使我们的抗战事业后继有人……我，我就讲这些吧。”

人们都知道李长生善于辞令，在任何场合讲话都是一套儿一套儿的，在这种场合，一定会淋漓尽致地发挥，可没讲两句就戛然而止了。静了一会儿，人们才想起鼓掌，刚开始噼里啪啦，渐渐才热烈起来。

刘涛让新郎新娘介绍恋爱经过，两个人你看看我，我看看你，谁也不主动说。看热闹的人，也没人跟着起哄。后来，郭文秀站出来说，这个项目就免了吧。看热闹的人，也没人站出来提什么要求。婚礼只好往下进行。

“一拜天地！”

“二拜高堂！”

“夫妻对拜！”

“共入洞房！”

又是一阵鞭炮响起，一阵掌声响起。香梅对郭文广道：“还不背新娘子入洞房？”

一直沉浸在幸福之中的郭文广好像是刚回过神来，走过去背起了吴桂兰。在人们的簇拥下，郭文广背起了吴桂兰，向洞房走去。

看热闹的人跟进了洞房，吴桂兰脱鞋上了炕，挨着被子坐下了，低着头，两只手抱在一起，脸显得红润而羞怯，除了头上没盖红盖头，很有些新娘子的味道。

三天没大小。按老井镇的风俗，人们是要闹洞房的。可不知怎么回事儿，不管是进屋的，还是站在院里的，不管是大人还是孩子，个顶个都站着，傻看着，谁也不闹。

郭文秀、香梅不住地给大伙儿撒糖块儿，郭文广不住地给人们递烟、点烟，人们该吃吃，该抽抽，但就是不闹。这让郭文广和吴桂兰稍有些尴尬。

晚上，李长生召集支队领导和各团主官，在司令部院里摆了两桌。事先，他让几个战士专门到白洋淀摸了几条鱼，在自己家里搬来了一坛子酒。香梅和了半盆面，烙了几十张千层饼，桌上一摆就满当了。李长生发表祝酒词，很快把气氛挑起来了。大家站起来频频向新郎新娘祝酒。不胜酒力的郭文广，几杯酒下肚就成了红脸关公，走路一溜歪斜，他举着酒杯兴高采烈地道：“真是天意，娶了吴桂兰是我一辈子的愿望，也是我一辈子的福分。如果哪一天，为她死了，我绝对在所不辞。”

郭文秀觉得郭文广说话有些走板儿了，劝他别喝了，可他就是不听。他说这是他一生中大喜的日子，喝死也值。

吴桂兰打一上桌，就表现得有些心不在焉。李长生怎么表达，郭文广怎么闹腾，她都显得很不在意。在别人眼里，好像她并不是新娘子，而像是在婚礼上蹭吃蹭喝的普通人，任郭文广动情动容地表白，她仅是付之一笑。

李长生情绪也很高涨，他是桌上的最高指挥官，部下们都轮番敬他，他来者不拒，几大碗酒下肚，面不改色心不跳。

郭文广醉得不成样子了，他摇摇晃晃地拉起吴桂兰走到李长生面前，话已经说不利索了：“来，李……李司令，看见没，没有。这……这是我媳妇儿。来，我们……我们两口子共同敬你一杯。”话还没说完，就把碗里的酒干了，又张罗着把酒倒满，拉了一下吴桂兰，“吴主任，媳妇儿，今天是我们的大喜之日，你也喝点儿……说点儿……”

吴桂兰本来一杯酒也没喝，她突然端着碗酒主动跟李长生的酒碗碰了一下：“李司令，谢谢你。”说完，一直脖儿把酒干了个底朝天。

李长生看着吴桂兰的举动，没把酒喝下去，他看着酒碗发愣。

郭文广趔趄着走了两步，扶着李长生的肩膀说：“李司令，我媳妇儿都喝了，你为什么不喝？你说心里话，看我娶了吴桂兰，你心里是不是不舒服？”一听这话，吴桂兰低着头，很不高兴地回到了自己的座位上。

桌上的人本来都在尽兴地喝酒吃菜，一听新郎官儿说这话，都停下了筷子，看着郭文广。

李长在“啪”一声把筷子摔在桌子上，怒视着郭文广，但没人在意他。

郭文秀见郭文广要酒后吐真言，要耍酒风，站起来走过去：“广儿哥，你喝多了，坐下吧。”

郭文广不听郭文秀的劝说，把她扒拉到一边，道：“李司令，我……说句掏心窝子话，这辈子，我应该感谢你的有两件事儿。第一件事儿，就是你收编我参加了八路军，一起打鬼子。第二件事儿，就是你把吴桂兰这么漂亮的媳妇儿让给了我。真是，我太感谢你了，一辈子都感谢你……”

还没等郭文广说完，李长在突然把酒碗摔到了地上，酒桌上的气氛一下子变了。人们都把目光转移到李长在身上。

李长在走到郭文广面前，突然揪住了郭文广的衣领子，喷着酒气骂道：“你他妈逮住便宜卖乖，不要脸！”说着使劲推搡了郭文广一下，便愤然离席。郭文广本来就瘦弱，再加上喝多了酒，脚底下没根，趔趄了一步，摔了个屁股蹲儿。

香梅见状追了出去："长在，喝两口酒你长脸呀你……"

婚宴让李长在搅得几乎不欢而散。郭文广从地上爬起来，酒劲儿就过去了。他脸上显得很难堪，郭文秀见状把他搀回洞房。其他人喝的吃的都差不多了，打着饱嗝分别离席。本来很热闹的小院一下子冷清起来。

5

郭文广和吴桂兰入了洞房。郭文秀在房间里帮着收拾了一阵子，也回去睡觉了。吴桂兰出来送她，她把门掩住不让送。

吴桂兰还是坚持把郭文秀送出了大门口，回来的时候碰上了李长生。两个人显得很不自在。

吴桂兰低着头："李司令，还没睡哪？"

李长生从口袋里掏出手电筒往远处照了照："我去查岗。"

警卫员马上跟了过来，打算跟李长生一道查岗，李长生说："你回屋睡觉吧，我自己去。"说着，打着手电筒出了大门。

李长生与其说是去查岗，倒不如说是有意逃避。他和郭文广各住一间正房，以前晚上不管是开会还是聊天，完了，两个人各回自己屋睡了。尽管两个房间只隔两个门帘，打呼噜、说梦话、放屁、咬牙等等毛病，互相都听得见，但两人互不干涉，都睡得挺香挺踏实。可今天不行了，郭文广的那间房变成了洞房，尽管细心的郭文广又加了一个厚厚的门帘，但还是隔不住音。风刮起来，门帘一舞动，两个房间的通道基本上就打开了。更重要的是，新娘是吴桂兰，是多次向自己表达爱情并苦苦要求嫁给自己的漂亮姑娘，自己又是过来的人。在这样一个特定的空间里，你说这觉怎么睡？

李长生一边走一边回忆与吴桂兰交往的全部过程，想起了第一次在训练场上见到她的样子；想起半夜三更把她从郭家救出并送她到火车站的情景；想起吴桂兰写的那封信；想起母亲在世的时候，如何夸吴姑娘怎么怎么漂亮；想起香梅用心良苦的撮合；想起吴桂兰真诚而大胆的表白……他想着想着，心里有些乱了。

走着走着，李长生下意识地回了一下头，他隐约感觉背后像有人跟着自己，或者盯着自己。他用手电筒往回照了一下，果然发现在司令部大门口孤零零地站着一个人。仔细一看，是吴桂兰……

第三十一章　送五万斤粮食到冀西

1

青纱帐起来了。李长生早就憋着一股劲儿，想利用青纱帐，好好跟小鬼子打几个漂亮仗，扭转一下冀中抗战斗争的被动局面。

就在这个时候，军区发来一封电报，命令五支队速运五万斤粮食到冀西。

这个电报，一下子改变了李长生的整个作战计划和复仇的决心。李长生在冀西待过，了解那里的情况，聂司令员下的那道禁止部队在驻地附近捋树叶的训令，至今还在他脑海里翻腾着。他也曾主动向聂司令员提出要从冀中送一些粮食到冀西，让军区首长和机关的同志，也能吃上饱饭。在整个华北，冀中是天然粮仓，再加上这些年坚壁清野，存了些粮食，但一下筹集五万斤，也是个要命的数目。

李长生把筹集粮食的任务交给老黑头。老黑头眉头皱得相当难看：“五万斤粮食，这不是要我的命吗？”

李长生脸上也不好看：“你是老井镇人民政府的镇长，不找你找谁？”

老黑头去找李长在，李长在一听说是五万斤，也愁得直嘬牙花子。

李长在蹲在地上抱着脑袋发呆，这是他遇到难事的习惯动作。香梅过来揪了一下他的耳朵：“别死拉着个脸啦，快筛锣去呀！”

李长在站起来，在院子里转了两圈儿，正要出门，迎面碰上李长生，他也叮嘱一句：“听着点儿啊，限一个星期的时间。”

李长在回过头来嘟哝道：“好不容易等到青纱帐起来了。不打鬼子，弄什么粮食？”

李长生紧追两步道："长在，我告诉你，眼下，运送粮食，比打鬼子还重要。你当副镇长，必须认识到这一点。不然，你怎么在老百姓中搞宣传？"

香梅说："哥，你放心吧，老井镇人都有这个觉悟。"

李长在不知道又嘟哝了些什么东西，就出去筛锣了。不一会儿，大街上就传来了李长在近似沙哑的声音："老少爷们儿都听着啦，冀西遭灾啦，部队没粮啦，战士挨饿啦，鬼子没法儿打啦。啊！家家户户都把地窖打开，留下口粮，把余粮送到司令部。三斤五斤不少，百儿八十不多，就看你的觉悟啦……"

李长生听着，心里一乐。李长在就这德性，属驴的，说尥蹶子就尥蹶子，轰着不走打着走。可一旦走起来，就不用管他了。

香梅也抿嘴乐了。

老井镇毕竟是抗日堡垒村，人人都是有觉悟的。听到街上的筛锣声，听到副镇长李长在那一大段动员词儿，谁也没有怠慢，赶紧下地窖弄粮食，扛着布袋麻袋就往司令部大院搬。大街上人来人往，忙忙活活，既像过年过节，又像赶集上庙。

五万斤粮食毕竟不是小数目，尽管老井镇人家家倾其所有，但还是凑不够。李长生着急，老黑头上火，李长在愁得吃不下饭睡不着觉，见谁都想尥蹶子。

香梅回了趟娘家，弄来了几十斤玉米，回来的路上碰上郭文秀。郭文秀受到了启发，第二天带着剧社的演员们到邻村去搞宣传，一边贴标语，一边表演节目，一边搞演讲。这么一折腾，十里八乡的老百姓都动员起来了，都背着粮食往老井镇送。果真不到一个礼拜的时间，五万斤粮食收齐了。

看着院里院外堆满的粮食，老黑头乐了，李长在乐了，都向李长生表功。可李长生还是乐不起来。这么多粮食，如何穿过鬼子的道道封锁线，一粒儿不少地送到二百多公里以外的冀西，真比端几个炮楼还难。

围着满院子粮食转了几圈儿，李长生眉头还是紧锁着，老黑头莫名其妙："粮食凑齐了，你怎么还耷拉着脸子？"

李长生没接老黑头的话茬儿，托着腮帮子想了一会儿，把一个装满粮食的袋子扎上口，放在李长在肩上。

李长在扛在肩上很轻松地在院里走了一圈儿，很不在乎地道："这有什么？走起来跟玩儿似的。"

李长生接过粮食袋子放在肩上，走了几步放下了："这办法不行。一来道儿远没轻重，走上三五天，脖子压得受不了。二来这个扛法儿，不好抬头看路。"

李长在说："扛粮食不就这个扛法儿吗？还能用胳肢窝夹，又不能像鸟一样用嘴叼？"

李长生摇摇头，但一时又想不起好办法。

这时，一位长须老者把李长在叫到跟前问："这粮食一个人背多少斤？"

李长在说："四五十斤吧。"

老者捋了一下胡须："我们年轻的时候往朝廷里背过粮食，都是用裤子背。"

李长在好奇地道："裤子？"

老者不容商量地指着李长在道："你把你的裤子脱下来。"

李长在左右看了看，很不好意思地说："大白天的，这，这怎么脱呀？"

一个年轻小伙子跟李长在开玩笑："长在，你里边儿没穿裤衩儿吧？"

院里的人都跟着笑起来，女人们笑得更欢。几个半大孩子跟着起哄："哎！哎！没穿裤衩儿。"

李长在脸红了："去你的！你才没穿裤衩儿呢。"说着，把外面的裤子脱下来递给老者。

老者接过裤子，笑笑："你把大家伙儿都叫过来。"

李长在对着人们朝门外招了一下手："听见没？大家伙儿都过来！"

听到喊声，人们都挤进院内。

老者用绳子很利索地把两个裤口扎起来："来，把粮食倒进去！"

几个人过来帮忙，把粮食分别倒在了两个裤腿儿里。老者又用绳子把腰口扎了起来，然后把装满粮食的裤子提起来挂在了脖子上，很轻松地走了起来。

大家好奇地看着背粮食的老者。老者把粮食放了下来说："这种背法儿既方便又省力气。你们过来试试。"

李长在首先试了试，走了几步，感到很轻松。紧接着大家都抢着试了起来。

老者道："这样背，粮食的重量不都集中在肩上，也不需用手死死地抓着布袋口，歇着的时候还可以枕着它躺一下。”

李长生眼睛一亮，上前握着老人的手说：“老人家，你可立大功了。”

老者捋了一下胡须：“可惜啊，老喽。要是年轻上个十岁八岁，我也跟着大伙儿走一趟。”

李长生竖起大拇指说：“老人家，你传授的这个背粮方法，就是这次送粮的最大功臣。”

李长在对大伙儿说：“别看了，回家拿裤子去吧。”

有人开玩笑：“我就一条裤子，装了粮食就得光屁股了。”

大伙儿哄笑。

李长在嘴更不饶人：“用你媳妇儿的。你媳妇儿在炕头儿闲着，穿不穿都行。”

大伙儿大笑。

开玩笑的人追着李长在打。

2

吃过晚饭，李长在一推饭碗出去了。香梅洗刷完锅碗，堵上鸡窝，回屋点上灯，坐在炕上赶做裤子。灯光把她穿针引线的姿态映在窗户上。

不知什么时候，李长在蔫蔫地回来了，凑到香梅跟前殷勤地道：“我不是有两条裤子吗？你怎么还做？”

香梅说：“俺也要去送粮。”

李长在没马上答话，磨叽了一会儿，慢条斯理地道：“你有了。万一有个三长两短，咱就是两条性命……”

香梅像没答李长在的话，继续做自己的针线。

李长在很没趣，过去在香梅的腿上抓痒痒。香梅用针在他手上扎了一下。李长在“呀”的一声把手缩了回去。

香梅马上又捏住了李长在的手指头：“俺看出血没？”

李长在说：“没事儿。哎？我刚才说的话你听见没？”

香梅停下手里的活儿，把手里的线用牙咬断，用手指头点了一下李长在的鼻子：“对你这种人，就得时不时地给你扎一针，让你长点儿记性。”

李长在赶紧道：“领教了，千万别扎了。说正事儿吧，你别去了好不好，算我求你了。”

香梅道："俺现在身子还没显形儿，又不碍事儿，为什么不能去？"

李长在抚摩着香梅的肚子："铁锤儿没了，咱好不容易怀上。"

香梅眨了一下眼睛："看来你不是惦记俺，是怕俺给你们老李家断了香火。"

李长在嬉皮笑脸："你说这话可没良心。"说着抓住香梅的手要跟她亲热。

香梅把他推到一边："去去去！别跟俺犯贱啊。俺没空答理你！"

李长在急了："我是副镇长，我想让谁去就让谁去！"

香梅也不示弱："你拿着镇长当官儿了，还是个副的。狗屁！俺要抗日，俺要送粮，谁也管不着！"

两人正说着，李长生一掀门帘进来了，后边跟着吴桂兰。

吴桂兰一进屋就说："嫂子，我来告诉你，这次送粮没你的份儿。"

香梅问："为什么？"

吴桂兰坐在炕沿上说："每家只去一个人，留下一个人看家。"

香梅把身子向吴桂兰靠了靠："俺家没老没小的，门一锁就得了，看什么家？再说了，三兔家、老万家、李乐家，不都是去俩人吗？"

吴桂兰指了一下香梅的肚子："你不是有特殊情况吗？"

香梅愣了一下像是明白了什么事儿，朝着李长在的屁股打了一下："又是你那张臭嘴！"

吴桂兰说："别管谁说的，就这么定了。这是镇长让我传达的命令。"

香梅把手里的裤子扔到炕上："不行，俺就要去！"

吴桂兰严肃地道："这是命令！"

香梅也把脸绷了起来："那俺就违抗一次命令！"

李长在猛地把笤帚疙瘩扔到炕上，弄得动静很大："反了！你敢违抗命令？"

吴桂兰看看李长生："司令员，你说怎么办吧？"

李长生笑了一下："我同意香梅去。"

李长在用不满的眼神看着李长生。

香梅一边说话一边下炕："得了，你们还有什么话说吗？"

这工夫，老黑头进来了，要李长在到司令部去帮着称粮食。李长在看了一眼香梅，跟着老黑头走了。吴桂兰坐了一会儿，见李长生和香梅都不说话，觉得他们之间像有什么话要单独说，站起身来走了。

屋里只剩下了李长生和香梅。李长生说："其实，你可以不去，毕竟身子不方便。"

香梅一下子流了泪："咱娘在世的时候，不论大事儿小情，只要是上级号召的，都抢着去，没分过男女，没分过老幼。俺一个妇道人家，年纪轻轻的，不能上前线打鬼子，背背粮食，还做不到吗？"

李长生掏出手绢递给香梅。

香梅接过手绢一边擦泪一边说："再说咧，你想想，你们哥儿俩都去了，镇上像俺这个年龄的男男女女都去了，俺在家待着踏实吗？"

李长生说："虽然是送粮食，但一路上要通过鬼子的好几道封锁线，危险也不小啊。"

香梅把泪水擦干，摇摇头："别说咧，要死，咱一家就死在一块儿。"说完，抬起头来看着李长生。

3

天黑得严严实实，密密匝匝的，不见月亮，不见星光，偶见的光亮，就是飞舞的萤火虫。整个黑夜里，有两种动静，一种是风吹得高粱叶子或玉米叶子，沙沙作响，听起来声音很大。另一种声音就是青蛙的欢叫。昨天下了一场不大不小的雨，地里、沟里、河里存了些雨水，青蛙们潜伏在水里，或单个，或成群，"哇哇"乱叫，抑扬顿挫，此起彼伏，听起来清脆而嘹亮。

千人运粮大军趁夜色行进在田间小路上，像一条长蛇在蠕动前行。

刚开始出发的时候，人们精神抖擞，力量充足。有的小伙子还手舞足蹈，觉得挺好玩儿。但走到后半夜的时候，困劲儿上来了，力气也消耗得差不多了，好多人就蔫儿了。有人打哈欠，有人走路趔趄，有人甚至栽了跟头。

李长生先是走在队伍的最前面，到后半夜的时候，他把步子慢了下来，人困马乏的情况，他已经发现了。他马上让刘涛传口令："打起精神来！"

口令开始小声在队伍中传：

"打起精神来！"

"打起精神来！"

口令确实管用，人们一下子精神多了。

妇女们走在一起，她们肩上的粮食比男人们轻个十多斤。她们走得都挺精神，只是装粮食的裤子压在她们的脖子上，显得实在不雅观。媳妇儿们还好，都是齐耳短发，压着一半，留着一半。大姑娘们就更别扭了，她们一般都是留长辫子。平时走起路来，两条大辫子在身后一甩一甩的，挺精神，也挺好看的。现在让裤子骑在脖子上，辫子压起来了，难看且不说，别扭得不得了。一个姑娘挺讲究，把两条长辫子很用心地盘在两条裤腿儿上，虽然是黑天，还是让香梅看出来了。她走上去对姑娘说："闺女，这样很危险，弄下来吧。"

姑娘很不在乎地说："俺就这样，有什么危险的？"

李长生接过来说："放下来吧，确实危险。"

听李长生这么一说，姑娘很不情愿地把辫子放下来了。

香梅在黑暗中笑了一下，尽管没出声，还是让李长生发觉了。他上去扶了一下香梅肩上的粮食裤，小声道："累吗？我替你背一段儿？"

香梅连连说："不累，不累。你忙你的去吧。"

郭文秀接过来说："香梅嫂子有特异功能，走着路就能睡觉。"

吴桂兰说："不可能吧？"

香梅说："还真是的，俺刚才走着走着，就做了一个梦。"

吴桂兰抢着说："嫂子，快说，梦见谁了？"

香梅说："忘了。"

几个妇女笑了起来，声音不大。

李长生见郭文秀身上也背着粮食，马上对身后的警卫员说："快把郭社长的粮食背过来。"

香梅也跟着道："文秀可从来没干过这么重的活儿。"

郭文秀一边躲闪一边说："这可是改变我剥削阶级出身的好机会。"

李长生说："放下来吧，你已经改造得不错了。"

警卫员上去接郭文秀身上的粮食袋，郭文秀赶紧跑了起来。

郭文秀走着走着，觉得肩上好像多了一只手，回头一看，是刘涛。

刘涛不说话，硬把郭文秀肩上的粮食往下拉。郭文秀急了："你干什么呀你？"

刘涛说："你别逞强了，路还远着呢。"

郭文秀说："你忙你的去吧。"

刘涛小声道："你挺漂亮的，这么一背，太不雅观了。"

郭文秀说："什么雅观不雅观？我是在为抗战出力呢。"

刘涛还是死乞白赖地往下拽，郭文秀就是不让。

刘涛急了：“你说，我还能帮你做些什么？”接着又凑到郭文秀耳朵跟底下小声说，“我求你了，你让我心里踏实点儿好不好？”

一听这话，郭文秀不再坚持了，默默地让刘涛从她肩上把粮食取走，她低头跟在刘涛后头。

走在后面的吴桂兰、香梅都看到了他们的举动。

4

天刚发亮，运粮大军停下脚步，分散在高粱地里歇息。

赶了一夜路的人们，筋疲力尽地把身上的粮食卸下来，以不同姿势躺在地上。李长在在高粱地里来回溜达。他见两个年轻人压倒了庄稼，一下子急了：“快起来！起来！你们不是庄稼人啊？”

两个年轻人磨蹭了一下，都站起来，找了个空地方躺下了。其中一个年轻人问道：“长在，撒尿、拉屎怎么办？”

李长在不客气地说：“就地解决。男人往东，女人往西。走远点儿啊，别臭着大伙儿！”

接到李长在的命令，人们开始分散解决问题。一整夜的时间，光顾走路，谁也没顾上拉尿，憋急了，不管是往东还是往西的，没走多远，就稀里哗啦地方便起来。天刚亮，四周还很静，这稀里哗啦声格外响亮、清脆。

郭文广也憋急了，他正要往东走，却见吴桂兰独自蹲在地上。起初，他以为她在解手，但一看那位置不对，离男人们太近了。吴桂兰一向是很讲究的人，不会这么随便。他走过去，蹲下身子，小声地问：“桂兰，你不舒服？”

吴桂兰捂着胸口说：“恶心，想吐。”

郭文广心疼地道：“你等着，我去找军医。”

吴桂兰拦住他：“不用了，一会儿就好了。”

香梅走了过来，看看吴桂兰的脸色和神态，笑了：“吴主任八成是有喜了。”

郭文广惊喜地叫了一声：“是吗？真的？”

吴桂兰瞪了郭文广一眼：“当着这么多人，你瞎叫什么？”

郭文广很不在乎地道：“那有什么？郭家有后代了，我高兴！”

吴桂兰站起来纠正道：“不是郭家，是革命有后代了。”

这工夫，郭文秀也凑过来了，刚才的话她都听到了，忙接过来说：“这不矛盾，我们郭家不也参加革命了吗？”

吴桂兰打了郭文秀一下：“关键时刻，你还是站在郭家立场上说话，忘了统一战线啦？”

郭文秀道：“别忘了，你现在是郭家的媳妇儿，也是统一战线的产物。”

几个人都笑了。人们开始散开，就地休息。

吴桂兰拉起香梅和郭文秀朝一边走去，郭文广恋恋不舍一声不吭地跟在后面。吴桂兰感觉到了，回过头来有些不快地道：“你还不去休息，跟着我们干什么？”

香梅也回过头来道：“吴主任有俺和文秀照顾呢，还不放心哪？”说话的工夫，发现不知什么时候李长在也跟了过来，嗔怪道，“你干什么？像个跟屁虫儿似的。”

李长在厚着脸皮道：“好好歇着，当心自个儿的身子骨儿。”

香梅不领情地道：“真是咸吃萝卜淡操心。”

郭文秀道：“她俩都是重点保护对象，都交给我了。你们都去休息吧。”

郭文广、李长在不好意思再往前凑合了，互相看看，找地方休息去了。

天大亮了，行走了一夜的人们，有的枕着粮食口袋很快进入梦乡，有的在啃干粮。出发的时候，李长在通知各家各户，备足三天的干粮。所谓的干粮，就是玉米面饼子，稍富裕点儿的人家，带的是白面饼，或者是包皮火烧。所谓包皮火烧，就是外面一层是白面，里面是玉米面。看上去好看，吃起来也比玉米面饼子稍好吃一些。

5

太阳还没出来，高粱叶子上面、小草上面都是露水，稍一挨近，衣服就会打湿。累散了架的吴桂兰不管不顾倒头就睡。香梅急忙把她拉起来，找了一块既没庄稼、又没小草的地方，把自己的外衣脱下来铺在地上，让吴桂兰先懒散地躺在地上。

刚躺下，香梅很快又起来了，她走了几步，用手在庄稼叶子上抹了一下，露水把她的手打湿了，她把露水擦在脸上，直到把脸洗干净，才回来躺下。

这些动作，都被吴桂兰看到了。她挪了一下身子道：“到底是老井镇的大美人儿，到这会儿，还顾得上这么讲究？”

香梅翻身面向吴桂兰：“都孩儿他娘了，还美个屁！哪比得上你呀，细皮嫩肉的，哪个男人见了不稀罕？”

吴桂兰翻了个身，没正面回她的话：“嫂子，走了一夜的路，你不累呀，嘴还这么快活？”

香梅打了个哈欠：“刚开始，还真是困得眼皮直打架，两腿也发软。也不知怎么，一躺下反倒精神了。”

吴桂兰问道：“嫂子，你真有走着路睡觉的本事？”

香梅道：“瞎说呗。我真有那本事，还要炕干什么？”

吴桂兰诡谲地笑了一下：“那不行啊。没炕，长在哥也不干啊。”

香梅偷着拧了吴桂兰一把。吴桂兰“哎哟”一声叫了起来。

睡在离她们不远处的郭文秀嗔怪道：“你们不困哪？”

香梅小声道：“你看，惹你小姑子生气了吧？”

吴桂兰冲郭文秀道：“有人要死要活地替你背粮食，把心都掏给你了。你还困啊？”

香梅跟着道：“就是啊，心里多暖和呀。”

郭文秀叹口气：“你们有情人都终成眷属了，还不许有人可怜可怜我？”一听郭文秀这话，两人都不言语了。她们都闭上眼睛，准备睡觉。

不一会儿，高粱地里，鼾声连成一片。

吴桂兰眯了一会儿，还是睡不着，她翻过身来，忽然觉得身子底下有个软软的、凉凉的东西，她用手一摸，惊叫一声：“哎呀！”

香梅坐起来：“怎么啦？”说着，去掀吴桂兰的衣服，发现下面睡着一条蛇。她不慌不忙地抓住了蛇的尾巴提了起来，那蛇回了一下头，很快又乖乖地把头低了下去。

香梅提着蛇走到一个水坑，把蛇放了。那蛇游了一段儿，回过头来很友好地看着香梅，游走了。香梅笑了。

香梅回来的时候，吴桂兰还在惊魂未定的状态。这些动作也让郭文秀看见了，她也吓得张着嘴。

香梅很轻松地说：“睡吧，没事儿了。”

吴桂兰说：“嫂子，你胆子真大。”

香梅说：“这有什么？俺婆婆胆儿更大，她能把蛇缠在腰里。”

吴桂兰说："真是太让人佩服了。"

香梅说："快睡吧。"

吴桂兰翻过身去，眯了一会儿，睡不着，又翻过身来，捅了一下身边的香梅，小声道："嫂子，睡着了吗？"

香梅睁开眼睛："没，没有。不知怎么回事儿，困吧，就是睡不着。"

吴桂兰道："想什么呢？"

香梅侧过身来道："想起俺婆婆和铁锤儿来了。俺婆婆在世的时候，说俺臀宽腰细，要生就生一窝儿小子。"

吴桂兰道："那你就等着抱儿子吧。"

香梅道："按说俺这脑筋没那么封建，闺女小子都一样。可现在看来，不行。闺女就是闺女，小子就是小子。打起仗来，还是男人比咱女人顶用。"

吴桂兰道："我过去也是不服。这几年，跟着李司令他们在一起，也比较出来了。所以呀，你一定要好好保护你肚子里的儿子，长大了早点儿接咱们的班儿。"

香梅又打了个哈欠："你也一样，可得好好珍惜。你没见，郭副司令一会儿也离不开你。"

吴桂兰却叹了口气："咳。我真不想这么早就要孩子，行军打仗，东跑西颠的，多不方便啊。"

香梅说道："那也得要。小日本儿越是杀人不眨眼，咱女人越是要拼命生孩子。让小日本儿看看，中国人是杀不完的。"

吴桂兰又叹了口气："嫂子，你真有觉悟。说实话，我很佩服你，也很羡慕你。"

香梅道："俺一个庄稼妇女，有什么值得羡慕的？"

吴桂兰仔细看着香梅的脸，半晌才道："嫂子，你没觉得你很幸福吗？"

香梅想了一会儿，道："咳，庄稼人有什么幸福不幸福的？有男人，有孩子，稀里糊涂过日子呗。"

吴桂兰压低嗓门道："嫂子，你真是身在福中不知福啊。一个女人，让一个深爱自己的男人要死要活地放不下，那才叫真正的幸福啊。"说着，她感觉自己流泪了，为了掩饰自己，她说完把脸扭向一边。

第三十二章　夜行晓宿

1

瘦驴脸带着几个汉奸骑着自行车，头上扎着白毛巾，腰里别着盒子枪，在老井镇一带乱转。逢人便打听，八路军主力哪去了，村里的民兵哪去了，年轻人都哪去了？一直没有打听到准确消息。

后来，瘦驴脸请一个老地主在小酒馆里吃饭。几杯酒下去之后，老地主说了实话。

当年暴动的时候，老地主的家被抄过。这次，八路军又从他家弄走了几百斤麦子，一直怀恨在心，正找不到地方发泄，他发现瘦驴脸这帮人有些来头，就把自己知道的情况一股脑地说了个痛快。瘦驴脸问老地主，那些背粮食的人什么时候走的，朝哪儿走的，他们打算把粮食送到什么地方？老地主只知道有一千多人背粮食，是用裤子当口袋背的，粮食大概有五六万斤，剩下的就不知道了。

听到这儿，瘦驴脸知道再也打听不出什么情况来了，给老地主扔下两个大洋，骑着自行车带着自己的弟兄回到了日军兵营，向藤藤汇报了情况。

藤藤对他侦察到的情况不太满意，重要的是要搞清运粮队伍的出发时间和行走路线。瘦驴脸不服气，他想：一千多人马，背着五六万斤粮食，动静小不了，无论什么时间走，走哪条路，他也得露出马脚来，除非他长了翅膀在天上飞。

挨了藤藤的一顿训斥，瘦驴脸又带着人，骑上自行车出发了。凭着自己是本地人，人熟地熟，说什么也要找到运粮队伍的线索。

瘦驴脸这次把人都分散开了，仨人一群，俩人一伙儿。有走大路的，有走小道儿的，有穿高粱地的。走大路的骑自行车，走高粱地，空身走。他不相信，就跑不过背着几十斤粮食的人。

瘦驴脸带着的那几个人是空着手穿高粱地的。他们身上背着盒子枪，腰里还别着匕首。这匕首一来可以当武器，二来可以在地里削玉米秸或高粱秸。眼下，玉米吐穗了，高粱发红了，秸秆儿也就可以吃了。从小在冀中平原长大的瘦驴脸这些人，知道一些玉米秸和高粱秆可以当甘蔗嚼，又脆又甜水分又大，既解渴又解馋。在外边转一天，身上带着干粮，饿了就吃，渴了就嚼玉米秸，或高粱秆，舒服着呢。

瘦驴脸正蹲在地上嚼玉米秸，一个汉奸突然惊叫了一声。瘦驴脸拔出盒子枪骂道："你奶奶的！遇到鬼啦，瘆人呼啦的！"

瘦驴脸跑过去一看，那个汉奸踩了一脚屎，正拿高粱叶子一点儿一点往下刮呢。另外几个汉奸捂着鼻子咧着嘴，把脸扭到一边。瘦驴脸往四周一看，一大片屎，还有一片一片的尿。再往一边走走，发现有人躺过的痕迹。另外几个汉奸也发现了很多人躺过的痕迹，有人还找到了烟头。瘦驴脸笑了："这么多人跑到高粱地里来拉屎、睡觉，不就是背粮食的那些人吗？"

几个汉奸都认同瘦驴脸的判断。

瘦驴脸马上又做出了新的判断："这么多人马白天肯定不敢走，更不敢走大路。一定是夜行晓宿，抄小路走。"

几个汉奸纷纷点头。

瘦驴脸往天上看了看太阳："这会儿他们肯定在高粱地里睡大觉。走，顺着他们的脚印儿追！"

2

远处近处不断传来蛙鸣声和蛐蛐的叫声，天要发亮了。

李长生看了一下手表，回头问身边的刘涛："昨天夜里走了多少里？"

刘涛回答道："一百二十里。"

李长生又问："准确吗？"

刘涛自信地说："我按地图量的。村里有人走过这段路，他们说的也是这个数儿。"说着，掏出地图给李长生看。

李长生用手指头在地图上沿着运粮队伍走过的路线划了一遍，指着地图上的铁路道：“再有三十里路就到铁道线了，原地休息。”

郭文广凑过来说：“一路上，我们也没跟鬼子遭遇，估计铁道线上一定设了卡。”

李长生道：“鬼子在铁道线上设卡，那是肯定无疑的。所以，我们要绕开大路，找隐蔽的地方过铁路，争取不跟鬼子接触。至少不能直接冲突。”

郭文广点点头，他觉得有眼前这个李大个子司令员，自己压力小多了，省心多了，也踏实多了。想起上次私自突围给部队造成的损失，再想想不假思索回老井镇给乡亲们带来的灾难，他一直负疚自责，也一直想找一个机会，好好表现一下自己，以减轻这种自责与负疚。

郭文广想说些什么，李长生打了个哈欠，说：“睡吧。”

郭文广没说话，找了个地方躺下了。

天还没亮利索，还有稀稀拉拉的星星闪烁，不时有萤火虫飞过，闪着绿光。高粱地里朦朦胧胧，婆婆娑娑。

人们又跟前两天一样，进了高粱地，放下粮裤袋，吃干粮的吃干粮，撒尿的撒尿，睡觉的睡觉，哗啦啦，横七竖八，躺倒一大片。

李长生又打了个很夸张的哈欠，本想倒头便睡，但他摇了摇头，用力眨了眨眼，强迫自己清醒下来。再次打过哈欠之后，他站了起来。

郭文广本来已经睡着了，李长生一个夸张的哈欠又把他打醒了。他见李长生站了起来，便问：“李司令，怎么不睡呀？”

李长生道：“你睡吧，我转转。”

李长生把胳膊举起来冲着高粱穗伸了伸懒腰，然后轻手轻脚地在高粱地里穿行。

运粮队伍已经走了三整夜的路，照这个速度，今天晚上通过封锁线，明天天亮前就能到达冀西。刚刚发过电报，报告了运粮队伍的位置和有关情况。军区回电，将派部队在冀西边界接应。还好，走了三整夜的路，没有遇到敌情，也没出现任何意外。但李长生并没有任何乐观的表现，穿小路，走田埂地埝，夜行晓宿，凭着熟悉地形，可以七绕八绕，但铁路怎么也绕不过去。鬼子也一定会在铁路沿线设岗布哨，严加防范。所以说，能不能安全通过铁路线，不流一滴血，不伤亡一个人，把粮食一粒儿不少地送到目的地，是完成任务的关键。

李长生实在睡不着，他要看一看，大家身体状况怎么样，精神状态怎么样。每个人背着几十斤粮食连续行军三整夜了，体力能不能支撑得住。他看到，大部分人都睡了，各种姿势都有，有的人在啃干粮，有的人在重新扎粮食口袋。这么多人躺在庄稼地里，几乎没人说话。

李长生不知不觉地走到了妇女们睡觉的地方。这不是女兵宿舍，又是大白天，他完全可以查铺查哨。另外还有个原因，他是要看一看香梅和吴桂兰，看看她们睡了没有，休息得怎样。不知为什么，自出发以来，他格外惦记起这两个人来。

然而，李长生找了半天却没找到香梅和吴桂兰。运粮队伍中有一百多名妇女，都横七竖八地躺着，专门找一两个人也不容易。他正转身往回走的时候，却发现身后跟着郭文广。不用问，郭文广也是来看吴桂兰的。自打小两口儿结婚后，从来没有分开过。在五支队，从首长到士兵都知道，郭文广离开吴桂兰一会儿的工夫，就像丢了魂儿似的。

就在这时，不远处突然传来几声清脆的枪声。李长生、郭文广马上拔出手枪，向枪声响过的地方跑去。等他们跑到高粱地边的时候，几个站岗的战士已提前赶到了。只见吴桂兰和香梅从对面的水坑旁边气喘吁吁地走过来。

李长生问："怎么回事儿？"

吴桂兰说："发现几个可疑的人，一直顺着我们的脚印儿走。"

香梅说："有一个人是瘦驴脸，就是带着鬼子包围老井镇的那个汉奸。"

吴桂兰说："他们鬼鬼祟祟的，我问他们是干什么的？他们撒腿就跑，我就开枪了，打死了一个。"

李长生看了一下，果然地上有一具尸体。

一个战士说："他们肯定去给鬼子报信儿了。司令员，我们去追吧。"

李长生说："好。找不到目标，就马上回来。这些汉奸都是当地人，他们跟我们一样熟悉地形。"

几个战士沿着地边追了过去。

郭文广看着吴桂兰，嗔怪道："你们两个不好好休息，跑到这儿来干什么？"

没等吴桂兰说话，香梅接过来说："是我领吴主任来的。好几天没洗脸了，我看见那儿有一洼水，就带她来了。"

郭文广批评道："真是乱弹琴！"

不知什么时候，李长在也过来了，还有一些人听到枪声跑过来了。李长在对香梅埋怨道："现在是执行任务，你还瞎臭美？"

香梅理了一下头发，没说话。

李长生对大家说："好了，好了，别说了，大家赶快转移吧。"

人们都从地上紧张地爬起来，又开始行军了。

3

瘦驴脸急急火火地跑回日军兵营，向藤藤气喘吁吁地汇报了在高粱地看到运粮队伍的情况。

藤藤激动地站起来，直奔地图，瘦驴脸也跟了过去。藤藤拿着放大镜找了找，然后指着一个地方，让瘦驴脸确认。瘦驴脸凑过去看了看，也没看出个所以然，就点头说是。藤藤转过脸来用狠狠的眼神盯着他。瘦驴脸突然发现了地图上的一片坟地，忙说："没错。就是这儿。"

藤藤又用放大镜在地图上比画了一会儿，放下放大镜，离开地图，背着手来回踱步。

瘦驴脸在藤藤身后跟了几步，感到有些莫名其妙，问道："太君，还不快派皇军把他们一勺儿烩了。我看见了，他们人多，但都是老百姓，每个人都扛着几十斤粮食，根本跑不动。"

藤藤回过头来龇着牙笑了一下："你们是不是交了火？"

瘦驴脸也笑了一下："是啊。我打死他们两个。怕耽误事儿，就赶紧跑回来报告。"

藤藤再也不笑了："你是中国人，你应该明白，他们有那么傻吗？现在还能躺在高粱地里睡大觉？"

瘦驴脸尴尬了一下："那倒是，可他们那么多人，身上又背着粮食，能跑到哪儿去？"

藤藤又回到地图跟前，拿起放大镜指着地图上的铁路道："既然到冀西，不管走哪条路，他们也得过铁路。皇军就在这儿等着他们。"

瘦驴脸凑过去看了看："还是太君高明，守株待兔。"

藤藤接着说："他们白天肯定不敢过铁路。"

瘦驴脸说："那是，白天他们不是拉屎，就是睡觉。晚上才敢走。"

藤藤拿起电话哩哩哇哇不知道说了些什么。瘦驴脸虽然会几句日语，但藤藤说得太快，他一句也没听懂。

藤藤放下电话，回头对瘦驴脸道："组织你的人马马上出发！"

瘦驴脸低头："嘿。"

4

天又黑了，因为阴天，一点儿星光月光也不见，天出奇地黑。四周出奇地静，静得甚至连高粱叶子的摩擦声也没了，小虫小鸟也不叫了，什么声音也没了。不一会儿，忽然刮起了一阵风，风不大，好像是西南风，高粱叶子的摩擦声开始出现了，而且很响，紧接着下起雨来，是小雨。老井镇人管这样的雨叫蒙星雨。这样的雨，下得细，下得慢，只要不刮大风，就会下个没完没了。

经过一天的休息，运粮大军冒着小雨又出发了。绵绵细雨湿衣裳。没走多大工夫，他们的头发、衣裳都被打湿了，脸上也挂着雨水。人们一边走一边骂老天爷，平时秋天该下雨，它就是不下。现在干干净净地走路了，它又来劲儿了，真是添乱。

李长生看出了大伙儿的情绪，他打着手电筒看了看地图，对刘涛道："向后传，快点儿！离铁路还有二十里了！"

人们一个一个向后传："快点儿！离铁路还有二十里了！"

走了一阵子，李长生又对刘涛道："向后传，快点儿！离铁路还有十里了！"

人们一个一个向后传："快点儿！离铁路还有十里了！"

这种传法在此时很管用，人们的脚步逐渐加快了，而且身上一下子觉得轻快了许多。天上水蒙蒙的，地上湿漉漉的，高粱叶子上有了些雨水，碰上去就会感觉得到有些凉意。这倒使困倦的人们感到了清爽和惬意，心情变好，脚步刷刷。

"离铁路还有五里啦！"

"离铁路还有五里啦！"

运粮的人们基本上都没到过冀西，但知道到冀西必须过铁路。也就是说，过了铁路就到冀西了，运粮任务也就完成了。听说离铁路只有五里路了，人们更加兴奋起来。五里路算什么？也就是老井镇到五里铺的距离，走上半拉钟头儿就到了。

第三十三章　血染的粮食

1

在妇女们中间，吴桂兰一直走在最前头。她虽然肩上没扛着粮食，但身体毕竟不如那些庄稼妇女们结实硬朗。连续走了几夜的路，她两腿发沉，像灌了铅，两只脚也磨了一大堆水泡或血泡。前天上午，香梅给她往鞋里打了些肥皂，走起路来脚底下润滑了，好受多了。她真感谢香梅，生活经验那么多，心还特别细。她走着走着回头看了一眼香梅，见她走路的姿势也变了形，明显不如刚出发的时候精神了。她几次提出背她身上的粮食，可香梅就是不肯。她知道，自己的肩膀是不堪重负的，即使接过来，也坚持不了多久。这工夫，她用手拨开一棵高粱，回头看时正好溅了香梅一头雨水，她连忙说："嫂子，我不是故意的。"香梅却说："没事。挺凉快。"两人都笑了。香梅又问道："离铁路真的只有五里了吗？"吴桂兰说："那还假。加把劲儿，过了铁路就到冀西了。"接着又问："文秀呢？"香梅回头看了看："可能落在后边了吧。"吴桂兰说："我找找她。大小姐看来要掉队了。"香梅说："俺也去。"

吴桂兰、香梅一前一后回头去找郭文秀。吴桂兰身上没背粮食，走在前面，不一会儿就把香梅落下了，她费了很大劲才找到了郭文秀。郭文秀肩上的粮食虽然让刘涛背了，但她还是支持不住了，走起路来一瘸一拐的，挺费劲。吴桂兰追上她，顺手折断一棵高粱递给她做拐杖。郭文秀接过来拄在手上，显得轻便了一些，她感激地看了一下吴桂兰。吴桂兰突然发现身后没有了香梅，正四处找，就听到身后不远处"扑通"一声，紧接着，就听有人喊："香梅掉井里啦！"

等吴桂兰和郭文秀跑到跟前时，井口旁边已经围着一堆人。那口井直径很小，顶多能容下两个人的身子，但井很深，天又黑，里面黑乎乎地什么也看不见。人们对着井口在叫："香梅！香梅！"但里边什么动静也没有。

吴桂兰急出了眼泪，趴在井口大叫："嫂子！嫂子！"井里还是什么声音也没有。

李长在也赶过来了，他把众人推开，声音像哭："铁锤儿他娘，铁锤儿他娘！"哭喊着往井里跳。李长生和另外一个战士死死地拖住了他。

李长生打开手电筒往井里照，看到的是清亮亮的水，还能听到井底有青蛙的叫声。李长生又用手电筒往井壁上照，发现井很深，直径很小，井壁上长满了苔藓。

不一会儿，井水里突然冒出了一个鼓鼓的东西。细一看，是香梅装粮食的裤子，紧接着，又隐约传来香梅在水里的挣扎声……

李长生兴奋地叫了一声："她还活着……"

李长在把身子探进井里大叫："铁锤儿他娘，铁锤儿他娘……"

李长生大声道："大伙儿把腰带解下来！快！"

人们争抢着把腰带解了下来。李长生把腰带一个一个接在一起，几个战士抢着下井。李长在把他们扒拉到一边，哆嗦着双手把腰带系在了自己的腰上。几个战士拽着腰带一截一截往下送。李长在两条腿蹬着井壁慢慢到了水面，他不住地叫着："铁锤儿他娘，铁锤儿他娘……"他很快抓到了装满粮食的裤子，接着又抓住了香梅的手。他很激动，也很兴奋，他断定自己的媳妇儿还活着。香梅被李长在提出了水面，李长在一下子抱住了她。在井上的李长生看到了这一切，他命令战士们往上拉接在一起的腰带。不大工夫，李长在、香梅，还有裤子里的粮食都被拉上来了。

人们先是闪开，又一下子围了上来。

李长在把香梅轻轻地放在地上，他颤颤巍巍地哭喊着："铁锤儿他娘，铁锤儿他娘……"

听不到香梅的声音。

军医马上过来给香梅做人工呼吸，掐人中，折腾了半天，香梅还是没有任何反应。军医累得通身大汗，最后说："她已经死了。"

李长在把军医扒拉开："你娘的！你他妈才死了呢！"接着抱起香梅，不停地叫喊着："铁锤儿他娘，铁锤儿他娘……"

李长生蹲下身子摸了一下香梅的鼻孔，然后拽起李长在：“我们赶路吧。”

李长在仍然紧紧地抱住香梅，死活不松手。

李长生扭过头去擦了一下眼泪：“赶路吧。”

吴桂兰俯下身子，掏出手绢轻轻擦干了香梅脸上的水滴，又帮她理了理凌乱的头发。香梅那张脸显得格外白净与安详。吴桂兰再也控制不住自己了，捧着香梅的脸一声接一声地叫：“嫂子，嫂子啊……”

郭文广拉起吴桂兰：“听李司令的，我们赶路吧。”

吴桂兰扭曲着身子站起来了。李长生对李长在说：“来，咱把香梅放在一个好找的地方，等运完粮食回来，再把她弄回家。”

李长在什么话也不说，小心翼翼地背起了香梅的尸体，朝前走去。

郭文秀哭成了泪人，她不动声色地背起了香梅的粮食。吴桂兰跟她争，她死活不让。

郭文秀很内疚。自己要不掉队，香梅就不会回过头来找。不来找自己，香梅也不会掉在井里。不管怎么说，香梅的死，跟自己有关系。

人们谁也没有说话，背起粮食又出发了。

李长生低头走着，他心里有说不出的难过和愧疚。香梅是他的前妻，现在是自己的弟媳妇儿。可在他心目中，却有着任何人也不能取代的位置，是他一生中最爱的女人。他曾下了很大决心，想忘掉她，可怎么也做不到。眼下，这个让他一辈子也放不下的女人，就这么眼睁睁地走了。他后悔当时不该答应她来送粮食，何况她还怀着身孕。就这样，老李家又有两条人命为抗战牺牲了。

李长生回过头来看着背着香梅的李长在，他真想替他背一会儿，享受一下她趴在自己身上的感受，甚至跟她说几句悄悄话，告诉她，他心里还爱着她。可是他不能。

李长在一声不吭，背着香梅，一步一步向前走去。人们不知道，他要把香梅背到哪里去。

前面又传来口令：“往后传，离铁路还有一里了。”

“往后传，离铁路还有一里了。”

2

藤藤是在做完了以下部署才顾上抽烟聊天的：各路口派了部队，设了机枪阵地，重要路口布置了装甲车，桥头摆了大炮；凡是人能通过的地方，都派了明哨和暗哨，哨兵由日军和伪军组成。部署完这一切，他乘着车逐个路口、逐个哨位都检查了一遍，觉得很得意，摸了摸鼻子下面的黑胡子，对瘦驴脸说：“就是个蛤蟆，也别想蹦过铁路去。”

瘦驴脸笑着附和道：“这回可真要把李长生还有穷棒子们一勺儿烩了。”

藤藤也笑笑，说道：“上次大‘扫荡’，让他们逃出了冀中，算是他们命大。这次又找上门来了，再也不能客气了。”

一辆摩托车快速驶来，在藤藤面前急速停下。一个日本军官下车，跑过来给藤藤打了个敬礼：“报告大佐，上峰来电！”

藤藤展开电报看完耸了一下眉毛，自言自语道：“升任旅团长，马上赴任。”他把电报装进口袋，对那个军官道，“能等我完成这次围剿任务再去赴任吗？”

军官道：“旅团长昨日阵亡，大佐必须马上乘我的车前去赴任。”

藤藤皱了一下眉头，接着又点点头，然后叹口气，自言自语道：“李长生啊，李长生，看来我们是没有缘分呐。”说完，对身边的一个大佐交代了几句，有些遗憾地上了车。

摩托车开着灯光远去，瘦驴脸这才回过神来，他冲着摩托车追了两步。大佐喊住了他。

瘦驴脸有些颓丧地坐在地上。他真不知道自己离开了藤藤，还能不能活。

3

快到铁路路口的时候，侦察员跑过来向李长生报告：“报告司令员，路口发现敌人。”

李长生问：“其他路口呢？”

侦察员说：“都有敌人。”

李长生看了看天上的星星，又看了看夜光表，见指针指向凌晨两点。这时，忽然传来装甲车的声音。他举着望远镜一看，两辆装甲车开了过来。到了卡子口停下了。几十个日伪军哇啦哇啦叫着，持着枪下了车。一个军官比画着手势说了些什么，日伪军们迅速散开。

李长生说：“往后传！原地蹲下，别动！”

人们接着往后传："原地蹲下，别动！"

李长生用望远镜看着敌人的装甲车，一脸焦急。

郭文广紧张地凑过来问："鬼子是不是发现了我们？"

李长生判断道："大概是听到了动静，但不一定知道我们的具体位置。"

郭文广提醒道："那我们应该趁敌人立足未稳冲过去。等天一亮，可就麻烦了。"

李长生摇摇头："不行。人太多，一打起来就乱了。"

郭文广噘着嘴，不再说话了。他回过头来找吴桂兰，他不知道她现在在什么位置。快过铁路了，这也是运粮途中最危险的地段，他格外惦记起她的安全。他想站起来找，但大家都在隐蔽待命，站起来可能会暴露目标，他只好用眼睛找。但天黑，人又多，没找着。

这时，几发照明弹突然腾空而起，把天空和地面照亮。高粱地里，人们的脸都一下子变得雪白。

有人惊奇问道："这是什么东西，这么晃眼？"

李长生道："这是照明弹，谁也别动！"

不远处，传来炮弹爆炸的声音，把寂静的夜空彻底打破。

李长生挥了一下手："往后传，趴下！"

人们一个一个往后传："趴下！"

小雨还在下，人们就地趴下了。

照明弹一亮，郭文广看到吴桂兰了，她跟郭文秀在一起，离他大概有二三十米远。

借着照明弹的光亮，吴桂兰发现了郭文广在看她，并对自己点头。她理解他的用意，但并没特别在意，她把脸扭到一边，见郭文秀在离她不远的地方，蹲在地上喘大气，便说："待会儿我替你背吧，别累坏了。"

郭文秀抬起头来道："不用。这是香梅嫂子用命换来的粮食，我一定替她背到目的地。"

吴桂兰不再说什么，冲着郭文秀举了一下拳头。

突然，一阵机关枪扫来，郭文秀身边的几个人中弹牺牲，她用身体紧紧地护着粮裤袋，一发子弹打在她的胳膊上。她"哎哟"叫了一声，一大片血把她的衣服、粮食袋都染红了。她忍着疼痛，把撒在地上的粮食一把一把地装进裤袋。

这些，吴桂兰都看到了，她匍匐到郭文秀跟前。又一阵机关枪打来，吴桂兰也受了伤，但她还是用身体压住了郭文秀。枪声停了，吴桂兰扯下自己的衣服要为郭文秀包扎伤口。又一阵冷枪打来，几发子弹穿过吴桂兰的前胸，她一声也没吭，静静地倒在了郭文秀身上。

郭文秀摇着吴桂兰：“桂兰！桂兰！”

吴桂兰想睁开眼睛，但使了好大劲儿，还是没睁开。她把头一歪，再也不动了。

又一阵机枪扫射，运粮队伍中又有人牺牲或受伤，但没人乱动。

4

机关枪停了，照明弹熄了。不一会儿，装甲车开走了。

李长生正要指挥队伍过铁路，忽然，不远处走来了几个背枪的伪军。其中一个人还唱着小曲：

提起那宋老三哪
两口子卖大烟……

几个伪军和汉奸凑在一起，在卡子口上坐下来。他们围着一瓶酒开始划拳行令。

李长生对身边的一个战士小声说：“你带几个人从后面包抄过去，把他们抓过来，一枪也不能放！”

几个伪军喝得兴致正浓，几个战士悄悄绕到他们身后，很利索地缴了他们的枪，并把他们绑了起来。

几个伪军被带到了李长生面前。

不知是谁先发现的，走在最前面的一个俘虏是大汉奸瘦驴脸，刚才那歌就是他唱的。

李长生问：“你就是带着鬼子血洗老井镇的瘦驴脸？”

瘦驴脸低着头道：“你们认错人了，我不是……”

一个老汉上去揪住瘦驴脸的脖子：“你个狗汉奸，还想抵赖！扒了皮也认识你的骨头。”

又一个年轻人上去给了瘦驴脸一拳：“你带着鬼子杀了老井镇多少人，还让鬼子烧了我们的麦子！”

瘦驴脸一看这么多人都认识自己，低下头不说话了。

人们举着拳头喊："弄死他！弄死他个狗汉奸！"

李长生示意大家不要激动，不要出声。

李长生问瘦驴脸："你想不想活？"

瘦驴脸："想活。"

李长生："你跟我说实话，鬼子的巡逻车多长时间来一趟？"

瘦驴脸："俩钟头儿。你们赶紧过铁路吧，要不就来不及了。"

李长生："你说的是实话吗？"

瘦驴脸："说瞎话，你崩了我。"

李长生："好，那我们就给你留条活命。"

李长生命令几个战士把瘦驴脸和几个伪军绑在了卡子口旁边的大树上，并在他们的嘴里塞了毛巾。

又一发照明弹打过之后，庄稼地恢复了平静。四下里一片漆黑，小雨还在稀稀拉拉地下。人们静静地趴在地上，睁大眼睛仰望着天空。

李长生看了看夜光表，时间是凌晨两点十分。他大声命令："快！过铁路！两个小时一定要过完！"

人们听到命令，齐刷刷地从地上爬起来，背起粮袋跑出高粱地。

人们往后传："快过铁路，俩小时过完！"

"快过铁路，俩小时过完！"

"……"

5

郭文广找到吴桂兰，发现吴桂兰静静地躺在郭文秀的怀里，旁边还有几具尸体。受了伤的郭文秀正抱着吴桂兰的尸体撕心裂胆地哭。郭文广上去把郭文秀扒拉开，抱起了吴桂兰，他用颤抖的声音叫着："桂兰！桂兰！"

吴桂兰静静地闭着眼睛，虽然她满身都是血，但脸是干净的，一点血也没有，保持了生前的美丽。

郭文广大哭："桂兰，你看我一眼，你不能死啊……"

李长生也过来了，他蹲下身来，静静地看着吴桂兰，看着她白净而俊俏的脸，雨水和泪水在他的脸上一起奔涌而下。

郭文广抱着吴桂兰的尸体大哭，几个战士费了好大劲才把他拉开。

李长生对着吴桂兰的尸体默默地道："桂兰同志，再见了，我们会来看你。"然后又对大家大声道，"过铁路吧。"

人们回着头，流着泪，向吴桂兰告别，然后，匆匆穿过铁路。

学着李长在的样子，郭文广也背起了吴桂兰。他不像李长在力气那么大，刚背在身上就跌倒了。李长生过来帮他，他不让。李长生耐心地说："郭副司令，现在很危险，你能行吗？"

郭文广不说话，还是坚持着把吴桂兰背在了身上。

李长生抓住郭文广的胳膊："你放下桂兰吧。这是命令。"

郭文广甩掉李长生的手，背着吴桂兰趔趔趄趄地走着。他的脚不小心踩在泥坑里，踉跄了几下，但没有摔倒。他顺手折了一个高粱秆当拐杖拄在手上，继续前行。

郭文广前面是李长在。李长在脖子前面挎着粮食裤袋，后面背着香梅，但走起路来仍是脚步很稳。

人们在他们身边穿行。

李长生追上李长在："长在，你听我说，把香梅放下。咱们先过铁路。等完成任务，我们一定好好把她安葬。"

李长在像没听见李长生的话一样，低着头继续往前走。突然，他踩着了一个石头，身体晃了几下摔倒了。

李长生二话没说，趁李长在趴在地上还没起来，把香梅背在身上大步前行。他没有回头，不知道李长在是否从地上爬起来，是否在追他。他只觉得香梅的头紧紧地靠在他的肩上，她的身体软软的，轻轻的，暖暖的，像当年背着她过小桥一样……

天越来越黑，雨越来越紧。黑压压的人们在背着粮食穿过铁路……

后　记

《血地》是从2008年起步的。我记得，刚写了几万字，汶川发生了大地震。我的情绪立即由当年冀中抗战的悲壮转换为大地震引起的悲伤。在流泪的同时，我忽然感到一种从未有过的激情与无奈，悲悯与无助，感到自己整个身心，一下子被突如其来的地震灾难所瓦解。我再也写不下去了。在地震发生的第七天，也就是全国哀悼日的那一天，我和我的战友们千里赴戎机，极其悲壮地飞往震灾前线。这样，《血地》就放下了。从灾区奔波十余天回京后，我激情创作了长篇报告文学《大国不屈》；刚杀青，北京奥运安保创作任务又下达了。我所在的北京军区担负着军队奥运安保的主要任务，连采访带创作，花去一年时间。那部叫做《至高荣誉》（合作）的长篇报告文学还没付梓，庆祝建国六十周年国庆阅兵解说词的撰写任务又下来了，虽然仅仅几万字的内容，但又是用了一年时间。再后来，我又与人合作了一部电视剧，前后也花去一年时间。这样一来，《血地》一放就是三年，但期间自己经常温习。

我是穿军装的作家，围绕部队中心工作搞创作，是我的安身立命之本，我不能懈怠。可这些年，尽管忙碌疲惫，但我丝毫没有忘记《血地》，更不会放弃它。因为我的家乡在冀中，因为我的根扎在这片“血地”上。之前，我先后花去六年的时间，在这片“血地”上行走，查阅史料，探访故地，采访前辈，重温历史，而更重要的是闭目沉思：仅1942年的五一大“扫荡”，冀中群众就被日寇杀害、掳走五万多人。有史学家说，南京大屠杀，是日本鬼子在中国城市制造的最大惨案；而冀中五一大“扫荡”，是日本鬼子在中国乡村犯下的最大罪孽。我一直在想，我的冀中前辈们，当年是以怎样的生命姿态在刀尖上行走？是以怎样的精神力量在旷日持久的灾难中奋力挣扎，繁衍生息？后来，我渐渐悟出来了：是“宁当刀下鬼，不做亡国奴”的朴素誓言，是“死了的已经死了，活着的咱还得活”的生命态度。由此，而造就了冀中人特有的达观精神和血性品格。一边在“血地”上行走，我一边用心跪拜我英雄的冀中前辈们，感谢他们给了我十足的血性禀赋。渐渐地，为这片“血地”贡献文字的自觉性和创造力，便在我心中不断生长，不断燃烧。

“行走”六年，“爬格”四年，也算十年磨一剑吧，这部40万字的《血地》终于完成了。我不敢说这是一部多么好的小说，但我是用生命在“血地”上行走换来的，是用激情在故乡的土地上滚滚燃烧出来的，更是我用滴血的心精心酿造的。把积累这么年的东西抖搂出来，我心里好受多了。

感谢花山文艺出版社的合作和编辑同仁的辛苦。

作　者

2012年10月9日于北京西山八大处